Hariel D. Noone

Xeque - Mate
O Amor não tem Regras

Xeque-Mate — O Amor não tem Regras, de Hariel D. Noone
Copyright © 2004 da Editora Alta Books Ltda.

Todos os direitos reservados e protegidos pela Lei 5988 de 14/12/73. Nenhuma parte deste livro, sem autorização prévia por escrito da editora, poderá ser reproduzida ou transmitida sejam quais forem os meios empregados: eletrônico, mecânico, fotográfico, gravação ou quaisquer outros.

Erratas e atualizações: Sempre nos esforçamos para entregar a você, leitor, um livro livre de erros; porém, nem sempre isso é conseguido. Sendo assim, criamos em nosso site, www.altabooks.com.br, a seção Erratas, onde relataremos, com a devida correção, qualquer erro encontrado em nossos livros.

Avisos e Renúncia de Direitos: Este livro é vendido como está, sem garantia de qualquer tipo, seja expressa ou implícita.

Marcas Registradas: Todos os termos mencionados e reconhecidos como Marca Registrada e/ou comercial são de responsabilidade de seus proprietários. A Editora informa não estar associada a nenhum produto e/ou fornecedor apresentado no livro. No decorrer da obra, imagens, nomes de produtos e fabricantes podem ter sido utilizados, e desde já a Editora informa que o uso é apenas ilustrativo e/ou educativo, não visando ao lucro, favorecimento ou desmerecimento do produto/fabricante.

Produção Editorial Editora Alta Books
Revisão e Preparação: Fernanda Silveira
Diagramação: Rafael Vasconcellos
Consultoria Editorial: Bookimage Projs. Editorias (www.bookimage.com.br)
Design de Capa: Kacia Diniz

Impresso no Brasil
O código de propriedade intelectual de 1º de Julho de 1992 proíbe expressamente o uso coletivo sem autorização dos detentores do direito autoral da obra, bem como a cópia ilegal do original. Esta prática generalizada nos estabelecimentos de ensino, provoca uma brutal baixa nas vendas dos livros a ponto de impossibilitar os autores de criarem novas obras.

Av. Nilo Peçanha, 155, cjs. 1101 a 1106 - Castelo
Rio de Janeiro – RJ CEP: 20020-100
Tel: 21 2532-6556/ Fax: 2215-0225
www.altabooks.com.br
e-mail: altabooks@altabooks.com.br

Agradeço a todos aqueles que participaram deste projeto e que acreditaram comigo.
Para Rê, que esteve ao meu lado por todo esse árduo caminho até aqui; que foi, e ainda é, minha crítica mais rigorosa e fã mais fervorosa.
Para Kacia, Yumi, Ana Maria e Paulo Cezar, pelo incentivo e pela confiança.
Para os amigos que ouviram, pacientes, cada capítulo que eu lia.
Para Chris... Sem nenhum motivo aparente além de si mesmo.

O amor que ousa dizer o nome

Histórias românticas costumam ser desprezadas pelos críticos. Argumentam que a trama é baseada no faz-de-conta, que o príncipe encantado chega em seu carro importado para resolver com um passe de mágica todos os problemas de uma vida mundana. O moço é lindo, ama até a morte, faz sexo como ninguém e ainda oferece um palácio com criados e tesouros para – nesse caso – o outro príncipe morar.

De fato, não há como negar que a estrutura das histórias de amor contém fortes doses de escapismo. Eu não vou contar aqui quem são os príncipes para deixar a graça à leitura, mas eles circulam num elegante meio de jogadores de xadrez internacional, são lindos, inteligentes, vencedores no que fazem e, quando resolvem declarar seu amor um pelo outro, tudo acaba num belo apartamento ricamente mobiliado, onde viverão felizes para sempre.

Acho que não estou estragando a surpresa do final porque faz parte de uma legítima história de amor acabar no "felizes-para-sempre". O interessante é como o casal chega até lá, o que, nessa história, forçosamente inclui auto-descoberta, aceitação de um amor diferente da norma e algum tipo de negociação com o mundo para que aceite essa relação.

Seria maravilhoso se a vida levasse cada caso de amor a um "felizes-para-sempre" num castelo, claro, e qualquer um que já viveu um pouco sabe que não é bem isso o que acontece.

Assim, os críticos têm certa razão.

No entanto, as histórias de amor encantam a humanidade há séculos. Quase toda cultura tem versões desse encontro de pessoas que se surpreendem num amor repentino, fora da norma, e se deixam levar pela paixão, sendo obrigadas a lutar contra um monte de dificuldades para ficarem juntas.

Existe alguma coisa nessas histórias além de deixar os leitores sonhando acordados, desejosos de um príncipe que resolva tudo em suas vidas por amor. Eu arrisco que é a correnteza de acontecimentos que leva, mesmo através de desvios tortuosos, a um final feliz.

Nas histórias românticas, em geral, os amantes não escolhem se envolver. Os dois são levados à paixão contra a vontade, resistindo porque há obstáculos ou convenções sociais contra a sua união.

Ou seja, esse modo de contar demonstra que há forças mais poderosas que as tradições e os deveres sociais, por mais opressores e permanentes que estes pareçam. E que essas forças caudalosas arrastam as duas pessoas apaixonadas – e todos os leitores que recriam a história em sua imaginação – por um rio que desemboca na felicidade.

Na vida competitiva que levamos nas grandes cidades, bebendo da fonte do cinismo e da impassividade todos os dias, ler sobre uma correnteza incontrolável que deságua na felicidade parece ser um bálsamo para os seres humanos que afinal somos.

Acreditar, mesmo que pelos poucos instantes de leitura, que a vida pode nos arrastar para uma paisagem límpida e luminosa, onde seremos amados e respeitados pelo que somos – essa é, a meu ver, a função das histórias de amor.

Acredito ainda que tudo o que acontece na vida, real e concretamente, precisa ser antes imaginado.

Quer dizer, nunca seremos felizes no amor, no mundo real das contas a pagar, das casas onde o encanamento estoura, dos relacionamentos em que a falta de conversa conduz a "infelizes-por-um-tempão", se não formos capazes de criar antes disso uma imagem de felicidade na cabeça. Lá no faz-de-conta ela pode ser perfeita e maravilhosa, e depois perder-se um pouco quando trazida para a realidade. Porém, se ela não existir nas imagens que fazemos de nós mesmos, no mundo de todo dia, ela não se fará presente nunca.

Homossexuais, ainda mais do que os heteros, precisam se dedicar a essa prática com afinco. Porque, como tão sagazmente disse Oscar Wilde, o amor entre homens não "ousa dizer seu nome". Ou melhor, não ousava. Depois de tantos anos de cinismo, de silêncio, de não ousar sequer conceber a felicidade, o amor entre pessoas do mesmo sexo agora encontra histórias e modos de se anunciar.

Abençoados sejam os tempos de mudança que trazem essas imagens cor-de-rosa, as quais permitem correr rios de faz-de-conta felizes.

Assim, meu convite é que deixemos os críticos no porto das razões e argumentos lógicos, e embarquemos na viagem que corre para o amor e a aceitação feliz. Mesmo que só pelos momentos mágicos em que durar a história em nossa mente. Mesmo que o "felizes-para-sempre" se transforme um pouco quando trazido para nosso dia-a-dia de príncipes não tão belos, ricos e apaixonados.

Laura Bacellar

Sumário

Apresentação — 5

Primeiro
Cara ou Coroa — 9

Segundo
Primeiro Lance — 19

Terceiro
Segundo Lance — 33

Quarto
Xeque — 47

Quinto
Tomada da Torre Branca — 59

Sexto
Roque — 85

Sétimo
Avanço da Rainha Preta — 121

Oitavo
Tomada da Rainha Preta — 135

Nono
Xeque — 151

Décimo
Tomada da Torre Preta — 175

Onze
Xeque — 197

Doze
Avanço da Torre Branca — 221

Treze
Tomada do Cavalo Branco — 235

Quatorze
Erro de Estratégia — 265

Quinze
Tomada do Bispo Branco — 279

Dezesseis
Sacrifício da Torre Branca — 295

Dezessete
Xeque - Mate — 305

Adendo — 339

O Tabuleiro, as Peças e
Alguns Termos Mais Conhecidos — 340

Os Títulos de Cada Capítulo
E Sua Simbologia no Universo do Xadrez — 343

Capítulo Primeiro
Cara ou Coroa?

Afastou-se para dar passagem a um grupo barulhento de jovens entusiasmados, bem mais jovens que ele próprio, ainda na idade de acreditar que tudo pode e deve ser como sonhamos. O corpo, já cansado pela idade avançada, escorou-se no corrimão da escada. Respirou fundo, fatigado. A vida arrastava-se há muito pelo caminho. A morte vencia rapidamente a luta pela sobrevivência e, quando pensara não haver mais no que se agarrar, não haver razão alguma para seguir, encontrara o maior dos presentes, exatamente aquilo que vinha procurando desde sempre.

Obtivera informações de seus conhecidos e colegas, buscara saber tudo sobre ele: antecedentes, condição financeira, meio familiar, influência social. As opiniões foram unânimes: o rapaz era um fenômeno ainda protegido pelo anonimato, não descoberto pelos Mestres, mas pronto a surgir para o mundo se conduzido pelo tutor adequado.

Venceu os últimos degraus como um guerreiro e saiu para o mezanino. A visão do ginásio lotado, o suave murmurinho elevando-se no ar, a tensão quase imperceptível da competição, tudo isso inflamava seu instinto, aguçava seus sentidos. Respirou forte, procurando reviver os tempos em que competia, o requinte dos salões internacionais e a vibração única do jogo. Tanta felicidade lhe trouxera, e ao mesmo tempo tanto desgosto.

Seu olhar experiente procurou o alvo de sua atenção, o motivo que o levara até ali. A final do Campeonato Estadual alcançava seu clímax naquele exato instante, uma partida formidável e vitória incomparável. Tão jovem ele era, apenas um adolescente deixando para trás a puberdade, e o transformaria no maior enxadrista que o mundo já vira, no maior gênio que os salões já puderam apreciar. Faria dele muito mais que um discípulo. Faria daquele rapaz sua perpetuação para o mundo.

Salvas de palmas ecoaram pelo ambiente em grande alvoroço. Ambos os enxadristas ergueram-se da mesa, cumprimentando-se num breve aperto de mão e, em seguida, o vencedor virou-se para receber o troféu, seus olhos castanhos encarando cada um dos presentes, um olhar especial aquele, escuro e repleto de emoção; ele sorriu e caminhou para o microfone.

Não viu mais nada daí para frente. Um segundo antes de a voz grave do rapaz ressoar junto às caixas de som, o velho já descia as escadas novamente, rumo ao seu destino que, com todas as suas esperanças e desejos, a partir daquela noite estaria ligado ao do jovem de pé no palco.

*   *   *

Alexander Oliveira ergueu o troféu orgulhoso de si mesmo e do que havia conquistado. Lutara muito para chegar até ali, travara árdua batalha contra a dúvida, o receio, contra os próprios limites e, no final, conseguira: era o vencedor, e sua vitória faria com que compreendessem sua paixão.

Os aplausos ecoaram pelo salão lotado numa avalanche crescente de som e vibração. Uma forte emoção tomou-o por dentro, cessando-lhe a respiração por um instante. Era seu primeiro grande campeonato e isso só podia ser um tipo de sinal divino. Que outra explicação haveria além da que trilhava o caminho certo, que finalmente encontrara o rumo de sua própria vida? Faria do xadrez a razão de sua existência, realizaria seu maior sonho e seria feliz como poucas pessoas no mundo. Essa certeza encheu-lhe o espírito de força e os olhos de lágrimas.

Trêmulo, tomou o microfone que lhe era estendido. Fitou por um breve momento o mar ondulante de rostos desconhecidos e o estalar frenético de várias mãos. Agradeceu, em voz e alma, pela oportunidade de estar ali, aos poucos que confiaram em sua capacidade e principalmente a Deus, que o guiara tão longe no caminho. Sossegou, certo de que poderia ir ainda muito além, mas acometido pela doce sensação de ter vencido um grande obstáculo.

Desceu do palco para o mundo real. Deixou-se então cair nos braços da família e do amigo de infância. Com eles compartilhou sua alegria e esperança. Concentrado em comemorar, nem percebeu quando uma outra pessoa surgiu e correu para Alexander, enlaçando-o e tomando-lhe os lábios num beijo apaixonado.

Lorena, a namorada, uma mistura irresistível de divino e profano na figura de menina-mulher. Lorena despertava-lhe todas as necessidades da carne, porém nenhum anseio ao coração. Era bonita... Não, era linda! Ainda não se insinuara à moça, pelo menos não da forma que pretendia, tudo porque receava não saber o que fazer na hora e estragar tudo. Os amigos diziam que a menina era experiente, que já estivera com vários garotos do colégio, e ele... Bem... Devia ser o único "homem" virgem de dezessete anos. Dezessete não, dezoito, há duas semanas. Virgem aos dezoito. Revoltante!

De qualquer forma, seus dias de virgindade estavam contados. Lorena era a garota ideal para ele: sensual e disposta a perder a cabeça. Não sabia se chegaria a amá-la, mas também não importava. Nenhum homem ama de verdade aos dezoito anos de idade! O fato era que estava com uma linda mulher, de tirar o fôlego de qualquer pobre mortal, e pouco ajuizada. Iria até onde ela lhe permitisse.

O rapaz entregou-se ao beijo da namorada. Desligou-se do mundo, atento apenas a ela. Sua mãe, Violeta Cristina Oliveira, murmurou qualquer coisa para o amigo, Humberto Paes. Com certeza fazia algum comentário reprovador sobre o entusiasmo da garota ao atirar-se daquela maneira nos braços do filho. Violeta costumava ser uma mãe superprotetora, e Alexander tivera que aprender a aceitar isso desde muito jovem.

Foi quando um leve pigarrear fez-se ouvir atrás de si. Largou a garota por um instante, atento ao redor.

— Com licença... — uma voz rouca e cansada chegou-lhe aos ouvidos. — O senhor é Alexander Oliveira, não?

Foi o primeiro a virar-se na direção dele e o mesmo fizeram Humberto e Violeta, que aproximaram-se curiosos. Perderam-se na figura baixa e robusta de um simpático velhinho, possuidor de límpidos olhos azuis.

— Sou sim, senhor — respondeu, parando de frente para o velho.

Capítulo Primeiro — Cara ou Coroa?

— Parabéns, meu filho. Não é sempre que ganhamos um estadual, e a primeira vez é ainda mais especial.

— Como sabe que é meu primeiro campeonato? — perguntou, desconfiado.

— Ora, venho observando você há muito tempo. Sou Navarre Fioux e vim até aqui especialmente para conversar com você.

"Navarre Fioux...", a simples menção daquele nome fez Alexander estremecer de receio e expectativa. Ele era, sem sombra de dúvidas, um dos três melhores enxadristas do mundo! Crescera acompanhando-lhe as vitórias e as derrotas, sonhara em disputar com ele algum dia, desejara conhecê-lo por toda a sua curta existência. Navarre Fioux era seu maior ídolo, um deus, um dos maiores mestres de Xadrez, e estava ali, bem diante de si, dizendo que o estivera observando.

Um suor frio brotou-lhe da testa, sentiu vertigem, o coração disparou, a respiração tornou-se pesada e difícil. O que Navarre Fioux poderia querer com um enxadristazinho como ele? O que deveria falar para alguém tão importante quanto o senhor à sua frente? E se... Se o Sr. Fioux estivesse procurando por um discípulo? Será que fora escolhido por algum motivo? Não, era bom demais para ser verdade.

Tudo isso passou por sua mente adolescente numa fração de segundo, enquanto fitava-o com ar incrédulo. Foi apenas depois de certo tempo que percebeu: o velho mantinha a mão estendida para si, um sorriso divertido a esticar-lhe os lábios enrugados. Encabulado, Alexander aceitou-lhe o cumprimento num gesto trêmulo, mas com agradável gosto de vitória.

* * *

Estavam os cinco sentados na mesa da lanchonete, Alexander na cabeceira com Lorena e Humberto à esquerda; Violeta e Navarre à direita. Os três jovens comiam sanduíches, Violeta tomava um café forte e Navarre, por sua vez, não pediu nada, limitando-se a fitar o grupo heterogêneo.

Enquanto os outros devoravam o lanche, Alexander parecia mais preocupado em explicar à mãe quem era o velho enxadrista sentado à mesa. Navarre não era qualquer um, mas bicampeão mundial, um dos melhores jogadores do mundo e seu maior ídolo. Era verdade que acompanhara-lhe a carreira, desde que se interessara pelo esporte, fosse por notícias de revistas especializadas, fosse por antigos artigos de jornais estrangeiros. Diante disso, não era apenas a oportunidade de uma vida, mas um sonho impossível que se tornava realidade. Tentou fazê-la compreender, contudo, pelo olhar vazio que a mãe lhe lançara, soube que não haveria como expor seu sentimento com palavras, tampouco o quanto aquele homem era importante.

Navarre assistia à explanação do jovem em silêncio, regado a um ou outro comentário modesto a respeito de si mesmo. No entanto, toda a sua atenção estava voltada para a jovem senhora que fitava o filho com ar duvidoso. E foram os mesmos olhos escuros e duvidosos que pousaram nos seus.

Naturalmente, Violeta desejava saber o quê exatamente queria com o filho dela, algo bastante normal. Já esperava pela sucessão interminável de perguntas a qual foi submetido, desde pormenores referentes à profissão, até particularidades de sua vida pessoal. Respondera cada uma das perguntas com toda a paciência de que era capaz, sem se preocupar em esconder nada que não envolvesse terceiros, ausentes no momento.

Passado o interrogatório, Navarre pôde revelar suas intenções: desejava Alexander para discípulo. Devido à sua idade avançada, procurava um enxadrista, mais jovem e disposto a aprender, para transmitir seus conhecimentos e perpetuar sua técnica. Vista a dificuldade em encontrar alguém que se encaixasse no perfil ideal, vinha adiando cada vez mais a escolha e já desistia quando chegara-lhe aos ouvidos as vitórias de Alexander: um jovem e brilhante enxadrista sem mestre. Resolvera conferir o desempenho do rapaz antes de propor qualquer coisa, e surpreendera-se com a veracidade das informações. O jovem era muito mais do que esperara encontrar.

Violeta, por sua vez, inquiriu sobre essas tais "fontes de informação", sempre muito preocupada. Acalmou-a dizendo que não passavam de boatos. Naquele meio as notícias corriam rápidas no que se dizia respeito a prodígios e talentos. Nada pessoal ou alguém específico que lhe dera as dicas. É claro que isso era mentira, em parte. De fato, ouvira falar de Alexander no *metieux*, porém, ao perceber que poderia ser o enxadrista que vinha procurando por anos a fio, pagara para que levantassem todos os dados possíveis sobre o rapaz, desde o passado, histórico familiar, até as atividades que exercia no momento. Mas não diria isso a uma mãe zelosa. Seria atirar pela janela um trabalho que durara meses.

A conversa continuou por mais algum tempo, Navarre a sanar todas as dúvidas sobre si mesmo e sua profissão. Alexander a observar calado, o olhar escuro, atento demais a tudo e todos. Violeta a encarar o velho "enxadrista" como se duvidasse de cada palavra. Deveria ser uma mulher muito difícil. Não se surpreendia agora com a informação de que o marido a abandonara sem deixar pistas. Mas isso não era problema seu. Seu único problema naquele instante era convencer aquela mulher de que era honesto e um homem de perfeita confiança e índole, tudo para ter o rapaz sob sua tutela.

Algum tempo se passou até que Violeta delegara ao enxadrista a sua confiança, em parte pelo menos. Daí, a preocupação passara aos estudos do rapaz. Como mãe, tinha todo o direito de questionar o quão prejudicial seria para a carreira do filho se envolver tão seriamente com o xadrez. Na hora, Alexander pensou em responder que sua carreira era o xadrez, ou, ao menos, esse era seu desejo. Não o fez porque não exporia a mãe na frente de ninguém. Mesmo assim, seu olhar desagradado falou mais que mil palavras, pois a jovem senhora apressou-se a afirmar que detinha mais experiência e que deveriam garantir-lhe o futuro.

Diante disso, Navarre revelou que não tinha intenção de afastá-lo das salas de aula, a não ser que fosse uma opção do próprio rapaz. De fato, não queria que o menino abandonasse a escola ou coisa parecida, contudo, tinha que admitir, desejava a dedicação exclusiva dele mais tarde, e faria com que desejasse a mesma coisa. Seria fácil, uma vez que percebera nele a paixão pela competição. Combinaram então de marcar os treinos para a parte da tarde, após a escola, e, como não poderia deixar de ser, haveria os dias destinados ao estudo. Como garantia, Violeta exigira médias perfeitas ou cancelaria as aulas antes de qualquer um deles dar-se conta.

Capítulo Primeiro — Cara ou Coroa?

O rapaz concordou, mais que entusiasmado, recebendo o abraço de Humberto em comemoração espontânea e um beijo caloroso da namorada que, mais que depressa, reivindicou algum tempo para si. Radiante, Navarre mergulhou seus olhos azuis nos da senhora, sorrindo com bondade.

— Alexander tem um imenso potencial, Sra. Oliveira. Em pouco tempo será um dos melhores profissionais que este mundo já viu. E tudo o que peço são algumas horas após a escola, para que ele vá à minha casa. Lá, tenho toda a estrutura necessária, e não vai atrapalhar o desempenho escolar dele — diante da expressão de desagrado, continuou. — Claro que a senhora pode vir numa primeira vez, para conhecer onde seu filho irá treinar.

— Não sei... Nem o conheço direito!

Foi nesse instante, diante dessa declaração, que o coração de Alexander falhou uma batida. A verdade era que assistia, mudo, ao desenrolar da discussão que selaria seu destino como se tratasse da vida de outra pessoa e não da sua própria. Em toda a sua existência, nunca desejara nada com tamanha ânsia e certeza quanto desejava aprender com Navarre Fioux. Nunca construíra sonhos, ideais ou planos para o futuro, mas vivia o presente com toda a intensidade da qual era capaz, preocupado apenas em ser feliz e fazer as pessoas que o rodeavam muito felizes também.

O xadrez abriu um novo horizonte diante de seus olhos. Agora sim, tinha sonhos a realizar, desejava vencer o campeonato mundial, fazer uma carreira, cultivar, criar, investir no próprio potencial. Agora, queria seus planos para o futuro, traçar seu caminho, trabalhar em algo importante, mesmo que ninguém mais o compreendesse. Alexander esperava algo mais, esperava superar os obstáculos e conquistar a si mesmo. Já não podia assistir à Violeta como a plateia assiste a um juiz em início de partida: passivo. Já não bastava a segurança de uma vida como a dele se isso significasse abrir mão de seu sonho.

E, de repente, ouvir a sentença da mãe causou-lhe tamanha aflição, tamanho desespero, que duvidou de si mesmo. A vida poderia ser muito mais, poderia ser tudo o que imaginasse, qualquer coisa que julgasse possível, e não esperaria um só segundo para dizer aquilo, fosse a quem fosse, doesse a quem doesse.

— Mãe, quero que Navarre me ensine. Essa é a oportunidade de uma vida e não vou deixar passar assim, impune.

— Mas, Alex... — Violeta fitou o filho, espantada com o tom firme de sua voz, ainda mais consciente pela decisão.

— O xadrez é meu maior sonho, é tudo o que desejo fazer desde a infância e você sabe disso — declarou, sem qualquer hesitação. — Por favor, deixe-me ir — pediu, e Navarre deu-se conta de que era mera formalidade. Com certeza, o rapaz não desejava sobrepor-se à autoridade dela, mas isso não o impedia de deixar clara a sua decisão.

— Tem certeza de que é isso o que quer, meu filho? — perguntou, sem esconder o tom preocupado.

— Tenho.

— Então... Está bem.

Sorriu-lhe, com uma doçura única, agradecido. Só então virou-se para a arruaça de Humberto, que levantara da mesa e estivera saltitando como um louco pela lanchonete. No minuto seguinte já agarrava o amigo pelos ombros, obrigando-o a comemorar também. Lorena resignou-se com o papel ridículo que desempenhariam e tratou de incluir-se à comemoração, apenas para não ficar de fora.

Violeta mirou-os com o olhar ferino que lhe era peculiar e aguardou tranqüila que os dois amigos se sentassem novamente.

— Pode comemorar a vontade, só não esqueça da nossa condição: ficar acima da média em todas as matérias.

— Pode deixar, mãe. Isso é comigo, e eu sou bom — falou de forma suave, abraçando-a com força.

— Isso é verdade, nunca me deu trabalho com o estudo. Mas só quero ver. Agora vamos embora. Deixei sua irmã com a vizinha e amanhã vocês têm aula — Violeta virou-se para Navarre com ar de riso. — Foi um prazer conhecê-lo, Sr. Navarre.

— O prazer foi todo meu...

— Espero que Alex não dê muito trabalho, e vou dar-lhe o meu voto de confiança. Infelizmente, não posso faltar ao trabalho e deixarei que vá a sua casa. A visita fica para outro dia.

— Ele não dará trabalho algum, minha senhora, ainda mais para mim, que fico o dia inteiro sozinho. Em outro momento combinamos um final de semana para a senhora e sua filha virem à minha casa. Será um prazer.

Foi até Navarre e tomou-lhe a mão fortemente, sacudindo-a num enérgico cumprimento. Não foi preciso que o rapaz dissesse coisa alguma para que o velho soubesse que era grato. O olhar castanho, repleto de emoção, falava mais que mil palavras. Num momento de fraqueza, seus pensamentos desviaram-se para Nicholas, seu próprio filho, distante como um estranho.

Já tivera oportunidade de receber um olhar como o dele antes. Já vira os olhos cinzas de Nicholas brilharem como os de Alexander e desmancharem-se em lágrimas de afeto e alegria, exatamente como os do garoto diante de si. No passado, Nicholas fora cheio de vida, emoção, sentimento. No passado...

Hoje, não pertencia a mais nada ou ninguém. Morria um pouco a cada vez que fitava o filho e recebia seu olhar frio e distante, olhar de quem não se importa. E então, Navarre sentiu os próprios olhos turvos, não apenas pela lembrança do filho que não poderia jamais ter novamente, mas também pela promessa da nova oportunidade que Alexander representava.

O jovem enxadrista fitou os olhos claros de Navarre, agora turvos, e algo doeu dentro de si. De alguma forma sabia que as lágrimas dele eram por outra pessoa. Havia tristeza e solidão em seu olhar, talvez as mesmas que tomavam sua própria alma sem que soubesse o porquê. Gostou de Navarre por sua facilidade em demonstrar sentimento e pela forma carinhosa com a qual ele lhe tomava a mão.

No instante em que seus olhares se encontraram, selaram cumplicidade mútua. Quis Navarre como o pai que sequer chegara a conhecer e, sem se dar conta, entregara-se a ele como o filho que não tinha mais. Coisa engraçada que a vida tem. Os reencontros e o destino dos quais não podemos fugir. Quando a mão quente e amiga de Humberto tocou-o no ombro, sentiu os pensamentos escaparem de volta à realidade.

— Obrigado por tudo, Sr. Navarre! Amanhã apareço na sua casa para nossa primeira aula.

— Vou mandar meu motorista pegá-lo na escola.

— Motorista? Que chique hein, Alex? Tá virando gente, é? — perguntou Humberto, rindo.

— Cala a boca, sua ameba! — disse, virando-se para o amigo e mergulhando nos cabelos da linda garota que se agarrara a ele como se pretendesse dominá-lo.

— Cuide bem do meu campeãozinho, tio Navarre — disse Lorena num "miado" irritante.

— É melhor vocês três irem, sua mãe vai ficar chateada — falou Navarre, ignorando o último comentário.

Assentiu com um sorriso, virando-se para ir.

— Tchau, seu Navarre! — gritou Humberto, acenando e correndo para longe.

Navarre ficou ali parado, vendo os três se distanciarem na direção de Violeta, entretidos com as brincadeiras da juventude. Mais uma vez pensou no garoto alegre que Nicholas fora, na época em que dividia sua vivacidade com as pessoas que o rodeavam. O peso da responsabilidade caiu-lhe sobre os ombros, o peito apertou-se em terrível dor. Não poderia resgatar o que foram, não podia consertar tudo o que fizera de errado, muito menos todo o mal que fizera ao filho.

Estava só agora. Desolado, Navarre ergueu os olhos para o teto. Em silêncio, clamou por perdão e pediu que encontrasse uma maneira de não causar mais sofrimento a ninguém.

* * *

Alexander acompanhou Lorena até em casa. Pararam na calçada, em frente à portaria do edifício, um diante do outro. O rapaz a fitava com olhar febril e ela sabia o que ele queria: exatamente o que todos os homens querem, o tempo todo. Duvidava que lhe tivesse amor, mas, pelo menos, sabia que conseguia despertar-lhe a luxúria. Não estava interessada em nada além disso, e o namorado era realmente lindo, tão lindo que chegava ser tedioso olhar para ele.

— Acho melhor você subir. Sua mãe deve estar preocupada.

— Avisei a ela que comemoraríamos a sua vitória — declarou, enlaçando-o pelo pescoço.

— Como sabia que eu ia vencer? — perguntou ele, passando os braços em torno da cintura dela.

— Todo mundo sabia. Você é o melhor... — murmurou, passando a língua no pescoço dele.

— Vou acabar acreditando em você...

Tomou os lábios dela com os seus, com urgência, as mãos descendo até as nádegas da moça. Lorena não fez nenhum gesto para repeli-lo, muito ao contrário, colou o corpo no dele, ansiosa.

— Lorena... É melhor pararmos por aqui — murmurou com voz rouca, afastando-se.

— Por quê?

— Porque não vamos poder ir até o fim — tornou, com um estranho sentimento dominando-o e obrigando-o a se afastar.

— Vamos para a escada — sugeriu a moça.

— Enlouqueceu? Podem nos ver.

— E daí? Não devo nada a ninguém! — respondeu, agarrando-o pela mão e arrastando-o para dentro do prédio.

Foi dominado por um estranho estado de torpor. Tudo lhe parecia irreal. Lorena arrastando-o para a escada... E transaria com ela daquela maneira grosseira e animal. Pânico. Não podia fazer aquilo numa escada de emergência, com todo mundo descendo e subindo! E se ficasse nervoso e falhasse na hora H? E se não soubesse como fazer? O que aconteceria? Lorena contaria para todo mundo na escola, sua reputação seria destruída antes mesmo de começar. E foi naquele exato instante, diante de todos esses questionamentos, que se deu conta do quão contraditória sua vida se tornava. A verdade era que a opinião alheia não importava, nunca importara. Era apenas uma desculpa, porque não desejava estar ali com ela, apesar de ter consciência de que era o esperado por todos. Não suportava a idéia de dividir com aquela mulher seus sonhos e sentimentos, apesar de o corpo dizer o contrário. Mas não era como todo mundo, não desejava ser mais um apenas.

— Isso não vai dar certo! — tornou, firme.

— Quero você, Alex, e quero agora. Vamos comemorar a sua vitória.

Em pânico controlado, o rapaz fincou pé. Desejava-a, pois qualquer um a desejaria, não? Desejava? Bem, não fazia diferença, porque, independente da ânsia, não podia simplesmente encostá-la na parede e... Isso ia contra tudo em que acreditava, contra a sua índole. O fato de ser homem não o reduzia a um animal, ou pelo menos se recusava a ser assim. Nunca dividira sua intimidade dessa maneira com ninguém e queria que sua primeira vez fosse especial. Queria trocar carinho, dividir a experiência. Lorena entenderia, com certeza, e se não entendesse, ainda mais claro lhe pareceria. Poderia ao menos confirmar os comentários nada respeitosos que ouvira dela pelos colegas.

— Hoje não, Lorena.

A moça sentiu os olhos marejarem.

— Vo-você não me quer, Alex?

— Claro que sim — sua própria voz soou-lhe desprovida de emoção. — O que não quero é tomar você como se fôssemos animais no cio — "quero velas acesas, perfume no ar...", mas esses pensamentos não revelaria a ela.

— Você é muito antiquado! — exclamou, afastando-o com um empurrão.

Alexander a olhava perplexo.

— Só queria ser romântico, afinal, é a nossa primeira vez!

Capítulo Primeiro — Cara ou Coroa?

— Só se for a sua primeira vez. Não me diga que achou que eu era virgem — declarou, ajeitando o cabelo de forma displicente. — Você é virgem?

Sentiu o rosto em brasa. Por um instante não conseguiu responder. Ficou ali, parado, olhado para a menina como se ela fosse um animal preste a devorá-lo. Vergonha, tanta vergonha de si mesmo que desejou desaparecer. Mas, por divina graça do destino, percebeu que a moça não chegou a compreender a razão de seu silêncio, nem chegaria de fato a compreender nunca. Jamais poderia dividir seus sentimentos com ela.

— Não, Lorena. Não sou virgem — mentiu. — Não quis dizer isso quando falei em primeira vez. Queria dizer que nunca fomos para a cama juntos, só isso!

— Ah, bom! Devia ter falado logo. Afinal, é sempre a mesma coisa, só com alguma pequena variação de diálogos, rostos e locais.

A declaração dela foi o golpe derradeiro. A pouca esperança que trazia dentro de si morreu naquele instante. Acreditara que aquela menina pudesse ser a mulher que o faria feliz, apesar de tudo o que diziam. Agora já nem conseguia mirá-la nos olhos. Não sabia mais quem era ela, metida numa roupa indecente e que o olhava com ar malicioso.

Lorena aproximou-se e deu-lhe um demorado beijo na boca. Agiu apenas por reflexo, ainda anestesiado. No minuto seguinte, se afastaram.

— Desculpe se o choquei, amor. Não foi minha intenção. Acho interessante o seu romantismo, verdade. Mas a gente não precisava perder tempo com isso. Gosto de ir direto ao assunto.

Encarou-a com tristeza. O silêncio dele, sua expressão desolada, o brilho frustrado dos olhos castanhos pareceram acordá-la, finalmente. Ela afastou-se, sem contudo deixar de fitá-lo.

— Tem certeza de que não quer? — voltou a perguntar. O rapaz assentiu, decepcionado demais para falar. — Certo. É você quem sabe... Me liga para combinarmos de sair novamente?

— Ligo... — respondeu, e ambos sabiam que ele não ligaria.

— Vou esperar, então.

Lorena abriu a grade de ferro e entrou, sumindo atrás da porta de vidro. Alexander ficou ali parado, pasmado com o que ouvira. Tudo o que queria era alguém com quem pudesse conversar, alguém que o entendesse, que pensasse como ele, que tivesse os mesmos sonhos e o mesmo espírito de aventura e, é claro, alguém com quem pudesse dormir, muito embora isso não fosse o fundamental.

"Antiquado?", pensou aturdido. Não entendia como as coisas aconteciam. O mundo inteiro estava de ponta cabeça ou seria ele o errado? Porém, mesmo que fosse esquisito, o que havia de errado em ser romântico? Será que as pessoas podiam ser tão fúteis e superficiais que chegariam a ponto de rejeitar sentimento? Será que não conseguiria nunca encontrar alguém que pudesse ver além, que pudesse sentir o mundo com a alma?

Não pôde responder, nem era necessário. Aquelas perguntas o ajudaram a descobrir quem era e que tipo de companheira desejava ter. Lorena não era a garota ideal e nunca chegaria a ser. Projetara nela exatamente aquilo que gostaria de ver e acabara não enxergando a verdade. Criara uma ilusão e, como boa ilusão, chegara o momento de desmoronar, bem diante de seus olhos. Estava só, e continuaria sua busca, não pelo outro, mas por si mesmo, conhecer a própria alma e o próprio coração. Desolado, deixou o edifício para trás e rumou para casa.

Capítulo Segundo
Primeiro Lance

Dia seguinte com cara de funeral. Parou diante dos portões enferrujados, encarando a escola com fúria quase mortal. Não podia se dar por vencido assim tão facilmente. Decidido a tratar Lorena com distância polida, ajeitou a mochila surrada nas costas e entrou. Segundo Humberto, eram os únicos garotos de toda aquela instituição escolar que ainda não haviam provado a "doçura" de Lorena. Humberto não tivera oportunidade, e ele a dispensara solenemente.

Ganhou o corredor, àquela hora repleto de alunos, com esse pensamento incômodo a martelar a consciência. Esfregou o rosto, alheio ao barulho irritante que o rodeava, certo de que não era tão anormal assim. Não quisera fazer sexo com Lorena, e daí? Havia milhares de outras garotas no mundo. Não seria por causa de um empreendimento mal sucedido que o chamariam de gay, que seria gay ou ficaria sozinho a vida inteira. Resolveu desviar a atenção para outra coisa qualquer, e rápido!

Felizmente, a voz estridente de Humberto sobrepôs-se a todas as outras nesse exato instante, salvando-o de ter que se render a esse pensamento por mais tempo. Parou e esperou o amigo se aproximar. Humberto alcançou-o logo, acotovelando os colegas pelo caminho.

— E aí, Alex? Como está, meu caro? — perguntou.

— Tive uma noite péssima, Berto — declarou com cara amarrada, enquanto caminhavam em direção a sala de aula.

— É mesmo? Que droga, hein!

— E você não sabe nem da metade! Fui levar Lorena em casa ontem, e quase transei com ela na escada de emergência.

— Ficou maluco? Essa garota está mesmo virando a sua cabeça.

— Virando só não, está acabando com a minha sanidade mental. Acredita que, quando falei para deixarmos para depois, para um momento mais tranqüilo, num lugar mais adequado, ela me chamou de antiquado?

— Não brinca! — tornou, com cara de espanto.

— Foi exatamente isso o que ela disse...

— Por que não comeu ela ali mesmo? Não era isso o que ela queria?

— Não consigo ser assim, Berto. Não sou um animal — declarou com ar ofendido.

— Certo, eu entendo. Mas você não precisava ter se preocupado com isso. Esqueceu o que me disse quando começaram a sair juntos? — não esperou pela resposta. — Disse que ela era uma galinha e que só queria dar "umazinha". Lembra?

Alexander baixou o olhar, confuso.

— Lembro...

— Então, não estou entendo, meu caro. Gamou na garota, é?

— Não! — respondeu indignado. — Eu já não suporto mais ouvir a voz dela, principalmente depois do modo como falou com Navarre! Lorena me irritou profundamente ontem...

— Pois é, por isso mesmo não sei qual é o problema. Se não está apaixonado e ainda concorda que ela é boa companhia por uma noite apenas, não imagino por que ainda não chutou pro gol ou desencanou de vez, tanto faz.

Parou em pleno corredor, aturdido com o que lhe passou pela cabeça. Percebendo que o amigo não o acompanhava, Humberto voltou o olhar para procurá-lo. Avistou o outro um pouco mais atrás e voltou ao seu encontro.

— O que foi? — silêncio. — Alex, você está bem? Que cara é essa?

— Humberto, e se eu... E se eu for gay?

Humberto fitou-o por um instante, pasmo. Em seguida, rompeu numa sonora gargalhada. Encarou-o ofendido.

— Essa é boa — disse, entre risos. — Você, gay? Está bem. Eu sou um pássaro Dodô.

— Estou falando sério! — rosnou por entre os dentes, sacudindo o outro pelos ombros — Eu não fui para a cama com ela, fui?

— Não, mas e daí, Alex? Qual o problema?

— E daí? Eu podia muito bem ter ido faz tempo, mas não fui. Esse é o problema, muito simples — despejou, mais rápido que o habitual, um misto de repulsa e receio a dominá-lo aos poucos por dentro. Repulsa pela forma devassa com a qual Lorena se oferecera. Receio de que sua falta de interesse, de repente, fosse muito além do que mera desilusão romântica.

Humberto desvencilhou-se dele, o rosto assumindo um ar sério e deprimido.

— Não acredito que está preocupado com uma coisa descabida dessas. Não, meu caro, é melhor não falar nada. Tenho um forte pressentimento de que vou me decepcionar.

E, com essas palavras, o rapaz ruivo afastou-se, sumindo de sua vista. Impelido, Alex correu atrás dele. Precisava mais que nunca de suas palavras, precisava que Humberto, seu esteio, tentasse convencê-lo do contrário.

— Calma aí! — chamou, esbaforido. — Não vai me deixar falando sozinho, não, cara.

Humberto mirou-o por sobre os ombros, o olhar firme como raras vezes tivera a oportunidade de ver.

— Resolveu cair na real?

— Fala sério, estou desesperado! Não fica brincando com uma coisa dessas, por favor.

— E quem está brincando aqui, hein? — indagou, parando de frente para o amigo e encarando-o. — Sabe qual é o seu problema? Você é virgem, meu caro.

— Humberto... — balbuciou, confuso.

— É isso mesmo. Você é virgem e deu o maior azar do mundo de ter escolhido a garota mais experiente que eu conheço para tirar a sua virgindade. Você não é gay, só não sabe o que fazer com as mãos e com a outra coisa lá embaixo.

— Deus... — murmurou, levando a mão à cabeça. — Estou enlouquecendo de vez, é isso.

Capítulo Segundo — Primeiro Lance

— Droga nenhuma! — tornou o menino. — Se fosse gay de verdade não ficaria excitado com mulher. Agora vê se tira essa besteira da cabeça e procura uma mina decente pra se amarrar.

Largou os braços ao lado do corpo, rendido, cansado demais. Vendo o desânimo do outro, Humberto acabou se solidarizando com o amigo. Se estivesse no lugar dele, provavelmente estaria com os mesmos grilos na cuca. Aproximou-se então, e passou os braço por seus ombros.

— Ânimo, meu caro. Vá à luta!

— É... Vou fazer isso.

— Faça. Essa paranóia começou porque você é bonzinho demais, decente demais. Deve ter se condoído da Lorena no meio do caminho e resolveu salvar a reputação dela. Deixa de ser otário. Não precisa ser correto com todo mundo porque vai sempre haver alguém que não vai estar satisfeito, alguém que vai se opor a você.

— Tem razão... Eu vou largar de mão. Não me interessa mais. Vou procurar uma garota legal, que goste de mim de verdade, para ter minha primeira vez em "grande estilo".

— Muito bem! É assim que se fala — disse com ar de riso. — Só espero que, até lá, não suba para a cabeça e afete seu cérebro.

— Ah, sua ameba! Me deixa em paz, tá? Falei até demais!

Humberto riu com gosto, e seguiram juntos pelo comprido corredor das salas. Já não havia muitos alunos ao redor. As aulas estavam prestes a começar. Mesmo assim, continuaram com a conversa, agora por um rumo totalmente diferente, muito mais agradável na opinião do jovem enxadrista. Contou do quanto estava empolgado em aprender com um mestre como Navarre Fioux. Falou também da expectativa, dos planos, da ansiedade. Mesmo não conhecendo quase nada do jogo em si, Humberto fora a única pessoa, até então, que demonstrara real interesse e respeito por sua "excentricidade", além de torcer, de fato, para que se realizasse na vida.

Podia ver nos olhos esverdeados do amigo, todo o carinho e a satisfação que ele sentia ao saber da felicidade alheia, quase como se fosse a sua própria. Humberto era assim: alguém disposto a ajudar e a estar presente. Por isso a opinião dele lhe importava tanto, mais que qualquer outra.

O papo fluiu, como sempre acontecia, enquanto sentavam-se às carteiras e aguardavam pela entrada do professor. O dia nem bem começara e já desejava estar longe dali, noutro lugar. E foi assim que a voz estridente de Humberto cedeu ao silêncio, não apenas da aula quanto de seu próprio coração em espera.

* * *

O Mercedes parou bem à frente da mansão, e Denis, o motorista, abriu a porta do carro para que descesse, murmurando, com ar respeitoso, que já haviam chegado ao destino. Agradeceu, ligeiramente desnorteado com a servidão do empregado e com as dimensões exageradas do lugar. Avançou pelo gramado assim que o carro sumiu de sua vista. A entrada era ornamentada com uma vegetação delicada e perfumada, lançando ao redor uma atmosfera etérea, irreal.

Metido num impecável uniforme preto, o mordomo veio atender à porta. Falou pouco, o essencial para que tivesse certeza de que era esperado e que o anfitrião logo apareceria para recebê-lo. Foi só quando ele se retirou para o interior da casa, deixando-o só, que se sentiu confortável para olhar ao redor.

A casa era ainda maior do que parecia ser por fora; a parede estava repleta de belíssimos quadros à óleo, e os móveis rústicos, bem escuros, acentuavam a sobriedade do ambiente; o piso de madeira polida brilhava tanto que chegava a incomodar os olhos. As cortinas eram de seda. Cada objeto, parecia-lhe, fora escolhido com esmero, posicionado com determinado significado ou sentido, de maneira que o resultado final era uma harmonia perfeita de tons, cores e formas.

— Olá, Alex! Seja bem vindo, meu filho! — saudou Navarre, com visível alegria.

Apanhado de surpresa em sua minuciosa avaliação, Alexander corou com violência. Sentia-se constrangido por estar em meio a tanto luxo e por pertencer a uma classe social menos privilegiada. Talvez deslocado fosse uma palavra melhor, mas o fato era que não conseguia conceber a possibilidade de alguém chamar um lugar como aquele de lar. Estava completamente fora de sua humilde realidade.

Percebendo que Navarre estranhava-lhe a mudez e a vermelhidão do rosto, tratou de murmurar um cumprimento qualquer, acompanhado de um tímido elogio ao cenário.

O anfitrião sorriu em resposta, e foi com alegria que o rapaz percebeu: o simpático velhinho não lhe causava a mesma estranheza que a casa! Navarre parecia algo à parte do mundo que os rodeava. Isso era bom. Dava-lhe esperança de manter uma boa convivência com o outro. Por outro lado, não deixava de ser intrigante, pois a casa parecia pertencer à família há anos, daquelas que passam de geração para geração. Soube disso no exato momento em que conheceu os aposentos mais utilizados. O velho mestre contara inúmeras histórias, como se tivesse passado toda a sua vida ali. Então, por que Navarre parecia tão deslocado, tão pouco à vontade, quase como um estranho? Também não lhe passou despercebida a forma contida com a qual mencionava o filho, e sua mente lógica tratou de divagar, tentar solucionar a questão. Alguma coisa estava fora de lugar, mas ainda era cedo para dizer o quê.

"Talvez...", pensou enquanto o fitava com o olhar vazio. "Talvez o garoto seja um desses monstros mimados e detestáveis. Sim, é possível. Pobre Navarre. Deve ser mesmo um imenso desgosto."

Da mesma forma, não excluía a possibilidade de que o problema fosse o próprio mestre que, com o avançar da idade, estivesse isolando a si mesmo do mundo, perdido em lembranças irrecuperáveis. Esse tipo de coisa acontecia com freqüência. O avô de Humberto, por exemplo, fora internado num sanatório em Teresópolis por causa disso. Fora horrível no começo, uma vez que a mãe do amigo passara a dividir-se entre as duas cidades para dar assistência ao pai e aos filhos. Humberto agora a via cada vez com menos freqüência. Muito chato.

Capítulo Segundo — Primeiro Lance

Aturdido com a distância de seus pensamentos, resolveu limpar a mente e fixar a atenção no "tour" pela mansão Fioux. Por mais que estimasse Navarre, não tinha absolutamente nada a ver com os problemas familiares e existenciais do mestre, o único capaz de resolver a questão, mesmo que ele próprio tentasse procurar possíveis saídas. Decidiu esquecer, mas não conseguiu. Não pôde apagar o fato de que se importava. Impotente, tudo o que fez foi percorrer a imensa casa atrás do anfitrião, procurando esconder a expressão perturbada de seu rosto.

Passaram por inúmeros aposentos, cada um mais luxuoso e bem decorado que o outro. Quando, finalmente, adentraram na sala de jogos, onde treinariam cerca de três vezes por semana, percebeu, abismado, que já não conseguia se lembrar da localização de nenhum dos outros cômodos.

— Parece perdido, meu filho — disse o velho com ar de riso.

— Pareço? *Estou* perdido, senhor. Não sei nem como chegar ao banheiro mais próximo — confessou, sorrindo.

Navarre gargalhou alto, sua risada gostosa enchendo o ambiente de uma agradável familiaridade.

— Não precisa se preocupar! Sempre que quiser alguma coisa, é só chamar a mim ou a um dos empregados.

A seguir, o mestre iniciou um longo discurso, cuja intenção era deixar o rapaz o mais a vontade possível. Com muita delicadeza, revelou que teria os empregados ao seu inteiro dispor, bem como livre acesso a qualquer cômodo da casa na hora que desejasse, com exceção do quarto de Nicholas e o escritório usado pelo mesmo, no primeiro andar, junto à biblioteca. Alexander concordou, não muito certo se conseguiria encontrar os referidos cômodos, mesmo que desejasse.

— Nicholas é... — perguntou, procurando disfarçar.

— Meu filho — completou com uma ponta de orgulho. — Ainda está no trabalho, mas, se ficar até a hora do jantar, poderá conhecê-lo.

— Não sei, minha mãe vai ficar preocupada.

Sorriram, em compreensão e cumplicidade, então, ansiosos por começar, sentaram-se à mesa; o tabuleiro, previamente arrumado, a separá-los. Navarre tratou de informar os planos que traçara para o desenvolvimento do pupilo, bem como orientar a linha teórica que melhor se encaixaria ao seu estilo de jogo. Alexander, por sua vez, bebia as palavras do mestre como um ávido viajante do deserto beberia a água de um oásis, sedento de saber.

Assustou-se um pouco com as novas condições de treino e com o tempo reduzido de cada jogada, não estava acostumado a ter de raciocinar e decidir assim tão rápido; porém, Navarre explicou-lhe que era importante desenvolver a capacidade de pensar sobre pressão. Concordou, e sentiu-se satisfeito com a explicação e, ainda assim, não pôde deixar de pensar se o outro não o estava superestimando, se não projetava em si um sonho inatingível ou se não esperava algo fora de seu alcance. Temeu desapontá-lo, mas procurou não ceder. Valeria a pena pagar o alto preço dos treinos se isso fizesse com que se tornasse o melhor, por ele mesmo e pelo mestre.

Mergulharam, os dois, numa partida inicial na qual, além da técnica, aprenderiam mutuamente a respeito de suas personalidades. Conheceu um pouco mais de Navarre naquela tarde e teve a certeza de que o mestre também lhe desvendara alguns segredos. Gostou da intimidade familiar com a qual se entregaram ao xadrez. Apreciou imensamente estar ali e ter se entregado como aluno, tanto quanto Navarre se entregara como mestre.

Lançados num mundo lógico e apaixonante, perderam a noção do tempo numa disputa acirrada e emocionante. Vibrava de prazer! Nunca tivera oportunidade de enfrentar um adversário assim. Entusiasmado, avançou com o Bispo Negro e tomou-lhe a Rainha Branca.

O mestre encarou o discípulo. Receoso, o jovem enxadrista voltou a analisar seu lance e não enxergou nada de errado. Silencioso, Navarre avançou o Cavalo e, com esse movimento, trancou o jogo, apoiado apenas na posição das demais peças, inclusive as que Alexander movimentara.

— Xeque-mate — declarou, calmamente.

— N-não é possível! — balbuciou, fitando o tabuleiro com olhos vidrados.

— Veja bem, meu filho. Sacrifiquei uma peça para que você caísse na minha armadilha. Está vendo aqui? — Navarre apontou os Bispos e as Torres de seu "exército". — Não prestou atenção novamente às Torres. Acabou por se encurralar e expor seu Rei.

— É mesmo... Que estupidez a minha.

— Não é estupidez, você está aprendendo. Melhor errar aqui do que na mesa de um campeonato.

— É verdade. Se cometer um erro desse numa final, me mato! — falou o garoto, rindo.

Navarre sorriu também, contagiado pela vivacidade dele e comovido com a atmosfera cúmplice que surgira entre ambos. Sabia não ser prudente envolver-se muito. Seus longos sessenta e sete anos de experiência o alertavam para esse detalhe. No entanto, não havia como resistir à alegria do menino, ainda mais para ele: um homem velho, privado de muita coisa, como a maioria das pessoas geralmente são.

Alexander falava sem parar, o sorriso genuíno iluminando-lhe o rosto jovem. Pensou em Nicholas e há quanto tempo não o via sorrir daquela maneira tão humana, tão simples. Talvez fizesse muito tempo, tanto que nem ao menos conseguia se lembrar. Talvez jamais tivesse visto Nicholas sorrir. Sentiu as lágrimas turvarem-lhe a visão.

Foi nesse momento que uma batida suave na porta interrompeu a ambos. Alexander cessou a tagarelice jovial, enquanto Navarre tratava de afogar a tristeza dentro da alma. Voltaram-se naquela direção. Nova batida, agora mais alta.

— Entre — o mestre murmurou, sombrio.

— *Bona nuit, Navarre.*

A voz dele, baixa e melodiosa, carregada daquela entonação macia e completamente estranha aos seus sentidos, encheu o ambiente e fez com que Alexander erguesse o olhar para fitá-lo. Cada fio de cabelo arrepiou-se com a visão. Ele jazia parado, ainda fora do aposento, encostado ao batente, mirando-o com semblante inexpressivo. Não se lembrava de haver pousado os olhos em criatura mais

Capítulo Segundo — Primeiro Lance

surpreendente. Ele era lindo. Os cabelos lisos, com um tom incomum de loiro-escuro, caíam-lhe até os ombros num corte reto. O terno azul-marinho vestia-lhe o corpo com perfeição sublime, modelando as formas esguias e compridas, evidenciando os ombros largos. Entretanto, o mais desconcertante eram os olhos: cinzentos como o mar em dia de tempestade e igualmente frios, implacáveis, cortantes. E aquela criatura, fugida do paraíso, fitava-o nos olhos sem qualquer pudor ou constrangimento.

Sentiu o corpo trêmulo. Um suor fino e gelado brotou-lhe na testa, enquanto buscava sustentar-lhe o olhar denso. Ele invadia-lhe a alma. Lutou o quanto pôde contra a dominação que lhe era impingida. Quis resistir, mas logo percebeu que o terror aliava-se perigosamente ao fascínio. Antes que fosse derrotado, antes que o jogo terminasse, Alexander desviou os olhos para o tabuleiro. Não precisou fitá-lo novamente para ter certeza de que o outro sorria.

— Nicholas, este é Alexander, o enxadrista de quem lhe falei, lembra?

— Lembro, claro... Apenas esqueceu de dizer que era um garoto — comentou em tom baixo e firme, levemente marcado pelo sotaque macio, porém, sem qualquer emoção na voz.

O rapaz sentiu-se subitamente invadido por uma incontrolável fúria. Como ele ousava? Como se atrevia a falar daquela maneira e olhar para os outros do jeito que olhava, até que não houvesse ar para respirar? Afastou os pensamentos estranhos a respeito dele e encarou-o com indignação, os olhos castanhos brilhando com raiva.

Nicholas recebeu o olhar furioso dele e seu sangue ferveu. Aquele era Alexander Oliveira, um enxadristazinho que viera apenas pelo capricho de Navarre! Não era obrigado a ser cordial com um fedelho. Não o era com ninguém, por que seria com uma criança mimada e aborrecida? Mirou-o com olhar cortante, mas o outro não se abateu dessa vez.

— Não sou garoto. Tenho dezoito anos — rosnou em raiva contida.

— Verdade? Parece ter menos... — foi o comentário indiferente.

— É mesmo? Posso saber por que tem essa opinião? — indagou, num desafio.

Nicholas o encarou por um instante, os dentes trincados para conter os sentimentos que o atormentavam. Ódio... Queria odiar Alexander! Mas, naquele momento, fitando o rosto audacioso, mergulhado nos olhos castanhos repletos de esperança e promessas, não pôde. Não conseguiria odiá-lo, pois estava vendo nele sua própria paixão, uma paixão perdida no passado, assassinada pela ausência, sepultada pelo tempo. Não pôde olhar para ele e não ver a si mesmo. Quis fugir dali; porém, não daria esse prazer a ninguém. Não se entregaria *nunca*.

— Não sei. Talvez por causa dos seus olhos... escuros. Transmitem inocência — murmurou.

Desarmou-se com a declaração dele. Esperava de Nicholas qualquer coisa menos... Fitou-o, dessa vez sem hostilidade, e sim como um enxadrista que procura analisar o adversário.

"Quer dizer que por trás dos olhos frios há sentimento? Será que a indiferença e a distância são apenas uma defesa? Será que tudo é aparência?"

Cada um desses pensamentos lhe ocorreram fugazes, porém significativos. Mas era apenas um rapaz de dezoito anos, apaixonado pela vida e encantado com as peças diante de si, no tabuleiro. Em seu fascínio pelo desconhecido e pela possibilidade de progredir, decidiu não dar atenção às questões que não lhe diziam respeito. Navarre era seu mestre e Nicholas, o filho empresário. O que mais deveria saber além disso? "Nada", foi o que pensou no momento, mas quando Nicholas se virou para deixar o recinto, um secreto desapontamento tomou-o, sem motivo algum. Observou-o caminhar para a porta com andar felino, encantador, e corou sem saber porquê.

— Ágata está colocando a mesa para o jantar, foi o que vim avisar — declarou, sem se voltar para nenhum dos presentes.

As palavras soltas no ar entraram pelos ouvidos de Alexander, lentamente, sem qualquer sentido: "Mesa... jantar... Ágata está... colocando a mesa...".

— Co-Como assim, jantar? — indagou num repente, aflito demais para se preocupar com o tom de voz. — Que horas são?

— Oito e meia — respondeu Nicholas.

— Meu Deus! Perdi a hora!

— Ligue para sua mãe, Alex — sugeriu Navarre.

— Ela vai me matar...

— Faça isso, filho. Sua mãe vai entender.

Navarre estava tão envolvido com o drama do menino que nem se deu conta do que falava, muito menos da reação de Nicholas às suas palavras. Os olhos cinzentos fixaram-se num ponto imaginário, muito além da porta aberta; os lábios entreabriram-se num profundo desgosto. Em seguida, o mundo saiu de foco, borrado pelas lágrimas que não conseguia mais chorar. Navarre chamara Alexander de filho. Conheciam-se a menos de uma semana, viram-se um único dia, e Navarre o chamara de filho. E o pior fora ter consciência do carinho na voz do pai, do zelo em seus gestos. Trêmulo, Nicholas trincou os dentes para não reagir.

— Minha mãe vai me esganar pelo fio do telefone — declarou o rapaz em desespero.

— O jantar logo estará pronto. Você diz à Violeta que jantará aqui e que depois Nicholas o levará em casa — disse, virando-se em seguida para o filho. — Você o leva, não é mesmo, Nicholas?

Engoliu em seco, o ódio dominando-o novamente. Permaneceu de costas simplesmente porque não conseguiria encará-los e sair por cima no estado em que se encontrava. Levou alguns instantes para se refazer e só então falou, sua voz baixa e indiferente ecoando pelo recinto fechado.

— Por que não manda Denis levar?

— Hoje é a noite de folga dele, esqueceu?

Virou-se para eles, finalmente, e mirou o rapaz com olhar frio. O semblante parecia calmo e indiferente enquanto a dor e a inveja corroíam-no por dentro.

Alexander se sentiu ameaçado pelo olhar hostil. Não compreendia o porquê de aquele homem o estar antagonizando de forma tão medonha. Nem mesmo o conhecia!

Um silêncio pesado caiu sobre os três enquanto o jovem empresário refletia sobre a possibilidade de colocar-se a disposição ou não, quase como que possuído por um tipo de prazer macabro ao vê-lo cada vez menos à vontade. Calou pelo tempo que julgou suficiente.

— Claro que levo — foi a resposta impessoal.

— Ótimo! Vou avisar a Ágata para servir logo o jantar — declarou o velho.

Nicholas acompanhou com os olhos a saída de Navarre, o rosto impassível. Só então voltou a atenção para o rapazinho ainda sentado à cadeira, completamente deslocado. Olhou para ele e perdeu-se. Os cabelos castanhos e brilhantes, repicados por sobre as orelhas; os olhos amendoados repletos de sentimento contido, de receio; o rosto ainda adolescente; o corpo não formado; toda a vida que emanava dele e a promessa velada de tudo o que ainda viveria: sua juventude sem o amargo sabor da solidão. Algo se rompeu ao observá-lo. Caminhou para ele num ondular felino, numa união selvagem e perigosa de movimentos.

Os olhos cinzentos capturaram os dele com seu magnetismo e corou diante de Nicholas. A respiração acelerou junto ao bater descompassado de seu coração. Quis fugir, mas não havia para onde correr! Sentiu-se como uma presa fácil, acuada, prestes a ser devorada por um cruel predador.

Nicholas, por sua vez, não se deixou envolver pela inocência daqueles olhos castanhos, tampouco pelo rubor de sua face ou o arfar tímido de seu peito. Abaixou-se na direção dele até que pudesse sentir-lhe a respiração rápida de encontro ao próprio rosto. Encostou os lábios no ouvido dele, sensual por instinto, não por consciência.

— O telefone fica no hall, menino... — murmurou com voz rouca.

Apertou os olhos e engoliu em seco. Sem perceber, estava agarrado ao acento da cadeira, o corpo tenso, o maxilar trincado. O calor desconcertante do corpo de Nicholas, próximo ao seu, foi diminuindo. Reuniu coragem para encará-lo novamente e insultá-lo com os piores nomes que conhecia. E, ao abrir os olhos, estava só. Ele saíra da sala, deixando seu perfume almiscarado pairando no ar como uma maldição.

*   *   *

Tenso, caminhou para o carro acompanhado por Navarre e Ágata. Esforçou-se para retribuir os sorrisos ternos e entusiasmados de ambos, mas a imagem ameaçadora de Nicholas arrancava-lhe qualquer bom pensamento.

Bastou entrar no veículo para sentir a presença perturbadora ao lado. Seu impulso foi desistir da carona e tomar um ônibus, o que lhe pareceu muito mais seguro. Por que se sentia ameaçado afinal? Nicholas não fizera nada além de demonstrar desprezo. Não havia motivo real para tomar postura defensiva, ainda mais quando este não é o estilo de jogo ao qual se está habituado. Nunca jogava na defensiva. Todavia, algo em Nicholas o perturbava. Ou algo em si próprio deixara-se perturbar pela presença dele, o que lhe parecia terrível e era motivo mais que suficiente para devolver-lhe semelhante indiferença. Pior! Desejava não estar sequer próximo a ele. No entanto, o avançado da hora e a certeza do que o aguardava em casa fizeram-no refutar a alternativa numa auto-resignação impiedosa. A verdade era que não fazia qualquer sentido, mas estava com medo, estivera com medo dele desde o interlúdio, antes do jantar. Simplesmente não conseguia desassociar a imagem de Nicholas a de um violento predador, pronto a atacar, sempre à espreita.

Nicholas fitou-o um instante pelo canto dos olhos, flagrando-lhe o terror, e sorriu por dentro. Alexander parecia um bom menino, e por mais que tentasse, não conseguia detestá-lo de todo. Era o único que ignorava a situação da família e a confusão na qual poderia se envolver. Rodaram algum tempo, sem rumo. A tensão do carona já começava a incomodá-lo.

— Relaxe um pouco, garoto! Não vou seqüestrar você — declarou, entre zombeteiro e intrigado, as mãos correndo pelo volante com tamanha segurança e suavidade que enfeitiçavam-no. Ele tinha as mãos tão grandes... os dedos tão longos... Virou o rosto para o outro lado, corando.

— Não vai me dizer o seu endereço? Se eu tiver que adivinhar onde mora, vamos ficar a noite toda dentro deste carro.

Sentiu-se um verdadeiro idiota, a mais imatura das criaturas. A idéia de ter passado por infantil diante do outro mexeu com sua auto-estima, a simples possibilidade de que Nicholas o julgasse garoto demais para estar ali, imaturo demais para assumir qualquer responsabilidade, exasperou-o. Mergulhou num longo e profundo questionamento.

— E então? — indagou mais uma vez. — Pelo visto vou ter mesmo que adivinhar. Pena que não treino há tempos. Acho que perdi a prática, em todo o caso...

— Desculpe, eu... Moro na rua Ferreira de Sá, no Méier.

— Certo, sei onde é — murmurou, virando numa esquina.

Um silêncio pesado caiu entre eles. Surpreso, percebeu que lhe procurava a figura enigmática pelo canto dos olhos. Admitiu consigo que ele o perturbava. Como era possível? Por que Nicholas o perturbaria? Por que fora quase rude com sua frieza? Já passara por situação semelhante antes e não fora acometido por tamanha confusão. Preferiu não pensar mais naquilo ou chegaria a conclusões, no mínimo, despropositadas. Novamente corado, desviou o olhar para a paisagem que passava rápida pela janela, os belíssimos tons de verde e amarelo das árvores, encobertos pelo negro manto da noite.

Nicholas, por sua vez, não podia buscá-lo devido à infinidade de curvas da descida. Não podia olhar para ele, e, no entanto, não precisava disso para saber-lhe o rosto jovem tomado pelo rubor da timidez. Sentia-o constrangido, disposto a atirar-se do carro em movimento ao menor sinal de ameaça. Sorriu sem perceber.

— Bom, como está indo na escola? — perguntou em tom casual, quebrando o silêncio.

— Por que quer saber?

— Estou tentando ser agradável, só isso. Por que está sempre na defensiva? — indagou com curiosidade, fitando o outro de soslaio.

— Não sei. Você me assusta — declarou num impulso, louco para extravasar a pressão. Arrependeu-se em seguida. Bom Deus, como pudera dizer uma coisa daquelas? Como tivera coragem de falar aquilo, assim, na cara dele? Deveria estar mesmo louco.

Capítulo Segundo — Primeiro Lance

Trêmulo, o jovem enxadrista pousou a mão na trava da porta. Não sabia ao certo qual seria a reação de Nicholas. Talvez ele explodisse num acesso de ira incontrolável. Talvez apenas caísse na gargalhada, pronto para denegrir-lhe a imagem de "adolescente-quase-adulto". Mas Nicholas não fez nada disso. Com os olhos fixos no tráfego, atento ao semáforo que paralisava o trânsito, permaneceu mudo, completamente calado, como se não estivesse ali.

Não soube o que pensar. De repente, o pânico que sentia pareceu-lhe menos importante do que a possibilidade de tê-lo magoado. Será que o ofendera? De qualquer maneira, não poderia fazer nada. Abominava mentiras e não havia motivos para mentir. Não conhecia Nicholas Fioux, por que deveria se importar tanto com os sentimentos dele?

— Nicholas, eu sinto muito. Não queria aborrecer você.

Ele não reagiu à declaração. Nada disse, nem mesmo um assentimento ou sinal de que o ouvira. Mais à frente, num semáforo vermelho, o carro parou e, de repente, Alexander viu o homem ao lado voltar-se para ele, sorrindo. Nicholas pousou-lhe a mão sobre o braço e o rapaz estremeceu de imediato, contaminado pelo calor da pele dele na sua, asfixiado pelos olhos de mar revolto. Teve medo, mas não do outro. Temeu a si mesmo e as emoções que ele lhe despertava.

— Não estou aborrecido. Aprecio a sua sinceridade. Sei que não sou muito amigável, mas você é a primeira pessoa que diz isso em voz alta e na minha cara — tornou, divertido.

— Isso me coloca no "hall" dos desprezíveis, não é?

— Talvez... Mas, por outro lado, veja só... — ele sorriu. — Você é diferente de todo o resto. Você é especial.

Alexander engoliu em seco e desviou os olhos dos dele. O rumo da conversa, seguramente, não era o mais preocupante. Estranha era a reação de seu corpo diante da proximidade dele, ou o bater acelerado de seu coração diante daquele sorriso raro. Tudo era loucura. Talvez carência, causada pela recente decepção amorosa. Passaria. Com certeza passaria ou faria com que passasse, o mais rápido possível. Em seu íntimo, desejou saber o porquê de ele falar assim. Quis ouvi-lo e estar com ele. Essa certeza causou-lhe profundo desespero, de maneira que retesou o corpo, o olhar fixo adiante. O semáforo abriu.

— O que isso significa? — atreveu-se a perguntar, tomado por absurda e desconhecida necessidade.

— Que podemos ser amigos, porque não baixo a minha "guarda" para qualquer um.

— E baixou para mim?

— Talvez.

— Como pode? Você nem me conhece...

— Engano seu. Eu o conheço faz tempo, desde que Navarre começou a procurar um discípulo.

— Seu pai me falou sobre isso, por alto.

Nicholas correu a mão pelo volante em plena segurança. Um leve sorriso suavizou-lhe as feições.

— Sempre me surpreendo com a nossa capacidade de imaginar coisas.

— Está brincando comigo! — acusou o rapaz.

— Não... — encarou-o num relance — Vai perceber logo, Alexander, que eu não brinco.

Emudeceu diante do comentário. Cada vez mais sentia-se como que a despencar num abismo. A conversa evoluía naturalmente, e era completamente antinatural a familiaridade que os envolvia. A confusão cresceu em seu íntimo, não devido ao outro, mas quanto às suas próprias e íntimas expectativas. Sim, porque... ali, sentado ao lado dele, com o disparar surdo de seu próprio coração, foi impossível negar que havia uma expectativa concreta e assustadora. Afastou os pensamentos, agarrando-se à primeira coisa que lhe ocorreu: amigos. Eram amigos. Talvez essa fosse a razão do desconforto e da sensação sufocante que o dominava! Acontecia o tempo todo. As pessoas encontram alguém especial, com quem podem dividir alegrias e tristezas. Talvez esse fosse o motivo de Nicholas o mirar daquela forma plena e intensa. Quis perguntar, porém o trânsito fluiu e ele logo desviou o olhar novamente.

— Então... vocês me conhecem bem.

— De certa forma. Observar é sempre um bom começo. Seria um primeiro passo, na minha opinião, um primeiro estágio de conhecimento ou reconhecimento.

— Pois, para mim, parece horrível observar as pessoas dessa forma. Parece invasão ou abuso, ainda não decidi — disse, ainda abalado com seus próprios pensamentos.

— Você me surpreende, menino. Não parece um enxadrista falando.

A indignação cresceu, incontrolável. Seu ego se feriu, por menos maldosa que a insinuação fosse. Decidiu focar a atenção nessa linha de raciocínio, pois era muito melhor e mais seguro indignar-se do que aceitar o turbilhão tumultuado de sensações que ele lhe provocava.

— Co-Como assim? — perguntou, nervoso.

— Enxadristas são observadores por natureza, não são? Nada lhes escapa...

— Está me dizendo que não sou um enxadrista?

— Não, garoto, estou dizendo para tomar cuidado ao julgar Navarre. Pode perceber que é muito semelhante a ele, e isso o arrasaria.

Nesse momento, olhou em volta e percebeu o carro parado, rente à calçada.

— Chegamos — anunciou ele.

Ergueu o rosto para encará-lo. O olhar de Nicholas agora não tinha mais aquele brilho gelado, nem a ânsia maldosa. Ao contrário, era um olhar meigo, repleto de carinho e gratidão. Diante dele, tão acessível, mal pôde controlar as batidas desenfreadas do coração. A respiração tornou-se pesada e foi obrigado a calar para não se denunciar. Inferno! O que lhe acontecia? Aquilo era revoltante e inconcebível!

— Obrigado pela carona — disse, desviando os olhos e jogando as pernas para fora do carro.

Capítulo Segundo — Primeiro Lance

— Na verdade, eu é que tenho que agradecer a você. Obrigado por ter permitido que Navarre o ensine, Alexander. Não sabe o quanto significa para ele tudo isso.

— Que nada... — tornou, o rosto corado pelo elogio, o olhar baixo em timidez súbita. — Eu é que tenho que agradecer por ele ter me escolhido. É uma oportunidade que jamais imaginei para mim.

Nicholas fitou-o, distante. O olhar cinza perdido nas sombras projetadas contra o muro da casa.

— Acontece que, na maioria das vezes, os mestres aprendem muito mais com os alunos, e não o contrário.

Fitou-o, perplexo.

— E o que eu poderia ensinar a Navarre que ele já não saiba?

— Você pode ensiná-lo a ver... e nunca é tarde para aprender.

O olhar cinza se voltou para o menino. Sério como estava, Nicholas parecia bem mais velho, maduro, vivido. Perguntou-se, em pensamento, quantos anos teria de fato, quem seria ele, que tipo de pessoa se escondia por detrás dos olhos frios e distantes, o que pretendera dizer com as palavras vagas de instantes atrás. E cada uma dessas perguntas foi afastada, não por ausência de curiosidade, mas porque não desejava se envolver. Algo lhe dizia para não fazê-lo, ou se arrependeria.

— Acho que você é um bom observador — disse por fim, casual. Nicholas sorriu-lhe.

— É... A gente aprende com o tempo. Eu lhe disse isso.

Sorriu também, antes de continuar.

— Acho que seria um excelente enxadrista. Nunca pensou em competir?

— Não — a resposta dura e taxativa acabou por surpreendê-lo. — Não gosto, não sei e nem quero aprender a jogar xadrez.

— Certo, entendi... — balbuciou. — Não precisamos mais falar nesse assunto se o incomoda tanto. Na verdade, preciso ir...

O olhar de Nicholas passou de frio a triste num instante. Era o momento exato de deixá-lo ali e partir, pois não havia com o quê se importar. Contudo, não conseguia sair do carro e deixá-lo. Era tão fácil.

— Desculpe, Alexander. Não queria...

— Tudo bem, cara, não estou chateado. Só surpreso, eu acho. Parece que há alguma coisa muito errada entre você e seu pai.

— Eu trabalho demais — disse, sem qualquer convencimento, mas com o olhar repleto de ternura. — E Navarre se dedica demais ao xadrez. Não temos muito tempo um para o outro.

Assentiu por mera educação. Algo lhe dizia que ele mentia e que, também, não era o momento adequado para iniciar uma discussão daquele tipo. Não conhecia Nicholas suficientemente para abordar o assunto e nem desejava conhecê-lo. Era melhor ficar calado.

— Eu entendo — mentiu. — Bem, se precisar conversar com alguém, mesmo sabendo que não vou poder ajudar muito, pode contar comigo — disse, saindo do carro e batendo a porta. Antes de se afastar, aproximou-se da janela do carona. — Mais uma vez, obrigado.

Nicholas encarou-o, os olhos úmidos brilhando como pedras raras.

— Você é um bom garoto. Cada vez mais me convenço de que Navarre fez a escolha certa.

Sorriu, contornando o carro para abrir o portão de casa. Voltou-se uma última vez e Nicholas ainda estava lá, fitando-o com aquele olhar repleto de sentimento, provavelmente esperando que entrasse em segurança. Muito educado da parte dele, porém, a presença perturbadora já o contaminava mais que o aceitável. Uma parte de si lhe gritava que ele deveria ir embora de uma vez; a outra lhe sussurrava coisas incompreensíveis, que apenas a alma poderia entender. Desejou não mais vê-lo para manter-se seguro. Por outro lado, Nicholas poderia se tornar um bom amigo. Acenou, ansioso por estar só e afastar tudo aquilo de sua mente.

— Até amanhã — disse ele, antes de ligar o motor e arrancar com o carro.

Alexander acenou, mas parou logo em seguida. Uma euforia louca percorreu-o por dentro, aliada ao pânico típico da tomada de consciência.

"Até amanhã?!", repetiu para si mesmo.

Isso significava que veria Nicholas novamente, no dia seguinte, e no próximo, e no próximo, indefinidamente! Sem compreender, a idéia de revê-lo e torná-lo alguém presente o apavorava. Ao mesmo tempo em que desejava estreitar os laços de amizade entre ambos, algo o alertava para um grande perigo, relacionado aos sentimentos confusos e intensos que experimentava a cada mergulho nos olhos cinzentos. Que tipo de mensagem isso encerrava, não sabia. E nem queria descobrir. Tudo o que queria, agora, era tomar um bom banho, cair na cama e tirar Nicholas Fioux de seus pensamentos.

Capítulo Terceiro
Segundo Lance

A campainha ecoou pelas paredes silenciosas. Um segundo passado e já não era o mesmo corredor, nem o mesmo ar estático. A vida pulsava numa manifestação calorosa e eufórica, típica do começo da tarde. Garotos passavam correndo e se acotovelando nas escadas, meninas em saias pregueadas procuravam desviar da confusão e cochichavam pelos cantos sobre suas novas paixões. Fim da aula.

Saiu da classe com Humberto bem ao seu lado. Ajeitou a mochila nas costas, meio displicente, as alças franzindo de leve a camisa branca do uniforme escolar.

O amigo, por sua vez, carregava o material numa espécie de bolsa colorida, feita de tricô. Fitou-o de soslaio e não pôde deixar de sorrir. Humberto era mesmo uma figura engraçada, única em sua excentricidade. Quem mais além dele andaria com uma bolsa de tricô colorida e o cabelo pintado com aquelas mechas... verdes?

O rapaz tomou consciência da observação e encarou o amigo de volta, desconfiado.

— Que foi, meu caro? Nunca viu, não?

Alexander riu com gosto.

— Ver, eu vi, mas só reparei agora.

— No quê?

— Na sua bolsa *hippie*, eu acho.

Humberto segurou a bolsa com ambas as mãos e ergueu-a no ar, ligeiramente, como quem ostenta um troféu.

— Pois é! Bacana, não? Comprei na feira *hippie* lá de Ipanema.

— É... Muito legal...

— Quer que eu te compre uma também, meu caro? — perguntou, feliz com a oportunidade de presentear o outro.

— Não, Berto, obrigado. Meu negócio é mochila mesmo.

— Eu sei. Bem careta.

Ambos deixaram a portaria lateral, antiga como todo o lugar. Os raios suaves do sol alcançaram os dois amigos, e Alexander cerrou os olhos de leve para sentir a quentura gostosa sobre sua própria pele.

Caminharam lado a lado pela calçada e, como não poderia deixar de ser, Humberto desatou na sua ladainha interminável e ininterrupta. O assunto da vez era Lorena. Nada poderia ser mais inoportuno do que trazer a menina de volta à lembrança. Implacável, perguntou umas cem vezes se a chamaria para sair e não sossegou até o momento que o amigo admitiu não falar com a moça desde o dia do campeonato.

— Putz! Isso faz quase dois meses! Finalmente desistiu, é? — perguntou com ar de riso.

— Tenho coisa mais importante com o que me preocupar do que com Lorena.

— É! Seu tempo anda bastante escasso, não é mesmo? Muito estudo. Muito mais treino que estudo... — perguntou, cutucando o amigo com o cotovelo. — Sua mãe falou para mim. O motorista está levando você em casa todo dia.

— Quem me leva em casa é o Nicholas, filho do Navarre.
— E o cara é gente fina que nem o pai?
— Se é! Batemos altos papos no caminho.
— Hiii... Mas que declaração mais gay, hein? Olha lá, cara!
— Deixa de ser idiota! — bronqueou.

A repreenda foi seguida de um cascudo, manifestação corriqueira da indignação de Alexander para com ele, mas que doía como da primeira vez.

Humberto levou a mão à cabeça e fitou o amigo com olhar feroz, contudo este já olhava para o outro lado. Sua raiva também não era algo muito estável, como quase tudo dentro dele. Era o tipo de pessoa que não guardava ressentimento de ninguém e, se o fazia, era por pouquíssimo tempo. Acabava esquecendo bem rápido das desavenças, uma característica que admirava mais que todas as outras. Dessa forma, continuaram andando um do lado do outro, como se nada tivesse acontecido — e de fato não acontecera — pois "um cascudinho era apenas um cascudinho..."

Alexander tomou a palavra. Fazia planos de como gastar o resto de sua mesada até o final do mês. Pensava em comprar um sapato novo enquanto Humberto sugeria que passassem numa banca para comprar uma revista pornô. Claro que não comprou revista nenhuma, mas o rumo da conversa serviu para mudar de assunto, qualquer um seria mais interessante que Lorena, na opinião do jovem enxadrista. Passada a sessão "sexo", Humberto perguntou sobre as aulas com Navarre.

Tentou explicar em poucas palavras o progresso que vislumbrava para a própria técnica, contou do último treino, atendo-se ao lance de Navarre envolvendo a Rainha e a Torre. Como era de se esperar, Humberto perdeu-se, confuso. Tomado pelo entusiasmo característico, esquecera-se de que o amigo não era enxadrista e que conhecia muito pouco acerca das práticas e do vocabulário que envolvem o jogo. O xadrez era um mundo tão desconhecido para Humberto quanto o mundo da música era desconhecido para si próprio. A música — barulhenta — que o outro tocava nos finais de semana com o pessoal da banda. Bom, não vinha ao caso porque, independente de qualquer coisa, Humberto gostava de tocar e Alexander o respeitava por isso, por saber ler as partituras e "espancar" a bateria com tamanho critério. Era impressionante, porém, incompreensível.

Insistiu a respeito do xadrez, dessa vez de forma mais acessível. Não queria que Humberto aprendesse a jogar, queria apenas que ele compreendesse o que sentia e que participasse de sua vida. Tentou transmitir para o amigo a euforia que o acometia cada vez que sentava diante de Navarre com um tabuleiro a separá-los, todas as promessas mudas que poderiam se tornar realidade, tudo o que poderia aprender com o mestre. E não precisou muito para fazê-lo compreender que aquela era a oportunidade de sua existência. Enfim, vivia seu maior sonho, como poucos teriam a oportunidade de viver. Humberto invejou-o secretamente, por um segundo apenas. Mas nem mesmo a inveja fazia parte de sua natureza e logo foi esquecida também para dar espaço à felicidade de partilhar, qualquer coisa que fosse.

— Não sabe a minha alegria por ver você tão feliz — disse sem se dar conta.

Capítulo Terceiro — Segundo Lance

Alexander abraçou-o forte. O ponto de ônibus chegara e teriam de se separar. Humberto iria para o curso de Inglês, enquanto Alexander tomaria o sentido contrário, para a casa de Navarre. Fitou-o sem pressa e, em sua mente, passaram-se os momentos felizes que tiveram juntos, todas as dificuldades, cada decepção ou sofrimento, bem como as alegrias incontáveis. Humberto era como um irmão. O irmão que Deus não lhe dera.

— Não quer vir comigo? Navarre não vai se incomodar...
— Eu gostaria, mas não posso. Não dá para cabular o Inglês hoje.

Assentiu em compreensão. Quis despedir-se, porém, o ônibus encostou antes que tivesse oportunidade.

— Eu te ligo de noite, Berto — gritou, enquanto corria para entrar pela frente, deixando o amigo para trás.
— Valeu, meu caro. Bom treino. Vai lá e dá uma surra no velhinho.

Subiu no ônibus um tanto desajeitado. Ainda pôde vê-lo acenar da calçada e retribuiu o cumprimento. Foi só quando a imagem do amigo sumira atrás da curva que se decidiu a escolher um bom lugar. Teria uma longa viagem até o Alto da Boa Vista.

Fixou o olhar na paisagem incansável da cidade, os inúmeros carros que subiam a Avenida Presidente Vargas. Pensou em cada uma daquelas pessoas paradas ao longo da calçada, cada uma delas com um destino traçado, sonhos a realizar, obstáculos a superar. Nesse momento, Alexander, mais um garoto que cursava o terceiro colegial do Colégio Pedro II, percebeu que não era diferente de ninguém. Essas tomadas de consciência são sempre óbvias para o resto do mundo, menos para aqueles que as têm. Foi assim, sentado num banco de ônibus, o sol forte do início de tarde a queimar-lhe o rosto, o vento contínuo a correr-lhe os fios castanhos do cabelo, que um brilho de esperança surgiu-lhe no olhar. O mundo poderia muito bem lhe pertencer ou acolher. Não havia limites para as realizações, tudo lhe pareceu possível e correto.

Afundou no encosto macio, suspirando. Tudo o que desejava era jogar xadrez e ser aceito pela família. A primeira parte era mais fácil, por incrível que parecesse, e já estava em prática, buscava o conhecimento com o próprio empenho. Agora, quanto à família, sentia-se muitas vezes perdido. Agradar Violeta parecia uma tarefa impossível. Mas não existiam tarefas impossíveis de serem realizadas, existiam? Dessa forma, a única conclusão a qual chegava era a de que errara em algum ponto com relação à mãe, e, por mais que se esforçasse, não conseguia descobrir aonde fora.

Todavia, ela sempre os criara para o mundo, capazes de decidir e, principalmente, conscientes de que deveriam arcar com as consequências de suas escolhas. E, de repente, ser de fato independente poderia, de alguma forma, estar afetando Violeta, transmitindo aquela certeza de que os anos se passaram e que, em breve, seguiriam rumos distintos, apesar do sentimento que sempre os uniria. De certa forma, sentia-se responsável pela confusão dela, pelo fato de estar sofrendo — se é que estava mesmo, ainda não perguntara — mesmo que ela fizesse questão de afirmar que deveriam seguir em frente. Por outro lado, não podia ser diferente, agir de outra forma, pois aprendera que deveria lutar por sua vida, e fora a mãe que o ensinara tudo isso. Como contrariar suas próprias palavras, mesmo que para fazê-la feliz? Estava fora de cogitação. Nunca deixaria de ser quem era por ninguém. Nunca.

Permitiu que a profusão de tons verdes das árvores lhe invadisse os olhos. O ponto aproximava-se rápido. Antes de levantar-se e dar o sinal para descer, encerou os pensamentos, certo de que impor sua vontade diante de Violeta fora o primeiro de uma infinidade de passos que precisariam ser dados até conquistar sua liberdade. De fato, a mãe concordara depressa demais com as aulas, ainda mais ela que julgava o "jogo" apenas um sonho infantil e descabido. Como não possuía resposta alguma, preferiu pensar que compreendia a importância do xadrez. Seria um grande avanço se fosse verdade e o pouparia de ter de encontrar uma razão para sentimentos que não lhe pertenciam.

Confortado por esse pensamento, cruzou os portões da mansão com um imenso sorriso nos lábios. Com certeza o velho mestre gostaria de ouvir sobre as divagações, pois as últimas três semanas foram repletas de revelações. Além das aulas, descobrira em Navarre muito mais que um mestre, mas um amigo sempre pronto a ouvir, sempre interessado em tudo o que falava, desde as notas da escola até os problemas familiares. Navarre o ouvia como um pai zeloso.

Outra boa surpresa fora Nicholas. O rapaz mostrava-se cada vez mais presente sem mais o ameaçar. Uma presença suave e serena, completamente diversa da primeira impressão constrangedora. E ele também sabia ouvir como ninguém. Era muito parecido com o pai nesse sentido, contudo, ouviam de maneiras completamente distintas. Enquanto Navarre o fazia como conselheiro e pai, Nicholas ouvia com doçura e colocava-se como igual. Não conhecia quase nada do empresário e, ainda assim, olhava para ele e sentia que tinham as mesmas dúvidas, os mesmos problemas, as mesmas buscas, ou ao menos pareciam ter. Por outro lado, o antagonismo entre pai e filho tornava-se cada vez mais óbvio. Isso o incomodava, porém, todas as vezes que tentara tocar no assunto, Nicholas desviara a conversa, tão sagaz quanto Navarre, talvez até pior. Desistira por hora. Essa faceta misteriosa de Nicholas Fioux não deixava de assustá-lo, era como pisar em terreno movediço.

Bateu à porta. Logo alguns passos fizeram-se ouvir, cada vez mais próximos. Poderia ser Ágata, porém o mais provável era que Matias, o mordomo, viesse atender. Ensaiou o sorriso e a brincadeira quando o rosto perfeito dele surgiu-lhe por detrás do batente. Sentiu a cor esvair-se de súbito. Não estava preparado para vê-lo.

Nicholas o fitava com ar interrogativo, parado, sério, os olhos cinzas brilhando muito. Trajava um macacão jeans, meio empoeirado, por cima de uma camisa listrada de verde e creme, o cabelo dourado encontrava-se atado à nuca. Alexander engoliu em seco e afastou-se um pouco, numa reação involuntária de autopreservação sem sentido real ou aparente.

— Hei... Tudo bem? — foi a pergunta preocupada.

Não conseguiu responder. A mente trabalhou rápido, mas o corpo não acompanhou a velocidade dos estímulos. Maldita e estranha fascinação que o

Capítulo Terceiro — Segundo Lance

capturava nos momentos mais inoportunos. Nem mesmo andar conseguia. Os membros pareciam prestes a fraquejar.

— Alexander! — chamou, agora mais alto. — O que foi? Assustei você?

Piscou um par de vezes, o rosto rubro num repente.

— Não, eu... Bem... Onde está seu pai?

— Ah, sim... — ele afastou-se para dar passagem ao garoto. — Navarre saiu. Foi buscar uns exames lá no Centro e pediu para que eu o recebesse.

— Mas ele foi sozinho?

— Não. Dessa vez Denis foi com ele.

— O motorista? — indagou confuso, imaginando que deveria haver companhia mais pessoal que um motorista, ao menos para assuntos daquele tipo.

Nicholas deu de ombros e virou-se, disposto a deixá-lo plantado à entrada. O rapaz entrou e, após fechar a porta, seguiu atrás dele. Seu raciocínio lógico gritava que aquela era a oportunidade perfeita de pressioná-lo e obter-lhe a verdade sobre o pai, fosse ela qual fosse.

— Nicholas — chamou. O empresário parou em resposta, no meio da sala, de costas para ele, aparentemente desinteressado. — Seu pai está doente?

Silêncio. Não pôde ver os olhos acinzentados, mas não foi preciso. Num gesto involuntário, ele apertou o tecido grosso do macacão, as mãos ligeiramente trêmulas. Durou apenas um segundo, mas o suficiente para que soubesse de seu sofrimento. Quando a voz sussurrada soou outra vez, estava calma e controlada.

— Não. É coisa de gente idosa. Só uns exames de rotina.

— Sei, mas...

Ele recomeçou a andar. "Raio de criatura escorregadia". Foi obrigado a correr para alcançá-lo e pegou-o pelo braço, obrigando-o a encará-lo. E teria sido melhor se não o houvesse feito. Os olhos cinzas dele estavam úmidos e tão meigos, tão absolutamente ternos, que sentiu o coração bater forte. Ele sorriu, suave, e Alexander esqueceu-se até mesmo do que dizia, de Navarre, da possível doença, e de todo o resto.

— Não vai poder treinar agora — foi o comentário, sem qualquer pretensão aparente.

— Não.

— Então, vem comigo — convidou. — Já que não tem nada de especial para fazer, quero lhe mostrar uma coisa.

Saíram ambos para o jardim, Nicholas na frente, Alexander logo atrás. Era o mais belo jardim em que já pousara os olhos. Por entre os galhos das frondosas e exóticas árvores, entravam réstias de luz, que vinham dourar os cabelos claros do outro; o perfume das flores enchia todo o ar com sua doçura; pétalas coloridas e folhas avermelhadas caíam do alto, cobrindo o chão com um delicado tapete multicolor. Anestesiado com aquela abençoada mistura de cores, luz e perfume, sentiu-se flutuar, embalado pela brisa suave. Como num sonho, transportou-se para a cálida irrealidade que aquele pequeno pedaço da natureza criara ao redor deles.

Nicholas puxou-o por entre a vegetação até que pararam de frente para uma planta muito pequena. Só então se ajoelhou na terra, trazendo o rapaz consigo.

O que se seguiu foi uma sucessão de palavras doces, carregadas de significado e que, entretanto, não continham qualquer sentido. Enveredaram por uma conversa cúmplice, os olhos cinzentos presos aos seus como jóias raras aos sentidos, o perfume dele a se misturar com o cheiro fresco de terra e orvalho. Não era real, não podia ser! E ainda mais irreal lhe pareceu o brilho daqueles olhos a dizer, em silêncio, o quanto desejava estar ali.

Confuso, fosse pela presença máscula e acessível daquele homem intrigante, fosse pelas revelações inusitadas que ele lhe fazia, Alexander descobriu o nome das mais variadas espécies de plantas, árvores, arbustos, flores... E, numa dessas revelações, deu-se conta de que o jardim inteiro pertencia ao homem ajoelhado diante de si. Vagou o olhar pela paisagem, fascinado com a beleza do lugar e com a habilidade dele em cuidar da vida, independente de sua manifestação.

Assim que seus olhares se encontraram, Alexander soube que sinceridade não fora o único motivo que o levara a falar. Havia algo mais que não quis identificar, mas que estava intimamente ligado ao sorriso que ele lhe lançou. Pensou, então, que Nicholas era a criatura mais adorável, a mais linda que já tivera oportunidade de apreciar, contudo os pensamentos soaram-lhe ainda mais absurdos. Precisava centrar-se novamente. Negar-se...

Calou, envergonhado demais por um instante. Claro que a timidez não passara despercebida ao empresário, que o fitava, sereno. Tentou não se importar com a possibilidade de ele, provavelmente, desconfiar. Será? Não. Até porque sua confusão não era de fato importante, apenas um certo constrangimento. Mas não foi capaz de convencer nem a si mesmo, por isso resolveu puxar outro assunto, mais impessoal.

Perguntou sobre jardinagem, claro. Estava interessado demais, para ser sincero. Nicholas respondeu-lhe todas as perguntas que podia. Confessou que iniciara o *hobbie* na adolescência, para suprir o tempo livre, e acabara tomando gosto pela atividade.

— Adoro essas plantas. Elas são como uma família e o lado bom disso é que jamais me decepcionarão — admitiu num murmúrio, tomando uma folha na mão e fitando-a com carinho.

— Tem medo de se decepcionar com as pessoas?

— Medo? Não... Seria um tolo se tivesse. Na minha opinião, só podemos ter medo daquilo que ainda não conhecemos.

— Então, já se decepcionou — era uma afirmação.

— Você, não?

Perdeu-se no olhar cinza e não pôde suportar o significado que encerrava. Desviou o rosto para a vegetação.

— É um lindo jardim.

— Obrigado...

O silêncio que se abateu sobre ambos foi pesado e incômodo. Sentia-se de certa forma responsável, pois perguntara demais, para variar, e acabara expondo-o sem necessidade. Mas estava feito. Restou-lhe o vazio da voz dele em seus ouvidos e o anseio por sabê-lo vivo outra vez.

— Então, não foi trabalhar hoje... — começou, necessitado de ouvi-lo.

— É... Estava com vontade de ficar em casa e cuidar das minhas plantas. E depois, quando Navarre falou que precisava sair — o empresário virou-se para fitá-lo nos olhos — quis ficar para ver você.

Precisava admitir que Nicholas mexia com sua capacidade de raciocínio. Com um simples olhar, esvaziava-lhe a mente e fazia cada célula de seu corpo estremecer, exatamente como naquele momento, o que era, no mínimo, inaceitável, dada a natureza de ambos. Inaceitável sim. A razão gritou-lhe em silêncio que não deveria afetar-se pelo fascínio. Sua alma, contudo, parecia ansiar por aquilo. Terrível conflito que terminou ao mergulhar nos olhos prateados dele, limpos e plenos. Tentou recompor-se, aumentando a distância que os separava. Em vão. Logo percebeu não haver como ou o quê recompor, não diante dele.

— Costuma faltar sempre que tem vontade?

— Não, só de vez em quando.

— Não vai ser despedido? — perguntou preocupado.

Nicholas ergueu-se com calculada lentidão. Em seguida, afastou-se para um banco de pedra próximo, sentando de um jeito tipicamente masculino que o encantou. Dúvida cruel que o martirizava. Por que, de repente, era tão importante? Por que se sentia daquela forma? Era errado, não era? Ele parecia tão à vontade que desejou estar ali, com ele, sem cobranças, motivos ou definições. Apenas estar ali e descansar. Quando se deu conta, caminhava em sua direção.

— É um pouco difícil ser despedido quando se é o dono da empresa.

— Do-dono? — balbuciou, caindo sentado ao lado do empresário.

— Também não estava sabendo disso?

Alexander nem se deu ao trabalho de responder. Nicholas gargalhou alto, com gosto, seu riso soando como melodia rara.

— Nos conhecemos há cerca de dois meses, conversamos todos os dias e, no entanto, não sabe nada a meu respeito — tornou com ar divertido.

O garoto fitou-o chocado, ouvindo a breve história de sua vida profissional. Formara-se em Desenho Industrial há apenas cinco anos, uma carreira em expansão, mas com um mercado competitivo ao extremo. Com o desempenho exemplar que demonstrara na faculdade, logo fora chamado para trabalhar num grande escritório em Ipanema. Entusiasmado, Nicholas descreveu rapidamente alguns de seus trabalhos mais importantes, dentre eles um projeto de embalagens para produtos perecíveis e algumas campanhas publicitárias de peso. Durante um ano, juntou tudo o que o recebera, cada centavo. Findo o contrato, afastara-se do escritório e investira no seu próprio negócio. O resultado de todo esse esforço e dedicação era o Designer & Dreams, o escritório de artes gráficas que dividia com outros dois designers.

— Meus sócios são ex-colegas de faculdade. Um deles chama-se Roberto Dias, é meio ausente, mas cumpre os prazos, pelo menos por enquanto. O outro, Davi Casiragli, é o nosso "relações públicas".

— Isso me parece bom. Já percebi que você não é do tipo que fala muito ou tem tato com clientes mais inoportunos.

— Isso não é verdade. Depende da ocasião... — defendeu-se com ar de riso, contudo, diante do olhar desconfiado do rapaz, resolveu se corrigir. — Estou mentindo. Não tenho o menor jeito com o público, mas não é por intolerância, é que... sou um pouco tímido.

— Você, tímido? Conseguiu me surpreender dessa vez.

— Bem... — continuou, procurando ocupar-se das rachaduras na superfície pedregosa do banco. — De qualquer forma, Davi é mestre na arte de conversar. Deixo os contatos pessoais para ele resolver.

De repente, Alexander sentiu uma vontade incontrolável de implicar com ele. Aproximou-se devagar, como que aproveitando o silêncio que caíra entre ambos para evidenciar-lhe a voz. Suave, inclinou-se sobre Nicholas e procurou com os olhos as mãos do outro. Sem pressa.

— Então, Davi é o "Relações Públicas", Roberto é o "mais ou menos" e você é o "chefão". Acertei?

— Temos partes iguais nos negócios. Ninguém manda em ninguém, essa é a lei.

— Mesmo assim alguém tem que coordenar o trabalho — Nicholas encarou-o com olhar interrogativo. — Essa seria uma função perfeita para você.

Ele sorriu, dividido entre a incredulidade e a surpresa.

— Está me chamando de mandão?

— Quem, eu? Nem pensar...

Nicholas virou-se de frente para ele, o semblante divertido. Cruzou os braços num movimento calculado e fitou-o.

— Quer saber se sou o sócio chato que fica em cima dos outros cobrando prazo e qualidade? Acertou. Esse sou eu.

— Eu sabia. Tinha certeza...

Nicholas riu diante da expressão daquele rosto jovem e alegre. Alexander era especial. Era um anjo.

O riso foi morrendo e restaram apenas os olhares de ambos, presos um no outro. Nicholas sentiu-se prisioneiro dele e tentou afastar-se. Não pôde. Alexander, por sua vez, foi tomado por um sentimento completamente novo e perturbador. Optou por não pensar naquele instante ou destruiria a naturalidade de suas intenções. Um desejo imenso de tocá-lo o invadiu e chegou a erguer a mão para sentir-lhe o rosto, quando Nicholas afastou-se, quebrando o silêncio delicado.

— Eu... Fico com a parte criativa e mais nada. Estava brincando quando disse que... Bem... talvez não fosse de fato uma brincadeira, mas...

Desnorteado com o balbuciar dele, ciente do que estivera preste a fazer, o jovem rendeu-se à confusão. Era um enxadrista, precisava recobrar a lucidez e a sagacidade para olhar a situação por todos os ângulos possíveis, tudo isso sem se deixar abalar. Por um instante percebeu que não poderia tocá-lo, não como o instinto exigia. Nicholas percebera, com certeza, e afastara-se sem cerimônia. Confuso com o

Capítulo Terceiro — Segundo Lance

sentimento que ele lhe despertava e arrependido pela liberdade estúpida que tomara sem nada perguntar, disse a primeira coisa que lhe ocorreu.

— Sabe... Depois de tudo o que me contou, imagino que grande jogador de xadrez você não seria, caso optasse por se dedicar.

Viu quando ele contraiu o maxilar, os músculos de súbito tensos. Inferno! Só servira para piorar ainda mais a situação.

— Não gosto de xadrez — declarou, frio e distante novamente.

Fitou-o, mesmo temendo-lhe a frieza. Ficava cada vez mais espantado com a capacidade de Nicholas para mudar de humor. A transformação acontecera em todas as vezes que perguntava-lhe sobre o passado ou mencionava o xadrez. Saber que ele sofria, mesmo sem ter noção do porquê, causou-lhe uma dor quase física.

— Desculpe. Não quis chatear você, de verdade — murmurou, sem olhar para ele.

O empresário respirou fundo antes de fitar o garoto novamente. Seu olhar estava mais limpo, seu semblante mais suave; porém, triste.

— Tudo bem. Deixa pra lá. Não foi nada...

— Juro que não queria te aborrecer. Então, se você me contar o que estou falando de errado, o que o incomoda tanto, eu...

— Não me incomoda, Alexander — cortou-o, sem expressão na voz.

— Não é o que parece.

— Não se meta nisso. Sempre acontece de alguém se machucar.

— Alguém ou você?

Silêncio. Nicholas mirou-o, e seu olhar já não era frio, mas brilhava demais, repleto de um sentimento que o rapaz não soube e nem quis identificar.

— Não eu, mas você — respondeu finalmente. — Não quero que se machuque.

— Acho que posso me cuidar! — declarou com um sorriso amigável que não amenizou a expressão carregada do amigo.

— Você não entende, e nem pode. É melhor deixar quieto. Um dia, quem sabe. Talvez eu conte o que deseja saber. Isso, se ainda estiver disposto a escutar... ou disponível.

— Eu estarei, disposto e disponível, pode acreditar em mim.

Nicholas olhou-o por mais algum tempo com ar desolado. Em seguida, voltou o olhar para as árvores que os rodeavam, como que fugido. Ambos se recostaram no banco e se entregaram ao suave murmúrio do vento por entre as folhas. Raios amenos de sol vinham brincar sobre eles. "E dourar ainda mais aqueles cabelos claros e macios", foi o pensamento desproposital que o acometeu, forte o suficiente para duvidar de si mesmo.

— Sabe o que me ocorreu agora, de repente? — indagou num sussurro, fitando-o de soslaio.

— Não — tornou sem fitá-lo, o coração acelerado pela possibilidade de ele ter lhe descoberto a confusão.

— Parece que nos conhecemos há muito, mas muito tempo, não concorda? Quer dizer, eu sinto assim, como se já nos conhecêssemos antes.

— Tem razão — admitiu aliviado. — Concordo com você.

— Mesmo? Então, me faz um favor? Me chame-me de Nick. A única pessoa conhecida que me chama de Nicholas é Navarre.

Pensou em fazer um comentário sobre a declaração. Afinal, Nicholas também só chamava o pai de Navarre. Para sua felicidade, conseguiu conter a língua há tempo, antes que pudesse se intrometer novamente na vida alheia.

— Certo. E você me chama de Alex.

— Muito justo. Combinado — disse, sorrindo.

Silêncio.

— Nick... Posso lhe fazer uma pergunta?

— Claro.

— É que... Bem... Vestido assim, com uma roupa mais informal, você parece mais jovem.

— Tenho vinte e sete anos — respondeu com um sorriso.

— Nove anos a mais que eu e já tem sua própria empresa — Nicholas deu de ombros. — Incrível. Imagine só se, daqui a nove anos, eu tiver metade do que você construiu até agora. Seria uma glória! Minha mãe ficaria muito orgulhosa de mim — o rapaz baixou o olhar, o sorriso morrendo lentamente nos lábios. — Mas eu não sou como você, assim tão... Tão... — calou-se.

— Você é uma pessoa muito forte e não deve deixar ninguém convencê-lo do contrário.

Fitou-o e perdeu-se no acinzentado hipnotizante de seus olhos doces.

— Quando estiver com vinte e sete anos, será um dos melhores enxadristas do país, o mais jovem a competir profissionalmente e a integrar o meio. Isso sim é uma glória, não é?

Não respondeu de imediato, não se sentia tão seguro quanto Nicholas a respeito de si mesmo. A cada novo treino com Navarre descobria que restava mais a aprender, uma sucessão interminável que o consumia e desarmava. Aquilo não teria fim, jamais. Sabia disso. Sentiu-se subitamente pequeno diante do outro.

— Humpf! Já sou um dos melhores do país — declarou, cruzando os braços, sem noção exata do porquê de estar agindo daquela maneira, quase arrogante.

— É melhor ir com calma, rapaz. Você joga bem, mas...

— Mas, o quê? Você nunca me viu jogar — protestou.

— Tem certeza disso? — indagou, deixando a pergunta pairar no ar por um tempo. — Eu estava no ginásio quando venceu o Estadual.

Era verdade. Fora levar Navarre à competição. O pai estivera ansioso por toda a semana, o único assunto da casa era o bendito campeonato, o único nome que ouvia da boca dele era o de Alexander Oliveira. Deixara o pai na portaria principal com a intenção de ir embora, pois recusara-se a assistir à partida. Ciúmes? Talvez... Receio de encontrar alguém melhor do que si mesmo e ter de admitir que Navarre estivera certo desde sempre? Com certeza! Não conseguiria conviver com o desprezo do pai e com a dura realidade de que não havia nada em si que pudesse chamar-lhe a atenção.

— Você estava lá? Seu pai não me disse nada...

Nicholas deu de ombros.

Capítulo Terceiro — Segundo Lance

— Navarre não sabe. Ele pensa que fui embora, mas no último momento resolvi ficar para ver você competir. Foi pura curiosidade — mentiu. — Será que agora minha opinião tem algum valor?

— Depende! O que você sabe sobre xadrez para se julgar capaz de me avaliar? — perguntou, ofendido.

Nicholas sorriu, subitamente divertido com a expressão aborrecida do rapaz.

— Não sou nenhum perito, mas convivo com um jogador excepcional desde que nasci. Devo ter aprendido algo nesse meio tempo, não concorda?

— Tudo bem! Mas que não sabe mais do que eu, não sabe mesmo — tornou.

Não conhecia essa face de Alexander, ligeiramente arrogante. Na verdade, conhecia poucas faces dele e, de repente, percebeu que o impulso de provocá-lo era maior do que a vontade de encerrar a discussão.

— Você é bem vaidoso, não é mesmo, garoto?

— Não sou vaidoso e nem sou garoto.

— É sim, ambos — insistiu, controlando-se para não rir.

— Sou tão vaidoso quanto você.

— Aí está algo que realmente não sou: vaidoso — divagou, o rosto tomado por uma expressão que não admitia contestação.

— Tem razão. Você é irritante, Nicholas! — despejou, levantando-se. — Diga a seu pai que estarei aqui amanhã, no horário de sempre, por favor.

Nicholas ficou algum tempo vendo-o se afastar pelo gramado. Sabia que Alexander voltaria no dia seguinte, que aquilo não passara de intransigência, mas, vê-lo ir embora lhe pareceu subitamente terrível. Era assim que acontecia, não era? As pessoas vinham e sempre acabavam por partir. De tudo, restava-lhe a solidão, o sentimento de responsabilidade, a amarga sensação de suportar, sozinho, o peso de existir. A vida poderia ser um fardo terrível. Ele mesmo pensara assim, numa idade em que a maioria dos garotos ia para a escola jogar bola e levantar as saias das meninas no recreio. As pessoas, todas, passavam e, com elas, os sonhos, o sentimento. Partiam por sua própria incapacidade de amar, exatamente como a mãe, o pai, e Alexander. Sim, também ele passaria.

O peito contraiu-se em insuportável dor. Até quando seria vítima de si mesmo? Precisava fazer algo, qualquer coisa, só não podia deixá-lo ir daquele jeito por sua culpa, por suas falhas.

— Alex! Espera! — gritou de repente, tomado pelo pânico, colocando-se de pé num salto.

O rapaz virou-se por sobre os ombros para olhá-lo e não conseguia continuar, não havia o que dizer a ele. O desejo de interromper o ciclo vicioso de sua própria solidão era concreto, mas não sabia como proceder dali para frente e, igualmente, não poderia parar, pensar sobre tudo, ou o momento passaria! Não havia tempo. Alexander preparava-se para partir outra vez! Falou a primeira coisa que lhe veio à mente.

— Desafio você para uma partida de xadrez.

— Está brincando — disse, virando-se e caminhando até o outro com extrema calma. — Por que quer fazer isso se sabe que vai perder? Você não precisa se sujeitar.

— Aposto... — engoliu em seco, nervoso. — Aposto como venço você em meia hora, no máximo.

Alexander riu alto, dividido entre a estupefação e um terrível vazio interior que não soube definir. Disse-lhe que não havia qualquer chance de perder, pois vencera um grande campeonato, como o Estadual, dedicava-se ao xadrez desde a infância, e todas as outras coisas que Nicholas já sabia de cor e que, naquele instante, serviram apenas para deixá-lo ainda mais tenso.

Havia muito mais em jogo do que uma reles partida de xadrez, e se o rapaz não percebera, se não atentara para o fato, era porque não analisara com clareza. Não importava. Munido de firmeza, Nicholas encarou-o com segurança que estava longe de sentir, e declarou que cobriria a aposta dele, fosse qual fosse. Alguns instantes se passaram, em absoluto silêncio, e aqueles olhos castanhos mergulharam nos seus, indagativos. Não podia vacilar ou perderia a coragem de ir adiante. Arriscou, dizendo ao garoto que pedisse qualquer coisa. Seria dele, caso conseguisse deitar seu Rei no tabuleiro.

— Está falando sério?
— Nunca falei tão sério em minha vida.
— Se apostarmos, será para valer. Nunca volto atrás numa aposta.
— Nem eu.
— Vou exigir que me pague — advertiu Alexander, sorrindo.
— Digo o mesmo.

Observou Nicholas com curiosidade, mas não pôde decifrar-lhe o olhar.

— Um milhão de dólares — chutou, certo de que ele desistiria.
— É isso o que vale uma partida com você? — inquiriu, sarcástico.
— Estou fazendo um precinho camarada, porque somos amigos e porque sei que não vai aceitar.

O empresário sorriu e baixou o olhar para que ele não lhe flagrasse o desespero, seu coração batendo descompassado dentro do peito. Nem ao menos possuía aquela quantia disponível, caso perdesse.

— Quer me levar à falência?
— Esse é o lance. É pegar ou largar.

Nicholas tremia e suava frio. Vira-o jogar no Campeonato Estadual e, naquela ocasião, entendera perfeitamente porque o garoto chamara a atenção de Navarre. Louco... Estava completamente louco se acreditava que os longínquos anos de estudos, quase teóricos, poderiam derrotar Alexander. A consciência gritou-lhe, contudo, a alma sofria diante da possibilidade de perdê-lo.

— Pense bem, Nick. Vai morrer em um milhão de dólares para um garoto...

Era sua última chance. A última de mantê-lo perto de si, fazê-lo seu, e nunca mais ter de vê-lo pelas costas. E, foi quando percebeu: não queria mais viver sem a presença de Alexander em sua vida. Queria-o mais que qualquer outra coisa, mais que tudo, com uma força desesperadora.

Capítulo Terceiro — Segundo Lance

— Eu aceito. Meu lance vale isso — disse, sem nem ao menos ouvir as próprias palavras.

Fez-se um silêncio sepulcral.

— Não vai ganhar de mim — murmurou o rapaz, atônito.

— Veremos...

— O que quer que lhe dê como cobertura à sua aposta? — perguntou, mais por formalidade.

— O que eu quero? — nem mesmo a hesitação de suas palavras ou a urgência de seus olhos cinzentos puderam preparar o rapaz para o que viria a seguir — Alex... Eu quero você.

Capítulo Quarto
Xeque

Entrou em casa como um criminoso perseguido procurando refúgio. Ainda mais pálido, um suor frio e pegajoso a escorrer-lhe pelo rosto, o estômago embrulhado de nervoso, buscou vestígios de alguém com olhar hesitante casa adentro. Nem sinal da mãe ou da irmã. Jogou-se no sofá surrado e afundou o rosto nas mãos em mudo desespero. Não encontrava ânimo sequer para se levantar e arrumar suas coisas. Queria ficar ali largado, e esperar o mundo acabar ou a vida esvair-se, lentamente. Fora totalmente estúpido em aceitar uma aposta como aquela. Só mesmo o mais completo idiota faz de si objeto de barganha. Onde estava com a cabeça afinal? Onde?

Ergueu o rosto para a janela aberta. As cores suaves do entardecer fizeram-lhe companhia, o sol tímido veio para secar-lhe as lágrimas.

Não importava. Nada mais importava! Nem ele próprio se reconhecia no papel arrogante que interpretara diante de Nicholas, porém sabia o suficiente a respeito de si mesmo para ter certeza de que não fora algo corriqueiro. De alguma forma, as palavras dele o atingiram e o fizeram agir daquela maneira absurda! Como pudera perder o controle? Como pudera perder-se daquela forma? O quê exatamente isso acarretaria, não sabia. E nem queria descobrir. Aceitar que perdera já era difícil. Formular hipóteses que pudessem explicar as intenções de Nicholas era impossível, além de constrangedor. Pertencia a ele, era fato. O medo o impelia a agir, não a pensar. A realidade era o mais cruel dos juízes: subestimara seu adversário, perdera a aposta e teria de pagar pela própria estupidez, independente do que Nicholas dissesse.

E não era apenas isso. Havia outras questões, outras pessoas além de seu eu egoísta e prepotente, que sofreriam com a situação: Violeta e Virgínia. A família sofreria um terrível golpe. Não queria partir daquele jeito, sob as condições que o assolavam, mas não havia como ignorar a aposta, bem como suas conseqüências. A palavra era tudo o que lhe restara do episódio constrangedor. Apenas um caminho a seguir.

— Alexander... — a voz da mãe, vinda do corredor, interrompeu-lhe os pensamentos. — Por que chegou tão cedo?

— O treino não rendeu muito hoje... — balbuciou, sem fitá-la. Precisava de tempo para recuperar a firmeza e pensar numa saída digna. — Onde está Virgínia?

— Saiu com umas amigas da escola — respondeu ela, encarando-o com ar desconfiado. — Aconteceu alguma coisa?

— Claro que não, mãe! Eu... — ergueu o olhar para ela e esse foi seu erro. Ao mergulhar nos olhos astutos e experientes, não pôde continuar.

A mãe permanecia parada, apoiada no batente, o rosto marcado pelas linhas de expressão e carregado de preocupação. Um peso enorme caiu-lhe sobre os ombros ao fitá-la... Peso por uma responsabilidade grande demais, pelo próprio destino incerto, peso por ter aceitado um jogo e, agora, estar nas mãos de um homem que sequer conhecia. Olhar a mãe naquele instante, fê-lo ter consciência de que não estava só, mas que as conseqüências de seus atos impensados e levianos afetariam a todos que o rodeava, de uma maneira ou de outra. Não havia saída para ele. Não diria a verdade, isso nunca! Imagine só, revelar à própria mãe que pertencia a outro por causa de uma aposta. Seria o fim do mundo. Teria de mentir, era fato; ou então, ignorar o ocorrido e fingir que não conhecia Nicholas ou Navarre, e que nada acontecera.

Esfregou o rosto em desespero mundo. Não podia ignorar a aposta, seria o mesmo que fugir de suas escolhas. E precisava de Navarre para atingir seu objetivo; precisava de Navarre e de...

— Alex! — inquiriu ela, sentando-se ao lado dele no sofá, os olhos arregalados — O que aconteceu? Por que está chorando?

— Não estou chorando — cuspiu, as lágrimas ameaçando escorrer-lhe pelo rosto.

— Claro que está! Estou vendo — devolveu, nervosa, a voz soando mais alta do que pretendia.

Deveria simplesmente ignorar o incidente, escolher o caminho correto, superar a vergonha da derrota e esquecer que um dia jogara com Nicholas Fioux. Tinha por obrigação reafirmar sua posição de homem e agarrar seu lado racional com todas as forças: aquilo não fazia sentido, não encerrava qualquer significado. Deveria começar de novo, como se nada tivesse acontecido, porque era assim que a maioria das pessoas agia o tempo todo. Nicholas não se oporia, e talvez até achasse uma boa idéia. Concordaram na hora que fora um ato bastante imbecil. É claro que Nicholas denominara como pueril, porém, naquele caso, era a mesma coisa. Entretanto, se fosse tão fácil quanto parecia, por que não conseguia? Por que não esquecia de uma vez e seguia em frente?

— Orgulho — disse por fim. — Sou muito orgulhoso para me conformar com a derrota.

— Como? O que quer dizer? — perguntou Violeta, confusa.

No entanto, seria realmente por orgulho que não se conformava? Seria de fato o ego ferido, a necessidade de autoflagelação, a arrogância que o levavam a aceitar a condição desproposital e absurda daquele trato? O que acontecia na sua cabeça para inverter daquela maneira seus conceitos e valores? De repente, olhava para dentro de si e lhe parecia mais aceitável deixar a família e ir morar com um estranho do que mandá-lo para os "quintos dos infernos" junto com sua aposta ridícula! Seria apenas o orgulho ou será que a imagem de Nicholas já não o abandonava, a voz dele continuava ecoando em sua mente, sua presença já se tornara uma necessidade maior que qualquer outra? Não... Não podia acreditar no rumo de seus próprios pensamentos. O que sentia por Nicholas era apenas amizade, nada além disso, mesmo que seu coração se acelerasse a cada olhar ou que a presença dele se tornasse imprescindível. Não poderia acreditar que... Não era possível! Contudo, a desconfiança se instalara, forte e concreta. Teria de pensar com cuidado. Nicholas era filho de Navarre, apenas isso. E ocupava-lhe o pensamento a cada segundo do dia, fosse em doce sorriso ou rompante de ira. Talvez, essa questão fosse ainda mais delicada do que a de se entregar a uma aposta.

— ALEX! — gritou a mulher. — Estou falando com você!

— Sim, mamãe, estou ouvindo! — declarou num susto, focando-a novamente.

Capítulo Quarto — Xeque

— Então me diga o que aconteceu! Que história é essa de orgulho? Andou aprontando alguma, é? — indagou, segurando o filho pelos ombros.

A hora da mentira. Decidiu partir, não por Nicholas ou por seu próprio orgulho ferido, mas pelo que lhe era mais precioso: o xadrez.

— Mãe... — começou, o tom de voz firme e seguro — Estive pensando na minha vida, nos meus planos para o futuro, nas oportunidades que recebemos ao longo de nossa existência, essas coisas.

— Certo. E...

— Bem... — o menino encarou-a. Estava nas suas mãos tornar a mentira aceitável ou não. Teria de mostrar firmeza ou não escaparia da sagacidade dela. — Preciso de mais tempo para treinar e Navarre me fez um convite.

Silêncio. Violeta mirou o filho com olhar arguto e penetrante. Alexander engoliu em seco e sustentou-lhe o olhar.

— O quê exatamente isso significa? — perguntou ela, após longa avaliação.

— Vou me mudar para lá.

— De jeito nenhum! — ordenou, levantando-se para caminhar até a porta, decidida a sair, como se o assunto estivesse encerrado. Antes tivesse saído, mas voltou-se de repente, encarando o filho com ar ameaçador. — Isso não faz o menor sentido. Não pode simplesmente sair de casa porque Navarre tem planos para você.

— Não tem nada a ver com Navarre, mamãe, tem a ver apenas comigo. É importante para a minha carreira e para o meu futuro como enxadrista. — afirmou, pondo-se de pé.

— Sua carreira? Então jogar xadrez é mais importante para você que sua família? É isso o quê está me dizendo?

— Não, eu... — balbuciou, confuso por um instante.

— Não vou permitir que faça isso, Alexander. E digo que não vai sair de casa para morar com qualquer um apenas porque acha que é certo. Não vou permitir, está me ouvindo bem?

O que antes era pelo xadrez, de repente, tornou-se questão de honra, de amor próprio. Nunca fora criado à barra da saia da mãe. Violeta nunca o poupara de nada, principalmente porque o pai desaparecera logo depois do nascimento da irmã. Desde criança aprendera a usar sua voz, a pedir pelo que precisava, a conquistar o que desejava. Ela não podia tratá-lo como uma criancinha retardada assim, do nada, como se não pudesse decidir e viver a própria vida!

— Eu sei exatamente o que sou e posso decidir o que fazer. Não estou pedindo, estou comunicando — os olhos dela se arregalaram, repletos de raiva. Sentiu que a mãe avançava para estapeá-lo ou algo do tipo. Não se surpreenderia, pois, apesar da criação, nunca falara com ela daquele jeito. Apenas observou seu olhar triste. — Perdão mãe, mas foi você quem me criou assim. E lhe serei eternamente grato por isso.

Violeta parou, desarmada com o olhar dele, doce e repleto de ternura. Amava-o desesperadamente e temia por ele, por sua felicidade, por sua vida longe da família, longe dela, que sempre participara de tudo, que o moldara, que o fizera assim, tão forte.

— Não pense que pode fazer o que quiser só porque tem dezoito anos. Isso é ridículo; eu estar discutindo contigo sobre esse disparate. Você é meu filho e é só um menino.

Apenas fitou-a por algum tempo, procurando descobrir o que de fato ela temia, o que a aterrorizava tanto. Seria apenas preocupação de mãe? Provavelmente. Em se tratando de Violeta, entretanto, não podia ter tanta certeza.

— Fui muito duro — admitiu. — Não vou passar por cima da sua autoridade, seria injusto, mas por favor, mãe, não me prenda por egoísmo. Não me obrigue a ficar por você mesma e lembre de que pode significar o fim dos meus sonhos e de tudo o que lutei para conquistar até agora. Navarre é meu mestre, é a pessoa que molda a minha técnica e que me guia pelo caminho que escolhi.

— Não precisa estar morando com ele para que seja seu mestre! — protestou, irredutível.

Aproximou-se dela um pouco mais, o suficiente para erguer-lhe o rosto a fim de que a mãe o fitasse nos novamente.

— Olhe bem para mim... — pediu, a voz calma, o semblante maduro e seguro como Violeta nunca vira. — Já não moro aqui, com vocês, isso porque passo todo o meu tempo disponível com Navarre. Há quantos dias não venho em casa se não para trocar de roupa? Há quantos finais de semana não volto para ficar lá, com ele, treinando? Pense bem, mamãe, porque não vai fazer diferença para você, mas vai fazer para mim. Minha vitória depende do esforço que eu fizer agora, e eu quero vencer.

— Alex...

— Preciso ir, simplesmente preciso. Sei que é difícil, mas não será para sempre! Se eu tentasse explicar melhor, não me entenderia porque não faz parte do mundo ao qual pertenço. Nem quero trazê-la para esse mundo louco de competição, mas justamente por não entender é que lhe peço: por favor, confie em mim.

Violeta apenas observou-o. Como Alexander estava alto, tão crescido! Contudo, não era apenas na altura que demonstrava maturidade. Na verdade, sempre fora um tanto "antiquado" para a idade, característica que se mostrara mais na infância, quando se recusava a brincar com os outros meninos e passar as férias inteiras diante de um tabuleiro. Não deixara, entretanto, de ser uma criança feliz e amorosa. A única brincadeira que não recusava era o futebol e, mesmo assim, não era páreo para o amado xadrez.

E agora, depois de tanto tempo, ele crescera. Seria justo impedi-lo de sair e lutar pela própria vida? Em verdade, estaria contrariando tudo o que ensinara a eles desde sempre! Parecia um sonho tudo aquilo. Irreal, enevoado. Alexander era seu filho antes de qualquer coisa. Criara-os com dificuldade, longe do pai e da família, pois, simplesmente, era só no mundo.

— Vai me deixar sozinha — acusou sem dar-se conta.

— Não seja boba — disse, sorrindo para ela. — Virei vê-la sempre e a Virgínia também. Nada mudará o amor que sinto por vocês.

Capítulo Quarto — Xeque

Violeta virou-lhe o rosto, magoada. Sabia que aconteceria de a mãe sair ferida da conversa, entretanto, a maioria das pessoas passava por aquilo, não? Ou será que se acostumara a ter problemas para resolver o tempo todo? Não importava, aquela era sua mãe e estava magoada com o fato de sair de casa. Passaria com o tempo, tinha certeza, e logo se acostumaria. Pensou em falar-lhe sobre isso, mas ela foi mais rápida.

— Não adianta buscar em Navarre o pai que nunca teve. Ele não é e nunca será seu pai.

Aquelas palavras doeram demais. Violeta não o ouvira e, se ouvira, decidira ignorar. A raiva cresceu junto à necessidade de feri-la como fora ferido. Trêmulo, mas controlado, afastou-se, como que para protegê-la de si mesmo.

— Não ouviu o que eu disse? — perguntou contido. — Não tem nada a ver com Navarre!

— Não acredito.

A decepção era tamanha que Violeta lutou para não se afastar e ceder terreno a ele. Era uma batalha, também, onde o espaço e a liberdade de cada um seria o prêmio. E nenhum dos dois cedeu um centímetro sequer.

— Você não confia em mim — e as palavras soaram com tamanha desolação que Violeta reuniu toda a sua força para não deixar as lágrimas surgirem.

— Não preciso confiar em nada, Alex. A vida é sua, faça o que quiser! — declarou. — Só vou lhe avisar uma coisa: não pense que poderá voltar para casa como se nada tivesse acontecido quando der errado.

— Está me botando para fora? — perguntou. — É isso?

— Estou avisando que é uma loucura e que vai se arrepender antes do que imagina. E não poderá fingir que não errou. Estarei aqui, esperando que tenha coragem para admitir seu erro quando precisar de mim novamente, e vai precisar. Por isso, não será como antes. Nunca é.

A mágoa que via refletida no olhar dela não era desculpa suficiente para o rancor de suas palavras. O medo de fracassar, o receio de arcar com as conseqüências da aposta, o orgulho ferido, a necessidade de jogar, tudo aquilo mostrou-se pequeno demais diante do fato de que Violeta não lhe tinha confiança e de que ela, em vez de lhe desejar sorte, onde quer que estivesse, preferiria torcer por seu azar para tê-lo novamente debaixo de seu nariz. Viu-a mesquinha demais e recusou-se a acreditar na imagem que pintava. Com certeza, era motivada pela mágoa e pela tristeza, não havia outra explicação. E, se houvesse, não desejava conhecer.

— A senhora está brava comigo, apenas isso. Quando esfriar a cabeça, perceberá que não é tão ruim assim, que todos passam por isso, mais cedo ou mais tarde, e que não é tão estranho quanto parece. É como a vida acontece. Em breve, terei terminado o colegial, não sou mais um menino. Apenas decidi buscar minha vida.

— Tomara que tenha forças para isso — disse ela.

Alexander sufocou a própria mágoa e caminhou para a porta.

— Vou arrumar minhas coisas.

Ele sumiu no batente, em silêncio. Violeta continuou na sala, parada entre o sofá e a mesinha de centro, o olhar vidrado.

Xeque-Mate

Foi apenas quando ouviu a porta do quarto dele se fechar que permitiu-se sofrer. Lágrimas assolaram-lhe os olhos, em desespero. Não conseguia se lembrar quando exatamente perdera o controle da situação, perdera as rédeas dos filhos. Sim, ambos já não mais lhe pertenciam. Alexander saía de casa sem se importar com nada, muito menos com ela! Virgínia... Bem, a menina fazia o que queria pelas suas costas. Sabia que não era fácil, mas não conseguia pegá-la de jeito nenhum, não conseguia domá-la.

Voltou o pensamento para o filho e foi então que se deu conta do acontecido: ele deixava sua casa para morar com um estranho, e não pudera fazer absolutamente nada para impedir. Apesar de jovem, parecia muito firme, muito resolvido, o que era ótimo. Mas, por outro lado, não queria que ele fosse! Queria-o por perto, bem perto de si, ao seu lado. Será que havia algo de mal naquilo? Afinal, era mãe, e Alexander era tudo o que mais amava no mundo.

Apertou o punho contra os dentes, tentando amenizar a dor, os olhos ardendo. Chegou a se perguntar se ele fazia aquilo realmente por causa do xadrez, se o desejo de ser um campeão era tão grande a ponto de obrigá-lo a jogar tudo para o alto daquela forma, ou se havia algo mais que não conseguira descobrir na discussão. E, se não fosse pelo xadrez, o que poderia ser tão importante para ele a ponto de causar todo aquele transtorno?

Triste, não pôde mais segurar as lágrimas. Sentia que perdia o filho para sempre, mas não podia impedi-lo de buscar o próprio caminho. Já era um homem, precisava tomar suas próprias decisões, fazer suas próprias escolhas. Ela mesma o teria feito na juventude, se houvessem permitido. Nem mesmo a indignação poderia apagar esse fato. Tudo o que restava fazer era torcer para que ele percebesse que o caminho certo a seguir era voltar para junto da família. Deixaria as portas sempre abertas, para quando o filho quisesse voltar para casa. Arranjaria isso, faria o possível para convencê-lo logo.

* * *

Deixou a casa da mãe naquela mesma noite, pois não suportaria ver-lhe o sofrimento. Pegou um táxi e fez o trajeto até a casa dos Fioux em silêncio, compenetrado no próprio destino e atormentado com suas questões. Magoara a mãe, deixara sua casa, lançava-se num destino incerto, duvidava da própria masculinidade — o que era um disparate causado pela pressão, nada além disso — e ainda havia Nicholas. Quais as intenções dele para propor semelhante aposta? Temendo a resposta, preferiu não pensar.

Bateu à porta da casa já eram nove horas da noite e foi o próprio Nicholas quem atendeu. Vestia uma calça de moletom e camiseta. Por um instante, não pôde se mover, um misto de fascínio e confusão o dominou, deixando-lhe os membros paralisados, o coração acelerado e o receio concreto do que tudo aquilo significava.

Capítulo Quarto — Xeque

— O que está fazendo aqui? — perguntou o empresário por entre os dentes, encostando a porta atrás de si.

— Vim morar com vocês — declarou, tentando demonstrar um autocontrole que estava longe de sentir.

— Você está maluco? Não falei para esquecer aquilo?

— Perdi a partida. Tenho que pagar a aposta. É uma questão de honra.

— Por Deus! Aquilo foi loucura, pura estupidez.

— Então, por que apostou?

— Porque... foi um impulso. Estava fora de mim. Você faz com que eu fique fora de mim! — rosnou, nervoso.

Alexander fitou-o com ar assustado. Nicholas, por sua vez, passou as mãos pelo cabelo, numa atitude desesperada. Não sabia o que fazer com aquela criança ali, diante de si. Apesar da fala firme podia ver o temor no olhar escuro e lacrimoso, que suplicava por...

Afastou os pensamentos indesejados. Era só um rapaz, nunca quisera tê-lo por perto. A idéia da aposta fora apenas para dar-lhe uma lição a respeito de orgulho e humildade, nada mais que isso. Fitou-o novamente e duvidou de cada um de seus pensamentos. Mergulhar nos olhos castanhos dele fez seu o coração bater mais forte. Encarou-o com semblante impassível, a única arma que dispunha contra ele no momento. E sabia usá-la como ninguém.

— Sua mãe sabe que está aqui?

— Claro — tornou, aparentemente calmo e resolvido. — Pensou que eu sairia de casa sem dizer nada a ela?

Nicholas calou, mas, pelo olhar frio, percebeu que não duvidava.

— E o que ela achou disso tudo?

— Nada. Chegamos a um acordo satisfatório.

Dessa vez, Nicholas cruzou os braços sobre o peito, duvidando flagradamente do que ouvia. Por uma instante admirou-o. Lindo demais. Por Deus! Não devia pensar essas coisas!

— Vá para casa, Alex. Sua mãe vai ficar preocupada.

— Não vou a lugar nenhum — comunicou. — Pode não ter significado nada para você, mas significou para mim. Vou ficar.

— Deixe de ser orgulhoso! — disse, aterrorizado pela possibilidade de ter de conviver com ele. — É só um garoto! Não entende o que significa...

— Nicholas? — era a voz grossa de Navarre. — Onde está? Que barulho todo é esse aí em baixo?

Navarre não esperou resposta. Chegou por trás sem avisar, oculto pela porta semicerrada, abrindo-a sem cerimônia. Foi quando se deparou com a figura triste de Alexander e a transtornada de Nicholas.

— O que está acontecendo? — perguntou o velhinho, confuso.

— Alex... Ele veio morar conosco — declarou Nicholas.

— E por quê?

— Por quê? Bem, porque... — balbuciou. Navarre encarou o filho com estranheza. Nicholas não titubeava com freqüência.

— Quero me dedicar mais, Sr. Navarre. Quero ficar pelo menos até o fim do ano, quando terminarem as aulas no colégio! Acredito que terei mais tempo para treinar.

Navarre ficou sem palavras por alguns instantes, olhando-o.

— Certo. E sua mãe?

— Ela não se opôs — disse, um sorriso sereno no rosto. — Mas estaria mentindo se dissesse que não ficou triste. As mães sempre ficam, não é verdade? Em todo o caso, não será para sempre — silêncio. — Posso ficar, Sr. Navarre? Quero treinar e, além disso... — fitou Nicholas sem esconder o carinho — Quero ajudar Nick a cuidar das coisas por aqui.

— Ah, Alex! Mas é claro que pode ficar, meu filho! — exclamou Navarre, abraçando o rapaz. — É claro que pode ficar. A casa é sua. Estou tão feliz.

Navarre fitou-os mais uma vez. Tão diferentes eles eram. Tão absurdamente opostos. Alexander o fitava suplicante, os olhos castanhos úmidos, um sorriso de aceitação a iluminar-lhe ainda mais o semblante jovem. Nicholas o encarava estático, como se esperasse por outra sentença, como se aguardasse que Navarre voltasse atrás, os olhos cinzas duros e gelados.

Sentiu como se a morte o dominasse, apagando dentro de si mais uma pequena centelha de esperança. A dor como que o secou por dentro, murchando-lhe as entranhas, apenas pela visão distante do filho, a olhá-lo como um algoz. Precisava ser amado, porém não havia retorno para ambos, para a mágoa e o mal que causaram um ao outro, ou ao menos, era assim que o sentia: cada dia mais distante. Alexander seria seu resgate, a esperança de deixar algo seu para o mundo, a oportunidade de acertar como pai. Era apenas um consolo, sabia, mas na altura em que se encontrava, um consolo era o universo em possibilidades.

— Vou avisar aos empregados — declarou, entusiasmado.

Deu-lhes as costas e rompeu pela casa, a felicidade era grande demais para ser contida.

Viu o pai afastar-se e sua voz rouca ecoar pelo interior da casa, gritando aos empregados que viessem ajudar e levassem as malas dele para o quarto anexo ao do filho.

Estavam a sós novamente. Ansioso pela aceitação de Nicholas, Alexander buscou-o com o olhar e encontrou os olhos cinzas presos aos dele em mudo julgamento. Engoliu em seco, nervoso.

Nicholas permaneceu mudo. Uma tristeza infinita o tomava, mas não baixaria a guarda jamais. Não devia sofrer com aquilo. Há muito desistira de lutar pelo amor de Navarre ou por receber o reconhecimento que merecia. O fato de o outro estar tão feliz com a vinda do discípulo, ou a forma carinhosa e única com a qual fitava o garoto, não deveria tê-lo afetado, mas afetara. O entusiasmo dele era por Alexander, o brilho nos olhos eram para Alexander e todos os momentos que possuía seriam para aquele rapaz. Sem perceber, colocara o rival dentro de casa.

Capítulo Quarto — Xeque

"Rival? Que rival?", pensou aturdido, encarando o garoto diante de si. Alexander mentira para Navarre, mas o fizera feliz como há muito tempo não o via. Talvez, se tivesse mentido para ele desde o começo, tudo fosse diferente. "Talvez" é sempre uma palavra cruel e inútil, pois nos faz pensar no que poderíamos ter feito e não fizemos.

— Gostaria de acreditar que fez isso por amor a Navarre e não pelo seu ego.

Nicholas pegou a mala dele e afastou-se.

— Não fiquei só por causa da aposta, Nick! Eu realmente quero ficar aqui porque gosto de Navarre e de...

— Não precisa continuar. Não acredito numa palavra sua — declarou, com olhar frio, para depois virar-se e seguir com a mala para dentro de casa.

Ficou parado no hall, observando-o subir as escadas, pelas costas. Com ele, algo dentro de si também partiu, algo muito importante, que fazia toda a diferença. Foi assim, dessa maneira triste, que se deu conta do quanto a presença dele lhe importava. Era fato: queria estar perto de Nicholas. Quais as implicações que isso acarretava, não sabia ainda. Porém, algo que jamais faria seria trair e sabotar a si próprio por algo que os outros julgavam correto, por regras que lhe impunham sem credibilidade.

Vagou sem consciência rumo à sala de jantar. De certa forma, a não aceitação de Nicholas, as observações que fizera em torno de sua presença intrusa, abateram-se sobre Alexander ainda mais que as palavras da mãe, poucas horas antes.

Movimento de pessoas passando, cadeiras arrastando, estalos de louça à sua volta, não foram o suficiente para interromper-lhe a reflexão. Talvez, Nicholas estivesse certo quanto a voltar para casa. Seria melhor. Continuar ali poderia transformar-se num grande erro, um despropósito sem tamanho! Essa era a coisa certa a fazer, como Violeta dissera. Por que simplesmente não se levantava e saía pela porta, da mesma forma como entrara? Por que raios não ia embora de uma vez?

Uma fumaça quente tocou-lhe o rosto e um aroma agradável tomou seus sentidos. Era bom estar ali. Na verdade, sentia-se estranho desde que começara as aulas com Navarre, uma estranheza intrigante e deliciosa. Por outro lado, parecia que não se conhecia mais! Vinha agindo de forma inusitada desde aquela data sem saber porque ou exatamente o que mudara.

Alguém falou. Uma voz rouca e carinhosa que o fez flutuar. Sua confusão mantinha-o distante e só conseguia pensar em como chegara até ali.

— Hei! — foi a voz murmurada e maravilhosa de Nicholas que ressoou em seus ouvidos, atraindo-lhe os sentidos. — Vai esfriar a comida, rapaz!

Caiu em si e olhou em volta, não muito certo de onde estava. A primeira coisa que viu foi um par de olhos acinzentados e indiferentes, encarando-o. Engoliu em seco e baixou o rosto, a face em fogo. Estava à mesa com um prato de sopa diante de si e não fazia a menor idéia da onde ele surgira.

— Alex, meu filho... — começou Navarre com olhar terno — Não está com fome?

— Estou! Eu vou comer agora.

Provou o caldo verde e cheiroso que enchia o prato. Muito bom, delicioso. Ervilha com bacon, uma de suas preferidas.

Tratou de ocupar-se do jantar, com direito a prato principal e tudo, sem desviar muito a atenção da comida. De vez em quando, erguia o rosto para fitar o mestre, que falava sem parar, movido pelo entusiasmo. Quanto a Nicholas, não precisava fitá-lo para ter certeza de que era alvo da avaliação daqueles olhos tempestuosos. Sentia-se pouco a vontade, mas não deixaria transparecer, nunca! Manteve-se firme, certo de que não poderia evitá-lo por muito tempo.

Nicholas observava Alexander sem se preocupar em disfarçar. Primeiro, achou um absurdo obrigar os empregados a arrumar novamente a mesa para o jantar, porém nada disse porque jamais iria contra uma decisão do pai na frente dos criados. Segundo, não gostou nada de ser intimado a sentar à mesa para assisti-lo comer. Sim, porque fora uma intimação! Apesar da voz macia, sabia que não teria como antagonizar Navarre sem expor a relação difícil que mantinham ou tornar-se rude ao extremo. Já não bastava ter de suportar o olhar arrogante daquele moleque, se tivesse ainda que pedir desculpas por uma grosseria qualquer, estaria perdido nas mãos dele! Era preferível suportar a meia hora seguinte, que pagar pelos próximos nove meses!

Encarou o jovem de frente e percebeu que ele fugia. Sorriu por dentro, satisfeito por ter conseguido se impor. Era prova mais que suficiente de que o manteria longe de si, o que não deixava de ser uma vitória... que em nada aquecia-lhe o coração.

Procurou não pensar mais e limitou-se a ouvir o monólogo entusiasmado do pai, além de apreciar as feições transtornadas de Alexander. Olhando-o daquele jeito, admirando-lhe o rosto jovem suavizado pelo tênue sorriso e os olhos escuros fixos em Navarre repletos de ternura e atenção, não pôde acreditar que ele mentia. Não podia ou não queria?

Corroído por uma estranha ausência, Nicholas baixou o olhar. Era duro admitir, mas algo em Alexander o perturbava. Algo nele, na forma com a qual falava, sorria... Algo no brilho daqueles olhos lhe despertava um sentimento diferente e assustador, desde a primeira vez que o vira, desde o primeiro instante. Era como uma necessidade de afeto indesejada e perigosa, algo que julgara morto há muito tempo. Alexander aparecera para mostrar que era um ser humano e que ainda estava vivo. Precisava da atenção dele, do reconhecimento e de seu afeto como nunca precisara de coisa alguma. Percebeu isso ao ser tomado pela tristeza, ali, naquele instante. Saber que ele decidira vir somente por causa de uma ridícula aposta ou por causa das aulas de Navarre o enlouquecia de tristeza. Nenhum dos dois tinha culpa. Mas poderia ser diferente, poderia ter acontecido de outra forma, assim como poderia ter sido diferente com Navarre.

Desviou o olhar do rosto lindo, a respiração tornando-se difícil. Não suportaria aquilo por muito tempo. Estar ali, antagonizar com ele e lutar como um desesperado para resistir ao sentimento que ele lhe despertava. Em breve, seria obrigado a sair de casa e deixar Navarre nas mãos daquele moleque! Seria o fim do mundo ceder seu

Capítulo Quarto — Xeque

lugar a qualquer outra pessoa, mesmo que fosse Alexander. Fora o fim do mundo tê-lo desafiado para um jogo nas condições em que o desafiara!

— Nicholas? O que houve, meu filho?

— O quê? — indagou num misto de surpresa e confusão, saindo do devaneio.

— Está se sentindo bem? Está tão pálido! — insistiu Navarre, preocupado.

— É só uma leve dor de cabeça. Eu... acho que vou me deitar.

— É, faça isso. Vai melhorar logo.

— Boa noite, Navarre — Nicholas virou para garoto e, temendo entregar-se, tornou com frieza. — Boa noite.

— Seja gentil, Nicholas — pediu num tom que não deixava margem à contestação. — Alex vai pensar que está com ciúmes.

— Ele não é idiota — comentou sem emoção, o olhar vítreo.

— Ótimo. Quero que o trate como a um irmão.

"Irmão..."

Nicholas caminhou até Alexander com olhar abrasador, sentindo o coração rasgar-se em dois. Jamais poderia amá-lo como irmão. Não queria um irmão, queria amor. Amor... De Alex? Absurdo! Ele invadira sua vida e conquistara sem esforço o que não conseguira conquistar por toda a existência! Naquele jogo, o rival era o grande vitorioso, enquanto ele mesmo, o mais fracassado dos perdedores. Encarou o rapaz desejando odiá-lo, destruí-lo com o olhar, mas não podia. Não poderia odiá-lo nunca! Essa certeza o enfureceu. Maldito, ele era. Como podia entrar assim na sua vida e confundir-lhe o raciocínio? Como podia entranhar-se, tal qual veneno correndo-lhe nas veias, contaminando-o com seu perfume, com seu olhar, com sua voz? Precisava mantê-lo distante. o mais longe que conseguisse. Precisava, sim, controlar a situação, não pelas atitudes do garoto, mas para proteger a si mesmo de uma imensa decepção. E, para afastá-lo, havia apenas uma saída.

Alexander viu surgir nos olhos de Nicholas aquele olhar febril. Em pânico, encolheu-se na cadeira.

— Boa noite, Alex — murmurou com voz rouca, aproximando o próprio rosto da face do garoto.

Sentiu a respiração suspensa. Por um momento, pensou que Nicholas fosse tomar-lhe os lábios com os dele, mas se enganara. Os lábios do empresário pousaram-lhe na face, com suavidade. Não foi um beijo menos íntimo, menos lento, menos úmido do que o de Lorena, por exemplo, e fechou os olhos por um instante, os lábios ligeiramente abertos como se buscasse pelo ar que lhe faltava aos pulmões.

Nicholas afastou-se, os olhos escuros, a respiração acelerada. Sabia estar tão descontrolado quanto o rapaz. Não havia qualquer controle em relação ao que Alexander lhe despertava. O feitiço virava-se contra o feiticeiro, contudo, mesmo assim, conseguiu sufocar o tremor e levantar-se, seguro de si novamente, sem deixar transparecer a própria fraqueza.

Sem mais nada dizer, retirou-se, indiferente. Não daria a ninguém o prazer de saber que ele próprio fugira à batalha.

Navarre e Alexander fitavam o vazio que o homem alto e esguio deixara, segundos antes, com uma sensação de incompreensão a pairar no ar.

— Não ligue para ele. Nicholas está apenas estranhando os acontecimentos. Ele não lida muito bem com mudanças desse tipo, mas logo se acostumará, eu garanto...

— Espero que sim. Não quero ser o motivo de discórdia da família.

— E não será, Alex, fique certo disso. A discórdia existe independente de qualquer outra coisa.

— Vocês estão passando por um momento difícil?

— E todos nós não passamos o tempo todo? Vamos sobreviver. E a comida? — perguntou, mudando de assunto drasticamente. — Estava boa?

— Ótima! Muito obrigado, Navarre. Posso chamá-lo de Navarre? — perguntou, corando.

— Claro, meu filho. Pode me chamar como quiser. E saiba que serei o melhor mestre, o melhor que já fui em toda a minha vida!

Alexander sorriu. Pareceu-lhe que a declaração de Navarre escondia algo importante por trás de seu significado, algo que não passara despercebido, mas que não cabia buscar por enquanto.

Capítulo Quinto
Tomada da Torre Branca

Alexander desceu esbaforido, numa eufórica alegria. Nem mal pisara o chão já procurava Navarre com olhar ansioso. Ninguém à vista. Logo passou à sala de jantar, a mochila surrada pendurada nos ombros, o uniforme ligeiramente amassado. Num primeiro momento, seus olhos caíram sobre a mesa, posta para o desjejum e, em seguida, fitou o mestre, sentado à cabeceira, sorrindo-lhe com carinho.

— Bom dia, meu filho! Venha sentar para tomar um belo café comigo!

Aproximou-se e tomou assento, sem preocupar-se em deixar o material num canto qualquer, a mochila ainda às costas. Seu olhar vagou pela farta quantidade de opções a sua disposição antes de fitá-lo outra vez.

— Bom dia, Navarre. Eu bem que gostaria de tomar café com você, mas estou muito atrasado para a aula. Que triste! — tornou, brincando com o velho homem.

— É, estou vendo! Mas isso não é motivo para sair de casa sem comer nada! Precisa se alimentar direito. Tome — disse, estendendo-lhe um dos pratos. — Coma uma fatia de bolo e me conte o motivo da sua felicidade!

O rapaz ajeitou-se à cadeira, sorrindo em antecipação, e tomando um garfo nas mãos sem perceber. Entusiasmado, iniciou uma calorosa discussão sobre o xadrez e algumas novas estratégias que inventara. Em verdade, passara a noite anterior pensando numa maneira de vencer o mestre e estava certo de que conseguiria.

Fingindo desagrado, o velho repreendeu-o por ter passado a noite em claro enquanto precisava daquelas boas horas de sono para render tudo o que podia na escola. Diante desse comentário, o pupilo sorriu-lhe, meigo, e disse com simplicidade que não conseguia ser diferente, uma vez que aquela era sua grande paixão e não se incomodava nem um pouco em abdicar do sono, se isso significasse superar os próprios limites. Além do mais, fora apenas uma noite de insônia, não seria suficiente para deixá-lo doente ou coisa parecida.

Navarre acabou cedendo à vida que emanava dele, não sem antes insistir de que seria a primeira e última vez. Como mestre, tinha o dever de zelar pela saúde do discípulo. Passado o momento de repreensão singela, o velho enxadrista encarou-o, os olhos azuis brilhando em curiosidade e orgulho.

— Vamos, menino! O que está esperando para falar de seu grande momento de criação?

Alexander engoliu a comida, bebeu seu suco e só então, com genuíno sorriso, encarou-o novamente.

— Foi genial! Você vai ver! Quero lhe mostrar hoje mesmo, no treino da tarde!
— Não tem que estudar para as provas?
— Não vai me atrapalhar, juro.

Navarre apoiou o queixo na mão, satisfeito por tê-lo tão próximo e parecer tão feliz, tão à vontade. Moravam juntos há apenas dois meses, entretanto parecia que o menino nunca estivera noutro lugar. Tinha consciência do equívoco de seu pensamento, uma vez que jamais cobraria dele coisa alguma, mas, por outro lado, gostava de pensar que o jovem também era seu filho. Confortava-o demais. Era como uma nova oportunidade de acertar na vida.

— Bom, de qualquer forma, terá de ficar para amanhã, Alex. Hoje à tarde não vamos poder treinar. Preciso ir ao centro, fazer uns exames.

— Ah, sim! Claro. Vai sozinho? — indagou, sério.

— Não. Vou pedir a que Nicholas me acompanhe.

Assentiu em silêncio. Lentamente, terminou de tomar seu suco, pensativo. Desejava ir também, levar Navarre ao médico, simplesmente porque sentiria a falta do mestre e não teria absolutamente nada para fazer à tarde, a não ser estudar. Contudo, algo em seu íntimo, lhe dizia para não se intrometer, um pressentimento. Olhou-o mais uma vez e flagrou-lhe o olhar azul fixo na xícara, aparentemente úmido.

— Não precisa pedir a Nicholas — soltou de repente, sem pensar. — Posso ir contigo hoje.

— Que nada, meu filho! É muito trabalho. Mas, de qualquer forma, obrigado...

— Que nada, digo eu! Vou adorar lhe fazer companhia e nem vai precisar incomodar Nicholas. Já imaginou, ter de vir do centro, voltar para levar você ao médico, trazê-lo em casa para retornar ao trabalho em seguida? Uma mão de obra danada e sem qualquer necessidade.

Navarre fitou-o por um instante, refletindo. Alexander tinha razão. Teria de obrigar Nicholas a se deslocar pela cidade, num vai e vem infernal, apenas para fazer exames de rotina? Não fazia sentido, de fato. E não queria prejudicar o filho mais do que já vinha prejudicando.

— Tem certeza que não vou atrapalhar?

— Não seja bobo. Se eu tivesse outro compromisso, não teria oferecido minha companhia! — respondeu, abraçando o velho. — Você está cem por cento, confie em mim. O médico não vai achar nada nos seus exames.

— Alex... — murmurou, emocionado.

O garoto pousou-lhe a mão no antebraço, num gesto de carinho muito maior do que as palavras poderiam expressar. Sentiu-se querido, de verdade, como há muito não se sentia. Querido e cuidado. Talvez, esse fosse o real poder daquele rapaz que, sem qualquer obrigação, da maneira mais gentil e natural que poderia existir, oferecia-se sem reservas. Sorriu para ele em retribuição e assentiu, certo de que a situação se arranjara a contento para todas as partes.

* * *

Nicholas desceu as escadas pensativo. Fechou mecanicamente o primeiro botão do paletó cinza escuro. Em contraste com a camisa social impecável, a gravata vinho jazia largada em volta do pescoço, como uma echarpe. Nada convencional para uma gravata.

Deixou a pasta numa cadeira no hall, e passou à sala para o seu costumeiro gole de café. Procurava se lembrar de quando fora a última vez que levara o pai ao médico

Capítulo Quinto — Tomada da Torre Branca

para os exames de rotina. Com certeza, fazia já algum tempo. Abordaria o assunto à mesa, antes de sair para o trabalho.

Cruzou o batente largo perdido nas próprias reflexões e, quando ergueu o olhar buscando o pai, deparou-se com Alexander, sentado ao lado de Navarre; a mão pousava-lhe no braço num toque terno, mergulhados numa conversa aparentemente íntima, repleta de carinho e cumplicidade. O coração apertou-se em dor infinita e chegou mesmo a estreitar os olhos, ressentido. Alexander sentara na cadeira que costumava ocupar, à direita do pai. Ou será que seu lugar era à esquerda? Não importava. O que doeu foi o fato de ele estar lá; o que machucou foi ver seu pai olhar para o garoto de uma maneira com a qual jamais olhara para si. A raiva dispersou qualquer outro sentimento, exceto o de traição.

— Bom dia — sibilou enquanto se aproximava.

— Bom dia, meu filho. Venha... Junte-se a nós para o café.

Nicholas permaneceu mudo e distante. Não olhou para ninguém, nem tão pouco respondeu ao cumprimento. Alexander ficou abismado com a grosseria dele, incomodado por não compreender-lhe o motivo. E o homem alto, sério e indiferente serviu-se de uma xícara de café forte, virou o líquido de uma só vez e tornou a afastar-se. Apenas isso.

— Estou saindo — declarou, tomando o rumo da porta.

— Mas... Não vai comer nada? — perguntou o pai em tom preocupado.

— Sabe que não como nada de manhã.

Navarre pareceu sem jeito, contudo não se deu por vencido. Sorriu para o filho, bondoso.

— Eu sei, mas é que você não come direito, dorme pouco, trabalha demais... Fico preocupado!

— Acho que já passou da fase de se preocupar com esse tipo de coisa, Navarre — declarou, impiedoso. — Não sou mais uma criança — e deu-lhe as costas. — Não vai ter de cuidar de mim, pode ficar sossegado. Nos vemos à noite.

E saiu, deixando suas palavras duras ecoando no ar. Navarre perdeu o olhar no vazio da porta por onde Nicholas passara, seu rosto era tristeza e desolação. Uma revolta louca subiu-lhe pelo peito até a garganta. Como Nicholas tinha coragem de tratar o próprio pai daquele jeito? Como podia virar as costas assim para um velho adorável e necessitado de carinho? Que espécie de monstro era Nicholas Fioux, afinal?

Num impulso, levantou-se e foi atrás do empresário, na sala da frente. Precisava falar com ele, procurar entender ou pagar-lhe um sermão se preciso fosse! Chegou a tempo de presenciar o momento em que Nicholas pegava a pasta de couro e as chaves do carro em cima da estante.

— Hei! Quero falar com você.

— O que é? Estou com pressa.

A incisão da resposta fez o rapaz estremecer. Mas não desistiria. Por mais que Nicholas o intimidasse, recuar agora seria admitir a derrota numa partida inacabada. Não faria isso!

— Vai levar um certo tempo... — hesitou diante do olhar do outro. — Me dá uma carona? Podemos conversar no caminho.

— Não — foi a resposta curta e grossa, a única coisa que falou antes de se virar e sair.

Alexander ficou pasmado. Simplesmente não podia acreditar naquilo! Sentiu os olhos turvarem-se de lágrimas, mas tratou de sufocá-las antes que Navarre percebesse alguma coisa. No entanto, o mestre entrara no hall poucos instantes depois, presenciando o momento em que correra a mão pelos olhos úmidos.

— Alex, não condene Nicholas pelas atitudes que toma. Meu filho não foi sempre assim, endurecido. E, agora, ele deve estar com algum outro problema porque, mesmo nos dias mais negros, não costuma ser tão... Tão...

— Detestável? — perguntou, virando-se para o velho.

Navarre assentiu, tristemente.

— Tudo bem, eu não me importo. Só queria saber o que fiz de errado, por que ele me trata dessa forma desde que cheguei? Por que me odeia tanto a ponto de estender esse ódio a você, que não tem culpa alguma?

— Nicholas não o odeia, Alex. E todos nós carregamos algum tipo de culpa.

— Como assim?

Navarre sentou-se numa cadeira de canto, a expressão cansada e infeliz.

— Desde muito cedo, meu filho aprendeu a estar só, a ter responsabilidades muito grandes, principalmente devido às minhas constantes viagens por causa dos campeonatos. Isso, de certa forma, o endureceu. Acredito que Nicholas tenha sentimentos, apenas não encontra espaço para mostrá-los.

O jovem fitou-o em silêncio, comovido com a dor muda nos olhos dele.

— Entendo... Mas isso não é motivo para me tratar assim, como se eu tivesse alguma doença contagiosa! Ele não fica no mesmo ambiente comigo por mais de dois minutos e economiza as palavras até para dizer "bom dia" e "boa noite"!

— Eu sei, Alex... E sinto muito.

Sorriu desanimado, abraçando o velho em seguida.

— Deixa para lá, Navarre. É só um desabafo. Que culpa você tem pela forma como ele me trata ou deixa de tratar? — afastou-se para fitá-lo. — Você é um pai incrível. Nicholas tem muita sorte e vou fazer com que saiba disso, nem que eu precise rachar aquela cabeça dura!

Navarre sorriu com ternura e acariciou o cabelo castanho do menino. Ficaram alguns instantes em silêncio, observando-se mutuamente.

— Alex... — murmurou — Você está feliz aqui, meu filho? Não sente falta da sua mãe?

— Sinto, é claro! — respondeu com um sorriso. — Mas ter vindo para cá foi muito bom. Eu não sei... Acho que precisava deixar a casa da minha mãe por um tempo e eu, simplesmente, adoro você, Navarre! Não poderia ter encontrado lugar melhor para ir!

— Talvez eu faça com que se lembre de seu pai — sugeriu.

Capítulo Quinto — Tomada da Torre Branca

— Não sei. Quando ele foi embora eu era muito novo. Não me lembro dele... Mas, se eu tivesse um pai, ia querer que fosse como você!

Abraçaram-se forte, mais uma vez, cada um perdido em si, em profundo silêncio. Alexander procurava sentir Navarre e transmitir-lhe todo o carinho que possuía. Amava-o, pois era o único pai que conhecera, a única presença masculina que o apoiara desde sempre. Não desejava pensar nos problemas que esse tipo de projeção poderia causar, não queria nem tomar conhecimento. Queria apenas viver. Era algo desejado com ardor, sonhado, ansiado.

Navarre, por sua vez, apertava o discípulo nos braços como se pudesse perdê-lo. Houvera uma época em que o filho, pequeno, corria para seus braços cada vez que voltava para casa. Eram tempos felizes que ficaram para trás. Agora, ao sentir o calor dele junto a si, lembrava-se somente do pai ausente que fora, sempre viajando e trabalhando. Tudo o que fizera em sua vida fora por Nicholas e para Nicholas. Procurara estar próximo da única maneira que lhe era possível. Porém, a cada dia que passava, sentia na própria pele o quanto fora insuficiente. Cada olhar distante, cada palavra fria, cada visão inexpressiva daquele rosto, o feriam e sentia-se como que morrer em dor. Como condenar Nicholas por ser assim? Como exigir dele algo que nunca pudera oferecer? Como desejar-lhe o amor e a presença quando nunca estivera presente para amá-lo? Não tinha o direito de exigir nada, de pedir nada. Então, silenciava. Já não podia lutar pelo amor do filho. A tristeza minava-lhe as forças, as últimas gotas de esperança. E foi quando o destino enviara Alexander, presenteando-o com uma nova oportunidade de amar e ser amado! Estava feliz, enfim. Não podia voltar atrás com Nicholas, mas poderia provar para si mesmo que era capaz de deixar algo sensível para o mundo.

— Navarre, você está bem?

O velho enxadrista fitou o pupilo, sem perceber que estava chorando.

— Amo meu filho, Alex! Amo Nicholas demais...

— Não fale mais nada... — murmurou, terno. — Eu sei que você o ama, e Nicholas também sabe.

Navarre baixou a cabeça, não muito convencido, e decidiu animá-lo.

— Escute! Hoje não vamos treinar, mas amanhã de tarde você não me escapa, viu?

— Amanhã à tarde precisará estudar para as provas — comentou Navarre, tentando sorrir.

— E daí? Todo dia é dia de se vencer um campeão e, além disso, só tenho prova na semana que vem. Portanto, daremos um jeito nas outras obrigações. Eu estudo de noite, que tal? Não tenho nada mais para fazer mesmo!

Navarre riu alto, finalmente contagiado pela empolgação do rapaz.

— Certo, combinado então. Só tenha cuidado para não se decepcionar porque terá que jogar muito para me vencer, menino.

Beijou a face do velho e rumou para a porta.

— Não me importo de perder, desde que seja para o meu mestre. Estarei aqui na hora do almoço para irmos ao médico — gritou do batente. — E não marca nada para amanhã porque tem compromisso comigo. Não esqueça!

— Não vou a parte alguma. Bom estudo.

Com um aceno, Alexander partiu. A porta fechou-se... e Navarre ficou ainda um tempo olhando fixamente para o nada. Restava pouco. Precisava preencher o vazio dentro de si o mais rápido possível, antes que fosse tarde demais.

* * *

Nicholas entrou no escritório como um furacão. Mal cumprimentou Mônica, sua secretária, e rumou direto para a própria sala, sem falar com ninguém, desejando estar só e em silêncio. A pobre moça veio correndo atrás do patrão para repassar a agenda do dia: almoço com o cliente tal; acerto do projeto referente ao restaurante com ciclano; reunião da diretoria às sete e meia da noite...

— Como?! — indagou furioso, virando-se para a mulher.

— Re-reunião, Sr. Fioux... Às sete e meia... — balbuciou ela.

— Mas... Quem foi o cretino que marcou uma reunião dessas para esse horário? — rosnou.

— Fui eu — a voz trovejante, vinda do batente, chamou-lhe a atenção.

Mônica deu passagem a um homem alto e largo, corpo bem proporcionado, pele morena, cabelos e olhos negros. O semblante sério acentuava-lhe os traços marcantes do queixo quadrado, oferecendo um ar digno e respeitoso. Nicholas encarou-o, os olhos ainda mais frios do que de costume.

— Só você mesmo... — disse, num tom baixo e duro. — Pode ir Mônica. Muito obrigado...

A secretária se retirou bem devagar, como que para não ser notada. Quando a porta se fechou, Nicholas ergueu-se da cadeira e caminhou sério até o outro. Apesar de ser alto, sua cabeça alcançava o ombro dele, ainda parado à entrada com ar cruel.

Silêncio tenso.

— Está ficando maluco, Davi? Sabe a que horas vamos sair daqui? Com certeza, depois das nove da noite — tornou, alterado.

Davi riu largamente, o rosto assumindo um ar maroto e juvenil.

— E você não diz sempre que o escritório é a sua vida? Pois marquei a reunião pensando em você, meu amigo. Tudo o que eu queria era deixá-lo feliz! — falou com tom de troça, pegando a gravata de Nicholas e ajeitando-a sob o colarinho da camisa. — Mas será que o grande Nicholas Fioux, terror das garotinhas e dos garotinhos, arranjou algo mais interessante para fazer? Vamos ver...

— Você é um saco — disse, estendendo o pescoço para que o amigo pudesse ter um ângulo melhor.

Capítulo Quinto — Tomada da Torre Branca

— E você não respondeu a minha pergunta: tem ou não algo mais interessante para fazer além de ficar aqui, socado, o dia inteiro e a noite também, se bobear? — indagou, laçando a gravata com agilidade. Nicholas invejou-o profundamente.

— Interessante? Como o quê?

— Hummm... Não sei... Que tal sair com a sua noiva para variar? Seria interessante.

— Que noiva? — perguntou, sem emoção.

Davi fitou-o um instante, sério e aturdido. Só então voltou à gravata.

— A única que tem.

— Tinha — corrigiu — Resolvi acabar com aquele absurdo. Não fazia o menor sentido.

— Bom, nisso eu concordo com você — ajeitou a gravata dentro do paletó e afastou-se. — Prontinho, Sr. Fioux sairá com a reputação intacta mais uma vez!

— Palhaço...

Nicholas voltou a se sentar. Sobre a mesa, apenas um antigo porta-lápis, clipes, um telefone e um porta-retratos com a foto de Navarre. Fixou o olhar na imagem do pai, as lembranças vivas ainda machucado-o por dentro. Sem dar-se conta, pegou a fotografia na intenção de ver os detalhes. Com a mão livre, buscou os óculos de grau na pasta. As feições cansadas de Navarre tornaram-se mais nítidas, assim como sua mágoa.

— Seu pai está bem?

Ergueu os finos aros dourados para o amigo. Davi o encarava, sério, sentado numa cadeira bem à sua frente, do outro lado da mesa. Não havia mais o sorriso familiar dele para apagar-lhe a dor, apenas os olhos negros fitando-o, insondáveis e preocupados.

— Está — respondeu, emborcando a fotografia contra a mesa, como se assim pudesse esconder-se do olhar azul e fixo que o encarava através do papel brilhante. — Ele conseguiu arranjar um discípulo.

— Eu sei, Nick. Você já havia me dito — murmurou, terno.

— Mesmo? Desculpa... — baixou os olhos cinzas. — O garoto está morando lá em casa e Navarre está com o dia bastante ocupado por conta disso.

— É natural, não? Acho que esse tipo de coisa, xadrez, deve consumir muito tempo, como as nossas aulas de oficina na faculdade, lembra? Ficávamos a tarde toda entalhando madeira! — comentou, com um sorriso.

— É verdade! Bons tempos aqueles...

Davi mirou-o, mudo por alguns instantes.

— Isso o incomoda?

— O quê? — indagou confuso.

— O fato de o menino estar morando na casa de vocês.

— Não, claro que não — respondeu com ênfase exagerada. Tudo o que Davi fez foi arquear as sobrancelhas. — Certo, me incomoda um pouco — admitiu. — Você também ficaria incomodado com um estranho na sua casa!

— Talvez... E qual é o nome dele? Joga bem?

Nicholas deixou a imagem de Alexander invadir-lhe a mente. Lembrou-se dos traços harmoniosos daquele rosto lindo, dos olhos escuros, profundos e perturbadores. Sentiu seu sorriso luminoso e a maciez de sua pele morena de encontro a seus próprios lábios, quando o beijara no rosto em despedida, na primeira noite de Alexander naquela casa. Sem perceber, sorriu docemente.

— Nome? É Alexander Oliveira... — confessou, pensativo. — E tem um imenso potencial.

— Imagino.

— Não, você não pode imaginar. Ele é incrível, Dav! E como aprende rápido... Tem raciocínio incomparável, domina completamente o tabuleiro, as peças, as regras... Precisa de um pouco mais de manha, mas em breve estará entre os melhores, posso garantir.

— Nossa, que achado — comentou o outro, não mais atento às palavras, mas às feições e reações do amigo enquanto divagava.

— Realmente... — murmurou, meio que perdido. — Alexander é um achado. É o discípulo perfeito. Precisa ver o modo como olha as coisas, como se desejasse ou pretendesse se apoderar daquilo que o rodeia. E os olhos dele? Ah, os olhos dele, Dav... Hipnotizam a gente. São inteligentes, vivos, quentes...

Silêncio. Confuso, Nicholas focou o rosto de Davi, não muito certo do que dissera nos últimos minutos, mas ciente do turbilhão de sentimentos que a simples imagem dele lhe causara. Davi o fitava plácido, um ar divertido estampado no rosto. Sentiu-se incomodado.

— O quê?

— Nada... — tornou o outro.

— Por que está me olhando dessa maneira?

Davi sorriu-lhe abertamente, o branco de seus dentes em contraste com o moreno da pele.

— Faz tempo que não o vejo assim. O que sente por Alexander, Nicholas?

Arregalou os olhos, surpreso e desnorteado.

— Não gosto dele — declarou de imediato. — Não conhece limite e nem espaço alheio. Detesto gente assim.

— Mesmo? Mas por que tanta raiva? — Davi aproximou-se e mirou-o, o ar subitamente sério. — De que maneira ele invadiu o seu "espaço" para afirmar isso com tanta veemência?

Engoliu em seco. O olhar escuro dele como a sufocar e, sabia, não poderia convencê-lo ou fugir aos olhos que se fixavam nos seus sem receio.

— Sei aonde quer chegar, Davi Casiragli, e pode ir parando por aí. Alexander é um intruso na MINHA casa. Não gosto disso. Na verdade, ODEIO isso e ODEIO Alexander.

— É... — Davi levantou-se e deu-lhe dois tapinhas nas costas. — Eu o conheço muito bem. Você é meu melhor amigo, Nick, já o vi odiar algumas poucas e infelizes almas, e uma coisa eu posso garantir com certeza: nunca ouvi você falar de nenhuma delas da maneira como falou de Alexander, como tamanha paixão.

— O quê?

Davi virou-se e caminhou para a porta.

Capítulo Quinto — Tomada da Torre Branca

— Vou fechar um projeto para o escritório hoje. Deseje-me sorte, meu amigo. Se tudo der certo, como imagino que dará, terá um trabalho milionário na sua mesa amanhã cedo — ele encarou Nicholas antes de sair e piscou. — Se precisar de mim, estarei na minha sala.

A sós com seus pensamentos, Nicholas concluiu que a conversa de minutos atrás fora um completo absurdo. É claro que não suportava Alexander por ele ter-se intrometido na relação que tinha com o pai — ou tentava ter, pelo menos — ou por enganar a todos, fingindo que se importava com algo que não fosse a própria vitória. O rapaz fora até eles por orgulho e interesse, nada mais.

Atônito, descobriu que desejava algo além, algo que o machucava e não tinha nada a ver com as intenções escusas de Alexander, com o relacionamento do garoto com Navarre ou, muito menos, com o xadrez. Precisava de algo para si, queria ter certeza de que Alexander... o amava.

Apertou os olhos em desespero. Quando perdera o controle da situação e do próprio coração, do próprio sentimento? Quando baixara a guarda daquela maneira? A resposta veio clara: numa sala de jogos, numa noite comum depois do expediente, ao mergulhar nos olhos castanhos e amedrontados de um colegial cujo único sonho era vencer.

Afundou o rosto nas mãos, desesperado. Ter consciência disso, encarar a realidade dura como era, não aliviara em nada a inquietação, muito ao contrário. Aturdido, descobriu que não sabia o que fazer. Pela primeira vez, em muito tempo, não conhecia as respostas para suas perguntas, mas era melhor encontrá-las rápido ou estaria tudo terminado.

* * *

Quando entrou na classe, a aula ia pela metade. Foi envolvido pelo burburinho dos colegas e pela muda reprovação da professora. Tomou lugar, envergonhado com as piadas e procurando não chamar atenção. Nervoso, derrubou alguns livros sem querer, um azar que não demorou a ser comprovado.

No mesmo instante, nem bem abaixara-se para recolher seus pertences, sob os olhares e a algazarra de toda a classe, foi chamado novamente, dessa vez sem possibilidade de escapar. A voz aguda da professora impregnou-lhe os sentidos, causando um involuntário calafrio. Detestava ser repreendido em público e tomou proporções ainda maiores quando soube que perderia o intervalo para ir até a sala da diretora "conversar". O comunicado era inegável: ela daria queixa formal e, com certeza, levaria uma advertência por escrito, não apenas pelo atraso, mas por atrapalhar a explanação. O dia poderia piorar?

Tratou de assentir, em resposta respeitosa. Não daria a ela o gostinho de vê-lo encabulado, nem que precisasse engolir os argumentos. Mal começara o dia e já conseguira acabar com o resquício de tranqüilidade, comprometida desde o confronto com Nicholas. Afastou a imagem dele antes que cedesse à ira completa ou admitisse outro sentimento qualquer, igualmente intenso e muito mais perturbador.

O espetáculo durou pouco e a aula logo recomeçou. Ninguém parecia disposto a encarar a professora megera, principalmente depois da bronca. Enfiou o rosto nas mãos, desolado. Caso fosse realmente repreendido por escrito, teria de comunicar à mãe. Não poderia entrar na escola sem a assinatura de seu responsável. Seria o fim do trato de ambos e, conseqüentemente, das aulas de xadrez. Isso se Violeta não o estrangulasse!

Entretanto, quando tudo parecia ameaçado ou perdido, uma mão pousou-lhe no ombro, em solidariedade. Ergueu os olhos para o semblante sardento de Humberto, que sorria num misto de compreensão e escárnio.

— Não é o fim do mundo, meu caro. Poderia ser muito pior e, além disso, você já foi suspenso antes.

— Nem fala uma coisa dessas. Se eu for advertido, minha mãe vai ficar uma fera e, com certeza, vai transformar minha vida num inferno. O que vou fazer se não puder jogar, Berto?

O sinal ensurdecedor tocou, anunciando o fim da primeira aula. Humberto ergueu o rosto para a janela, aguardando o silêncio para falar. A professora saiu — para o alívio geral — sem deixar de lançar um olhar inquisidor na direção dos meninos. Por fim, os alunos também levantaram, alvoroçados.

— É mesmo... Lembro bem da condição dela naquele dia, lá na lanchonete.

— Pois é justamente disso que estou falando. Minha mãe tem uma memória de invejar muito elefante e não vai deixar passar de jeito nenhum. Não quero brigar com ela.

Humberto deu de ombros e aproximou um pouco mais sua cadeira da do amigo.

— Se der problema, pede pro velhinho assinar. Ninguém vai saber mesmo...

Alexander encarou-o, um princípio de desespero a comprometer-lhe o raciocínio.

— Ele também não vai gostar. Duvido que concorde e não quero chateá-lo com besteira. Acredite-me, Navarre já tem problemas suficientes com que se preocupar.

— Problemas? — Humberto gargalhou alto, divertido. — Meu caro, vou lhe dizer uma coisa muito séria: gente que tem grana, como eles têm, jorrando pelo ladrão, não têm problemas. Eles têm, no máximo, inconveniências.

Deixou o livro de álgebra sobre a mesa e encarou o amigo. Humberto ria inocentemente. Lembrou de Navarre, da fragilidade dele, dos olhos úmidos a implorar por carinho. Deveria ter sido um homem forte, decidido, repleto de sonhos, independente, e, por algum motivo, as coisas não iam muito bem na vida dele, pois sentia-o completamente vazio, sem esperança ou desejos, sem motivação alguma que não fosse o xadrez e a oportunidade de transmitir seu conhecimento.

Além disso, havia Nicholas. Chegara a pensar que ambos escondiam alguma coisa, apenas pela forma como se tratavam na frente dos outros. Concluíra, por si só,

Capítulo Quinto — Tomada da Torre Branca

que Navarre estava seriamente doente. Isso explicaria a quantidade imensa de exames, a preocupação dos empregados e os cuidados exagerados. No entanto, durante aqueles quatro meses de convivência, percebera que o motivo do mal estar de Navarre era tão somente o filho único e intolerante. Navarre mudava drasticamente quando Nicholas entrava no recinto, e o outro, por sua vez, contaminava a todos com seu azedume e sua rudeza. Inexplicável, uma vez que, no começo, assim que se tornaram amigos, ele se mostrou uma pessoa acessível, agradável e até carinhosa, ao menos, consigo!

Pensar em Nicholas fez com que se lembrasse do incidente à mesa do café. Ainda não conseguira aceitar a cena patética a qual fora exposto. A raiva retornou forte, quase como se pudesse ouvir a voz baixa e fria ecoar pela sala de aula naquele exato momento.

— Alex, meu caro... — chamou Humberto, tirando-o do devaneio. — O que houve?

— Nada.

— Como nada? Está com uma cara...

Encarou-o mais uma vez, um aperto terrível no coração.

— O dinheiro não dá jeito em tudo, Humberto.

O garoto recostou-se na cadeira, apreensivo. Podia sentir-lhe a preocupação, mesmo quando tentou sorrir. Os cabelos avermelhados caíam-lhe sobre os olhos, dando-lhe um ar ainda mais jovem.

— É... O dinheiro não dá jeito em tudo, mas pode ajudar bastante.

— Você não me entendeu. Estou falando sério! — tornou ansioso, segurando o amigo pela manga da camisa, sem dar-se conta.

Humberto apenas fitou-o. Mergulhou nos olhos castanhos e aprumou-se, o semblante grave. Gostava muito dele, era seu melhor amigo e o conhecia como a ninguém mais. Contudo, ultimamente, Alexander estava estranho, calado, pensativo. Tentara convencer-se de que a mudança era coincidência ou algo relacionado aos treinos constantes de xadrez. Não sabia como ele ainda não fundira o cérebro com aquilo. Apesar da tentativa e das hipóteses que formulou naqueles poucos segundos, não fora muito feliz em enganar a si mesmo. Tomado por fatalismo, Humberto aproximou-se um pouco mais, usando a barulheira de início de aula para encobrir a própria voz.

— Meu caro... — começou num sussurro. — O que está acontecendo? Está com algum problema na casa do velhinho? Estão te tratando mal?

— Claro que não. Não está acontecendo nada comigo — defendeu-se.

Humberto não acreditou no que ele lhe dizia e mirou-o, em profundo silêncio, antes de continuar.

— Você está muito estranho; calado, sei lá. Parece triste...

Surpreso com a ternura de suas palavras, Alexander perdeu-se em seu olhar esverdeado. O que viu foi preocupação e, por Deus, não queria preocupar mais ninguém, bastava seus próprios receios. Pensou em dizer algo, mas não foi rápido o suficiente. A aula já ia começar e o outro resolveu prosseguir antes que a oportunidade passasse.

— Nunca se esqueça de que sou seu amigo. Estou e sempre estarei do seu lado. Se precisar de alguém, se quiser conversar, desabafar sobre qualquer assunto, qualquer coisa, sabe onde me encontrar. É só esticar a mão e me dar um cascudo, certo?

O peito apertou em dor. Adorava Humberto e agradecia todos os dias por ter um amigo como ele.

O professor de álgebra entrou com suas piadinhas sem graça e seu ar quase mofado. Duas aulas inteiras até a hora do intervalo, quando seria obrigado a ir à sala da diretora, é claro. Fitou Humberto de soslaio. O amigo colocara uma revista pornográfica dentro do livro de álgebra e estava "babando" sobre a foto de uma morena na maior cara-de-pau. Fugaz, veio-lhe a certeza de que deveria se empolgar com aquele tipo de coisa também, como todo garoto da idade deles, mas não tinha paciência, muito menos vontade de fazê-lo.

Tentou concentrar-se na aula, nos números no quadro-negro, na voz constante e aborrecida do professor... e não conseguiu. O incômodo permanecia e, quanto mais tentava esquecer, mais difícil se tornava, quase como se a angústia lhe tivesse marcado a alma.

Fitou o outro novamente, dessa vez na intenção de ser visto. Sem sucesso. Como poderia competir com a linda morena da revista? Nem pretendia.

— Berto... — murmurou. O amigo encarou-o. — Preciso conversar contigo. Vou sair e você vem atrás, certo?

— Como, meu caro? Estamos no meio da aula, esqueceu?

— Inventa uma desculpa qualquer. Vou estar te esperando perto da porta — e levantou-se, sem olhar para trás, carregando alguns livros.

Humberto o viu parar diante do professor, falando alguma coisa em tom baixo e cordato. Em seguida deixou a sala com a cara mais inocente do mundo. Alexander era bom naquilo. Resignado e curioso, olhou mais uma vez para a revista, num suspiro cansado. Decidiu ir atrás.

Do lado de fora, aguardou a chegada do amigo, os livros que lhe serviram de álibi pesando em suas mãos. Ir à biblioteca poderia não ser a mais inteligente das desculpas, mas condizia com sua personalidade. Os professores, de um modo geral, sabiam que era um freqüentador assíduo, por isso funcionara.

Não esperou mais que cinco minutos e a figura exótica de Humberto atravessou o batente.

— E aí, meu caro? Tudo bom?

Alexander olhou-o com estranheza, desconcertado com o completo desligamento dele. Pensou em comentar o quanto a pergunta soara-lhe descabida, uma vez que estavam juntos, lado a lado, há poucos instantes, mas decidiu esquecer. Humberto não era muito comum de qualquer forma.

— O que disse para que ele o deixasse sair?

— Disse que ia à capela rezar.

Um segundo de silêncio estupefato, e Humberto viu o amigo ficar vermelho.

Capítulo Quinto — Tomada da Torre Branca

— Capela? Que capela, Humberto? Você está maluco, seu ameba? Não tem capela nenhuma aqui! — rosnou, enfurecido.

— Não? — deu de ombros — Certo... De qualquer forma, funcionou, não funcionou? Mas vamos mais para lá, perto dos laboratórios. Passa menos gente a essa hora.

Deixou-se conduzir, injuriado pela estupidez do outro. Bem, agora não adiantava mais. Tentar consertar a asneira seria, com certeza, muito pior.

— Pronto, meu caro — disse, parando no meio do corredor anexo. — Vamos lá. O que aconteceu? — Alexander vagou o olhar por um instante, não muito certo do que dizer. — Que é isso, Alex? Está com receio de me contar?

— Não é que eu... — balbuciou, fitando o amigo novamente. — Agora, parado aqui, de frente para você, parece uma besteira tão grande...

— Ótimo! Adoro besteiras — brincou. — Pode me contar todas que quiser, mas lembre que estou rezando, hein? Não seja pecaminoso.

Riram juntos da palhaçada, e, aos poucos, o riso foi morrendo, dando espaço a um silêncio pesado e preocupante.

— Sei lá... — falou, finalmente, a voz sumida. — Navarre tem feito muitos exames e os empregados ficam cheios de cuidados...

— Ele está doente?

— Ninguém disse nada e ele negou quando perguntei, mas...

— Então, não sei qual é o problema, meu caro. Acha que estão mentindo para você, é isso?

— Não sei. Em alguns momentos acho que sim. Eles parecem esconder alguma coisa, mas, dali há um instante, me sinto um neurótico e já não tenho certeza, entende?

Humberto sorriu e colocou a mão no ombro do outro.

— Navarre é velhinho, Alex. E velhinhos estão sempre indo ao médico. É o passatempo favorito deles! Além disso, não há motivo para ninguém esconder nada de você. É só impressão.

Alexander fitou-o, pensativo. Humberto parecia tão seguro, tão tranqüilo. Talvez tivesse razão.

— Pode ser... — murmurou. Silêncio. — Mas não é só isso o que me incomoda lá dentro. Aliás, o fato de acreditar que me escondem o estado de saúde de Navarre nem é o pior — Humberto arqueou as sobrancelhas, entre alarmado e curioso. Não soube se deveria prosseguir, entretanto, por outro lado, ele era seu amigo, o irmão que Deus não lhe dera, a única pessoa com quem poderia contar. — Há mais, com certeza. Não sei se vai me entender, Berto, mas é algo que está lá, apesar de nenhum dos dois falar sobre o assunto, e tem a ver com o relacionamento deles, sabe? É muito estranho! Não parecem pai e filho, parecem mais padrasto e enteado, e daqueles que não se suportam.

— Nossa, é mesmo? Quem diria? Navarre me pareceu tão afável naquele dia.

— E é. Navarre é um doce. Nicholas que é amargo como fel. Acho que passa o dia inteiro chupando limão no escritório, porque nunca vi pessoa tão azeda.

Humberto ergueu as sobrancelhas com ar duvidoso. Empenhado em se explicar, Alexander contou todo o acontecido pela manhã: a forma dura e grosseira com a qual Nicholas surgira na sala; a tentativa do mestre em ser agradável e, finalmente, a extrema frieza com a qual o empresário lhe negara uma simples carona.

— O problema não foi nem a carona, mas a forma como ele falou comigo. Nunca vi criatura tão intratável — Humberto apenas o olhava, com ar grave, ainda impressionado com o tom magoado daquelas palavras. — Fala alguma coisa. Se quisesse um monólogo teria ido para a frente de um espelho.

— Não achei que era um bom momento para interromper seu rompante de ira — ironizou. — Bem, ele deve estar com algum problema fora de casa e descontou em vocês dois. Algumas pessoas são assim, como a minha mãe, por exemplo.

— Nicholas é intratável o tempo todo, Berto. Ele mal fala comigo, mal olha na minha cara para ser mais exato.

— Se é por aí... Vai ver ele é assim mesmo: detestável. Tem gente que nasce ruim.

Nasce ruim? Não... No começo, falava pouco, principalmente quando Navarre estava presente, mas não era hostil, muito ao contrário. No começo, Nicholas fora adorável, e, nos momentos em que estiveram sozinhos, conversaram como grandes amigos. Chegara a desejar a companhia dele quase tanto quanto desejava estar diante do tabuleiro. Sim, foram amigos. E, depois da aposta, Nicholas se posicionara com ternura, procurando desculpar-se de algo que não havia desculpa porque nenhum dos dois era culpado de nada. Não eram mesmo? Não importava. Nicholas viera até ele. Não conseguia compreender porque...

— Ele não foi sempre assim — balbuciou, sem dar-se conta, o olhar perdido. — Na verdade, esse antagonismo começou quando... Quando fui morar com eles — encarou Humberto, transtornado. — Será que Navarre tem razão e Nicholas está com ciúmes?

— Ciúmes? Me poupe, Alex! Um homem daquele tamanho, com ciúmes do pai a ponto de fazer pirraça dessa maneira? Só se ele fosse louco — declarou, rindo com vontade.

Silêncio. As palavras de Humberto faziam eco dentro de si. Louco? Não, Nicholas não era louco, mas poderia, sim, estar com ciúmes. Era filho único e, por muito tempo viveu sozinho com o pai. Fazia sentido, por um lado. Por outro, a coisa não se encaixava de jeito nenhum.

Duas meninas saíram da sala ao lado para entrar no banheiro. Acompanharam-nas com o olhar.

— Acho mais fácil acreditar que Nicholas tem algum problema pessoal contigo, meu caro, do que acreditar que age assim por ciúmes do pai.

— Problema comigo? Isso não faz o menor sentido. O que foi que eu fiz?

— Vai ter que perguntar a ele. Não faço a menor idéia... — as duas meninas passaram por eles, novamente, de volta à sala de aula. Ambos calaram-se por um instante até que o corredor ficasse livre. — Mas é só uma suposição, como tantas outras.

— Por exemplo... — perguntou, mirando o amigo com estranheza.

Capítulo Quinto — Tomada da Torre Branca

— Já parou para pensar que, talvez, Nicholas tenha escondido a verdadeira personalidade até agora, e resolvido colocar as manguinhas de fora para infernizar o juízo de todo mundo dentro daquela casa? Vai entender os loucos do mundo. Ele deve ser assim mesmo: rude, grosseiro, egoísta e até covarde.

Enquanto Humberto enumerava todos os possíveis defeitos de Nicholas, sentiu o sangue ferver lentamente. A raiva cresceu dentro de si, varrendo-lhe a razão sem motivo aparente, apertando-lhe o peito numa dor insuportável, até que se sentiu sufocar.

— E, além de tudo isso, com toda essa frieza, posso apostar quer o Sr. Nicholas tem problemas com as mulheres. Ele deve ser brocha, Alex, com certeza.

— PÁRA!

O grito ecoou pelo corredor vazio e estremeceu as paredes, ou, ao menos, foi o que pareceu ao jovem de cabelos ruivos. Aturdido, percebeu que o lamento saíra de seus próprios lábios, agora trêmulos. Humberto fitava-o, espantado demais para dizer qualquer coisa que fosse. Ainda assim, as palavras pairavam em seus ouvidos, ferindo-o como se ele próprio fosse o insultado e não Nicholas. Raivoso e trêmulo, ergueu o indicador para o rosto do amigo.

— Nunca mais... Nunca mais fale assim dele — rosnou, sem preocupar-se com o tom de voz. — Você me entendeu, Humberto? Nunca mais, ouviu bem?

— Alex... Eu... Eu não queria...

— Nicholas pode ser frio, arrogante e até rude, às vezes, mas não pode chamá-lo de egoísta, isso nunca! Uma pessoa que trabalha, de segunda à segunda; alguém que toma para si todas as responsabilidades daqueles que o rodeiam; que despenca de onde estiver, à hora que for, para levar o pai ao médico, alguém que... Que... — os olhos de Alexander encheram-se de lágrimas e a voz falhou por um momento, embargada. — Alguém que precisa conversar com plantas para não se sentir só, não é egoísta. Não pode ser!

— Alex, meu caro... — começou, tentando acalmar o outro e fazê-lo calar. — Me desculpa, de verdade. Não tive a intenção. Foi você mesmo quem...

— Nicholas também tem sentimentos! — tornou, nervoso — Ele também sorri, como qualquer outro e os olhos dele não são sempre frios. Nesses momentos parecem mar revolto, bravio e indomável, repletos de um fascínio que embriaga...

— A-Alex? — indagou confuso, mirando-o. Alexander já não o via. Perdera-se numa imagem desconhecida e perturbadora. Tentou tocá-lo, segurá-lo pelos ombros e, quando o fez, o amigo desatou num pranto sentido, completamente absurdo!

— Você não entende — disse ele em tom urgente, as lágrimas escorrendo fartas. — Éramos amigos e eu precisava dele... Ainda preciso, Humberto, porque sinto falta de nós dois. Tudo o que eu quero é que Nicholas entenda que estou perto dele porque... não posso estar noutro lugar. Eu... — de súbito, deu-se conta do que falava e do olhar apavorado de Humberto mergulhado no seu próprio, clamando por uma explicação. Agarrou-o pelas mangas do uniforme, em desespero. — Não sei o que está acontecendo comigo, Berto! Por favor, me ajuda! Me ajuda a entender o que é isso que eu sinto! — implorou.

O amigo deixou-se agarrar, atônito.

— Meu Deus, Alex... Calma. Perdão pelo que eu disse. Não sabia que era tão importante para você — murmurou, confuso.

— E não é! — gritou de volta, subitamente indignado. — Quero que Nicholas Fioux se dane! Ele é um monstro! Ele... — soluçou. — Ele me odeia...

Humberto desviou os olhos do amigo enfurecido para a pequena aglomeração que se formava em torno dos dois. Vários alunos e alguns professores vinham espiar a confusão, e Alexander permanecia agarrado ao seu uniforme, exigindo atenção. Comentários, risinhos e olhares reprovadores os atingiam de todos os lados, embora o outro parecesse alheio ao mundo.

— Me diz, Humberto — insistiu, sacudindo-o. — O que eu faço? O que é isso dentro de mim?

— Vocês dois — o brado rouco e potente da inspetora interrompeu a histeria do rapaz, sobrepondo-se a qualquer outro som. — Para a diretoria, AGORA!

Humberto olhou para Alexander novamente e sorriu. A possibilidade mínima de o amigo não levar uma advertência por má conduta extinguira-se naquele instante para ambos! Mas não se importou. Qualquer coisa poderia esperar se Alexander precisasse de apoio. Qualquer coisa...

— Acho que vamos ter que terminar o papo outra hora, meu caro. E é bom você já ir pensando em alguém para assinar o seu papel.

* * *

Nicholas chegou em casa bem mais tarde que o habitual, graças à maldita reunião com a diretoria. Como previra, a discussão estendera-se além do expediente e das expectativas. No entanto, tudo na vida possuía prós e contras, e o lado bom era que a parte financeira de prestação de contas estava toda em dia, organizada e acertada. Além disso, o cronograma dos projetos atuais fora definido com satisfação para todas as partes. O lado mau era Roberto e seu eterno problema com prazos. A discussão agravara-se no final, e Davi fora obrigado a contemporizar mais uma vez. A verdade é que Roberto revelava-se cada dia mais displicente, chegava sempre atrasado e demorava a entregar os trabalhos. Sua intuição lhe dizia que ainda teriam muitos problemas com ele.

Tentara resolver a questão com Davi, logo após a reunião oficial, porém, cedo deduziram que seria mais difícil do que parecia. Pensara em propor a Davi que comprassem a parte do outro sócio e excluir Roberto do negócio. Mas seria quase impossível convencê-lo a vender as ações. Além disso, Davi lembrara muito bem de que a maioria dos clientes que tinham, os mais fiéis e que melhor remuneravam, eram do conhecimento de Roberto. Não podiam excluí-lo sem prejudicar o orçamento do escritório e a renda mensal de cada um, ainda mais numa fase difícil como a que atravessavam. Teriam de suportar o infame por mais algum tempo. Quem sabe, com

Capítulo Quinto — Tomada da Torre Branca

um pouco de jeito, ele não caía em si e começava a contribuir? Davi possuía mais tato para essas coisas, com certeza.

Deixou o carro na garagem, como de costume, e subiu a escada em espiral que levava à cozinha. Atravessou o aposento sem encontrar com ninguém, nem mesmo a cozinheira. Um estranho pressentimento o dominou. Passou, rápido, à sala de jantar. Estava consciente do quão rude fora com Navarre ao desjejum e pretendia conversar com ele agora à noite. Não gostava de brigar com o pai, nem mesmo quando se sentia ferido. Apesar de tudo, Navarre era um homem de idade, estava velho e o amava demais. Talvez, tudo fosse mais fácil se os anos de ausência houvessem levado também o sentimento. Entretanto, o amor ficara cravado no peito, torturando-o a cada palavra áspera.

Ansioso por falar com Navarre, e por algo mais que não conseguiu ou quis identificar, rompeu pela sala. A mesa estava posta para uma pessoa apenas, e ninguém à vista.

— Ágata! Matias! — chamou à meia voz. Silêncio.

Pânico. A respiração acelerou, de um suave ondular até tornar-se ofegante. O peito apertou, contudo procurou manter o controle. Por um instante, pensou que talvez Navarre... E se Navarre estivesse... Afastou a idéia mórbida da cabeça com um brado urgente.

— ÁGATA! — o nome da governanta ecoou pela casa, rompendo o silêncio opressor e fazendo seu coração saltar em desespero.

Num segundo, a mulher surgiu pelo corredor, pálida e esbaforida, segurando um troféu de nas mãos. Antes que pudesse falar qualquer coisa, Nicholas avançou para a senhora, com ar feroz.

— Onde inferno estavam todos vocês? — gritou, no instante em que os demais surgiram pela porta. — Por que não responderam quando chamei?

— Sr. Ni- Nicholas... — gaguejou ela. — Sr. Fioux mandou que políssemos a prataria da sala de jogos para amanhã e estávamos cuidando disso, senhor! Sinto muito!

O empresário respirou fundo e, encarando os olhos escuros e amedrontados dela, resolveu se acalmar. Já senhor de si outra vez, perguntou pelo pai, recebendo a informação de que o velho enxadrista retirara-se há mais de meia hora. Ainda ligeiramente trêmula, Ágata revelou que pretendiam esperá-lo para o jantar, entretanto, como demorara muito para chegar em casa, Navarre jantara com Alexander, um pouco mais tarde que o habitual, despedira-se da criadagem e recolhera-se para dormir, exausto pelo dia atribulado.

— Pediu-me para avisá-lo que conversará com o senhor amanhã — emendou ela, quando julgava não haver nada mais a ser dito.

Nicholas fitou-a por mais algum tempo, em silêncio aterrador, o semblante sério e inexpressivo, um terrível sentimento tomando-o por dentro e fazendo-lhe os olhos ainda mais frios.

— Ele está bem?

— Creio que sim, senhor. Sr. Oliveira foi ao médico com ele, hoje à tarde, e...

— Alexander fez o quê?

Antes que Ágata pudesse responder, um vulto baixo surgiu pelas escadas e caminhou lentamente para eles. Não com arrogância, porém seguro, apesar de apoiar-se no corrimão.

Nicholas ergueu os olhos cinzentos para a figura adolescente, encolerizado. Alexander sustentou-lhe o olhar sem receio.

— Exatamente o que ouviu: fui ao médico com Navarre — declarou em tom calmo.

O mundo ruiu sobre a cabeça de Nicholas. Sempre acompanhara o pai nas consultas. Desde o começo, sempre fora o esteio, o pilar da pequena família que construíra. Há anos cuidava de tudo. Há anos, infindáveis, procurava esconder...

Sentiu o corpo trêmulo. Os olhos estreitaram-se em dor, os lábios apertaram-se, o rosto transformou-se. Alexander nunca vira tamanha expressividade no semblante dele. Estava fascinado e profundamente triste por sabê-lo tão infeliz.

— Por... Por que não me avisaram? Por que ele não me disse?

O rapaz se aproximou com cuidado, procurando ser delicado.

— Navarre ia avisá-lo hoje de manhã, mas você não deu muito espaço para conversa, não concorda?

Trincou os dentes. Sua vontade era colocar o garoto no colo e dar-lhe uma surra. Não podia crer na petulância dele em jogar-lhe a verdade na cara daquela forma tão cruel. Todavia, não podia negar-lhe a razão, e foi isso o que mais o enfureceu.

— Não é desculpa — disse, entre dentes.

— Eu sei. Mas você tirou dele a última oportunidade e, então, pensamos juntos no assunto e vimos que não fazia o menor sentido aborrecê-lo. Eu estava aqui em casa, enquanto você estava no escritório se matando de trabalhar. Foi quando me ofereci para acompanhá-lo. Sei o quanto o escritório é importante, Nicholas... — murmurou afável, aproximando-se mais. — Para que tirá-lo do trabalho se eu poderia muito bem fazer algo de útil para compensar o que vocês...

Raivoso, Nicholas nem ao menos percebeu que seus olhos turvaram-se de lágrimas.

— Para que me tirar do trabalho? Ele é meu pai, MEU pai, ouviu bem? — deu-lhe as costas, arfando, para, logo em seguida, voltar-se para o menino com rosto transtornado. — Você não entende, Alexander, mas conseguiu destruir o esforço de anos inteiros de dedicação — gritou, e a pressão no peito aumentou. Sentiu-se sufocar. Pálido, afrouxou a gravata com as mãos trêmulas. — Há muito mais em jogo além de tempo hábil e você estragou tudo!

Assustado, tentou segurá-lo pelo braço.

— Nicholas, calma... Você está ficando pálido...

— Calma?! — vociferou. — Você invade a minha vida, arruína tudo o que construí por anos, e me pede calma? Eu é que deveria ter ido... com ele...

Nicholas começou a arfar loucamente. Apoiou-se no encosto de uma das cadeiras e, com a outra mão, procurou abrir os botões da camisa, sem sucesso. Alexander correu para ele em auxílio, mas foi repelido com força.

Capítulo Quinto — Tomada da Torre Branca

— Fique longe de mim — tornou. — Nunca... precisei de... de... ninguém.

As pernas fraquejaram. Não podia mais respirar e o colarinho não cedia. Descontrolado, arrebentou os primeiros botões da camisa num puxão trêmulo.

— Sr. Nicholas! — gritou Ágata, em pânico.

— Traga um copo de água para ele, mulher. Rápido! — comandou Alexander, mais alto do que pretendia, nervoso.

Sem mais considerar os protestos de Nicholas, o rapaz amparou-o nos braços, um segundo antes de o outro cair no chão. Mesmo mais baixo, sustentou-o com incrível firmeza. Ambos foram abaixando devagar, até que ajoelharam ao chão, um de frente para o outro. Apertou-o de encontro a si e, para sua surpresa, não foi rechaçado.

Ágata trouxe a água o mais rápido que suas pernas lhe permitiam. Mal a mulher abaixara-se ao lado dos dois, o garoto tomou-lhe o copo das mãos com urgência, o olhar fixo no homem em seus braços.

— Beba, Nick... Só um pouquinho — murmurou, encostando a borda do copo nos lábios brancos do outro. Nicholas obedeceu, contudo engasgou-se. Alexander olhou rapidamente para Ágata e os outros pedindo, com um leve gesto de cabeça, para saírem da sala. A sós, voltou toda sua atenção para Nicholas, um carinho sufocante a dominá-lo, algo que não conseguia compreender, mas que se mostrava infinitamente pequeno diante da necessidade de senti-lo perto outra vez.

— Está tudo bem, Nick. Não fuja de mim. Não vou magoar você...

— E-Está aqui por causa das aulas e da aposta — soluçou em seco. — Só veio morar conosco por orgulho. Você... Você finge se importar, mas não posso acreditar no que diz, não posso acreditar em você.

— Está enganado... — sussurrou, apertando-o e pousando a face contra os cabelos claros, de súbito convencido da veracidade de suas palavras e da intensidade de seus sentimentos.

A resposta foi uma desolada negativa e a frustrada tentativa de se afastar. Alexander prendeu-o contra si, impedindo-o de partir.

— Pare, Nicholas... — correu a mão pelo rosto úmido que ainda pousava em seu próprio peito. — Estou aqui, e não vou abandoná-lo, nem agora e nem nunca. Sei sobre Navarre e sei também de tudo o que tem feito por ele. Não pode carregar esse peso sozinho, e nem deve — um segundo para reunir coragem e decidiu confessar o anseio de sua alma. — Quero estar com você...

Nicholas apertou os olhos com força, subitamente irado. Empurrou-o pelo peito com punhos cerrados, e, nem mesmo assim, pôde afastar-se como pretendia. Ódio por ele ter descoberto a verdade, por ter desvendado suas fraquezas. Ódio por si mesmo, por se mostrar tão fraco, ter cedido e esquecido justamente aquilo que mantinha as pessoas afastadas.

— Você não sabe de nada.

— Calma, por favor — implorou.

— Me larga — sibilou, enfurecido. — Não quero a sua piedade, não quero a piedade de ninguém!

— Você está histérico. Nicholas... Não, não se afaste... — pediu, procurando mantê-lo perto, ainda em seus braços. — Confie em mim. Vou ajudar você, vou dividir isso contigo. Por favor, não me exclua da sua vida...

Nicholas foi se acalmando muito devagar, embalado pelos sussurros suaves contra seu ouvido. Não conseguia compreender o que lhe era dito, todavia não importava. Naquele momento, nos braços dele, percebeu que precisava de alguém, que precisava dele. Assustado, sentiu as lágrimas escorrerem sem que desejasse. Não queria chorar, não podia chorar. Entregar-se ao pranto seria admitir a derrota para uma batalha que estava muito longe de terminar. Apertou os olhos com força para resistir. O calor do corpo jovem contra o seu era tão bom. Talvez fosse a melhor coisa que já sentira. Com certeza, era a coisa mais maravilhosa que já pudera ter, em toda a sua vida. Estar protegido e entregue a ele não lhe pareceu tão terrível assim, pelo menos não naquele instante. Alexander era muito querido... Querido? Não... Querido, não... Amado.

Deixou escapar um lamento involuntário, como um soluço. Alexander acariciou-lhe os cabelos, suave. Embalou-o na intenção de devolver a ele ao menos parte da lucidez que detinha. Nunca em sua vida sentira-se tão lúcido. E, diante das possíveis conseqüências de seus atos, decidiu estar ali, de livre vontade, não por piedade, mas pela força e plenitude do sentimento que lhe tomava o peito: incontrolável, algo que nunca dedicara a ninguém antes. Ali, junto a ele, Alexander baniu suas dúvidas para ampará-lo e tocar de leve a pele macia. Quisera tocá-lo desde o primeiro instante e permitiu-se esse gesto de carinho, trazendo-o para a realidade em seguida.

— Nick... A médica... Ela me contou tudo.

Silêncio. Sentiu-o estremecer em seus braços e nem mais um único som.

— Nick? — chamou num murmúrio.

— Navarre... — balbuciou com voz entrecortada.

— Ele não sabe de nada. E nem vai saber, se depender de mim. Seu segredo está seguro, eu juro.

— Alex! — grunhiu num lamento sofrido.

Desesperado, Nicholas agarrou-se ao outro com força. Deslizou as mãos pelas costas dele para, em seguida, apertar-lhe o tecido da camisa entre os dedos. Afundou o rosto no peito que lhe era oferecido desde o início, cedendo à necessidade de chorar. Precisava aliviar a dor, o peso da responsabilidade. Havia anos que não se permitia sentir coisa alguma, tanto tempo que nem mesmo conseguia se lembrar. Tudo lhe era novo e dolorido, absurdamente sofrido: a mágoa, o receio, o medo da rejeição, a insegurança, o rasgavam por dentro e feriam-no demais. Deixou que as lágrimas corressem livres entre soluços e esperança. Não estava mais só ou, ao menos, era no que queria acreditar.

— Navarre está morrendo — soluçou com a voz afogada no pranto sentido. — Ele está morrendo, Alex. Está acabando, definhando, e não há nada que eu possa fazer para mudar o passado e resgatar tudo o que fiz de errado. Não há como salvar nossas almas... e eu não quero morrer com isso dentro de mim! Quero que seja diferente, você me entende? Deus... Queria tanto que fosse diferente.

O rapaz embalou-o num abraço quente, seus próprios olhos turvos diante do sofrimento do outro.

— Eu sei — murmurou com doçura. — Imagino como não deve ter sido difícil a solidão e a responsabilidade. Mas, ainda há tempo para mudar. Você pode tentar, acredite. É possível, meu querido...

Nicholas abraçou-o ainda mais forte, em profundo abandono. Sentia-o perto, muito perto. Nada disseram por um longo tempo, pois seus soluços ecoavam vivos pelo ambiente. Guardara muita coisa por tempo demais.

— Acho que entendi por que trabalha o tempo todo, numa rotina opressora e destrutiva — começou o menino, afagando-lhe os cabelos claros. — Você busca um meio de compensar o que julga errado, não é? Tenta esconder a verdade e poupar Navarre. Você se escraviza para que seu pai não sofra tanto.

— É a minha obrigação, o mínimo que eu poderia fazer depois de todo o sofrimento que tenho causado por todos esses anos.

Alexander cerrou os olhos. Sentia a dor alheia como se fosse sua. Podia vivenciar através das palavras dele todo o martírio que passara, e não quis aquilo. Não queria vê-lo sofrer nunca mais, por motivo algum.

— A sua destruição não trará felicidade a seu pai, Nick. Sei que não tenho o direito de me intrometer, mas você está sendo muito injusto consigo mesmo. No dia em que jogamos xadrez, percebi sua paixão, e há tanta paixão em você, tanta paixão por tantas coisas. Eu soube que teria se dedicado ao xadrez se pudesse e, com certeza, seria o melhor entre os melhores; vi que desistira do seu sonho por algo muito maior e mais importante. Só não podia imaginar que...

Nicholas afastou-se, dessa vez bem devagar, e encarou Alexander com o rosto úmido.

— Há quanto tempo vem pagando o tratamento dele?

— Não sei. Há mais de quatro anos, eu acho...

— Muito tempo... Muito tempo, Nick... E eu não estava aqui.

Quis tocá-lo no rosto, com ternura semelhante a que via nos olhos castanhos dele. Jamais alguém, em toda a sua vida, o olhara daquela forma.

— Espero que nunca tenha passado por algo assim. Você não merece, Alex.

— E você, merecia? — Nicholas não respondeu, apenas fitou-o mudo. — Conte-me como aconteceu. Por favor.

Hesitou por alguns instantes, como se organizasse a memória ou filtrasse aquilo que devia ou não devia ser dito.

Não havia muito o que contar, não sem destruir-se diante dele. Limitou-se a sustentar o olhar verdadeiro que o rapaz lhe lançava, certo de que jamais merecera tamanha sinceridade de outro alguém. Iniciou a narrativa a partir do retorno de Navarre, quando descobrira-lhe a doença. O som de sua própria voz, embargada, causou-lhe terrível mal estar, porém, manteve-se firme. Precisava contar. Levara tudo aquilo longe demais e, agora, não podia mais suportar sozinho, ou foi o que os olhos escuros dele fizeram crer, no instante em que mergulharam nos seus.

Gastara quase toda a herança da família com os remédios e com tratamento do pai, muito pouco perto do que o velho necessitava para se curar, mas a única coisa que podia fazer para adiar-lhe a morte. Concluíra a faculdade naquela mesma época, fora trabalhar numa empresa grande e precisara de capital para tocar o próprio escritório com os outros dois sócios. Em verdade, tudo aquilo acontecera ao mesmo tempo. Entretanto, o que mais marcara sua vida naquele período fora o fato de que, de uma hora para outra, vira-se gastando tudo o que tinham para manter viva a esperança. Em pouco tempo, dera fim a metade de tudo o que Navarre construíra ao longo da vida, um dinheiro que precisava estar acessível para eventuais necessidades do pai. Para si, detinha o pouco lucro do seu trabalho e uma casa inteira para sustentar, cheia de empregados e despesas exorbitantes, que, milagrosamente, ele mantinha.

Ergueu o olhar para o rapaz, que o fitava com ar grave, atento a cada sílaba que dizia. Não se lembrava de alguém, qualquer um, escutar-lhe o discurso com tamanha atenção, tamanho respeito e consideração. A não ser Davi, mas o amigo era uma exceção, enquanto Alexander... era a maior delas, a mais querida, com certeza. Prosseguiu após um sorriso triste, ao qual o menino retribuiu. Para sustentar a pequena farsa que criara, nem ao menos pudera desfazer-se do luxo, pois Navarre fatalmente desconfiaria e jamais se perdoaria por ter-lhe roubado os últimos anos de vida. E a história findou, sem terminar, contudo, pois a vida seguia. E foi exatamente isso o que disse a ele: ainda havia estrada a percorrer e uma culpa a carregar, nada além disso.

O empresário baixou os olhos, como que envergonhado. Alexander nada disse, com receio de invadir-lhe o espaço. Assim ficaram, mudos, o rapaz olhando fixamente para a figura encurvada e infeliz que jazia ajoelhada diante de si, um amor sufocante a confundir-lhe os sentidos adolescentes.

— A verdade... — murmurou, depois de muito tempo. — A verdade é que reconheço a culpa pelas coisas que fiz de errado e assumo as conseqüências, de cada uma delas, mesmo que não seja possível voltar atrás. E, se por um acaso eu pudesse, não saberia como fazê-lo. Por mais que a vida nos tenha afastado, Navarre é meu pai. Ele é meu pai, Alex... E eu jamais o deixaria só.

Calaram-se. Perdido, Nicholas resolveu erguer os olhos cinzentos para ele, abatido e receoso. O jovem tinha o olhar úmido, repleto de muda adoração.

— Você é um filho maravilhoso.

Riu, entre irônico e nervoso.

— E você não sabe o que diz, rapaz.

Os olhos dele brilhavam como jóias, repletos de um sentimento imenso e desconhecido. Sentiu-se pequeno diante da capacidade dele em expressar o que sentia.

— O que eu sei, Nick, é que você é um guerreiro. Não imagina o quanto o admiro. Mas, agora, não precisa mais chorar — a voz suave fez com que Nicholas o fitasse. — Não está mais sozinho. Vou ficar com você e ajudá-lo a cuidar de Navarre.

Capítulo Quinto — Tomada da Torre Branca

— Por que está fazendo isso? Por que, de repente, tenta se aproximar de mim e parece verdadeiro? Parece...

— Pareço o quê?

Emudeceu, fitando o jovem num misto de dor e desespero.

— Parece real, como se quisesse estar aqui. No entanto, é tão difícil! Inclusive para mim, que nunca pude contar com ninguém. E talvez, isso não deva mudar — confessou.

— Se é esse o seu desejo, eu respeito — sussurrou. — Mas saiba que estarei do seu lado, apoiando-o e cuidando de você. Ou ao menos tentando.

Transtornado, Nicholas esfregou o rosto com as mãos antes de encará-lo novamente.

— Por que veio morar aqui? Me responde.

— Já disse. Quero dividir sua vida com você...

— Pare! Será que não percebe o que faz? — indagou, indignado. — Meu Deus, você só aumenta o meu tormento.

— Nick...

— Chega desse jogo. Não agüento mais! Não agüento ter de cruzar contigo pelo corredor e ser rude o tempo todo; não agüento evitar estar com você ou te olhar na mesa do jantar e parecer indiferente; já não suporto mais ter de afastar você de mim. Não percebe o quanto me magoa? Será que não vê que já tenho muito o que antagonizar, que já tenho mais problemas do que posso resolver? Mas, não... Ainda me aparece você, mais uma preocupação para ocupar minha cabeça e fundir meu cérebro.

— Eu... Eu não queria ser um estorvo — tornou, sentido. — Só queria que acreditasse que não estou aqui por aulas ou apostas, e não estou mentindo. Adoro Navarre, de verdade, e, além disso, eu...

— NÃO! — gritou Nicholas, silenciando-o com um gesto de mão. — Não precisa explicar. Não quero saber.

— Preciso, sim. Se não por você, por mim. Porque preciso ouvir a mim mesmo. Nick, não gosto apenas de Navarre...

Nicholas entrou em pânico. Já não sabia até onde Alexander penetrara em suas barreiras e temia não poder resistir se ele continuasse.

— Não quero ouvir — insistiu, numa tentativa de se defender. — Não me importa.

— Importa para mim. Eu... Eu me preocupo com você também, muito.

Queria acreditar nele. Queria de todo o coração, e não pôde mais. As palavras entraram-lhe pelos ouvidos, tão doces; o olhar castanho parecia repleto de promessas, de uma ternura imensa, de algo que sonhara receber a vida inteira, desde criança. E mesmo assim, resistiu. Já não sabia como lidar com aquilo depois do que se tornara. Baixar a guarda para ele seria admitir que precisava do amor que ele lhe oferecia e não poderia contar com isso por muito tempo. Alexander partiria, exatamente como todas as outras pessoas em sua vida, tão repentinamente quanto chegara. Sabia disso e seria ainda pior do que antes. Não poderia sentir falta de algo que nunca tivera. Era melhor assim.

Fitar Nicholas e receber seu olhar amedrontado mortificou Alexander. Igualmente, não fazia idéia do que lhe acometia. Sabia apenas que haveria conseqüências difíceis de serem suportadas, cobranças que, talvez, não valessem todo o esforço. Contudo, ao mirá-lo, não havia dúvida de qual lugar deveria ir ou com que pessoa deveria estar. Não desejava afastar-se, essa era a verdade, e jamais puniria a si mesmo. Como um sentimento assim poderia ser errado? Que sentimento era aquele, que o consumia com fogo e ternura de uma só vez?

— Nick... — murmurou mais uma vez. E foi tão precioso, tão doce ouvir seu próprio nome sussurrado pelos lábios dele, que precisou cerrar os olhos para resistir ao fascínio que exercia sobre seus sentidos.

— Não... — foi o lamento que lhe escapou, involuntário.

— Deixa eu cuidar de você, Nick. Por favor...

No escuro de seus olhos fechados, Nicholas sentiu-lhe a ponta dos dedos contra o próprio rosto. Afastou-se num repente, fitando-o em desespero.

— Não me toque — advertiu.

Mas Alexander sorriu, e algo dentro dele quebrou-se naquele instante. Quando o rapaz estendeu-lhe a mão novamente, num terno ignorar de palavras, não se afastou mais, não fugiu mais daquele toque. Já não queria fugir dele. O suave roçar da mão contra seu rosto rompeu a última e tênue barreira que lutava para manter erguida. Acabara...

— Tenha calma... — murmurou — Tudo vai terminar bem. Estarei bem aqui, ao seu lado.

Rendeu-se. Era escravo dele, sem qualquer poder sobre si mesmo. Estavam tão perto um do outro que já não podia resistir. Cobriu a mão de Alexander com a sua, não apenas aceitando o gesto de carinho como preocupado em retribuir a carícia da maneira que podia.

O rapaz sorriu entre emocionado e incrédulo. Quis tocá-lo também e estendeu a mão para pousá-la no rosto do garoto: primeiro um leve roçar de dedos, tímido e inseguro. Viu quando ele cerrou os espessos cílios negros, lentamente. Só então tomou-lhe a face num toque pleno, repleto de ternura. A pele era macia... e quente... Tão quente!

Alexander fitou-o então, mais uma vez. Mergulhou nos olhos cinzentos, agora revoltos em sentimento. O semblante, antes frio, mostrava-se de uma forma completamente nova, e era apenas seu, uma dádiva única. Precisava dele. Enfeitiçado, não percebeu que avançou em direção ao rosto alheio, o olhar fixo no dele. Cedeu apenas alguns centímetros, mas era exatamente o que faltava, o suficiente para Nicholas responder ao sinal e aproximar ainda mais o rosto.

Ao notar-lhe a intenção, o jovem fechou os olhos novamente, procurando controlar o tremor e a ansiedade. Os lábios de Nicholas pousaram sobre os seus, suaves, num leve roçar, o suficiente para arrancar-lhe todo e qualquer resquício de razão. Embrenhou-lhe os dedos na nuca, sentindo os cabelos claros e macios de

Capítulo Quinto — Tomada da Torre Branca

encontro à sua pele. Puxou-o mais forte, sem dar-se conta do que fazia, sem perceber que oferecia os próprios lábios num louco abandono, possuído por algo mais forte que a paixão.

Trêmulo, Nicholas tomou-lhe a boca, desta vez com vontade, um desejo insidioso a turvar-lhe a visão e escurecer-lhe a razão. Puxou-o para si, desesperado, correndo as mãos livres pelas costas dele.

Alexander entreabriu mais os lábios para receber o beijo molhado, e sentiu-se explodir num turbilhão de sentimentos estranhos e poderosos. Foi tomado por deliciosa vertigem e agarrou-se ao outro numa entrega desvairada, como se pudesse ser tragado pelo chão, correspondendo ao beijo com devassa urgência. A boca faminta de Nicholas movia-se sobre a dele, incessante, e permitiu que ele lhe invadisse a boca com a língua úmida, tocando-a com a sua própria, o corpo adolescente correspondendo à carícia com violência surpreendente.

Sentiu o corpo de Nicholas de encontro ao seu; um latejar urgente e dolorido tomou-lhe a região entre as virilhas. A mão dele, gentil, escorregou naquela direção. E quis sentir-lhe o toque em sua carne excitada, não por cima do jeans, e sim na própria pele. Quis ser tocado e desejou tocá-lo da mesma forma... ouvir-lhe os gemidos roucos, não apenas o som de sua respiração alterada, como naquele instante. Quis ter Nicholas, mais que qualquer coisa, e queria ser possuído por ele.

Foi quando a consciência do que faziam invadiu-lhe a mente, trazendo a culpa. Aquilo não podia estar acontecendo. Era errado, absolutamente errado. Não era?

Num reflexo desesperado e quase involuntário, afastou Nicholas de si, com força, o respirar ofegante de ambos entrelaçado no ar com a promessa de algo que ainda não havia acontecido, mas poderia muito bem acontecer. Fitou-o em remorso. Os olhos cinzentos fixaram-se nos seus em semelhante confusão e receio. As faces, antes pálidas, estavam coradas, quentes como as suas.

Nicholas tentou organizar o pensamento, sem muito sucesso. A sucessão de acontecimentos, de atitudes, de toques o desnorteara a tal ponto que, simplesmente, não sabia o que pensar ou como agir, talvez, pela primeira vez em sua vida.

— Alex... — começou num trôpego balbuciar. — Eu... eu...

— Tudo bem, Nick! Eu... Nós... Quer dizer... Desculpe!

Trêmulo, levantou-se num salto, sem qualquer firmeza. Nicholas quis ajudá-lo, certo de que cairia, contudo não ousou aproximar-se muito. Fitaram-se mais uma vez, mudos e hesitantes. Por um instante, Alexander vagou o olhar em torno de si, pela sala, meio perdido, como que reconhecendo o território. Sem mais nada dizer, o rapaz lançou-se escada acima numa fuga desenfreada. Correu para o quarto e bateu a porta.

Só então, Nicholas soltou a respiração. Correu os dedos pelos cabelos despenteados, procurando raciocinar e acalmar o próprio corpo excitado. Era uma situação completamente nova e precisaria encontrar uma solução satisfatória para ela, porque não fingiria que nada acontecera. Nenhum dos dois poderia fingir.

Ergueu o olhar para o alto da escada. Estranhamente, sorriu. Não poderia fingir e nem queria. Nunca desejara alguém como a Alexander, naqueles breves instantes de paixão e insanidade. Queria-lhe o amor e lutaria por isso como lutara por tudo em sua vida: até o fim. Precisava do amor dele, porém, antes disso, precisava fazer com que ele soubesse que o amava também.

    Fechado na escuridão de seu quarto, ainda encostado contra a porta, o rapaz procurava pensar. Rodou a chave na fechadura numa tentativa de se proteger. Proteger? De quem? De Nicholas? Absurdo! Não precisava trancar-se no quarto! Sabia que o outro jamais viria atrás de si ou coisa parecida! Com certeza, sequer mencionaria o episódio outra vez e cuidaria para que caísse no esquecimento de ambos. Essa certeza, ao contrário do que imaginava, magoou-o demais. Contudo, o emaranhado insano e devastador de sentimentos permanecia lá, comprimindo-lhe o peito e trazendo-lhe à mente inúmeras conseqüências, desde as mais corriqueiras até as mais terríveis. Confuso e trêmulo, deixou-se cair na cama, um fatalismo trágico dominando-o por dentro junto à uma espécie de expectativa perturbadora, completamente diversa de tudo o que deveria sentir por ele ou por qualquer outro homem.

    — Inferno! O que está acontecendo comigo?

Capítulo Sexto
Roque

O DESLOCAMENTO DO REI

    Não precisou do despertador para se levantar na hora de sempre. Passara a noite inteira em claro, procurando elaborar uma maneira de agir depois do agradável interlúdio da noite anterior. Queria se aproximar de Alexander, conhecê-lo melhor, fazer parte da vida dele, mas não podia assustá-lo.

    Entrou no banheiro, perdido em seus pensamentos. As informações giravam loucamente dentro de sua cabeça, num turbilhão quase tão enlouquecedor quanto o que vivia nos momentos de criação, sozinho, no silêncio do escritório. Precisava encontrar uma maneira de demonstrar o que sentia sem exagerar, sem sufocá-lo ou fazer qualquer cobrança. Inferno! Não sabia por onde começar e nem havia muito tempo para descobrir.

    Arrumou-se com movimentos mecânicos, mais rápido que o habitual, sem se dar conta do anseio pelo desjejum. Antes de sair do quarto, pegou a gravata, pendurada no cabideiro, e atirou-a por sobre o ombro, um hábito sem real consciência. Seguiu pelo corredor silencioso, com passos firmes, decidido. No entanto, ao surgir na sala, a convicção esvaiu-se quando se deparou com a mesa, impecavelmente posta, e o homem idoso que se curvava sobre a toalha de linho, o jornal entre as mãos.

    — *Bon jour* — saudou, a voz firme e baixa a esconder sua própria insegurança.

    Navarre apenas ergueu-lhe o olhar gentil, porém distante.

    — O café está fresco — foi o comentário usual, neutro.

    Nicholas não respondeu, ao contrário, apenas fitou-o enquanto presenciava o rosto cansado pela idade esconder-se mais uma vez atrás das folhas. Não conseguiu se mover. Por um momento, permaneceu exatamente onde estava, ali, em pé junto à cadeira, sem absoluta certeza se deveria ficar ou partir. Hesitou pelo que pareceu uma eternidade e, aflito, praguejou em pensamento, tomando a cadeira com mãos trêmulas, mas olhar resoluto.

    Curioso, Navarre ergueu o olhar para o filho e, flagrando-lhe o nervosismo, perguntou se estava tudo bem. O jovem rosnou uma resposta sumida enquanto se acomodava no estofado. Atônito, o velho enxadrista presenciou Nicholas sentar-se à mesa, como há anos não acontecia, tomar uma xícara e servir-se de café. Não coube em si de tanta surpresa.

    — O que foi? — perguntou o empresário em tom frio, fitando o pai de soslaio — Incomodo?

    — Não! — foi a resposta urgente, carregada de felicidade — Claro que não. É que... Bem... Quer um pedaço de bolo ou um suco de laranja? Ágata pode...

    Nicholas encarou-o de frente, o rosto belo, sem expressão, os olhos ainda mais carregados pela gélida acusação.

— O fato de ter-me sentado à mesa não significa que alguma coisa mudou entre nós. Já cansei de dizer que não como nada.

— Bom dia, minha gente.

Qualquer outro pensamento desapareceu diante da necessidade de olhar para ele. Alexander entrou no recinto, da maneira viva que entrava todos os dias, com o mesmo uniforme escolar e a velha mochila surrada. E, ainda assim, era diferente! Havia algo que Nicholas nunca percebera, que não existia antes e, provavelmente, estava relacionado ao luminoso sorriso lançado pelo rapaz, do batente até sentar-se à mesa. Antes que pudesse retribuir o gesto, lembrou-se de que não estavam a sós.

— Bom dia, meu filho — cumprimentou Navarre, trazendo-o de volta à realidade — Venha sentar conosco. Não está atrasado hoje, está?

— Não. Nenhum de nós está atrasado. — concordou com ar vago e o olhar castanho fixo em Nicholas, este se serviu de mais café apenas para controlar a fascinação que o rapaz exerce sobre seus sentidos.

Passaram breves instantes em silêncio, até Alexander encher o ambiente com sua voz alegre, carregada de apaixonante intensidade, ao lembrar do compromisso marcado com Navarre desde a tarde anterior. O velho sorriu diante do entusiasmo dele, mas tratou de alertá-lo para que jogasse com calma, do contrário não conseguiria nem mesmo tomar uma única peça "da corte". Claro que a declaração soou repleta de ternura, misturada à gostosa gargalhada de ambos.

— Sabe, Nick... — começou, encarando o homem diante de si como igual, enquanto pegava um cacho de uvas. — Passei dois dias pensando numa maneira de derrotar seu pai e sinto que consegui. Vai ser hoje, Navarre! — completou, sem dar chance do empresário interagir, talvez porque soubesse que de fato isso não aconteceria.

Incrível como ele nem bem chegara, apenas alguns meses, e já comandava as conversas em "família". Precisava admitir, Alexander possuía forte personalidade.

A refeição durou mais meia hora, no máximo. Passou todo o tempo observando os outros dois conversarem animados, absolutamente calado, como quem estuda o adversário. Vez ou outra, o jovem enxadrista virava-se em sua direção para comentar alguma coisa, sem esperar uma resposta, quase como se soubesse de sua necessidade pelo silêncio ou como se tentasse fugir na fala constante e compulsiva. Foi assim que Nicholas o sentiu e, de certa forma, ficou grato. Teriam tempo para conversar, a sós, mais tarde, com certeza.

Ao notar-lhe o movimento para se levantar, Alexander buscou-o com o olhar.

— Você vem jantar — disse o rapaz.

Era mais uma pergunta. Mirou-o, mudo por breves instantes, apreciando-lhe o rosto marcante que ainda não atingira a maturidade plena. Podia sentir-lhe a tensão.

— Exatamente como todos os dias — foi a resposta simples.

— Ótimo! — comentou, pondo-se de pé num salto — Então nos vemos de noite e aí te conto como Alex venceu o grande, maravilhoso e brilhante Navarre Fioux! Vai ser uma grande história, não? — brincou, piscando para o velho mestre —

Capítulo Sexto — Roque

Agora tenho que ir. Não posso me atrasar ou perco a prova do primeiro tempo. Tchau, gente boa!

— Boa sorte, meu filho. Espero você para o almoço.

Murmurando uma despedida carinhosa, o jovem enxadrista abraçou o velho por trás e beijou-o no rosto. Parecia mais filho de Navarre que ele próprio, sem dúvida. Nicholas quis sair da sala, mas alguma coisa o prendia ali, algo chamado Alexander. Queria vê-lo uma vez mais antes que partisse.

O rapaz avançou na direção da porta, não sem antes virar-se para o homem lindo que permanecia de pé, em silenciosa espera. A visão dele, dos cabelos claros e macios, dos olhos revoltos como o mar em dia de tempestade, dos lábios doces que provara na noite anterior, o escravizaram.

— Bom dia de trabalho, Nick — o cumprimento saiu-lhe dos lábios como um sussurro rouco.

Perdidos um no outro ficaram. Navarre olhava aquela cena procurando esconder o assombro, ao mesmo tempo em que um terror quase palpável crescia em seu íntimo. Conhecia Nicholas o suficiente para saber que algo acontecera às suas costas e que nenhum dos dois parecia muito disposto a falar sobre o assunto. Mais tarde, tentaria abordar o discípulo. No momento, tudo o que fez foi observá-los, parados um de frente ao outro, a mesa entre ambos a evitar a tensão desesperada que os unia.

— Alex... — e foi um murmúrio terno que ecoou. Havia anos que não via o próprio filho falar assim com ninguém — Quer uma carona?

— Não se incomode comigo. Vai acabar se atrasando e, além do mais não é caminho — respondeu hesitante, o rosto rubro de repente.

Nicholas trincou o maxilar com força e apertou os punhos para controlar o medo de ser rejeitado. Como era difícil ir contra a própria natureza! Mas Alexander valia a pena, valia tudo o que possuía em sua vida.

— Claro que é caminho. Vamos, eu te deixo lá — afirmou sem margem à contestação, e virou-se para Navarre. Mergulhar nos olhos surpresos do pai perturbou-o a ponto de fraquejar, de forma que sua voz soou trêmula — Bom dia, Navarre. Qualquer coisa... Bem... — engoliu em seco — Você sabe onde me encontrar.

Ágil, Nicholas deu-lhe as costas e passou por Alexander rumo à porta da rua. O rapaz seguiu-o, sem alternativa, mas levado a ficar um pouco mais na companhia dele. Navarre por sua vez, observou-os até que deixassem o aposento.

*   *   *

A paisagem a voar pela janela alertava-o de que sua oportunidade de falar esvaía-se sem qualquer tentativa. O silêncio reinava absoluto, mas, ao contrário da muda observação à mesa, sentia-o mais acessível agora. A pergunta certa era: por quê? Por que Nicholas mudara o tratamento assim? Seria por paixão? Será que, com um simples beijo, despertara nele algo além da amargura usual? Não riu diante do próprio pensamento apenas para não atrair-lhe a atenção. Seria muito ingênuo pensar que ele próprio, um colegial e enxadrista principiante, pudesse fazer qualquer diferença na vida de um homem como Nicholas Fioux. E, mesmo assim, a expressão serena dele, sentado ao volante do automóvel como um lorde francês do século XV, fizeram-no desejar que fosse diferente o que, obviamente, ia de encontro a tudo o que esperavam de si: namorada firme, casamento, filhos, família, só para começar! Todavia, valeria a pena matar a paixão desesperada e o sentimento único que Nicholas lhe despertava pela suposição de viver uma vida comum, vazia e infeliz? Não estava tão certo; da mesma forma que não tinha certeza de coisa alguma além de ansiar por estar ao lado daquele homem, fosse como fosse.

 Na verdade, sabia o porquê de ter se aproximado. Apesar de tagarelar por todo o desjejum — alguém tinha que falar alguma coisa, não? — estivera estudando o empresário também. Sim. O outro o estudara, descaradamente, sem se importar nem mesmo com Navarre, por exemplo. Nicholas não fazia nada às escondidas, já tivera prova disso, desde o primeiro dia de convivência.

 As lágrimas que lhe turvaram a visão obrigaram-no a desviar o olhar escuro para a paisagem. Por mais que desejasse ser alvo do interesse dele, sabia quais eram as suas intenções e nada tinham a ver com paixão ou amor. Cada atitude fora um sinal: o empresário também desejava pôr o incidente da noite anterior em pratos limpos, era óbvio. Por que outro motivo resolveria sentar-se à mesa para o café, ou se submeteria à torturante conversa de Navarre ou de sua própria chateação? Por que outro motivo além de pôr um fim ao ocorrido entre ambos? Deveria estar feliz com aquilo, com a possibilidade real de esquecerem o ocorrido. Não estava.

 Angustiado, Alexander esfregou os olhos demonstrando cansaço. A refeição, o silêncio resignado, a estranha cordialidade com a qual o tratara na frente do velho e, finalmente, o convite para a carona. Precisava de algo mais para saber que Nicholas desejara, desde o começo do dia, uma nova oportunidade de estarem a sós para esclarecer o incidente? E então, sentia-se como que possuído por aquela sensação de abandono, a corroer-lhe o peito em conflito e repugnância por permitir que tudo aquilo acontecesse. Enraivecia-se de si mesmo pela entrega e enraivecia-se de Nicholas. Fitou-o novamente pelo canto dos olhos. O perfil sério jazia preso ao tráfego. Raiva era algo que estava realmente muito longe de sentir.

 — O que foi? — a pergunta soou-lhe suave, sem a intenção de ofender ou intimidar, e ainda assim intimidou. Havia algo a ser dito, podia sentir pela pergunta dele e Nicholas nem mesmo esperara um momento mais adequado. Resolvera abordar o assunto dentro do carro mesmo. Reconheceu que nada daquilo devia ter importância para ele, um homem que tinha quem quisesse a seus pés, de tão lindo que era. Aquele pensamento amargou-lhe a boca, por mais que desejasse negar.

Capítulo Sexto — Roque

— Obrigado pela carona — tornou, tentando esconder o quanto estava desapontado — Graças a você, vou ter um tempinho para repassar os pontos antes da prova.

As mãos fortes dele envolveram o câmbio do carro e roçaram sua perna, por acidente, fazendo o rapaz estremecer e remexer-se na poltrona, incomodado.

— Prova de quê? — havia genuíno interesse na pergunta. Alexander mirou-o, dividido entre a desconfiança e a incredulidade. Nicholas o confundia cada dia mais. Ele permanecia com a atenção voltada para o trânsito, mas seu rosto estava ainda mais doce.

— Filosofia... — respondeu, mecanicamente — Adoro essa matéria, mas não estudei nada, então vou aproveitar o tempinho antes da aula. É melhor saber ao menos o que vai cair do que não saber nada, não concorda? — indagou com a respiração descompassada.

— É, pode ser... — silêncio breve — Acho que deveria ter estudado direito.

Alexander enrubesceu com violência diante da verdade e agradeceu por ele estar olhando o trânsito. Seria muito constrangedor se lhe flagrasse a vergonha, como um menino arteiro. Queria parecer um homem, mais maduro do que jamais fora. Quanta estupidez pensava àquela manhã.

— Não é bem assim. Vou me dar bem em Filosofia, com certeza, e quis... — um semáforo, e Nicholas fitou-o então, com um lindo sorriso a iluminar-lhe o rosto perfeito. Perdeu o rumo das palavras, fascinado pela expressão doce, o coração disparado dentro do peito. — E-Eu... Deveria ter estudado — balbuciou.

— Foi o que eu disse.

Perderam-se nos olhos um do outro, um único instante. O desejo de acabar logo com aquela tortura assaltou o rapaz quase em insanidade. Era o momento de falar... Falar o quê? Por Deus, precisava acabar com a expectativa! Mas o empresário desviou o olhar novamente para os carros que entravam em movimento na avenida.

— Nicholas...

— Sim.

— Eu... — olhos cinzas o miraram numa fração de segundo, como a dizer-lhe que ouvia o suficiente para desistir — E você? O que vai fazer hoje?

— Como assim? Vou trabalhar.

— Eu sei, mas...

Alexander deu de ombros e voltou a encarar o concreto da paisagem. Faltava pouco para chegarem ao colégio. Desejoso de fugir, não viu que o outro sorria, quase emocionado. Fazia muito tempo que ninguém se interessava pelo que fazia, além do sócio. Aprendera a não se importar e agora...

— Se tudo der certo, Davi, meu sócio, terá fechado um novo projeto gráfico que estará na minha mesa na hora do almoço. Até lá, vou terminar uma campanha publicitária que cabia ao outro sócio, mas que não pôde ser concluída ainda.

O rapaz observou-o, então, alcançando o resquício do sorriso, mas entendo-lhe o motivo de modo diverso.

— Você gosta do que faz, não é? Apesar de tudo, tem verdadeira loucura pelo seu trabalho.

A expressão de Nicholas tornou-se séria e carregada novamente. Parou o carro diante do portão gradeado da escola, sem nem ao menos se voltar para o rapaz.

— Eu aprendi a lidar com a minha profissão, Alex. É regra: precisamos aprender a lidar com tudo aquilo que a vida nos coloca no caminho, mesmo que de uma maneira bastante...

— Estranha? — completou.

— Peculiar, eu diria.

Alexander mirou-o por alguns instantes. Então era isso, era assim que ele conduzia a própria vida, como se tudo e todos ao redor fossem nada mais que um mero "acidente" do destino. Ressentiu-se, e nem soube dizer exatamente o porquê.

— É isso o que tem feito? Se conformado com o que encontra pela frente e criado uma maneira de conviver com isso?

— Não entendi a surpresa. Não é o que todos fazem, de uma forma ou de outra? — indagou, sereno.

— Não, não é. As pessoas lutam pelo que desejam, Nicholas! — tornou, indignado.

— Sim... As pessoas lutam — concordou com um súbito sorriso cansado — Mas lutam por suas paixões, e não por seus fatalismos.

O jovem negou com veemência, o rosto tomado por fúria indomada, os dentes trincados, a respiração alterada.

— Seu pai está doente e isso é uma fatalidade. — Nicholas concordou com um assentimento mudo — Então não me venha com essa conversa fiada. Ou está querendo dizer que seu pai não luta contra a doença? Seria o maior dos absurdos — bronqueou enfurecido.

Nicholas permitiu-se fitá-lo e apreciar a beleza ainda a amadurecer. Alexander possuía tanta paixão, tanto amor, tanta vida dentro dele! Como era lindo vê-lo expressar seus sentimentos, sem qualquer barreira, sem necessidade de ser perfeito ou de esconder os pontos frágeis. Quanta confiança tinha, ou ingenuidade, não poderia definir. E, naquele instante, soube que queria retribuir aquele gesto. Tudo o que queria era ser quem era, sem qualquer máscara, sem fingimento ou necessidade de ser outro alguém. Tudo o que queria era fazê-lo saber que...

— Navarre não luta contra a doença — murmurou, com voz triste — Navarre luta pela vida, porque é apaixonado por ela. Se lutasse contra a morte, já estaria morto.

Silêncio. Alexander mergulhou no semblante dele, doce e amargurado. Fitaram-se por algum tempo, imóveis, até o sinal soar baixo, vindo da escola, anunciando que a aula começaria dali a cinco minutos.

— E você, não luta? — indagou o rapaz num murmúrio rouco — Depois de tudo o que me contou, da forma como me contou, vai dizer que não luta por nada?

Capítulo Sexto — Roque

Nicholas suspirou fundo diante do apelo que as palavras dele encerravam. Alexander o olhava, aguardando a resposta como quem espera por uma sentença. Quis dizer a ele coisas que nunca dissera a ninguém. Mas ainda não era o momento.

— Eu luto... — admitiu — Luto para preencher o vazio que há em mim — Alexander sentiu os olhos turvos. Sufocado, baixou o olhar para esconder o quanto a confissão dele o feriu — E você, rapaz? Não luta por suas paixões?

Novo silêncio. Não ousou erguer o olhar para os olhos cinzas sem antes ter recuperado parte da firmeza. Nicholas parecia ter o dom de alcançar seu coração.

— Nick... — começou com voz sumida, o olhar ainda baixo — Sobre ontem...

— Não me fale nada. É melhor deixar como está — "Por enquanto", concluiu em pensamento.

Alexander encarou-o novamente, confuso.

— Está fugindo — acusou em tom neutro.

— Não. Não estou.

— Está, sim. Quer que esqueçamos tudo? Por mim, sem problema.

— Não, Alex. Não quero esquecer. Apenas, não é o momento de abordar o assunto.

Pôde ver a fúria que tingiu os olhos castanhos dele. Apaixonante. Mas, ao contrário de suas expectativas, o rapaz não o atacou com palavras rudes, gritadas ao vento. Alexander apenas o olhou e soube que estava magoado. Sentir-se a causa do sofrimento ele foi muito pior do que ouvir seus insultos impensados.

— Acha que eu não tenho maturidade para discutir de igual para igual? Acha que não posso encarar as coisas como são?

— Acho — breves instantes de tenso silêncio — E acho também que precisamos, ambos, pensar melhor sobre o que nos aconteceu antes de sentarmos para conversar.

"Maldito arrogante e prepotente", foi o que lhe passou numa fração de segundo. Mas não conseguia estender o ressentimento por muito tempo, não conseguia alimentar a raiva. Sentido, os olhos turvos diante das palavras cruas, o rapaz assentiu e se arrumou para sair do carro.

Nicholas viu-o pegar a mochila e colocá-la no ombro. Não quis deixá-lo sair daquele jeito. Não queria se importar com ele, mas se importava, e muito! Apertou os olhos procurando controlar as batidas do próprio coração. Nunca, em toda a sua vida, alguém mexera tanto com seus sentimentos. Trêmulo, passou o braço por sobre a poltrona do carona, aproximando-se.

— Escute... Não fique triste. Não quis dizer que...

— Mas disse e está tudo bem. Deixa para lá, não é importante. Talvez eu dê importância demais a coisas ridículas e você tem razão, é melhor deixar como está.

Fitaram-se mudos, Alexander com olhar ressentido, Nicholas com flagrada tristeza. Sem mais conseguir conter as lágrimas, o rapaz fez menção de abrir a porta para sair, mas foi impedido. Nicholas segurou-o pelo braço, suave e incisivo. Foi obrigado a olhar para ele, novamente, e mergulhar nos olhos cinzas, turvos e infelizes.

— Está tudo bem, Nick — afirmou, mais para si mesmo que para o outro.

— Você mente — era fato.

— Não estou mentindo. Só que tenho uma prova daqui há menos de um minuto e não consigo sair desse carro porque...

Mas Nicholas tocou-o no rosto suave, quente. Desenhou-lhe os traços jovens sem pressa, quase como se pretendesse apoderar-se da imagem que tinha diante de si. E havia ternura naquele toque; tanta ternura que não pôde se afastar. Sentia-se como que puxado na direção dele, uma força poderosa e incontrolável que o atraía para o homem lindo, sentado tão perto. Deixou-se acariciar, suspirando diante do contato dos dedos dele em seu rosto.

— Garoto... — murmurou — É cedo demais para você descobrir que o mundo poucas vezes é inocente.

— Nicholas... — balbuciou, perdido e contaminado pelo desamparo dele.

— É muito cedo para saber que as palavras podem ser duras, mas que isso não as torna menos verdadeiras.

— O que quer dizer? Eu não entendo...

Como que desperto de um transe, Nicholas aprumou-se na cadeira e aumentou a distância que os separava, sem contudo deixar de olhar para ele com a mesma ternura que o tocava.

— Significa apenas que este não é o momento.

A intensidade do olhar cinza sobre o seu, fez com que o rapaz estremecesse. Por um instante pôde vislumbrar a essência daquela declaração, e temeu o que não conhecia. Temeu uma decisão difícil demais, sofrida demais; temeu o caminho pela frente e o fato de ter certeza de que não poderia voltar atrás.

Sem nada dizer, o jovem retirou um papel dobrado do bolso do uniforme e estendeu-lhe, observando Nicholas tomá-lo para si, colocar os óculos de grau que jaziam no bolso interno do paletó, e correr os olhos prateados pelas linhas datilografadas. Quase chegou a imaginar o que ele não estaria pensando, principalmente depois da conversa difícil que tiveram e de o outro ter assumido, com todas as letras, que o julgava jovem demais. A visão turvou-se e desviou o olhar para a trava da porta, ao mesmo tempo em que a voz dele soava dentro do automóvel, sem emoção alguma além de curiosidade.

— Esteve aprontando na escola? Por que uma advertência?

Um instante de profundo e desconfortável silêncio no qual ergueu os olhos castanhos, úmidos, sem vergonha da decepção que refletiam. Nada disseram enquanto Nicholas o mirava, o semblante sereno, como se o estudasse. Não havia necessidade de dizer a ele para que soubesse, para que tivesse certeza de que não fizera nada de errado além de se apaixonar por alguém que, fatalmente, jamais seria seu. Um brilho de reconhecimento tingiu as íris de luar junto às lágrimas que ele, rapidamente, tentou esconder ao baixar o rosto, retirando uma caneta do bolso. Em seguida, o empresário assinou no local indicado, devolvendo-lhe a advertência. Rápido e sem qualquer outra pergunta. Prático e sem direito a um único olhar antes de se separarem.

Capítulo Sexto — Roque

Só então, sem se despedir, Alexander abriu a porta e o deixou. Uma vez mais, voltou-se para ver se já partira; porém, Nicholas permanecia no mesmo lugar, os olhos prateados a fitá-lo, agora num misto de determinação e completa solidão. Precisava ir. O sinal tocou mais uma vez, trazendo-o para a dura realidade. Deu-lhe as costas e, sem olhar para trás, entrou pelos portões gradeados.

"Talvez seja realmente cedo demais."

* * *

— Xeque-mate.

Alexander ergueu os olhos do tabuleiro para o mestre diante de si, na expectativa de ver censura ou até mesmo decepção nos olhos azuis. Nada... Apenas velada tristeza.

— Era assim que pretendia me vencer?

O rapaz negou com a cabeça, esfregou os olhos, em silêncio, e fixou-os no jogo mais uma vez: a prova viva da derrota pessoal. Num suspiro frustrado, derrubou o Rei.

— Não sei o que me deu, Navarre — mentiu em desculpas, sem conseguir encarar o mestre e arrumando as peças na posição original como compensação pelo fracasso — Garanto que, se jogarmos de novo, eu...

— Pare, Alex — ordenou em tom firme. Obedeceu de imediato, sem pensar em questionar — Não vamos recomeçar nada.

— Mas... — balbuciou ao erguer-lhe o rosto, corajoso.

— Sabe o que estivemos fazendo aqui nas últimas cinco horas?

— Navarre...

— Nada. — silêncio pesado — Isso porque não esteve presente no jogo. Não sei com quem estive jogando, mas, definitivamente, não foi com o enxadrista brilhante que escolhi para discípulo.

Alexander baixou o olhar para que Navarre não visse o quanto estava transtornado. Era muito difícil ouvir aquilo, terrivelmente frustrante. Como profissional, detinha plena consciência de seus limites e de sua capacidade. Justamente por isso, seria injusto delegar a outrem a sua própria responsabilidade. A grande verdade era que, por mais empenhado, brilhante e esforçado que fosse, nada poderia afastar de sua mente a imagem frágil de Nicholas, nem tampouco apagar de seu coração as marcas desse sentimento que pulsava vivo. Deveria ter adiado o treino, por respeito ao mestre e a si mesmo. A conversa da manhã não lhe saía da cabeça, e a imagem dele o perseguia como uma assombração.

Por outro lado, nunca deixara que os problemas pessoais interferissem no xadrez. Nunca permitira que nada ou ninguém, o desviasse de seus objetivos e minasse sua garra para alcançá-los. E agora, diante de seu mestre e amigo, obrigava-se a admitir que falhara como discípulo, como aluno e como ser humano, porque não dera tudo de si. Não podia deixar que Nicholas se tornasse assim, tão importante. Seria como arriscar o lance final de uma partida ganha. E, além de tudo era homem, não era?

— Está me ouvindo, Alexander? — indagou o velho, furioso.

— Sim, senhor.

— Então olhe para mim quando estiver falando com você, entendeu? — Alexander assentiu e fitou-o com os olhos turvos — Onde estava com a cabeça, garoto? Em que pensava para me atirar na cara um jogo fajuto desses? Regrediu de ontem para hoje por acaso? Se for verdade, deixe-me saber que recomeço do zero, ensinado como se arrumam as peças no tabuleiro.

— Mestre... Eu...

O velho interrompeu-o com um gesto de mão, já muito contrariado. Decidiu deixá-lo quieto por algum tempo. Não era saudável tentar argumentar com Navarre naquele estado, até porque não havia argumento plausível o suficiente para valer o esforço de falar. Errara, era verdade. Sentiu-se um miserável, ainda mais ao notar a expressão cansada do rosto enrugado.

Passaram algum tempo mudos e, quando o mestre tomou a palavra, já não encerrava a fúria de antes, mas a voz rouca soou preocupada.

— Você tem um objetivo na vida, não tem? — Alexander afirmou com a cabeça, sem ousar dizer coisa alguma — Pois eu também tenho, filho. E pensei que fosse o mesmo, que estivéssemos juntos nisso. Foi o que me fez acreditar no começo.

— Não fale assim — implorou. As lágrimas escorrendo — Quero tanto continuar em frente contigo.

O velho tomou-lhe as mãos frias com ternura e acalentou-o até que cessasse de chorar.

— Não se culpe. Não quero suas lágrimas. Quero saber o que acontece para que esteja tão transtornado. Sabe que pode confiar em mim.

— Eu estive preocupado.

— Com o quê? — perguntou sem demonstrar qualquer espanto. Quase como se esperasse ouvir aquela confissão.

A naturalidade dele espantou Alexander e, por um momento, duvidou de sua inocência. Sua mente de enxadrista trabalhou rápido, organizando as informações e abrindo uma gama de possibilidades para tal atitude tão forçada.

— Bem... Com as provas do final do semestre — mentiu.

Navarre encarou-o fixamente e soube de onde Nicholas herdara o olhar gélido. O velho assentiu, lentamente, e se afastou. Pôde ver a decepção no olhar frio de Alex e não era pela derrota, ou pela distração em si, mas pela mentira. De alguma forma, ele descobrira. E isso doeu muito.

Um longo tempo se passou, estático, sem ruídos que denunciassem vida. Navarre observava o discípulo: era apenas um rapaz começando a viver e já tão certo do que queria, tão determinado em aprender e vencer. Orgulhava-se dele demais, então por que começara a discussão? Por que falara tão rude quando sabia que todo

Capítulo Sexto — Roque

aluno passa por momentos difíceis e Alexander era tão especial, tão atento, sempre disposto? Por que falara daquele jeito com ele? Nos quatro meses de convivência naquela casa, fora a primeira vez que o via ausente para treinar. A resposta veio-lhe mais clara que o sofrimento nos olhos castanhos: queria ouvi-lo confessar que o motivo do transtorno era Nicholas. De alguma maneira sabia que o filho estava envolvido.

O jovem enxadrista soluçou em seco e foi quando percebeu que chorava novamente. Afastou as peças e puxou-o por sobre a mesinha na intenção de um abraço.

— Meu filho... — começou com ternura — A primeira coisa que lhe ensinei foi que devemos afastar todo e qualquer pensamento quando estamos diante de um tabuleiro, não é verdade?

— S-Sim... Eu sei, mestre... A concentração é o primeiro passo para a vitória — admitiu em pranto — Perdão se o decepcionei. Eu não queria...

A dor dele contaminou Navarre a ponto de sentir os próprios olhos turvos. Confortou-o como pôde. O garoto era, com certeza, a parte frágil da situação, fosse ela qual fosse.

— Não se culpe e nem me peça perdão. Não há o quê perdoar.

— Não posso evitar — tornou aflito, afastando-se para mirá-lo outra vez — Você é como um pai para mim, é a última pessoa que desejo desapontar — "com exceção de...", foram os pensamentos que o invadiram.

— Fico muito feliz que me ame como um pai, porque eu também o amo como um filho. Por isso repito: sei que alguma coisa acontece aqui dentro, com você, e quero que me conte...

— Conte o quê? — foi a voz grave que invadiu o recinto, vinda do batente, firme.

Navarre fitou-o em muda acusação, a qual o empresário retribui com a indiferença usual. Foi quando Alexander também se voltou para fitá-lo por sobre os ombros e sentiu-se enfraquecer. O rosto jovem estava molhado de lágrimas e o olhar ferido, quase suplicante, desnorteou Nicholas a ponto de transfigurar-lhe as feições frias. Empalideceu bruscamente, a indiferença perdida para a necessidade de compreensão.

— Vou lavar o rosto — declarou, levantando-se de imediato e saindo em disparada pelo batente, como que fugido.

Nicholas acompanhou-o com o olhar, ainda amortecido pela visão dele, tão frágil e infeliz. Por isso, não se dera conta de que era alvo do olhar irado do pai.

— O que você fez com ele? — grunhiu encolerizado, recebendo o olhar do filho em mudo desespero.

— Não fiz nada! — defendeu-se trêmulo — Juro que não fiz nada, Navarre! O que... — gaguejou — O que aconteceu?

Por um instante, o velho senhor não teve qualquer reação. Havia emoção em Nicholas, não apenas em sua expressão consternada como também nas palavras, no respirar, em cada gesto contido de suas mãos. Já não podia lembrar há quantos anos desejara ver o filho voltar à vida como naquele instante. Mas o destino parecia cruel. Sem conseguir explicar, tudo aquilo soou-lhe mais como um aviso funesto do que como evidência de salvação.

— Confesse! — acusou, apontando-lhe o dedo em ameaça — O que fez ao menino para deixá-lo nesse estado, confuso e angustiado?

— Não sei do que está falando e nem devo explicação de nada. Se quiser saber, pergunte a ele! É o que as pessoas normais costumam fazer — tornou irônico, não mais que uma tentativa de manter o controle da situação.

— Ora, seu... Não me deve explicação? Mas é claro que deve! — tornou, a voz grossa vibrando pelas paredes num conjunto de sons totalmente deslocado do mundo que os rodeava — Enquanto manteve sua crueldade limitada a mim, não me importei; em nenhum momento ergui a voz para censurar você. Mas... Por Deus, Nicholas! Alexander é uma criatura inocente! Como pode ser tão ruim? Ele não merece o seu ódio.

As palavras de Navarre atingiram-lhe as feridas, aquelas que jamais cicatrizariam. Sentiu a razão esvair-se pouco a pouco, junto com o autocontrole. Uma mágoa terrível a dominar-lhe os sentidos junto à certeza de que aquele homem jamais o amara, jamais se orgulhara, a despeito de todo o esforço para agradá-lo. Contudo, aquilo ficara perdido no passado, há muito tempo.

— Ódio? — indagou entre dentes, aproximando-se com ar ameaçador, passando ao Francês mais por instinto de preservação que por consciência — Quem é você para falar de ódio ou inocência? Quem é você para falar de crueldade? Foi você quem me tomou a inocência da infância, quem me ensinou a ser cruel, se é assim que me vê. Sou a obra que você criou, Navarre, a "criatura" cruel e ruim que deixará para o mundo. E nunca vou perdoá-lo por isso, NUNCA! — gritou fora de si.

Nicholas deu-lhe as costas, trêmulo, a respiração ofegante. Precisava sair dali. Simplesmente tinha que sair dali, e rápido, antes que fosse tarde demais e já não pudesse conter a dor, a decepção. No entanto, antes que seus membros lhe obedecessem à vontade, já havia se voltado novamente para o pai.

— Acha que sinto orgulho de mim? Acredita realmente que me olho no espelho e tenho orgulho do que vejo? Acredita, Navarre? Acha que não acordo todo santo dia me perguntando o que faço ainda nesse mundo, perguntando o porquê de eu ser assim e o que foi que fiz de errado para me destruir dessa forma?

— Nicholas... Não... — balbuciou no ronronar familiar que lhe trouxe lembranças de outra época, noutro lugar. Uma época mais feliz, quando não havia do que se esconder, mas para a qual não poderia voltar nunca mais.

— Não o quê? — interrompeu — Não me importo com o que tem a dizer. Cansei de pensar em vão, cansei de esperar por você, cansei de tentar ser aquilo que você espera que eu seja. Você não merece nenhum dos meus pensamentos, nenhuma das minhas palavras, muito menos as lágrimas que não posso mais chorar. Mas uma coisa eu lhe garanto, e é melhor ouvir com atenção — Navarre encarou-o bravamente, mas, não havia como esconder, chorava — Não vou deixar que destrua o que Alexander possui de puro e bom dentro dele, não da mesma forma que me destruiu. Você entendeu? Não vou permitir que faça de Alexander uma continuação de você mesmo. Isso é uma promessa, e eu nunca prometo em vão.

Com essas palavras, Nicholas saiu, batendo a porta atrás de si com força. Dentro da sala, Navarre deixou-se cair na cadeira, doente de tristeza. Por um instante, a respiração faltou-lhe porque, não podia deixar de pensar, também ele acordava, a cada dia, se perguntando onde errara como pai para ver Nicholas, seu filho tão amado, enclausurar-se dentro de si mesmo daquela forma terrível e destrutiva. Pensou na esposa a olhá-lo do outro lado da vida, e quase pôde ver-lhe os olhos claros, repletos de carinho e dor. Não se sentia digno. Ao olhar para trás, arrependia-se por haver deixado a família.

Só, na solidão da sala, deu-se conta de que não destruíra apenas Nicholas em sua vida. O filho, com certeza, era um reflexo daquilo que fora desde sempre. Tudo o que lhe restara era o xadrez e a relativa paz para chorar sua amarga sorte.

*   *   *

Nicholas trancou-se no escritório. Os olhos ardiam. Tentou chorar e não conseguiu. Sem alternativa, resolveu abrir os papéis diante de si, grafite em punho, mas nenhum traço contra o branco da folha. Ajeitou-se na cadeira, atirou a gravata longe, enrolou as mangas da camisa, tirou o cinto e os sapatos na tentativa de ficar mais confortável e ter alguma inspiração. Nem mesmo assim. Simplesmente, não conseguia se encontrar.

Afundou o rosto nas mãos, o lápis ainda seguro entre os dedos. Vivera muito em poucos anos, passara por muita coisa, situações por vezes extremas e desesperadoras. Cultivara a frieza de raciocínio para não se deixar enganar e a indiferença para não sucumbir ao sofrimento. Passara anos e mais anos mergulhado numa meia-vida para evitar o próprio pai. E agora... Alexander.

"Não é possível... Não é possível que, a essa altura da minha existência, vou me deixar abater novamente, e por um colegial. Não acredito que..."

Batidas na porta obrigaram-no a erguer o rosto. "Vá embora", pensou. O olhar perdido no vazio, os óculos de aro fino pesando-lhe um pouco no nariz. Novas batidas, agora mais fortes.

— Nicholas — a voz dele fez seu coração disparar — Deixe eu entrar.

"Não pode ser... Isso é um pesadelo. Vou contar até três e acordar."

— Nick... — foi o lamento triste — Por favor, Nick.

Suspirou resignado. Devia-lhe uma explicação, essa era a verdade.

— Pode entrar. Está aberta.

Um tímido ranger de dobradiças e passos inseguros abafados pelo tapete. Quando cessaram, ergueu o olhar cansado para o jovem, parado diante de si.

— Sim.

Alexander não se sentiu encorajado a falar. Nicholas o intimidava, profundamente. Tudo o que fez foi calar e sustentar-lhe o olhar penetrante.

O empresário, contudo, parecia à vontade. Havia enrolado as mangas da camisa, deixando os braços fortes à mostra. Num gesto quase casual, ele encostou o dedo contra os lábios finos, como se refletisse, tudo isso sem deixar de fitá-lo.

Queria ler aqueles olhos castanhos repletos de temor, mas não pôde. As pessoas, em verdade, não conseguem enxergar plenamente a alma alheia, no entanto, gostam de pensar que isso é possível. Engano. Mesmo que conheçam o outro quase tão bem quanto a si mesmas, isso se chegarem, um dia, a conhecer o próprio coração. É pura e simples ilusão, uma busca por conforto. E foi a essa conclusão a que Nicholas chegou ao se ver nos olhos incertos daquele rapaz já tão querido. Teve de se render ao meio usual.

— Você está bem? — um breve assentimento foi a resposta — O que aconteceu entre você e Navarre? Ele o magoou? Quer falar a respeito? — perguntou, calmo e sereno.

— Ele me repreendeu pela minha falta de atenção, só isso — respondeu em tom sombrio.

Foi a vez de Nicholas assentir em compreensão. Seguiu-se um breve silêncio. A conversa não estava muito promissora. Encararam-se mudos pelo que pareceu uma eternidade.

— Bem... — tornou, deixando o lápis sobre a mesa para apoiar o queixo nas mãos — Suponho que não tenha sido a repreensão de Navarre o motivo do seu pranto, ou pelo menos, não o único. Estou enganado? — insistiu com tranqüilidade.

O rapaz negou num gesto desolado de cabeça, mas permaneceu em silêncio, visivelmente desconfortável.

— Imaginei... Suponho também que esteja aqui, diante de mim, porque EU sou o motivo do seu pranto, correto?

Alexander sentiu sufocar e foi o suficiente para que Nicholas se arrependesse. No entanto, não conseguia ser diferente.

— Nick... — começou, a voz firme em contraste com o semblante pálido — Quero conversar com você sobre o que aconteceu ontem à noite.

"Agora, não, meu querido. Por favor, tenha piedade de mim. Mal posso me controlar porque acabei de falar coisas horríveis para Navarre e não sabe como isso me arrasa. Eu imploro... Não faça isso comigo. Vamos conversar outra hora, noutro lugar", mas a súplica se perdeu no breve silêncio em que o olhava. E o jovem, igualmente, não conseguiu desvendar o que os olhos cinzentos lhe gritavam em socorro.

— Certo — concordou, finalmente — Vamos conversar, então. Por favor — convidou, indicando-lhe uma cadeira.

Capítulo Sexto — Roque

Desconfiado, sentou-se de frente para ele, a mesa entre ambos. Seu olhar caiu no semblante sério de Nicholas a encará-lo do outro lado e quase desejou não ter entrado naquele escritório. Quase.

— Pronto. Pode começar.

— Espere um instante! — interrompeu atônito. — O que é isso?

— Isso o quê?

— Essa formalidade. Me sinto como um funcionário diante do chefe da empresa para pedir aumento de salário — despejou abismado.

Nicholas assentiu, e não havia qualquer compaixão em seu semblante.

— Entendo. Bem, você me pediu uma conversa, não foi?

— Sim, mas...

— Sinto muito, mas essa é a minha maneira de lidar com as coisas. É um assunto sério e precisamos dar à situação a seriedade que ela exige — Alexander engoliu em seco, atordoado — Não me olhe assim, garoto. Entende por que eu disse no carro que aquele não era o momento?

— E agora é, por um acaso? — indagou desafiante.

— Não sei. O que lhe parece? Foi você quem veio atrás da conversa, lembra? — Alexander deu de ombros e Nicholas soube que não iriam a lugar algum daquele jeito — Certo, vamos começar de novo. Pensou sobre tudo o que falamos hoje de manhã e sobre o que nos aconteceu?

— Pensei — afirmou o rapaz, sem titubear.

— Ótimo. Fico feliz porque também pensei muito a respeito — encararam-se, mudos, um esperando que o outro falasse, enquanto que estavam certos de que um deles continuaria — E o que foi?

— Foi o quê?

— Qual a sua conclusão, Alex? Quero saber o que acha do que houve entre nós.

Alexander sentiu as mãos geladas enquanto um fino suor, frio e viscoso, brotava-lhe da testa. Por um instante, não conseguiu articular sequer uma palavra, intimidado pelo olhar cinza que o mirava em espera silenciosa.

— O-O que eu acho? Ah... Não sei. Eu...

— Não sabe? — indagou incrédulo.

— Quer dizer, eu sei! — garantiu, nervoso demais para convencer — Só não sei
como dizer.

— Não sabe como dizer? — interrompeu-o sem cerimônia, completamente descrente. Um silêncio pesado seguiu-se por breves segundos, quando a voz dele, baixa e melodiosa, soou implacável — Então, não sei o que veio fazer aqui. Não temos nada a dizer. Por favor, saia.

Soube que não poderia se defender, nem tampouco pedir para que ele falasse. Restava-lhe a porta do escritório e a humilhação de ter vindo. Pensou em se retirar. Em verdade, queria sair dali com toda a força de seu ser. Queria? De fato não sabia. Tudo o que podia dizer com certeza era que algo o impelia a permanecer onde estava, algo intimamente ligado à necessidade urgente de resolver o assunto, o mais rápido possível, e assumir-se homem novamente. Algo relacionado à vontade louca de olhar para ele, debruçado sobre aquela mesa, a desenhar, alguns fios do cabelo claro caindo-lhe por sobre o rosto suavemente.

Não! Não queria mais pensar no despropósito que assaltava-lhe os pensamentos cada vez que olhava para Nicholas, como naquele instante. Ele tinha o rosto um pouco inclinado, agora compenetrado no projeto e nas linhas que suas mãos hábeis traçavam, parecia ainda mais sério, porém sereno como jamais vira. Admirou-o. Já não podia se lembrar de quantas vezes parara tudo para observá-lo nos últimos quatro meses. Essa certeza desnorteou-o e amargou-lhe a boca.

— Por que está fazendo isso comigo? — indagou em desalento, rompendo o frágil silêncio no qual mergulharam.

— Isso, o quê?

— Por que toma essa postura obtusa? É difícil, muito difícil para mim, ter de conversar sobre um assunto como esse diante da sua abordagem tão crua.

— Em nenhum momento eu disse que seria fácil.

— É verdade, mas também não me avisou que seria assim, sem emoção — Nicholas piscou um par de vezes, aturdido, mas encarando-o de frente novamente — Imagino que deva ser bastante comum para você, não apenas pela presença que impõe como pela beleza que possui. E não me olhe assim porque não sou o primeiro a lhe dizer isso, com certeza. Deve ter desiludido muitos corações.

Já ouvira elogios quanto à sua aparência de várias pessoas, a ponto de se tornar cansativo e sem importância. Aprendera da maneira mais cruel, o quanto a beleza exterior pode ser a pior fraqueza de alguém, principalmente quando se acredita na bondade do mundo. Mas, pelas palavras dele, talvez a forma como o mirava, com os brilhantes olhos escuros, úmidos... Algo em Alex o fez crer novamente, crer na bondade. Corou como há anos não acontecia.

— Isso não é importante — tornou sem graça.

— Talvez não seja, mas a questão é que vejo, pelas suas atitudes, que tem experiências que não tive. No entanto, isso não me torna menos merecedor de respeito. Você pode estar muito à vontade, — acusou — mas eu não. Está claro que não vejo e não sinto com a sua naturalidade e tudo o que peço é que tenha um mínimo de atenção para comigo.

As últimas palavras o alarmaram a ponto de empalidecer. Será que ficara louco? Que história era aquela de "atenção"? O que queria dele era consideração apenas. Pensou em remendar a fala, mas ficaria ainda pior. Além do mais, Nicholas parecia ter compreendido, melhor que si mesmo, o significado da declaração, pois seu rosto suavizou-se, os traços belos tornando-se quase etéreos.

Capítulo Sexto — Roque

— Alex... — começou em tom suave, inclinando o corpo na direção do rapaz — Acho que não me fiz entender. Nunca quis lhe faltar com "atenção". Garanto que, se há alguém nesse mundo a quem dedico meus pensamentos, esse alguém é você — o rapaz engoliu em seco, a razão esvaindo para outro sentimento, o qual não ousou identificar — Não quis ser frio e perdão se o fui. É o costume, entende? — sorriu.

— Está tudo bem... — gaguejou.

— Não, não está porque vejo mágoa nos seus olhos. Só quis deixar claro que não podemos começar essa conversa sem determinarmos, precisamente, o terreno em que pisamos. Os fatos têm que estar claros, para ambos os lados, e não quero ser eu a clarear as coisas.

— E por que não?

Nicholas suspirou num sorriso terno. Alexander sentiu o sangue esvair-se, tamanho o susto. No entanto, estava ocupado demais tentando memorizar-lhe o rosto, tomado por doçura, para se ocupar de qualquer outra reação além de fitá-lo.

— Porque não é justo. Porque tenho nove anos a mais de vida e pelo menos cem anos a mais de experiência. Minha visão do mundo não é muito romântica, ou suave, e odiaria ferir você.

— Pensa que vai me magoar ou coisa parecida?

— Não. Vou chocá-lo.

— Duvido. Ainda não percebeu que meu único desejo é resolver esse problema de uma vez? — inquiriu alterado, o semblante contradizendo cada palavra.

A cada dia que passava, Nicholas tinha menos certeza se deveria levar aquilo até o fim. De qualquer forma, não decidiria sozinho.

— Foi você quem pediu, não se esqueça disso — comentou, a voz baixa e tranqüila. Breves instantes de tensão — Descontando um certo grau de admiração mútua, pelo meu ponto de vista, o que aconteceu e acontece entre nós é uma profunda e incontrolável atração física — declarou.

Alexander trincou o maxilar, os olhos escuros estreitando-se ameaçadoramente. Nicholas quase chegou a sorrir, mas não o fez. Não podia estragar o jogo e estava naquela batalha para vencer.

— Não concordo — rosnou o rapaz, finalmente, após minutos de silêncio, os dedos fincados no estofado da cadeira, mas longe da visão do outro.

— Tem todo o direito e nem acreditei que concordaria, mas, opiniões à parte, o que houve na noite passada foi um beijo, Alex. Um beijo carregado de desejo urgente e não saciado, culminando com uma imensa carência sexual mal resolvida que nos atormentou por todo o dia de hoje — o empresário apoiou os cotovelos na mesa, como se falasse das ações em alta ou em baixa, e mirou-o com o olhar cinza, intenso — Contradiga-me — desafiou, por fim.

Apesar da indignação, não pôde olhar nos olhos dele e dizer que estava enganado. Ao contrário, corou com violência absurda e odiou-se ainda mais por isso. Nicholas Fioux nem se abalara. Fitava-o como se fosse a coisa mais simples do mundo e parecia sorrir. Sorrir, não, escarnecer de sua timidez. Quis matá-lo, mas aproximar-se seria um risco grande demais.

— Isso... Isso é um absurdo! — explodiu, dividido entre o ultraje e a excitação — Como tem a cara-de-pau de virar para mim e dizer uma coisa dessas? E de maneira tão... Insensível? Você me assusta, Nicholas Fioux!

— É fato. Pode descrever da maneira que quiser, dar o nome que preferir, mas não mudará a realidade com isso. E aceitar as coisas não implica, necessariamente, em limitar seu significado ao que elas são. As pessoas diferem quanto à postura e ao sentimento.

— O que está querendo dizer com "sentimento"? Não está insinuando que eu... Eu...

— Que você gostou? — indagou, sorrindo abertamente para ele — Não estou insinuando nada. Foi justamente para evitar insinuações que propus esse tipo de conversa, lembra? — o jovem suspirou, evidentemente aliviado. — Contudo, nos entregamos um ao outro, não podemos negar. E não me olhe desse jeito, garoto. É tão ou mais difícil para mim admitir isso, acredite.

O tom de cumplicidade nas palavras dele quebraram-lhe a desconfiança e, por fim, sorriu também, tímido. Apesar de ter evitado o assunto, apesar de não querer admitir que o desejara, precisava aceitar e ser realista, ao menos consigo mesmo: quisera Nicholas. Pior que isso, naquele exato instante, a apreciar-lhe o corpo perfeito, ao mergulhar nos cintilantes olhos prateados e admirar o jeito displicente com o qual se encostava no espaldar da cadeira, reconhecia que ainda o desejava e que queria ouvir o mesmo.

Nicholas encostou-se, aumentando a distância entre ambos para resistir ao impulso de tocá-lo. Alexander detinha poderoso controle sobre seus sentidos, mas não queria pensar naquilo, não ali, diante dele. O rosto jovem, emoldurado pelos fartos cabelos castanhos, pareceu-lhe mais atraente que qualquer outra coisa e desejou sentir-lhe a linha firme do maxilar, já não tão rígida, com os lábios. Deus, o que pensava afinal?

— Como vamos resolver essa situação? — perguntou o outro, mais calmo, tirando o empresário de seu delírio.

— Terá de tomar a sua decisão. Ambos teremos de decidir qual caminho seguir — olhos castanhos o fitaram assombrados — Não se preocupe. Não precisará pensar muito. Na minha opinião, são poucas as alternativas.

— E quais são?

— Bem... — começou, não muito certo se deveria continuar ou não, ajeitando os óculos dourados com um gesto leve de mão — Você pode decidir ir embora — sugeriu com ar sério e seguro — Isso não o exporia à possibilidade de se encontrar comigo ocasionalmente.

— Não — foi o protesto incisivo, talvez um tanto enfático demais — Quer dizer... Há o xadrez... E Navarre.

— Esqueça isso por hora. Não tenho nada a ver com as suas aulas e o seu relacionamento com Navarre não me diz respeito. A não ser... — Nicholas inclinou-se na direção dele, sorrindo de leve — A não ser que tenha beijado Navarre também.

— Por Deus, Nicholas! — tornou, ultrajado — É claro que não! Ele é meu mestre, e seu pai... Acha mesmo que eu faria isso?

Riu alto, divertido. O fascínio por ele afastou a exasperação e deixou-se levar pela vibração gostosa, rara e por isso preciosa. Ele ajeitou os óculos mais uma vez, ainda rindo, descontraído e, quando voltou a olhar para o rapaz, piscou-lhe com intimidade.

— Sei que não, mas não custava nada ter certeza. Um enxadrista sabe quando aceitar uma derrota e não tenho a menor chance contra Navarre no que diz respeito à sua atenção. Aceito isso.

O jovem enxadrista sentiu-se derreter. Mas percebeu, era um jogo. Nicholas jogava, desde o começo, muito embora soubesse que não havia a intenção de lesá-lo. Era um outro tipo de estratégia.

— Só me deu uma alternativa — desafiou, aceitando a partida por instinto e excitação. Nicholas arqueou a sobrancelha, surpreso, os olhos brilhando em cobiça velada.

— É verdade. Como percebi que a primeira hipótese não agradou muito, vou lhe dar mais uma: você pode continuar aqui, prosseguir com a sua vida normalmente e eu com a minha. Esqueceríamos o que passou e trataríamos um ao outro com a mesma cordialidade de sempre, como se nada tivesse acontecido.

— Essa não me parece tão ruim — murmurou amuado. Parecia fácil, porém, em seu íntimo, não desejava esquecer do calor dele de encontro a si. Ao contrário. Deixar tudo aquilo passar causava-lhe um vazio triste e deprimente.

— É uma das alternativas mais "adotadas" pelas pessoas, acredito. A maioria faz isso: foge dos sentimentos e finge ser o que não é só para manter as aparências — silêncio — Mesmo assim, algo me dizia que você não a escolheria.

— E por que não? Parece ser a mais fácil...

— Talvez seja. Mas... — Nicholas mirou-o, o olhar triste — Não imaginei que fosse o tipo de pessoa que foge ou finge. Talvez eu tenha me enganado.

Apesar do peso da declaração, Alexander não pôde se ofender. O olhar dele, desamparado, fez seu coração acelerar. Não conseguiu dizer uma única palavra, talvez porque, no fundo, concordasse com ele e fosse obrigado a aceitar que a idéia de enterrar o assunto parecia mais simples. No entanto... sua alma parecia gritar pela necessidade de abraçá-lo, de tê-lo por perto e isso o fez crer que não teria forças para tirar Nicholas de sua vida. Não teria... e nem desejava.

O silêncio pesado que se estendeu somado a ausência sinistra que os olhos castanhos refletiam, mergulharam Nicholas num estado de desespero contido, de forma que resolveu falar, apenas para interromper o rumo natural dos pensamentos.

— Não me interprete mal, Alex, por favor — começou — Na verdade, é muita inocência acreditar que podemos fugir das regras sociais que regem o mundo lá fora.

Xeque-Mate

De uma forma ou de outra, acabamos por nos submeter pela necessidade de aceitação. É instintivo ao ser humano e... — hesitou — Mesmo que sua decisão fosse outra, seria obrigado a usar uma máscara, como todo mundo, para se misturar em meio à multidão sem ser notado e evitar as conseqüências de suas escolhas.

Ponderou em silêncio, repassou tudo o que ouvira e concluíra que Nicholas lhe dizia que precisaria fingir, sempre, para não ser excluído. Era isso mesmo? Será que acontecia assim com todo mundo?

— Há a possibilidade de vivermos à nossa maneira, ser o que somos, sem sermos alijados da sociedade — declarou, as feições maduras e firmes de seu rosto ainda adolescente, fascinando o outro, que o mirava sem expressão.

— Acredita mesmo nisso?

— Quero acreditar, vou acreditar sempre, Nick — sussurrou — E não tem nada a ver conosco ou com a nossa conversa. Eu sou assim.

Nicholas sentiu os olhos arderem e foi quando o outro sorriu, meigo. Em toda a sua vida, jamais conhecera alguém como ele, tão inocente e, ao mesmo tempo, tão forte. Alexander era um gigante, algo único e especial. Por um instante, se perguntou se merecia envolver o rapaz na infelicidade que era sua existência. Não... Navarre provavelmente estava certo: era melhor parar enquanto ainda era tempo. Mas não conseguiu saber se a decisão era de fato sua vontade ou reles medo. Medo da força daquele garoto, lindo e sensível; medo de se entregar inteiro, de confiar, acreditar e, no final descobrir que não havia esperança.

— Há outra hipótese, não há? — perguntou-lhe, trazendo-o de volta.

— Mais duas, na minha opinião — disse, meio distraído — Você pode admitir que me deseja e querer se envolver comigo fisicamente por curiosidade, ou pode descobrir que sente algo mais e decidir viver um relacionamento de verdade.

A cor fugiu-lhe e engasgou com a própria saliva ao tentar controlar o súbito ofegar. O primeiro pensamento que o assaltou foi o de que só poderia ser um sonho, uma espécie de carma. Coisas daquele tipo só aconteciam com ele. Nada disse, apenas encarou o homem lindo, diante de si, em desespero mudo.

— Falo sério, Alex — continuou, igualmente tenso — Não espero uma declaração sua, muito ao contrário. Não sou padre para ouvir confissões. Estamos apenas conversando e tudo o que quero é que sejamos honestos.

O rapaz assentiu e se controlou. Não queria titubear agora.

— Agradeço, Nick, de coração. Desculpe se pareci um tanto... Incomodado, mas é que... Nunca falei sobre isso tão claramente com outra pessoa.

— Eu sei. Não precisa se desculpar.

Havia sinceridade nas palavras dele de forma que se permitiu um tempo para se acostumar às idéias. Nicholas, por sua vez, respeitou-lhe o momento, certo de que a mente dele trabalhava incessante. O resultado? Saberia em poucos instantes, com certeza. Não tardou muito. Alexander sempre o surpreendia.

— Se eu escolhesse ter um caso contigo, só por curiosidade, para satisfazer meu desejo, você aceitaria? — silêncio — Seja sincero.

Capítulo Sexto — Roque

Nicholas pensou. Precisava pensar com cuidado porque não podia mentir para ele, mas por outro lado...

— Aceitaria, Nick? — insistiu.

— Não sei — respondeu evasivo.

Foi a vez de o rapaz se aproximar, não para afrontá-lo, e sim porque desejava senti-lo perto, analisar-lhe as reações.

— Você é um homem prático — afirmou — Com certeza é experiente, embora eu ainda não saiba o quanto... — Nicholas estremeceu de leve — Hummm... Relacionamentos do tipo "arranjo sexual" parecem fazer o seu estilo.

— De fato. Mas não parecem fazer o seu.

O jovem deu de ombros com um sorriso doce.

— É... Mas eu acertei, não acertei?

— Sempre fui muito claro com as pessoas e, realmente, meus relacionamentos sempre estiveram mais para "arranjos" do que para "envolvimentos amorosos". Mas isso foi algo que assumi para mim, por limitações minhas. Não significa que você deva fazer o mesmo.

— E sempre foi assim? Nunca amou ninguém? — Nicholas sentiu a boca seca. Trincou os dentes para não denunciar qualquer sentimento e assumiu sua usual postura defensiva — Não precisamos falar sobre isso se te incomoda tanto, Nick — disse com ternura, cercando-o novamente.

— Não estou incomodado — tornou, fingindo indiferença.

— Está sim. Cruzou os braços e se afastou de mim. Quando algo o ameaça, sempre cruza os braços, da mesma forma que passa a mãos pelos cabelos sempre que está nervoso.

Foi impossível conter o ofegar surpreso diante daquela declaração. De alguma forma ele invadira-lhe a alma. Como? Como conseguira? Que poder terrível e fascinante aquele rapaz possuía para quebrar-lhe as barreiras assim, sem qualquer receio ou dificuldade?

— Nunca amei ninguém — disse com a voz entrecortada — E, a única vez que me envolvi, foi um desastre justamente porque o fiz para agradar outra pessoa. Mas, volto a dizer: as minhas escolhas são minhas. Você não precisa e não deve agir como eu.

— Por que não? — indagou num sussurro.

Perdeu-se naquele olhar escuro, repleto de carinho, e sufocou.

— Porque é ruim estar só, Alex... Porque não me orgulho do que me tornei. Porque você merece ser feliz...

— Mas, se eu quiser viver um relacionamento de verdade e me entregar, como poderá ser, Nicholas? Como poderá acontecer se você não se entrega?

— Sempre pode haver uma primeira vez para tudo.

— Sim, mas isso não torna a hipótese mais viável e nem responde a minha pergunta. O que aconteceria se eu virasse para você e dissesse que resolvi levar tudo até o fim?

Nicholas encarou-o, o olhar adquirindo, de repente, um brilho novo, repleto de vida e ternura. Sentiu-o diferente, até mesmo nos gestos, na forma como inclinou a cabeça para o lado e sorriu-lhe, quase triste; porém, esperançoso.

— Acredito que a nossa conversa tomaria um rumo diferente, e que nossas posturas, nossas palavras, nossos olhares, tudo seria diferente!

— E por que mudaria tanto?

— Porque... Porque não estaríamos lidando apenas com fatos, mas com sentimento.

O garoto sorriu, e, num gesto espontâneo, tomou-lhe a mão, que jazia solitária sobre a mesa.

— É, Nick. Essa foi a conversa que vim procurar quando corri atrás de você até aqui. Foi por esse sentimento que vim.

— Eu sei, mas precisava de tempo. Já deve ter percebido que não sei lidar muito bem com o que sinto.

Alexander sentiu o coração saltar dentro do peito. Era a primeira vez que o via assim, frágil. Não importava, porque qualquer outra visão, de qualquer outro momento, pareceu-lhe desprezível diante de Nicholas naquele instante. Toda a beleza marcante somada à voz encerrada de doçura, o escravizaram. Um desejo insidioso tomou-o assustadoramente, dominando-lhe o corpo e, aliado a ele, surgiu algo ainda maior, que se apoderou de sua alma, com uma inegável necessidade de protegê-lo e caminhar ao lado dele. Sem perceber, apertou a mão de Nicholas na sua, ansiando por mais.

Olhos cinzentos, úmidos e intrigados, fitaram-no em surpresa. Sorriu para Nicholas como nunca sorrira para ninguém antes.

— Foi mais do que um fato para você? Houve sentimento, Nick?

— Acredite em mim, se não houvesse sentimento, não estaríamos aqui agora, e essa conversa sequer teria começado porque não me importaria tanto quanto...

Calou-se, o receio de se entregar mais uma vez impedindo-o de falar.

— Então você também sentiu — afirmou — E tomou sua decisão, não é verdade? Qual é, Nick? Por favor, me diga.

Mas o belo homem negou-lhe num lento gesto de cabeça.

— Haverá uma nova conversa. Estarei esperando que me procure, depois de ter pensado com cuidado, para me dizer o que decidiu. Então, se couber o assunto, falaremos sobre isso, combinado?

— Não é justo. Uma regra não pode beneficiar apenas um dos jogadores, você sabe disso tão bem quanto eu — declarou, os olhos brilhando como jóias.

— Não estamos jogando, garoto — tornou, divertido, o autocontrole recuperado.

Capítulo Sexto — Roque

— Claro que não. Mas ainda assim, não é justo eu pensar sozinho, decidir sozinho e contar tudo para você sem receber nada em troca. Terá que fazer o mesmo.

Nicholas mirou-o, sereno, desejando tomá-lo nos braços e beijá-lo mais uma vez, sem qualquer inocência.

— Eu já me decidi. Como disse antes, pensei muito sobre o assunto — e sorriu para o rapaz.

Retribuiu o sorriso e correu os olhos pelo recinto como se, finalmente, o reconhecesse. Só então voltou a olhar para o homem à sua frente.

— Vou procurá-lo para uma nova conversa.

— Estou contando com isso.

— Quem sabe ela não toma mesmo outro rumo?

— Quem sabe...

— Boa noite, Nick — o empresário retribuiu o cumprimentou com um leve gesto de cabeça e ficou ali sentado, observando o garoto se levantar e caminhar para a porta. Pensou rapidamente no que significava a possibilidade de Alexander querer um relacionamento, se é que sabia o que isso implicava. O peito se oprimiu e chamou-o de novo, quando já ia no batente. Os olhos escuros, limpos e sinceros, mergulharam nos seus e quase se esqueceu do que o afligia.

— Só mais uma coisa — recomeçou — Decisões como essa... Não é possível voltar atrás sem magoar aqueles que estão envolvidos, por isso eu peço a você: pense com carinho antes de me falar qualquer coisa. Não podemos sentir falta daquilo que nunca tivemos.

— Não poderia ser diferente, Nick... Não é possível, para mim, pensar em você sem carinho ou cuidado. Até amanhã.

E ele desapareceu atrás da porta. Sozinho, o desespero foi crescendo dentro de si até que passasse as mãos pelos cabelos. O que acontecera consigo para agir daquela maneira? De certa forma, não importava porque, assim como o rapaz que acabara de deixar o aposento, não podia voltar atrás. O sentimento por ele era muito maior do que pudera imaginar.

Alexander, por sua vez, trancou-se no quarto e atirou-se à cama, repassando de memória cada palavra do diálogo com Nicholas, absolutamente tudo o que podia lembrar. Esfregou o rosto num nervoso crescente. Onde estava com a cabeça? Passara a última hora discutindo sua sexualidade, falando de sentimento e flertando com Nicholas! Para piorar ainda mais o absurdo, saíra de lá com a certeza de que desejava estar com ele, relacionar-se, dividir sua vida com aquele homem fascinante e maravilhoso que apoderava-se de seus pensamentos sem pedir licença.

Em todo caso, não adiantava agora se arrepender de ter ido em busca de esclarecimento. Era um homem adulto, muito embora algumas pessoas se recusassem a aceitar isso — dentre elas, sua mãe. Mas mães nunca aceitam que os filhos já não dependem mais do colo materno —, e, por vezes, fosse difícil levar suas decisões até o fim. Por outro lado, se negar a refletir sobre o ocorrido estava fora de questão, pois, um rapaz que deixara a própria casa, que cuidava da própria vida, que sabia exatamente aonde queria chegar desde a infância, tinha por dever enfrentar qualquer situação com maturidade. E, ainda que nada daquilo fosse importante, ainda que jogasse tudo para o alto pelo direito de ser imaturo uma única vez em sua vida, ainda havia Nicholas, o qual merecia todo o seu reconhecimento porque podia imaginar o quão duro fora para ele falar tudo aquilo e admitir que estava apaixonado.

Suspirou por um instante, recordando as palavras daquele homem incrível, mas tão reprimido. Nicholas não disse que se apaixonara, não dessa maneira. Mas fora o que os olhos cinzas lhe confessaram, cada vez que o fitaram em adoração... Ou se enganara? Será que poderia confiar em palavras não ditas? Bom, teria que arriscar, e Nicholas valia todo e qualquer risco.

Tratou de afastar os pensamentos, em vão, para fixar a atenção no que realmente importava. Havia uma decisão a tomar e precisava pensar com cuidado, analisar os prós e contras, considerar a posição da cada uma das pessoas que conhecia e que, com certeza, acabariam descobrindo o romance. Romance?

Na penumbra do quarto, Alexander sorriu, aquele sorriso bobo e suave, fascinado pela imagem que se formava em sua mente. Sim, estava apaixonado, não podia mais negar, e sua decisão já tinha sido tomada há tempos, provavelmente quando um empresário lindo, possuidor de turbulentos olhos de luar, o tomara como objeto de aposta para uma partida de xadrez.

Quanto a seu destino e ao possível relacionamento que estava prestes a se iniciar, não havia muito o que pensar: entraria com tudo, iria se entregar de corpo e alma, como a tudo o que fazia. Restavam os outros, as conseqüências e, finalmente, o mais importante, restava Nicholas e a possibilidade de ele não ter condições de se entregar da mesma forma.

Uma sombra escureceu-lhe os olhos ao pensar nisso. Mas não havia como adivinhar o que se passava dentro dele. Teria de falar isso e cuidaria para que a conversa acontecesse o mais rápido possível.

A INVERSÃO COM A TORRE

— Bom dia, Alex! — saudou Navarre com seu usual entusiasmo, tão logo cruzara o batente da sala de jantar. Retribuiu sem se dar conta, a voz dele soando-lhe longe. Vagou o olhar pelo recinto, preocupado com as divagações da noite anterior, e foi quando mergulhou nos olhos azuis. Antes houvesse fingido, pois o olhar preocupado que ele lhe lançou só prejudicou ainda mais a situação.

O velho mestre acompanhou o discípulo, atento ao que o ar distraído dele lhe dizia; olheiras escuras indicavam uma noite muito mal dormida; o olhar vazio denunciava a preocupação. Alexander mudara completamente em pouco menos de um dia, passando do jovem atento e dedicado à criatura evasiva e dispersa, mais uma alma perdida no mundo. Não era a primeira vez que presenciava algo assim.

As palavras do filho, atiradas contra seu rosto, o feriram como bofetadas:

Capítulo Sexto — Roque

"Não vou deixar que destrua o que Alexander possui de puro e bom dentro dele, não da mesma forma que me destruiu. Não vou permitir que faça dele uma continuação de você mesmo".

Será que Nicholas estava certo e que, com sua total falta de visão e egoísmo, acabara por repetir os mesmo erros e fazer a Alexander tamanho mal? Não era possível que destruíra sua única oportunidade, que voltara a cometer os mesmos pecados.

O rapaz sentou-se à direita do mestre, sentindo-se tão velho quanto ele. A decisão tomada àquela madrugada, somada ao receio do que o esperava pela frente e o iminente confronto com Nicholas o estava consumindo, deixando-o exausto. Chegara mesmo a desejar que nada daquilo tivesse acontecido, desistindo da idéia logo em seguida. Era destino, estava traçado.

Fora o destino que o guiara àquele ginásio, fizera Navarre aproximar-se e colocara Nicholas em sua vida. Fora o destino que o fizera levar o mestre ao médico e falar com o empresário naquela fatídica noite. E fora esse mesmo destino que o pusera nos braços daquele homem, até que nada mais importasse ou fizesse qualquer sentido, e, depois, o obrigara a ir atrás dele, apenas para ter certeza de que Nicholas sentira o mesmo. Não havia como escapar. Nem sempre o destino nos deixa escolhas.

— Alex! — o chamado alto de Navarre o assustou — Perguntei se já sabe sobre o Nacional.

— Não, não estou sabendo. Desculpe a minha distração, eu... Nacional?

— Sim, era para eu ter lhe avisado ontem, mas minha cabeça está uma droga — disse, sorrindo — Coisa de velho. Depois de amanhã será sábado e deve ir almoçar com sua mãe, não?

— Vou, sim. Algum problema? Quer que eu fique?

— Não. Quero que vá, divirta-se e, na volta, se inscreva. O endereço está anotado ali, num papel sobre a estante — Alexander mirava-o aturdido. — Será perfeito porque, com as férias de inverno, teremos o tempo exato para treinar em tempo integral antes do campeonato. Maravilha, não é?

— Pe-Perfeito? Maravilha? Do que está falando, Navarre? Quando é esse campeonato?

— Daqui há um mês. Não me olhe assim, garoto. Estamos treinando para quê? — indagou feliz da vida, comendo uma generosa fatia de bolo.

O tempo parou. O mundo parou! Era muita tragédia junta para ser verdade. Um mês? Como conseguiria sanar todas as dúvidas e deficiências num espaço tão curto de tempo? Estavam treinando há apenas quatro meses, quase cinco! Era um absurdo, mas, por outro lado...

Fitou o velhinho com ternura. O entusiasmo dele parecia rejuvenescer-lhe as feições, enrugadas pelos anos e pelas decepções da vida. E, além de tudo, Navarre poderia não estar vivo no ano seguinte para o próximo Nacional. Tinha que participar. Muito mais que isso: precisava vencer, pelo mestre maravilhoso que tornava possível seu maior sonho. Antes que pudesse responder em afirmação, a imagem de Nicholas invadiu-lhe a mente, trazendo confusão, instabilidade, desejos proibidos. Num movimento instintivo, levou uma das mãos à cabeça, desejoso de conter o desespero, a ansiedade, o desejo que sentia cada vez que mergulhava nos tempestuosos olhos acinzentados ou tomava conhecimento do corpo maduro, geralmente escondido sob os ternos de corte perfeito. Nicholas tornava-se, a cada dia que passava, sua maior perdição, seu maior encontro. E a certeza de que já não podia ignorar o apelo mudo de sua própria alma, era o que mais o afligia, justamente por não saber o que se passava no coração do outro, tão próximo e, ao mesmo tempo, tão distante.

— Mestre... — começou, a voz contida — Preciso ser sincero com o senhor.

— Pois seja, meu filho! Estou aqui.

Encarou os olhos azuis, límpidos e antigos.

— Bem, estou passando por uma fase complicada da minha vida... Na verdade, acho que não faço a menor idéia do que vai acontecer comigo e tenho medo de não ter condições de me dedicar ao treino como deveria, não a ponto de estar preparado para o Nacional em um mês — confessou, baixando o olhar, certo de que o destruíra.

Contudo, ao contrário do que esperava, uma mão terna, quente e reconfortante, tocou-lhe o ombro. Navarre o trouxe para si. Deixou-se levar pelo abraço, pousando a cabeça no ombro do mestre e aceitando o carinho de bom grado.

— Não tema, meu filho, e nem se desespere. Isso vai passar, como tudo o que não faz parte de nós passa nesta vida.

Alexander apertou-o de encontro a si, forte, num abraço urgente. Lágrimas lhe turvaram a visão, mas não queria chorar na frente dele. Navarre já tinha preocupações demais para lhe dar mais uma.

— Obrigado, mestre, mas o pior é que acho que não quero que passe. Quero que se torne parte de mim. É a incerteza que está me consumindo.

— Então... — começou afastando o garoto de si com um sorriso triste — Precisa ter coragem e ir em frente no caminho, seja ele qual for, da mesma forma que teve coragem de enfrentar o mundo pelo xadrez.

"Não depende de mim. Existe a outra parte, talvez a mais frágil delas, mas, infelizmente, não posso falar sobre essa "parte", pois jamais a exporia jamais..."

Sorriu para o velhinho, o olhar sereno e decidido, ligeiramente sombreado pela dúvida que carregava. A cada dia que passava, o aluno mostrava-se mais firme, mais forte. E ainda havia a inocência de seus pensamentos. Quase chegou a compreender Nicholas...

— Bom dia — foi a voz baixa e contida que ecoou pelo ambiente.

Antes que o rapaz se voltasse para ele, pôde ver o estranho olhar e o súbito silêncio de Navarre, que sequer respondera ao cumprimento, como era de costume. Algo estava errado entre eles. Buscou Nicholas, desejando ver a mesma cumplicidade da noite anterior. Não se decepcionou. O sorriso terno que ele lhe lançou fez seu coração saltar e a certeza de desejá-lo acima de qualquer coisa, retornar ainda mais evidente. Foi quando ele desviou o olhar para ao próprio pai. Diante de si, viu o rosto do empresário assumir uma expressão dura e impiedosa. Encolheu-se.

Capítulo Sexto — Roque

Nicholas leu os olhos de Alexander, inocentes e serenos. Sorriu para ele em plena devoção, mas não chegou a esquecer que Navarre não o cumprimentara, como era de costume. Buscou-o na intenção de interrogá-lo, mas ele não ergueu o rosto enrugado, não o encarou, ao contrário, curvou-se, como que culpado. Por que, não sabia, mas podia imaginar. O rosto endureceu, o olhar tornou-se gélido diante da possibilidade de ele ter invadido seu território, ter-se intrometido. Não soube explicar que tipo de sentimento o dominou, mas caminhou para a mesa movido por algo alheio à sua vontade, os olhos presos no velho, cortantes. Nem ao menos serviu-se de nada.

— Você está atrasado — declarou sem olhar para o garoto, os olhos presos no homem encurvado à cabeceira.

Alexander não precisou que Nicholas o fitasse para saber que falava com ele, da mesma forma que não havia necessidade de olhar o relógio para ter certeza de que havia tempo de sobra para ficar e tomar o café da manhã. Ainda assim, levantou-se, mochila ao ombro, todas as perguntas guardadas na garganta.

— Até já, Navarre! Te vejo no almoço — despediu-se, a voz tranquila e afável.

— Bom estudo, meu filho.

Nicholas, por sua vez, deu as costas ao pai sem lhe dirigir sequer uma palavra. Parou no batente apenas para esperar pelo rapaz, que se despedia de Ágata. Voltou a encarar o velho que fixara o olhar na mesa. Quando, finalmente, o outro passou por si, pousou-lhe a mão nas costas, num gesto espontâneo de proteção, o suficiente para fazer Alexander esquecer a tensão e estremecer com o contato.

Esperou que ele falasse qualquer coisa. Mas Nicholas guiou-o calado até a porta. Ainda abraçado a ele, pegou a pasta e as chaves do carro. Sorriu de contentamento.

— O que foi? — indagou o outro, seriamente.

— Gosto quando me abraça. Faz com que eu me sinta seguro — foi o comentário simples, isento de malícia, mas carregado de ternura.

Sentiu-se desarmar. Os sentimentos contraditórios que o tomavam desde que o conhecera, desde que Navarre voltara para casa, há uma eternidade, pareceram crescer em seu íntimo. Talvez estivesse apenas sensível demais, uma fase, com certeza, a qual passaria logo. Não. Não era tão inocente a ponto de se enganar assim. A verdade era que Alexander o mudara, mudara sua vida, trouxera luz à sua existência, obrigara-o a sentir novamente. E era tão forte o sentimento. Havia tanto a reconstruir e tanto medo de fracassar. Sem perceber, os olhos turvaram e não conseguiu esconder o desalento, pois ele o olhava nos olhos, sem receio algum de se expor ou de demonstrar a paixão que o movia.

Observou o semblante duro de Nicholas suavizar-se até assumir um ar triste, completamente infeliz e repleto de confusão. Os olhos dele se turvaram e não pôde entender o motivo. Mas queria saber, precisava saber tudo sobre ele, queria ouvi-lo falar, queria que Nicholas confiasse. Deus... Faria qualquer coisa para que se entregasse e soubesse: nunca iria se arrepender um só momento de suas vidas.

— Calma, meu querido... Estou aqui... E vou cuidar de você, como prometi.

Nicholas fitou-o, as palavras presas, os lábios entreabertos como se fosse falar. Instintivamente, olhou em volta e retraiu-se, como se a casa em si o oprimisse.

Lentamente, Alexander tocou-o no rosto, carinhoso. Desenhou-lhe o contorno do maxilar até embrenhar os dedos nos cabelos lisos e fartos, que caíam sobre os ombros como ouro líquido.

— Não se preocupe com nada — continuou o rapaz, procurando o tom mais suave de que era capaz — Podemos conversar fora daqui se você quiser, e daí, por que não me conta o que há, hein?

Um suspiro sentido foi a resposta. Viu o homem, outrora imponente e implacável, estremecer, e desejou não ter dito aquilo. Não queria que ele se fosse. Mas Nicholas olhou-o novamente bem dentro dos olhos castanhos e sorriu.

— Podemos ir tomar café noutro lugar. Percebi que não comeu nada e não ousaria deixá-lo na escola em jejum...

Alexander sorriu largamente. Mal continha a felicidade.

— Perfeito! Por que não põe a gravata para sairmos de uma vez? — os olhos cinzas dele se arregalaram levemente. Era bem verdade que... — Nick... Por que nunca sai de casa com a gravata?

O empresário corou com tanta violência que foi obrigado a se segurar para não rir.

— Por que está perguntando?

— Nada de importante. É só que... Você é tão metódico no vestir que me pareceu estranho, apenas isso — silêncio — Por que não põe? — insistiu.

— Bem... — ele baixou o olhar ao chão, claramente envergonhado — É que não sei dar nó em gravata — essa última parte dita tão baixo que se perguntou se ouvira bem.

— Não sabe? Mas é tão fácil.

— Pois é — lamentou-se — Consigo dar cada um mais lindo que o outro: em volta das maçanetas, no catre da cama, nas alças dos cabides, mas no meu colarinho, não! Ela simplesmente se recusa a ir para o meu pescoço, o que posso fazer?

O menino riu com gosto, divertido, não da situação em si, mas da expressão desolada dele. Nicholas era encantador quando baixava a guarda.

— Está rindo de mim. Tudo bem, eu entendo. É patético.

— Não é nada disso. É que nunca vi uma coisa dessas.

Nicholas deu de ombros e fez menção de abrir a porta para sair, mas Alex o impediu, tomando-o pela mão. Quando mergulhou no rosto jovem dele, não ria mais, ao contrário, estava sério, sua expressão tomada por genuína adoração. Quase perdeu o controle e tomou-o nos braços.

— Venha cá — murmurou, os olhos escuros brilhando — Posso dar um jeito nisso para você.

Voltou-se, como que comandado pela voz macia, subitamente fascinado pelo rosto de traços marcantes. Num leve roçar de dedos, ajeitou-lhe a gravata sob o colarinho e cada pêlo do corpo se arrepiou ante ao contato da pele dele em sua nuca.

Ronronou, muito baixo, mas o suficiente para atrair o olhar castanho que se ergueu para o dele.

Suave, Alexander se aproximou mais, as mãos firmes correndo pelo tecido escorregadio da gravata e roçando-lhe, como que sem querer, os cotovelos pelo abdome.

— Alex... — balbuciou, a voz entrecortada.

— Já estou terminando.

O rapaz apertou-lhe o nó de encontro ao colarinho alvo, os olhos vidrados, fixos no pescoço dele, onde a pulsação se mostrava acelerada. Correu a mão pela gravata, pressionando-a contra a camisa, e o peito firme que escondia, descendo até o ventre... Descendo mais...

Nicholas mal conseguia se manter em pé. Há muito perdera o controle sobre as reações de sua carne tesa, que pulsava de encontro ao ventre do garoto, encostado ao seu, a enlouquecê-lo. Sentia-se fraco de desejo e mal conseguia acreditar no que acontecia. Sentia-se escravo do poder que ele possuía, de trazer os sentimentos à tona e banir o receio de viver intensamente cada um deles. Trêmulo com a proximidade inocente e ao mesmo tempo sensual, desligou-se do mundo por um instante, enquanto sentia-o alcançar, de leve, a parte mais sensível de seu corpo.

Um barulho seco, alto e muito forte, ecoou pelas paredes do hall, sobressaltando-os. Alexander deu um pulo para trás, abismado com a própria audácia, o rosto afogueado pela paixão e pela vergonha. Trôpego, Nicholas afastou-se um passo, temendo a invasão dos empregados para descobrir o motivo do ruído. Demorou a perceber que, perdido em sensações, deixara a pasta cair junto com as chaves. Lançou-se ao chão, catando o molho que, com o impacto, fora parar longe, e encabulado demais para olhá-lo por um instante.

— Agora você vai realmente se atrasar, garoto — comentou sem qualquer certeza sobre coisa nenhuma — E ainda nem tomamos café. Eu tinha que jogar o chaveiro no chão justo agora, não tinha?

— Você não jogou, ele caiu... — tornou, ainda anestesiado pelo contato de seus corpos, o baixo ventre doendo pelo desejo não satisfeito — Além do mais, não vou à escola hoje.

— Como assim? Não vai à escola hoje? — indagou confuso, colocando-se de pé para fitá-lo, as chaves na mão.

— Pois é... Queria convidar você para passar o dia comigo — Nicholas sentiu o sangue fugir-lhe ao rosto. Se o menino percebeu, ignorou sem cerimônia — Sei que hoje é quinta-feira, mas você é o dono da empresa, trabalha todo final de semana, aposto como faz anos que não tira uma folga... Por favor, tire um dia para ficar comigo. Precisamos conversar sobre muita coisa e não posso esperar mais.

Mirou-o, mudo por um segundo.

— Não imagina... — sussurrou, perdido no olhar castanho e repleto de confiança — Não imagina como eu gostaria de jogar tudo para o alto e ficar contigo,

Alex... Não apenas hoje mas... — silêncio — Tenho uma reunião com Davi sobre um projeto, uma chance única. Perdão.

Apesar do sorriso cúmplice, pôde ver a decepção nos olhos dele. Sentiu-se enlouquecer.

— Mas prometo um café da manhã sem hora para terminar; prometo responder a todas as suas perguntas; chegar mais cedo hoje e não ir ao escritório amanhã, nem nos finais de semana daqui para frente. Tem a minha palavra.

Alexander tocou-o no rosto para acalmá-lo, pois sentia-o angustiado.

— Não me prometa nada, meu querido... — murmurou — Sei que, nem sempre, terei seus pensamentos só para mim e entendo que precisa ir. Eu, mais do que ninguém, entendo o que significa investir em algo e trabalhar com nossos próprios limites.

Tomado por impulso, Nicholas puxou-o para si e o beijou apaixonadamente. Entregaram-se mais uma vez, as línguas colando-se, doces e carregadas de desejo. Não o acariciou porque, sabia, seria um caminho sem volta e não poderiam ainda ir longe demais. Mesmo assim, beijou-o com o ímpeto dos amantes que se bastam, tomou-o para si como algo seu, e Alexander retribuiu da mesma forma.

Precisou interromper o contato para não enlouquecer, mas o fez com cuidado, trazendo o garoto para si num abraço urgente e carinhoso. Mergulhou o rosto na curva do pescoço sobre o qual os cabelos castanhos vinham roçar e aspirou-lhe o perfume.

— Meus pensamentos são seus, Alex... Todos eles... Desde que o vi pela primeira vez — o rapaz abraçou-o também, em reconhecimento — Mas precisamos ir agora ou...

— Ou o quê? — indagou, afastando-se dele, mas mantendo os ventres unidos.

Nicholas sorriu e não respondeu. Tudo o que fez foi tomá-lo pela mão e guiá-lo para o carro que, há muito, Denis deixara estacionado na porta de casa.

* * *

Foram numa cafeteria no Leblon, lindo lugar, além de aconchegante. O tempo voou sem que sentissem, completamente absorvidos um pelo outro. A íntima cumplicidade crescia a cada instante, a cada palavra sussurrada, riso ou olhar. Pela primeira vez sentia Nicholas apenas seu e nem mesmo a reunião fora lembrada durante as duas horas que ficaram ali, juntos.

Porém, como tudo o que é bom, terminou. O momento se foi e Alexander se viu sozinho subitamente. Não queria voltar para casa para não ter de explicar nada a Navarre, então, pediu que Nicholas o levasse à Lagoa Rodrigo de Freitas, seu lugar preferido para caminhadas e reflexões. O empresário fez-lhe a vontade sem contudo deixar de exprimir a preocupação. Afinal, estavam bem longe de casa. Tratou de acalmá-lo pois voltaria no horário de sempre, o mesmo que chegava da escola todos os dias, para não levantar suspeitas de que faltara a aula.

Despediram-se... Afastados, mas unidos num olhar quente e único. Nicholas foi para o escritório e iniciou sua longa e solitária caminhada. O dia estava fresco e muitas pessoas transitavam a sua volta. Seria bom estar só. Até mesmo ele necessitava de tempo para observar o tabuleiro, reavaliar a estratégia para, só então, continuar o jogo até o fim.

* * *

"Definitivamente, são as cores. Sim porque ninguém compraria coisa nenhuma com uma combinação tão, mas tão infeliz. Quem foi o responsável por isso?"

Nicholas esticou o cartaz sobre a mesa, procurando o nome do designer pelos cantos. Nada. Não tivera coragem para assinar o trabalho ou assumir o desastre, tanto fazia. Voltou a fixar o olhar na imagem escura e esmaecida. Frio no estômago. Levantou-se a fim de afastar alguns passos, poucos, para ter idéia do conjunto. Antes não o houvesse feito. Apesar de querer rasgar o pôster, a intenção fora somente a de se distanciar e rezar para que alguém lá em cima lhe iluminasse a mente. Sim, porque só por intervenção divina.

"Deus do Céu...", clamou, estarrecido, "Como as pessoas podem cultivar tamanho mau gosto? E por que eu, justo eu, tenho que dar um jeito naquilo que já está perdido?"

Coçou a testa, a sobrancelha franzida. Nem se preocupou em ler o slogan ou entraria em desespero. Pensaria na campanha publicitária mais tarde, junto com Davi.

"Davi..."

O rosto irônico do amigo surgiu-lhe e o sangue ferveu nas veias. Não pôde deixar de pensar que Davi fizera de propósito, tudo porque se atrasara e não pudera ir com ele fechar o novo projeto. Na verdade, permitira-se chegar mais tarde naquele dia, visto que conversara com o sócio e sabia que tudo estava encaminhado. Além disso, Davi era o RP da empresa. Sua presença taciturna e nada simpática poderia pôr a negociação a perder ao invés de ajudar.

Afastou os pensamentos antes que perdesse a paciência de vez e jogasse fora aquele trambolho que lhe atravancava a mesa. Trabalhar afastaria a irritação — será? — e conteria a ansiedade até que Davi surgisse com as boas novas.

"Davi...", rosnou em pensamento.

O que era mesmo aquele cartaz horroroso? Ah, sim... Tinha que refazer a imagem. O produto era um suco, uma marca de suco... In Natura, era o nome. Pegou o bloco de anotações onde rabiscara o esboço inicial de algumas possíveis idéias para, em seguida, fitar o cartaz novamente e voltar ao bloco das anotações para cartaz.

"Vou matar o Davi. Como ele me apronta uma dessas? Desgraçado... Isso está mais parecendo um purgante. Purgante? Sim. As cores desmerecem o produto e fazem com que pareça um purgante. Mas, se eu..."

Nicholas puxou o bloco branco e, ágil, iniciou uma sucessão de traçados. Rascunhou uma réplica, simples, do mesmo anúncio para, em seguida, pegar a caixa de pilot dentro da primeira gaveta. Escolheu uma cor forte, viçosa, a que mais lhe chamou a atenção. Preencheu o espaço referente ao líquido no papel e afastou o bloco de si.

"Bom, se eu colorir o produto com cores vivas, até que poderia parecer suco, não é? Mas, ao contrário... O suco tem cor de purgante e eu estaria fazendo propaganda enganosa a menos que essa fosse a base do slogan."

Rápido, como que possuído, Nicholas tomou assento e suas mãos iniciaram o trabalho. As três horas seguintes voaram sem que percebesse, absorto, perdido em linhas, formas, palavras de efeito, ângulos. E era apenas um rascunho. Antes de passar à parte gráfica, precisava consultar Davi. Lembrar do sócio já não o alterou, pois esquecera-se completamente da pequena rixa do meio da manhã. Nunca montara a identidade visual de um produto em tão pouco tempo. E, melhor, sem deixar de utilizar os mesmos pontos desfavoráveis que o anunciante insistia em exaltar.

É claro que discutiria os detalhes com o outro mais tarde e, provavelmente, mudariam alguma coisa, mas a base estava toda ali e tinha certeza de que Davi adoraria sua idéia. O amigo era chegado no estilo bizarro-cômico e, embora não fosse uma linha muito adotada para o próprio trabalho, Nicholas teve que admitir: fora a única saída possível sem ignorar as condições da empresa que os contratara.

Finda a identidade visual, enveredou pela campanha publicitária. Algumas idéias saltaram em sua cabeça e tratou de anotá-las todas. O objetivo era descobrir uma maneira de chamar o consumidor, ressaltando os pontos positivos do produto em detrimento do que pudesse ser negativo — como a cor, por exemplo.

Levantou-se de novo, andando em círculos dentro do escritório, perdido em possíveis idéias, os pensamentos martelando. Ajeitou os óculos de aros finos e coçou a testa.

— Preciso de café... — sussurrou, como que para outra pessoa, mas estava só — Preciso de um café bem forte. Acho que vou fazer um...

Rápido, venceu a distância até a porta e a abriu num único puxão, projetando-se para fora sem erguer o olhar. Quase trombou com o corpo maior e mais largo que o seu.

— Davi! — exclamou assustado, como se o visse pela primeira vez na vida, mirando-o com os olhos prateados.

E o que viu no rosto marcante foi desespero. A voz, sempre alta e cheia de energia, soou-lhe como um trêmulo balbuciar. Ele todo parecia prestes a desmoronar. Entreabriu os lábios grossos e não disse absolutamente nada, exatamente como se não tivesse forças para tal.

— Calma — tornou Nicholas, puxando-o para dentro e sentando-o numa cadeira de canto, próxima à porta — Não importa o que aconteceu, podemos resolver o problema.

Davi largou-se no estofado. Seus olhos escuros, vazios, encaravam o outro em mudo lamento. Nicholas se ajoelhou diante dele, dando um tempo para que se

Capítulo Sexto — Roque

refizesse e pudesse falar. Só então, quando o sentiu presente, atreveu-se a romper o silêncio.

— O que houve?

— Nick... Nick... — murmurou com olhos úmidos — Não consegui o projeto.

Silêncio. Nicholas assentiu, sempre calmo e sereno, tentando transmitir conforto e segurança porque, sabia, ele estava prestes a ter um colapso.

— Como aconteceu? — indagou, vendo que o amigo não continuaria.

O sócio respirou fundo, muito pálido, e desviou o olhar como se não pudesse encará-lo.

— Não aconteceu nada. Eu simplesmente não consegui. Argumentei, negociei, mas não adiantou — encarou-o por fim, triste — Eles procuraram outros profissionais e não estavam interessados em nos contratar. Escolheram outra empresa, só isso.

Nicholas compreendeu. Era um contrato milionário, para uma das maiores empresas no mercado e, apesar de já ser reconhecida e de ter começado a se colocar no meio, a Designer & Dreams era ainda muito recente, um escritório pequeno perto de tantos outros. O fato de terem recebido uma proposta e entrado na disputa já queria dizer muito e, com certeza, lhes renderia mais nome e respeito. Significava que estavam na briga com grandes escritórios, uma vitória, sem sombra de dúvida. Mas, ali, parado diante dele, Nicholas soube que a decepção era grande demais para que ele atentasse para esse fato.

— Davi... — começou, tomando as mãos do amigo — Você sabe que a briga é acirrada. A realidade é assim! Havia grandes nomes em jogo e já havíamos discutido a possibilidade de não conseguirmos o projeto porque...

— Eu sei, Nick! — interrompeu-o e afundou o rosto nas mãos unidas. — Sei de tudo isso, mas queria tanto trazer esse projeto para a D&D. Queria tanto que cheguei a acreditar que poderia. Desculpe.

— Pare com isso, homem! — bronqueou terno — Você fez o que podia, disso não tenho dúvidas, e é um dos melhores profissionais que conheço. Não era para ser nosso e ponto final. Vamos esquecer e partir para outras oportunidades que, com certeza, não vão faltar.

Davi ergueu o olhar para ele, procurando por palavras de ânimo que não significavam nada além da tentativa de fazê-lo se sentir melhor. O que encontrou foi um olhar firme e decidido, de quem sabe exatamente o que é. Por um instante, esquecera que Nicholas não era como os outros, por isso o escolhera para amigo.

— Talvez, se eu tivesse me empenhado mais... — começou, mirando-o com olhar infeliz.

— Não se menospreze por isso. Nós chegaremos lá, no nosso tempo.

— Era uma grande chance, não pode negar — retrucou, erguendo os ombros para tomar confiança.

— Outras virão — retorquiu, os olhos prateados brilhando em animação.

Davi sorriu, agradecido.

— Como tem tanta certeza?

— Simples: somos os melhores, Dav! O único problema é que nem todos perceberam isso, não ainda. Mas somos benevolentes e pacientes também. Eles terão de reconhecer — Davi riu, contagiado pela firmeza dele. — É verdade, não ria! Veja só, de todos os escritórios requisitados para esse projeto, me diga: quantos deles eram pequenos como o nosso?

— Nenhum.

Nicholas sorriu, triunfante. Ficaram um tempo em silêncio amigável, sem qualquer pretensão ou insinuação.

— Quem levou? — indagou Nicholas, depois de longo tempo.

— O Paulo, da Traço.

— Imaginei. Eles são bons.

Davi concordou com um assentimento mudo e recebeu um olhar preocupado do outro.

— Vamos lá, reaja! — falou, batendo de leve no ombro dele num gesto espontâneo de carinho — Não foi a primeira vez e nem será a última, sabe disso melhor que eu. Agora venha cá. Tenho algo para melhorar o seu ânimo.

Ergueu-se e puxou Davi junto. Afastaram-se na direção da mesa e Nicholas lhe passou os rascunhos criados àquela manhã, aos quais Davi reconheceu de imediato. Estarrecido, o italiano virou, página sobre página, a euforia crescendo a cada novo esboço e apagando a frustração que o invadira pelo projeto perdido. A campanha publicitária, inteira, desde a identidade visual até algumas idéias de comerciais, cartazes e slogans, desfilaram por seus olhos ávidos.

— Nick... — balbuciou — Você criou a campanha toda... — voltou a olhar para o amigo que lhe sorria, feliz — E está fantástico. Como conseguiu? Achei que não
tinha jeito!

— Sabia que ia gostar. Faz o seu estilo — comentou em tom de zombaria.

— É verdade... Sempre me arrepio quando sei que está pensando. Fico imaginando o garoto, coitado. Até se acostumar...

— Garoto? — indagou, virando-se para o colega, os olhos escurecendo visivelmente — Do que está falando?

— De Alexander, ora — tornou — Por que o espanto? Ele é colegial, não é? Quantos anos tem?

— Dezoito... — respondeu, um segundo antes de cair em si e se certificar do papelão ridículo que fazia — Por que estou me dando ao trabalho de responder?

Nicholas deu-lhe as costas, disposto a sair em busca do café.

— Já disse a ele, Nicholas?

— O quê? — perguntou, fitando-o por sobre os ombros, sem contudo deixar de se afastar na direção da porta.

Capítulo Sexto — Roque

— Que está apaixonado — declarou Davi, com um sorriso triunfante, sem qualquer pudor ou cerimônia.

Encarou-o por um breve instante, em absoluto silêncio, sério como em raras oportunidades.

— Vou lhe enfiar aquele cartaz goela abaixo, Davi Casiragli — rosnou, e saiu.

— Por quê? Só por que é verdade? — largou a papelada em cima da mesa e correu atrás do outro pelo escritório, sobressaltando Mônica — Nicholas, volta aqui, homem! E o projeto?

*   *   *

A tarde caía suave quando estacionou o carro na garagem. Saíra mais cedo que o habitual por causa de uma promessa à mais encantadora das criaturas sobre a Terra. Óbvio que deixara o sócio e amigo no escritório, o que lhe rendera mais uma sessão de perguntas, brincadeiras e recomendações. Nunca ficara tão sem graça na vida. E, o pior, fora ter que admitir o motivo da debandada pois, desde que começaram a trabalhar juntos, nunca saíra tão cedo. Na verdade, sempre fechara o escritório pois ficava trabalhado até tarde, mesmo depois de a secretária ir embora.

Combinaram de pegar o que restava dos projetos na segunda pela manhã, isso porque Davi tiraria o final de semana para visitar a família, no interior do Estado. Maravilha, pois nem precisara comunicar a ninguém de que não iria trabalhar aquele sábado. Seria massacrado com piadinhas se o outro soubesse que não daria as caras porque prometera a Alexander. Bastara-lhe a gozação quando dissera que folgaria naquela sexta-feira.

A imagem do rapaz surgiu-lhe, nítida. Ele visitava a mãe aos sábados, mas também faltaria ao compromisso, ao menos, fora o combinado na cafeteria. Àquela altura, já deveria ter notificado Violeta e poderiam passar o dia seguinte juntos, passeando em qualquer lugar para conversarem sossegados.

Um misto de ansiedade e insegurança o assaltou ao considerar a hipótese de conversar sobre as decisões de ambos. Sim, havia algo pendente que deveria ser resolvido antes de qualquer outra atitude, antes que as ações suplantassem suas consciências. Talvez, o menino não houvesse de fato percebido o quão próximos estavam de algo mais íntimo. Ao menos não se surpreenderia se fosse verdade. Mas era diferente, tudo o que envolvia Alexander lhe soava diferente, o tocava de forma completamente diversa de todo o resto, justamente porque era único e, porque, pela primeira vez em sua vida, amava outra pessoa.

Entrou pela porta da cozinha em direção à sala, o movimento constante dos empregados e o som das panelas anunciavam a refeição para o horário de sempre. Cumprimentou-os mecanicamente, perdido que estava em suas próprias reflexões. A verdade era que, por mais experiências que resgatasse do passado, nenhuma delas poderia ser levada em consideração, pois nenhuma outra pessoa lhe despertara o sentimento que Alexander lhe causava com um simples olhar ou sorriso.

Avançou pela casa em busca do garoto, quase inconsciente, como se seu corpo procurasse o dele por instinto. Quando percebeu, estava diante da porta fechada da sala de jogos. Com certeza, o treino não terminara ainda.

Ágata surgiu, perguntando se desejava alguma coisa e comunicando que prepara um café fresco. Declinou com a classe que lhe era peculiar e aproveitou a presença da governanta para pedir que avisasse, tanto a Alexander quanto a Navarre, que chegara mais cedo e que se encontrava no quarto, preparando-se para o jantar. A mulher assentiu e se retirou.

Fitou ainda uma última vez a porta de mogno escuro que lhe barrava a entrada. Precisava vê-lo, uma necessidade tão grande que chegava a assustar. Mas poderia esperar. Será? O desejo de vê-lo, mergulhar nos olhos escuros e inocentes, de mostrar a ele que cumprira com a promessa, eram fortes demais. Por outro lado, resignado, o empresário girou sobre os próprios calcanhares rumo às escadas. Era melhor

se preparar, pois, sentia, já não poderiam adiar a conversa por muito mais tempo e Alexander se mostrava um jogador cheio de surpresas, possuidor da única estratégia que poderia "derrotá-lo": a imensa paixão que detinha pela vida.

Capítulo Sétimo
Avanço da Rainha Preta

Navarre terminava de rabiscar na lousa algumas estratégias a serem estudadas nas próximas semanas, pontos fracos que poderiam custar-lhes a vitória, na opinião do velho mestre. Não podia, nem queria discordar dele, pois era o melhor entre os melhores e, àquela hora da tarde, todos os pensamentos do jovem enxadrista já estavam voltados para um certo homem fascinante, que lhe prometera a companhia o mais cedo possível.

Como que lhe atendendo os pensamentos, suaves batidas na porta fizeram seu coração disparar. Fitou o relógio de parede no canto oposto: cinco e meia. Ele cumprira a promessa. Sorriu, sem conseguir se conter e, antes mesmo que Navarre respondesse, já autorizava a entrada. Mas foi em Ágata que seus olhos castanhos pousaram. A governanta anunciou a chegada do "herdeiro" com assombro, comunicando que este subira para trocar de roupa e logo estaria pronto para o jantar.

— Que surpresa agradável, jantar com meu filho... — foi o comentário neutro do velhinho — Avise-o, por favor, que sairemos para cumprimentá-lo o mais rápido possível — disse, e para o rapaz sentado à mesa, acrescentou — Nicholas já é tão difícil! Seria terrível se pensasse que o estamos excluindo.

Alexander assentiu mudo, a decepção evidente. Ágata logo cerrou a porta novamente e Navarre retomou a explicação. Mas não podia pensar em nada além dos olhos cinzentos e da promessa de estarem juntos. Pensara tanto por toda a manhã, sozinho às margens da Lagoa! Pensara tanto até então que sentia ser impossível esperar mais um instante para se confessar a ele!

— Alex! O que houve? — indagou o outro, o olhar azul a invadir-lhe a alma.

— Nada...

O velho se aproximou, os passos lentos e cansados. Não pôde fitá-lo, receoso de ouvir uma verdade qualquer e ter de confessar a ele antes de ir ter com filho, senhor de seus pensamentos.

— Não estava me ouvindo novamente — silêncio incômodo — Sabe o que parece?

— Não...

— Parece que sempre que Nicholas surge, seja em carne e osso, seja em expectativa, você se dispersa. Estou enganado?

O rapaz mirou-o nos olhos, firme, mas não ousou dizer coisa alguma. Negar seria mentir para ele, tão querido quanto um pai. Admitir seria trair Nicholas, porque fora também sua a decisão de deixar o assunto para depois, àquela tarde em especial. Não queria magoar Navarre, mas jamais trairia Nicholas.

— Perdão, mestre. Não quero falar sobre isso.

— Mas precisamos porque esta é a minha casa, você está aqui sob os meus cuidados, o mínimo que sua mãe espera é que eu cuide bem de você e algo está acontecendo à minha revelia, algo grave o suficiente para interferir na sua personalidade.

— Mas... — balbuciou confuso — Eu continuo a mesma pessoa de sempre. Não estou em crise ou algo parecido! Isso é...

— É o que?

— Injusto! — tornou aflito — A forma como julga a minha euforia é injusta porque nunca, em toda a minha vida, duvidei de quem sou.

— A verdade é que você é um adolescente, Alex, e, por mais maduro ou determinado que seja, ainda tem muita vida a viver pela frente e muitas experiências a adquirir.

Alexander encarou-o perplexo. Nunca, desde o instante em que pisara naquela casa, em que aceitara a difícil empreitada ao lado dele, pensara ouvir algo semelhante. Era quase como se Navarre duvidasse de cada palavra que dissera, de cada gesto. Sentiu o peito doer a ponto de sufocá-lo.

— O senhor está responsabilizando Nicholas? — arriscou, não muito certo do que dizia.

— Nicholas é um homem, sabe perfeitamente quais as conseqüências de suas escolhas e possui capacidade plena para julgar seus próprios atos. É vivido, experiente e, queira ele ou não, será cobrado por isso, a cada passo que der, não apenas por mim, mas pelo mundo lá fora.

O peso daquela declaração caiu sobre os ombros do jovem. Talvez, finalmente, tenha de fato se dado conta do que Nicholas poderia estar passando ao se envolver com um adolescente "inocente e inexperiente", como Navarre mesmo fizera questão de lembrar. Enfim, percebera... E já não sabia o que fazer diante de uma responsabilidade como aquela! Já não podia precisar o caminho a seguir, receoso de se magoar, mas, muito além disso, de magoar outra pessoa, alguém que parecia acreditar, pela primeira vez em muitos anos, que havia alguma esperança. Sem se dar conta, o rapaz deixou que lágrimas turvassem seus olhos. Não notou que o mestre sentara-se à sua frente, o tabuleiro entre ambos.

— Escute o que vou lhe dizer, meu filho — começou ele, chamando o rapaz para a realidade — Olhe para o tabuleiro. O lance é seu.

Alexander obedeceu, mais por instinto que por consciência. Foi apenas quando flagrou as peças turvas que se deu conta de que chorava. Avaliou seu "exército", em profundo e absoluto silêncio, mas sem a atenção necessária. Como, com o turbilhão de pensamentos absurdos a rodar-lhe a cabeça e o sentimento opressor a apertar-lhe o peito? Mas jogaria, independente de qualquer coisa, porque era um enxadrista, essa era sua profissão, e teria de jogar em qualquer situação.

Considerou cada uma das peças e sua disposição no jogo. Tomou a que lhe parecia menos vulnerável: a Rainha Preta, com a retaguarda coberta pela Torre. Moveu-a em direção ao "inimigo", mas, antes que pudesse soltá-la no tabuleiro e encerrar seu lance, Navarre segurou-lhe a mão. Ergueu o olhar para ele, em espera.

— Ao posicionar essa peça e largá-la sobre o tabuleiro, terá feito uma escolha, terá tomado uma decisão. A partir daí, sabe que não poderá voltar atrás pois não podemos, nunca, desfazer um lance. Sabe disso, não sabe?

Capítulo Setimo — Avanço da Rainha Preta

— Sei — respondeu, a voz firme, a respiração entrecortada.

— Ótimo... Sendo assim, sabe também que sua vitória na partida dependerá dessa escolha, não sabe? Tem consciência de que, sempre que realizamos um lance, mudamos o curso da batalha e não há nada que possamos fazer depois para resgatar uma decisão equivocada, não tem?

— Sim, senhor, eu tenho.

Navarre soltou-o lentamente, como que libertando-o. Os olhos azuis agora jaziam repletos de lágrimas e Alexander perguntou-se o porquê.

— A vida, a SUA vida, meu filho, é como este tabuleiro de xadrez — murmurou — Você, tão jovem, está com mais uma peça nas mãos, apenas mais uma na infinidade que terá de movimentar ao longo da sua vida, pronto a realizar mais um lance. Assim como no xadrez, precisa decidir a direção e a posição sobre as quais a soltará e, assim como no jogo, tudo o que suceder daqui por diante estará relacionado, de alguma forma, com a sua escolha presente. Podemos desfazer os lances na vida, isso pode ser diferente. Mas os efeitos que nossas escolhas acarretam, nunca podem ser apagados. E as escolhas se tornam ainda mais difíceis porque nunca jogamos sozinhos, mas acabamos, por mais íntegros que sejamos, envolvendo outras pessoas em nossos lances.

— Bom Deus... — balbuciou.

— Sim, eu sei, filho... — murmurou, encostando-se no espaldar da cadeira — Não é fácil tomar uma decisão, não importa qual seja ela. Sempre nos parece um passo maior do que podemos dar. No entanto, o que é a vida senão uma infinita e surpreendente sucessão de escolhas? Não podemos nos negar a caminhar por ela, podemos?

Lentamente, Alexander encarou o tabuleiro diante de si. Havia muita coisa em jogo, mas a jogada já estava definida dentro de si e não podia ou desejava renegá-la. Naquele instante, repensou em tudo o que aconteceu desde que conhecera aquele homem, maravilhoso. Dessa maneira, o rapaz soltou a Rainha Preta, exatamente na mesma casa em que a pretendia soltar antes, ciente da escolha, das conseqüências que teria de enfrentar dali em diante, embora não soubesse ainda se teria forças para suportar caso olhasse em volta e se descobrisse, subitamente sozinho. Mas a escolha era apenas sua e de ninguém mais.

— O que vou fazer, Navarre? — indagou num sussurro, momentaneamente perdido — O que posso fazer depois de tudo?

Silêncio pesado enquanto mestre e aluno permaneciam mudos, encarando o desenrolar do jogo.

— Não sei. Juro a você que não sei — declarou, movendo a Torre Branca e tomando-lhe a Rainha sem qualquer cerimônia — A única coisa que não pode fazer é fugir. Negar-se às decisões é negar-se à vida, e ter coragem para assumir as conseqüências do que escolhemos é o que nos torna homens de verdade.

— Fugir? — indagou com olhar vidrado e ausente — Não sou homem de fugir, nunca fui, muito embora tenha me passado pela cabeça essa hipótese, não por covardia, mas por receio de magoá-lo. Ah, Navarre... Você não imagina o que se passa. Não pode sequer suspeitar!

— Tem razão — afirmou com um fatalismo que Alexander não quis e nem pôde ignorar — Não precisa me contar se não quiser, rapaz. Talvez seja melhor eu não saber, mas posso afirmar, com conhecimento de causa, que a pior coisa no mundo é amar sem nos sabermos amados. Fiz isso a meu filho por muito tempo e, quando tentei voltar atrás, quando tentei resgatar o que perdi, já não havia meios. São as escolhas de que lhe falei, lembra? Decidi por lances que me pareceram muito corretos, na época, e os trago comigo até hoje, em amarga realidade. Não cometa o mesmo erro que eu.

Alexander ergueu o olhar para ele mais uma vez, abismado com a confissão e doente por ver os olhos azuis marejados. O sofrimento de Navarre era parte de si, assim como a dor de Nicholas sempre lhe doeria a alma, muito maior que as suas próprias. Talvez fosse errado viver assim. Mas era a única maneira que conhecia e se orgulhava em dizer...

— Discordo de você, mestre. Talvez, não possamos voltar atrás num lance, mas podemos resgatar o amor, em qualquer etapa da nossa vida, basta ter coragem para tentar e ir até o fim. Se errou no passado, já não importa. O que realmente importa é fazê-lo saber que o ama, que se arrepende. É fazer com que aquele garoto, escondido por detrás dos ternos, o chame de pai novamente. E disso, eu sei, o senhor é capaz.

Navarre ergueu-se, o rosto úmido, o corpo trêmulo num misto de esperança e vergonha. Caminhou para a janela aberta atrás da qual se estendia o imenso jardim da propriedade. Perdeu-se na beleza dele, que outrora fora tão seu. Mas a visão desvaneceu com o entardecer, trazendo as sombras.

— Ah, meu filho, se houvesse tempo para recomeçar agora, eu o faria, mas sei o que está acontecendo comigo, Alex — virou-se para olhá-lo novamente — Sei que estou morrendo. Por isso me empenhei tanto na busca que me levou a você. Meu tempo já acabou.

— Navarre, eu... Nicholas pensa que...

— Nicholas tem sofrido o inferno desde que a mãe dele morreu — interrompeu — Tenho consciência da luta solitária que vem travando consigo mesmo e com o mundo, apenas para me poupar. Sei o quanto é difícil para ele estar aqui ao meu lado, depois de tudo o que passou, saber que estou morrendo mais a cada instante e que, em breve, não haverá como mudar o sentido da vida — um soluço impediu-o de prosseguir por um instante — Ah, Alex... Nicholas é único, sempre foi. Eu o amei como pude, muito pouco perto do que merecia, é verdade, mas amei e continuo a amar, cada dia mais. Gostaria que ele acreditasse em mim.

Diante do choro compulsivo que o dominou, Alexander ergueu-se e avançou para o mestre, tomando-o num abraço urgente e repleto de aceitação.

— Não, Navarre... Não chore assim... — murmurou gentil, afagando-lhe os cabelos brancos e consolando-o como a uma criança, repleto de ternura. — Nicholas sabe que você o ama, de verdade! Só que é muito difícil para ele lidar com sentimento, dizer as coisas. Você sabe...

— Nunca disse a ele que o amo, não assim, dessa maneira. Quando podia, não percebi que era tudo o que ele esperava. Agora que desejo, já não há espaço para falar — afastou-se do rapaz para encará-lo — Por isso, espero que ele tenha coragem, que possa encarar você e...

O jovem mirava-o em expectativa, o semblante sereno como Navarre jamais vira.

— E o quê? — indagou, percebendo que o mestre não pretendia terminar o pensamento.

— Espero que ele possa olhar nos seus olhos e dizer que o ama.

Foi com surpresa que Navarre viu o sorriso de Alexander alargar-se, luminoso, tornando as feições quase adultas ainda mais suaves. Os olhos castanhos brilhavam como jóias hipnotizantes e repletas de uma força apaixonante, que jamais vira noutra pessoa.

— Também espero — declarou, a voz suave — Mas não se preocupe porque se ele por um acaso vacilar, tenho coragem suficiente por nós dois.

O mestre assentiu e perdeu o olhar azul no contorno das árvores, distantes no jardim. Não soube o que pensar, mas ali, ao olhar para ele, temeu-lhe a indiferença.

— Navarre, você me condena?

— Condená-lo por amar Nicholas? — o velho fitou-o por sobre os ombros e sorriu, quase triste, antes de voltar à paisagem que a noite adormecia — Só se eu fosse louco...

Baixou os olhos castanhos por um momento, o raciocínio buscando incessantemente por um esclarecimento, os pensamentos prestes a explodir dentro de sua mente.

— Mestre... — chamou outra vez — O senhor condena o meu lance?

— É o seu jogo, Alexander. É o seu lance e não o meu. Não posso julgá-lo por suas escolhas. A única coisa que posso fazer é dizer que não compreendo, mas fico feliz em saber que Nicholas escolheu alguém tão especial e não estará sozinho quando eu me for.

Um tempo se passou sem que nenhum dos dois falasse nada, perdidos em suas próprias reflexões. Alexander pensava em Nicholas e ansiava por vê-lo, tocá-lo, por ouvi-lo falar, qualquer coisa que fosse. Só voltou à realidade quando os passos de Navarre, rumo à porta da sala, chegaram-lhe aos sentidos.

— Acho que a lição de hoje está dada. Espero que faça proveito de tudo o que lhe disse e que decida seu próximo lance com clareza e responsabilidade, pois é exatamente isso o que farei.

— Sim, senhor.

Navarre sorriu-lhe mais uma vez, cansado e abatido.

— Vou pedir a Ágata que atrase um pouco o jantar. Acredito que tenha muito a tratar com um certo jovem empresário que foi caminhar no jardim há cerca de meia hora.

E, com essas palavras, o velho se retirou. Sozinho, deixou que o brilho dos olhos cinzas lhe voltasse à memória, no momento de entrega que dividiram. O corpo inteiro se arrepiou de prazer. Sorriu. Não havia qualquer outro lance possível, além de ir até ele. A decisão já estava tomada antes mesmo de a possibilidade existir, e Navarre estava certo: amar sem saber-se amado poderia destruir a vida de alguém, poderia ser a maior dor de uma existência. De repente, o discurso de Nicholas sobre a tolerância do mundo e as responsabilidades das escolhas perdera a importância para algo muito maior, que crescia em seu íntimo a cada dia. A vida nos obriga a muitas escolhas, mas a uma única oportunidade de decidir. Não deixaria o momento passar sem fazê-lo saber que era amado.

Rompeu pelo corredor rumo a porta dos fundos que levava ao jardim. No caminho, quase trombou com a arrumadeira e o mordomo. Não se importou, teria tempo para se desculpar mais tarde.

A noite úmida o envolveu com seu manto escuro, as inúmeras sombras — irreconhecíveis — da vegetação tremulavam diante de seus olhos, numa dança suave e profana. Era um outro jardim, gêmeo da manhã, mas inteiramente oposto a ela.

Lançou-se em meio às folhagens, como um cego tateando o escuro de um quarto estranho aos sentidos. A cada olhar, buscava a silhueta familiar dele, sem contudo encontrar coisa alguma além das raízes fincadas no solo fértil. Num átimo, tentou fixar um referencial. As luzes da casa serviriam para não se perder, mas não havia luz alguma. Desnorteado, girou em torno de si mesmo, uma agonia crescente dominado-o, comprometendo-lhe a razão, até que não resistiu.

— Nick, onde está? — chamou a meia voz.

Um ruído estranho soou-lhe às costas e virou-se rápido, dividido entre o medo e a esperança de que fosse algo conhecido. Nada... Um farfalhar de folhas assobiou por entre as árvores, mais à frente, e olhou naquela direção. Ninguém.

— Nicholas, é você?

Silêncio... E um agradável perfume de terra úmida. Aguçou os ouvidos, trêmulo, os punhos cerrados para uma eventualidade. O vento, manso e ladino, soprava sua excêntrica canção, murmurando palavras incompreensíveis. Passos vindos da esquerda soaram em sua direção. Ou seria da direita? Quis sair dali naquele exato segundo. Fora uma idéia realmente infeliz aventurar-se naquele matagal desconhecido, completamente sozinho e à noite! Procurou pela casa mais uma vez, sem conseguir encontrar. Já não sabia onde estava.

Foi quando os passos aumentaram e deu para trás, em pânico crescente.

— NICHOLAS! — berrou.

Uma sombra projetou-se à sua frente com o vento. Não era humana! Deu-lhe as costas para correr na direção oposta, trombando com algo, um pouco menor, mas igualmente desconhecido. O grito de pavor travou-lhe na garganta ao tentar esmurrar

Capítulo Setimo — Avanço da Rainha Preta

a coisa, sentir seus próprios pulsos serem agarrados com firmeza e torcidos para trás. Estava imobilizado.

Debateu-se com violência, procurado se libertar do abraço. Mas não durou mais que alguns segundos... Logo, o calor de um corpo desejado colou-se ao seu suavemente, e o perfume familiar contagiou-lhe os sentidos a ponto de levar-lhe lágrimas aos olhos.

— Calma, meu lindo — foi o sussurro contra o seu ouvido. — Está tudo bem. Sou eu...

Sossegou nos braços dele e num instante jazia liberto outra vez, o coração descompassado, o corpo adolescente respondendo à proximidade do outro com violência assustadora. Quis estar junto a ele um pouco mais...

Surpreso, Nicholas sentiu Alexander abraçá-lo forte e pousar a face contra seu próprio peito num gesto íntimo demais. O corpo reagiu, viril e desesperado por ele. Sem mais conseguir se conter, trouxe-o para perto, entregando-se ao abraço e pressionando o ventre contra o dele, de leve, numa insinuação gentil.

— Deus... — balbuciou o garoto, ofegante. — Que droga de jardim é esse, Nick? Parece se mexer durante a noite — declarou, a voz carregada de desejo.

Nicholas acariciou-lhe a cabeça com um afago e roçou o corpo no dele, igualmente teso.

— Quem pode saber? Talvez ele se mexa. O que não esclarece a minha dúvida: como pôde se perder aqui dentro rapaz? — essa última palavra pronunciada devagar, quase com desvario contido.

— Não me perdi no jardim — declarou, forçando-se contra o outro em resposta, os olhos brilhando na escuridão — Me perdi em você. Por isso o chamei, meu Nick...

A intensidade do olhar escuro e atrevido, que o mirava sem qualquer pudor, sem receios, sem intenção de se afastar, quase enlouqueceu Nicholas. Sentia como se a escuridão pudesse, de alguma forma, encobri-los e guardá-los com seu manto. Os lábios carnudos do jovem entreabriram-se num convite mudo, e reuniu toda a força de seu ser para não beijá-lo.

— Certo... — disse, afastando-se devagar e tomando-o pela mão com ternura — Vem comigo.

— Estamos voltando para casa? — perguntou, um tanto decepcionado, enquanto deixava-se conduzir por entre a vegetação.

— Não. Quero que conheça um certo lugar onde, tenho certeza, estaremos mais à vontade para conversar.

Não podia ver o rosto dele no escuro, mas não precisava da visão para saber que Nicholas o fitava por sobre os ombros, tamanha a intensidade de seu olhar.

Caminharam mais alguns metros, por entre uma fileira de árvores. E foi quando o terreno se abriu, de repente, num pequeno descampado que continuava um pouco adiante, até descer na encosta suave, a qual terminava no muro da propriedade, lá embaixo, perto da rua. Toda a área era coberta por grama verde e cuidada, denunciando que o homem ao lado devia refugiar-se ali com freqüência.

— Estava aqui quando me chamou — declarou, deduzindo-lhe os pensamentos — Por isso demorei a alcançar você.

Preocupado em admirar a vista, o garoto demorou um pouco a responder. Da onde estava, a cidade estendia-se entre o vale como um tapete de infinitos pontos luminosos, coloridos. Perdeu-se na semipenumbra do ambiente e no perfume almiscarado que a pele dele emanava no ar.

— Que coisa linda... — murmurou num elogio dúbio ao olhar para ele novamente.

— Também acho — respondeu o empresário em confissão, olhando fixamente para as luzes da cidade — Esse é o meu refúgio. Quer dizer, nosso, agora que você também sabe da existência dele. Venho aqui desde menino sempre que preciso sumir do mundo.

Alexander observou-o enquanto ele se afastava um pouco para se sentar sobre o gramado, os joelhos dobrados, o olhar ainda perdido em algo além dos pontinhos de luz que não conseguia adivinhar. Apreciou-lhe a expressão, meio escondida pela penumbra, e pareceu-lhe mais triste que o usual. Todo ele parecia profundamente apreensivo. Aproximou-se por fim, na intenção de se sentar ao lado dele.

— Fico lisonjeado, Nick.

— Pelo quê?

O rapaz se sentou próximo o suficiente para sentir-lhe o corpo jovem, quase como que de propósito para se fazer notado. Não pôde deixar de sorrir ante o pensamento. Há muito tempo não conseguia pensar em nada que não fosse Alexander, seu calor inconfundível, seu sorriso sincero, seu olhar apaixonado...

— Por ter partilhado comigo algo tão valioso — confessou, o olhar escuro fixo na paisagem noturna mais uma vez, certo de que o outro o fitava das sombras — Não tenho um esconderijo, mas também posso lhe dar algo único e especial, basta permitir.

— Estamos aqui, não estamos? — indagou, com uma segurança que estava longe de sentir — Resta começar.

— Sim... — mergulhou nos olhos acinzentados dele e, mesmo com a noite a assombrear todas as coisas, pôde ver o brilho incontido que refletiam, inteiramente seu — Pode começar me dizendo o porquê de estar tão tenso. Não se sente à vontade comigo, Nick?

— Não estou tenso! — mentiu enfático — Não sei da onde tirou essa idéia.

Estudaram-se, mudos, por uma eternidade. E, de súbito, o garoto lhe sorriu. Todas as preocupações desapareceram diante dele e de sua total confiança.

— Já tenho a sua resposta — declarou de súbito.

— Imagino — tornou, a certeza esvaindo sob o olhar escuro que sustentava o seu — Mas eu... Deus, Alex — balbuciou, passando a mão pelos cabelos, denúncia do nervosismo — Não sei se quero ouvir o que tem a me dizer. E não é por medo de ser

Capítulo Setimo — Avanço da Rainha Preta

rejeitado, como sei que está pensando, é só porque acredito no que sente por mim, mas não tenho certeza de que pensou em todas as conseqüências.

O jovem enxadrista riu alto, uma gargalhada gostosa e repleta de cumplicidade. Era tão simples, parecia ser tão simples para ele, estar ali, falando sobre sentimento! Amou-o ainda mais naquele instante e precisava admitir: queria ser capaz de fazê-lo feliz. Talvez fosse esse o receio que o impedia de deixar as coisas acontecerem. Escondia-se por trás da responsabilidade, mas, a dura realidade era que temia a possibilidade de Alexander lhe entregar seu amor, sua paixão, e não ser capaz de dar a ele tanto quanto receberia.

— É claro que pensei nas conseqüências, Nicholas. Se fosse o contrário, já o teria acuado faz tempo — a declaração direta balançou o empresário, que teimava em se manter firme e sério — Sou enxadrista, esqueceu? Avaliei cada movimento antes de me decidir pelo lance.

Era um flerte. Alexander flertava descaradamente, o ar inocente contrastando com o sorriso malicioso. Quase perdeu o controle e tomou-o para si, devorando-lhe o corpo jovem bem ali sobre a grama.

— Não convenceu, meu querido — disse mais terno — Conheço você e sei que, no jogo da vida, é o mais parcial dos jogadores. Acometido pela paixão, seria capaz de esquecer todo o resto, e é isso o que mais me encanta — confessou, corando com violência.

Alexander sorriu e aproximou-se mais, colando o ombro no dele como que sem querer.

— Talvez esteja certo. O único problema é que não estou acometido por paixão apenas. Amo você, Nick, mais do que me julguei capaz de amar — Nicholas sufocou, o corpo de súbito trêmulo — E, além disso, conheço você o suficiente para ter certeza absoluta de que hesita em começar o assunto, não por seu senso de responsabilidade, mas por outro motivo qualquer — mergulhou nos olhos dele novamente, dessa vez, sério — Por favor, conte-me. Acima de qualquer coisa, somos amigos.

Os olhos marejaram, sem que assim desejasse. Por um instante, odiou Alexander e sua capacidade de lhe destruir as barreiras. Elas simplesmente não existiam quando ouvia sua voz ou perdia-se em seu olhar. Como exercia tamanho poder sobre outro alguém? Suspirou, rendido à fascinação dele e ao amor que ecoava em seu próprio peito.

— A responsabilidade é algo importante.

— Concordo, mas...

Ele hesitou um instante, desviando os olhos acinzentados para a paisagem, os cabelos claros tremulando suaves como lenços de seda ao redor do rosto perfeito. Nunca vira criatura mais linda no mundo, e seria sua. Nicholas lhe pertenceria como, há muito, pertencia a ele.

— Não fuja, Nick. Olhe para mim.

O homem obedeceu de imediato, sem questionar, como se devesse ao companheiro aquele voto de confiança.

— Nunca amei ninguém assim, Alex. Nunca partilhei minha vida com outra pessoa, e tenho medo de que... — soluçou em seco — Tenho medo de não conseguir fazê-lo feliz, de não corresponder às suas expectativas e fracassar novamente, entende?

Algo quebrou no coração do jovem. A visão frágil dele era sempre difícil de ser suportada, não sabia por quê. Virou-se e tomou-lhe o rosto na mão numa carícia gentil. O contato da pele alva contra seus dedos fez cada pêlo do corpo arrepiar de prazer. Embrenhou-os nos cabelos lisos que caíam em desalinho até os ombros largos.

— Nunca saberemos se não tentarmos — murmurou, ainda mais próximo.

— Não posso pôr tudo a perder. Você é importante demais para mim! Não quero ter de conviver com a dor de perdê-lo. Seria demais para eu suportar.

— Não vai me perder...

— Sim, eu vou, porque é o que acontece, sempre — sussurrou, cerrando de leve os olhos para sentir as mãos do rapaz por sua face antes de acariciá-lo também, ao longo da coluna, por cima da camisa.

Alexander sentiu o corpo pulsar com o toque firme do parceiro por suas costas. Já não podia e nem pretendia esconder o desejo por ele, que pulsava insistente e dolorido, deformando a calça jeans. Trouxe Nicholas mais para perto, ao mesmo tempo em que se abandonava em seus braços e apoiava o rosto contra o ombro dele.

Seguiu-se um silêncio tenso, no qual ambos se acariciaram sem, contudo, efetivar toques mais íntimos, querendo sentir o calor um do outro e a proximidade dos corpos unidos.

— Por favor... — começou o garoto, rompendo o silêncio — Esqueça tudo isso e viva o seu sentimento. Não podemos sentir sozinhos, Nicholas, e sou eu quem está do outro lado, sou eu quem olha e deseja amar você. Por favor...

— Alex... — balbuciou, apertando-o contra si, com posse.

— Esqueça tudo, porque eu quero estar contigo, quero construir algo ao seu lado, dividir minha vida e mais nada. As conseqüências virão, mas estaremos juntos para suportá-las, isso eu juro.

— A vida não será gentil conosco ou com a nossa escolha. A maioria das pessoas sequer poderá saber, e as que souberem, podem não nos aceitar. O amor que nos une será algo só nosso, vivido entre quatro paredes e alguns momentos sem testemunhas. Teremos de abrir mão de muita coisa e, em muitos momentos, estaremos completamente sós no mundo, ou, ao menos, é o que nos parecerá. Isso é o que eu posso oferecer a você em troca da sua inocência, da sua paixão, da confiança que deposita em mim. É o que deseja para você? — indagou com lágrimas nos olhos, afagando-lhe os cabelos castanhos.

Alexander se afastou um pouco para observá-lo, o rosto bonito marcado por lágrimas.

— Está tentando me demover da idéia de amar você, Sr. Fioux?

Capítulo Setimo — Avanço da Rainha Preta

Nicholas sorriu, finalmente, e tocou-lhe o rosto jovem num gesto meigo.

— Não, meu querido. Estou apenas lhe dando a última oportunidade de considerar o assunto e voltar atrás enquanto pode.

— E posso mesmo? — indagou carinhoso — Será que tenho essa opção, depois de tudo o que falamos?

— Não sei... Mas é o meu dever.

O rapaz tomou-lhe o rosto nas mãos suavemente.

— Não podemos voltar atrás num lance. Não aprendeu isso com o xadrez? — o empresário assentiu, o rosto sereno — Pois então, não perca seu tempo tentando armar uma defesa inútil, porque o meu lance já está dado há muito tempo.

Rendido ao olhar dele, Nicholas deixou-se guiar. Alexander puxou-lhe o rosto em sua direção. Pousou os lábios nos do garoto num leve roçar que logo tornou-se um beijo voraz e repleto de luxúria. Inebriado pelo toque e pelas promessas, o jovem aprofundou o contato, ansioso. Louco de desejo, Nicholas tocou-lhe a língua morna e úmida com a sua, deitando-o no chão, contra a grama, e cobrindo o corpo dele com o seu, as mãos livres tateando-lhe as formas másculas ainda escondidas pela roupa.

Entregue, deslizou as mãos pelas costas de Nicholas, da base do pescoço até o cós da calça, descendo mais, até tocar-lhe as nádegas firmes que tanto desejava. Queria-o nu, completamente nu, e mergulhar os lábios no corpo que anunciava-se, maravilhoso e farto, por debaixo da roupa! Em desvario, pressionou um dos dedos pela fenda, mesmo que sobre o tecido grosso do brim, e sentiu-o estremecer.

Ofegante, Nicholas gemeu enquanto Alexander procurava, por instinto, sua entrada. Soube que perderia o controle ao sentir o corpo reagir em desespero e perceber que faltara muito pouco para rasgar a camisa dele e beijar o peito nu que arfava debaixo do seu. Não podia tocá-lo, não sem a barreira das roupas a separá-los, ou acabaria por tomá-lo ali, no meio do mato, sem qualquer possibilidade de se conter. Precisava parar enquanto podia. Foi com pânico contido que viu o rapaz puxar a própria camisa, como se houvesse lido-lhe os pensamentos, e atirá-la longe, na grama.

— Deus... Alex... Não faça isso, por favor — implorou, pressionando o próprio quadril contra a coxa dele, o membro enorme pulsando loucamente. — Não vou conseguir resistir...

— Não resista, apenas me tome seu — rosnou, o desejo escurecendo ainda mais os olhos castanhos — Me toca, Nick! Me faz carinho...

E, com essas palavras, desceu o zíper das próprias calças que, abertas, permitiram a passagem do pênis grosso e molhado de tesão. Trêmulo, Alexander tomou a mão do amante e fez com que tocasse o órgão endurecido num lento movimento de vai-e-vem, os dedos longos escorregando no líquido espesso que escorria-lhe da glande vermelha e inchada.

Não pôde mais se conter. Segurou firme o membro teso, apertando-o entre os dedos e iniciando uma forte masturbação. O rapaz rugiu alto, o corpo tomado por espasmos violentos. Trêmulo, agarrou-se a Nicholas, soluçante, procurando-lhe os lábios enquanto o abraçava em supremo esforço.

— Nick... — ofegou, os olhos apertados, a cabeça largada para trás. Nicholas aumentou o ritmo, sem qualquer gentileza enquanto sentia o pênis inchar em sua mão, contido pelo toque apertado — Hummmm... Que gostoso... Meu Nick... Ninguém nunca me tocou assim antes...

A confissão involuntária o alarmou. O coração falhou uma batida e diminuiu a velocidade, bem como a violência com a qual o masturbava, seu toque passando de quase rude a um suave acariciar. O garoto gemeu, entregue às sensações e ciente da mudança.

— O que quer dizer com isso, meu querido? — ofegou em tom gentil, de encontro ao ouvido dele, sem deixar de acariciá-lo.

— Quero sentir você junto a mim... Por favor, não pare! Por favor...

A pergunta se formulou, alheia à sua vontade. Seu próprio corpo, maduro e experiente, pulsava de encontro ao do rapaz, aparentemente tão inocente. Não poderia ser verdade. Ele tinha dezoito anos, não fazia sentido! E, ainda assim, algo em seu íntimo o fez crer no que a consciência lhe gritava em silêncio.

— Querido... — murmurou docemente — Você é virgem?

O assentimento imediato denunciou que o garoto já não se importava com nada além do prazer. Pensou que, talvez, ele não houvesse compreendido ou ouvido a pergunta, mas a hipótese se mostrou inviável no instante em que os olhos castanhos se prenderam aos seus, escuros de desejo, mas conscientes, e imploravam para que Nicholas não o julgasse, para que não permitisse que aquilo alterasse o sentimento, para que não se afastasse.

Mergulhou no pescoço dele, suado, onde a pulsação mostrava-se acelerada, o peito acometido de uma ternura e um amor nunca experimentados. A confissão, antes de assustá-lo, fez o corpo todo vibrar e estremecer com algo novo, surpreendente. Era o único homem e amante daquele rapaz maravilhoso.

— Você é a coisa mais linda que já vi — murmurou ao ouvido dele, voltando a manuseá-lhe a carne com vontade, mas sem a velocidade de antes, num toque gentil, porém firme — E, se essa é a primeira vez que sente o toque de outra mão no seu corpo, farei com que seja especial, eu juro. Farei com que sinta, bem devagar, cada etapa do gozo, meu querido.

Alexander gemeu e abriu as pernas ao máximo que o tecido grosso da calça lhe permitiu. Nicholas acariciou-o, atento às suas reações, sentindo o prazer dele contaminar seu próprio corpo, murmurando-lhe palavras doces e suaves.

Enlouquecido por ele, inebriado com seu perfume e entregue à habilidade daquelas mãos macias, sentiu o orgasmo anunciar-se, violento, sem pressa ou piedade. Agarrou-se à camisa de Nicholas, beirando à inconsciência e chamando-o em lamentos sussurrados.

Os dedos dele escorregavam em seu sexo grosso e latejante, agora mais rápido... Mais rápido... Um espasmo na região do baixo ventre e todo o corpo pareceu explodir numa torrente incontrolável de prazer. Gozou em fartos jorros na mão dele, seu grito

Capítulo Sétimo — Avanço da Rainha Preta

ecoando pelas árvores silenciosas. Todas as células de seu corpo se comprimiram enquanto sentia o sêmen escorrer... Segundos de desvario que arrefeceram para o calor do corpo familiar de encontro ao seu novamente.

Nicholas tomou-lhe os lábios num beijo molhado, repleto de promessas. Enlaçou-o pelo pescoço, puxando-o mais para perto e tateando-lhe o ventre em busca do zíper. Mas o outro o impediu, afastando-lhe a mão com gentileza e um lindo sorriso no rosto. Por debaixo da roupa, podia sentir que ele pulsava em desejo não satisfeito.

— Por quê?

O loiro desenhou-lhe as feições, sem pressa, sempre junto a ele.

— Por vários motivos. Os mais fortes no momento estão relacionados ao fato de que o jantar deve estar na mesa e logo virão nos chamar, e também não será suficiente para mim, meu querido. Preciso que você me tome, e não quero que seja aqui, por mais que goste desse lugar.

A simples menção de tomá-lo, fez com que seu sangue fervesse nas veias. Fitou-o, apaixonado demais para cogitar a hipótese de não amá-lo. Bem suave, Nicholas vestiu-o novamente, ajeitou-lhe os cabelos revoltos e ajudou-o a se levantar. Alexander não soube o que pensar. Havia algo estranho no ar... Desconhecido, porém inegável.

— Vai se afastar de mim? — indagou, mais por impulso que por convicção.

— Quer que eu me afaste? — tornou ele, passando as mãos pelos cabelos claros.

— Não. Quero terminar o que começamos aqui, e poder repetir esse momento sempre que desejarmos, pelo tempo que for possível.

Nicholas sorriu e beijou-o de leve nos lábios.

— Se é uma promessa, saiba que vou cobrar. Agora vamos voltar. Não quero que Navarre dê muito por nossa ausência.

Tomou o garoto pela mão e o conduziu mais uma vez por entre a vegetação estranha. Alexander deixou-se guiar, algo revirando dentro do peito e que não sabia definir.

— Vamos ficar juntos, Nicholas? Podemos construir algo nosso?

Olhos cinzas o miraram na escuridão, e havia um brilho novo, repleto de esperança.

— Tudo o que desejo é estar contigo, Alex... E nada me faria mais feliz do que fazê-lo feliz.

O rapaz sorriu, o coração acelerado. Quis beijá-lo, mas Nicholas sabia: se continuassem, nenhum dos dois conseguiria esperar. Guiou-o para a luz da casa e, mesmo quando já não havia jardim ao redor, seus dedos continuaram entrelaçados.

Capítulo Oitavo
Tomada da Rainha Preta

Nem bem batera à porta e o cheiro convidativo de boa comida chegou-lhe aos sentidos, fazendo o estômago se manifestar. Estava morta de fome, no entanto, devido ao horário, era bem capaz da mãe deixá-la sem janta, por castigo, para não repetir o erro. Ainda bem que comprara um chocolate na saída da escola. Aprendera a se prevenir de quase todas as situações.

O chamado estridente, vindo da cozinha, arrepiou-lhe os pêlos do corpo em antecipação. Respondeu apenas porque, se não o fizesse, seria maior a bronca. Violeta era severa como poucas, mas descobrira como lidar com ela, tudo sugestão de Alexander.

A imagem doce surgiu-lhe trazendo saudade, coisa que jamais pensara sentir dele. Lembrava-se muito bem do irmão, alternando as lições de moral, por ser mais velho, e as crises de criancice nas quais puxava-lhe as tranças ou corria atrás dela como um louco pela casa. E agora, quando já não mais o tinha por perto o tempo todo, sentia o peito oprimir-se pela ausência do sorriso que causava alegria, trazia a paz, onde quer que estivesse. Pensou no enxadrista velhinho (mestre, ele corrigira, certa vez) e no filho empresário de quem tanto ouvira falar. Deviam estar felizes, todos eles, principalmente o irmão, por estar atrás de seu maior sonho.

O grito da mãe foi o que a tirou do devaneio. Violeta vinha da cozinha com a colher de pau na mão, indagando, entre dentes, onde estivera até tão tarde, com quem e fazendo o quê. Quase respondera que fora a um motel, só para implicar com a velha. Mas tinha amor demais à própria pele para levar a cabo tal decisão.

— Estava com a Roberta no shopping, vendo as vitrines.

Enfurecida, a mãe gritou-lhe que deveria estar estudando porque, se as notas viessem baixas, como no bimestre anterior, ficaria um mês sem por o "fuço" na rua, exatamente com essas palavras. E, no caso, um mês significava um mês, e de muita aporrinhação.

Resmungou alguma coisa enquanto ia largar a mochila no quarto e lavar as mãos para o jantar.

— O que está falando aí, mocinha? — gritou a mulher, o olhar furioso.

— Nada não. Só estou achando você mais brava que de costume, só isso — Virgínia serviu-se da comida quentinha, a boca cheia d'água — Meu irmão deu sinal de vida?

— É... Ligou hoje para dizer que vai se inscrever no Campeonato Nacional, lá em São Paulo, no mês que vem.

"São Paulo?", pensou a menina, eufórica. Era muito bom para ser verdade! Já imaginou, viajar para outro Estado, com o irmão? Poderiam convidar Humberto também, afinal eles estariam de férias mesmo! Daí, a cruel realidade: com certeza, a mãe iria junto, é óbvio! Aproximou-se da mesa com ar de "santa" e olhar cândido, fixo na mulher sentada à sua frente.

— Mamãe... — começou, melosa — A senhora pretende ir ver o Alex competir?

— Como, menina? — tornou, raivosa — Esqueceu que eu trabalho o dia inteiro para sustentar você?

— Nossa, quanta agressividade. Foi só uma pergunta! — tornou, fingindo chateação quando, no fundo, gritava de felicidade. As possibilidades aumentavam.

Um silêncio estranho caiu entre as duas enquanto comiam, cada uma sua porção do jantar, perdidas em planos particulares. Já estavam quase terminando quando a menina se lembrou de que era menor de idade e que, com certeza, só poderia viajar com o consentimento da responsável.

— Mamãe...

— O que é?

— Posso viajar com eles para ver meu irmão competir? Ainda não fui a nenhum campeonato e...

— De jeito nenhum! — interrompeu taxativa — Primeiro que, do jeito que está levando a escola, estará de recuperação nas férias. Segundo que não deixaria você, sozinha com seu irmão e um velhinho bonachão, largada numa cidade como São Paulo. Só se estivesse louca!

— Puxa, mamãe... E você acha que o Alex ia deixar alguma coisa acontecer comigo?

Violeta encarou-a com aquele ar de quem já é vivida, um sorriso debochado a tornar-lhe a expressão ainda mais amarga.

— O problema não é Alexander, Virgínia. Meu problema é você. Pensa que me engana com essa conversinha mole? Você não é fácil e, se eu não estiver por perto para puxar o cabresto, já viu!

Virgínia largou os talheres no prato, batendo-os contra a porcelana, geniosa. Cruzou os braços em afronta, mas a mãe não parecia disposta a discutir naquele dia. Limitou-se a pegar a louça suja e levantar-se em direção a pia. A menina fitou-a pelas costas, o olhar castanho claro flamejando.

— Humpf — resmungou — Tudo bem. Não vou nem esperar o almoço de sábado. Ligo para ele amanhã mesmo, e digo que quero ver a competição. Com certeza ele paga a viagem para mim.

— Não vai incomodar ninguém ligando à toa por um motivo besta e, além disso, seu irmão não vem almoçar aqui depois de amanhã — tornou a mulher, sem se virar para a filha, ainda de encontro a pia — Ele ligou e disse que não vai poder vir porque está treinando muito, inclusive nos finais de semana.

Virgínia descruzou os braços, momentaneamente decepcionada, não com a ausência, e sim por não poder mais contrariar a mulher.

— Puxa... Que pena... — murmurou — Estou com saudade dele.

— Eu também. Por isso vou visitá-lo um dia desses, mais perto da viagem. — virou-se para olhar a filha — De surpresa — completou com olhar arguto que Virgínia não identificou.

Capítulo Oitavo — Tomada da Rainha Preta

— Legal! Poderemos ver a mansão, não é? Vai ser o máximo, e Alex deve me apresentar ao velhinho e ao filho empresário que a gente tanto ouve falar. Também quero ir, mãe, a senhora não vai me deixar aqui, né?

— Claro que não.

Virgínia ergueu-se da mesa, rodopiando pela cozinha e quase derrubando a fruteira de canto. Violeta gritou, censurando a atitude infantil e praguejando em pensamento. A garota não se deu por rogada e passou a cantarolar pela área de serviço, enquanto tirava o uniforme para lavar. Aborrecida pela falta de consideração de Alexander, ameaçou de pegá-la pelas orelhas se não cessasse a chateação de uma vez.

— Credo, mãe! — tornou a jovem, sem fôlego, mas sorridente com a novidade — Pelo menos, agora eu já sei o motivo de a senhora estar tão chata: o filhinho preferido deu "cano" pro almoço, né?

— Passa já para o quarto, antes que eu te estapeie! — berrou enfurecida.

Virgínia, que não era boba, correu para o banheiro e se trancou lá dentro, disposta a tomar um banho e esperar que a mãe acalmasse o ânimo. Riu até não poder mais, enquanto a água lhe caía pelo corpo. Era incrível como o rapaz, sem saber, podia comandar a mãe. Bastou desmarcar o almoço para a velha ficar uma casca de ferida.

Imaginou-se na mansão maravilhosa que o irmão descrevera certa vez, à mesa, quando almoçavam, e sua imaginação de adolescente voou longe. Seria um dia maravilhoso, com certeza!

* * *

Ressabiado, Navarre prosseguia no monólogo tedioso de sua própria voz, aproveitando o momento para analisar os dois homens, sentados respectivamente à sua esquerda e direita, um de frente para o outro. Com efeito, nenhum deles parecia estar presente à mesa para jantar. Nicholas anunciara que não tinha fome e pegara uma maçã na fruteira — o que, por si só, já era estranho — a qual mastigava, sem pressa alguma, em espera silenciosa.

Desgostoso, o velho enxadrista voltou a atenção para o discípulo que, com o prato cheio diante de si, limitava-se a rolar os pedaços de carne de um lado para o outro, a comida intocada ainda, o olhar perdido em Nicholas sem qualquer intenção de disfarçar o fascínio.

— A comida não lhe agradou, filho? — indagou, recebendo o olhar surpreso do jovem como resposta.

— Está delicioso, Navarre! Uma maravilha!

— Mesmo? Tive a impressão de que sequer chegou a provar... — comentou, para cruzar os próprios talheres em seguida — Imagino que deva estar cansado — sugeriu.

— É... Estou mesmo — admitiu, sem saber ao certo o que dizia, mas procurando ignorar a quentura que o olhar de Nicholas lhe causava.

— Poderá descansar assim que conversarmos sobre o campeonato e acertarmos os nossos treinos. Essa é sua última semana de aula, não?

— Sim, é.

— Ótimo! Poderemos combinar os treinos para a parte da tarde até o término das suas aulas. Então, passamos a trabalhar juntos em tempo integral. O que acha?

Antes que o rapaz pudesse responder, o arrastar de cadeira denunciou que o outro espectador ameaçava se levantar. Buscou-o, o olhar ansioso e despudorado, temendo que ele fugisse ou que a promessa do jardim se perdesse de alguma forma. Apesar dos olhos cinzas, mergulhados nos seus, não pôde entender o que diziam. Nicholas levantou-se com graça felina, o rosto sereno. Viu-o se voltar para o pai sem nada dizer ou insinuar.

— Acho que precisam conversar bastante, não é? Bem, vou me deitar. Amanhã no vemos, Navarre — só então virou-se para o garoto, que jazia preso à figura esguia diante de si — Não vá comer muito. Não faz bem deitar de estômago cheio...

Ele deixou o aposento, largando seu perfume no ar. Suspirou fundo, não muito certo do que depreender do comentário, mas desejoso de ir até ele e perguntar. Deitar não significava dormir, não é verdade? Muito menos na situação em que se encontravam. Quando focou Navarre novamente, o velho fitava-o sem qualquer expressão no rosto.

A conversa não durou mais que meia hora. Acertaram todos os pormenores em relação às aulas e ao treino. Teriam que trabalhar com afinco, dar tudo de si mesmos, ou seria melhor nem começar. Mas o jovem enxadrista estava decidido, não apenas a competir, mas a vencer aquele campeonato. Trabalharia dobrado, se fosse necessário.

Despediu-se do mestre e rumou para as escadas. Tentou identificar algum ruído vindo do andar superior. Tudo em absoluto silêncio, indicação de que ele, provavelmente, deveria estar dormindo.

"Impossível! Principalmente depois do que fizemos e dissemos um ao outro!", foi o que lhe ocorreu.

Parou diante do corredor comprido repleto de sombras. Estava vazio. Desgostoso, o jovem perguntou-se o que foi que fizera de errado para ele ter saído daquele jeito, sem nem ao menos se despedir, sem qualquer palavra de afeto, sem nenhuma demonstração de que fora especial. Será que errara tanto assim em seu julgamento? Será que não houvera nada além do amor crescente em seu íntimo e sua imaginação? Só havia uma pessoa capaz de responder, e estava fora de alcance.

Avançou sem sentir os próprios passos, meio que alheio ao redor, o olhar vidrado, perdido no vitral encravado da parede oposta, ao final do corredor. Os sentidos guiavam-no ao seu quarto, caminho o qual não necessitava de atenção para ser cumprido. Alcançou a porta do quarto dele, e não quis vê-la fechada. Seria o golpe final para a decepção.

Foi quando sentiu ser agarrado por trás, num abraço forte e quente. Conteve a respiração no instante em que ele o arrastava para dentro do aposento. Entraram na

Capítulo Oitavo — Tomada da Rainha Preta

penumbra, a porta bateu às suas costas e ouviu o ruído da chave girar na fechadura. Só então, Nicholas virou-o para si e mergulhou nos olhos cinzentos, tumultuados de paixão.

— Você demorou... — sussurrou.

— Pensei que estivesse dormindo... — balbuciou, contaminado pelo desejo que a proximidade dele lhe causava, a voz sem qualquer firmeza.

— Dormindo? Eu? Como poderia dormir nesse estado, meu querido? — indagou, pressionando o quadril contra o ventre do rapaz — Também preciso do seu carinho, e você me fez uma promessa, lembra?

Não respondeu. Ao invés disso, tomou-lhe a boca com fome, beijando-o com loucura. A línguas se tocaram num ondular frenético e úmido. Sem mais esperar, o rapaz agarrou-se a ele, com posse, os movimentos urgentes e desesperados, pressionando o corpo ainda adolescente contra as formas másculas do parceiro.

Nicholas sentiu a sanidade se esvair, e aquilo não era bom, em absoluto. Precisava manter o controle de seus atos ou poderia machucá-lo. E seria a primeira vez dele, a primeira vez em que se entregavam um ao outro. Esperara por aquele momento mais do que julgara-se capaz, e não podia ceder ao desvario. Mas Alexander o arrastava, pouco a pouco, para a insanidade, roçando a pele inocente contra a sua, beijando-o sem pudor, arranhando-o nas costas como que faminto.

Atendendo-lhe à súplica silenciosa, Nicholas ergueu-o, fazendo com que suas pernas o enlaçassem pela cintura. Sentiu o rapaz unir-se a ele, a evidência do desejo de ambos pulsando uma contra a outra. Assim venceram a distância até a cama.

Foi apenas quando se deitou contra o tecido macio do colchão que Alexander se deu conta: o ambiente jazia mergulhado na quase penumbra bruxuleante de velas; um suave e doce perfume pairava no ar; todo o ambiente fora preparado, pôde sentir pela maciez do lençol até o aroma mágico que inundava-lhe os sentidos. O coração acelerou, os olhos turvaram-se de surpresa e felicidade. Aquela seria a primeira vez que dividiria o corpo e a alma com alguém, e, quando menos esperava, seu sonho se tornava realidade, pouco a pouco, nos braços da última criatura que julgara ser possível ter na face da Terra. Não havia meios de descrever o sentimento. Não poderia jamais fazê-lo compreender o quão era importante, o quanto significava aquele momento. Por mais que o amasse, Nicholas nunca chegaria a entender... Desistira de explicar, na portaria de um edifício do subúrbio, na companhia de uma garota qualquer.

Buscou o amante, tentando esconder os olhos úmidos, mas não houve tempo, pois logo o corpo maior, mais maduro, pesou sobre o seu e viu-se em seus olhos cinzentos, intensos. Por instinto, enlaçou-o num abraço forte, tentando desviar o olhar do dele. Impossível. Nicholas segurou-lhe o rosto entre as mãos, indagando, sem palavras, o porquê das lágrimas.

Não conseguiu responder. Apenas sorriu, certo de que o instante passaria e, consigo, levaria qualquer dúvida. Ledo engano. Tarde, descobriu que não podia enganá-lo e nem desejava. O amante sondou-lhe a alma numa muda avaliação. Tudo o que fez foi olhar para ele e ver sua própria gratidão refletida na imensidão prateada. De qualquer forma, ele jamais saberia...

— Por que, Alex? — indagou, muito suave, acariciando-o o rosto com cuidado, os olhos ainda fixos nos do rapaz — Por que me agradece assim?

Sufocou. Como ele descobrira? Como poderia conhecê-lo a ponto de ler-lhe o olhar, adivinhar-lhe os pensamentos? Que poder possuía para invadir-lhe o coração daquela forma tão concreta? Tocou-o no rosto, completamente fascinado com a beleza de suas feições. Não havia criatura no mundo mais linda que Nicholas... Mas nada disse, ainda temeroso de denunciar o quanto se importava com tudo, o quanto esperara por aquele instante.

Nicholas, por sua vez, via claramente a emoção triste que brilhava nos olhos castanhos. Apesar de não ter esquecido, nem por um instante, a inocência que o jovem encerrava, pareceu-lhe algo maior que o receio de levar o desejo às últimas conseqüências. Sentia-o trêmulo e acariciou-o por uma eternidade, preocupado apenas em dissipar o temor que via em seu olhar, ansioso por mostrar a ele o quanto...

De súbito, a idéia acendeu em sua mente. Talvez o garoto estivesse emocionado e receoso de que o sentimento fosse deveras fugaz. Talvez algum ato o tenha deixado inseguro ou preocupado, ou apenas incerto de que queria, de fato, ir até o fim. Não soube qual das alternativas era verdadeira, mas não continuaria até que um sorriso voltasse a iluminar o rosto jovem que tanto apreciava ou que o desejo voltasse a flamejar naqueles olhos sinceros e inocentes.

— Alex... — chamou-o, deslizando a mão com suavidade pelo pescoço dele, descendo até o tórax. — Amo você demais.

— Nick...

— Não — interrompeu, em tom brando — Precisa saber que eu o amo e, se esse não for o momento, outros virão. O fato de esperar mais um pouco para ter você não vai mudar o que sinto ou o quê me faz sentir, cada vez que olha para mim — declarou com um sorriso.

Aquilo não estava acontecendo. Não podia acreditar que, finalmente, vivia o que sempre desejara. E Nicholas era tudo, a coisa mais doce, mais incrível que já lhe acontecera. Nem em seus sonhos mais apaixonados pensara nele assim, tão perto, tão meigo, tão querido.

O silêncio de Alexander deixou-o desnorteado. Será que fora rude? Será que... Deus, o que fizera para que o rapaz o fitasse daquela forma?

— Quero você — declarou ele, por fim, os olhos escuros ainda mais brilhantes — Quero você mais do que posso controlar.

— Então, não controle, meu lindo! Mas me deixe saber que não se arrepende de estar aqui comigo. Não vou machucá-lo, Alex, eu juro. Irei apenas até onde você permitir, farei apenas o que desejar, porque meu prazer só existe diante do seu. Percebi isso lá no jardim, quando o toquei. Nunca, em toda a minha vida, alguém me despertou tamanho desejo. Nunca quis alguém como quero você.

Capítulo Oitavo — Tomada da Rainha Preta

O corpo reagiu num violento pulsar diante da declaração apaixonada. Deixou que suas mãos deslizassem pelas costas dele, contornando-lhe os músculos suave, mais para baixo, até o cós da calça. Sem qualquer pudor, enveredou os dedos por debaixo do tecido grosso na tentativa de alcançar-lhe a parte mais íntima. Nicholas ofegou, ainda perdido nos olhos do outro, e pressionou o quadril para frente mais uma vez, teso. E foi quando o rapaz lhe sorriu num misto de inocência e devassidão.

— Não tenho dúvida alguma, meu Nicholas — tornou, puxando-lhe a camisa para despir o tórax largo — Não quanto à sua gentileza, muito menos quanto ao amor que me tem.

— Então, por que...

Silenciou-o com um beijo molhado, ao mesmo tempo em que pressionava o corpo menor e ansioso contra o dele. Afastaram-se ofegantes, depois de uma eternidade.

— Fiquei emocionado... Até hoje, havia me perguntado o porquê de eu nunca ter me deitado com ninguém. Soube a resposta ao te conhecer, mas a certeza só me veio agora: esperei por você o tempo todo, e valeu a pena cada segundo.

Entregaram-se um ao outro numa sucessão interminável de toques, ruídos, saliva e gemidos. Não havia limites para a necessidade de sentirem o corpo alheio e vaguearam juntos pela inconsciência do amor, que vai muito além da união da carne.

Num movimento rápido, ofegante e desnorteado, Nicholas sentou-se sobre as coxas fortes e bem marcadas, as mãos espalmadas sobre o ventre do garoto, que deslizaram-lhe contra a pele morena num toque lento e firme até o peito, arrastando junto o tecido leve da camisa. O toque quente fez Alexander ofegar, rendido. Largou os braços contra a cama e fechou os olhos, enquanto sentia o parceiro explorar seu corpo, sem pressa. Nicholas prolongou a carícia, subindo até a base do pescoço e arrancando-lhe a roupa com impaciência. Enlevado pela sensação de ter as mãos dele contra si, o rapaz perdeu qualquer noção de onde estava e mal percebeu que era despido.

Mãos e dedos hábeis voltaram a tocá-lo com insistência e desespero. Sentiu o parceiro mergulhar o rosto na curva de seu pescoço, beijando-o molhado, sugando-lhe a carne numa pressão desconcertante e deliciosa, enquanto os cabelos dourados roçavam-lhe a face jovem, agora em fogo. Perdeu o contato com a realidade, mesmo que por um instante, acometido por perigosa vertigem.

Nicholas aproveitou-se da tontura dele e desceu os lábios pelo peito nu, mordiscou-lhe os mamilos túrgidos e endurecidos de prazer, lambeu-lhe o ventre contraído em espasmos, descobrindo os pontos erógenos ao longo do corpo adolescente que se abria para ele em total abandono.

— Ah, Nick... Nick... — balbuciou enlouquecido, o quarto rodando diante de seus olhos. Sentia-se embriagado, completamente fora de si.

Mudo ao apelo, o amante tomou-lhe o botão da calça, os dedos trêmulos. O cós cedeu... O zíper correu para baixo... Os polegares forçaram o tecido grosso, deslizando-o pelo quadril estreito. Não ousou e nem quis impedi-lo, muito ao contrário. Desejara aquilo desde a primeira vez que mergulhara no olhar acinzentado.

O ar fresco da noite envolveu-lhe o corpo afogueado. Estava nu, inteiramente nu na penumbra, e só. Sentiu-o afastar e o colchão balançar sob si. Antes que pudesse recobrar a consciência e buscá-lo com o olhar, o corpo viril de Nicholas uniu-se ao seu novamente, pulsando úmido.

Ele pressionou o quadril para frente, mais uma vez, agora sem qualquer barreira a esconder suas formas generosas. O membro teso e enorme forçou-se contra a virilha do rapaz, cujo corpo reagiu de imediato num violento pulsar, dolorido. Entregue, gemeu alto enquanto puxava-o para si com desvario e tomava os lábios úmidos com desespero. Não fazia a menor idéia do que aconteceria entre ambos dali para frente. Sua única certeza era a de que aliviariam o insano desejo que os possuía, e isso, por si só, bastava.

Nicholas beijou-o com entusiasmo louco, num entrelaçar irracional de línguas. Correu a mão pelo corpo adolescente, tocando-o novamente, preocupado em conter a necessidade de amá-lo, mas ciente de que, muito em breve, não haveria mais qualquer controle possível ou desejado. Ante ao toque firme do parceiro, Alexander rendeu-se a ele mais uma vez.

— Preciso amar você, Nicholas! — tornou em agonia, o desejo evidente demais para ser ignorado — Preciso... — e Nicholas tomou-lhe o membro num vigoroso massagear — Ah! Vou enlouquecer! Deus... Vou enlouquecer!

Num acesso de insanidade, ergueu o tórax da cama e mordeu Nicholas no ombro. Um rugido delicioso encheu o quarto, vindo dos lábios dele, entreabertos num misto de dor e prazer, para, em seguida, sentir-lhe os dedos apertarem o pênis ainda mais forte, numa carícia firme e violenta.

O prazer cresceu em suas entranhas de modo insuportável. A cada instante era mais difícil conter o gozo e não queria atingir o clímax daquele jeito! Não queria...

Afastou a mão dele de sua carne tesa e inchada, quase insano de tanto tesão. Nicholas fitava-o, absolutamente mudo, incapaz de manifestar a excitação que sentia ao presenciar o prazer de Alexander aumentar, mas, ao vê-lo negar-se ao carinho firme que lhe impingia, hesitou. O jovem, contudo, parecia alheio ao mundo, perdido em sensações, e ameaçou dar-lhe as costas, sobre a cama, para ficar de bruços. De imediato, impediu-lhe o movimento.

— O que está fazendo, amor? — indagou, ofegante.

— Não agüento mais, Nick! — implorou — Preciso de você... Preciso saber como acontece ou vou enlouquecer!

A voz dele era apenas um trêmulo balbuciar, sem sentido. Ao fitar os olhos castanhos, escuros e ansiosos, teve certeza de que já não sabia o que dizia, mas agia por puro instinto. Bem, também chegara ao limite da razão. Era o momento de amá-lo e sentir prazer junto a ele.

— Não se vire para mim, meu querido — murmurou, enquanto rolava para o lado, trazendo-o consigo, a pele morena e febril agora sobre a sua — Já vai acabar...

Capítulo Oitavo — Tomada da Rainha Preta

— Ni- Nick... — soluçou, vendo-o abrir-lhe as pernas enquanto puxava-o ao seu encontro, forçando os membros eretos a roçarem um contra o outro, em antecipação — Por favor, me diz: o que eu faço? O quê?

— Nada, apenas venha para dentro de mim... — sussurrou, enlaçando-o pela cintura com as pernas — Vou lhe mostrar como acontece, meu lindo.

E, com essas palavras, ditas de modo suave, mas carregadas de desejo, Nicholas posicionou-se de forma que pudesse sentir-lhe o membro duro de encontro à abertura piscante de seu próprio corpo. Fez com que Alexander lhe roçasse a fenda, molhando-o, lubrificando sua entrada e preparando-o para a penetração.

O rapaz ganiu baixinho, mal conseguindo conter o desespero ao esfregar-se com vontade contra o orifício apertado. Sentiu que sua glande o umedecia, que o líquido viscoso escorria-lhe e lubrificava a entrada do amante. O desespero por ele era tamanho que temeu a violência da penetração. Contudo, o raciocínio já estava comprometido pela ausência de razão.

— Não quero machucar você, Nick! Cuidado... — balbuciou, deitando-se sobre o outro, entregue.

Nicholas há muito enlouquecera ao sentir a pressão do membro dele, teso. Precisava que o tomasse, logo e rápido. Já não podia esperar.

— Não vai me machucar. Por favor, Alex... Venha de uma vez. Me invada, com força.

Forçou-se em sua direção ao mesmo tempo em que ele erguia-lhe o ventre, devasso. Sentiu a cabeça de seu pênis ser envolvida pela cavidade justa, quente, úmida. Agarrou-o pelo quadril num instante de insanidade e puxou-o mais contra si. Nicholas abriu-se inteiro, o máximo que as pernas lhe permitiram, sentindo a carne dura penetrá-lo de uma só vez, muito fundo, alargando-lhe a passagem estreita, preenchendo-lhe as entranhas, invadindo-o inteiro.

Os gemidos entrelaçaram-se no ar, altos e carregados de prazer. A pressão do ânus dele ao redor de seu pênis, duro e pulsante, arrancou Alexander da realidade para um outro mundo, só de sensação e instinto. Sentir o rapaz avançar firme e teso dentro de si, quase levou Nicholas ao êxtase.

Ficaram alguns instantes assim, estáticos, como que acomodando suas carnes e memorizando o prazer de possuir e entregar, ambos, ao mesmo tempo, de maneiras diversas, porém únicas. Em seguida, Nicholas forçou-se contra ele, implorando para que o penetrasse mais... E mais. Movimentos leves à princípio, gradativamente substituídos por uma sucessão de longas e furiosas investidas, os corpos unindo-se em plena harmonia na busca por uma comunhão ainda maior.

As estocadas de Alexander, que forçava contra seu corpo em semelhante desvario, repuxavam-lhe a próstata. O membro dele, fincado em sua cavidade com força, tocava-lhe o interior do ânus, espalhando um prazer quase insuportável por todo o seu corpo. Nunca em toda a sua vida fora amado daquela forma, com tamanha entrega, e nem sentira tanto prazer. Abriu-se para ele sem pudor, o orgasmo crescendo em suas entranhas de forma irracional, até que gozou de encontro a ele, gemendo alto, sem a necessidade de ser tocado, apenas estimulado pela penetração.

Sentiu o sêmen jorrar, farto. Um, dois, três jatos cheios e o prazer a comprimir-lhe cada célula do corpo.

 O rapaz tentava tocar o parceiro com carinho, uma vez que não podia penetrá-lo mais gentilmente, impossibilitado pela necessidade de gozar dentro dele. A pressão do corpo sob o seu, a tensão do orifício apertado contra seu sexo, os movimentos de vai-e-vem, o levaram à loucura. O orgasmo anunciou-se, sufocante. Foi quando os gemidos de Nicholas lhe chegaram aos sentidos, muito longe, e a quentura de seu sêmen escorreu-lhe pelo ventre. Só então abandonou-se ao gozo, que tomou-o com violência, de uma forma jamais experimentada, obrigando-o a urrar sem nem ao menos se dar conta.

 Segundos de um ápice eterno... E cederam à exaustão. Apesar da necessidade de largar o corpo contra a cama, Alexander conseguiu se manter erguido, ainda sobre o amante, sem saber exatamente o que deveria fazer. Mas Nicholas não parecia deter qualquer intenção de afastá-lo ou de pedir para que saísse de seu corpo, muito ao contrário. Largado na cama, a respiração ainda ofegante, os belos olhos cinzentos cerrados para o mundo, os cabelos claros espalhados como uma moldura rara para o rosto perfeito, teve a sensação de que ele aproveitava cada segundo. Ficou ali, quieto, a fitá-lo em profunda adoração, memorizando cada linha, cada traço daquele rosto lindo. Nicholas era lindo! Foi apenas quando já não podia senti-lo que se ergueu para descansar ao lado dele na cama.

 Nicholas soube que Alexander saíra de dentro de si, satisfeito e realizado. Tentou abrir os olhos... Não conseguiu, tamanho o esforço que fizera. Mas, quando o jovem se afastou, buscou-o num gesto involuntário, desejando o calor dele só para si. Estava ao lado, estirado no colchão. Trouxe-o para si sem cerimônia, aconchegando-o e pousando-lhe a cabeça contra seu ombro, acolhendo-o em plena intimidade. Não poderia haver felicidade maior que aquela, poderia? Não... Era um homem inteiro, finalmente.

 O rapaz suspirou forte e se rendeu ao abraço, aninhando-se em cumplicidade. Apertou-o ainda mais forte, tomado pela exata consciência do que haviam dividido. Amava Nicholas mais que qualquer coisa! Diante dessa verdade, restou-lhe acariciar o contorno dos músculos do peito que o recebia, uma ternura imensa tomando-o por dentro.

 Passaram longo tempo assim, abraçados. Nicholas afagava os cabelos castanhos, gentil; enquanto o jovem acariciava-o num toque leve e suave. Um doce silêncio pairando no ar.

 — Você está bem? — indagou num sussurro rouco.

 — Sim... E você? Eu... — engoliu em seco — Machuquei você, Nick?

 — Não, meu lindo. Você me enlouqueceu, apenas isso. Ainda tem dúvidas, depois do que houve entre nós?

 Alexander ergueu-se para fitá-lo, e mergulhou nos olhos cinzas, seus sem qualquer barreira, próximos como jamais vira. Nicholas oferecia-lhe a alma, seu semblante sereno e belo a escravizar-lhe a consciência. O coração disparou, emocionado.

Capítulo Oitavo — Tomada da Rainha Preta

— Não, é que... Bem... Eu perdi o controle. Eu mordi...

Impediu-o de continuar, tocando-lhe os lábios com a ponta dos dedos longos. Em seguida, contornou-lhe o maxilar, bem lento, subindo até a orelha, dali rumando aos olhos castanhos. Sorriu.

— Não há controle, não entre nós dois. Sei que pode não acreditar, mas, ainda assim, vou arriscar: não haverá outro como você na minha vida, nunca mais.

Feliz como jamais se sentira, o rapaz tomou-o, desejando abraçá-lo com o coração.

— Acredito em você, juro! Mas... Suas costas... Elas vão ficar...

— Marcadas? — completou. O jovem assentiu, o rosto escondido no pescoço do companheiro — Não se preocupe com isso. Ainda temos muito a aprender um sobre o outro no que diz respeito a amar e não quero tirar-lhe a curiosidade de descobrir. Mesmo assim, vou lhe dar uma dica... — aproximou os lábios do ouvido dele, a voz carregada de novo desejo — Adoro quando você me marca.

O corpo vibrou ante o comentário quente e não resistiu à necessidade de beijá-lo pelo pescoço alvo e macio, sugando-lhe de leve a carne e arrancando um gemido forte do belo homem que estremecia em seus braços.

— Você aprende rápido... — murmurou, sem perceber.

Alexander riu, daquele riso gostoso e cúmplice que tanto amava. O garoto afastou-se apenas para fitá-lo, porque precisava olhar para ele novamente. Silêncio em mútuo apreciar.

— E você? — indagou, por fim.

— O que tem eu, meu lindo?

Viu-o corar de imediato, com violência, provavelmente devido à pergunta. A curiosidade cresceu ainda mais quando ergueu-lhe novamente o olhar escuro, nada ingênuo.

— Como acontece? Você vai me tomar seu agora?

Nicholas sorriu, intimamente empolgado com a idéia. Tornou a acariciá-lo, terno, sem outra intenção além de estar junto a ele.

— Não existe uma maneira certa ou errada de o sexo "acontecer" entre nós, Alex, pelo menos não acredito que exista. Somos como qualquer outro casal apaixonado. Podemos fazer qualquer coisa, contanto que seja de comum acordo e dentro dos limites que estipularmos — declarou terno — E, quanto a eu tomar você...

— Sim...

— A idéia me excita, mas preciso admitir que é a primeira vez que acontece.

Contaminado pelo brilho daqueles olhos lindos, Alexander deslizou a mão pelo corpo maduro, lentamente, até alcançar-lhe o membro exausto que repousava, ainda inerte. Acariciou-o, manipulando-o com segurança recém-adquirida, sentindo-o endurecer contra a palma de sua mão ao mesmo tempo em que sua própria ereção crescia contra a coxa dele.

Extasiado com a carícia, Nicholas suspirou e cerrou os olhos, todos os sentidos voltados para o companheiro e o roçar da pele morena na sua. Permitiu que ele o tocasse, pelo tempo que desejasse e só interrompeu quando o orgasmo anunciou-se, devastador.

— O que foi, lindo? — indagou o rapaz, forçando-se contra ele em devassidão.

— Ainda não, meu querido. Quero cortejar você — declarou erguendo-se da cama, sua nudez desconcertante exibida sem pudor algum, e estendeu-lhe a mão — Vem comigo. Vamos tomar um banho.

Atônito, aceitou a mão que lhe era estendida, desconfiado de que algo não saíra a contento. Será que Nicholas não gostou? Bem, era de se esperar que um moleque inexperiente transformasse a primeira noite num fracasso total. Por outro lado, vira-o tão entregue, tão seu! E houvera também a declaração, após a comunhão que partilharam. Não fazia sentido. Mas, antes que sua mente lógica encontrasse um meio de racionalizar a situação, Nicholas guiou-o até o banheiro da suíte.

A iluminação, também à luz de velas, lançava um colorido especial aos ladrilhos claros; a banheira, cheia de água, emanava um vapor denso e perfumado; toalhas felpudas cor de vinho completavam o cenário. Deixou-se guiar até a banheira, dividido entre a estupefação e a devoção por aquele homem tão cuidadoso.

Entraram juntos, Nicholas acomodando-se de encontro à borda e puxando o outro para o meio de suas pernas, de costas. A água morna cobriu-os até a altura do peito e possuía uma textura diferente, excitante.

Relaxado, Alexander encostou-se contra ele e permitiu que lhe ensaboasse a pele e o enxaguasse em seguida com movimentos intensos e ritmados. A água deliciosa escorrendo-lhe pelos dedos. Tudo aquilo era de um erotismo novo e fantástico. Deixou que o próprio corpo reagisse à revelia, sem tentar esconder ou conter o desejo que sentia ao ser tocado de maneira tão íntima.

Consciente de cada um de seus gestos, Nicholas prosseguiu na tarefa, agora sem a desculpa de ensaboá-lo, mas atento às reações do jovem diante de suas carícias ousadas. A mão atreveu-se pelo peito, descendo até a cintura, abaixo do nível da água, até embrenhar-se nos pêlos molhados da região entre as virilhas.

O jovem ofegou e forçou-se contra a mão dele, o desejo pulsando mais uma vez, faminto como se nunca o tivesse amado. Nicholas abraçou-o forte de encontro a si, roçando a própria ereção contra as costas dele enquanto o manuseava lentamente e o fazia estremecer de paixão. Apertou os olhos para senti-lo melhor. Não havia ninguém como Alexander... E foi naquele instante, dentro daquela banheira, ao tê-lo em seus braços, completamente seu, que soube: não poderia existir sem ele, já não havia sentido a vida sem a presença dele. Soluçou baixinho, ciente da sentença que lançava sobre si mesmo.

— Je t'aime, mon beau. Toi deux raison à ma existence. C'est son, son pour toujours. Par faveur, non me quite, non me quite pas, jamais, ou starei condamné,

Capítulo Oitavo — Tomada da Rainha Preta

noveaullement, à solitude et au desespoir... Rest avec moi... Faite-me ton, mon amour, toujours... Toujours ton.[1]

Não precisou conhecer o sentido das palavras para saber o que significavam. A emoção na voz dele, aquele sussurrar rouco e intenso, falou por si só. Virou-se e, sem mais esperar, tomou-lhe os lábios num beijo gentil que passou a voraz em questão de segundos.

Nicholas se agarrou a ele, completamente sem controle. Não queria ter controle algum, não com Alexander, não em relação ao amor que sentia! Passava todo o tempo, cada instante de sua existência, tentando controlar as situações e os sentimentos. Não tinha mais forças para lutar, nem queria! Desejava viver Alexander, com toda a intensidade de sentimentos que lhe despertava, sem se preocupar em conter ou sufocar. Queria viver e nada mais. Tomou-o para si, virando-o e puxando-o ao seu encontro.

Mesmo que não pudesse ouvir os pensamentos alheios, Alexander compreendeu-lhe a urgência. Estavam ligados um ao outro, como se fossem apenas um ser, unidos por algo que ia além do desejo e do amor, além do instante, além da vida. Acomodou-se sobre o ventre dele, inteiramente ciente do que fazia e louco para se entregar como ele se entregava.

Tocaram-se, insanos. Beijaram-se, apaixonados. Em pouco tempo jaziam entregues à luxúria, todo e qualquer resquício de sanidade banido por opção, não por impossibilidade.

— Meu amor... Vem, vem para dentro de mim! — implorou, ao sentir o membro teso do amante roçar-lhe entre as nádegas firmes.

— Não vai doer. Vou tentar fazer com que não doa, meu lindo, eu juro.

Delicado, alcançou-lhe a fenda com a ponta dos dedos e massageou o orifício, o mais suave que conseguiu. Trêmulo, sentiu o jovem amante suspirar e se abrir para o carinho. Aumentou a pressão enquanto o rapaz aumentava as reações, contorcendo-se em insano prazer sobre seu corpo. Pressionou a ponta dos dedos, sempre mantendo a massagem, estimulando-o ao máximo. Quando o sentiu pronto, atreveu o dedo pela passagem, ainda virgem e apertada, em movimentos circulares. A reação dele foi afundar o rosto em seu pescoço úmido e ofegar, rendido.

— Gostoso... — balbuciou ao ouvido do amante, sentando de encontro ao dedo que o penetrava, sem noção alguma de como se entregava — Mais... Quero mais...

Atendendo ao pedido, Nicholas juntou mais dois dedos ao primeiro, um de cada vez, com todo o cuidado. Queria estimulá-lo por inteiro. Viu-o reagir com entusiasmo, sentando cada vez com mais força, mais rápido. Quando o desejo se tornou insuportável, junto à visão dele, acometido pelo prazer, Nicholas retirou os

---

[1] — Te amo, meu lindo. Você deu razão à minha existência. Sou seu, seu para sempre. Por favor, não me deixe, não me deixe só, jamais, ou estarei novamente condenado à solidão e ao desespero... Apenas fique comigo... Faça-me seu, meu amor, para sempre... Para sempre seu.

dedos de dentro dele e penetrou-o com sua carne pulsante, bem devagar, firme e inteiro.

Um lamento alto juntou-se ao seu gemido de prazer enquanto o rapaz acompanhava-lhe a investida e sentava sobre o quadril, até que Nicholas não tivesse mais como avançar dentro de seu corpo.

— Quer que eu pare, querido? — perguntou num só fôlego, ao flagrar os olhos castanhos fixos no teto.

Mas Alexander baixou o olhar para fitá-lo... Uma expressão doce e madura a transformar-lhe o semblante e escravizá-lo ainda mais do que já se sentia cativo.

— Não — balbuciou, recuando e voltando a se sentar sobre o outro — Quero que venha mais... Mais para dentro...

Uma sentada firme, forte, que fez com que Nicholas gritasse, descontrolado. Sem querer, agarrou-o pela cintura, puxando-o mais ao seu encontro e cravando-se firme dentro do rapaz. Parou em seguida, arrependido pela arremetida brusca.

— Ah, Alex... Não faz isso comigo! — implorou quando o rapaz esfregou-se nele em movimentos circulares, forçando o pênis a escorregar em seu ânus molhado.

— Não se contenha, Nick, apenas avance... Deixe que eu te guie, como me guiou, e goze dentro de mim.

Decidido, o garoto iniciou uma sucessão de movimentos sobre aquele membro grosso e enorme que o preenchia inteiro, até que não tivesse fôlego sequer para respirar. A carne tesa de Nicholas a invadi-lo trouxe-lhe uma nova sensação: a de ser possuído.

Ao receber as investidas de Alexander, o prazer tornou-se insuportável. Tentou controlar o desespero, mas o menino guiou-lhe os movimentos num frenético sentar, seu pênis invadindo o ânus virgem com toda a força que lhe era permitida. A água, contudo, desacelerava os movimentos, aumentando a agonia de ambos. Tudo o que Nicholas pôde fazer antes de perder a consciência para o gozo, foi tomar o membro do companheiro na mão e arrastá-lo ao êxtase com vigorosa masturbação. Tomou-lhe o corpo como um insano, mergulhou na alma dele como um condenado, e descansou. O gozo explodiu, finalmente, arrancando-o da realidade. Seus urros não foram percebidos, nem mesmo percebeu que apertava-lhe o órgão enrijecido num toque violento. O prazer apagou tudo, exceto o conforto que a água morna lhe trazia e a sensação de desfazer-se em líquido dentro dele.

Alexander movimentava-se em lenta urgência sobre o amante. Nicholas lhe tomara a carne excitada e o masturbara com força até o orgasmo anunciar-se. Sentiu quando preencheu-lhe as entranhas com seu sêmen, mas a consciência não durou muito, varrida pela própria necessidade de se aliviar. Enterrou o rosto no pescoço úmido, onde os cabelos loiros se enroscavam e gozou agarrado a ele. Sem forças para sustentar o próprio peso, largou-se em seus braços, a respiração resumida a um violento arfar.

Quando voltaram a si, algum tempo depois, a água já praticamente fria, deram conta de que seus corpos se buscaram num abraço íntimo, quase que por instinto, e descansavam enlaçados um ao outro. Exausto, Nicholas o acariciou, deslizando a mão

Capítulo Oitavo — Tomada da Rainha Preta

pelas costas molhadas e aproveitando para puxá-lo mais para seus braços, ao que não foi repelido, pois o garoto permitiu-lhe a aproximação, certo de que nunca estivera noutro lugar. Acariciaram-se, mudos, até que seus corações voltassem ao normal e pudessem falar novamente.

— Deus... O que foi isso? — murmurou o homem lindo, sobre o qual descansava.

— Ah, Nick... — balbuciou, tocando-o no rosto e mergulhando o olhar castanho no dele — Nunca senti nada igual na minha vida... Nunca...

Os olhos escuros fitavam-no em flagrada adoração, e não pôde mais manter a distância que os separava. Tomou-lhe os lábios com ternura inimaginada. Queria senti-lo perto, passar a noite ao lado dele, como jamais passara com nenhuma outra pessoa. Queria Alexander seu, inteiro e para sempre. Sem deixar de acarinhá-lo e beijá-lo, tomou-o nos braços e ergueu-o da banheira. Enxugou cada centímetro da pele morena com todo o carinho de que era capaz.

Diante de tanta ternura, não havia saída possível além de permitir o cuidado que ele lhe ofertava, dócil. Deixou que o amante o segurasse nos braços fortes e o levasse novamente para o quarto. Curioso, viu-o desforrar a cama, cada ondulação de seu corpo esguio e, ao mesmo tempo, vigoroso. Soube que ele se aproximava outra vez, a colcha largada num canto qualquer do quarto, e sorriu de leve. Só então ergueu os olhos castanhos para os dele, e havia um brilho maravilhoso a tingir as íris acinzentadas de esperança e felicidade.

— A cama está em ordem — anunciou num lindo sorriso — Podemos dormir, ou começar tudo de novo, você escolhe, meu lindo.

Vendo que o jovem não se mexia, a encará-lo com olhar emocionado, Nicholas aproximou-se e tomou-o nos braços, sem cerimônia, como algo que lhe pertencesse. Deitou-o mais uma vez aquela noite, mas agora havia um significado diferente no ar. Pertenciam um ao outro, um sonho que se tornara realidade. Sim. Podia afirmar, sem dúvida, que esse fora seu maior sonho desde sempre. Nicholas sorria-lhe enquanto ajeitava o lençol sobre o corpo menor do companheiro, e seus olhos também pareciam sorrir, a dizer que estariam juntos. Sentiu-se parte dele e a visão embaçou de repente, sem que pudesse impedir.

— Alex... — murmurou, tocando-o por debaixo das cobertas — Machuquei você?

— Não...

— Então, porque está...

Enlaçou-o pelo pescoço com urgência, querendo-o ainda mais perto.

— Vou ficar contigo — confessou num sussurro.

Nicholas riu, nervoso, e afastou-o de si com gentileza para encará-lo.

— Cogitou a hipótese de ir a outro lugar qualquer?

— Não, meu Nick. Não mesmo. Foi apenas para que soubesse.

— Obrigado — respondeu, voltando a abraçá-lo forte — Infelizmente, está fadado a dormir nos meus braços, meu querido. Enquanto você desejar — roçou os lábios no ouvido dele — Por favor, deseje estar comigo para sempre, sim...

Tomou-lhe o rosto entre as mãos e os lábios num beijo profundo, repleto de amor. Nicholas entregou-se à paixão que preenchia a alma daquela criatura, linda, e que parecia contaminar cada célula de seu corpo e de seu coração. Finalmente, sua existência estava completa.

Capítulo Nono
Xeque

O despertar se deu suave com a respiração dele de encontro às suas costas. Braços quentes o envolviam em posse inconsciente e confortável. Agradava-lhe a certeza de pertencer a ele como, sabia, ele lhe pertencia. Sorriu, mantendo os olhos cerrados por mais um pouco, procurando assimilar o perfume almiscarado e guardar o contato do corpo nu e maduro junto ao seu.

Um longo tempo se passou e deixou-se ficar ali, quieto, entre os lençóis amarrotados, preso aos braços que o seguravam por trás, alheio ao mundo além daquele quarto. O amante dormia em plácida exaustão, rendido pela noite anterior, que perdurara até o amanhecer.

E que noite! Ouvira as pessoas falarem em "fazer amor a noite toda" e nunca acreditara. Crescera com a certeza de que não passava de sonho romântico — o que o incluía, irremediavelmente, no pacote dos sonhadores —, mas daí assumir o conto de fadas como verdade absoluta, não. Estava muito longe de sua realidade fantasiar. Sabia viver, sim, mas mitificar a vida, jamais. Além disso, muitos sonhos nunca chegavam a se realizar e atingira a idade adulta convencido de que esse, em especial, não passava de conversa fiada, coisa de gente apaixonada, histórias inventadas por esposas frustradas ou maridos desejosos de reafirmar a própria masculinidade. Idiotice! Pura ilusão, era o que pensara... até ir para a cama com Nicholas.

Corou, mesmo sem motivo, apenas ao deixar o pensamento vagar de encontro às recordações da primeira noite de amor, e todas as outras desde então. Remexeu-se de leve para sentir seu corpo dolorido. Um protesto impaciente foi lançado no ar como um resmungo, só que por Nicholas. Adormecido, o amante o procurara novamente, puxando-o mais para perto.

De súbito, sentiu-se arrastado contra o outro, até que estivessem colados. Riu baixinho, dividido entre o divertimento e a felicidade plena por tê-lo tão próximo. Nicholas, por sua vez, relaxou e apoiou a testa contra sua nuca, voltando a respirar tranqüilo.

Num suspiro, admitiu que nunca estivera tão completo, tão imensamente feliz quanto naquele instante. E, como duas metades da mesma moeda, o medo invadiu-o com força. Medo de perdê-lo, de perder o rumo diante da ausência dele e não se encontrar em si. Sem perceber, permitira que o adorável homem de tempestuosos olhos cinzentos o conquistasse e que, de repente, se tornasse a maior das razões para viver e continuar vivendo; a única coisa que importava entre tantas outras. De repente, Alexander olhou para dentro de si e percebeu sua alma inteira, porque Nicholas ocupara a metade que lhe faltava. Sem ele, estaria mutilado.

Estremeceu diante dessa constatação. A dependência nunca é algo fácil de se aceitar, muito menos saudável de se cultivar. A vida é um mar de incertezas, uma sucessão interminável de lances e escolhas que não podem ser guiadas senão por nós mesmos. Talvez, o futuro lhes reservasse outra coisa além de amarem um ao outro, de estarem unidos e, por mais doloroso que a separação lhes parecesse, teriam de seguir em frente sozinhos, porque a vida precisaria continuar, de uma maneira ou de outra.

Foi com extremo cuidado que Alexander afastou-se dos braços quentes, apenas para fitá-lo, pois precisava olhar para o rosto inocente, abandonado à doce inconsciência do sono. Era a coisa mais linda que existia...

"Viver não é o mesmo que sobreviver. Posso sobreviver sem Nicholas, mas não quero viver sem ele."

De imediato, os olhos se turvaram. Imagens daquele quase um mês de união, cenas dos momentos que passaram juntos mergulhados na íntima rotina do dia-a-dia, chegaram-lhe vivas, fortes, plenas em significado. Lembrou-se da primeira noite; do dia seguinte, repleto daquela euforia maravilhosa que ainda o tomava cada vez que pensava no companheiro; dos passeios à margem da Lagoa, agora, praticamente diários; das vezes que ele fora lhe buscar na escola e de lá a passear, cada vez num lugar diferente. Lembrou-se do olhar meigo que ele lhe lançava por sobre a mesa do café da manhã ou das íris escuras de desejo cada vez que se perdiam entre os lençóis. Tanta coisa em tão pouco tempo, e nem completaram um mês inteiro de romance.

Todavia, o tempo não importa para as coisas do coração. Era como se conhecesse Nicholas desde sempre, desde antes de nascer, desde que suas almas existiam no universo. Ele era parte sua, assim como se sentia parte dele e sempre seria assim, independente do que o destino lhes reservasse.

— O que houve? Está triste?

A voz dele, rouca e baixa, denunciava que acabara de acordar. Focou-o novamente, voltando à realidade para se perder no olhar indagativo. Sorriu, mas não pôde apagar o peso do devaneio.

— Está tudo bem... É que preciso levantar. Já são quase nove horas e marquei de começar o treino mais cedo hoje. Seu pai deve estar me esperando.

Nicholas alcançou-o e puxou-o para si sem cerimônia, ignorando-o solenemente e voltando a fechar os belos olhos prateados.

— Hoje é domingo, Alex. Não é dia de treinar e nem de trabalhar.

— Mas, Nick! — argumentou, tentando se afastar, sem sucesso. Ele o segurava com força, os corpos se roçando como que sem querer. — Falta apenas uma semana para o campeonato! Preciso estudar!

— Não.

O rapaz esperou pela explicação que não veio. Indignado, fez com que o amante o fitasse e, ao mergulhar no rosto dele, esqueceu-se do que ia dizer, tamanha a adoração que refletia seu olhar.

— Preciso ir... Só dessa vez.

— Não — voltou a dizer, o braço firme ao redor dele. — Olhe bem o que fez comigo, garoto: fez com que eu me apaixonasse por você, me enlouqueceu com a possibilidade de não ser correspondido, me obrigou a esperar pela sentença, me atirou na cara que era virgem... — sorriu sem perceber, feliz demais para se preocupar em esconder o que sentia. — Deixei de trabalhar aos sábados para ficar com você... Até café da manhã passei a tomar por sua causa!

— Uma atitude muito saudável — comentou, contendo o riso.

Capítulo Nono — Xeque

— Concordo, mas o ponto é que esse vai ser o segundo final de semana consecutivo que passa trancado naquela sala de jogos. E eu? Como é que EU fico? — tornou, fingindo ira. — Vai ter que me convencer a deixá-lo sair dessa cama hoje.

Alexander tocou-o no rosto e embrenhou os dedos na farta maça de cabelos loiro-escuros, bem suave. Nicholas ronronou como um felino e esticou o corpo na cama, de encontro ao do jovem em seus braços.

— E o que eu preciso fazer para convencê-lo, meu tigre? — perguntou, a voz ligeiramente maliciosa.

— Um beijo — respondeu o outro, fascinado — Tudo o que peço é um beijo àquele que me roubou o coração e a sanidade.

— Um beijo... Se eu beijar você, não vamos sair dessa cama tão cedo.

— Essa é a idéia.

Riu com gosto, a cabeça pendendo de leve para trás, completamente à vontade. Apesar da sintonia que os unia, nunca pensara ser possível comungar com outra alma, não de maneira tão harmônica quanto comungava com a alma dele. Há muito deixara de pensar em certo ou errado porque, um amor assim, não poderia ser errado, de forma alguma, e nem fazia muito o seu estilo ficar pensando nessas coisas. Queria viver e ser feliz. A felicidade só seria possível ao lado daquele homem lindo e apaixonado, que o abraçava em total adoração.

— Me deixe levantar, coração... Por favor.

— Um beijo — insistiu.

Beijou-o de leve na ponta do nariz, e sorriu diante da expressão contrariada que ele lhe lançou na semipenumbra do quarto.

— Foi um beijo, não pode negar.

— É, mas bem rapidinho, não é?

Sobre ele, alongou o corpo e pressionou o próprio ventre contra o amante, em flagrante provocação.

— Prometo que te darei um beijo bem demorado mais tarde, quando não precisar pensar em nada além de você gemendo nos meus braços.

Nicholas estremeceu com a declaração. O corpo esquentou inteiro, e deixou-o ir, apenas porque imploraria pela possessão se Alexander continuasse tão próximo.

— Está me saindo um devasso de primeira linha, garoto! Onde está aprendendo essas coisas?

— Com você, meu tigre. Por quê? Acha ruim? — perguntou, levantando-se da cama e caminhando para o banheiro, exibindo sua nudez sem qualquer pudor. — Se não lhe agrada, posso ser o mais difícil dos inocentes. Prometo que nem chego perto de você, e quando quiser me tocar, juro que não deixo... Vai ser difícil, mas tenho certeza que posso dar um jeito de fazê-lo subir pelas paredes sem poder me amar ou ser amado por mim. O que acha?

O olhar intenso dele levou Nicholas a um desejo insidioso. Sério, não pôde responder por um instante, alheio às reações de seu próprio corpo, mais preocupado em compreender o que ele lhe dizia.

— Acho ótimo o meu homem ser um devasso na cama, contanto que se deite apenas comigo.

— Apenas contigo e mais ninguém — e piscou do batente. — Agora vou tomar um banho para esfriar o corpo e, em seguida, correr para a sala de jogos antes que meu mestre resolva escolher outro discípulo às vésperas do campeonato nacional.

— Navarre não vai escolher outro discípulo — gritou quando ouviu o som da ducha abafar sua voz. — Você é único.

Não ouviu qualquer comentário, se é que houvera algum. Ficou ali, largado, pensando na guinada que sua vida tomara nas últimas semanas. Não brincara com o rapaz ao dizer a ele que alterara até sua rotina de trabalho, apenas para ficar um dia a mais em sua companhia. O escritório, os projetos, a tensão sufocante das apresentações já não eram suficientes para preencher seu o coração, para suprir suas necessidades. Desde que Alexander surgira, sentia que sua alma fora tomada por nova vida, algo muito mais vibrante e que o tornara dependente do olhar, da pele, do perfume, da voz daquele rapaz tão lindo e cheio de vida. Já não queria ir aos sábados, não brigava com Davi cada vez que este interrompia os momentos de reclusão, não obrigava Mônica a permanecer até o último segundo do expediente, independente dos compromissos que a mulher assumia.

E, foi ali, deitado na cama, agora fria sem o calor daquele corpo amado a dar-lhe sentido, que percebeu o quanto mudara desde que se apaixonara. Não em termos de personalidade — continuava o mesmo cabeça dura de sempre, segundo Davi —, mas se sentia mais humano e o coração parecia bater outra vez, finalmente, como deveria ser.

E, de todas as pessoas que o rodeavam, a única que ainda não podia amar ou reconhecer, era Navarre. Pensar no pai ainda o martirizava e trazia a dor. Talvez não chagasse a perdoá-lo nunca, contudo, não acreditou em seu próprio pensamento. Parte de si, ainda adormecida, desejava amá-lo novamente, tinha absoluta certeza, porque descobrira, ao flagrar os momentos de ternura que Navarre compartilhava com o garoto, que não os invejava, e sim, que ansiava pela oportunidade de sentir o mesmo.

Lágrimas assolaram-lhe os olhos enquanto o turbilhão de emoções, tão novas e assustadoras, invadiu-o por dentro, ao mesmo tempo em que a água caía do outro lado da porta, sobre o corpo nu do amante e único amor. Sozinho na imensidão da cama, percebeu o quão vazia fora sua vida até então. Alexander trouxera de volta a necessidade de amar, porém havia outras pessoas à sua volta, igualmente queridas e importantes, que aguardavam a mesma oportunidade. Percebeu que era a sua vez de agir. Restava reunir coragem suficiente para tentar, mesmo que isso significasse sofrer mais uma vez.

* * *

Capítulo Nono — Xeque

— Está atrasado.

O rubor no rosto do aluno e a timidez com a qual tomou assento diante do tabuleiro, fizeram Navarre morder a língua. Tolerar não significava aceitar, entretanto não tinha nada a ver com a vida amorosa de ninguém.

— Perdão, mestre. Eu... Eu...

— Não importa. Por favor, não me diga onde esteve e poupe-me de ter que pensar sobre o assunto — tornou sorridente, porém firme. — Pode fazer o que quiser da sua vida, Alexander, contanto que não atrapalhe sua carreira. Pelo que me lembro, essa era a prioridade e o motivo maior de ter vindo morar na minha casa.

— Sim — concordou, sem olhar para ele, o rosto quente como brasa.

— Imagino que o motivo permaneça o mesmo, ou mudou de opinião de uns tempos para cá?

— Não. Sei que marquei com o senhor e temos um acordo. Não vai acontecer novamente, tem a minha palavra.

— Sou de um tempo e lugar em que a palavra de um homem era tudo o que havia de mais importante, pois era assim que se confirmava o caráter.

— Minhas palavras continuam as mesmas — afirmou, encarando-o de frente, os olhos limpos e sinceros.

— Você é um menino de ouro — disse sorrindo. — Bem, vamos ao treino, porque, daqui a pouco, Ágata estará nos convocando para o almoço e quero ao menos terminar as estratégias de ontem. Na parte da tarde, repassaremos as jogadas ofensivas. Combinado?

— Como achar melhor, mestre.

As próximas horas passaram voando, tão concentrados estavam no trabalho. Para o rapaz, não havia meia entrega, apenas o desejo de se superar. Queria aquele campeonato e lutaria até o fim para conquistar o título, essa era a grande verdade. A garra do discípulo entusiasmava Navarre que logo esqueceu a demora e igualmente entregou-se ao treino.

Apesar do tempo estar reduzido, conseguiram terminar com a programação alguns minutos antes de Ágata chamá-los para a refeição. Foi quando se deram conta de que a manhã findara à quase uma hora e que conversavam sobre suas próprias expectativas para o campeonato. Antes de saírem, Navarre lembrou o rapaz de que teria de preparar tudo para a viagem e que, se quisesse levar mais alguém, uma pessoa ao que parecia, poderiam dar um jeito.

— A propósito, faz tempo que não vai almoçar com sua mãe, não? — indagou o velhinho, tomando assento à cabeceira.

A lembrança fez Alexander estremecer. Era fato. Há pouco menos de um mês que não ia à casa da mãe, por motivos óbvios: só tinha os sábados e domingos para estar com Nicholas em tempo integral. Passara na casa dela durante a semana, rapidinho, entre os treinos (na verdade, uma única vez, em ocasião de Navarre ter um exame para fazer perto do Méier). Mas sabia que seria pouco para Violeta que, ao que parecia, instaurara o sábado como data oficial de visita, com direito ao almoço.

Suspirou com enfado, certo de que as conseqüências por ter adiado o compromisso acabariam por voltarem-se contra si mesmo, mais cedo ou mais tarde. Era melhor ir se preparando psicológica e espiritualmente. Não estranharia uma crise de ciúme ou um esbravejar banhado em lágrimas.

— Avisei a ela que este mês seria complicado ir almoçar lá todo sábado porque precisaria treinar muito — comentou o jovem enxadrista, sentando-se à direita do mestre, seu olhar caindo sobre a mesa impecável. — Além disso, passei lá na semana passada, lembra? Enquanto ia ao médico...

— Lembro — comentou, o olhar vagando em volta. — Onde está Nicholas? Não vem almoçar?

Acabrunhado, Alexander estendeu o prato para Ágata servi-lo — coisa a qual não conseguia se acostumar.

— Vão começar a comer sem mim? — foi a voz que invadiu o aposento junto ao perfume inconfundível que o fazia sonhar.

E ele estava lindo. Uma calça escura alongava-lhe as pernas deliciosas, enquanto a camisa, de um cinza chumbo, realçava-lhe o tom dos olhos claros, agora assumindo matizes azuis que o deixavam mais vivos.

— Não, Nick... — murmurou, perdido no olhar dele. — Chegou bem na hora.

— Eu sempre chego na hora, garoto — essa última palavra dita com maior lentidão, para provocá-lo, tinha certeza.

Sorriu para ele, incapaz de esconder o fascínio que aquele homem exercia sobre seus sentidos. A recíproca pareceu-lhe verdadeira, pois ele não conseguia desviar-lhe o olhar e caminhou em sua direção, como que por instinto.

Nicholas há muito perdera a noção espacial da sala, concentrado na imagem doce e linda de Alexander a encará-lo do outro lado da mesa. Soube que a governanta reservara o lado esquerdo de Navarre para si, como era costume, contudo, de repente, a distância de uma mesa entre ambos pareceu-lhe demais. Sem dar qualquer satisfação, contornou o pai pelas costas e foi sentar-se ao lado do amante, na primeira cadeira vazia.

Há semanas, Navarre reparava que o ritual era o mesmo: Nicholas sentava-se ao lado de Alexander e Ágata rearrumava toda a mesa para servi-lo, sem que ele emitisse uma única palavra. Um tanto quanto constrangedor, de fato.

— Vai fazer desse o seu lugar de costume? — indagou o velho, o olhar baixo para o prato fumegante diante de si.

Nicholas mirou-o um instante, pensativo. Não que já não soubesse a resposta, apenas procurava a melhor maneira de comunicar sua intenção sem chocar ou intimidar os presentes. Seu olhar recaiu sobre a figura serena de Alexander, bem ao lado, e sorriu para o rapaz, passando o braço por sobre o encosto da cadeira dele.

— Sim. Por favor, Ágata, poderia arranjar para que este passe a ser o meu assento?

— Claro, Sr. Nicholas — apressou-se em responder, fingindo que não via a intimidade entre os dois.

Capítulo Nono — Xeque

Nicholas sorriu ainda mais e preparou-se para comer. Não estava com fome, em verdade. Levantara-se tarde demais para o organismo pedir por alimento. Mesmo assim, queria estar com Alexander, ao menos um pouco, antes que o rapaz se enfiasse na sala de jogos outra vez. Compreendia a necessidade de tamanho esforço, todavia, não podia negar que começava a sentir ciúmes do tabuleiro!

Comeram em relativo silêncio, quebrado apenas pela voz agradável do garoto que, com seu tom baixo e cordato, pôs o outro a par do que aconteceria na próxima semana. Contou-lhe o que combinara com Navarre a cerca dos preparativos para a viagem.

— Você não vai poder ir conosco, não é? — perguntou por fim. — Uma semana é tempo demais para faltar ao trabalho.

— É verdade. Dessa vez, não vou poder estar presente, mas outras oportunidades virão — viu o jovem assentir e baixar o olhar escuro para o próprio prato, triste. — Quando será a final?

— No sábado — respondeu, a voz sumida. — Assim que terminar, voltaremos para casa.

— Sem problemas para mim — recebeu o olhar castanho dele, iluminado em esperança. — Não posso abandonar o escritório na mão de Davi por uma semana, mas, com certeza, estarei lá para vê-lo competir na grande final.

E o impulso foi maior que a consciência do que fazia. Simplesmente, virou-se para ele e se jogou contra o peito forte que o amparou, dividido entre a surpresa e a alegria. Nicholas o envolveu com os braços, apertando o corpo menor contra o seu, ao mesmo tempo em que lhe roçava o rosto com sua própria face.

— Que bom, Nick. Que bom que vai estar lá. É muito importante para mim e para Navarre também.

Afastou-o, não por mágoa em si, e sim por não conseguir evitar a autopreservação no que tangia ao pai. O companheiro, por sua vez, compreendeu o motivo do outro ter-se fechado, de repente, e arrependeu-se. Não havia mais como voltar atrás e nem desejava, porque o olhar de Navarre recaiu sobre o seu, tão ou mais frio que o do filho.

— E sua mãe? Vai convidá-la?

— Ela não vai poder ir, Navarre — disse, corando com violência e procurando evitar o contato da perna do amante na sua, por debaixo da mesa. — Minha irmã ficou de recuperação, está de castigo, e minha mãe vai ter que cuidar dela. Dessa vez, vamos apenas nós dois, até que Nicholas se junte ao grupo — não pôde evitar de fitar o homem ao seu lado, e sorriu-lhe afetuoso.

— Pode chamar mais alguém, se quiser. Não tem nenhum amigo que gostaria de vê-lo competir?

Lembrou-se imediatamente de Humberto. Puxa, quanta saudade. Humberto não apenas adoraria a oportunidade de acompanhar a competição, como não perderia por nada a chance de conhecer São Paulo. Seria, com certeza, uma companhia mais do que agradável.

— Posso levar um amigo? Ele é muito especial e divertido também. Acho que será bom para aliviar a nossa tensão.

Tensão foi o que Nicholas sentiu ao trincar o próprio maxilar. Acometido por ciúme, esquecera-se completamente de quem era e de onde estava, apenas porque Alexander mencionara outra pessoa, referindo-se a ela da forma carinhosa.

— Quem é esse Humberto? — indagou entre dentes, sem perceber.

— Meu melhor amigo. Navarre o conheceu no Estadual — apressou-se a responder, o olhar implorando por compreensão.

Lentamente, Nicholas deslocou o olhar para a figura encurvada do pai, à cabeceira. Os olhos azuis de Navarre nada lhe diziam, como que para deixá-lo só com a dúvida. Não havia jeito.

O restante da refeição passou em silêncio. Nada mais foi dito e, quando Alexander puxou-o de lado, ao se levantarem, enquanto Navarre encarregava-se de dar ordens à criadagem, sugeriu que deixassem o assunto para mais tarde, noutra ocasião, porque não teriam tempo para discutir antes que o velho retornasse e o levasse de volta ao treino. O jovem não pareceu nada feliz em adiar a conversa e expressou sua opinião, certo de que deveriam esclarecer tudo de uma vez.

— Se esse Humberto é um amigo tão importante assim, quero conhecê-lo, isso é tudo — tornou, certificando-se de que Navarre permanecia afastado, falando com Matias.

— Ótimo. Pois quero conhecer o seu sócio, também — inquiriu o garoto com ar firme e sério.

— Combinado.

— Só isso?

— O que achou que eu faria? Que o encheria com perguntas a respeito da sua fidelidade? — "pois acertou, mas resolvi mudar de tática na última hora", concluiu em pensamento.

— Não, claro que não — mentiu. — Até porque estou de férias e socado, quase vinte e quatro horas por dia, naquela sala de jogos. Não teria tempo para ser infiel, mesmo que quisesse!

Nicholas não moveu um único músculo do corpo, ainda mirando-o com insistência, o semblante impassível.

— Fidelidade de sentimentos, foi o que eu quis dizer — comentou, o tom baixo e marcado pelo sotaque macio.

— Nicholas! Você não está pensando que... Ah, deixa para lá — tornou, entre indignado e divertido com o absurdo da situação.

Navarre caminhou na direção deles, finalmente, e ambos sabiam: era momento de voltar ao trabalho. Viu-os se afastarem na direção da sala de jogos e, quando a porta se fechou sem ruído no batente, procurou pela governanta mais uma vez, pedindo que lhe levasse uma xícara de café no escritório.

A mulher assentiu e retirou-se para providenciar o pedido. Sozinho, não lhe restava outra alternativa além de trabalhar também. Davi daria boas risadas se

Capítulo Nono — Xeque

descobrisse. Caminhava para seu "canto" quando a campainha soou, alta, enchendo a casa inteira. Parou, ressabiado. De certo que nem Navarre nem Alexander esperavam por visitas. Ele muito menos. Acenou para que Matias se afastasse e tratou de ir pessoalmente atender ao chamado, pronto a dispensar quem quer que fosse sem nem ao menos dar chance de resposta.

* * *

— Nossa, mãe... Que mansão maravilhosa! Quantos quartos será que ela tem? Deve ter uns vinte. E quatro salas. Quatro nada, oito, pelo menos!

— Quieta, Virgínia — rosnou em tom baixo. — Se você me envergonhar, juro que vai apanhar como nunca na sua vida — concluiu, dando graças aos céus por ter encontrado o motorista que, ao reconhecê-la, permitiu-lhes a entrada pelo portão principal.

Virgínia, por sua vez, não conseguia compreender o azedume da mãe, mas também não ia testar a inclinação dela para elaborar novos métodos de "colocá-los na linha". Tratou de calar e guardar os pensamentos só para si, ainda fascinada com a grandiosidade da construção. Mal podia esperar para rever o irmão e conhecer a casa por dentro. Imaginava-a linda como os castelos das histórias que lia, principalmente nos romances de banca de jornal que comprava escondido de Violeta.

O ruído da fechadura esvaziou-lhes a mente e obrigaram-nas a fixar o olhar na porta, que se abriu num puxão súbito. Fascinada, a menina viu surgir diante de si o homem mais lindo, a criatura mais maravilhosa em que seus olhos adolescentes pousaram até então. E aquele deus em beleza mirou-as com olhos cinzas, frios e impessoais, o semblante sem qualquer expressão. Fitou a mãe de soslaio, mas ela também não parecia muito inclinada a falar, mais preocupada em avaliar a figura masculina com certo ar desconfiado e um quê de reconhecimento, o qual Virgínia não compreendeu.

— O que desejam? — a voz melodiosa e impessoal, com um leve sotaque, causou calafrio na menina, mais de surpresa que de fascinação.

— Boa tarde. Sou Violeta Oliveira e vim ver o meu filho. Alex está, eu suponho.

O rosto dele mudou de imediato. Alarmada, Virgínia não conseguia desviar o olhar daqueles olhos incomuns, intimamente desejosa de ver qual seria a mutação seguinte. Ele se empertigou, a postura ainda mais austera, entretanto o olhar um tanto acessível
agora... Impressionante!

— Claro que sim, Sra. Oliveira. Por favor, entrem e sejam bem-vindas — murmurou em tom suave, afastando-se para dar-lhes passagem e buscando o mordomo, que se aproximou de imediato.

A menina acompanhou cada movimento dele, sem se preocupar em esconder a curiosidade. Viu quando se virou para o empregado e deu-lhe uma ordem em Francês, tão baixo que, mesmo que conhecesse a língua, seria difícil de entender. Em seguida, o mordomo retirou-se. Estavam a sós novamente.

— Por favor, me acompanhem... — pediu, conduzindo-as pelo hall imenso até uma sala de estar maior ainda, repleta de obras de arte e de móveis entalhados. Virgínia quase gritou de euforia. Sentia-se como numa história antiga, na época da corte francesa. Fitou o anfitrião mais uma vez. Não se importaria nem um pouco se fosse ele seu príncipe prometido, e nem ao menos sabia-lhe o nome. Como se lhe ouvisse os pensamentos, Violeta aceitou a poltrona que o homem lhe indicava, trazendo a filha consigo.

— É um imenso prazer conhecê-lo finalmente, Nicholas. Posso chamá-lo de Nicholas, não?

Ele cruzou os braços num reflexo, o rosto sereno e o olhar distante.

— Claro... Perdão por não ter-me apresentado antes.

— Nem precisou. A semelhança com seu pai é impressionante. Não há como confundir, e ele falou tanto de você — óbvio que não entregaria o quanto Alex falara dele, quase por uma tarde inteira. — Esta é Virgínia, minha filha caçula.

— É um prazer, Virgínia — tornou, estendendo a mão para ela e percebendo o olhar maravilhado que a garota lhe lançou ao aceitar o cumprimento.

— Para mim também! Meu irmão me falou que você era bonito, mas não podia imaginar o quanto. Aliás, Alex fala muito de você, quase o tempo todo.

Mudo, Nicholas não ousou desviar o olhar dela para o vulto sentado ao lado. Mesmo assim, não precisou fitar a mulher para saber que algo na fala da filha a desagradara. Aprendera a sentir as pessoas, perceber a menor mudança no ambiente, justamente para se preservar. Pois bem, apostaria qualquer coisa na certeza de que Violeta odiara ter aquela informação revelada. E ainda restava a menina, uma pena. Acabaria pagando por algo que sequer imaginava. Precisava dizer alguma coisa antes que o desconforto se tornasse evidente demais.

— Espero que tenha falado bem — murmurou sereno, recostando novamente e aumentando a distância que os separava.

— Ah, sim, muito bem mesmo. Meu irmão gosta muito de você, entende? — essa última frase, dita com um inocente tom de insinuação. Por um momento, Nicholas cogitou a hipótese de ela tentar contribuir, à maneira dela, para que soubesse da paixão do irmão. Não... Devia ser impressão. Era muita ingenuidade, mas não deixava de ser doce. Por outro lado, Alexander não comentara nada a respeito de ter revelado seus sentimentos a alguém da família, ou mesmo fora dela, o que significava que Virgínia, uma adolescente de no máximo quatorze anos, descobrira tudo por si só. Engoliu em seco. Agora podia entender o olhar desconfiado com o qual Violeta o medira à entrada.

— Fico feliz em ouvir isso. Também gosto do seu irmão.

Capítulo Nono — Xeque

Virgínia sorriu, espontânea, o olhar escuro brilhando em entusiasmo. Deus, precisava dizer ou fazer algo para evitar o que viria a seguir. Seus anos de vida e experiência lhe diziam que a próxima fala da garota seria ainda mais desastrosa! Reconheceu nela a espontaneidade e necessidade de viver que o amante trazia dentro de si.

"Tão diferentes da mãe...", foi o que ocorreu-lhe antes de se virar para o som de passos às suas costas.

— Mamãe? — foi o cumprimento abismado que ecoou pelas paredes altas.

De imediato, Nicholas pôs-se de pé, ansioso pela oportunidade de sumir dali, mesmo que para isso precisasse escorrer por uma das frestas do assoalho.

— Filho presente, posso me retirar agora. Com licença.

— Fique mais um pouco — exigiu ela. — A casa é sua e seu pai ainda não veio nos falar.

O chamado estalou como uma bofetada e virou-se para ela, o olhar vítreo. Mergulhou nos olhos escuros que sustentavam os seus sem qualquer dificuldade. Estudaram-se por algum tempo, pouco, até que a voz de Alexander soou novamente, como a interromper o confronto que se desenrolava bem ali, diante de seus olhos atentos.

— Girina, e aí? Como está na escola? — perguntou, tomando a irmã nos braços e acarinhando-a com o rosto, sem perder o amante de vista.

— Estou com saudades, Zé. E deixa a escola para depois, tá? Não quero ouvir sermão agora... — pediu, beijando-o em profusão e aproximando os lábios do ouvido dele para sussurrar-lhe. — Finalmente você resolveu ter bom gosto para escolher companhia hein, meu irmão! Que inveja...

Afastou-a de si, lívido, o olhar preso ao dela. Mas Virgínia sorria-lhe em aprovação, sem qualquer intenção de provocar.

— Da onde tirou essa idéia? — sibilou, abraçando-a novamente e beijando-a em seguida, como desculpa.

— Foi você quem me disse, a cada vez que falava o nome dele. Posso ser jovem, mas não sou estúpida. Acertei direitinho, né?

Alexander tentou se afastar, no entanto Virgínia o impediu, mantendo os braços ao redor do pescoço dele.

— Só tome cuidado, Zé... Mamãe mediu o seu homem de cima a baixo e não foi com olhar inocente, não! Cuidado quando for lá em casa e falar de Nicholas novamente.

— Virgínia, quer desgrudar do seu irmão e deixar ele me dar ao menos um abraço?

Sorridente, ela afrouxou os braços e deixou-o livre para ir. Antes de voltar-se para a mãe, Alexander lançou-lhe um último olhar, meio cúmplice, meio receoso, ao qual a menina retribuiu com um sorriso terno e encorajador. Só então passou aos braços maternos que o tomaram com ânsia.

Alheio ao reencontro familiar, bem como à aproximação de Navarre, que agora cumprimentava a senhora, Nicholas observava Virgínia, parada a alguns passos de si, uma expressão triunfante no rosto. Tratou de analisá-la nos mínimos detalhes, uma vez que não era notado, desde a forma como parava de pé, as mãos postas sobre o ventre, até a maneira como olhava para as pessoas e os objetos ao redor. Uma criança feliz. Sim, apesar das dificuldades da vida, ela era feliz, e ver Alexander a deixava ainda mais feliz. Amou-a apenas por saber o quanto amava o irmão.

E então, ela o buscou, sentindo-se observada, os olhos escuros repletos de inocente curiosidade, sem se preocupar em esconder seus sentimentos. Tão parecida com o jovem enxadrista, tão repleta de vida e entusiasmo. Procurou, entretanto, manter a cordial indiferença para se resguardar.

— Por que "Girina" e "Zé"? — foi a primeira coisa que lhe ocorreu na intenção de justificar a análise proposital sem levantar suspeitas da parte dela.

— São apelidos de infância. Alex me chama de Girina desde que nasci, por causa de uma explicação nada convincente que mamãe deu a ele sobre a concepção e o nascimento dos bebês. Pode imaginar a tragédia, não é?

Sem perceber, Nicholas sorriu abertamente, arrependendo-se assim que flagrou o olhar abismado da garota diante da reação involuntária.

— E Zé... Bom, Zé é um nome bem comum. Foi a maneira que encontrei de revidar. Sabe como é: não é qualquer um que consegue reduzir Alexander Oliveira à um mero Zé, não concorda?

— É verdade. Você parece ser o tipo de pessoa que consegue com facilidade, embora tenha adoração pelo seu irmão — ela o olhou, surpresa. — Não é segredo, é? Além do mais não posso culpá-la — ele desviou o olhar para a figura de Alexander, ainda abraçado à mãe, ambos conversando com Navarre. — Seu irmão é uma pessoa fácil de se adorar.

A menina riu alegremente, e olhou na mesma direção que o homem. Não podia acreditar em como Violeta se mostrava possessiva. Tudo bem que estavam com saudades, mas ela mal o deixava respirar!

— Você é muito observador — comentou ela, perdida em seu entusiasmo adolescente, nenhuma noção palpável do que implicava aquilo tudo.

Nicholas nada comentou. Ficou ali parado, mudo por alguns segundos, o olhar preso em Alexander e na forma como abraçava a mãe. Nunca lhe passara pela cabeça que, talvez, o rapaz quisesse voltar para casa, que pretendesse partir tão logo as aulas terminassem. Na verdade, nunca parara para pensar que seria o curso natural dos acontecimentos e que Alexander tinha todo o direito de ir quando nada mais o prendesse àquela mansão vazia e sombria.

"Ainda haverá a mim. Eu estarei aqui, e com certeza, isso é muito pouco perto do que o espera lá fora", concluiu, absolutamente convencido de que não podia e nem desejava interpor-se entre Alexander e a família dele. Jamais o obrigaria a se afastar da mãe ou da irmã, muito menos por algo como si mesmo.

Capítulo Nono — Xeque

Sem mais nada dizer, o empresário girou sobre os calcanhares e saiu, deixando para trás a sala e uma menina que o mirava sem conseguir compreender da onde surgira tanta tristeza e tão de repente.

* * *

Virgínia sentara-se ao piano posicionado no canto da sala, diante das imensas janelas por onde entrava o sol da tarde. Perdeu-se em observá-la, tão jovem e tão linda, ali, banhada pela luz dourada que iluminava os cachos escuros, como uma aura. A moça deslizava os dedos longos pelas teclas, maravilhada pela oportunidade de tocar um instrumento daqueles. Ao longe, ouvira Navarre dizer que pertencera à esposa falecida, no entanto não chegou a se importar. Era muito bom ver Virgínia e saber que estava bem, que era feliz, apesar de tudo.

A mãe sentara-se ao seu lado, no estofado suntuoso. Sua voz baixa e contida ecoava-lhe nos ouvidos num ruído ritmado, aborrecido e monótono. Fitou-a de esguelha e confirmou o que já sabia: ela e Navarre conversavam sobre seu futuro. Coisa chata de mãe que pensa saber o que é bom ou ruim para os filhos. Não se importou daquela vez e deixou passar. Jamais a contestaria na frente de ninguém, não por constrangimento — Navarre era como um pai —, e sim porque sabia que ela se magoaria.

Há quanto tempo estavam ali? Duas, três horas? Não soube dizer com certeza, contudo o sol já se punha e desde a chegada das duas que não via Nicholas por perto. Sentia como se fizessem três anos que não mergulhava naqueles olhos maravilhosos, tão seus. Pensou em se ausentar com uma desculpa qualquer para procurá-lo. Temia que algo o houvesse ressentido, ou que a mãe o tivesse abordado. O rumo dos pensamentos o apavoraram a ponto de disparar o coração. Quis mover-se, mas não conseguiu.

Virgínia começou a tocar uma nova música e Ágata serviu mais chá para todos. A aflição o corroía por dentro enquanto emborcava a xícara de uma só vez, o líquido perfumando queimando-o com seu calor.

— Ninguém toca esse piano? — perguntou a menina de repente para o anfitrião, ignorando o chato matraquear de Violeta.

— Não, desde que minha mulher faleceu.

— Eu tocava — foi a resposta seca que os alcançou, vinda do batente atrás deles. — "Mas Navarre não se lembra. Ele nunca esteve aqui para ver...", completou em pensamento enquanto caminhava na direção do grupo e tomava assento, numa poltrona individual, um tanto distante da mesinha.

— Meu Deus, que lindo! — exclamou a menina, excitada com a possibilidade de ver alguém mais tocar.

Nicholas sorriu para ela, muito breve, ciente do olhar de todos os presentes sobre si. Inferno! Odiava ser alvo de atenção e odiava o fato de ter deixado o conforto e a familiaridade do escritório para ir até ali, suportar a presença do pai e os olhares inquisidores daquela mulher que sequer o conhecia. Por um instante, repassou na mente todos os motivos que o levaram a entrar naquela sala e nenhum lhe pareceu bom o suficiente, até mergulhar nos olhos escuros dele e ver a felicidade que refletiam.

— Você tem muitas facetas, Nicholas: toca piano, joga xadrez... Existe algo que não possa fazer? — foi o comentário sarcástico, muito bem camuflado pelo tom afável.

"Não consigo ficar longe do seu filho, não consigo deixar de amá-lo e de desejar que ele me tome como um desesperado", foi o que quis jogar na cara dela. Mas tudo o que fez foi fitá-la, sem qualquer sentimento, como se não representasse absolutamente nada. Se Violeta desejava medir forças, logo saberia que seria um grande desperdício de energia.

O rapaz, por sua vez, percebia a tensão que pairava no ar e a forma esquisita como mãe e amante se fitavam. Conhecia Violeta o suficiente para ter certeza de que desconfiava do que acontecia entre ele e Nicholas, fosse pela total falta de discrição de Virgínia, fosse por sua própria responsabilidade. O motivo era o que menos importava. Não precisava sabê-lo para ter consciência de que a mãe lhe mediria as palavras e seguiria os passos, agora ainda mais do que antes. No entanto, a maneira fria e distante com a qual Nicholas se portava desde a chegada de ambas, o tom impessoal e ausente que utilizava em cada palavra que dizia, o descaso com o qual tratava as pessoas e a situação — e isso o incluía — alarmavam-no e entristeciam-no como há muito não acontecia.

Receber o olhar indagativo de Alexander fez o peito de Nicholas se oprimir. Não sabia como agir, não podia ser diferente, não ainda. Tudo era absurdamente novo e ainda havia Violeta a desafiá-lo o tempo todo, exatamente como se não tivesse qualquer dúvida sobre o relacionamento que os unia. Fugiu ao olhar dele, fitando a mulher mais uma vez, sem qualquer receio.

— Eu disse que tocava piano. Minha mãe me ensinou, mas logo perdi a prática. Quanto ao xadrez... Não sei do que está falando. Nunca joguei na minha vida e, para ser sincero, não gosto de xadrez.

— Mesmo? Então me enganei. Mas podia jurar que é enxadrista pela forma como encara as pessoas. Me lembrou muito meu filho quando começou a jogar.

O comentário era sarcástico, sem base palpável, e isso contribuiu para enfurecê-lo ainda mais. Trincou o maxilar, lutando para manter o rosto impassível e o olhar indiferente. Raio de mulher que teimava em provocar sem qualquer motivo. Pensou em revidar, com classe, no entanto lembrou-se do companheiro e de que ela era sua mãe, era parte dele, e amava todas as partes existentes de Alexander. Ignorou-a sem cerimônia, o clima da sala carregado, chamando por Ágata e pedindo por um café forte e sem açúcar.

Virgínia veio sentar ao lado do irmão, mais perto de Nicholas, e tratou de puxar conversa sobre música. Passaram o resto da tarde falando sobre os sonhos profissionais da menina e o ramo inusitado ao qual Navarre e Alexander pertenciam. Violeta ouvia tudo em silêncio, muito mais preocupada em observar o empresário e alcançar o caráter dele por detrás do discurso. Cedo percebeu que seria impossível, pois o homem parecia um boneco de cera, frio e perfeitinho, um exemplo de cidadão e contribuinte. Alguma coisa estava errada naquele quadro, com certeza.

A voz inocente de Alexander lembrou de qual era a parte frágil na trama que, sabia, acontecia bem debaixo de seu nariz, mesmo que a sua revelia. Como não conseguisse arrancar nada dele pela subjetividade, tratou de ser mais direta. Passaram a primeira hora da noite reunidos naquela sala, assistindo ao que mais parecia um interrogatório. Perguntou tudo o que podia a respeito dele: o que fazia, o trabalho, a empresa que possuía, os negócios, os envolvimentos, tudo o que se pode imaginar. Nada... Além de frio, era um poço de discrição, sem contar com a genuína sagacidade para sair das perguntas mais delicadas como se não representassem coisa alguma. Não queria nem imaginar como Nicholas Fioux aprendera a lidar assim com as pessoas. A única coisa que a apavorava era o fato de seu filho, um rapaz bom e sem malícia, estar convivendo com alguém assim!

Navarre, por sua vez, calara já há algum tempo, mais interessado em observar a situação e as posturas agressiva e defensiva de Violeta e Nicholas, respectivamente. Era o dono da casa, e ninguém falaria daquele jeito com seu filho, não em sua presença. Procurara contornar a situação até aquele instante.

— Fale-me mais da sua empresa — continuou ela, interrompendo um comentário de Virgínia sem nenhuma cerimônia.

— Creio que ele já falou tudo o que pode, senhora — tornou Navarre, o rosto amável, mas a voz firme. — Acreditaria se eu dissesse que, muitas das informações que Nicholas lhe deu, eu só fiquei sabendo agora? Bem... Na verdade, ele nunca foi de falar muito, não é, filho? — indagou, mirando o empresário, que devolveu o olhar, agradecido, assentindo em concordância. — Por outro lado, nunca o chamei para um interrogatório. Da próxima vez, farei uma lista de perguntas pertinentes, acredite. Foi uma excelente idéia — acrescentou maroto, sem esconder sua real intenção apesar disso. — Mas deixem-me providenciar mais chá. Alguém está servido?

Silêncio momentâneo enquanto cada um colocava-se em seu lugar. O velhinho chamou pela governanta novamente, como se nada tivesse acontecido, calmo e cordato. Alexander estava tão apavorado que resolveu levar a conversa para outro rumo, perguntando por Humberto e revelando os planos de levá-lo junto ao campeonato. Virgínia se empolgou novamente, falando muito e expondo a vontade de ir. Ambos concordaram que ficaria para uma próxima vez, quando não estivesse em recuperação.

Satisfeito com o resultado, incentivou a irmã a contar sobre as peripécias de Humberto — santo amigo, diga-se de passagem — o que rendeu boas risadas de Navarre e relativa trégua por mais vinte minutos, se tanto. Todavia a mãe não parecia disposta a deixar as coisas quietas, muito ao contrário. Temia o silêncio dela como quem aguarda por uma sentença. Não precisou esperar muito para confirmar suas suspeitas.

— Sabe quem ligou para você, meu filho? — perguntou, sem sombra de malícia ou segundas intenções.

— Não faço idéia.

— Sua namorada, quem mais poderia ser? — e sem dar chance de o rapaz falar qualquer coisa, virou-se para Nicholas com ar sereno. — O nome dela é Lorena. Seu pai a conheceu no Estadual.

O coração falhou uma batida enquanto a cor fugia-lhe do rosto sem que nada pudesse fazer para impedir. Buscou Navarre de relance, como se pedisse por uma confirmação. A resposta foi um olhar triste, apenas isso. Entretanto, não podia exigir que lhe desse refúgio quando, há muito, não dava nada a ele. Restou-lhe o amante, sentado mais adiante.

O rapaz sentiu-se morrer ao receber o olhar desesperado de Nicholas no seu. Quis falar, qualquer coisa que o fizesse acreditar que o amava. O destino era, por vezes, cruel. Percebeu que ele se preparava para levantar e quase gritou em impedimento, o raciocínio trabalhado rápido por uma saída.

Antes mesmo de desviar o olhar dos olhos escuros do amante, Nicholas soube que se denunciara e que não poderia ficar ali por mais tempo sem transformar aquele encontro numa catástrofe absoluta. Não compreendia como Alexander tivera coragem de fazer algo assim, como pudera enganá-lo daquela forma tão mesquinha, maltratar-lhe o coração daquela forma tão cruel. Sentiu-se chorar por dentro. E, antes que as lágrimas que lhe turvavam a visão acabassem por transbordar aos olhos e marcar a pele na evidência da derrota, tratou de erguer-se.

— Preciso dar um telefonema — mentiu, a voz embargada, sem olhar diretamente para ninguém. — Com licença.

Alexander voltou-se para a mãe, o desespero afogado na alma. Precisava dizer algo, antes que ele deixasse a sala ou seria sofrido demais, impossível trazê-lo para perto outra vez. Lembrou-se da época em que Nicholas o tratara com frieza e quase enlouqueceu.

— É óbvio que não me lembraria dela. Lorena nunca foi minha namorada! Era a garota que os meus colegas queriam arranjar para eu "comer".

— O quê é isso, Alexander? E você lá é rapaz desse tipo?

Riu-se, mais de nervoso que de divertimento, mas ninguém notou a diferença, exceto Nicholas, que parara à entrada da sala para ouvir o restante.

— Tanto não sou que não consegui fazer nada com a menina. E ainda levei fama de "viado" na escola porque sou o único garoto que não desfrutou dela! — e virou-se para o mestre, com uma tranqüilidade que estava longe de sentir. — É mole, Navarre? Cada uma que a gente passa...

— Mas ela é tão boazinha e está procurando tanto por você, filho...

Antes de ouvir o resto, Nicholas deixou a sala, o estômago embrulhado. Não sabia mais em quê acreditar, porém podia deduzir, pelo tipo de pessoa que Violeta apresentara ser naquela tarde, que era provável que tivesse levantado o assunto e dado às pessoas em questão mais importância do que a realidade, apenas para confirmar

Capítulo Nono — Xeque

suas suspeitas. Odiou-se ainda mais ao ter consciência de que se entregara sem querer. A mulher o pegara de surpresa, precisava admitir, e não existiam muitas pessoas capazes de fazer isso. Concluía que Alexander mostrava-se um ponto fraco, a única coisa capaz de tirá-lo do sério. Rumou para o escritório necessitado da familiaridade que encerrava.

Na sala, o jovem enxadrista sentiu quando o amante, finalmente, deixou o recinto. Permitiu que os pensamentos voassem por um instante, apavorado com a possibilidade de haver magoado o companheiro ou permitido que algo insignificante como Lorena destruísse a preciosidade que construíam a cada dia.

— Boazinha? — inquiriu Virgínia, desconfiada. — Não estou entendendo, mãe. Você vivia dizendo que a menina parecia uma puta e que não era companhia para Alex.

Antes que ela pudesse retrucar, recebeu o olhar duro de Alexander no seu, a acusá-la sem palavras.

— Você dizia isso nas minhas costas? — silêncio, ela o mirou sem temor, quase com desdém. — Está certa. Lorena é uma puta mesmo... O que eu não entendo é por que falou dela justamente agora.

— Porque ela ligou para você e porque me parece muito sozinho. De vez em quando, faz bem estar com uma mulher, meu filho.

Alexander sorriu largamente, o semblante tomado por expressão indecifrável. Sem nada dizer, ergueu-se e encarou-a, completamente mudo.

— Não se esqueça de que tem uma filha, Violeta — declarou, rude, voltando-se em seguida para a irmã. — Nunca, em hipótese alguma, vá para a cama com alguém a quem não ama, Virgínia, e não falo como irmão mais velho, falo como homem. Não existe felicidade maior que fazer amor com alguém especial, alguém que nos faça sentir especial. Isso não tem preço, portanto, não pense, sinta.

A menina encarou-o muda, e um belo sorriso a desenhar-lhe o rosto jovem, quase infantil. Assentiu em concordância. Em seguida, o rapaz virou-se para Navarre e se desculpou pela grosseria. Só então deu-lhes as costas para deixar a sala.

— Aonde vai, meu filho? — indagou ela, a voz ansiosa. — Daqui há pouco vamos embora...

— Até breve...

Virgínia arregalou os olhos enquanto fitava o irmão pelas costas, distanciando-se cada vez mais. Navarre não se manifestou, o semblante duro em flagrado desagrado. Violeta, por sua vez, sentiu-se ferida, arrasada, completamente destruída com o descaso do filho.

— Vai nos deixar aqui? — voltou a perguntar.

Alexander mirou-a uma última vez àquela noite.

— Vou procurar Nicholas — declarou de propósito. — Como ele é o homem mais moço da casa, acho que pode me ajudar com a sua sugestão e indicar alguém com quem eu possa "estar" — e saiu.

Xeque-Mate

Só, Violeta sentiu a visão turvar, os pensamentos perdidos, sua intuição de mãe alertando-a para a possibilidade de que algo muito ruim estivesse acontecendo sem que nada pudesse fazer para impedir ou protegê-lo. A consciência voltou ao sentir o toque firme e impessoal do anfitrião. Focou-o novamente. Os olhos azuis como que a cortaram, sem piedade, e soube que a ínfima cordialidade que havia entre ambos acabara ali, naquela tarde, por ter destratado o próprio filho de forma tão vulgar.

— Vou mostrar-lhes a saída — convidou, gentil, indicando o hall à mulher.

Violeta assentiu, tomou a bolsa para si e Virgínia pela mão. Não pôde culpá-lo. Faria a mesma coisa se estivesse em seu lugar, talvez, até pior. Saiu sem dizer nada e apenas Virgínia abraçou o velhinho, com ternura, agradecendo a tarde e desculpando-se sem revelar o porquê.

— Você é uma menina adorável. Cuide-se bem... — disse com sinceridade, os olhos azuis repletos de ternura ao afagar os cabelos dela.

A moça se afastou. Esperou que descessem os degraus e fez um sinal a Denis para que as levasse em casa. Aquele gesto de benevolência livrou-lhe a consciência por tê-la posto para fora, entretanto ninguém trataria Nicholas daquela maneira grosseira e detestável! O fato de terem um relacionamento difícil não significava que permitiria tal absurdo, muito menos em sua própria casa! Ele era seu filho, amava-o e o defenderia até o fim, mesmo ciente de que Nicholas jamais retribuiria.

Afastou os pensamentos tristes com a chegada de Ágata, perguntando se deveria pôr a mesa para o jantar e quantas pessoas participariam da refeição. Disse-lhe que seriam apenas eles, a família, e que, por isso, poderia manter tudo como de costume e servir a janta à hora de sempre. Isso daria um tempo a Alexander e Nicholas. Resignado, o velho voltou à sala de jogos na intenção de rever o programa de treino.

* * *

Tendo recuperado o autocontrole, Nicholas se preparava para juntar-se ao grupo quando batidas leves lhe soaram à porta do escritório. Conferiu o relógio: sete horas. Provavelmente, Navarre resolvera jantar mais cedo que o habitual. Permitiu a entrada, certo de que era Ágata e, quando ergueu os olhos, deparou-se com a figura adorada de Alexander, a fitá-lo do batente, encostado na porta trancada. Nada lhe ocorreu naquela fração de segundo quando desejava não ter ouvido coisa alguma sobre namorada nenhuma. A verdade era que se sentia completamente indefeso diante da situação, diante dele e do amor desesperado que lhe tomava o peito cada vez que o fitava, como naquele instante.

— Lorena não é e nunca foi, minha namorada. O pouco que havia entre nós morreu na porta do edifício dela, no dia em que conheci seu pai — murmurou ele, rompendo o silêncio e levando-lhe lágrimas aos olhos novamente. — Ela é...

Capítulo Nono — Xeque

— A garota que os seus colegas queriam te arranjar, eu ouvi — completou, sem ao menos olhar para ele.

De onde estava, Alexander observou-o, a forma como fitava o papel e batia os dedos nervosamente contra o tampo da mesa. Sentiu-o distante e isso, por si só, fez seu coração doer.

— Deus, Nick... Eu era virgem quando nos amamos pela primeira vez, completamente virgem, e você sabe disso — olhos cinzentos e úmidos o miraram. — Por que, meu Nick?

— Por que, Alex? — repetiu, a voz entrecortada. — Por que não me contou?

— Porque não significa nada para mim — disse, os olhos limpos o rosto sereno. — Porque sequer me lembrei de que ela existia, porque jamais pensei que eu fosse encontrar alguém como você, tão querido, tão especial. Vim aqui para lhe dizer que o amo e para pedir que não se afaste de mim ou perderei a razão de ser.

E ele lhe sorriu agradecido, as lágrimas rolando mansas pelo rosto perfeito.

— Se quer mesmo pedir algo, então tente outra coisa porque não posso me afastar de você, meu lindo, não mais. Eu já não suportaria a dor e o vazio da sua ausência.

E então, o rapaz venceu a distância que os separava, enfim. Ajoelhou-se diante da cadeira que o companheiro virara naquela direção e, num gesto urgente, tomou-lhe o rosto com as mãos e os lábios com os seus, faminto. Agarraram-se um ao outro, desesperados, não apenas pelo desejo que lhes incendiava as entranhas, mas pela remota possibilidade de terem de se afastar, independente do motivo. Entregaram-se ao momento, sem pensar em ninguém mais além de seus corpos unidos, buscando um ao outro por necessidade.

Atrevido, Alexander ergueu-se, trazendo-o consigo, para roçar o membro teso contra o ventre dele.

Nicholas não esperou mais. Precisava tê-lo, rápido, naquele instante! Precisa ser possuído, necessitava de que ele o tomasse, que o fizesse seu e apagasse assim, qualquer resquício de outra pessoa, mesmo ciente que esta jamais existira. Então, sentou-se na mesa e puxou o garoto para si, com força, enlaçando-o pela cintura com as pernas e pressionando a evidência de seu desejo contra o volume duro que pulsava dentro da calça dele.

— Me tome, Alex! — implorou, mergulhando os lábios no pescoço do rapaz e lambendo-o com vontade. — Me faça seu, aqui... Agora... Preciso sentir você dentro de mim, preciso! Por favor...

Não deixou que continuasse. Sabia o que ele lhe pedia com o olhar e, naquele instante, tomou-o, preocupado apenas em demonstrar o imenso sentimento que o invadia cada vez que olhava para o amante. Nicholas precisava daquilo, precisava sentir-lhe o desejo e saber-se amado além das palavras. Não se importava. Cuidaria dele, até o fim de seus dias, com toda a ternura de que era capaz.

E foi assim que o deitou na mesa larga do escritório; papéis, blocos, lápis, tudo ao chão para dar espaço à necessidade de invadi-lo. Despiu-o sem pressa, mas ansioso por vê-lo tão seu. Apreciou-lhe a entrega absoluta como se fosse sua última oportunidade de vivenciar um momento como aquele. Beijou-o à exaustão, provocou-o ao desvario, estimulado pelo desejo que saltava-lhe entre as pernas abertas. Nicholas era lindo...

Deitou-se sobre ele, o máximo que conseguiu, e possuiu-o bem devagar, suave, murmurando que o amava, que o enlouquecia com sua paixão. Em resposta, o amante puxou-o num abraço soluçante. Penetrou-o cada vez mais rápido, num arremeter furioso, sentindo a carne dele acolhê-lo.

Os gemidos ecoaram altos, evidenciando desespero e prazer. Juntos, avançaram ao ápice do amor, Nicholas tomando-lhe a alma enquanto tomava-lhe o corpo. O gozo do companheiro explodiu num jorro cheio e farto, molhando-os juntos com sua quentura, ao mesmo tempo em que esvaía seu próprio desejo nas entranhas dele. Passado o auge, restou-lhes o sentimento único e a urgência de um abraço, ainda carregado de tristeza.

Afagou-lhe os cabelos claros, terno, carinhoso. Nicholas deixou-se acarinhar por um longo tempo até que a hora pesou e tiveram que se levantar. Foi aí que o empresário percebeu a desordem ao redor e as batidas à porta que suspenderam-lhe a respiração.

— Sr. Fioux, Sr. Oliveira... — era Ágata. — O jantar está servido.

— Já vamos, obrigado — apressou-se em responder, enquanto tentava recompor-se a contento. Felizmente, havia um banheiro anexo. Não poderiam tomar banho, mas era melhor do que nada. Quando já estavam quase prontos para sair, Alexander armou-se de coragem.

— Fale comigo — pediu.

Nicholas sorriu-lhe, cansado, certo da batalha que travaria dali para frente, até a partida dos convidados e para o resto de sua vida, se tudo desse certo.

— Estou triste, Alex, mas vai passar. Só me dê um tempo para remoer isso tudo dentro de mim.

— Perdão. Se eu soubesse... — disse, tocando-o no rosto.

Nicholas cobriu a mão dele com a sua num gesto carinhoso.

— Não me peça perdão. Você é a parte fácil de lidar, meu lindo, acredite em mim, e não me pergunte mais nada. Confio em você e sei que é meu, apenas meu. A única coisa que te peço é que deixe passar. Se é tão insignificante, não quero mais falar nessa mulher, por favor.

— Como você desejar. Não me importa — silêncio em mútuo apreciar. — E mais tarde, na hora de dormir?

— O que tem?

Alexander engoliu em seco, os lábios trêmulos.

— Posso dormir no seu quarto?

Nicholas riu com vontade antes de fitá-lo novamente.

— Nosso quarto — corrigiu. — Mas não me importo de dormir em outro lugar, contanto que estejamos juntos...

Capítulo Nono — Xeque

O jovem sorriu, sereno e abraçou-o forte. Não disseram mais nada e saíram para a sala. O resto da noite transcorreu sem incidentes maiores, mas num clima tenso. Apesar de nada ter comentado, Navarre permaneceu praticamente mudo por toda a refeição, aparentemente muito concentrado no prato de sopa. Nicholas, igualmente, não disse nada enquanto comiam. Nenhum dos dois fez qualquer comentário a respeito de Violeta, contudo intuía que deixara a casa, no mínimo, contrariada. Era filho dela, e a conhecia muito bem.

Pensou em perguntar o que sucedera, ainda mais quando Navarre fitou-o e sorriu, dizendo que tinham que terminar, ao menos, a lição que deixaram pela metade. Obviamente, não era sobre xadrez que o mestre desejava falar. No entanto, segurou a própria curiosidade porque sabia que o assunto abalaria o companheiro, ainda mais do que já abalara. Queria poupá-lo, cuidar para que sorrisse novamente, para que confiasse com a mesma entrega. Não era tarefa difícil, ao menos, gostava de pensar que conseguia tocar o coração daquele homem, tão lindo e tão frágil. Por tudo isso, torceu em silêncio para que a situação se acomodasse e Nicholas não se ressentisse de não poder subir com ele para o quarto, logo que terminasse o jantar. A espera e o suspense terminaram quando, logo após cruzar os talheres, o empresário pediu desculpas e se retirou, alegando que acordaria muito cedo no dia seguinte.

A sós, mestre e discípulo iniciaram uma longa conversa sobre os acontecimentos daquela tarde. Navarre contou-lhe o que sucedera após sua saída da sala, poupando-o de alguns detalhes, mas deixando claro o seu desagrado. O velho expôs o que sentira, a maneira detestável com a qual presenciara Violeta agredir Nicholas, sem motivo algum, e o quanto aquilo lhe doera como pai. Disse também que tentara manter-se quieto por educação e porque o amava como a um filho. Alexander compreendeu-lhe a posição, inclusive quando, de forma direta, o olhar triste, Navarre lhe comunicara que Violeta não era mais bem-vinda à casa, pelo menos, não até ter certeza de que uma conduta como aquela não aconteceria novamente.

Teve de admitir para ele que a mãe não mudaria e que isso a incluiria, irremediavelmente, no hall das *personas non gratas*. O comentário deve ter soado mais amargo do que pretendia a princípio, pois viu os olhos azuis dele se encherem de lágrimas.

— Perdão, meu filho... — murmurou, tomando-lhe as mãos numa súplica sentida. — Não queria que fosse assim, mas, como pai, deve entender que não...

— Não me peça perdão, Navarre — assegurou, tranqüilizando-o, porém afastando-se, mais para poupá-lo do que viria a seguir. — Jamais o culparia porque, além de estar na sua razão, sinto o mesmo que você. Também fui agredido hoje, também me senti violentado! — baixou a cabeça, sem saber o que dizer por um instante, mas erguendo o olhar logo em seguida, resoluto e firme. — Você não imagina... Não pode imaginar como amo seu filho! A última coisa que queria era ser responsável pela dor dele...

— Mas, você não teve culpa, menino! Não traga para si algo que não lhe cabe — protestou.

— Cabe sim, Navarre, porque ela é minha mãe, é parte de mim, e foi essa parte que o magoou — fez uma pausa. — Entende como me sinto?

Navarre puxou-o para si, abraçando-o forte e acalentando-o num Francês carregado, murmurando baixo. Deixou-se abraçar, a atenção voltada para o amante e único amor que, com certeza, o esperava na parte superior. O pressentimento lhe dizia que aquela não seria a única conversa da noite e precisaria de força e argumentos para trazê-lo de volta, para que ele se aproximasse outra vez.

A conversa durou mais algum tempo, pois tinham o que falar um ao outro. Aquele era o momento de fixar posturas e posições, abrir o jogo sem receio ou constrangimento. Por fim, ciente do cansaço que a idade trazia, Navarre despediu-se e puseram, juntos, uma pedra sobre o assunto. Alexander respeitou-lhe a decisão em não mais receber Violeta. Navarre respeitou-lhe o sentimento pela mãe, procurando amenizar as palavras para não feri-lo e dizendo que não devia estender o incidente por mais tempo que o necessário, para evitar confrontos e desentendimentos. Mais vivido e experiente, aconselhou o garoto a esquecer o ocorrido junto à Violeta, mas vigiar para que não se repetisse, apenas isso.

Deixou-o com a sensação de que lhe faltava um pedaço, de que jamais esqueceria o olhar ferido de Nicholas, a fitá-lo naquele instante terrível em que pensara ter perdido o que havia de mais precioso em sua vida. Poderia deixar passar a arrogância e impertinência da mãe, pois ela era assim. No entanto, não se esqueceria nunca de que falara de Lorena por maldade, tomada por intenções que desconhecia e poderiam, muito bem, revelar que desconfiara de seu relacionamento com Nicholas.

Desejou inquirir a mãe a esse respeito, contudo não poderia fazê-lo sem expor-se e ao companheiro, ainda mais do que já estavam expostos. O melhor era fazer como Navarre recomendara e deixar passar. Tentou convencer-se de que era fruto de sua imaginação e que não havia meios de ela desconfiar, mesmo com a euforia de Virgínia. A razão não permitiu que se enganasse com tão pouco.

Entrou no quarto que dividiam, mergulhando no cheiro delicioso do xampu que ele usava, um resquício de vapor a denunciar que, de fato, tomara banho. Quase dez horas, foi o que lhe revelou o relógio à cabeceira enquanto avançava pelo ambiente, oculto pela penumbra do abajur. Nicholas dormia, o rosto tomado por inocência, um livro meio aberto ainda preso na mão direita, o corpo nu e perfumado meio que escondido pelo lençol, os cabelos, ainda úmidos, espalhados pelo travesseiro.

Tomou um banho rápido e veio para perto dele, deixando o livro sobre a mesa de cabeceira e enfiando-se debaixo das cobertas na intenção de senti-lo. Ele lançou um protesto no ar, inconsciente diante dos movimentos, e foi apenas quando uniu seu corpo ao dele que sossegou, aconchegando-se mais, por instinto.

Alexander recebeu-o nos braços e afagou-lhe os cabelos loiro-escuros. Por muito tempo, acompanhou a respiração compassada de encontro ao seu próprio peito, pensando em tudo o que acontecera e em que rumo daria à própria vida. Agora, não era sozinho, não mais. Havia Nicholas, seu amante, seu namorado, seu homem, a pessoa que mais merecia seu reconhecimento dentre todas as outras, aquela que mais precisava de seu amor. Não podia e nem queria deixá-lo passar por outro dia como aquele, nunca mais.

Chegara o momento de contar à família. Já não havia com esconder sem magoá-lo, sem causar-lhe dor ou insegurança. Apertou-o de encontro a si e murmurou-lhe confissões únicas, carregadas de sentimento, e que jamais seriam ouvidas de fato. Para sua surpresa, ele balbuciou uma resposta inconsciente, ainda adormecido, confessando que o amava e que temia que, um dia, decidisse abandoná-lo.

Angustiado, deixou o sono vir bem lentamente, o calor de Nicholas a aquecê-lo de uma forma única e deliciosa. Esperaria o momento certo para falar com ele, e contar o que decidira. Enquanto isso, desejava estar ali e nada mais.

Capítulo Décimo
Tomada da Torre Preta

Mais uma semana se passara rapidamente. A sensação fora a de que o tempo lhe escoara por entre os dedos sem que aproveitasse o pouco que restava antes do desafio. Obviamente, esse era um pensamento demasiado cruel sobre si mesmo, uma vez que não fizera nada nos últimos sete dias, além de estudar, treinar, raciocinar e se doar ao xadrez. Sentia-se exausto e vencido pela íntima impressão de ter desperdiçado a oportunidade e de ter doado menos do que poderia.

Nervoso, andou em círculos dentro do próprio quarto, como uma fera enjaulada, prestes a atacar o domador. Parou diante das malas feitas, perfeitamente arrumadas num canto, protegidas e organizadas, as peças de roupas todas dobradas, as meias, os sapatos...

Repassou de memória a lista de utensílios, certo de que se esqueciade alguma coisa. Nada lhe ocorreu no momento e passou a mão pelos cabelos, num gesto que não lhe pertencia, mas que indicava a mesma finalidade. Nicholas os levaria ao aeroporto na manhã do dia seguinte e nem ao menos conseguia encerrar a arrumação das malas. Deus... Sentia-se enlouquecer, mas teria que guardar o nervoso só para si. A última coisa que desejava era preocupar Navarre ou...

Batidas suaves à porta trouxeram-no de volta à solitária realidade na qual mergulhara. Autorizou a entrada, mais por reflexo que por consciência. Ele atreveu meio corpo para além do batente, não totalmente dentro do aposento e também não inteiro do lado de fora. Reconheceu nele sua própria hesitação, a insegurança que vinha demonstrando nos últimos dias. Arrependeu-se. Se ao menos tivesse passado mais tempo com ele. Se tivesse estado em sua companhia. Se...

— Posso entrar, menino bonito? — gracejou com voz suave, os cabelos claros caindo-lhe ao lado do rosto, lisos e macios. Quis tocá-lo mais que qualquer coisa no mundo.

Perdido que estava em olhar para ele e mergulhar nos olhos cinzentos, marcados pela serenidade, não cogitou responder. Era uma pergunta retórica, não? A porta estava sempre aberta para ele, sempre... Uma angústia desesperada assaltou-o ao sentir o emaranhado confuso de sentimentos e receios aumentarem em seu peito. Por que era tão difícil competir? Por quê? Já não fizera outras vezes, já não participara de outros campeonatos antes? Contudo, agora era diferente. Apesar de já ter entrado num ginásio e sentado diante de outro competidor, jamais o fizera carregando a responsabilidade e o peso do nome de Navarre Fioux como instrutor. Jamais sequer cogitara a possibilidade de ter um mestre como Navarre. Sempre seria diferente.

Sem reação, viu Nicholas entrar e encostar a porta atrás de si, o semblante perfeito assumindo um ar grave que o tornava quase ameaçador.

— Querido... — começou ele, o tom terno em contradição com a expressão fechada — Aconteceu alguma coisa?

Alexander soluçou em seco. De repente, seu próprio peso era demais para ser suportado e sentou-se bem ali, no chão, no meio do quarto, o olhar escuro e vazio perdido no dele.

— O campeonato é amanhã.

— Sim. A abertura será no começo da tarde — silêncio. — O que há com você?

O rapaz encolheu-se e fitou a mala de soslaio.

— Seu pai é um grande enxadrista...

Nicholas caminhou para ele e ajoelhou-se à sua frente, compreendendo, por fim, o que se passava naquela mente brilhante. Vez ou outra, acontecia de a insegurança dominar, era parte da humanidade e Alexander era mais humano que qualquer pessoa que conhecera em sua vida. Abraçou-o de leve, sem impor sua presença, mas tentando transmitir o conforto e a firmeza que ele precisava.

— Navarre é tão bom quanto você, meu querido, do contrário não o teria escolhido para discípulo, lembra? Só precisa relaxar e confiar na sua própria capacidade. Tenho certeza que vai se sair muito bem.

Grato, o menino o abraçou, apoiando o rosto contra o peito largo que o acolhia. Tão bom, seguro e confortável. Suspirou, satisfeito com o primeiro momento em muitos dias no qual se sentia em paz. Nicholas tinha esse poder, de fazê-lo se sentir tranqüilo, de lhe mostrar seu lugar no mundo. E não havia lugar mais seu que os braços fortes que o amparavam com ternura.

— Estou com medo! — admitiu, num esforço supremo. — Tenho tanto medo de decepcionar vocês e a mim mesmo.

Nicholas tomou-lhe o rosto entre as mãos até que pudesse ver seu próprio reflexo nos olhos castanhos. Só então sorriu-lhe, não um sorriso comum, mas sorriu de uma maneira única e luminosa. Não precisou dizer uma palavra sequer para que o rapaz soubesse: não havia meios possíveis de se sentir decepcionado, não em decorrência do xadrez. Não havia palavras que pudesse definir o orgulho que sentia, não apenas pelo enxadrista brilhante, mas, principalmente, pelo companheiro.

— É uma honra para mim estar ao seu lado — foi tudo que disse antes de beijá-lo.

O jovem entreabriu os lábios para receber o beijo lento. Fechou os olhos, os sentidos voltados para o carinho que ele lhe oferecia, necessitado de um pouco de calor. Afastaram-se após longos instantes, unidos num forte abraço repleto de promessas.

— Queria que você estivesse lá.

— Eu também, amor... Mas Navarre cuidará bem de você, tenho certeza.

— Nick... — murmurou, estreitando o abraço. — Faremos um mês de namoro na quinta-feira e não poderemos estar juntos. Isso é tão triste!

— Estarei chegando no sábado, meu lindo... Não fique assim porque faz parte do seu trabalho também!

O rapaz aquietou, ainda agarrado ao outro. Ficaram um tempo em silêncio, Nicholas doído por não poder dar a ele esse presente, pelo menos não ainda. Já pensava, desde que se fixara a data da competição, em ir ao encontro dele na quinta-feira, apenas para estarem juntos, mas não poderia dizer antes de ter certeza da

Capítulo Décimo — Tomada da Torre Preta

possibilidade de viajar no meio da semana. Não queria magoá-lo e nem atrapalhar seu trabalho.

— Sabe o que eu acho? — falou. Um olhar castanho e curioso foi a resposta. — Acho que precisa sair um pouco daqui de dentro. Há quase um mês que não faz nada além de treinar.

— Mas e a viagem? Ainda nem falei com Humberto direito para combinar sobre amanhã! E ainda há a possibilidade de Navarre querer repassar alguma coisa de última hora, não é?

Nicholas fitou-o em silêncio e se afastou um pouco, o suficiente para apreciar-lhe o rosto jovem e ansioso. Tocou-o muito de leve na linha do maxilar, os dedos longos acariciando-o sem pressa até se embrenharem nos fartos cabelos castanhos. Como era lindo... Tão lindo!

— Navarre está dormindo — o garoto arregalou os olhos, preocupado. — É perfeitamente compreensível se levarmos em conta as horas-extras que fizeram esse tempo todo e o fato de ele já ter bastante idade, não concorda? Pedi a Ágata que o deixe descansar. Não vai treinar mais hoje, meu querido, e nem precisa. Você está pronto.

O garoto assentiu, subitamente consciente de que estivera à beira do pânico. Nunca se sentira assim antes.

— Desculpe. Não sei o que há comigo. Acho que estou me tornando um fraco.

— Não diga bobagens. Realizar sonhos, geralmente, traz essa sensação de abandono e de total perda de controle. Acredite em mim, sei do que estou falando.

— Sério? — perguntou sorrindo e tocando-o no rosto, como que distraído. — E qual foi o seu sonho? Montar o escritório?

Nicholas fitou-o sério, porém sereno, bem dentro dos olhos, como se desejasse excluir qualquer possibilidade de o rapaz fugir ao seu olhar quente e denso.

— Não. Meu sonho é estar com você, dividir minha alma e construir uma nova vida ao seu lado — Alexander sentiu os olhos turvos. — Vê, meu lindo? Espero que eu me sinta assim, sem qualquer controle, por muito mais tempo ainda.

— Deus... Como eu te amo! — balbuciou, tomando-o nos braços e apertando-o de encontro ao próprio corpo. O outro sorriu satisfeito, e deixou-se abraçar, pelo tempo que foi necessário, até que determinasse o momento de se afastar.

Resolveram caminhar na Lagoa Rodrigo de Freitas, mesmo que esse fosse um passeio nada original para eles. Sentia-se bem naquele lugar, como se repusesse as energias. Além de tudo, o dia estava fresco e o sol vinha dourar os cabelos do companheiro, aquecendo-os com o clima de auge do inverno carioca, por isso a caminhada mostrava-se tão agradável. Andaram juntos, sentaram para conversar num dos quiosques e tomaram sorvete. Esqueceu-se de tudo, preocupado apenas em estar com ele e nada mais.

Na hora do almoço, Nicholas levou-o a um restaurante maravilhoso na Praia do Flamengo. A comida estava deliciosa e a companhia melhor ainda. Ficaram por lá até o meio da tarde, quando o empresário resolveu que seria melhor voltar para casa, pois a viagem, apesar de curta, exigiria bastante do jovem enxadrista e de Navarre.

O sonho se desvaneceu para o nervosismo da realidade. No entanto, estava mais controlado. O que de fato permaneceria até a final seria a saudade daquela criatura linda e fantástica por quem se apaixonara. Sentiria falta de Nicholas, com certeza. Entretanto, não seriam mais que cinco dias, conseguiria superar, ainda mais com o campeonato a tomar-lhe toda a atenção e as companhias de Navarre e Humberto. Tudo o que restava fazer era respirar fundo e partir adiante, sem receio grande o bastante para lhe causar descrença.

Ainda era cedo quando voltaram à mansão. Como o sol forte, Nicholas retirou-se para o jardim com a desculpa de cuidar das plantas quando, na verdade, sabia que mestre e discípulo precisavam conversar em liberdade para acertarem os últimos preparativos. Convencera-se de que, naquela parte do mundo ao qual Alexander pertencia, precisaria ceder lugar a outros, sempre. Assim deveria ser. Difícil era admitir e ausentar-se, mas conhecia seu lugar. Mais tarde conversariam e, com certeza, o rapaz dividiria consigo o que julgasse pertinente.

Assim que Nicholas se retirou, Navarre aproximou-se do discípulo, o olhar azul ainda perdido na figura esguia que seguia pelo gramado rumo ao quarto dos fundos, onde estavam as ferramentas. Juntou-se ao velho mestre em sua muda contemplação, certo de que falaria.

— Ele saiu por minha causa, porque não suporta a minha presença — foi o comentário triste.

— Não, mestre. Ele saiu para nos dar liberdade para trabalharmos a sós — virou-se para fitá-lo.

Navarre riu, descrente, duvidando da declaração.

— Você não conhece nada de Nicholas, meu filho. Às vezes chego a pensar que tem prazer em causar minha infelicidade.

Alexander nada disse, apenas olhou-o, o ar duro, o semblante sério e determinado. Observaram-se mutuamente, sem nada dizerem, até que a voz do rapaz ecoou pelo recinto, alta e clara, firme como nunca ouvira.

— Sinto dizer, mestre, mas conheço Nicholas, sim. Conheço-o melhor que o senhor — a tristeza no olhar azul quase o sufocou, mas precisava continuar. — Mais que isso, atrevo-me a dizer que a dor que ele lhe causa como filho mostra-se ainda pior dentro dele mesmo, justamente porque tem consciência de suas próprias limitações. Por favor, não o julgue mais, Navarre. Nicholas está tentando de verdade, e ele sofre tanto! Permita que se chegue, ao tempo dele, sem exigir nada. Apenas espere, eu lhe peço.

Silêncio. Navarre o encarava de cima, como se as palavras o tivessem humilhado. Sentiu-se um miserável por ter dito, por ter revelado o quanto era difícil para o companheiro. Talvez, aquele gesto, ao invés de ajudar, contribuísse para o fracasso total, para a infelicidade geral. Sentiu os olhos turvos e fitar o velho mestre aumentou-lhe a vontade de chorar. Seria impressão sua ou Navarre parecia ainda mais idoso? Talvez não fosse uma simples questão de idade, mas um profundo desgosto

Capítulo Décimo — Tomada da Torre Preta

por tudo o que via diante de seus olhos enrugados, por tudo o que lhe marcava o rosto com os vincos da experiência. Desviou o olhar porque não conseguiu mais vê-lo.

— Já arrumou as malas? — perguntou o outro, na tentativa de puxar assunto.

Não queria conversar. Não queria dizer absolutamente nada! A imagem de Nicholas, frágil, contando da doença do pai, chorando como um desesperado, revelando o fracasso que sentia como filho e como herdeiro, surgiram-lhe novamente, como da primeira vez.

— Alex...

— Por que é tão difícil? — indagou sem querer, o olhar ainda perdido na paisagem. — Por quê? Seu filho está convencido de que é o grande responsável pelo senhor não o amar. Eu ouço, mesmo quando ele não diz, mas não compreendo porque é impossível imaginar alguém, tão próximo, que não seja capaz de amar Nicholas com todas as forças, exatamente como eu o amo, por tudo o que ele é — virou-se finalmente para o velho e percebeu que chorava. — Amo seu filho, e amo o senhor. Acho que é isso o que sei fazer melhor: amar. Por favor, Navarre, deixe que Nicholas o ame! Baixe a guarda, se isso é algo que ele não consegue fazer, dê o primeiro passo se ele não pode andar ainda! Eu imploro...

— Não quero falar sobre isso — disse friamente, receoso de ser ainda mais rude se prosseguisse.

Alexander assentiu, certo de que não precisavam mais falar nada. Tudo o que importava era que Navarre pensasse, que as palavras lhe ficassem como sabia, haviam ficado, de uma forma ou de outra. Uma vez envolvido, as conseqüências eram inevitáveis. Aprendera isso com um certo homem incrível, senhor de seu coração e de seus pensamentos.

— Mas não me respondeu sobre as malas, Alex — insistiu, depois de um tempo. — Está empolgado?

— Não quero falar sobre isso — tornou, afastando-se para a varanda e tomando assento numa das espreguiçadeiras de vime, ausente, inteiramente distante.

Navarre pensou em ir atrás dele e tomá-lo pelas orelhas, esbravejar, feri-lo como sentia-se ferido. Nada fez. Alexander sofria também, como todos naquela casa, contaminado pela infelicidade daqueles que o rodeavam. O garoto era mais uma vítima e amava-o como um filho. Sentia-se orgulhoso pelo progresso dele, pelo empenho, pela dedicação plena que demonstrara desde o início dos treinos. A cada dia que passava, tornava-se mais difícil jogar com o discípulo e vencer, e a cada dia que passava a alegria por tê-lo conhecido aumentava. Tão forte ele era, decidido, justo e meigo.

Cruzou a porta de vidro na direção do menino, seus passos arrastados e dificultados pela idade. O jovem enxadrista não voltou o olhar para ele, mas, ao contrário, permaneceu distante, os olhos fixos em algum ponto da vegetação exuberante que se abria diante dele, o rosto tomado por fatalismo.

— Vou pensar no que me disse, meu filho, e vou tentar, porque não há nada nessa vida que eu deseje mais do que ver você vencer, realizar seus sonhos e sentir Nicholas próximo a mim novamente — olhos escuros voltaram-se para encará-lo num misto de surpresa e alegria. — Vou fazer tudo o que estiver ao meu alcance. Só espero que não demore demais porque não tenho tanto tempo assim.

— Obrigado, meu amigo, e perdão se o magoei. Não foi minha intenção.

— Eu sei, meu filho — disse sorrindo.

A campainha tocou de repente, assustando-o. Buscou Navarre com olhar interrogativo e o velho mestre sorria. Nicholas há muito embrenhara-se no matagal, ele próprio não esperava ninguém, a não ser que a mãe tivesse resolvido aparecer para se despedir em cima da hora. Era só o que faltava para completar o dia!

No entanto, Navarre explicou-lhe, em poucas palavras, o que sucederia: a questão era que saíra sem falar com Humberto e o amigo ligara, pouco depois de ter saído com Nicholas para a Lagoa, a fim de combinar como fariam no dia seguinte de manhã (ele estava mais que empolgado para a viagem). Sem saber o que dizer, sem ter a menor noção de onde os outros dois haviam ido, Navarre resolveu convidar Humberto para passar a noite na mansão, com mala e tudo. Assim, seria muito mais fácil se arrumarem na manhã seguinte, saírem sem maiores transtornos e, principalmente, sem riscos absurdos de perderem o vôo ou coisa parecida.

Por um instante Alexander não soube o que pensar. Humberto acabara de entrar pelo hall, tagarelando como sempre, sem saber absolutamente nada do que acontecia entre ele e Nicholas! Num átimo, deu-se conta de que a decisão tomada há uma semana, na ocasião em que Violeta surgira para a visita inesperada, precisaria ser cumprida. Sim, não havia mais para onde correr, não havia fuga possível para a situação: Humberto jazia sob o mesmo teto que eles, por uma noite apenas, mas seria o suficiente para perceber que seu melhor amigo mantinha um relacionamento com outro homem.

A verdade nunca lhe pareceu tão crua, nem mesmo quando Nicholas lhe falara, logo no começo. Em sua excepcional rapidez de raciocínio dispôs as peças que tinha, verificou as possibilidades de jogadas e as possíveis saídas para o xeque que levara do destino. Só encontrou duas: fingir e fugir de Humberto como se não fossem amigos ou confiar e abrir o coração. Pois bem, confiava em Humberto e na amizade que construíram por todos aqueles longos anos.

Ergueu-se diante do olhar preocupado de Navarre e tratou de tranqüilizar o velho mestre com um sorriso sereno. Armou-se de toda a coragem que possuía e cruzou o batente de encontro a figura baixa que vinha em sua direção.

— Alex, meu caro! — gritou, correndo para o amigo. — Como é difícil falar contigo, hein! O que anda fazendo de tão importante que não se permite nem mesmo um telefonema para o irmão aqui?

Abraçaram-se apertado, mais apertado que o habitual. Humberto estranhou a tensão do amigo, mas não chegou a imaginar o que o aguardava. A saudade era muita, ele mesmo estava louco para revê-lo. Deixou-se abraçar, sem receio, numa cumplicidade que apenas poucos conseguem conquistar.

Capítulo Décimo — Tomada da Torre Preta

Quando recebeu o abraço dele, tão saudoso quanto o seu, tão próximo quanto precisava, soube que não estava sozinho. Nunca estaria. Além de Nicholas haveria sempre um homem, com pinta de rapaz em suas sardas e seus cabelos avermelhados, que o aceitaria. Esse sentimento, aqueceu-lhe o coração em confiança.

Afastou-se para mergulhar nos olhos esverdeados do outro e flagrou-lhe a inocência. Será que ele poderia aceitar de fato? Será que a amizade que os unia poderia ser a mesma de sempre depois que lhe contasse? A dúvida como que contagiou o amigo, que lhe devolveu um olhar tumultuado em resposta.

— Meu caro... — começou, segurando-o pelos ombros num toque terno. — O que aconteceu contigo? Entrou de férias e foi tragado por alguma espécie de vazio temporal, é? Estive na sua casa há uns dias e sua mãe está atrás de você que nem praga de sogra — e virou-se para Navarre, de súbito. — Oi, seu Navarre. Tudo certinho? Prometo que serei um bom menino e não vou ficar alugando o campeão depois da meia-noite com a minha conversa fiada.

O velho respondeu com gentileza, sempre sorrindo. Ficou apenas mais um pouco a conversar com os dois rapazes, mas logo percebeu que Humberto detinha energia demais para sua "velha carcaça". Sentia-se cansado de ouvi-lo falar e já podia imaginar como a viagem não seria agitada com ele por perto. Tudo bem, seria bom para Alexander poder conversar com alguém da idade dele, e Humberto falava compulsivamente, uma característica natural que não precisava de espaço para se mostrar. Retirou-se na intenção de deixá-los à vontade e para pensar em certas coisas que ouvira de um jovem rapaz, aparentemente mais experiente que si mesmo no que dizia respeito ao filho.

Humberto estava excitadíssimo com toda a novidade. Primeiro, colocara o amigo a par dos acontecimentos do bairro em que moravam. Não foi com surpresa que recebeu a notícia de que Violeta incumbira-se de divulgar a competição para todos os vizinhos, mesmo aqueles que detestavam xadrez ou que nunca ouviram falar sobre o assunto. "Coisas de mãe", consolara o amigo. Coisa chata, isso sim. Paciência. Pelo menos já não morava lá com elas, para ter de ouvir as piadinhas que lhe lançavam quando entrava e saía de casa ou quando ia comprar jornal na banca da esquina, carne no açougue mais próximo, essas coisas. Aceitou a sugestão de Humberto e resolveu ligar para a Violeta mais tarde, à noite, para se despedir. Quem sabe ela não sossegava um pouco?

E a conversa seguiu seu rumo com o timbre estridente e familiar de Humberto a trazer-lhe boas recordações e sentimentos. Dentre outras coisas, o amigo contou que iniciara uns cursos esotéricos durante as férias, para ocupar o tempo ocioso e sair mais de casa. Segundo ele, ficara mais difícil uma vez que não podiam ir ao Shopping Iguatemi todo dia, como antigamente. Como toda boa mãe, Dona Araci tinha o péssimo defeito de pegar no pé do filho para que estudasse e fosse mais responsável.

— Talvez sua mãe esteja certa. Estude e seja responsável — aconselhou, fitando o ruivo com ar de riso.

— Mas eu estudo! E sou responsável! Minha mãe é um saco, mas foi muito boazinha quando soube da viagem e fez um gorrinho para você. Tó! — e estendeu um embrulho colorido, meio amassado. — Ela desejou boa sorte e mandou dizer para você usar porque faz frio em São Paulo. Fez um para mim também, só que verde.

— Sua mãe é muito legal... — disse com um sorriso, abrindo o presente. Era um gorro de lã azul-marinho, muito bonito e bem trançado. — Sinta-se feliz, Berto, porque ela pode pegar no seu pé, mas não sai falando da sua vida pelas ruas, como a minha.

— Putz! Me perdoa, meu caro, mas Violeta não é mãe, é um karma!

Soube que não falara por mal e riu da cara engraçada com a qual o olhava. Humberto era muito especial, um amigo único que poderia perder em questão de segundos. O breve silêncio que se seguiu era a oportunidade perfeita para falar sobre Nicholas, mas não teve coragem. Acabou puxado novamente o assunto do esoterismo. Motivado pela oportunidade de falar, o amigo despejou todas as informações sobre suas novas descobertas, sobre as coisas maravilhosas as quais estava conhecendo e uma moça muito bonita. Estava na cara que Humberto encantara-se pela garota, mas não comentou nada. Não queria estragar o impacto da descoberta antecipando o inevitável.

O tempo passou voando, ambos mergulhados no mundo dos cristais, incensos, baralhos de tarot para, logo em seguida, voltarem à viagem, ao clima de competição, aos acontecimentos do último mês. Aos poucos, Alexander foi-se desligado do falatório compulsivo para despencar em seus problemas. Olhou para o amigo diante de si, sentado numa das poltronas da sala, a voz esganiçada, mas familiar, soando longe, muito longe. Fitou-o, tão próximo e ao mesmo tempo tão distante. Teve saudade da época em que seus mundos giravam em torno das provas da escola, dos flertes sem resultado, das brigas com as respectivas irmãs e a vadiagem de Lorena. Lembrou-se de tudo como algo bom que deve passar e que não desejava resgatar, pois fora bom, noutra ocasião, noutro lugar. E, ainda assim, sentia um vazio terrível tomando-o por dentro, como se Humberto tivesse ficado para trás em algum ponto do caminho, parado diante de algum batente pelo qual ele mesmo atravessara. Sabia que aquele era o momento de trazê-lo para o lado de cá da porta ou ao menos tentar, mesmo que significasse arriscar tudo o que tinham. A amizade que os unia merecia essa confiança.

— Hei meu caro, você está bem?

O que dizer? Como dizer a ele? Dividido entre o desespero de ser rejeitado e a necessidade de compartilhar o que lhe acontecia, tudo o que conseguiu fazer foi fitá-lo, mudo, o olhar brilhando com algo que Humberto não pôde definir.

— ALEX!

— Estou treinando muito, só isso — mentiu, sem contudo desejar esconder a verdade.

Humberto mirou-o, muito sério. Via agora o quanto ele crescera, o quanto ambos haviam crescido desde o começo. Os olhos verdes fixaram-se nos seus com um significado além do que as palavras poderiam expressar.

Capítulo Décimo — Tomada da Torre Preta

— Esse é o seu sonho e você o está realizando, Alex. Muitos de nós nem ao menos têm sonho para sonhar. E aqui está você, forte, a despeito de tudo e de todos. Tenho muito orgulho da sua coragem.

— Coragem? — tornou, a voz trêmula. — Que coragem, meu amigo? Pela primeira vez na minha vida acho que estou apavorado, Berto, de verdade.

— Pois não fique — disse, tomando-lhe as mãos. — Você já é um vitorioso sem nem ao menos ter saído daqui.

— Por que está me dizendo isso?

O rapaz fitou-o por um instante e sorriu, o rosto jovem cheio de sardas a dar-lhe um ar maroto e afável.

— Não sei... — silêncio. — Vem cá, não vai me mostrar a casa, não? Virgínia me falou tanto que quase enfartei quando o velhinho me convidou para ficar aqui hoje. E o tal do Nicholas, cadê? Depois de ouvir você falar dele o tempo todo, de saber o quão impressionada sua irmã ficou e do quanto sua mãe se incomoda cada vez que o nome dele é mencionado, não agüento mais de curiosidade. Ele está?

A avalanche de perguntas ficou sem resposta porque Alexander simplesmente não conseguiu pronunciar uma única sílaba, tamanho o desespero que o invadiu. Sentiu o próprio rosto queimar com violência assustadora e teve que refrear o impulso de tocar as bochechas para esconder a vermelhidão. Humberto foi impiedoso em sua inocência.

— Nossa! O que foi que eu disse de errado? — brincou, dando-lhe uma amigável tapinha nas costas. — Aí tem, viu.

— De-deixa de ser idiota, seu ameba... — mas a brincadeira soou estranha, não raivosa como de costume.

Humberto encolheu-se em meio às risadas, esperando pelo cascudo que não veio. Voltou a encarar o amigo, o riso mais brando e, ao mergulhar nos olhos castanhos, urgentes, deixou a alegria morrer para a preocupação. Entreabriu os lábios para perguntar, mas não sabia qual pergunta fazer, não depois de tantas que fizera, sem respostas.

Ficaram assim, perdidos no olhar um do outro, um clima funesto a pairar no ar. Mas alguém precisava começar e a responsabilidade era inteiramente sua. O outro não tinha como adivinhar se não contasse.

— Humberto... você é meu amigo, não é? — indagou num fio de voz, o corpo trêmulo.

— Gosto de pensar que sim, Alex. Mas precisa confiar em mim e me dizer o que está acontecendo ou não poderei ajudá-lo, meu caro — respondeu com um sorriso preocupado.

O outro assentiu, nervoso, e respirou fundo para continuar. Não havia como voltar atrás. Lá fora, o sol se punha, manso no horizonte. Não tinha muito tempo antes que ele voltasse do jardim.

Humberto esperava calmamente que o amigo continuasse. Paciência era uma de suas maiores virtudes.

— Você continuaria sendo meu amigo mesmo se... — baixou o olhar para não fraquejar, temeroso de olhar para ele — Se eu mudasse meu modo de ser?

— Como assim? Resolveu mudar sua personalidade, é isso?

— Não. Eu... Eu descobri que existem outras maneiras de ser e de viver que não mudam em nada quem somos, mas que as pessoas podem rejeitar.

Humberto riu com gosto, sua gargalhada doce enchendo o ambiente de vida além da ansiedade.

— Meu caro, você está me saindo um perfeito idiota. Pensei que o xadrez deixasse as pessoas mais inteligentes, e não mais burras — Alexander encarou-o novamente, o semblante fechado, o olhar sério como poucas vezes tivera a oportunidade de ver. Respeitou-lhe o momento, mas sorriu, sem conseguir compreender o porquê daquilo. — Foi você quem me disse uma vez, quando eu já não acreditava em nada, que somos aquilo que acreditamos ser e que tudo seria possível se eu confiasse em mim. Pois, dali em diante, passei a confiar e acreditar. Suas palavras fizeram toda a diferença naquele instante e continuam fazendo, até hoje, porque somos irmãos. Você é meu irmão, Alex, e nossa amizade está acima de qualquer coisa para mim porque ninguém nunca esteve ao meu lado como você. Pensei que soubesse disso.

O peito oprimiu-se em felicidade e alívio. Sorriu, ciente de que estava à beira das lágrimas.

— Eu sei, amigo, acredite, mas precisa ouvir isso agora porque... Mesmo sabendo que gosta de mim, é terrivelmente difícil confessar. Eu nem sei por onde começar!

Novo silêncio. Humberto inclinou-se na direção do amigo, o rosto de súbito pálido, o olhar verde alarmado.

— Calma aí... — começou, em tom controlado. — Que papo sinistro é esse, meu caro? Você matou o tal Nicholas e sumiu com o corpo? — perguntou sério.

O sangue quase ferveu de raiva e por pouco não agarrou o ruivo pelo pescoço e sacudiu-o, como desejava fazer.

— Claro que não, seu idiota! Você me imagina matando alguém?

— Não, mas sei lá. Conheço você o suficiente para saber que está com problemas e dos grandes.

— É... Não é bem um problema.... É mais uma solução — disse distraído, observando Nicholas passar pelo lado de fora na direção da cozinha, com certeza para tomar um bom banho antes do jantar. Ganhara mais alguns minutos.

— Que bom, então não precisa ficar assim tão desesperado. E quanto àquele papo de mudar nosso modo de ser, não se preocupe. Acho que acontece com todo mundo. É o que as pessoas chamam de "amadurecer" ou "atingir a fase adulta", e por aí vai.

Alexander não pareceu muito motivado a falar, uma vez que não conseguira convencer nem a si mesmo. Odiou a própria falta de jeito com assuntos delicados, mas também não era sua culpa. Não estava acostumado a vê-lo tão hesitante, ainda

Capítulo Décimo — Tomada da Torre Preta

mais ele que sempre fora tão decidido, firme e direto. Queria ajudá-lo, de coração, mas não sabia como fazer a coisa acontecer porque sentia que era algo importante para o amigo, algo realmente muito importante.

— Esqueça o meu besteirol — disse por fim, antes que o amigo pudesse se manifestar novamente. — Fale o que quiser. Estou aqui e sou todo ouvidos. Não importa o que seja, podemos pensar juntos em alguma coisa. Quer dizer, você pensa e eu só olho porque meu forte não é pensar, você sabe.

Sorriu para ele, a visão turva. Humberto ainda o fitava, olhos nos olhos, um sorriso confiante, uma força desconhecida e reconfortante a uni-los. Não havia mais o que pensar, tinha que contar, a dúvida era: como? Como falar sem afastá-lo? E se Humberto o rejeitasse e perdesse a amizade dele? Esse tipo de coisa acontecia com freqüência, mas amigos como Humberto não apareciam todo dia. Não era justo omitir a coisa mais importante que já lhe acontecera desde o xadrez, não era justo privá-lo de saber da descoberta mais incrível que já tivera desde sempre por algo tão mesquinho como o medo de rejeição. Estavam, ambos, acima dessas coisas. E foi nisso que Alexander agarrou-se, com todas as forças, para falar.

— Humberto, eu me apaixonei... — decidiu num murmúrio, porém firme. — Eu me apaixonei por Nicholas.

Humberto arregalou os olhos de surpresa, a boca escancarou-se. Com olhar vidrado, recostou-se lentamente na poltrona. Não muito convencido do que ouvira.

"Qual é mesmo a banda que vai tocar amanhã no Canecão? E o nome daquele incenso indiano que eu queria procurar? É preciso comprar uma guia nova para o meu cachorro, sem dúvida. Minha mãe deixou carne assada fora da geladeira! Meu melhor amigo está apaixonado por um outro homem..."

As coisas mais incríveis aconteciam na vida das pessoas mais simples. Aprendera isso num livro budista e era verdade. É impossível deter o pensamento e a criatividade humana, todavia, apesar de toda a imensa capacidade criativa que possuía, jamais imaginara ouvir coisa semelhante da boca de Alexander Oliveira. E não parecia ser uma piada...

— Deixa eu ver se entendi bem. Hummmm.... — balbuciou, o olhar perdido. — Você...

— Eu estou envolvido com Nicholas, Humberto, foi isso o que quis lhe dizer. Estamos juntos e eu sou louco por ele, louco... — baixou o olhar. — Não sei como isso aconteceu, mas é fato, e não pude fazer nada para impedir. Eu nunca amei ninguém assim, nunca...

Humberto ouvia e não conseguia reagir. Sentia o desespero dele, viu-o afundar o rosto nas mãos em abandono, completamente só. Ainda assim, não foi capaz de ir até ele e abraçá-lo. Os membros não lhe obedeciam! Não que o repudiasse, apenas procurava entender. Parecia fora da realidade, inserido num novo tempo, numa nova dimensão onde tudo estava invertido, as idéias embaralhadas. Era impossível Alexander estar dormindo com um homem. Aquilo não fazia o menor sentido!

— Por favor, fale comigo — implorou, as lágrimas escorrendo pelo rosto sem que percebesse, erguendo o olhar para o rosto vazio do amigo. Nada. — Fala alguma coisa!

Viu os olhos verdes piscarem e soube que Humberto o olhava novamente, dessa vez, presente.

— Meu melhor amigo... Virou um viado... — foi o murmúrio inexpressivo.

A declaração o dilacerou por dentro a ponto de gemer, baixinho. Ergueu-se com dificuldade, aumentando a distância que os separava.

— Meu Deus... — balbuciou, decepção e dor esvaindo-lhe a cor do rosto. — Acabei de dizer que nunca amei ninguém como amo Nicholas, e tudo o que me diz é que sou um viado? Resumiu tudo o que eu sempre quis, todas as nossas conversas, toda a força que trocamos a uma trepada sem sentido? É isso o que está fazendo, depois de tudo o que me disse esse tempo todo e ainda a pouco?

O ruivo pôs-se de pé, como o outro, diante dele, e mirou-o com o rosto firme e o olhar perdido, completamente confuso.

— Você dorme com ele, não dorme? — não esperou pela resposta. — Então, ambos são viados. Sinto muito meu caro, mas é assim que acontece no mundo.

— Sim... Acontece, Humberto, mas acontece lá fora. Nunca pensei que pudesse acontecer entre nós, não depois de tudo o que vivemos ao lado um do outro — balbuciou, apoiando-se no braço da poltrona, sem conseguir sustentar o peso do próprio corpo. — Nunca pensei que... Não é tão simples quanto parece!

— Ah, eu sei. Deve ser muito, mas muito complicado mesmo! — tornou sério, cruzando os braços em postura defensiva. — Eu, por exemplo, não me imagino no seu lugar, de jeito nenhum.

As palavras lhe doeram como uma punhalada pelas costas. E a dor aumentou ainda mais quando o viu se afastar até a janela, inteiramente distante, e lá parar, os olhos voltados para o breu que cobria a paisagem. Sem se dar conta, o melhor amigo dava-lhe as costas... Da maneira mais triste e sofrida, descobrira-se só.

Humberto, por sua vez, decidira dar as costas a ele na intenção de fugir-lhe ao olhar. Não o condenava, muito menos o rejeitava, não podia. Será? Apertou os olhos, desnorteado, um sentimento muito ruim a queimar-lhe o peito. Seu único receio era que Alexander o encarasse e descobrisse que não conseguiria lidar com a decisão dele. Seu maior medo era descobrir-se mais preconceituoso do que jamais fora em sua vida; e o amigo não merecia, pela pessoa maravilhosa que era, insubstituível ao logo daqueles quase doze anos de amizade.

Correu a mão pelo rosto em desalento, os pensamentos assaltando-o com força. Não... Sabia-se acessível o suficiente para estar ao lado dele, independente da pessoa que escolhera como companheira. Sempre fora assim, sempre julgara-se acima de qualquer flerte, mais importante que os casos ou descasos que ambos pudessem vir a ter pela vida. E ali, diante da noite, foi obrigado a admitir que o medo era bem outro.

— Decidiu ficar com um homem por causa da vadia da Lorena? — indagou sem fitá-lo, rompendo o silêncio pesado que se instaurara desde que se afastara dele.

Capítulo Décimo — Tomada da Torre Preta

— É óbvio que não! Meu Deus, Humberto, estou tentando dizer que preciso de você, que ainda sou eu, apesar de tudo, que meu sentimento por Nicholas é algo totalmente diferente de tudo o que já senti por qualquer outra pessoa... Por que tem que ser assim?

Afundou o rosto nas mãos, em desespero, rendendo-se a um pranto sofrido e compulsivo. Mudo, Humberto sentiu as próprias lágrimas escorrerem-lhe pelo rosto, mas a voz trêmula dele alcançou-o antes que pudesse tomar qualquer decisão.

— Não quero perder a sua amizade... — soluçou sentido. — mas não posso abrir mão dele. Eu só queria... Só queria poder ser eu mesmo, poder falar com alguém. Queria poder falar com você, Berto, porque somos mais que amigos, você é meu irmão, a única pessoa para quem contaria.

Sentiu a dor daquelas palavras, tão fundo, como se fosse ele próprio a implorar. E não desejava que Alexander implorasse por coisa alguma, ele jamais precisaria. Voltou-se na direção dele, arrependido, pronto para se desculpar e flagrou-o encolhido sobre o braço da poltrona, o rosto baixo, os ombros encurvados. O choro dele parecia entristecer tudo ao redor! Não pensou em nada além do sofrimento que causara numa das pessoas que mais amava. Simplesmente, correu para ele, tomando-o nos braços com força, apertando-o de encontro a si.

— Perdão, meu caro! Perdoa a minha ignorância. É que... Não entendo. Não consigo entender o que sente, mas não importa. Você faz com que eu acredite quando me diz que é único. Por favor, não chore mais.

O jovem enxadrista abraçou-se a ele, o rosto pousado contra o ombro estreito que lhe oferecia, e deixou que toda a angústia se esvaísse em soluços, como se nada mais lhe restasse. Humberto afagou-lhe os cabelos, os olhos também turvos — não conseguia ver ninguém chorando — e procurando acalmá-lo, sem muito sucesso.

— Tenho medo, Alex, medo por você. Tenho medo que se arrependa numa paixão momentânea, como tantas vezes acontece, e que se esborrache, porque dessa vez o tombo será muito maior, meu caro. Será muito maior... — murmurou quando ele já acalmava o choro, ainda em seus braços.

Afastou-se, os olhos vermelhos, o rosto cansado. E foi quando sorriu-lhe, gentil. Suave, tomou as mãos do amigo nas suas, mirando-o nos olhos sem mais temor, exatamente como sempre fora. Sem perceber, Humberto sorriu também.

— Não quero que se preocupe comigo, nem que entenda o que sinto, muito menos que aceite. Só preciso do meu amigo perto de mim. Preciso da sua amizade, das suas trapalhadas, da confiança na pessoa que sou e sempre serei. Isso me basta. Não posso exigir nada além disso e nem preciso, amigo.

Humberto enxugou as lágrimas com as costas da mão para voltar a entrelaçar os dedos nos dele. Por um instante, lembrou-se de todos os momentos que passaram juntos, das muitas barras que seguraram um pelo outro, das encrencas em que se meteram, das descobertas maravilhosas que fizeram. Alexander sempre estivera lá, nos momentos mais difíceis e naqueles de plena felicidade.

— Nunca estará só — disse, de repente. — Sei que se sentiu assim, mas foi um tolo, meu caro. Sempre serei seu amigo, independente de qualquer coisa. E, se é tão importante para você, se o ama realmente tanto quanto parece, é melhor esse cara te fazer feliz ou eu quebro ele em dois.

Perdido no brilho dos olhos verdes, afastou-se para segurá-lo pelos ombros em expectativa.

— Não vai se afastar de mim, não é? Não vai se afastar porque eu decidi ficar com Nicholas, vai?

— Claro que não! — declarou com um sorriso brincalhão, tão típico. — A não ser que comece a dar em cima de mim!

— Seu mongol! — disse, o semblante sereno outra vez e um brilho feliz nos olhos castanhos.

Humberto encheu o ambiente com sua risada contagiante. Tudo o que fez foi lançar-lhe um olhar agradecido, que o outro fez questão de reconhecer.

— Fica frio, meu caro. Fui acometido de um choque momentâneo e passageiro. Geralmente dura só os primeiros cinco minutos, como você já sabe.

— Poderia ter me poupado das palavras rudes. Mas, tudo bem...

O rapaz encarou-o com ar perplexo e cômico.

— Não coloca a culpa em mim, não. Viu a forma como me contou? "Me apaixonei pelo Nicholas, Humberto! Poderia me passar o chá?". Se eu fosse suicida, tinha me atirado pela janela.

— Estamos no primeiro andar... — comentou, com um riso irônico.

Humberto parou um instante, pensativo.

— Pô... Ainda bem que não sou suicida. Teria sido o maior micão.

— Concordo.

Caíram num silêncio leve, regado a certa estranheza, apesar de conter compreensão. Estudaram-se por um longo tempo, o movimento da casa denunciando que, em breve, o jantar estaria na mesa. Mesmo assim, continuaram ali, quietos e mudos, apenas olhando um para o outro em mútuo reconhecimento.

— Sabe... — começou o ruivo, a voz estridente um pouco mais baixa que o normal. — Talvez eu precise de um tempo para me acostumar, entende? — desculpou-se, sorrindo tímido. — Não era algo que eu esperava ouvir.

— Eu entendo, Berto. É difícil, eu sei, mas sei que se acostumará, porque é alguém especial — disse, fitando-o com ternura. — Será mais fácil ir em frente sabendo que não estamos sozinhos.

— Claro que não. Estou com vocês — tornou, desarrumando os cabelos castanhos dele num gesto espontâneo. — Bem, visto que é isso mesmo... Já pensou no que vai falar para a sua mãe? E não me olhe assim, meu caro! Você conhece Violeta melhor que ninguém e sabe perfeitamente que não vai passar despercebido, de jeito nenhum.

— Já não passou — comentou em tom cansado.

— Putz! Cheguei tarde para ajudar, é?

Capítulo Décimo — Tomada da Torre Preta

Em poucas palavras, colocou o outro à par do encontro de uma semana atrás, quando mãe e irmã apareceram para a visita. Tentou relatar os acontecimentos mais importantes, principalmente a forma indiscreta com a qual ela interrogara Nicholas e a resposta atravessada que trocaram antes que deixasse a sala atrás do amante.

Humberto ouviu cada palavra em absoluto silêncio. Participar da vida amorosa de Alexander, principalmente sabendo-o agora homossexual, foi mais natural do que julgara ao começo. Deu-se conta de que era assim porque agia com naturalidade, falando do companheiro sem qualquer constrangimento. Alegrou-se, pois não queria ter barreira alguma para ele. Conversaram por mais algum tempo — o assunto era longo mesmo — e ao final da narrativa, a conclusão foi unânime: teriam mais problemas do que poderiam supor.

Alexander não cabia em si de felicidade. Passara a última meia hora conversando com Humberto sobre seu namoro e os eventuais problemas que surgiriam e o amigo não dera qualquer sinal de estranheza! Naquele instante, por exemplo, procurava arquitetar um plano para driblar Violeta. Foi difícil demovê-lo da idéia — a mãe era uma criatura impossível de se enganar —, contudo, valera a disposição em ajudar. O clima era esse, descontraído e cúmplice, quando outra presença surgiu na sala, por trás da poltrona de Humberto, os olhos vítreos a fitá-los em desconfiança.

— Boa noite — foi o murmúrio melodioso e contido, lançado ao ambiente junto a um olhar inquisidor para o garoto, que o fitava à distância.

Num reflexo, Humberto virou-se na direção da voz e deparou-se com um homem alto e esguio, de cabelos lisos, loiro-escuros, que caíam à altura do queixo; os olhos de um tom incomum de cinza-prata a mirá-lo sem qualquer gentileza. Colocou-se de pé, dividido entre a surpresa e a necessidade de correr dali, o mais rápido possível. E o homem avançou, lentamente, os passos firmes e seguros, como um predador que reconhece território. A roupa sóbria e simples, valorizava-lhe as formas. Sentiu-se como um ratinho assustado e deu um passo para trás, involuntário.

— Berto, esse é Nicholas.

O empresário parou de imediato, no meio da sala. Mergulhou nas íris verdes e perplexas do rapaz, avaliando-o como se pretendesse varrer-lhe a alma. Correu os olhos pelo rosto redondo que as sardas tornavam ainda mais jovem; os cabelos vermelhos e rebeldes caíam em desalinho sobre a testa, o corpo franzino coberto pelo jeans surrado e a camiseta, mais que um uniforme na idade em que se encontravam ambos. Do ruivo, seu olhar passou ao amante, lindo, sentado à poltrona, os cabelos castanhos emoldurando o rosto belo de traços marcantes, os olhos escuros... Avermelhados? Franziu a testa em desagrado. Nem mesmo o sorriso quente que ele lhe lançava poderia apagar o fato de que chorara, e muito. Voltou-se para o outro.

— Muito prazer — disse, o tom mais brando, mas o olhar ainda distante. — Seu nome...

— É Hu-Humberto. Mas pode me chamar de Berto também, se quiser.

Nicholas assentiu, bem devagar. Estudou-o mais um pouco, não muito certo do que fazer. A impressão que tinha era de que o garoto sairia correndo caso se aproximasse mais um passo que fosse.

— Você... Pode me chamar de Nick — a ênfase, seguida da pausa sutil, fizeram Humberto ter absoluta certeza de que era uma concessão que não deveria ser abusada ou estendida a mais ninguém. Engoliu em seco novamente, receoso de se aproximar.

E foi quando viu a expressão carrancuda e ameaçadora dele suavizar, os traços perfeitos se harmonizando num conjunto fascinante. Nicholas era um homem bonito, tinha que admitir. Bonito e de personalidade forte. Foi com surpresa que aceitou o sorriso, retribuindo com o entusiasmo que lhe era peculiar.

O homem avançou então, só depois que se sentiu bem recebido. Andou até Alexander e sentou-se no braço da poltrona que o amigo ocupava. Não se tocaram, nem foi preciso. Trocaram apenas um olhar, e Humberto pôde ver a sintonia que os unia. Voltou a sentar-se também, exatamente onde se encontrava antes, no momento em que ele irrompera na sala. Quis falar, mas não sabia o que dizer. Triste situação. Deixou-se observar os dois, lado a lado, tão diferentes, entretanto, tão próximos. Definitivamente, não pareciam viados. Que mundo estranho era aquele, não?

— Desculpe se fui rude ao entrar — começou o mais velho, com um leve sotaque que Humberto não conseguiu definir. — Não sabia que Alexander estava com visitas e...

— Ficou com ciúme. Tudo bem, acontece. Quer dizer, é a primeira vez que acontece comigo de alguém ter ciúme de nós dois juntos, né meu caro? — disse, fitando Alexander e rindo largamente, feliz por ele ter puxado assunto.

Nicholas piscou um par de vezes, ainda sobre efeito da surpresa. Conseguira encontrar alguém mais direto que si mesmo. Humberto deveria ser do tipo "louco varrido", mas parecia ser boa gente. Acabou rindo também, mais da gargalhada dele do que das palavras em si.

Aturdido, Alexander presenciava a cena mais inusitada de sua existência: ver Nicholas e Humberto juntos, rindo um do outro. Desviou o olhar para o céu. Não... Estava limpo.

— É verdade. Não ia falar, mas já que tomou a iniciativa, admito: quis pular no seu pescoço e só não o fiz porque costumo planejar vinganças bem mais cruéis.

— Caríssimo... Não sei por que, sinto que não é de todo brincadeira.

Nicholas sorriu, satisfeito. Num gesto rápido, estendeu a mão ao garoto.

— É um prazer conhecê-lo. Alex fala muito de você.

— Não tanto quanto de você, pode crer em mim — disse, aceitando a mão dele com entusiasmo e recebendo o aperto de mão firme e breve que Nicholas lhe oferecia. — Quer dizer, ele sempre falou muito bem de você, sabe? Tanto e tão bem que até me deixou assim, meio com ciúmes, porque achei que eram amigos... Bem, achei que eram SÓ amigos! Mas agora eu sei que não tem nada a ver porque são sentimentos diferentes... Quer dizer, agora eu entendi o que Alex queria dizer quando falava de você... Ou se referia a você, entende?

Capítulo Décimo — Tomada da Torre Preta

— Ele entendeu, Humberto! — rosnou o outro entre dentes, corando com terrível violência.

Achou-o lindo daquele jeito, encabulado, tão doce. Mas não fez qualquer comentário. Por um lado era bom, porque não precisara perguntar para saber o que acontecera ali entre eles. Podia imaginar o motivo das lágrimas do amante, e ficou feliz por eles, por continuarem amigos. Pensou em Davi. Ainda não lhe falara nada, mas seria diferente porque o amigo já conhecia sua opção há muito tempo, desde a faculdade.

— Se Alex fala tão bem da minha pessoa, devo ficar feliz então. É sinal que gosta de mim — tornou, sereno, a expressão aberta e gentil. Nem detinha o mesmo ar ameaçador de minutos atrás.

— Gosta? Só? Alex não gosta de você, não, caríssimo. Alex te ama de verdade, então, fique muito feliz mesmo. E você também! — tornou fitando o amigo. — Nicholas parece ser um cara legal e acho que ambos fizeram excelente escolha. Agora estou tranqüilo... — e se reclinou na poltrona, cruzando os braços atrás da cabeça, um sorriso satisfeito nos lábios. — Ah! O prazer é todo meu, Nick.

O homem lançou-lhe um sorriso genuíno e respeitoso, e Humberto soube que algo muito raro marcara aquele primeiro encontro. Com certeza, Nicholas seria mais um de seus poucos amigos. Gostara dele, apesar de tudo. A franqueza com a qual o fitara, o esforço para se expor e a cumplicidade que via nos olhos cinzas o conquistaram de imediato. Além disso, a certeza de que ambos nutriam, um pelo outro, o mesmo carinho, a mesma ternura, fez toda a diferença.

Foi naquele instante, ao vê-los juntos e perceber o sentimento que os unia, que finalmente pôde vislumbrar o significado do que Alexander desejara lhe explicar durante a difícil conversa. Não era tão simples quanto parecia, justamente porque era especial. Parado ali, fitando-os tão próximos, soube que eram apenas duas pessoas buscando viver um amor que ia além das palavras, mas que existia por si só, em cada um deles. Admirou-os pela coragem de assumir esse sentimento e invejou-os secretamente pela cumplicidade e devoção que compartilhavam.

Passado o momento fugaz, Nicholas virou-se para ele novamente.

— Enfim... Seja bem-vindo, Berto. Espero que se sinta bem na nossa casa e que sejamos amigos.

— E seremos, caríssimo... Pode apostar que seremos mesmo.

Conversaram mais algum tempo, num clima descontraído e familiar que perdurou após a chegada de Navarre ao grupo. Humberto falava em profusão, sempre com alguma história cômica e divertida. Deram boas risadas com ele. Há tempo que não via Nicholas tão à vontade com outra pessoa. Não cabia em si de felicidade, pois, ao fitar o amigo discretamente, soube que também Humberto aceitara a presença do companheiro, de forma plena e carinhosa.

"Sim, meu querido... Nesse jogo que é a vida, tomaste mais uma peça...", pensou, o coração acelerado dentro do peito, o olhar preso ao perfil dele.

Ágata surgiu, anunciando o jantar. Rumaram para a sala anexa, um cordão alegre, sereno. Falaram do jardim — motivo pelo qual Nicholas desculpara-se por não ter aparecido antes. É claro que Humberto acabou dizendo que não tinha problema, uma vez que atrapalharia se tivesse entrado na sala antes, ao que o empresário riu, divertido, concordando com o garoto. O comportamento do companheiro começava a assustá-lo deveras. Apesar de se manter distante com os empregados, como sempre era, parecia um rapaz ao tratar com Humberto. Até mesmo suas palavras a Navarre soaram mais gentis que o habitual. Seria uma fase passageira ou finalmente descobrira o quão sofrido era ter de antagonizar o mundo o tempo todo? Torcia para que fosse a terceira opção, pois, dessa forma, teria certeza de que sua conversa com Navarre renderia bons frutos. Do contrário, continuaria ao lado dele, torcendo para que percebesse o mais rápido possível o quanto deixara passar até então, independente dos motivos.

Conversaram mais um pouco depois do jantar. Humberto contou do caso da meia molhada, de onde brotara um pé de feijão. É claro que, depois de ter deixado a própria meia uma semana de molho, debaixo do tanque da área de serviço e ao lado da lixeira, o amigo ainda deixara cair um caroço de feijão sem querer, quando jogara fora os grãos que utilizara no Bingo do final de semana. Uma ameba. Dois dias depois, a meia brotava, e Humberto ligava, convencido de que fora um milagre. Quanta idiotice. Mas Navarre achou engraçado e Nicholas não pôde conter o sorriso quando o menino o fitava com olhar decepcionado.

Foi muito bom aquele fim de noite. Estava precisando de alegria para vencer seus fantasmas interiores e esquecer, pelo menos até o final do campeonato, que Violeta sabia de tudo. De repente, ao subir as escadas para dormir, tendo deixado os outros ainda à mesa, deu-se conta de que Nicholas inteiramente só enquanto competia. E se algo acontecesse?

Entrou no quarto mergulhado em incertezas. Despiu-se, tomou banho, deitou-se na cama imensa e vazia. Será que Nicholas não viria porque tinham visitas? Será que não dormiriam juntos aquela noite? Precisava tanto do calor dele... Tanto...

De súbito, se sentiu como um tolo infantil, mas não conseguiu conter as reações do próprio corpo. Num salto, pôs de pé e cobriu-se de qualquer maneira com o robe negro que pendia do cabideiro atrás da porta. Nicholas não daria pela falta e devolveria no dia seguinte. Vestiu-se com pressa, atrapalhando-se no hora de atar a faixa à cintura.

— Aonde vai com o meu robe?

Virou-se para ele que, parado no batente, os braços cruzados e um leve sorriso nos lábios, o fitava com os olhos cinzas, agora escuros e estreitos.

— Que mania você tem de aparecer assim, sem fazer barulho! — bronqueou, corando. — Vive me assustando.

— Se eu te assusto é porque está fazendo coisa errada, como fugir de mim com o meu robe — tornou, movendo-se com graça felina para fechar a porta atrás de si. — O que pretende?

— Nada...

Capítulo Décimo — Tomada da Torre Preta

— Ah, sim... Veio apenas tomar banho e já estava saindo. Acertei? — ele girou a chave na fechadura, sem pressa, sempre fitando-o com intensidade.

Engoliu em seco quando caminhou em sua direção, muito perto. Sentiu-se possuído pela necessidade de se aproximar também, ainda mais, e colar o corpo no dele sem qualquer pudor. No entanto, permaneceu estático, dominado pelos olhos prateados que mergulhavam nos seus.

Nicholas tomou-lhe a mão gentilmente, e seu toque estava quente. Podia ouvir, à distância, o bater acelerado do coração dele, mas nada disse. Limitou-se a colocar a chave fria sobre sua palma e a fechar-lhe os dedos sobre ela. Em seguida, aquele homem lindo apoiou-se na parede com as mãos espalmadas, os braços esticados, prendendo-o com o próprio corpo, sem, contudo, tocá-lo. Ofegou, perdido em seu olhar penetrante.

— Pode ir embora se quiser... — foi o murmúrio rouco, carregado de desejo.

— Não quero... — sussurrou de volta, encarando-o de baixo e roçando o próprio ventre contra o dele.

Preso ao olhar escuro que o enfeitiçava, Nicholas conteve a respiração, o corpo há muito excitado pulsando forte de encontro ao membro dele, teso por debaixo do tecido acetinado do robe.

— Você... Tem consciência do que faz comigo, meu lindo? Tem noção do poder que exerce sobre mim?

Alexander encarou-o, mais próximo ainda, os lábios afinando num sorriso doce e malicioso, enquanto os olhos cinzentos o fitavam mudos, repletos de urgência contida. Enlaçou-o pelo pescoço, unindo o corpo menor ao dele enquanto roçava a face contra o rosto bem barbeado no qual os fios dourados tocavam.

Ofegante, apertou os olhos, enquanto Alexander tomou-lhe os lábios, exigente, numa experiência recém-adquirida. Permaneceu apoiado na parede na intenção de prolongar um pouco mais a sedução, mas ciente de que perdia a sanidade, pouco a pouco, para o toque vibrante da pele dele contra a sua. Sentiu que o jovem amante ondulava o quadril, forçando-se de encontro ao seu ventre contraído, ansioso por mais, e cerrou os próprios punhos, os lábios entreabertos para receber a língua úmida que ele lhe oferecia em devassidão.

— Lindo... — sussurrou o garoto, afastando-se para beijar-lhe o pescoço, mergulhar o rosto na farta massa de cabelos loiros e mordiscar-lhe o lóbulo da orelha.

O tilintar da chave sobre o assoalho de madeira denunciou que nenhum dos dois desejava ir além do perímetro da cama. Nicholas retesou cada músculo do corpo, tomando-o para si finalmente, num abraço possessivo, completamente alheio ao mundo.

Preso nos braços fortes que o puxaram, o jovem roçou o corpo no dele, beijando-o novamente, dessa vez com desvario, e recebeu a língua deliciosa do amante na sua, urgente. Em resposta, agarrou-o, temeroso de não conseguir mais se sustentar.

A pressão do quadril dele contra seu sexo, o beijo louco com o qual tomara-lhe os lábios, a carência desesperada que sentia ao saber que ele partiria, mesmo que por uma semana, contaminou-o e, num repente, sentiu o baixo ventre contrair-se em dor e prazer. O orgasmo anunciou-se com terrível força, surpreendendo-o e assustando-o. Nem ao menos fora tocado e a umidade viscosa tomou-o por dentro da calça. Afastou-o de si antes que o gozo o apanhasse ali, de pé no meio do quarto, e abafou o gemido de dor que obrigou-o a curvar o corpo.

— Nick! — balbuciou, perdido e preocupado. — Machuquei você?

Passado os instantes de angústia, Nicholas fitou-o novamente, o olhar escuro e estreito que Alexander amava a despi-lo. Sem nada dizer, aproximou-se novamente e tomou-o nos braços, arrastando-o para a cama e arrancando-lhe o robe. Apesar do movimento brusco, foram mãos gentis que o tocaram na penumbra. Entregou-se a ele, certo de que não havia saída para ambos além da fatalidade de partilharem suas almas e seus corpos.

Amaram-se num ritmo suave e crescente, o ápice apanhando-os juntos uma, duas vezes... Tanto prazer e tanta satisfação. Passado o momento, largaram-se, unidos num abraço cúmplice e apaixonado, o calor delicioso de seus corpos nus a afastar qualquer outra coisa que não fosse a felicidade de estarem ali.

Nicholas murmurou-lhe palavras ternas que não pôde compreender, mas aninhou-se a ele, realizado, plenamente satisfeito.

— Por que fala em Francês comigo? Sabe que não entendo — perguntou, acariciando-o com o rosto e com as mãos.

— Então é algo que precisamos remediar, o fato de não saber Francês — declarou, beijando-lhe as costas da mão.

— Por quê?

— Porque é minha Língua foi minha única forma de expressão até os sete anos de idade e mesmo depois disso, aqui no Brasil, porque meus pais só se falavam em Francês e minha família toda mora na França — o rapaz fitou-o, apoiando-se no cotovelo e inclinando-se sobre o peito do amante. Perdeu-se dentro daqueles olhos castanhos, maravilhosos, que a tudo tentavam compreender. Suspirou, certo de que não queria estar longe dele, jamais. — Às vezes, é muito difícil expressar certos sentimentos numa Língua que não é a nossa e, por mais que eu conheça o idioma, por mais que ame essa terra, sempre me soará...

— Falso?

— Não. Sempre me soará menor do que pretendo dizer. Acho que não consigo explicar, não é? — disse sorrindo e tocando o jovem no rosto, muito de leve.

— Eu entendi. Vou aprender Francês para a ocasião em que for me apresentar à sua família. Quero entender o que vão falar de mim! — disse rindo.

Nicholas emudeceu, apaixonado pela visão dele, e, ao mesmo tempo, triste por tudo o que vinha acontecendo desde então.

— Nem sempre é bom entender o que pensam da gente, meu lindo — desabafou, sem se dar conta do tom ferido de sua voz.

— Está falando da minha mãe, não é?

— Não. Foi um comentário apenas. Perceberá, muito em breve, que não trago mais ninguém para a nossa cama. Qualquer um, qualquer outra pessoa, fica de fora, atrás da porta. Aqui dentro é o nosso espaço, e eu só o divido contigo — fez Alexander deitar-se novamente e acomodou-o junto a si numa posição confortável para ambos. — Por isso, sei que tem muita coisa para me falar, sobre muitas pessoas, principalmente sobre determinadas decisões que tenha tomado diante da atitude de terceiros.

— Nick... Como você...

— Eu sei... Porque vejo você mais que qualquer outra pessoa, porque tento conhecê-lo mais que a mim mesmo. E eu quero ouvir, Alex, do fundo do meu coração, quero partilhar isso contigo, mas não hoje, não agora. Nesse momento, o que quero saber é se está feliz e se há algo que eu possa fazer para afastar a sombra que vejo nos seus olhos.

Apertou-o nos braços, muito forte, suspirando.

— Sou muito feliz... e você é o grande responsável pela minha felicidade. Quanto à sombra, ela é passageira. Deixemos minha mãe, seu pai, Humberto, o mundo inteiro fora desse quarto. Até porque, lá fora, teremos sempre que abrir mão de nós mesmos pelo mundo.

Nicholas assentiu e segurou-o muito perto, até que sentiu sua respiração regular e soube que adormecera. Era melhor assim. Em poucas horas, teriam que acordar novamente, e ele viajaria para competir; uma nova etapa de sua carreira e de sua vida. Seu papel como homem e como companheiro era cuidar para que não ficasse ainda mais nervoso. Odiaria ver todo o esforço dele perdido por tão pouco, principalmente se fosse a razão do desconforto. Teriam tempo, mais tarde, para discutir sobre Violeta e suas desconfianças. Por hora, queria aproveitar a companhia dele, o máximo que pudesse, até o momento de o avião levantar vôo.

Capítulo Onze
Xeque

A despedida no aeroporto, a decolagem e pouso do avião, o translado até o hotel, tudo aconteceu, confirmado pelos comentários que ouvia à sua volta, tanto do mestre quanto do amigo. Entretanto, sentia como se sua mente e consciência estivessem mergulhadas em estranha letargia. O mundo movimentava-se mais devagar, as vozes soavam-lhe indistintas. Não devia ser uma sensação muito diversa da bebedeira, entretanto, jamais saberia. Não podia beber um só gole de álcool.

Um carregador acompanhou-o até o andar indicado, com uma linda vista panorâmica. Perdeu o olhar na selva de pedra que era São Paulo, a névoa de poluição a pairar entre os edifícios de concreto da Avenida Paulista. Era uma bela cidade. O homem saiu deixando-o só. Cada um tinha o seu quarto: três ao todo. Não cometeria o erro de colocar Humberto junto a si e ter que mandar o amigo para outro lugar quando Nicholas chegasse.

Nicholas...

A lembrança dele o invadiu, ainda não impregnada de saudade, todavia, trazendo um vazio incômodo pela certeza de que não estavam perto, que não dormiriam juntos por alguns dias. Pegou-se a pensar no que ele estaria fazendo, se sentia saudade, se o amava tanto quanto...

Batidas na porta interromperam-lhe o rumo do devaneio. Foi abrir, certo de que era Humberto ou Navarre. Pela hora, já deviam estar se arrumando para almoçar e, depois, para a abertura da competição. Cruzou o aposento com passos rápidos e firmes, nervoso demais para ceder. Era o entregador com um imenso buquê de rosas na mão.

— Para o senhor. Mandaram entregar assim que chegasse.

Deu-lhe uma gorjeta generosa e, assim que o homem saiu, procurou o cartão.

Estarei pensando em você, meu lindo! Mal posso esperar para ir ao seu encontro e, nem bem cheguei ao escritório, me dei conta de que não deveria tê-lo deixado partir sozinho. Perdão.

Vá e dê o seu melhor. Garanto que sairá vitorioso pois é o MEU Alexander Oliveira e não há ninguém no universo como você.

Seu, eternamente.

Lágrimas assolaram-lhe os olhos. A cada dia ele se mostrava mais romântico e apaixonado. Era realmente um homem de muita sorte por tê-lo conquistado. Pôs as flores num vaso e foi tomar um demorado banho de banheira. Tinha tempo de sobra. Arrumou-se em seguida, sem pressa, sentindo-se muito melhor depois da demonstração de carinho. Decidiu que ligaria à noite, para falar com ele e agradecer por tudo. Quando Navarre e Humberto o encontraram no *loby* do hotel, um sorriso tranqüilo e feliz estampava-lhe o rosto.

Almoçaram ali mesmo para poupar tempo. Já no ginásio lotado, a tarde estendeu-se monótona e irritante, com diversas pessoas falando ao microfone e uma fila interminável de apresentações. Infelizmente, tivera que apresentar-se também — um rubor intenso — e, apesar do ar debochado de Humberto, conseguiu manter a pose por respeito a Navarre, que o fitava emocionado da platéia.

Livre do protocolo, tratou de arranjar um prospecto e a tabela referente às partidas iniciais. Era um evento bem maior do que último o qual participara, e se sentiu meio perdido. Ainda bem que Navarre estava ali ao lado, e como se houve lido seus pensamentos, aproximou-se e abraçou-o pelos ombros com confiança.

— Sua estréia será amanhã, no primeiro horário, com William Aster! — o rapaz fitou-o com ar interrogativo. — Emocionante, não concorda?

— Claro — disse Humberto, sem perceber que a pergunta não cabia a si, mas ao amigo. — Gente, isso aqui é MUITO legal. Dá só uma olhada no luxo. Que beleza...

Alexander não teve ânimo para olhar em volta porque seu coração batia forte, assustado. O clima não era de competição, mas de meias conversas vazias que o aborreciam profundamente, muito embora Navarre houvesse instruído, desde o começo, a cumprir com as formalidades. Isso significava que teriam de ficar um pouco mais, o mínimo que fosse, para se sociabilizarem. De qualquer forma, seu corpo não vibrava como o do enxadrista Alexander Oliveira, não ainda. Por enquanto, era apenas o discípulo de Navarre Fioux, o colegial que enfrentava seu primeiro grande campeonato.

Humberto chamou-os para uma das muitas mesinhas adiante, montada dentro do ginásio, imitando uma autêntica cafeteria. Havia outros estabelecimentos, como restaurantes e lanchonetes, mas ficou feliz pela escolha do amigo. Um café forte serviria para acalmar os nervos.

Sentaram-se, uma conversa gostosa fluindo aos poucos, enquanto o aroma perfumado do café quente expurgava qualquer outra preocupação e trazia à sua memória o semblante doce de Nicholas. Era bom pensar nele...

— E esse Aster? — perguntou de repente, surpreendendo Navarre. — Você já disputou com ele? É competente?

O velho enxadrista sorriu triunfante e despejou um relatório completo sobre Aster, desde sua colocação nos últimos campeonatos, passando pela descrição detalhada do estilo que adotava, bem como seus pontos fracos em jogo, até as várias previsões de jogadas que poderia utilizar para vencer. Humberto fitava-o em estado de choque, completamente embasbacado com a riqueza de detalhes.

Alexander, por sua vez, não se surpreendera pois conhecia Navarre e sabia muito bem os métodos do mestre. Aprendera com ele quase tudo o que sabia. Observar e buscar informação sobre o oponente podia ser, muitas vezes, o passaporte para o êxito absoluto. Por isso, perguntara a respeito, ainda mais sabendo que Navarre freqüentara o meio por muitos e muitos anos. Suas suspeitas se confirmaram quando

Capítulo Onze — Xeque

o mestre sanou a curiosidade de Humberto, revelando que William fora aprendiz de George Aster, um de seus primeiros e mais sagazes adversários nas épocas áureas das grandes competições.

— Em geral, o aprendiz traz muito do mestre em seu estilo, muito embora não seja regra. No caso, as informações serão válidas para você, meu filho, por que William adota muita coisa do pai.

— E eu, Navarre? Também trago muito da sua técnica no meu estilo de jogo?

Navarre fitou-o, como se refletisse.

— Acredito que haja, de fato, alguns traços de semelhança, afinal, somos mestre e discípulo. Mas a questão só representa um problema quando ultrapassa mera experiência, Alex, lembre-se bem disso. Um enxadrista perde a personalidade quando passa a raciocinar como seu mestre, e isso sim, pode levá-lo ao fracasso. Então, não se preocupe porque uma coisa que você não faz e nem nunca fará é pensar como os outros acham que deve. Você tem seus próprios princípios e seu próprio raciocínio lógico. Por isso é brilhante, por isso o escolhi dentre tantos outros.

O rapaz sorriu. Vindo de Navarre, aquela colocação era o maior dos elogios. Sentiu-se confiante, talvez pela primeira vez desde o dia anterior, quando a realidade viera bater em sua porta e dizer que estava prestes a entrar num ginásio com a responsabilidade de zelar pela tradição dos Fioux. Agora entendia o que Nicholas quisera dizer com "você é tão bom quanto Navarre". Não havia comparação, uma vez que detinham estratégias particulares.

Já estavam de saída quando um outro senhor de idade, ligeiramente menos encurvado, porém calvo, aproximou-se da mesa, da qual levantavam os três. Ele e Navarre cumprimentaram-se num Português tão precário que até mesmo Humberto torceu o nariz. Não era brasileiro, de jeito nenhum — mas Navarre também não, então estavam quites — a começar pela tez avermelhada, que sugeria exposição ao sol. Seus olhos eram escuros e os traços do rosto finos e esquisitos. Falava moderadamente, num tom grave, quase gutural. Uma figura.

Obviamente, Alexander foi apresentado, com toda a honra a que tinha direito, e virou rapidamente o centro das atenções. O nome do outro era Johnnatan Wood, e, assim como Navarre, estava à procura de um discípulo relativamente experiente, mas que estivesse disposto a aprender como um colegial. Incrível como a descrição dele encaixava-se perfeitamente com a sua própria.

Ficou ressabiado e afastou-se discretamente. Não queria que Wood percebesse o quão desconfortável se sentia. De qualquer forma, Navarre adiantou-se a deixar bem claro que Alexander não estava à procura de um novo mestre, pelo menos, não ainda. Diante desse comentário, o rapaz quase engasgou e o fitou em pânico controlado. Não daria a ninguém o gosto de sabê-lo nervoso, muito menos às vésperas de uma competição e diante de um veterano.

— Já muito ouvi falar você, jovem — disse, quase inteligivelmente. — Notícias correr rápido no xadrez também.

Sem graça, lançou-lhe um sorriso amarelo, o máximo de seu esforço para não ser antipático. Olhou para Navarre de soslaio, indagando sem palavras se teriam de ficar muito mais tempo. Humberto assistia à cena meio que deslocado. Pouco entendia do que diziam, na maioria das vezes. Parecia um outro código, particular, ao qual não tinha acesso. Quem sabe, depois de uma semana inteira ouvindo aqueles termos esquisitos, não voltasse para casa mais por dentro do assunto? Contudo, era doutorado em Alexander e entendeu muito bem o olhar ansioso que ele lançou a Navarre. Encarou o quarto integrante do grupo com certa hostilidade.

— Ô... careca! Eu sou o Humberto. Valeu te conhecer, mas tamos caindo fora. Tchau — e arrastou o amigo pela mão, na direção da saída.

— Muito prazer, Sr. Wood. Quem sabe nos encontramos nos próximos dias! — tornou de longe, aceitando de bom grado a interferência do amigo.

Wood sorriu e virou-se para Navarre.

— Estou feliz em revê-lo, Fioux! — disse em tom amigável, num Francês perfeito. — Tenho certeza de que o garoto é um achado, como dizem por aí, e que terei oportunidade de testá-lo um dia desses.

* * *

Fim de expediente e parecia que o mundo desabara sobre seus ombros, seu corpo e sua mente. Já não agüentava mais ficar ali sentado, a rabiscar provas de cor ou montar a imagem final diante da tela do computador. Não parara sequer para almoçar, pois, sabia, lutava contra o relógio a fim de conseguir concluir os compromissos que assumira para a semana até a manhã de quinta-feira quando pretendia ir ao encontro de Alexander. Talvez fosse mais do que poderia realizar, mas nunca saberia se não tentasse e daria tudo de si para estar com ele.

Davi entrou, perguntando se demoraria muito para ir embora. Pelo semblante carregado do sócio, percebera que algo estava muito errado. Não o vira por todo o dia, uma vez que passara a manhã apresentando um projeto e a tarde inteira encontrando-se com clientes — "em campo", como costumavam dizer. E, agora, notava-lhe as olheiras, bem como o ar taciturno, tão diverso do sorriso espontâneo que era sua marca registrada.

Convidou-o a sentar-se um instante, dizendo que queria terminar ao menos com aquele projeto antes de ir. Pela primeira vez em muito tempo, observou Davi sentar-se sem nada dizer quanto às horas extras, sem brincar ou obrigá-lo a deixar o trabalho. O italiano simplesmente deixou-se cair na cadeira, o olhar escuro baixo para os rabiscos do amigo.

— Estou ouvindo, Dav.

Ele nada disse por um tempo, muito quieto, sem olhar para nada além da mesa. Assim ficaram, ele com o olhar baixo, Nicholas fitando-o em paciente espera.

— Fui visitar minha mãe ontem — disse, o tom triste.

— Como ela está?

Ele deu de ombros, sem fitar o outro.

Capítulo Onze — Xeque

— Na mesma... Piorando.

— Precisam levá-la a outro médico. Esse não está ajudando muito.

— Foi o que disse a Samuel.

Silêncio.

— E ele? O que respondeu?

Davi ergueu-lhe o olhar turvo, o rosto completamente infeliz.

— Ele me xingou em Hebraico e me botou para fora de casa. Foi isso o que fez. E nem pude me despedir da minha mãe.

Por um instante não soube o que dizer àquele homem enorme que chorava desconsoladamente. E, conforme as lágrimas dele escorriam-lhe pelo rosto, sentia como se algo também lhe escorresse de dentro da alma. Sempre sentia-se assim, impotente, quando não podia ajudá-lo, mas suas mãos estavam atadas.

— E sua mãe? O que ela acha de tudo isso?

Davi sorriu, descrente e magoado.

— Ela mandou Judith fazer bolinhos de chuva para eu trazer para o Rio — novo silêncio. — Não sei mais o que fazer, Nick! Eu acho que minha mãe não está bem, aquilo não é só coluna. Ela está mal de verdade e meus irmãos nem ao menos permitem que eu faça alguma coisa por ela. Às vezes, olho para mim e me sinto tão... Tão... Medíocre...

— Pare — sussurrou, tocando-o no braço sobre a mesa. — Não vou permitir que pense esses absurdos sobre si mesmo. Não vou permitir, entendeu? Queria poder fazer algo mais e não posso, você sabe. Mas posso impedir que cometa o maior erro da sua vida: deixar as coisas como estão. Ela é sua mãe e, por mais difícil que pareça, deve continuar tentando, da maneira que for possível. O seu empenho, por menor que seja, fará toda a diferença mais tarde. Acredite em mim.

— Não sei como continuar. Cada vez que vou vê-la e percebo que está pior, cada vez que apareço e sou execrado pela minha própria gente, me sinto morrer por dentro. É algo indescritível...

— Algo que conheço muito bem — tornou, sorrindo com ternura. — Ainda assim, vale a pena.

Davi devolveu o sorriso, mais calmo. Não agradeceu porque não precisava. Entre eles jamais houvera necessidade de agradecer por apoio, até porque, era muito difícil para Nicholas falar de sentimento. Porém, deixou o amigo saber o quanto era grato pelas palavras. Suspirou fundo, reunindo força.

— E aí, patrão? Vai se matar de trabalhar ou vai me acompanhar até o estacionamento? Pensei que os dias de autoflagelação haviam terminado com a chegada de um certo rapaz enxadrista...

— Estava demorando... — tornou, fingindo cansaço e enfiando o rosto nas mãos.

Davi riu, sua gargalhada ecoando, como sempre acontecia. Agradeceu por ouvi-la novamente. A alegria dele, assim como sua reputação feroz, eram a alma daquele escritório. Reconfortante saber, não? Contou-lhe a respeito do campeonato, da ida ao aeroporto naquela manhã e da intenção de ir ao encontro deles na quinta-feira.

— É, realmente me parece um bom motivo para trabalhar dobrado — tornou o outro com ar maroto. — Você parece ansioso pela quinta-feira... Vai, me conta. É alguma data especial?

Nicholas baixou o olhar e sorriu de leve, o rosto rubro.

— Um mês.

Davi ergueu-se para cumprimentá-lo com amigáveis tapinhas nas costas, seu vozeirão a notificar todo o andar do que acontecia dentro da sala.

— Meus parabéns! Quem diria que um rapazinho lhe tomaria o coração dessa maneira, a ponto de começar a comemorar cada mês de namoro!

— O primeiro mês é especial. Todo mundo comemora.

— Todo mundo, vírgula. Você nunca comemorou antes, lembra?

Nicholas encarou-o, pensativo.

— Para ser sincero, realmente não me lembro de nada ou ninguém antes dele, Dav — o amigo sorriu largamente, satisfeito. — Você tem razão. Ele tomou o meu coração — admitiu.

— Que bom. Sempre torci para que encontrasse alguém especial, que o fizesse acreditar novamente no amor. Aí está! Quando vai nos apresentar, afinal, sou parte da família, não? Da sua pequena família, da mesma forma que você é parte da minha.

— Em breve, eu prometo.

Foi quando o telefone tocou na linha externa, denunciando que Mônica já encerrara o expediente e a deixara ligada diretamente à sala do patrão. Atendeu, meio que entediado. Davi acenou da porta, dizendo por gestos que se encontrariam no dia seguinte ou para que ligasse caso quisesse continuar a conversa. Despediu-se dele num aceno enquanto sua voz baixa ecoava pelo recinto.

— Designer & Dreams. Nicholas Fioux.

— Nicholas? Graças a Deus te encontrei aí ainda. É Samantha. Desculpe incomodar, mas preciso falar com você.

Não pôde evitar o sorriso sarcástico. Sentou-se com movimentos controlados antes de continuar.

— Espero que não seja para me processar. Pelo que me lembro, não fiquei com nada que lhe pertence — o silêncio do outro lado da linha foi prova de que exagerara na antipatia. — Em que posso ajudá-la, Samantha?

— Talvez seja melhor falar com o seu sócio, não? — a voz dela soou sem antagonismo, mas carregada de receio. — Ele está?

— Não. Terá de falar com Casiragli amanhã, depois do almoço — novo emudecer. — Não me leve a mal, mas sabe que não lido muito bem com surpresas e não esperava que fosse me procurar outra vez, muito menos para pedir ajuda.

— Sei que não fui muito delicada em nossa última discussão.

Capítulo Onze — Xeque

— Também não fui. Bom, se quer ajuda profissional, não vejo qualquer problema.

— Fico feliz — a voz dela soou mais afável. — Não o procuraria se não fosse por trabalho. Já tentei me envolver antes, lembra? Não deu certo.

Não levou a conversa adiante porque seria grosseiro. Perguntou pela questão, esquivando-se de qualquer possibilidade de ela enveredar pelo lado pessoal. Era coisa muito simples: Samantha precisava de uma Identidade Visual, uma logomarca, o mais rápido possível. Pegou todas as informações sobre a empresa — ramo de hotelaria e entretenimento —, anotou os detalhes quanto ao projeto e as características que ela, como cliente, gostaria que mantivessem. Em poucos minutos, acertou os pontos fundamentais para começar o trabalho, mas tratou de avisá-la de que não pegaria projeto algum para a semana em virtude de um compromisso inadiável. Samantha pareceu não se importar, muito embora tivesse deixado clara a preferência de que ele trabalhasse no caso em pessoa.

Tratou de informar a ela que, caso exigisse sua participação pessoal no projeto, teria que aumentar o prazo para o meio da semana seguinte. Em virtude da urgência, ela recusou. Comunicou-a que passaria todas as informações para Davi e que, a partir do dia seguinte, ele é quem estaria responsável pelo trabalho, tendo a preocupação de dizer que qualquer dúvida ou contato deveria ser feito com o sócio, sem intermediários. Assim, isentou-se de responsabilidade ou de futuros e eventuais problemas afetivos. É claro que essa informação guardou para si. Samantha não mais fazia parte de sua intimidade. Nunca fizera, em verdade.

Desligaram cerca de meia hora depois. Encarou o relógio de parede, posicionado diante da mesa. Os ponteiros marcavam próximo das oito horas. Resolveu ir para casa, pois sua intuição lhe dizia que um certo lindo ligaria, se não para agradecer as flores, para dar o número do quarto de hotel. Juntou seus papéis, pegou sua pasta e saiu. O silêncio opressor junto às sombras imóveis do recinto, causaram-lhe profundo desgosto.

Imaginou-se entrando naquela mansão gigantesca, inteiramente só com os empregados — impessoal —, e quase desejou não voltar para casa. Com terrível vazio no coração, ganhou o corredor, cumprimentando o vigia de passagem pelo andar. Resignou-se com o inevitável. Não seria a primeira vez que não havia para quem voltar. Mas foi a primeira, em muito tempo, que sentiu a diferença.

* * *

Depois de passar a última hora olhando para o teto, ali, deitado na cama imensa daquele quarto sem vida, que se deu conta: se a luminária de cristal resolvesse despencar, cairia justamente na sua cara, excluindo qualquer possibilidade de continuar vivo. Era animadora a idéia, ainda mais sabendo que teria de estar diante do adversário às oito da manhã do dia seguinte.

Fitou de soslaio o aparelho à cabeceira. Nicholas retornara sua ligação tão logo chegara em casa. Dera-lhe uma carinhosa reprimenda pelo horário, afinal não era porque estava longe que deixaria o amante trabalhar como um condenado. Conhecia-o muito bem para saber que, provavelmente, nem almoçara. Mas a voz doce dele, repleta de saudade, quebrara-lhe a resistência. A ausência lhe doía.

Desviou o olhar do telefone com fatalismo. Conversaram por um longo tempo, procurando diminuir a falta que sentiam um do outro ao contarem tudo o que lhes acontecera durante o dia. É claro que Nicholas não falara muito, apenas que trabalhara demais e que contara a Davi sobre eles. Ficou feliz. Era bom ter um amigo por perto.

Durante a conversa, ao ouvir a voz dele em seus ouvidos, quase esquecera-se de que não estavam juntos, mas, depois de emudecer a linha, já tarde da noite, descobrira-se ainda mais só. Rolara na cama até então, de um lado para o outro, sem conseguir uma posição confortável. Tudo o incomodava, desde o eventual ruído exterior até o contato do cobertor sobre sua pele.

Tratou de se ajeitar melhor e fechou os olhos, determinado a dormir. Nada... O próprio colchão parecia irritá-lo. Sentou-se em desespero, certo de que não conseguiria se concentrar o suficiente para vencer nem mesmo Humberto, que dirá um veterano como William Aster.

Esfregou o rosto, nervoso, e se levantou. Antes de sair para o corredor, rodou em círculos pelo quarto, mas não houve jeito. Precisava de companhia porque a saudade o estava enlouquecendo. Não incomodaria Navarre, até porque levaria uma bronca daquelas se o velho mestre descobrisse que ainda estava acordado àquela hora da madrugada. Rumou para o quarto de Humberto e bateu à porta.

Logo, o amigo veio atender, o rosto amarrotado, o olhar meio fundo pelo sono. Desculpou-se, já arrependido por tê-lo despertado, porém, sem outra saída possível, além de pedir abrigo por algumas noites, até a chegada do companheiro.

Humberto deu-lhe passagem e foi envolvido pela luz azulada da televisão, a única iluminação do ambiente.

— O que foi, meu caro? — perguntou, desligando o aparelho e cedendo uma das metades da cama para que o outro deitasse.

— Não consigo dormir, Berto... — encarou-o como se, de repente, lhe soasse estúpido demais. — Não consigo mais dormir sem ele.

Humberto sorriu, meio desperto agora. Cruzou os braços atrás da cabeça e mirou o teto com ar sonhador.

— Deve ser algo muito ruim e ao mesmo tempo muito bom, isso de se acostumar com o calor de alguém — ele mirou o amigo, que se deitara ao lado com ar grave. — Sabe a... A minha... Bem, não é exatamente uma namorada, mas...

— Sei. A menina dos cursos esotéricos.

— Ela mesma! Pois é... Acho que estou gostando dela, meu caro! Gostando de verdade. E sei que é diferente porque sinto vontade de me acostumar à presença dela e isso nunca me aconteceu antes — ele rolou na cama até estar de frente para o amigo. — Me conta como é, por favor.

Capítulo Onze — Xeque

Alexander suspirou, cansado, sem saber por onde começar. O outro aguardava, quieto, mas nada lhe ocorreu. Então, fechou os olhos e a imagem dele invadiu-lhe a mente até que pudesse sentir-lhe o perfume amadeirado e o calor junto ao seu corpo.

— Não dá para descrever em palavras o quão importante é estar ao lado dele, nem o quanto dói saber que não posso olhá-lo nos olhos e ouvir sua voz macia ao me desejar "boa noite, meu lindo" — silêncio. — Também nunca pensei que algo assim fosse me acontecer, amigo, muito menos o quão grandioso é amar dessa maneira e nos entregarmos sem reservas.

— Não deveria ser tão sofrido, afinal, vão se ver logo, não é?

Parou para pensar na observação dele antes de continuar.

— Não é exatamente sofrimento. É vazio, o que me parece muito pior — sorriu, fitando-o finalmente. — Sentir a ausência é ruim, mas é maravilhoso ter alguém para amar.

Humberto assentiu e calaram-se por um tempo. Imaginou que ele estivesse tentando dormir e fechou os olhos com a mesma finalidade. O sono parecia ainda muito distante e não houve tempo para esperá-lo, pois o amigo chamou-o mais uma vez.

— Posso te perguntar uma coisa... Meio pessoal?

— Claro — respondeu sério, encarando-o.

Ele hesitou e Alexander preparou-se para o que viria a seguir. Humberto era mestre em colocar as pessoas nas situações mais embaraçosas.

— Sabe, sempre fui muito curioso...

— Berto, ninguém te conhece melhor que eu. Não precisa enrolar. Vai fundo porque imagino o que vai perguntar.

— Certo — respirou forte e mirou o outro com o olhar verde. — Você é passivo ou ativo? — diante do olhar estupefato resolveu consertar a mancada. — Quer dizer, dizem que existe esse tipo de coisa, né? Mas, uma vez, eu ouvi um pessoal falando que isso é besteira, que todo mundo "come" todo mundo e...

— Ou! Calminha aí — disse, perdendo a vergonha para a colocação dele. — Vamos deixar uma coisa bem clara antes de qualquer explicação: não existe esse negócio de "todo mundo". Nicholas é meu e ninguém mais entra na nossa cama, certo?

— Foi modo de dizer, meu caro! É claro que não rola, até porque, se alguém se aproximar de você, seu homem cai matando em cima! Nunca vou esquecer o olhar que ele me lançou aquele dia lá na sala. Quase mijei nas calças, valeu?

Concordou, mais tranqüilo. A ansiedade dele não deixava margens a dúvidas, era o momento de responder a pergunta.

— Bom, a gente troca de posição de vez em quando, mas há preferência de ambos os lados, não dá para negar — hesitou por um instante, tentando escolher as palavras. — Na maioria das vezes eu sou o ativo.

— Putz... Você agora me tirou a maior dúvida que eu tinha. Não, porque eu sempre pensei que esse tipo de coisa ficasse na cara, entende? Mas eu te conheço bem, e o Nicholas não leva o menor jeito de viado, não me leve a mal. Eu estava pensando se rolava algo entre vocês de verdade, porque não dá pra sacar.

Alexander riu, sereno. Humberto perguntou então se Nicholas era cuidadoso, se demonstrava carinho, essas coisas que os homens, em geral, não se preocupam nem um pouco. E não foi difícil deduzir-lhe os motivos da preocupação: quando tentara envolver-se com Lorena, contara ao amigo que precisava de romantismo, de ternura, de que o sexo fosse algo mais que a vontade de gozar. Humberto entendera, apesar de adotar outra prioridade para si mesmo, o que não o impediu de ouvir.

— Ele deve ser mais experiente — comentou sem se dar conta de que assumia um semblante sério, quase adulto. — Meu caro, tudo aconteceu como você queria?

Perdeu o olhar nos entalhes de gesso que adornavam o teto, seu rosto assumindo uma expressão apaixonada que o amigo nunca vira antes. Sorriu ao fitá-lo, nem precisava de resposta.

— Ele transformou meu sonho em realidade, Berto... — murmurou. — E tem sido assim, desde a primeira vez. Nunca imaginei que pudesse ser tão incrível, dividir o corpo e a alma com outra pessoa.

— É... e você queria desperdiçar a magia do momento com uma vadia qualquer. Ainda bem que não deu certo! — lembrou ele, impiedoso.

— Ainda bem... Quanto a você, espero que encontre em outra pessoa a mesma cumplicidade, a mesma magia que sinto quando Nicholas está comigo.

— Eu também espero. Mesmo que ainda não seja o momento, espero encontrar alguém, um dia, que me faça sentir assim.

Aquietaram lentamente, cada um perdido em seus próprios pensamentos e anseios. A familiaridade e a certeza de que não estavam sós acabou por acalentá-los e rumaram, serenos, para o mundo do sonho.

* * *

A voz de Alexander cessara ao telefone há mais de três horas e continuava rolando na cama sem conseguir pregar os olhos, um instante sequer. Já tentara de tudo, desde tomar chazinho, até ver televisão, a quarta coisa que mais abominava no universo, perdendo apenas para a sensação de estar exposto, a incompetência e o aparelho inventado por Gran Bell. Sem qualquer resultado positivo, caminhara pela casa como um sonâmbulo, por muito tempo, tanto que nem ao menos podia determinar. Vencido pelo cansaço, deitou-se novamente, mas nada de o sono chegar. Restava-lhe a sensação de vazio pela ausência dele e a saudade absurda que corroía-lhe as entranhas.

Inquieto, procurou pensar no trabalho, contudo, logo os pensamentos fugiram para a tentativa de compreender como o amor acontecera em sua vida. Sim, porque o

Capítulo Onze — Xeque

amava, tanto e com tamanha entrega que já não podia determinar onde terminava para Alexander começar. Parte de si estava ausente. Sem o calor do corpo jovem junto ao seu, estava gelado; sem a respiração suave de encontro ao seu peito, estava sufocado; sem o toque macio a incendiar-lhe as veias, estava perdido. Alexander apoderara-se de sua alma e de sua existência com um simples olhar, com o doce sorriso.

Angustiado, admitiu que não conseguiria dormir longe dele, não mais. Sentou-se e correu as mãos pelo cabelo. Em seguida, vestiu um short e foi para o escritório. Não tinha condições de trabalhar, mas, pelo menos, sabia que havia maior possibilidade de dormir sentado à cadeira do que sozinho na cama, ansiando pela presença reconfortante e serena do companheiro.

E assim foi. Como Navarre mesmo dizia: "tudo o que não faz parte de nós, passa nessa vida". Era verdade. Entre os projetos e as apresentações, entre telefonemas saudosos e notícias de vitórias, a quinta-feira chegara. O dia começara agitado, pois tivera de encontrar com o sócio para resolver um problema em relação ao projeto de Samantha. Deixara o telefone do quarto no qual ficariam com Davi, porém, avisara que só deveria ligar em caso de vida ou morte.

Em seguida, correra até uma loja de antigüidades no Centro, a fim de pegar uma encomenda muito especial: o primeiro presente que daria ao amante. Na verdade, o objeto estava encomendado já há muito tempo, desde que se percebera apaixonado. Na época, não tinha a menor idéia se o rapaz aceitaria um relacionamento ou não, mas não importara. Queria dar a ele algo especial, algo que o marcasse para sempre e que pudesse usar para, assim, lembrar do que construíam a cada dia. O primeiro obstáculo fora encontrar alguém disposto a fazer o presente. Depois de muito procurar, encontrara um senhor, artista, que aceitou a encomenda.

Quando deixou a loja, já passava um pouco da hora do almoço. Iniciou, então, a corrida desenfreada para voltar à mansão, pegar suas coisas, correr até o aeroporto, conseguir uma passagem na ponte aérea para o mais cedo possível, fazer hora até o embarque, embarcar, desembarcar em São Paulo, pegar um táxi em Congonhas e disparar até o hotel.

De certo avisara ao jovem enxadrista que deveria comunicar na recepção que outro hóspede chegaria para dividir o quarto no sábado de manhã. Sim, porque era surpresa e não iria estragar tudo. Alexander fizera como o combinado, inclusive, dera seu nome à atendente, tudo de antemão, como manda o protocolo. Só que nada é tão fácil quanto parece e, simplesmente, não o deixaram subir sem autorização. Já estavam quase no fim da tarde e, além de não conseguir resolver a questão do "acompanhante", não conseguia nem ao menos um outro quarto vago para se hospedar.

A paciência foi chegando ao limite, e, quando estava prestes a pegar o gerente pelo colarinho, a camareira avisou que um dos quartos estava vago, pois os hóspedes encurtaram a temporada. Foi a salvação. Mal acreditou quando cruzou a porta da suíte e deixou-se cair na cama. Tudo o que queria era tomar um bom banho quente. Como estava frio.

Xeque-Mate

Após se aquecer com a água morna do chuveiro, escolheu uma roupa bonita, uma das tantas que valorizava-lhe o corpo esguio e os olhos cinzentos. Queria causar boa impressão. Não se vestiu porque ainda era cedo e, tinha certeza, o amante não retornara do ginásio. Largou-se na cama, de calça e camiseta de algodão, aconchegado sob as cobertas, à espera de que a hora passasse e a noite chegasse. Lançou um olhar ansioso para o presente, ainda sobre a cadeira à entrada, protegido pelo paletó do terno que usara por todo o dia. Sorriu sozinho. Com certeza, ele gostaria da surpresa.

*　　*　　*

— Não sei por que está tão mal-humorado, meu caro. Você venceu, não venceu? Qual o problema se ele lhe tomou a peça assada ou cozida?

— Ah! — tornou o rapaz moreno, ao perceber que a recepcionista fora buscar a chave do quarto. — Você não entende, Humberto. O carinha me sacaneou, essa é a verdade.

— E você tombou o Rei dele — lembrou-lhe Navarre, sereno. — Humberto está certo. Não há perfeição, Alexander, mas você está se aproximando dela ao máximo.

— Viu? Tô ficando mais entendido que você! — brincou, recebendo um olhar fulminante como resposta.

— Vamos jantar fora hoje ou ficaremos pelo hotel, como ontem? — indagou o mestre, pegando sua chave e afastando-se do balcão.

— Não quero me encontrar com ninguém — retrucou mais calmo, porém, contrariado, os olhos assombreados por velada tristeza. — Não estou com espírito para fazer nada. Acho que vou pedir alguma coisa no quarto e ficar por lá mesmo. Preciso dormir.

Nenhum dos outros dois disse nada. Rumaram juntos para o elevador e entraram, sérios. Navarre foi o primeiro a sair, uma vez que seu apartamento ficava no andar de baixo. Combinaram rapidamente de se encontrar, à hora de sempre, no saguão. O mestre sumiu por detrás da porta metalizada, deixando-o com uma incômoda sensação de vazio.

Com Humberto deu-se o mesmo. O amigo revelou que iria até o piano-bar para ver as "gatas", mas que não se demoraria. Despediram-se e, muito embora o outro tenha tentado animá-lo, dizendo que faltava pouco, nada poderia apagar o fato de que estava fazendo um mês de namoro longe de Nicholas. Naturalmente, não chegara a dizer a ninguém que o principal motivo da irritação era esse, aliada à carência e à maratona que aquele enxadristazinho o fizera passar por quase toda a tarde. Um fiasco! Paciência, só tinha a agradecer, pois ultrapassara mais uma etapa e continuava no páreo. Queria vencer aquele campeonato.

A porta do quarto cedeu com um ruído suave e uma réstia de luz atreveu-se pelo recinto ainda mergulhado em breu. Nada, nem um único objeto marcava sua

Capítulo Onze — Xeque

presença com familiaridade. Era um quarto qualquer, de um hotel qualquer, sem coisa alguma que fosse sua além das roupas, escondidas no armário a lembrar-lhe de que estava deslocado no mundo.

Avançou, cansado demais para pensar em comer. Despiu-se com gestos mecânicos, largando a roupa pelo caminho, em direção à cama. Queria dormir, e fazia tanto frio... Sentia tanto frio que resolveu tomar banho no dia seguinte, exatamente como fizera pela manhã, antes de competir. Ajudaria a despertá-lo. Enfiou-se debaixo do cobertor espesso para esperar pela ligação dele. Puxou o aparelho mais para perto a fim de acordar, caso terminasse por adormecer.

Aos poucos, o corpo foi esquentando e acomodando-se no colchão, um bálsamo para as noites mal dormidas. Sorriu sem querer, os membros doloridos e fatigados. Mal via a hora de ter outra noite decente de sono! E quando a consciência se desligava, um som ritmado e incômodo alarmou-o a ponto de saltar debaixo das cobertas. Atendeu o telefone num reflexo, mas foi a voz da telefonista que respondeu, do outro lado, confundindo-o. Desligou sem nem ao menos identificar-se.

O barulho repetiu-se, agora mais alto, vindo da porta. A raiva tomou-o ao perceber que alguém desejava entrar. Pensou de imediato em Humberto e pediu em silêncio para que não houvesse ninguém no corredor, pois, caso desse de cara com o amigo, por mais que gostasse dele, o pegaria pelo pescoço!

Levantou-se aos tropeções, desequilibrando-se ao enrolar as próprias pernas no lençol. Alcançou a maçaneta ciente de que estava nu, os dentes trincados em fúria contida. Por sorte, pendurara o robe do hotel atrás da porta e foi o que vestiu, antes de verificar quem era e mergulhar nos olhos cinzas dele repletos de ternura.

Ele sorriu suavemente, o semblante tomado por uma expressão única e maravilhosa. Por um instante relutou em acreditar no que seus olhos viam, como se a imagem dele ali, diante de si, à porta do quarto, fosse irreal demais. Desejara vê-lo, assim, por tantas noites que já não podia dizer se alucinava ou não. E ele estava lindo! A camisa escura de gola coberta por um blàiser acinzentado realçavam-lhe os olhos, brilhantes como jóias; a calça preta alongava-lhe as pernas. Não ousou tocá-lo, tampouco dizer coisa alguma, receoso de que, ao fazê-lo, percebesse que não estava lá.

— Que este seja o primeiro de infinitos meses que estaremos juntos, meu lindo — murmurou, estendendo um objeto retangular, cuidadosamente embrulhado com papel colorido e trespassado por fitas douradas.

Ergueu a mão para pegar o presente e seus dedos tocaram os dele, sem querer, quentes e macios. Como que a confirmar-lhe a presença, o perfume amadeirado invadiu-lhe os sentidos. Fechou os olhos, respirando fundo, como se dessa forma pudesse trazê-lo também para dentro de si. O presente pesou-lhe nas mãos e o calor do corpo dele entrelaçou-lhe os dedos. Abriu-lhe os olhos em abandono.

— Você veio — balbuciou num fio de voz.

Ele assentiu, os cabelos loiro-escuros roçando-lhe o queixo firme, como ouro líquido à luz artificial do corredor.

Apertou a mão dele na sua e puxou-o para dentro, a letargia rapidamente substituída pela urgência. Deixou o embrulho sobre a mesa da entrada para apoderar-se dos lábios dele, tão doces, com fome desmedida. Nicholas abraçou-o com semelhante urgência, faminto por ele, completamente descontrolado com a proximidade do companheiro.

Enquanto avançavam trôpegos para a cama, Alexander incumbiu-se de despi-lo, as peças de roupa igualmente esquecidas pelo chão para a necessidade de fazê-lo seu o mais rápido possível.

Largaram-se sobre o colchão e nos braços um do outro, procurando retardar a união de seus corpos para redescobrirem o prazer, ansiosos pelo toque, vibrando numa única pulsação. E assim, após longos momentos de mútuo acariciar, de gemidos e suspiros, amaram-se além do amor e além do prazer, desesperados, mas, ao mesmo tempo, em busca do significado de ser inteiro outra vez.

Nicholas abraçou o garoto junto a si enquanto sentia-o sair de seu corpo, sem pressa, rendido pela exaustão. Acariciou-o, igualmente cansado, não apenas pelo gozo, mas pela semana insone que atravessara até ali.

O rapaz descansou contra o peito do companheiro, entregue e realizado como há muito não acontecia. Deixou-se acarinhar enquanto corria as mãos pelo corpo perfeito dele, sob o seu, numa carícia suave e terna. Nada disseram por algum tempo, ofegantes.

— Quanta saudade senti de você, meu Nick... — murmurou, a respiração ainda irregular, o rosto de encontro ao peito dele.

— Eu sei, meu lindo... — tornou, beijando-o na testa. — Não consegui dormir uma única noite sem o seu calor junto ao meu corpo. Isso é aterrorizante, não?

O outro riu, deliciosamente, e abraçou-o forte.

— Não. Entendo perfeitamente, porque eu também não consegui dormir sem você do meu lado.

— É. Acho que estamos fadados a ficar juntos — brincou.

Afastou-se para beijá-lo com vontade. Nicholas retribuiu em plena intimidade e estenderam o beijo pelo tempo que foi possível, apreciando, agora, a possibilidade de suas bocas unidas.

Um longo tempo se passou e permaneceram na cama, conversando, matando a saudade de dividirem uma vida e uma rotina. Alexander falou do campeonato, contou dos adversários, a maneira com a qual os enfrentara, falou de Navarre e Humberto, mestre e amigo sempre presentes. Tentou contar tudo o que lembrava, inclusive sobre o encontro com Johnnatan, na abertura do torneio. Nicholas ouviu-o com atenção, agarrado ao amante sob o cobertor. Falou pouco, mais preocupado em ouvir e absorvê-lo. Sentia-se em paz outra vez.

Terminado o "informe enxadrístico", perguntou a respeito dos projetos, do escritório, de Davi e Mônica. Nicholas contou como a semana fora agitada e que não pegara nenhum novo projeto a fim de tirar a quinta e a sexta-feira de folga, tudo para estar com o namorado naquele dia especial. Contou também da correria que fora seu dia até a chegada ao hotel e toda a maratona para conseguir um quarto.

De súbito, o rapaz lembrou-se do presente, ainda sobre a mesa, e correu ao armário em busca de algo que providenciara também, não para aquela noite, mas para

Capítulo Onze — Xeque

o sábado, quando estariam juntos. Foi difícil convencer o outro a deixá-lo sair da cama, mas conseguiu, com jeito, sussurrando juras e promessas que lhe quebraram a resistência.

De volta, o jovem sentou-se ao lado do amante e estendeu-lhe um pacote retangular, cuidadosamente forrado. Curioso, Nicholas fitou-o, ao mesmo tempo em que tomava o presente para si, o olhar sugerindo surpresa velada.

— Quando olhei para ela, pensei em você, lindo, e na possibilidade de despi-lo... Espero que goste.

Os olhos cinzentos lhe sorriram, doces demais, e ele abriu o embrulho. Dois na verdade. O maior era uma gravata mesclada em dois tons de azul, muito bonita. O menor era uma gravata italiana, de seda, simplesmente maravilhosa. Não pôde deixar de sorrir, malicioso, ante o segundo pacote e encará-lo com os olhos estreitos.

— Está me dizendo que uma das suas fantasia é tirar a minha gravata?

O rapaz corou com violência e baixou o olhar, um sorriso tímido a iluminar-lhe o rosto.

— Gosto de vê-lo com gravatas e fico louco quando chega em casa e afrouxa o laço de encontro ao colarinho. Várias vezes eu imaginei como seria me aproximar e...

Não permitiu que ele continuasse e tomou-lhe os lábios com posse e exigência. Alexander largou-se em seus braços e soube que não havia lugar algum para ir... Nenhum outro a estar além de ali, junto a ele.

Após longos instantes de mútuo acariciar, foi a vez de o garoto abrir o presente. Mal podia esconder a euforia e afastou-se para vê-lo em embate com o papel colorido, os olhos escuros brilhando em genuína felicidade.

Rasgou o embrulho sem cerimônia. Adorava abrir presentes! Porém, nada poderia prepará-lo para o que surgiria diante de seus olhos. Deparou-se com uma caixa de madeira trabalhada com entalhes delicados em madrepérola. A tampa era ainda mais linda... Deslizou os dedos pelos desenhos e letras ornamentadas que formavam seu próprio nome, alheio ao mundo por um instante, fascinado com a delicadeza e atenção que aquele homem lhe dedicava.

— Abra, meu lindo. Espero que goste.

Obedeceu num reflexo, a mente ainda presa ao amor sufocante que ameaçava-lhe a razão. A tampa de madeira cedeu para dar visão a uma espécie de lenço de seda, dobrado com cuidado sobre algo ainda oculto, como que para proteger uma preciosidade. Lentamente, desdobrou o tecido macio, em tons suaves de verde e marrom.

Seus olhos pousaram nas trinta e duas peças do tabuleiro, brancas e castanhas, talhadas em madrepérola, arrumadas lado a lado de encontro à seda que as guardava. As peças eram de uma perfeição inacreditável... Nunca vira um trabalho como aquele em sua vida.

— Deus... Onde conseguiu isso?

— Não gostou? — perguntou, os olhos escuros e sérios. — Achei que...

Ergueu o olhar úmido para ele, um sorriso maduro a deixar suas feições ainda mais belas.

— Não existe nada e nem ninguém nesse mundo que se compare a você. Obrigado. Adorei.... E simplesmente adoro você, meu amor.

Nicholas sorriu, grato, e o garoto abraçou-o com força, enfeitiçado pelo significado que os gestos dele encerravam, completamente fascinado pelo som de sua voz.

Vestiram-se outra vez, atentos um ao outro, mergulhados na cumplicidade única que pairava no ar, e ficaram um longo tempo abraçados, trocando palavras doces e carícias suaves, aproveitando a oportunidade de estarem próximos outra vez. Deixaram o quarto apenas porque era necessário. A fome mostrava-se insuportável àquela altura da noite e não queriam dormir sem cumprimentar Humberto e Navarre. Poderia parecer rude demais.

Saíram juntos para o restaurante, onde os outros dois terminavam a refeição. Sem se importar nem um pouco com os olhares indagativos dos demais hóspedes, o garoto tomou-o pela mão e praticamente arrastou-o naquela direção. Após festiva comemoração, Navarre e Humberto retiraram-se e deixaram os dois a sós. Perfeito, na opinião do empresário que desejava ver, respirar, viver Alexander, e mais nada.

Não demoraram muito porque teriam de levantar cedo no dia seguinte. Além do mais, precisavam passar na recepção para resolver a questão dos quartos, claro que não ficariam separados. Rumaram para lá, Alexander a falar daquele jeito alegre e espontâneo que o encantava, inteiramente feliz. O simples fato de estar ao lado dele, levava-lhe leveza ao coração, uma indescritível sensação de tranqüilidade. Todo o esforço valera a pena para estar com ele, e participar de mais aquela vitória em sua vida.

Nem bem encostaram-se no balcão, o atendente virou-se para cumprimentá-los. Reconheceu-o da confusão armada àquela tarde, mas nada comentou. Queria esquecer o incidente tão logo estivesse no mesmo quarto que Alexander. Antes que o rapaz ao lado pudesse dizer qualquer coisa, o atendente mirou-o com olhar solícito e sorriu-lhe, daquele sorriso de quem cumpre com o dever.

— Sr. Nicholas Fioux?

— Sim — tornou, curioso.

— Há um recado para o senhor... — pegou um papel debaixo do balcão. — Sua noiva, Srta. Samantha, pediu que ligasse para ela assim que chegasse ao quarto.

Alexander sentiu o rosto lívido, a respiração tornou-se irregular e as pernas quase fraquejaram. Trêmulo, os olhos fixos no uniforme do empregado, precisou apoiar-se no balcão para não cair.

— No-noiva? — indagou, buscando-o com olhar decepcionado.

Por um instante, Nicholas não soube o quê dizer porque... Inferno! Quem era Samantha?

— Alex... Eu... — o rapaz deu um passo para trás e soube que não conseguiria se aproximar um centímetro além. — Samantha... É... uma cliente de Davi — balbuciou, tentando raciocinar novamente.

Capítulo Onze — Xeque

— Cliente de Davi? — os olhos castanhos marejaram e sentiu-se enlouquecer diante da tristeza dele. — Boa noite, Sr. Fioux. Espero que dê tudo certo com sua noiva.

E deu-lhe as costas, sem mais nenhuma palavra. Tentou chamá-lo, mas ele não atendeu, provavelmente magoado demais para falar ali, em meio a tanta gente. Foi quando percebeu onde estava e, por sorte, não havia muitas testemunhas. Indagou ao atendente por uma cabine telefônica e, ali mesmo, no saguão, discou o número de Davi.

A secretária eletrônica encheu-lhe os ouvidos de sua voz metalizada e o coração de raiva. Quis desligar e tentar resolver o mal entendido, mas a necessidade de extravasar o desespero foi maior naquele instante. Aguardou o sinal de "deixe sua mensagem" com ânsia jamais sentida.

— Escuta aqui, seu filho da puta! — gritou, ciente de que a cabine abafava o som de sua voz. — É bom você atender essa merda de telefone ou quebro a sua cara, Davi! Você...

— Nick? — a voz, ofegante, denunciava que interrompera algo. Não se importou nem um pouco.

— Você bebeu, Davi? — berrou a plenos pulmões, os olhos úmidos. — Como teve coragem de dar o telefone daqui para Samantha?

— Você disse que eu poderia ligar se fosse importante...

— Você! Disse que VOCÊ poderia ligar!

— Cara, desculpa, é que aquela sua "ex" é uma vaca. Me encheu tanto o saco que achei melhor ela falar contigo direto, sem intermediários. Por quê? Aconteceu alguma coisa? — um soluço sentido foi a resposta. Em desespero, Davi saiu da cama, ignorando as perguntas da mulher, e enrolou-se no robe pendurado no manceebo. — Nicholas, O que aconteceu? — perguntou, nervoso.

Respirou fundo e enxugou as lágrimas. Deus, se esforçara tanto, correra tanto, sofrera tanto com a ausência dele e, agora, sentia que era melhor não ter vindo.

— Na-Não sei... — soluçou. — Ainda não sei. Ela deixou um recado dizendo que era a minha noiva, ele me largou aqui sozinho... E não sei o que fazer...

— Puta que pariu! — praguejou. — Não acredito! Nick, desculpa. Eu não sabia...

— Tudo bem... Eu... Não sei o que fazer, Dav. Preciso ir agora. A gente se fala...

E desligou antes que o outro pudesse falar mais alguma coisa. Precisava reunir coragem para ir até lá em cima e falar com ele, qualquer coisa que fosse, qualquer coisa que o fizesse entender que não havia ou haveria ninguém em sua vida além dele nunca mais. Tratou de recuperar o autocontrole e, ao passar pela recepção, comunicou que não receberia mais nenhum recado.

Rumou para o quarto dele e parou diante da porta fechada. Bateu uma, duas, três vezes, nenhuma resposta. Sentiu a razão abandoná-lo junto à certeza de que ele não desejava saber, que não se importava mais. Olhou em volta e o corredor estava vazio. Encostou a testa contra a superfície indigente e fria, os lábios de encontro à fresta do batente.

— Samantha foi minha noiva quando eu sequer sonhava em conhecer você, Alex. Ela foi a minha grande tentativa de resgatar o reconhecimento de Navarre... E o meu maior erro. Por favor...

— Por que não me contou antes? — a voz dele soou abafada, do outro lado. Antes que pudesse responder ele continuou. — Houve uma oportunidade que você mesmo criou, Nicholas, e deixou passar, por algum motivo você deixou passar... E acho que não quero saber o porquê.

— Perdão... — implorou. Não houve mais resposta.

Desolado, Nicholas afastou-se em silencioso desespero. Vagou sem rumo pelo corredor até o bar do hotel, o único lugar que permanecia aberto àquela hora da noite. Sentou-se, sozinho, e pediu um café. Gentilmente, o *barman* lhe informou que não serviam café ali e que teria que pedir ao serviço de quarto. Não queira voltar ao quarto, não queria estar sozinho de novo, sem ele, sabendo que o magoara tanto.

Pediu um uísque, puro. Assim que o *barman* pousou o copo diante de si, virou a dose que lhe queimou a garganta amargando-lhe o paladar. Sim... Gostou da sensação de leveza e pediu mais duas doses, que tiveram o mesmo destino da primeira. Não queria pensar em nada, absolutamente nada... Queria esvaziar a mente e o coração. Por um instante, desejou não tê-lo conhecido, pois, só assim, não teria causado seu sofrimento.

"O que estou fazendo aqui? O que estou fazendo com ele? Por que... Por que não me afastei? Por que levei isso tão longe? Como pude pensar que daria certo? Sou um estúpido..."

Não teve coragem de completar o pensamento, mas isso não significava que não o conhecia de cor. A verdade era que devia ter se preparado desde o começo, desde o instante em que mergulhara nos olhos dele, pois sabia que aconteceria, mais cedo ou mais tarde. A vida sempre seguia seu curso, levando os detritos pelo caminho, implacável. E, fosse o motivo qual fosse, o ciclo sempre se repetiria, e estaria novamente à margem daquilo que mais amava, de tudo em que acreditava.

Bom Deus... O que faria sem Alexander? Como poderia continuar em frente sem o amor dele, sem a presença doce que acalentava sua existência? Precisava pensar em qualquer coisa, qualquer uma, mesmo que tivesse de mentir novamente, mesmo que significasse não ter qualquer orgulho. Faria qualquer coisa, porque acreditava, pela primeira vez, acreditava em si mesmo... Todavia, o outro não lhe dera sequer a chance de explicar. Alexander não acreditara...

Nicholas sentiu o gosto amargo da humilhação misturar-se ao do uísque em seus lábios, mas preferia ser humilhado a ter de suportar a ausência dele. Sem perceber, deixou que o pranto sofrido escorresse de seus olhos em grossas lágrimas. Afastou o copo diante de si e enterrou o rosto nos próprios braços, cruzados sobre o balcão do bar, o choro compulsivo a dominar-lhe os movimentos.

Precisava retomar a racionalidade. Perder o controle significava perder o jogo, e isso não aceitaria. Pensar com clareza era o primeiro passo para expulsar a dor, voltar

Capítulo Onze — Xeque

a ser quem era... E quem ele era afinal? Quem? A resposta fê-lo soluçar novamente: era um homem perdido, e perdidamente apaixonado por alguém que não poderia mais ter. Fim da linha.

Foi quando uma mão quente pousou-lhe sobre o ombro e já estava mais ou menos na sétima dose. Apesar dos sentidos anestesiados pelo álcool, não precisou virar-se para saber que não era ele. O toque era diferente.

— Nick...

Ergueu o olhar num reflexo involuntário e foi com tristeza que Humberto mergulhou no rosto desesperado a encará-lo, mudo. O corpo dele, sempre em imponente postura, estava agora encurvado e trêmulo, sobre o balcão. Não pôde deixar de comparar o homem diante de si a uma sombra rasteira e incerta. Vê-lo naquele estado, presenciar-lhe a fraqueza, foi mais difícil do que poderia supor.

— Você está bem? — perguntou com cautela, sentando-se no banco ao lado do dele. — O que aconteceu, meu caro? Onde está Alex?

Nenhuma resposta. O que recebeu foi o mesmo olhar distante, os olhos úmidos, o rosto infeliz. Engoliu em seco sem conseguir compreender suas próprias atitudes, porém, ansioso para confortá-lo da maneira que pudesse. Ergueu a mão, bem devagar, e tocou-o no braço num gesto terno, o qual não foi repelido.

— Quero ajudar... Mas precisa me contar, Nick. Precisa falar com alguém.

Nicholas manteve o rosto impassível, contudo, as lágrimas escorreram-lhe. Mortificou-se com a tristeza que os olhos cinzas refletiam.

— Eu tive uma noiva... Muito antes de ele entrar na minha vida... Muito antes...

— É... Acho que acontece.

— Mas não acontece de e-ela procurar você de-depois de tanto tempo... Não é?

Humberto sentiu o coração acelerar dentro de si. Não sabia mais o que falar, uma vez que milhares de pensamentos se formularam dentro de sua mente, o maior e mais terrível deles era o de que, de repente, Nicholas estivesse arrependido e quisesse voltar para a noiva, deixando seu melhor amigo sozinho com sua desilusão. No entanto, ao fitá-lo, não conseguiu ver a veracidade daquilo tudo. Algo estava muito errado. Pegou um guardanapo e estendeu-lhe, gentil.

— Por que ela o procurou?

— Não foi exatamente a mim, mas ao escritório. Davi era o encarregado do projeto e algo deve ter saído errado... E ele deu o telefone daqui para ela falar comigo... Alex... Ele estava do meu lado quando recebi o recado...

Por algum motivo que desconhecia, saber que aquele homem diante de si sofria pelo amor de seu melhor amigo fez toda a diferença naquele momento. Como consolar alguém assim? O que dizer para um homem apaixonado por outro homem? Tudo lhe parecia irreal, deslocado do mundo. Trêmulo, afastou a mão do braço dele e fitou-lhe o rosto ainda úmido.

As lágrimas eram como quaisquer outras e a dor deveria ser como qualquer outra dor, de qualquer outro ser humano. Então, será que também eles não faziam parte da realidade do mundo? Será que um amor como o deles não poderia ser como qualquer outro amor? Por que não? Por que não dar a ele exatamente o mesmo carinho e o mesmo apoio que daria a qualquer outra pessoa querida?

Confuso, Humberto voltou a encará-lo. Nicholas permanecia exatamente no mesmo lugar, o mesmo olhar sofrido, as mesmas lágrimas e expressão perdidas.

— Fi... Fique calmo — disse, pousando a mão no ombro dele. — Estou aqui... Estou aqui, Nick. Tudo vai acabar bem.

Nicholas levou o punho cerrado aos lábios cedendo ao pranto novamente, meio que emocionado pelo apoio dele, mas fatalmente contaminado pelo álcool. Tudo o que conseguiu sentir naquele instante foi vergonha por não conter o ressentimento e por se mostrar frágil, mesmo que a Humberto. Soluços sentidos o impediram de falar, mas foi melhor assim.

Chorou muito, pelo tempo que foi possível, até não ter mais forças.

— Calma... Calma... — embalou Humberto numa voz suave. — Não fique assim, meu caro. Alex também o ama demais e vai acreditar em você, pode ter certeza. Talvez ele esteja magoado agora, mas vai passar, eu lhe garanto. Vai passar...

— O que vou fazer, Berto? — indagou em desespero. — O que vou fazer da minha vida se ele resolver me deixar? — balbuciou, agarrado à camisa do amigo como se precisasse disso para se manter erguido.

— Você não vai fazer nada porque Alex não vai te deixar. Nicholas... Preste atenção em mim: Alex ama você. Ele o ama demais para deixar que o sentimento morra por algo tão estúpido.

— Como pode ter certeza?

Humberto sorriu para ele com ternura.

— Naquele dia, na sua casa, quando ele me contou sobre vocês, eu soube. Não foi uma conversa muito fácil para nenhum de nós, e não acredito que chegue a ser fácil algum dia, mas não importa, pois ele me conquistou. Vocês me conquistaram com o imenso amor que têm um pelo outro! Entende o que eu quero dizer?

Nicholas apertou os lábios sem saber como reagir. A única certeza que possuía era a de que precisava ouvir, precisava que alguém lhe dissesse que não errara em acreditar e que Alexander surgira em sua vida como uma nova oportunidade para aprender a amar. Sabia que Humberto não podia ler-lhe os pensamentos, mas, apesar disso, soube que ele compreendera o que seu olhar tumultuado gritava em silêncio.

— O sentimento que os une, Nick, é único. O amor que nutrem um pelo outro é algo especial, um presente divino, que só nos acontece uma vez na vida, e precisamos ser muito corajosos para acreditar nisso e não deixar que esse amor se perca, corajosos como vocês são — murmurou. — Foi isso o que Alex me disse aquele dia. Foi isso o que eu vi ao olhar nos olhos dele e ouvir que se apaixonara por você.

O jovem apertou-o no ombro em reconhecimento e, dessa vez, Nicholas cobriu a mão do amigo com a sua própria, trêmula.

Capítulo Onze — Xeque

— Não será por algo tão pequeno que Alex deixará que tudo isso se perca. Não seja burro em permitir que algo assim os afaste, que destrua o que vocês dois possuem juntos. Não tenha dúvidas, apenas converse com ele, meu caro. Alex lhe ouvirá.

Por um tempo, nada disseram, perdidos no olhar um do outro. Lentamente, Nicholas largou a mão dele e Humberto afastou-se para observá-lo. Havia um brilho de esperança naqueles olhos acinzentados, mas não era suficiente.

— Berto... Obrigado — balbuciou, num fio de voz, voltando a emborcar o restante do copo e pedindo mais uma dose ao *barman*. Antes que o homem trouxesse o pedido, Humberto fez sinal para que o suspendesse.

— Acho que já bebeu demais por uma noite, meu caro. Amanhã é dia de competição. Tenho certeza de que não vai querer perder mais uma vitória de Alex, não é?

Nicholas sorriu tristemente e assentiu. Contudo, não se ergueu. De imediato, Humberto soube que ele estava tonto, mas não ousou se aproximar sem um bom motivo. Só o amparou, oferecendo o próprio ombro, quando percebeu que ele se levantara e que cairia caso não o segurasse.

— Vamos, homem! Te levo pro quarto e você trata de dormir. Amanhã tudo estará bem, acredite.

Nicholas deixou-se conduzir, tentando ao máximo andar sozinho, mas ciente de que a presença de Humberto era fundamental para que seguisse em linha reta. Tentou manter a pose, o máximo possível, até que o rapaz abriu a porta do quarto — escuro e vazio — onde deixara suas coisas. Cambaleou até a cama, sem vontade alguma de continuar existindo.

— Trabalhei tanto, Berto... — balbuciou cansado, os olhos se fechando para insuportável letargia. — Corri e me esforcei tanto para estar com ele essa noite e todas as outras. Fiz da minha semana um inferno, e agora estou mergulhado nele. Não é justo.

— Não diga bobagens. Amanhã será um dia melhor — disse, ajudando-o a tirar os sapatos.

Nicholas deslizou pela cama até os travesseiros, por cima da colcha, exausto e tonto pela bebedeira. Já não conseguia abrir os olhos direito e mal podia se mexer, os pensamentos anestesiados a dar-lhe uma ilusória sensação de alívio.

Humberto viu-o aquietar com o coração em pedaços. Buscou mais um cobertor no armário e, sem despi-lo da roupa que usava, cobriu-o, certo de que assim permaneceria um pouco mais quente. Saiu do quarto levando a chave consigo. Tinha um destino certo e, quando alcançou a porta, quase ao lado da sua, bateu sem cerimônia, com toda a força de que era capaz. Antes de qualquer resposta gritou que tinha algo a entregar. Quando Alexander surgiu, os olhos vermelhos e inchados, atirou-lhe as chaves do quarto de Nicholas sem dó ou piedade.

— A tal Samantha é cliente do sócio dele, sabia? Não... Você nem o deixou falar, não é mesmo?

— Ele lhe disse alguma coisa?

— Não, Alex. Conheço você, só isso — e deu-lhe as costas, mas, antes de se afastar o suficiente virou-se para o amigo, por sobre os ombros. — Sabia que o seu homem está largado naquele quarto, bêbado e infeliz, depois de tudo o que passou para estar aqui contigo hoje?

— Bêbado? — murmurou, assustado.

— Pois é. Eu o encontrei, por um acaso, lá no bar. E vou repetir a você o que disse a ele, quando entrou em desespero: não seja burro.

Com essas palavras, o amigo sumiu no interior do próprio quarto, deixando-o só com a imagem de Nicholas em desespero, embriagado, e a certeza de que jazia só em algum lugar naquele hotel. Fitou a chave que ainda trazia nas mãos. O número desconhecido estava gravado na madeira que servia como chaveiro. Sem mais pensar, bateu a porta de seu quarto e rumou para o elevador.

*   *   *

O gosto amargo na boca e a sensação de que a escuridão rodava foram as duas primeiras coisas que percebeu ao despertar. Não abriu os olhos para não ter de correr para o banheiro. No entanto, sabia que não haveria como vomitar. Essa era a parte boa de se embriagar com um bom uísque. A parte ruim era embriagar-se. Deixou-se ficar ali, estirado na quentura da cama, ciente de que Humberto, provavelmente, o despira, pois não sentia roupa alguma contra sua pele, nada a não ser o cobertor macio e perfumado com a fragrância que lhe lembrava...

— Alex... — murmurou, os olhos úmidos por debaixo das pálpebras cerradas.

E, quando já não queria mais se levantar, a mão dele pousou-lhe contra o rosto e buscou-o na semipenumbra do ambiente, certo de que alucinava. Mergulhou na imensidão sofrida dos olhos castanhos que se tornaram mais doces ao perceber-lhe a consciência. Nada disse a ele. Pura incapacidade.

— Você está bem? — perguntou o rapaz suave, porém distante. Negou com um gesto incerto de cabeça. — Por que, Nicholas? Por que bebeu daquele jeito?

Mirou-o sentindo-se, de súbito, um miserável, um completo fracassado. O jovem enxadrista não conseguiu compreender o significado daquele olhar, mas aguardou pela resposta, inflexível e decidido.

— Não foi nenhum ato heróico, nada de que possa me orgulhar — tornou com ironia que destoava das lágrimas que lhe escorriam pelo rosto. — Simplesmente me acovardei diante da possibilidade de dormir sozinho novamente.

— Não é possível.

— Por que, não? Por que tudo para você é mais fácil? Pois para mim não é, Alexander, e você soube desde o princípio. Mas não importa... — estendeu a mão para a mesinha de cabeceira em busca do relógio de pulso. Quase oito horas.

Capítulo Onze — Xeque

— Não é desculpa — o rapaz levantou-se e caminhou na direção da janela, o olhar perdido na paisagem cinza da cidade. — Na verdade, não há como justificar, Nicholas, porque teve chance de me contar e não o fez — voltou a encará-lo, de longe, muito sério. — Eu lhe devolvo o xeque que me deu naquele dia, ao me perguntar sobre Lorena... Mas não posso me dar ao luxo de pensar nisso agora, não depois de todo o esforço que fiz para estar aqui, não depois de ter feito Navarre confiar em mim. Tenho um compromisso a cumprir.

— E o meu esforço? E a minha confiança? Nada disso vale? — perguntou, sentando-se na cama. — Por Deus, você nem ao menos me deu chance de falar! Você me virou as costas e me largou lá, sozinho, Alex! Por que fez isso?

— Decepção, mas este é o seu lance, não o meu. Terá de ficar para mais tarde dessa vez porque posso sacrificar a mim mesmo, e o faria sem hesitar, mas jamais sacrificaria Navarre por uma escolha minha ou sua. Não há tempo agora.

Ele cruzou o aposento em direção à porta. Desolado, Nicholas caiu de costas na cama, o coração destroçado. Entregara sua alma a ele e teria de se acostumar novamente a cicatrizar feridas. Não queria vê-lo sair, não queria tomar conhecimento de que partiria e o deixaria ali daquele jeito. E, mesmo assim, entendia que ele devia ir, pois algo muito importante o esperava lá fora. Amou-o por tamanha garra. Orgulhou-se dele por tamanha força.

— Nicholas — começou, a voz soando um tanto mais próxima. — desculpe se...

— É melhor ir ou vai se atrasar para a partida de hoje — cortou-o, tentando resistir à vontade de chorar.

— Mas... Você não vem? — perguntou, a súplica oculta no olhar ansioso.

Silêncio. Com os olhos fixos no teto, Nicholas deixou os pensamentos vagarem por um instante mínimo, e sorriu, o rosto úmido.

— Vou... Mas não agora — mirou-o, o olhar sentido. — Não agora, Alex.

— Nick, eu...

Mas ele desviara os olhos para a janela e parecia alheio ao redor. Ouviu quando a porta se fechou, levando o perfume dele e o resquício de esforço para resistir à tristeza. Foi apenas quando já ia longe, que Nicholas permitiu-se chorar de verdade. Sentia-se exausto e confuso... E responsável por tudo o que acontecera. Antes não o houvesse procurado! Antes tivesse ficado longe, mergulhado no trabalho, ignorado o que seu coração lhe gritara por toda a semana: vá ao encontro dele pois é importante. Não era! Não era importante e nem digno, não era a primeira vez que escondia ou mentia para si mesmo na intenção de poupar a si mesmo, mas era a primeira vez que atingia o companheiro. Foi o que o destruiu.

Deixou que o pranto fosse embora a seu tempo, apenas porque precisava desafogar a alma para pensar numa saída inteligente para a partida. Sim, porque, como o rapaz mesmo lhe dissera, havia um xeque e precisava defender seu Rei a qualquer custo. Não perderia Alexander ou perderia também a si mesmo.

Ele deixou o quarto fechando a porta atrás de si sem qualquer ruído. Do lado de fora, encostou-se sobre a superfície de madeira, mal acreditando no que acabara de fazer, em tudo o que acontecera desde o instante em que o vira, de pé, diante da porta de seu quarto, tão lindo e tão seu. Que rumo funesto permitira que os acontecimentos tomassem para não o ouvir? Para ter de sair?

Angustiado, Alexander baixou o olhar e afastou-se. Seria terrível entrar numa partida com a imagem dele, tão infeliz, em sua mente. Mas num ponto, ele tinha razão: já estava atrasado. Esperara por ele, desde muito cedo, mas Nicholas não acordara, extinguindo a possibilidade de conversarem sobre o ocorrido de uma vez. De qualquer forma confiava no amante e sabia que resolveriam a questão pessoal tão logo possível. Agora, precisava ser profissional. Não poderia decepcionar ninguém mais. E, por mais triste que fosse, não poderiam voltar atrás num lance. Aprendera isso com o xadrez.

Capítulo Doze
Avanço da Torre Branca

Alexander Oliveira pousou o fone no aparelho de forma mecânica. Era a segunda vez que a telefonista o chamava para avisar que estavam todos esperando no saguão. Dissera que terminava de se arrumar, todavia, não passava de desculpa. Há muito que se sentara na cama, inteiramente vestido, e não encontrava ânimo para se erguer e sair daquele quarto. O nervosismo quase o enlouquecia, a ânsia de pôr um fim naquilo tudo o paralisava, entretanto ali estava: a Final.

Correu a mão pelos pontos macios da camisa de lã azul que trajava. Não era sua e sim de Nicholas. Tomara-a emprestada na ocasião em que organizara a mala, justamente para aquele momento, para dar "sorte". Precisaria de toda a sorte do mundo para vencer no estado de ânimo em que se encontrava... E Nicholas...

Ergueu o olhar para o espelho do banheiro. Na posição em que se sentara, a porta aberta, podia ver parte de seu próprio corpo refletida: as olheiras marcadas, o rosto sem vida, os olhos tristes. Pensou no dia anterior, a semifinal, e no modo terrível como se separara do amante pela manhã, após deixá-lo só com a ressaca. Passara boa parte das horas mergulhado numa partida difícil e desgastante, compenetrado em destruir a estratégia alheia. Fora um excelente resultado, Navarre lhe dissera. Contudo, não concordava com o mestre, pois, ao terminar vitorioso, mergulhara nos olhos cinzas que o miravam à distância, e sentiu-se o pior dos perdedores. Não tomara qualquer iniciativa de aproximação, contudo criara todas as oportunidades possíveis para que ele viesse, em vão. Nicholas parecia um estranho.

Despediram-se no saguão, um clima de comemoração a pairar no ar (por parte de Navarre e Humberto, óbvio). Nicholas ficara um pouco em companhia de todos, mais para fazer a social que por presença de espírito. Reconhecia o esforço dele em ser ao menos agradável com os outros dois, entretanto, quando o viu levantar-se e desejar boa noite, sem nem ao menos um olhar mais íntimo, soube que dormiriam separados novamente.

Foi o calor de uma lágrima que o chamou de volta à realidade. Estava atrasado, para variar. Secou o rosto, apagando as marcas de derrota interior, e vestiu o sobretudo de lã cinza escuro. Quando se preparava para abrir a porta, o telefone tocou mais uma vez. Não ousou atender ou seria estrangulado pelo fio, independente de quem fosse. Saiu para o corredor.

*   *   *

Humberto voltou para o salão um tanto nervoso, primeiro pelo atraso do amigo, segundo pela cara de enterro reinante no ambiente. Fitou Navarre com um sorriso que foi retribuído no mesmo instante. Fitou Nicholas, um tanto mais afastado, sentado no sofá, lendo calmamente o jornal da manhã. As coisas caminhavam de mal a pior.

Notando o incômodo do rapaz, Navarre buscou o alvo de seu olhar e deparou-se com a mesma visão: Nicholas sentado, a perna cruzada, lendo o jornal com toda a tranqüilidade do mundo. Tranqüilidade? Pois sim! Conhecia-o, o mínimo que fosse, e sabia exatamente o que o insistente bater de pé significava. Antevendo o curso natural dos acontecimentos, o velho enxadrista desviou o olhar para a direção dos elevadores, desejando ardentemente que Alexander surgisse de uma vez. A verdade era que estava acostumado a competir nas mais diversas modalidades por quase todos os cantos do mundo. Manter o autocontrole e a clareza de raciocínio era mais que corriqueiro e estava tranqüilo, mesmo sabendo que seu aprendiz entraria numa final dali a poucos minutos. Conseguira manter-se calmo... até Nicholas chegar. Poucas coisas podiam tirar-lhe a concentração e fazê-lo sair de si. O filho, com certeza, era uma delas. Tratou de abstrair, ciente de que não haveria nada que pudesse fazer.

Nicholas, por sua vez, virou mais uma página do jornal. Há muito não lia nada, apenas corria os olhos pela sucessão incoerente de linhas impressas. Vez ou outra, olhava discretamente o relógio de pulso, agoniado com a demora. Alexander era de se atrasar, mas não quando o assunto em questão era o xadrez. Por um instante, temeu que algo tivesse acontecido no curto espaço de tempo em que ficaram separados, desde a noite anterior.

Uma terrível tristeza tomou-o ao pensar nele e no quanto lamentava não ter conseguido se aproximar, no quanto sofria por não poder dormir ao seu lado — apenas dormir — para estar em paz. A amargura juntou-se ao receio de que ele não estivesse bem e à possibilidade de ter se atrasado por... sabe-se lá o quê. Afinal, a que horas ele fora deitar? Voltara logo para o quarto ou ficara mais tempo por ali? Preferia sofrer em silêncio a ter de perguntar, por isso, calou-se, um sentimento desconhecido crescendo em seu íntimo.

Nada de o outro chegar.

— Onde está seu discípulo? — perguntou em tom casual, a voz firme e tranqüila ecoando pelo saguão silencioso.

Navarre fitou-o. Deu-se conta de que as batidas de pé estavam mais rápidas e que virava as páginas do jornal sem que tivesse tempo de ler. Humberto também virou-se para ele, no entanto não o viu com tanta minúcia, apenas aguardou a resposta do velho, desejoso de participar da conversa — enfim, alguém resolvera falar alguma coisa!

— Bem... Deve estar descendo. Sabe como Alex demora para se arrumar — um resmungo foi a resposta.

"Meia hora", pensou o empresário, trincando o maxilar. "Falta apenas meia hora para começar e ele ainda está se vestindo".

Sem mais conseguir conter a ansiedade, Nicholas levantou-se num salto e cruzou os braços. Seus olhos cinzas, vítreos, vagaram pelo ambiente como se procurasse algo para fazer, qualquer coisa com a qual pudesse se distrair. "Meia hora...", eram as palavras que ecoavam em sua mente, sem cessar. Correu a mão pelos cabelos, esfregou os olhos com mais força que o necessário e foi com apreensão que Navarre viu-o rumar para os elevadores, ar decidido, punhos cerrados.

Capítulo Doze — Avanço da Torre Branca

— Aonde ele vai? — perguntou Humberto, curioso.

Antes que pudesse responder, Nicholas pareceu desistir no meio do trajeto. Voltou para perto do sofá, porém, incapaz de se sentar, começou a andar em círculos, perdido em pensamentos, e Navarre soube que estava próximo do limite. Antes que Humberto fizesse alguma pergunta e recebesse uma reposta atravessada, instruiu-o a ignorar, coisa que ele próprio não era capaz de fazer.

Ver o filho se movimentar como um animal enjaulado, trancado dentro de si mesmo, com aquela carga pesada que lhe encurvava os ombros, desarmou-o. Era terrível, vê-lo assim, mas muito pior foi ter a certeza de que Nicholas não falaria nada e que havia um abismo intransponível entre ambos. Por mais que tentasse se redimir, por mais que procurasse provar o quanto se arrependera, não poderia aproximar-se novamente. E o filho fora a parte inocente, precisava reconhecer que a responsabilidade pela desilusão do presente recaía sobre seus próprios erros no passado. Admitir isso lhe trouxe um amargo sabor aos lábios.

Olhos frios e cortantes o encararam em velada acusação e deu-se conta de que o estivera observando por longos instantes.

— Por que está olhando para mim desse jeito? — foi a pergunta ríspida que chocou Humberto e que em nada surpreendeu o senhor.

— Nada, meu filho. Estava pensando...

Nicholas ignorou solenemente a resposta e ergueu o olhar para os elevadores mais uma vez, a confusão anterior cedendo gradativamente à raiva.

— Alexander vai ser desclassificado porque não consegue sair da frente do espelho — rosnou.

— Ele já deve estar descendo. Fique calmo.

— Não estou nervoso — tornou, fitando o pai num misto de fúria e desdém, o sotaque ainda mais carregado do que Humberto jamais ouvira. — Só acho um absurdo. Nada além disso.

— Não seja implicante. Vai acabar deixando o garoto nervoso — disse, com uma tranqüilidade que estava longe de sentir.

— Claro que vou! — respondeu duramente, sem perceber que passara ao Francês. — Alguém tem que ficar nervoso aqui, não tem? E garanto que não serei eu!

Navarre nunca vira Nicholas tão fora de si. Desconfiou que o lado pessoal interferia na raiva e que o atraso do rapaz deveria ser a gota que faltava para tudo transbordar. Todavia, precisava contê-lo porque a concentração do enxadrista é fundamental para a vitória.

— Nicholas — chamou-o em tom firme e baixo, no mesmo idioma. O filho mirou-o com os olhos frios. — Não adianta perder o controle agora. Vai prejudicar Alexander — silêncio. — Por Deus, meu filho, parece que é você quem vai competir — completou com um sorriso.

As palavras dele doeram e nem ao menos soube o porquê. Talvez fosse apenas a lembrança da rejeição, aquela que o destituíra, para sempre, do lugar que o outro ocupava na vida do pai; talvez, fosse a necessidade imensa de proteger o amante de si mesmo, de resguardar-lhe o coração e toda a inocência que ainda possuía.

Movido por algo desconhecido, Nicholas virou-se para Navarre e caminhou em sua direção, como um felino preste a atacar sua vítima, o olhar passando de cortante frieza à obcecada crueldade. Nem mesmo deu-se conta do observar assustado de Humberto, que procurava acompanhar a cena sem nada compreender do que diziam, entretanto, não precisava de tradução para ter certeza de que preferiria a ignorância.

— E eu vou, Navarre... Competir... — sibilou. — É exatamente como me sinto, como se fosse eu a entrar naquele ginásio, e não ele. Só quero que Alex saia disso tudo sem se machucar, nada mais.

— Não confia na capacidade dele? — perguntou, retribuindo o olhar gélido.

— Esse não é o ponto — declarou, sério. — Confio em Alexander como em ninguém mais. É na sua capacidade de guiar que não confio.

Foi como se ele o tivesse estapeado. Ouvir aquilo de seu próprio filho, ouvir-lhe as palavras desprovidas de emoção, mas carregadas de sentido, foi ainda mais terrível que a tomada de consciência. Os olhos turvaram. Infindáveis anos de vida lhe pesaram, e estava tão próximo da morte. Pensou em pedir perdão pelos erros que cometera, no entanto, eram tantos que já não podia lembrar, já não havia o que recordar. Bons e maus momentos, e o olhar de Nicholas impiedoso sustentava o seu, mudo.

O eco de suas palavras no olhar do pai o destroçaram. Magoara tanto quanto fora magoado, não pelo outro, mas por si mesmo. Não compreendia como a vida tomara um rumo sofrido, tampouco quando fizera essa escolha. E, como que para aumentar a sensação de culpa, tinha consciência de que causava, a cada dia, mais sofrimento. Nada conseguia fazer para impedir. Simplesmente não sabia ser diferente do que era.

Humberto observou a palidez de Navarre em contraste com a inexpressividade de Nicholas e teve certeza de que as palavras, perdidas no ar para a sua total incapacidade de compreensão, foram terríveis, tanto de serem ouvidas quanto ditas. Em crescente agonia, buscou o canto do saguão onde estavam os elevadores, pedindo a Deus, ou qualquer outra divindade, que lhe enviasse uma luz.

— Cheguei, gente. Desculpa a demora, mas tive uns probleminhas na hora de... — a voz dele invadiu o recinto.

— Não se incomode, meu caro! — interrompeu-o, feliz demais para qualquer outra atitude. — Estamos muito otimistas, um pouco atrasados e me lembre de nunca procurar um cursinho de Francês, certo?

Com essas palavras, Humberto caminhou para a saída. Não agüentaria ficar um segundo a mais diante daqueles dois, presenciando as coisas terríveis que deveriam estar falando um ao outro.

Diante da estranha atitude do amigo, Alexander buscou os outros, sério, porém preocupado. Sentiu a tensão que pairava no ambiente e suas suspeitas só se confirmaram quando dois pares de olhos claros voltaram-se ao mesmo tempo.

Capítulo Doze — Avanço da Torre Branca

— O que está havendo aqui?

— Nada, meu filho — disse o mestre, fingindo entusiasmo. — Eu estava preocupado com a sua demora e Nicholas tentava me acalmar, só isso.

— Em Francês? — silêncio. — Vocês só falam Francês quando estão discutindo — e ninguém ousou discordar.

Buscou o amante com o olhar, exigindo que ele se pronunciasse. Nada. Aquele homem lindo, a quem tanto amava, permaneceu onde estava, exatamente o mesmo semblante frio, a mesma postura reservada. Sentiu-se morrer por dentro. Nicholas se afastava cada vez mais. Virou-se para Navarre apenas porque não conseguiria evitar as lágrimas caso continuasse a olhar para ele e sabê-lo tão distante.

— Por que mentiu para mim? Estavam brigando por minha causa?

— Vamos embora — comandou o outro, incisivo, largando-os para trás e rumando em direção a Humberto, que os aguardava mais adiante. — Pareço mais interessado nesse campeonato que vocês.

Perplexo, viu-o parar diante do rapaz ruivo, como se nada tivesse acontecido e sentiu-se excluído de sua vida, algo descartável e inútil. Provavelmente chegara à conclusão de que não valia a pena um relacionamento, talvez a diferença de idade terminara por pesar sobre seu julgamento ou, simplesmente, o encanto se quebrara. O peito apertou numa dor quase física, pois se encantava por ele, cada vez mais, e era uma tortura ter de encontrá-lo e saber que não se abraçariam.

— O que deu nele? — indagou, a voz entrecortada. — O que está acontecendo, Navarre? O que foi que eu fiz de errado?

— Pare — disse, pegando o discípulo pelos ombros para encará-lo. — Não é momento. Há uma partida pela frente, uma final a ser vencida, e nada pode ocupar sua mente além disso, Alexander! Seja o que for, haja o que houver, pode esperar um pouco mais. Deixe para depois.

Assentiu, respirando fundo. A razão sabia que o mestre estava certo, que não devia preocupar-se, que poderia resolver tudo depois. No entanto, o coração lhe gritava em silêncio que "o depois" poderia ser tarde demais.

Fizeram todo o trajeto em moderado silêncio, impessoal. O trânsito seguia no contrafluxo, o que possibilitou que chegassem dentro do prazo estipulado pelas regras. O ginásio lotado, o burburinho de muitas vozes soando eufóricas, nenhum rosto conhecido e o peso da expectativa sobre si. Um toque gentil no ombro lembrou-o de que não estava só, mas que seu mestre o acompanhava. Esse simples gesto deu-lhe forças para continuar até o palco. A presença de Navarre significava a diferença entre a solidão e a solidariedade. E, ao erguer o olhar novamente, foi outra a sua visão do ginásio: um grande desafio a ser superado.

Porém, nem mesmo o clima de sofisticada competição, que tanto amava, alienou-o da tristeza que o consumia. Passou pela platéia sem notar-lhes a presença, procurando concentrar-se na mesa mais adiante e lembrar-se de tudo o que seu mestre lhe dissera. A hora chegara.

O alto-falante anunciou o início da partida e pediu a presença dos jogadores. À medida que a voz metálica espalhava-se pelo lugar, uma confusa sensação de irrealidade foi tomando-o, bem lentamente, e fazendo com que mergulhasse num estado de torpor insuportável. Abraçou Humberto apenas porque o amigo viera cumprimentá-lo. Sentiu os braços dele o envolverem e deixou-se abraçar, o som mais baixo que o normal, longe...

Em seguida, Navarre tomou-lhe as mãos. Mal podia ouvir o que dizia, talvez porque o outro participante tivesse subido ao palco e qualquer ruído estivesse abafado pelo som dos aplausos. Talvez sua consciência o abandonasse. Aceitou a mão enrugada na sua própria e tentou sorrir para ele, dizer que o amava e que venceriam, sim. Limitou-se, contudo e mirar aqueles olhos azuis repletos de confiança.

Virou-se para ele, o único que faltava cumprimentar, a criatura que mais lhe importava no mundo. Fitou-o, mudo, na expectativa de que ele falasse, qualquer coisa que fosse. Nada... Nicholas encarou-o, os olhos revoltos e repletos de estranho sentimento aprisionando-o, o semblante suave, ainda que inexpressivo. Quis falar, ali, naquele instante. Quis esquecer tudo pela possibilidade de ouvi-lo outra vez. Quis que um milagre acontecesse e o trouxesse de volta. E foi quando ele sorriu, apenas para si. Pensou que sufocaria ou se desmancharia em lágrimas

— Sorte é para principiantes — murmurou, terno. — Vá lá e mostre o que sabe. Isso basta.

— Nick...

Jogou-se contra o peito dele e Nicholas tomou-o para si num abraço breve e pleno de sentido. Afastaram-se para mergulhar nos olhos um do outro. Sem mais nada dizer, um sorriso luminoso nos lábios, ao mesmo tempo em que sentia os olhos úmidos, o jovem deu-lhe as costas, decidido. Fitou Navarre e Humberto mais uma vez, sorrindo. Só então subiu ao palco e o ginásio, inteiro, gritou ao som estridente dos aplausos.

*   *   *

Ainda sob o efeito da vitória, Alexander ouvia o entusiasmado tagarelar de Humberto, sentado bem ao seu lado, no banco de trás do táxi. Navarre também aproveitara a desculpa do frio e do pouco espaço para abraçar o discípulo, que carregava o troféu ao colo como se fosse um tesouro. Nicholas sentara-se na frente, ao lado do motorista, pensando. Era inevitável: sempre temia quando o companheiro mergulhava daquele modo em suas próprias reflexões. Contudo, não ousava atrapalhar.

Fatigado pela concentração excessiva que a partida exigira, deixou os pensamentos vagarem para o ginásio novamente. Não puderam sair logo que encerrara a competição, pois houvera a premiação e a "social" detestável que Navarre insistia em cumprir. Talvez, mais tarde, quando fosse mais velho, chegasse a

Capítulo Doze — Avanço da Torre Branca

compreender o porquê de alguém ter de ficar num lugar para ser visto. Por enquanto, soava-lhe como o maior dos absurdos.

Fora nesse momento que Johnnatan Wood aproximara-se outra vez. Em verdade, vira-o todos os dias ainda que ao longe, como que espreitando. Sentia-se desconfortável na presença dele pela forma cobiçosa como o fitava quando Navarre se distraía — coisa rara. Johnnatan viera cumprimentá-los com um largo sorriso no rosto, fizera questão de abraçar o campeão por mais tempo que qualquer outra pessoa e iniciara uma animada conversa com Navarre sobre o futuro e as perspectivas do xadrez para os próximos anos.

Todavia, as surpresas não acabaram por aí. Ficou ainda mais desconfiado quando Johnnatan viera falar com Nicholas e tentara abraçá-lo também. É óbvio que tal atitude não surtiu o efeito desejado e o empresário estendera-lhe a mão num breve, porém firme, cumprimento, com toda a frieza e classe que possuía. Em seguida, deu-lhe as costas e deixou-o a falar sozinho. Tudo muito estranho, não pela distância, e sim pela urgência que viu nos olhos cinzas: ele desejara se afastar por algum motivo desconhecido.

Resolveu ignorar a imagem de Johnnatan Wood para aproveitar a presença dos amigos. O clima era de festa e não queria estragar tudo pelas recordações de uma pessoa que sequer conhecia. Perguntaria mais tarde a Navarre... ou a Nicholas, se o companheiro lhe permitisse perguntar qualquer coisa.

O empresário voltara os pensamentos à mesma dúvida de Alexander, no entanto, detinha outras informações. Conhecia Wood das competições e sabia que era uma ave de rapina, daquelas que não se deve desprezar ou dar as costas. No entanto, igualmente decidiu que não era momento para pensar naquilo, primeiro porque não era problema seu, por enquanto; segundo porque precisavam comemorar e, pela conversa no banco de trás, nem o amante nem Humberto pareciam dispostos a esperar. Rumaram direto para um bom restaurante — àquela altura, a fome não podia ser ignorada — e a noite transcorreu agradável. Gostava de apreciá-lo, de partilhar a alegria e a realização dele. Por isso, passara quase toda a refeição em silêncio, admirando-o, vendo-o comer, falar, absorvendo a vida que emanava dele a cada gesto. Sentia muito a sua falta... demais. O peito doeu, e perdeu o olhar cinza no rosto jovem. Todos estavam felizes.

O jantar fora maravilhoso na opinião do jovem enxadrista. Só a expressão orgulhosa de Navarre e a farra de Humberto valeram todo o esforço que despendera desde o começo. Mal cabia em si de tanta felicidade, porém, ao olhar para Nicholas, a alegria se assombreava com um quê de tristeza, indefinido. A aparente dor que refletiam — ou saudade, não soube definir — apagaram um pouco a magia do momento. Por mais que amasse mestre e amigo, queria ir para o hotel e conversar com Nicholas, pois já não agüentava a ausência dele.

— A que horas sai o nosso vôo, hein? — indagou Humberto para Navarre, tomando mais uma taça de vinho. — Isso aqui é bom demais!

— Ainda não marcamos — respondeu, um tanto preocupado com a quantidade de álcool ingerida na mesa, tanto pelo rapazinho quanto por Nicholas, que pedira uma garrafa de seu uísque favorito. — Mas pode ser à hora que quiserem.

— Por favor, não me façam acordar cedo amanhã! — tornou Alexander, sorrindo, um tanto cansado pelo desgaste emocional e mental do dia.

— Que nada. A gente não vai comemorar? Por que não vamos numa boate bem legal? — silêncio. — Puxa vida, pessoal, vocês são muito devagar.

O garoto sorriu e pensava em algo inteligente para retrucar quando a voz melodiosa e sussurrada chegou-lhe aos ouvidos. Deus... Fazia tempo que ele não dizia coisa alguma.

— Navarre precisa dormir cedo, Berto, e seu amigo... — declarou, sem qualquer antagonismo, mirando-o por breves instantes. — Bem, acho que Alex está um pouco cansado. Enfrentar um adversário como aquele, numa partida tão longa, não é para qualquer um.

— Mas é por isso que estamos aqui, meu caro: Alex não é qualquer um, é o campeão nacional.

Nicholas sorriu e decidiu ali, naquele instante, que levaria a todos para o hotel. Em pouco tempo, Humberto não conseguiria movimentar-se por uma cidade desconhecida como São Paulo sem causar transtorno, Navarre era idoso demais para programas tão agitados e Alexander... Não ousou fitá-lo outra vez, receoso de trair-se.

Suas suposições confirmaram-se todas quando o táxi encostou à porta do restaurante. Humberto foi um dos primeiros a entrar e, antes de chegarem ao destino, já dormia no banco de trás, escorado no amigo e segurando o troféu que lhe estendera. Navarre ajeitara-se melhor no estofado e também cerrara os olhos, exausto. Alexander permaneceu entre ambos, mudo, a atenção voltada para o homem no banco dianteiro, a dar ordens veladas e suaves ao motorista. Desviou o olhar para a paisagem cinzenta da grande capital paulistana, partilhando a tristeza que encerrava.

Não houve problema para levar o rapaz ruivo até seu apartamento, muito ao contrário. Nicholas incumbiu-se de apoiá-lo, enquanto Navarre despedia-se no andar em que estava hospedado, abraçando o discípulo com força e desejando a todos uma boa noite de sono. O entusiasmo e orgulho eram evidentes em seus olhos enrugados.

— Obrigado, meu filho. Você tornou um dos meus sonhos realidade hoje — falou, saindo para o corredor e deixando os outros três ainda no elevador.

Não compreendeu exatamente o que ele quis dizer com aquilo, entretanto, diante do olhar distante de Nicholas e da emoção contida na voz do mestre, julgou melhor sorrir e retribuir o abraço sem nada dizer ou perguntar. Certas coisas, é melhor não sabermos, essa é a grande verdade.

Mais um andar e saíram para o corredor no qual estavam os dois jovens, vizinhos. Humberto caminhava trôpego, apoiado no ombro de Nicholas, enquanto ele mesmo mantinha certa distância, receoso de se aproximar e ser rejeitado. Por outro lado, a lembrança das palavras dele antes da partida, acenderam-lhe o coração em esperança, que morreu, logo depois que deixaram Humberto sob os lençóis. O

Capítulo Doze — Avanço da Torre Branca

empresário abraçou-o também e sussurrou-lhe algo incompreensível. Porém, afastou-se em seguida, desejando boa noite e rumando para os elevadores.

Por um momento, não pôde se mover, tamanha a dor que o acometeu. Avançou até a porta de seu quarto, os olhos turvos, o troféu pesando em seus braços. Será que acabara? Será que não havia mais chance para eles?

— Alex...

Virou-se, sem qualquer vergonha das próprias lágrimas, seu olhar implorando por uma oportunidade. E não precisou pedir nada, pois ele se aproximara por trás, o semblante igualmente triste.

— Sim — conseguiu dizer, a voz entrecortada.

— Será que... Podemos conversar agora? Sobre nós dois... Prometo que não vou atrapalhar você.

— Atrapalhar? — indagou, perplexo, mirando-o com os olhos castanhos e intensos. — Do que está falando, Nick? Você nunca me atrapalha...

— Deve estar querendo dormir — arriscou, os olhos cinzas imploravam por melhor destino. O rapaz sorriu-lhe, dividido entre as lágrimas e a alegria de sabê-lo perto outra vez.

— Só se for contigo, meu Nick.

Reuniu toda a força que possuía para não tomá-lo nos braços e carregá-lo para dentro daquele quarto. Mas a necessidade de resolver a situação foi mais forte e acompanhou-o, ainda mantendo distância segura, certo de que era a melhor conduta a tomar.

O jovem cedeu-lhe passagem e fechou a porta, trancando-a sem cerimônia. Em seguida, avançou para o banheiro, exatamente como sempre fazia. Nicholas não pôde se mexer por um instante, contaminado pelo perfume que tomava todo o ambiente, golpeado sem misericórdia pela familiaridade que sentia ao observá-lo. Tomou uma chuveirada rápida — como de costume — e saiu para o quarto, o corpo escondido sob o robe do hotel. Quantas vezes o observara enquanto seguia com o mesmo ritual? Não importava. Naquele momento, pareceu-lhe algo tão seu, tão precioso, que não desejava perder um único movimento.

Ele sentou-se à cama e chamou-o para perto. Obedeceu sem hesitar, o colchão cedendo sob seu peso.

— Quer tomar banho também? — indagou, tocando-o no rosto, bem de leve, e procurando memorizar os traços delicados de suas feições. — Poderia ter ido comigo...

— Não tenho nada para vestir aqui além dessa roupa.

— Posso dar um jeito nisso se você quiser muito... se vestir — balbuciou, o olhar perdido no do outro, intenso demais para ser ignorado.

Nicholas sentiu-se atraído, puxado em sua direção por uma força irresistível, porém, por Deus, não fora aquela a intenção! Precisava manter-se lúcido, o espírito coeso, para falar com ele.

Afastou-se de súbito, a respiração ofegante sem nem ao menos haver tocado o rapaz ou ter sido tocado. Correu as mãos pelos cabelos loiro-escuros, depois pelo rosto, atormentado com o desejo insano que lhe despertava. Tentou controlar a reação de seu próprio corpo, maduro e ávido por ele, só então, passado longos instantes, mirou-o novamente e perdeu-se na serenidade de seus olhos castanhos.

— Alex, meu lindo... Preciso falar sobre... Samantha.

— Não, não precisa.

O tom firme fez Nicholas calar por um instante. O rapaz continuava sentado diante de si, o robe a esconder-lhe o corpo, o semblante tomado por aceitação.

— Preciso, se não por você, por mim. Poderia me ouvir apenas um instante?

O garoto sorriu e foi como se tivessem todo o tempo do mundo. Com movimentos firmes, porém mansos, deitou-se e assentiu, tranqüilo.

Nicholas tirou os sapatos e deitou-se também, de frente para ele. Sentiu-se mais jovem que o amante, tamanho o medo que o invadiu. Como se houvesse lido seus pensamentos, Alexander tocou-o, embrenhando os dedos nos cabelos lisos e fartos, espalhados pelo travesseiro, para contornar-lhe a linha do maxilar em seguida.

— Você me falava de Samantha... Quem é ela?

— Foi minha noiva... Isso muito antes de você surgir na minha vida. Navarre nem ao menos sonhava encontrar você, Alex! E foi realmente o maior erro que já cometi, a pior situação pela qual já passei em questão de... aceitação pessoal — confidenciou num fio de voz.

— Por isso não me contou? — Nicholas enrubesceu com violência e desviou-lhe o olhar por um momento. — Olhe para mim, meu querido — obedeceu, atormentado. — Não me contou por que...

— Tive vergonha.

Silêncio em mútuo observar. Não se afastou, contudo, sua expressão passou de tranqüila à grave, sem conter acusação. Nicholas o mirava em pânico controlado.

— Não precisa me contar se não quiser — decidiu, por fim. — Mas também não precisa omitir por vergonha. Não há pessoa no mundo de quem me orgulhe mais do que você, meu amor. E não é uma ex-noiva que vai mudar isso.

Nicholas soluçou e o abraçou forte. Também tomou-o nos braços, muito apertado, afagando-lhe a cabeça como que para acalmar-lhe as batidas desenfreadas do coração. Quando se afastaram, parecia mais controlado.

— Conheci Samantha numa das reuniões que Navarre participava. Não era nada relacionado ao xadrez, muito ao contrário. Ele e Júlio, pai da mulher em questão, eram amigos de juventude.

"Desde muito cedo, logo na puberdade, soube que não me sentia atraído por mulheres, mas também nunca havia me envolvido com ninguém, então, não fazia muita diferença, ainda mais para um adolescente revoltado como eu era. Só que o tempo foi passando, Navarre voltou para casa e os problemas começaram a surgir, dentre tantos os que você já conhece. A verdade era que não nos conhecíamos mais e

Capítulo Doze — Avanço da Torre Branca

não podíamos conviver pacificamente. Eu, ao menos, estava disposto a fazer de sua vida um inferno."

Alexander pousou-lhe o rosto contra o peito ao senti-lo trêmulo. Não compreendia a dificuldade de Nicholas em lidar com seus próprios sentimentos, contudo respeitava o tempo dele e reconhecia-lhe o empenho. Por isso, não ousou interromper, nem mesmo quando o silêncio estendeu-se pelo ambiente. Tudo o que fez foi acariciá-lo para que soubesse que ainda estava junto a ele e que desejava ouvir tudo o que pudesse contar.

— Quando Navarre ficou doente, senti-me culpado. Mas isso você já deve ter percebido.

— Sim. Na minha opinião, você tenta resgatar algo desde que soube. Só não consigo entender o quê.

Nicholas riu de nervoso.

— Acho que nem eu mesmo sei. Talvez procure até hoje por uma saída, mas não podemos resolver tudo, não é?

O jovem ergueu-se para fitá-lo e flagrou-lhe os olhos tristes.

— Ficou noivo de Samantha para agradar Navarre — era uma afirmação.

— Como sabe?

— Conheço você — disse ele, sorrindo e acariciando-o novamente. — Como desmancharam o compromisso?

— Não havia compromisso algum além do meu desespero por ser um filho perfeito.

"Samantha era inteligente, sempre fora. Logo deu-se conta de que alguma coisa estava errada entre nós e não é o tipo de mulher que se resigna. Acho que por isso não cometi a maior besteira da minha existência. Talvez, se ela não tivesse me pressionado, eu não tivesse dito nada.

Tentei levá-la para a cama três vezes, mas não consegui. Sei exatamente o quanto tentei, porque foi terrível para mim ter de admitir, mesmo que interiormente, que não conseguiria. Meu corpo não reagiu e, por mais que eu tentasse, nada aconteceu. Não conseguia sentir absolutamente nada, nem mesmo quando ela me tocava. Mas Samantha gostava de mim, ao menos parecia, embora não soubesse como se eu mesmo me odiava cada vez mais. Um dia, ela veio até o meu escritório. Eu, Davi e Roberto estávamos começando naquela época. Subiu, quis conversar comigo lá mesmo e nos trancamos em minha sala para não sermos interrompidos. De alguma forma, eu desconfiava do teor da conversa, mas nunca poderia imaginar o desfecho que teria.

Aos prantos, ela me atirou os piores insultos que alguém pode fazer a outra pessoa e seu desespero era tão grande, tão genuíno, que não pude falar nada. Nunca me senti tão mal..."

Focou Alexander novamente, o rosto vermelho, o coração disparado. O rapaz lhe sorriu, sereno, pedindo que prosseguisse sem palavras.

— No auge da discussão, ela jogou na minha cara que eu era péssimo amante. Como não retruquei, tentou me agredir da pior forma que encontrou.

"O que ela não sabia, até porque não tenho o costume de me expor, é que a situação já estava insustentável para mim há muito tempo e que, ver a infelicidade dela e saber-me culpado, estava me destruindo. Não a amava, nunca amei, mas me sentia responsável. No afã de me insultar, ela me chamou de 'viado'. Foi quando a encarei e confirmei o que antes era mera suposição. A primeira reação foi a negação, naturalmente, mas eu estava disposto a terminar o que havíamos começado, ainda que não houvesse partido de mim a oportunidade. Já não podia esconder, não agüentava mais mentir! Não seria justo continuarmos daquela maneira. Então, repeti o que ela já ouvira, dessa vez sem margem a dúvidas. Passado o momento de surpresa, ela desatou a chorar, ofendida e humilhada. Saiu batendo a porta e bradando a plenos pulmões o que eu havia lhe confidenciado entre quatro paredes."

Ficaram um tempo em silêncio, estudando-se mutuamente.

— Nunca me senti tão mal, Alex. Naquele dia eu quis realmente sumir. E o pior foi chegar em casa, depois de um dia de trabalho suado, e saber que o pai dela havia ligado para Navarre e contado tudo — suspirou, angustiado. — Depois disso, nunca mais nos falamos.

— Até ela ligar...

— E pedir ajuda profissional para a empresa dela. Eu poderia ter batido o telefone, mas quis sair por cima. Talvez eu tenha errado, sei que errei contigo ao não contar, mas não queria ter de lhe dizer... — os olhos cinzas marejaram. — Perdão.

Alexander curvou-se sobre ele e tomou-lhe os lábios gentilmente, mas exigente. Beijaram-se por uma eternidade, ansiosos, porém, necessitados de outro sentimento, ao menos naquele instante. Ao se afastarem, Nicholas tomou-o num abraço urgente e mergulhou o rosto no pescoço dele.

— Alex, eu satisfaço você, não satisfaço? Eu...

— Shiiii.... Eu o amo mais a cada segundo que passa, meu querido... Minha alma e meu corpo pulsam de ternura e paixão com um simples olhar seu... — sussurrou, suave, acariciando-o pelo rosto. — Você me enlouquece, Nick, e a responsabilidade por isso é toda sua, você sabe... Não pense besteiras, certo? — ele assentiu, aconchegando-se como um garoto carente. — Quer saber? Ainda bem que não se casou com ela. Eu jamais me envolveria com um homem casado.

— Sou um homem de sorte por ter encontrado você.

— Não. EU sou um homem de sorte. Mas não fale mais nada, amor, apenas fique comigo. Preciso sentir você perto de mim.

Lentamente, Alexander o despiu, com extremo carinho e cuidado. Nicholas permitiu o toque das mãos dele em sua pele, desejoso da familiaridade, da presença dele sua outra vez. Em leve silêncio, deitaram-se, agora nus, seus corpos se buscando num entrelaçar íntimo de pernas. Adormeceram, um nos braços do outro, certos de que não haveria, jamais, outro lugar a estar.

Capítulo Doze — Avanço da Torre Branca

*   *   *

Nicholas acordou cedo demais. Apesar do frio que deveria estar lá fora e da preguiça em levantar, escorregou dos braços amados de Alexander para fora da cama, tentando não acordar o companheiro, que resmungou contrariado, mas voltou a ressonar tranqüilo em seguida.

Uma vez de pé, passou à ante-sala e discou para o serviço de copa, pedindo que não tocassem a campainha, e sim que batessem à porta, pois estaria esperando. Só então foi tomar um banho quente. Vestiu-se com o robe do amante e sentou-se para esperar pelo desjejum. Não tardou muito e o garçom anunciou-se com uma farta refeição matinal em bela bandeja decorada. Deu-lhe uma gorjeta e cerrou a porta.

Pressentindo a movimentação no ambiente anexo, Alexander despertou, não de todo. Permaneceu deitado de bruços, sonolento, contudo, a certeza de que Nicholas se levantara trouxe o pânico.

Foi quando o perfume inconfundível dele, misturado à doçura do café fresco, invadiu-lhe os sentidos, trazendo um sorriso meigo aos lábios. Suspirou baixinho, mas não se mexeu, não ainda. Queria que ele viesse, que o acordasse com seus beijos úmidos, que o acarinhasse na semipenumbra do quarto. Foi apenas quando sentiu o peso dele sobre o colchão que se virou e abriu os braços para recebê-lo seu.

Capítulo Treze
Tomada do Cavalo Branco

"A hora!", foi o grito mudo que ecoou dentro de sua cabeça. Acordou num sobressalto, tendo o jovem ainda adormecido em seus braços. A reação imediata foi procurar pelo relógio, no entanto, o leve ronronar do companheiro prendeu-lhe a atenção. Alexander... Seu, inteira e completamente seu.

Decorrida uma semana da final do Campeonato Nacional, empenhara-se em transformar a vida do amante numa lua-de-mel, isso porque se sentia cada dia mais apaixonado por ele. Além do mais, pouco se viam agora, uma vez que cada um retomara a rotina. A sua, em especial, o estava massacrando, o que em nada o surpreendera. Tirar alguns dias de folga resultava em trabalho acumulado, disso tinha certeza. Porém, Davi surgira com uns projetos difíceis e incríveis de se realizar! Passava cada hora do expediente debruçado nos desenhos ou diante da tela do computador, porque, ao chegar em casa, pertencia apenas a ele. Mesmo assim, com tanto esforço, um dos clientes não ficara satisfeito e o prazo expirava na segunda-feira próxima.

Como os detalhes da campanha estavam com Davi, marcara com o sócio de encontrá-lo no escritório naquele sábado, a fim de pegar a papelada e resolver o problema de uma vez. Depois de muito tempo, iria trabalhar num final de semana. Quantas voltas a vida não dá... O rapaz não ficara nem um pouco feliz e alegara que seria o primeiro final de semana depois da competição que teriam para ficar juntos de verdade. Não discordara, porém, diante da urgência da situação, convencera-o de que era importante e prometera recompensá-lo mais tarde.

Passara grande parte da tarde anterior, ao voltar para casa, pensando no que fazer, onde levá-lo, essas coisas. Decidira-se por iniciar a noite num lindo e romântico restaurante nas Paineiras. Depois... Bem... com certeza não o levaria para casa, de jeito nenhum.

Sozinho, sentindo o bater do coração dele junto a si, Nicholas sorriu. Há muito não se sentia tão satisfeito, em paz. O humor melhorara sensivelmente — até os colegas de trabalho o estranharam por toda a semana — estava feliz.

Afastou-se, apenas o necessário para observá-lo na doce inconsciência do sono: o rosto sereno, os cabelos revoltos, a calça escura ainda aberta... Calça? Quando fora que ele vestira aquela calça? Tinha certeza de que Alexander dormira nu, como era de costume.

O mau pressentimento trouxe-lhe terrível inquietação, justamente porque se amaram como insanos na noite anterior e o amante ter-se vestido em algum momento da madrugada, sem qualquer razão aparente. Quis pegá-lo pelos ombros e sacudi-lo até que acordasse ou enchê-lo de beijos pelo corpo e tocá-lo até que nada mais importasse além dos dois juntos, muito menos aquela calça estúpida.

Caiu em si e balançou a cabeça, inconformado. Esses acessos de insanidade se tornavam cada vez mais freqüentes. Desde que assumira o relacionamento, estava passional demais para o seu gosto. Precisava manter a fama de racional.

"Fama? Mas que história é essa de fama? Será que estou delirando? Eu SOU racional!"

Voltou a atenção para o outro. Desde que se apaixonara por ele sua vida mudara, não era mais o mesmo homem de antes. E o pior era ter de admitir que ainda não aprendera a lidar com reações involuntárias de seu próprio corpo, desde o desejo desesperado que lhe tomava a razão até o bater acelerado de seu coração, cada vez que o fitava, como naquele exato instante.

Tocou-o no rosto com a ponta dos dedos, receoso de quebrar-lhe a pele morena, ou descobri-lo etéreo demais para um reles mortal. Olhos castanhos, inocentes e brilhantes, abriram-se para encará-lo, e foi como se toda a sua existência estivesse iluminada outra vez.

— Olá, meu anjo — murmurou, pousando os lábios de leve sobre os dele.

— Olá... — balbuciou sonolento, esfregando os olhos. — Já está na hora?

— De quê? — indagou, apoiando a cabeça na mão, o corpo estirado na cama.

— De levantar, Nick.

— Não sei. Não tive coragem de conferir, e nem quis. Nada mais me importa quando tenho a oportunidade de olhar você.

Alexander sorriu para ele, apaixonado, e desviou o olhar para o criado-mudo. A vida era tão boa... o dia estava tão bonito... e já era quase uma da tarde. Num pulo, sentou na cama. Nicholas mirou o relógio com ar preocupado, saindo do devaneio para a realidade. Assustado, colocou-se de pé, antes mesmo que o garoto.

— Meu Deus, Nicholas! Perdi o almoço com a minha mãe!

— E eu perdi minha sanidade — gritou, já no banheiro, contrariado. — Davi vai me matar.

Antes mesmo que o amante pudesse responder ao comentário, Nicholas voltou ao quarto trajando apenas cuecas limpas e enfiou-se na primeira calça social que surgiu-lhe pela frente.

— Nick, você não...

Contudo, o empresário sentara-se na cama, diante de Alexander, o semblante sério, o olhar inquisidor. Por um segundo, não soube o que fazer, então, deixou-se mergulhar na imensidão gélida dos olhos prateados.

— Não sei exatamente o porquê... — começou o outro, entre dentes. — Mas tenho a impressão que você acordou mais cedo, antes de mim, e não me chamou.

— Tentei te acordar, juro! — defendeu-se, um tremor incontrolável paralisando-lhe os membros. — Mas você não quis levantar. Disse que sábado é dia de dormir e não de trabalhar!

Nicholas riu, irônico, sem desviar o olhar do dele.

— Eu jamais diria uma coisa dessas — declarou, o tom indiferente. — Admita de uma vez, rapaz: por que não me acordou quando sabia que eu tinha um compromisso marcado? O que está me escondendo?

O tom sério deixou Alexander tão nervoso que, mesmo tendo consciência de que falava a verdade e não escondia coisa alguma, duvidou da própria palavra. Será

Capítulo Treze — Tomada do Cavalo Branco

que não lembrava? Claro que sim. Lembrava de cada detalhe: o despertar, a forma doce com que o chamara e recebera os lábios dele nos seus, a maneira carinhosa com a qual lhe pedira para dormir mais um pouco... Temeroso, encarou o companheiro, o semblante lívido.

— Não estou escondendo nada! Você disse: "Sábado não é dia de trabalhar, é dia de dormir..."

— Dormir... — repetiu, pensativo. — Levando em conta a minha personalidade obtusa e minha compulsão pelo escritório, precisa concordar que não parece discurso meu, não é?

Silêncio. Baixou o olhar, confuso, enquanto Nicholas mirava-o com expressão impassível, e por dentro tentava reprimir o desejo de tomá-lo nos braços e beijá-lo inteiro. Era óbvio que se lembrava de tudo o que dissera pela manhã e sabia que Alexander não lhe escondia nada. Estava admirado de o rapaz não perceber que não passava de brincadeira. É claro que não levaria aquilo muito adiante, até porque não queria que ele se desesperasse. Devia ser o sono. O amante não raciocinava com clareza assim que acordava.

— Foi só isso? — voltou a indagar, certo de que o menino não falaria mais nada. — Dormir o quê? Vai continuar ou não?

— Dormir agarrado comigo — confessou, corando. — Você disse que era dia de dormir agarrado comigo, por isso não o chamei.

— Ah, sim. Entendi... Faz todo o sentido agora — exclamou, rindo com gosto. — Viu? Estou começando a ficar esperto! Estar contigo é a melhor coisa do mundo...

Perdeu o olhar castanho no dele, repleto de ternura. Nicholas piscou com ar maroto e tocou-o no rosto. Aliviado, cobriu-lhe a mão com a sua própria, acariciando-o. A expressão dele era outra, próxima, serena. Aos poucos o coração foi voltando ao normal.

— Foi brincadeira — era mais uma pergunta, a qual Nicholas respondeu tomando-lhe o rosto moreno entre as mãos.

— Não há nada no mundo que seja mais importante para mim que você, meu lindo, nem mesmo o meu trabalho, juro — murmurou, aproximando-se. — Mas realmente preciso me encontrar com Davi hoje. Por favor, não fique triste. Prometo que volto logo...

Nicholas beijou-o então, lento e profundo. Num gesto forte, como se lhe faltasse a razão, puxou-o para si e mergulhou a boca na curva de seu pescoço, as mãos escorregando ágeis pelo tórax do rapaz.

— Ah... Nick... — foi o lamento que lhe escapou dos lábios, involuntário.

O menino entregou-se sem reservas, beijando-o de volta com loucura e tocou-o no volume pulsante que deformava a calça social.

Num gemido rouco, Nicholas deitou sobre o amante mais uma vez, pressionando-o contra o colchão. Desesperado, sentiu o membro de Alexander pulsar contra sua virilha, duro. Seu próprio corpo reagiu com violência e esfregou-se nele, empurrando sua ereção contra a pele morena, ansioso por despir-se, senti-lo invadir seu corpo com força... E o telefone tocou alto, a campainha ensurdecedora sobressaltando-os.

Enfurecido, Nicholas voou para o aparelho, disposto a arremessá-lo contra a parede. Há tempo, recuperou parte do controle, o suficiente para atender.

— Alô — rosnou por entre os dentes.

— Não me morde ou vou para casa e sumo com a sua papelada, ouviu bem?

A voz familiar obrigou-o a se acalmar. Respirou fundo umas duas vezes antes de continuar. O outro estava coberto de razão em sua raiva. A obrigação era ceder e procurar ser o máximo agradável.

— Dav, me desculpa — começou em tom brando. — Sabe... Perdi a hora porque... Fui dormir muito tarde ontem.

— Certo, eu também fui dormir muito tarde ontem — bronqueou. — Agora me diz por que ainda está em casa a uma hora dessas!

— Eu... — fitou Alexander por um instante. O rapaz o mirava com olhar curioso e preocupado. — Nem levantei ainda. Acabei de acordar e...

— O QUÊ? O que é que está acontecendo, Nicholas Fioux? Dormiu muito tarde, não levantou da cama, acabou de acordar? Como tem coragem de virar para mim e falar uma coisa dessas depois de eu ter ficado quatro horas aqui, à toa, te esperando como um idiota? — esbravejou, revoltado. Envergonhado, Nicholas não disse nada e seguiu-se um silêncio incômodo, que foi quebrado pela gargalhada do outro lado da linha. — Não acredito no que estou ouvindo. Vai, passa o telefone pro garoto que preciso confirmar essa história.

Paralisado, Nicholas não conseguiu falar por um momento. O "cachorro" estava tirando sarro. O rosto queimou com violência impressionante ao se dar conta da situação.

— Co- Como é que é?! — indagou, perplexo.

— Meu caro Sr. Fioux... — começou em tom cordato, que não escondia o ar de troça. — Não esperava isso de você. Depois de todos esse anos, dedicando-se ao nosso escritório e honrando todos os seus compromissos, faltar a uma reunião tão importante por causa de uma noite inteira de sexo selvagem e animal? — gargalhou alto. — Já não era sem tempo. Deus ouviu minhas preces e te botou no caminho certo.

Nicholas apertou o gancho entre os dedos, com tanta força, que estalaram, o maxilar trincado, os olhos estreitos e olhar ameaçador.

— Vou matar você, Davi Casiragli — sibilou.

— Nick! — chamou Alexander, tocando-o no braço, assustado com a reação do companheiro. — O que houve?

Não respondeu porque Davi já falava novamente, porém lançou um olhar tranqüilizador. Como poderia ficar tranqüilo depois do que presenciara?

— Não perca seu tempo comigo, Nick — tornou o italiano ao telefone. — Canalize sua energia para outro alguém e aproveite os impulsos contidos do seu corpo. Imagino quanto tempo não os reprimiu e poucas coisas são tão boas na vida, eu lhe garanto.

— Filho da...

— Calma, não acabou. Para ajudar você, afinal sou seu amigo do peito, vou trancar esse escritório e levar toda a papelada para a minha casa, exatamente como estava. Assim, só terá de pensar na segunda-feira de manhã. Até lá, pode se largar na cama, relaxar e gozar, literalmente. O que acha? Não sou bonzinho?

— Estarei passando na sua casa daqui a uma hora — rosnou, enfurecido. — Esteja com tudo à mão, entendeu?

— Sim, senhor. Você manda, chefão — tornou em tom amigável. — Aproveita e traz o garoto. Quero conhecer aquele que te salvou...

Nicholas desligou sem se despedir. Simplesmente, bateu-lhe o telefone na cara. Foi quando percebeu o olhar aflito do amante sobre si e sorriu, terno.

— Não aconteceu nada demais, meu lindo.

— Como, não aconteceu nada? Você parecia... — balbuciou.

Pegou a mão dele num gesto gentil e levou-a aos lábios para beijar-lhe os dedos.

— Davi gosta de se divertir às minhas custas e, às vezes, me deixa um tanto sem graça. Mas é algo nosso, entre amigos. Ficou me sacaneando porque me atrasei para a reunião, só isso.

— Por quê? Ele nunca se atrasou na vida?

— Claro que já... Mas, pense comigo: — deitou-se ao lado dele, abraçando-o junto a si. — será que resolveu implicar porque, em todos esses anos de convivência, desde que me conhece, eu nunca cheguei atrasado no trabalho, muito menos porque fiquei na cama? — o jovem corou. — Davi não é inocente, muito ao contrário, e adora me colocar em situações difíceis. É o "esporte preferido" dele desde a faculdade. Não fico tão bravo quanto aparece, só na hora, depois passa.

Alexander não pareceu muito convencido e precisou dizer-lhe que aquela era a maneira que Davi conhecia de dizer que se importava com as pessoas que ama. Fora assim desde o começo da amizade de ambos e fora daquela maneira que o italiano lhe mostrara exatamente o que era para o mundo. Também por isso, não se perdera, por isso conseguira força para continuar num dos piores momentos de sua vida. Davi era maravilhoso, um amigo único.

Mais tranqüilo, o menino abraçou-o, ciente da carga emocional que as palavras continham. Afundou o rosto no ombro do amante e sorriu satisfeito.

— Se ele é assim tão especial, quando vamos nos conhecer? Quero saber quem é o outro homem da sua vida — brincou.

— Não há "outro homem" para mim, meu lindo, apenas você. Mas acho que seu desejo se realizará hoje. Terei que passar na casa dele para pegar o trabalho e Davi pediu que o levasse. Ele também quer muito te conhecer, portanto, se quiser ir, não precisaremos nos separar.

Concordou de pronto, satisfeito. Mas foi apenas quando o outro já se levantara na direção do banheiro e seu estômago roncara de fome que se deu conta de que, com certeza, não estariam na casa de Davi em uma hora, muito menos se pretendessem almoçar antes — o que se mostrava vital.

Diante da resposta de Nicholas, o qual afirmara ser possível chegar no destino dentro do prazo estipulado, Alexander entrou em desespero.

— A gente não pode ir sem almoçar, Nick — lamentou-se, caminhando atrás dele para dentro do boxe. — Estou morrendo de fome.

Nicholas sorriu-lhe e puxou-o para debaixo da água morna do chuveiro.

— É claro que podemos... E vamos! Seria um pecado privar você da comida maravilhosa que Davi sabe fazer.

— Mas nem avisamos nada. Ele não está esperando — murmurou, aconchegando-se ao peito dele, quente e úmido.

— Não se preocupe com esse tipo de coisa, meu lindo. Conheço Davi há anos e sei que ele vai tentar nos convencer a comer, pode ter certeza. Como bom italiano, nunca falta comida na mesa!

* * *

Davi Casiragli era exatamente o oposto do que Alexander esperava ver: um homem enorme, alto e largo, com feições fortes e bem marcadas, cabelos escuros e curtos, vozeirão grave, porém agradável. Gesticulava bastante, mas falava com segurança reconfortante. Os aguçados olhos escuros pareciam atentos a tudo e a pele morena sugeria que ficava bastante tempo exposto ao sol. Era gentil e divertido sem se tornar abusado; vivo e intenso, sem ser extravagante; simples e direto, sem ser pedante. Bonito? Não exatamente... Concordara com Nicholas quando lhe dissera que Davi era único.

Assim que cruzaram o batente, o anfitrião cumprimentou-o com entusiasmo e respeito. Não fez qualquer comentário, nenhuma piadinha ou brincadeira. Concluiu, então, que deveria ser algo íntimo, reservado àqueles com quem convivia. Sentiu-se extremamente grato por isso e apreciou o discernimento dele. Não que se importasse em ser alvo de comentários, contudo, odiaria ser exposto logo de cara por alguém a quem Nicholas tanto prezava. Mais tarde, quando o conhecesse melhor, partilharia as brincadeiras, com certeza.

Passado algum tempo no hall, foram direto ao escritório. Claro que, Davi também tinha o seu, embora menor que o do companheiro de trabalho e decorado num estilo completamente diferente, mais moderno e exótico. O lugar em si não era muito grande: dois quartos; uma sala, bem aproveitada para dois ambientes; banheiro, e muito bom gosto, tinha que admitir. Sentiu-se bem ali dentro. O ambiente aconchegante o agradava e a conversa, ora murmurada pela voz de Nicholas, ora retumbante pelo timbre do italiano, o dispersou para seus próprios pensamentos.

Permitiu-se olhar em volta com minúcia e, por um instante, refletiu sobre seu relacionamento... Apesar de amar Navarre como a um pai, considerou a possibilidade

Capítulo Treze — Tomada do Cavalo Branco

de, um dia, chegar a ter um apartamento com Nicholas, um canto só deles, algo seu e com sua marca. Sorriu sem querer, surpreso com a própria afobação. Mal completara um mês de namoro e já pensava em casar? Casar... Que coisa mais antiquada, pelo menos para os jovens de sua idade, e inusitada também.

Ao seu lado, de frente um para o outro, os sócios enveredaram pelo mundo dos projetos. Apesar de estar atento ao que Davi lhe dizia, Nicholas não perdia Alexander de vista, mirando-o com discrição na tentativa de saber se sentia-se à vontade.

A conversa sobre trabalho e rotina da empresa parecia não ter tempo para acabar. Pensou que, talvez, fosse melhor deixá-los a sós para terem mais liberdade. Foi quando, para sua surpresa, encerraram a discussão — Nicholas parecia um tanto contrariado — trocaram material e mudaram de assunto. A primeira coisa que o anfitrião lhe perguntou foi sobre o campeonato. Falaram a respeito da competição e não conseguiu conter o entusiasmo. Davi também parecia entender do assunto, talvez devido à influência do sócio.

— Não há sensação melhor do que investir em algo, lutar por aquilo e, no final, sair vitorioso — concluiu o rapaz, a respeito de sua experiência como novo campeão nacional. — Tenho certeza de que vocês sabem exatamente do que estou falando, afinal, criar um nome e erguer um escritório do nada não é para qualquer um — declarou, mirando Nicholas com flagrado orgulho, que não passou despercebido ao italiano.

— Com certeza... — concordou, fitando-os com um sorriso indecifrável no rosto. — Sabemos, sim. E acho que Nicholas sabe duas vezes, não é, meu velho? Você investiu pesado e conquistou de vez, hein? A fama, é óbvio.

Nicholas encarou-o, porém, ao ver que Davi partilhava a felicidade que sentia ao ter Alexander como companheiro, suavizou a carranca e sorriu de volta.

— Sou um empresário. Estou sempre investindo em algo, ainda que seja em mim — declarou com simplicidade. O jovem enxadrista não entendeu muito bem do que falavam, por isso, alternou o olhar do amante para Davi e vice-versa.

— Não, Nick, você é enxadrista. Por isso é tão difícil escapar da sua vista!

— É mesmo? — perguntou cruzando os braços. — Tentou muitas vezes, é?

— Algumas... — admitiu, piscando para o rapaz com ar de riso. — É impossível enrolar pessoas como vocês! São metódicos e observadores demais.

Concordou e entendeu o que Nicholas quisera dizer com "implicar comigo é o esporte preferido dele". Apesar da brincadeira, o companheiro estava à vontade. Na verdade, nunca o vira tão relaxado quanto naquele instante, a não ser em determinadas e bem específicas ocasiões... Corou com violência e agradeceu o fato de que não era observado.

Davi convidou-os para sentarem à mesa, dizendo que preparara algo especial para o almoço e que esperava que os convidados gostassem da comida. Ambos seguiram-no pelo corredor quando o anfitrião virou-se bruscamente para eles, o semblante desconfiado.

— Vocês não almoçaram ainda, não é? — indagou para o sócio com tom acusador.

— Não, Dav, não almoçamos. Na verdade, estávamos contando que você nos convidasse — disse com simplicidade, o rosto sereno.

Comemoração. Davi deixou sua voz alta ecoar pelo recinto, falando em profusão sobre a culinária italiana. Achou-o muito engraçado, principalmente quando implicava com Nicholas daquele jeito carinhoso e fraternal. Antes que o amante pudesse responder a uma piadinha infame sobre os franceses, o telefone tocou, ensurdecedor. Desculpando-se, ele pediu licença e correu para dentro do apartamento na intenção de atender o aparelho. Com certeza, queria mais privacidade para falar, seja lá com quem. Aproveitando a ausência momentânea dele, Alexander foi até Nicholas.

— Estou um pouco envergonhado — sussurrou.

— Não precisa, meu lindo — tornou, tocando-o no rosto com ternura. — Davi é uma pessoa muito simples, e está exultante com a nossa presença, acredite em mim, porque o conheço há tempos.

O rapaz assentiu e lançou um breve olhar ao longo do corredor, por onde o italiano passara. Só então se voltou ao outro, diante de si.

— Acredito, mas será que ele não pensa... assim... sobre a gente...

— Não se preocupe, Alex. Estou lhe dizendo que Davi é diferente, e tenho certeza que terá oportunidade de perceber isso ainda hoje. Além do mais... — piscou para o garoto. — Ele foi a primeira pessoa a saber da minha preferência sexual, logo que nos tornamos amigos, e numa situação bastante constrangedora. Mas não me pergunte qual — declarou ao receber o olhar escuro e curioso sobre si. — É muito mais divertido quando ele conta... Só escolha uma ocasião em que eu não esteja para não ter de me lembrar.

— Nossa... Estou até com medo — brincou, mais descontraído.

— Não tenha. Foi ridículo mesmo, nada além disso.

Nesse instante, Davi irrompeu na sala com um aparelho sem fio encostado ao ouvido e um sádico sorriso nos lábios. Terminou de dar informações sobre algum dos inúmeros projetos do escritório e garantiu que passaria os detalhes por fax na segunda-feira. Só então nomeou o interlocutor: o outro sócio.

— A propósito, Roberto... Não vai acreditar em quem está aqui, na minha frente, louco para falar com você — disse, fitando o amigo com insistência, que retribuiu o olhar em cruel satisfação. — É o Nicholas! Que coincidência, não concorda? Ele está muito preocupado com as suas faltas e exige falar agora, portanto, não seja covarde e espere na linha, certo? Boa sorte, meu chapa!

Estendeu o telefone para o outro que o aceitou sem hesitar, não sem antes lançar um sorriso maldoso.

— Você é muito mau, Dav — disse, sorrindo.

— Aprendi contigo — tornou. — Divirta-se que é todo seu.

Capítulo Treze — Tomada do Cavalo Branco

Em seguida, Nicholas virou-se para o jovem e, com um olhar totalmente diferente, repleto de carinho, pediu licença, garantindo que demoraria o estritamente necessário. Aturdido, presenciou seu companheiro, ora terno e amoroso, ora frio e distante, sumir no batente com expressão de perverso prazer. Não soube o que pensar diante daquela nova faceta, que sequer suspeitava da existência! Sem perceber, permaneceu olhando para o vazio, perdido em reflexões.

— Imagino que não conheça esse lado dele, não é? — começou o outro, atraindo-lhe a atenção.

— Não... E nem sei se quero. Em certos momentos, já é difícil demais.

— Nicholas é difícil... No entanto, isso dura até você conquistar a confiança dele — comentou, arrumando a louça sobre a toalha de linho branco, impecável. — Quer dizer, pelo menos, essa é a regra geral — ergueu o olhar para o rapaz, ainda parado ao lado. — Mas você, Alexander, é a exceção das exceções.

Por um instante, ficou mudo, ali, de pé, vendo-o ajeitar os talheres metodicamente ao lado dos pratos e distribuir os descansos para as travessas. Quis se mover e não conseguiu, todo o esforço direcionado para decodificação das palavras dele. Não pôde compreender-lhes o significado.

— O que quer dizer com isso? Que ainda não conquistei a confiança dele? — inquiriu, os olhos estreitos em análise flagrada.

— Ao contrário... — tornou, cúmplice, estendendo os guardanapos para o rapaz arrumar. — Acho que não consegui me expressar muito bem. Só queria que soubesse que entendo a sua surpresa, mas que não precisa temer coisa alguma porque nunca será alvo dessa crueldade sádica. Você está acima de qualquer um e de qualquer coisa para ele.

Davi virou-se para pegar os copos de cristal dentro do armário e caíram num silêncio breve, porém tenso, antes de ele continuar.

— Não pense que passo muito do meu tempo analisando a mente tortuosa de Nicholas. Prefiro dedicar a minha capacidade de interpretação para o raciocínio ilógico e sem sentido das mulheres... — o italiano deixou os cristais sobre a toalha e parou para encarar o rapaz diante de si, que o mirava como igual, do outro lado da mesa. — Somos amigos, quase irmãos, na verdade.

— Eu sei — declarou, sério. — Só não sei por que está me falando tudo isso.

Silêncio.

— Acho que é para que saiba... Você pode contar comigo. Quer dizer, quero que conte comigo da mesma forma que Nicholas pode contar, justamente porque está ao lado dele e o faz feliz.

— Davi... Eu... — balbuciou, corando.

— É verdade, garoto, pura observação. Nicholas mudou radicalmente desde que conheceu você. Tornou-se uma pessoa muito mais tolerante a si mesma e eu soube, antes mesmo que ele sequer desconfiasse ou admitisse, que estava apaixonado. E me sinto na obrigação de lhe dizer isso porque vejo no seu olhar o quanto se importa. Esse tipo de coisa não deve passar sem que alguém saiba. Pois bem: escolhi você! — concluiu, sorrindo e arrumando os copos em sua posição usual.

— Eu não sei o que dizer...

— Pois não diga nada, rapaz! Apenas seja feliz e faça aquele cabeça dura feliz também. Ambos merecem. Agora vem, me ajude com as travessas que a comida já está pronta.

Rumou para a cozinha atrás dele, dividido entre a vergonha e a vontade de relaxar. A presença de Davi, em si, já inspirava a descontração e, com certeza, dariam boas risadas até o final da tarde.

Juntos, colocaram as travessas na mesa — uma macarronada ao autêntico molho de Milão que fez seu estômago roncar, pão italiano, lingüiça e carne assada para um batalhão. E, passados poucos instantes, surpreendeu-se ao perceber que conversavam animados, como velhos amigos, falando particularidades que jamais se julgara capaz de falar com ninguém. Davi tinha o dom de tornar qualquer coisa mais simples de se ver.

Sentaram-se à mesa para esperar Nicholas, petiscando pão fresco com um antepasto de berinjela e sardela — estava mesmo morto de fome. Levado pela conversa gostosa, Davi contou-lhe que, apesar de não conhecê-lo, já ouvira falar de sua pessoa nos mínimos detalhes, que ultrapassavam o interesse de Navarre por um discípulo. O comentário do outro, apesar de não conter maldade, deixou-o encabulado outra vez.

— Sabe... — começou o italiano, servindo-se de um generoso pedaço de pão — Antigamente, eu costumava questionar a relutância dele em se envolver com alguém. Desde que rompeu o noivado, há tanto tempo que nem me lembro mais, não quis saber de ninguém. E Nicholas sabe manter as pessoas distantes quando quer.

— É verdade... — concordou com ar de riso.

— Você nem suspeita do que estou falando, garoto! E nem precisa porque, agora... — Davi fitou-o, os olhos castanhos repletos de aceitação. — Agora é diferente e finalmente entendi o porquê de ele ter esperado — sentiu-se invadido pelos olhos escuros e profundos. — Você é uma pessoa muito boa e Nicholas estava certo em esperar. Ele esteve certo o tempo todo, só não diz para ele que eu admiti isso em voz alta, tá? Fica entre nós.

Alexander sorriu, assentindo, o coração leve.

— Pode deixar, e obrigado.

— Ao invés de agradecer, me faz um favor: relaxe. Não precisa ficar com vergonha na minha casa. Sou o cara mais "sem vergonha" do mundo.

Riram juntos e, de fato, sentiu-se mais relaxado. Ainda não conseguira compreender o motivo de estar tão sem jeito na casa de Davi, principalmente porque sentira o quanto era bem-vindo. Talvez a insegurança persistisse por ser o primeiro amigo de Nicholas que chagava a conhecer. Primeiro e único, com certeza.

Desviaram o assunto para o companheiro — até mesmo Davi já estava estranhando a demora ao telefone. Em poucos minutos, Alexander ficara a par de

Capítulo Treze — Tomada do Cavalo Branco

toda a rotina do escritório, nos mínimos detalhes. Principalmente a parte em que Nicholas não descia para almoçar e ficava em jejum por quase um dia inteiro, regado à cafeína e estresse. Teve ímpeto de matá-lo.

Soube também de Roberto, agora por outro ângulo, uma nova visão que desconhecia. De qualquer forma, independente das opiniões particulares, todos concordavam que o terceiro sócio estava muito mais interessado em tirar vantagem dos colegas e fazer nome fácil do que em construir uma carreira decente.

— Mas a coisa está começando a ficar feia para o lado dele. Sabe o que Nick está fazendo lá dentro do meu escritório, longe dos seus ouvidos?

— Não — confessou, uma certa inquietação no olhar, da qual Davi não pôde deixar de rir.

— Nicholas, aquele com quem convive todo dia, está destruindo Roberto daquele jeitinho "meigo" com o qual ele afasta e discute com as pessoas. Encorajador, não? Foi por isso que deixou a sala: para que você, meu caro Alexander, não o visse e ouvisse o lado "cruel" que jamais conhecerá.

— E você? Conhece?

— Claro que sim, só que com terceiros. Somos irmãos e, apesar de discutirmos bastante, Nicholas nunca seria assim comigo. É como se já tivéssemos transposto essa barreira e, quando acontece, não há como voltar atrás. Nem queremos. Só me preocupo um pouco quando ele fica nervoso demais... — pausa para um riso descontraído. — Me preocupo com os outros, entende? É sempre traumático.

Alexander perguntou ainda como eles, dois homens tão sagazes e responsáveis, foram se meter com alguém como Roberto, que arrastava a empresa para trás, ao invés de impulsioná-la no mercado. Davi fitou-o com ar meio triste e confessou que não tinham experiência suficiente na época.

— Além do mais, só conhecemos de fato alguém quando passamos a conviver com essa pessoa. Pois bem, Roberto foi a maior de nossas decepções.

Seguiu-se um silêncio leve que o rapaz não ousou quebrar apenas por não ter o que falar. Deveria ser muito chato e irritante. Compreendia porque Nicholas dispensava todo o seu lado mau para lidar com aquele tipo de situação e foi nesse instante que ele surgiu na sala, o rosto sereno, a alma lavada. Depois das piadinhas habituais quanto à demora e a incisiva exigência de Davi por saber o teor da conversa, o empresário sentou-se, ao lado do companheiro.

— Vamos comer? Meu estômago está conversando comigo faz tempo.

— Pois não parece, pelo jeito que demorou — reclamou o italiano, verificando se a comida continuava quente. — Vá bene. A mangiare, ragazzi mio! Podem se servir. Enquanto comemos, falamos mal dos outros, o que acham?

— Roberto seria "os outros"? — lançou a pergunta, estendendo o prato cheio para Alexander e aproveitando para tocar-lhe a mão numa carícia rápida e discreta.

— Claro. Você não vai sair daqui sem nos contar o que aconteceu lá dentro, Nick — e virou-se para o menino com expressão cúmplice. — Eu amo essa parte.

Alexander riu com gosto e esperou Nicholas terminar de se acomodar para começar a comer. Um instante de silêncio para o degustar... Estava maravilhoso.

— O que Alex vai pensar de mim, Dav? — indagou, depois de engolir a porção de macarrão. — Tenho que manter a aparência de bom moço ou estou perdido. Deus... Isso está muito bom!

— Bom? Nunca comi uma macarronada tão gostosa! — o rapaz sorriu para Davi com simpatia antes de continuar. — Quanto às aparências, não precisa mais se preocupar com isso, Nick. Davi se incumbiu de me revelar toda a sua crueldade e sadismo, nos mínimos detalhes.

— Desculpa, amigão, foi tudo em nome da amizade.

Nicholas ergueu-lhe o olhar, fingindo decepção.

— Me apunhalou pelas costas, e em território neutro! Você não tem coração?

— Poupei você de ter que fazer o trabalho sujo e revelar sua faceta "homem de negócios implacável". Vai contar ou não?

O almoço transcorreu em alegre cumplicidade e Nicholas narrou o embate com Roberto, dando à história um tom cômico que deveria estar bem longe da realidade. Davi foi quem entregou o amigo, revelando que as conversas com Roberto nunca eram tão tranqüilas assim, para nenhum deles.

A tarde seguiu e continuaram conversando, sobre os mais diversos assuntos. Davi era uma companhia agradável ao extremo. Conheceu um pouco mais do Nicholas também, um estado de espírito completamente novo e inebriante, despojado do peso que sustentava ao entrar na mansão, principalmente quando estava diante de Navarre. Naquele instante, decidiu que convenceria Nicholas a se mudar e, claro, iria junto com ele aonde quer que fosse. Em primeiro lugar, queria ter um espaço só deles, por mais que amasse Navarre. Em segundo, agora podia, de fato, reconhecer o quão sacrificante era para o companheiro viver sob aquele teto e ter de voltar para casa a cada fim de dia. Não o culpou. Talvez, agisse da mesma forma em circunstância semelhante. Falaria com ele num outro momento, mais propício.

E, além de tudo isso, conheceu um pouco mais do sentimento que unia os dois homens diante de si, um tipo de amizade diferente da que estava acostumado a vivenciar com Humberto, na qual tudo pode ser dito sem qualquer barreira, simplesmente porque não há barreira alguma. A amizade de Nicholas e Davi era algo muito mais sentido que falado, essa era a grande diferença. Nada precisava ser dito entre eles justamente porque, na maioria das vezes, falar e se expor era difícil demais, ao menos para Nicholas. Estavam, ambos, atentos um ao outro, devido às próprias limitações, e foi essa atenção mútua que lhe saltou aos olhos. Davi era o melhor amigo que Nicholas poderia ter.

Começou a observar os dois enquanto conversavam, entregues à fraternal cumplicidade que os unia. O anfitrião alternava o olhar de Nicholas para si próprio, sempre naquele tom entusiasmado que contaminava tudo ao redor. Bastou o olhar dele no seu para saber-se aceito. Sem conseguir definir como, soube que o conquistara naquela tarde, e isso era tudo o que desejava.

Mas, o mais incrível foi ter certeza de que, sem ter ouvido muito a respeito dele, sem saber nada sobre sua vida além de que era sócio de Nicholas no escritório, Davi também o conquistara. Talvez pelas coisas simples e profundas que dissera quando o

Capítulo Treze — Tomada do Cavalo Branco

companheiro fora atender ao telefone; talvez pela forma espontânea com a qual tentara deixá-lo à vontade; ou ainda pela maneira sincera com a qual tinha oferecido sua amizade, sem esperar nada em troca.

Sorriu sem motivo. Havia ainda poucas pessoas dispostas a cultivar uma verdadeira amizade no mundo. Por sorte, encontrara mais uma em sua vida, e aquilo, com certeza, tornaria seu caminhar muito mais feliz.

* * *

O trajeto até em casa, um tanto longo, deu-se em tranqüilidade única, regado à voz agradável e sussurrada de Nicholas, sempre que lhe respondia alguma das curiosidades a respeito do italiano. De certo que se aproveitara do momento de solidão para perguntar tudo o que podia.

O riso do empresário, seguido da confissão murmurada que quase o transportou para outra realidade, afirmavam que entrara para o seleto hall de pessoas por quem Davi era capaz de correr o mundo. Motivado, contou então a conversa que tiveram enquanto atendia ao telefonema, no escritório.

— Com certeza você conquistou o coração dele. Só espero que não da mesma forma que me conquistou, ou teremos um grande problema — brincou, com evidente fundo de verdade.

Tratou de tirar aquela estúpida idéia da cabeça do amante mudando o rumo da conversa.

— Não faço o tipo dele, Nick! Davi é heterossexual, esqueceu? — tornou, rindo com espontaneidade.

Nicholas, contudo, não esboçou qualquer sorriso, muito ao contrário. Seu semblante, antes afável, pareceu ainda mais duro e uma sombra estranha escureceu-lhe os olhos cinzas. O jovem sentiu o peito apertar por um instante. Repassou tudo o que dissera ou fizera àquele dia, qualquer coisa que justificasse a repentina mudança de humor. Não conseguiu encontrar um único bom motivo. Começou, então, a formular uma possível estratégia de abordar o companheiro sem expô-lo ou invadir seu espaço. Contudo, o outro foi mais rápido, rompendo o delicado silêncio que caíra entre ambos.

— Não sei...

Esperou que ele continuasse, todavia, não parecia disposto, de forma que nada compreendeu. E ele permaneceu com o olhar fixo no trânsito, mesmo quando pararam no semáforo, quase como se fugisse, do que, não sabia.

— Nick... — murmurou, cuidadoso. — O que não sabe, meu querido? Não entendo...

— Não sei o que se passa na cabeça de Davi nesse sentido, mas é duro dizer isso... Eu não poria minha mão no fogo por ele, de jeito nenhum.

Alexander sentiu o mundo desabar naquele instante. Por um momento, não conseguiu dizer nada, paralisado, completamente sem ação! Julgara que Davi era o único amigo de Nicholas, amigo de verdade e, de repente, o companheiro lhe atirava na cara que...

— Você... Não confia em Davi? É isso o que está me dizendo?

Como se despertasse de um transe, o empresário piscou um par de vezes e desviou os olhos prateados da luz vermelha do semáforo para mirar o amante. Alexander estava pálido, os lábios sem cor, os olhos castanhos arregalados.

— Confiar? Mas é óbvio que sim! Davi é a outra pessoa nesse mundo em quem confio! Por que está me perguntando isso?

— Você acabou de dizer que ele poderia... Em relação a mim... — gaguejou.

Nicholas sorriu, um tanto triste. O trânsito começou a fluir outra vez.

— Perdão se o confundi, meu lindo. Davi nunca, em nenhum momento, se interporia entre nós e, realmente, acho que você não faz o tipo dele, muito embora seja suspeito demais para dar opinião. Você é adorável, qualquer um poderia se apaixonar. Esse tipo de coisa nunca está nas nossas mãos, você sabe.

O rapaz sorriu, corando de leve. O empresário retribuiu o sorriso, porém, seu riso foi morrendo para aquele fatalismo taciturno que Alexander odiava. Tocou-o de leve na coxa, a derradeira tentativa de se aproximar quando, sabia, os pensamentos dele jaziam distantes, inatingíveis.

— Então... Por quê?

Apenas depois de um tempo em silêncio, a voz dele, suave e sussurrada, ecoou pelo veículo outra vez.

— Não me referia a você e sim a ele, ao que se passa dentro dele, compreende? — diante do súbito calar do jovem, soube que temia uma posição quanto ao assunto. — Sabe, não sei se devia falar isso contigo porque, apesar de ser meu companheiro, é a respeito da vida de uma terceira pessoa, que não tem consciência do que estamos tratando. Por outro lado...

— Não precisa me contar se não puder, Nick — interrompeu, sereno. — Minha preocupação era única e exclusivamente porque, pela forma como falou, julguei que duvidava das intenções de seu amigo para comigo.

— Meu lindo, confio em vocês dois. Mas, como dizia, por outro lado, não tenho o menor tato para esse tipo de coisa. Talvez você pudesse me ajudar a entender, a apoiar Davi, a estar ao lado dele porque me importo, Alex! Me importo com o que ele sente, com a solidão dele.

Alexander riu, descrente, ao que recebeu um olhar triste, o que o fez aquietar novamente. Não parecia brincadeira. Essa certeza trouxe um estranho sentimento, uma espécie de aflição interna, algo desconfortável.

— Davi vive cercado de gente, Nick — declarou, agora sem a alegria de antes, mas com genuína preocupação no tom firme. — Pelo pouco que conheço dele e das coisas que me conta, sempre tem um programa para fazer, uma companhia interessante, alguém com quem estar. Como pode se sentir sozinho?

Capítulo Treze — Tomada do Cavalo Branco

Atravessou o portão da propriedade, contudo, não levou o carro para a garagem. Ao contrário, encostou-o ali mesmo, debaixo de algumas árvores. Lentamente, viu as mãos delicadas girarem a chave na ignição, todas a luzes internas se apagarem. Só então, os olhos cinzas mergulharam nos seus, aflitos e preocupados.

— Sabe por que, antes de conhecer você, sempre procurei estar sozinho? Sabe por que trabalhava até tarde, sem ninguém em volta, e ficava o tempo todo trancado em casa ou cuidando das minhas plantas? Já se perguntou sobre o porquê de eu nunca querer sair?

Silêncio.

— Para não se expor... — arriscou, perdido na imensidão de prata e sentimentos que os olhos dele espelhavam.

— Também... Talvez...

Novo silêncio em mútuo apreciar.

— Diga-me você, meu querido. Por que buscava estar só o tempo inteiro?

— Porque me sentia ainda mais só em meio às pessoas. É precisamente nas multidões que nos sentimos de fato sozinhos, Alex. E Davi... Ele se sente muito só. O fato de estar a cada semana, cada dia, com uma mulher diferente e não fazer parte da vida de nenhuma delas; os problemas que o afastam da própria família; a impessoalidade dos relacionamentos que constrói, isso ainda é pior do que o meu antigo isolamento, percebe? Ao menos, eu tinha exata noção do que acontecia comigo.

Alexander tomou-lhe a mão com ternura, acariciando-o com a ponta dos dedos.

— Você não está mais sozinho.

Foi quando os olhos dele marejaram e seu semblante, antes sério, suavizou-se como o de um menino, carente de conforto. Nicholas tomou-o num abraço forte e quase urgente, aninhando-se contra o corpo menor do companheiro, exatamente como se tivesse encontrado seu lugar no mundo.

— Obrigado... — murmurou, a voz entrecortada. — Minha vida tem sentido agora...

— Mas a de Davi não. É isso o que está me dizendo, não é? — ele nada disse, apenas acomodou o rosto contra o ombro do jovem e assim ficou, quieto. — Por que me contou tudo isso?

— Porque amo você, Alex, e precisava dividir minhas preocupações há muito tempo. Apenas não havia encontrado um momento adequado — afastou-se para mirar os olhos castanhos. O que encontrou foi a força que ele detinha para enfrentar todas as coisas e o apoio necessário para acreditar. — Ele é especial. Davi é como...

— Um irmão para você. Sei exatamente do que está falando, meu querido, e, acredite em mim quando digo que estarei observando, ao seu lado e ao lado dele. Farei o que for possível porque também gosto de Davi.

— Você é maravilhoso — tornou, as lágrimas correndo mansas sem que se desse conta. — Não quero para ele o mesmo inferno no qual estive mergulhado até você aparecer na minha vida porque encontrar alguém assim é como um milagre, entende?

O rapaz sorriu e acariciou-lhe o rosto com ternura.

— E você não acredita em milagres?

— Agora? — um assentimento foi a resposta. — Sim. Agora acredito.

— Pois Davi também acreditará, tenho certeza.

Nicholas abraçou-o novamente, afastando da mente a imagem triste do amigo e preocupado em absorver o perfume, a presença, o significado de estar nos braços de Alexander, o milagre que recebera, sabe-se lá de quem, mesmo depois de tudo o que fizera de errado ao longo do caminho. Aquela era a prova viva de que tudo é possível, que sempre há esperanças. Basta que não nos entreguemos.

* * *

Os dias correram rápidos depois do encontro com Davi e o desabafo de Nicholas em seus braços. Para sua agradável surpresa, o italiano passara a fazer parte do seu círculo de convivência e amizade. Não se encontraram novamente, porém, sempre que ligava para o escritório, enveredavam por agradável conversa, principalmente quando o amante não podia atender. Falaram uma ou duas vezes sobre relacionamento. Tudo o que pudera constatar fora a veracidade das informações dadas pelo companheiro. De fato, os relacionamentos de Davi eram tão rasos quanto um pires. Estranho, principalmente se levasse em conta que não foram poucas as ocasiões em que ele insinuara, mesmo sem perceber, que gostaria de ter alguém, constituir família.

Todavia, analisá-lo era ainda difícil, pois o relacionamento apenas começava, apesar de já ter confiança. Por ser quem era e amigo tão próximo de Nicholas, passara algum tempo pensando sobre aquilo, principalmente na aula de Química-Orgânica, com aquela professora chata a falar como uma lesma ritmada. De certo que ninguém mais prestava atenção. Há pouco mais de um mês para o fim das aulas, às vésperas da formatura, tantos problemas e sonhos a rondar cada um, e com o treino para o Mundial a tomar-lhe todo o tempo disponível, Alexander não tinha disposição para fixar a atenção em nada além do que já lhe ocupava a mente, ainda mais depois da notícia que alcançara nota em todas as matérias para passar direto, sem ter que se desesperar. Estudaria o mínimo para as provas, manteria uma boa média, mas todo o trabalho fora feito durante o ano, quando dividira-se entre o xadrez e o estudo, exatamente como a mãe exigira.

Violeta...

Num fugaz instante, pensou nela... Não fora apenas sua disposição para assistir às aulas e refletir sobre os Carbonos que se prejudicara com o excesso de problemas. O treino exacerbado que Navarre impunha e o relacionamento com Nicholas, cada vez mais evidente, o impediram de ir à casa materna naqueles três últimos meses. Desde o sábado em que visitara Davi, não almoçara mais com Violeta nos finais de

Capítulo Treze — Tomada do Cavalo Branco

semana. A mãe ligara várias vezes, cobrando-lhe a presença e tudo o mais. Chegara a visitá-la umas seis ou sete vezes, de passagem, pois tinha tanta coisa para resolver, tanto a aprender antes daquele último estágio de sua vida, que não sobrara tempo para nada.

Apesar de não ter se encontrado com a família como era o esperado, pedira a ambas, tanto à mãe quanto à irmã, que compreendessem a situação pela qual passava. Muita responsabilidade, muito o que resolver. Já não tinha tempo para si mesmo. Já não ficava com Nicholas tanto quanto se dispusera no começo. Todavia, o companheiro sempre lhe sorria, afetuoso, e presenteava-o com alguma palavra de afeto. E, quando voltava ao quarto, tarde da noite, Nicholas o recebia com ternura, mesmo quando abandonado ao sono. Não havia dia em que chegasse e não encontrasse uma rosa ou um bilhete de boa noite, uma carta apaixonada ou um convite explícito para que fosse procurá-lo na banheira, onde faziam amor como desesperados, ávidos um pelo outro.

A lembrança dele, seu, fez o sangue do jovem enxadrista ferver. O corpo reagiu, violento, e teve de puxar a carteira de encontro ao próprio peito para esconder a evidência do desejo. A voz da professora ainda soava longe e monótona, ninguém em volta parecia ter percebido nada... Até que seus olhos castanhos fixaram-se nas íris verdes de Humberto que o mirava da carteira ao lado em flagrada zombaria.

Sentiu o rosto queimar e desviou o olhar novamente. Humberto riu baixinho e aproximou a cadeira, sua voz estridente soando num tom murmurado que não lhe caía bem.

— Estava pensando no Nick, é?

Novo corar, ainda mais forte, e um leve inclinar de cabeça o denunciaram. Silêncio.

— Meu caro, não precisa ter essas vergonhas comigo! — brincou, cutucando-o de leve, amigável. — E, além disso, putz, deve fazer um tempão que não... Que vocês não...

— Humberto — rosnou, encabulado.

O amigo voltou ao lugar quando a professora olhou feio para ele. Por sorte, as reações involuntárias estavam mais controladas e não conseguiu explicar o motivo de estar tão vermelho. Mas a campainha tocou, anunciando o fim das aulas, de forma que a professora saiu da sala, completamente esquecida do incidente constrangedor. Assim que a classe esvaziou, mirou o amigo com ar feroz.

— O que deu em você, seu ameba? Está maluco?

— Pode ser... E você está com te... — seus olhares caíram na figura de Virgínia, parada a menos de um passo de distância. — ... com o meu teste de Química aí? — emendou, sem hesitação.

— Não — respondeu contrariado, enfiando o material dentro da mochila surrada antes de virar-se para a irmã. — O que está fazendo aqui? — indagou em tom sério.

— Mamãe mandou te chamar.

Um instante de silêncio enquanto decodificava o significado daquela declaração e sentiu o toque amigo de Humberto por trás, em seu ombro, como a transmitir força.

— O que quis dizer com isso, Girina?

A moça cruzou os braços e torceu levemente o quadril naquela pose típica das meninas que tentavam parecer mulher, encarando o rapaz diante de si, ainda estático.

— Que vamos ter um lindo e agradável almoço em família.

— Aí, meu caro, boa sorte! Deixa eu puxar o carro porque não quero que sobre para mim. Tchau mesmo.

— Não vai sobrar para ninguém — afirmou, firme e baixo, segurando o amigo ruivo pela manga do uniforme antes que este saísse na direção da porta. — Diga a ela que não dá para almoçar hoje. Primeiro que é dia de semana, segundo que tenho compromisso à tarde, terceiro que detesto as coisas assim, de última hora, e ela sabe disso!

— Certo — respondeu Virgínia, ajeitando os cabelos cacheados num gesto displicente de mão e dando as costas ao irmão. — Então desça lá e fale isso a ela.

A garota saiu, contrariada, deixando-os a sós. Foi só então que o pânico dominou Alexander ao se dar conta do inusitado da situação. Conhecia Violeta... A mãe nunca sairia do trabalho mais cedo sem um bom motivo, mesmo que fosse para almoçar com o filho que não via direito há três meses. Não era atitude típica dela, e não o faria por nada, apenas por saudade... Ou faria? Buscou Humberto, que ainda forçava-se a caminhar para a porta enquanto segurava-lhe a roupa.

— Acha que minha mãe veio apenas para me buscar para almoçar?

— Faz tempo que não passa uma tarde inteira com ela, não? — assentiu em concordância. — Deve ter vindo atrás de você na escola porque sabia que, daqui, não haveria como escapulir. Sua mãe é matreira, meu caro... Não nasceu ontem, como nós!

Soltou-o, lentamente, perdido em suas próprias reflexões. Humberto aproveitou-se da distração dele para rumar rápido para a porta, todavia estancou ao virar-se por sobre os ombros e flagrá-lo em muda ansiedade.

— O que foi, Alex?

Ergueu os olhos castanhos apara as íris verdes que o miravam firmes. Humberto dificilmente o chamava pelo nome...

— Estou com um mau pressentimento. Meio de semana... Saiu mais cedo do trabalho... Pegou Virgínia no caminho...

— É sua mãe, está há tempos sem te ver e parece um urubu em cima da carniça: tudo como sempre foi. Você é o filhinho favorito, meu caro. Aceite, relaxe e goze!

Todavia, ainda assim, algo parecia fora de lugar. Desviou o olhar para a janela aberta, o sol inundava toda a paisagem da cidade.

— Não posso ir almoçar com elas hoje. Tenho treino marcado. Navarre está me esperando e...

Capítulo Treze — Tomada do Cavalo Branco

— Meu caro... — interrompeu, aproximando-se um pouco. — Ligue para Navarre, avise que vai chegar mais tarde e vá almoçar com a sua mãe. É esse o conselho que lhe dou. Tenho certeza que evitará muitos aborrecimentos mais tarde.

Talvez ele tivesse razão e fosse melhor ceder uma única vez, para garantir sua paz de espírito e para proteger Nicholas, mesmo não sabendo ainda do quê. Uma tarde sem treinar, para cumprir com suas obrigações familiares e participar um pouco da vida das duas, não o arrancaria da final, muito ao contrário, poderia garantir-lhe o sono tranqüilo por mais um mês ou dois!

— Certo, eu vou.

— Assim é que se fala. Pode ter certeza que tudo acabará bem.

— Claro que tenho. Você estará lá comigo.

— Eu?! Mas, Alex... Não acho que sua mãe...

— Anda, Humberto — disse, empurrando-o para a porta sem se preocupar com a cara assustada do outro. — Você liga para sua casa antes de eu falar com Navarre.

* * *

E o ruivo terminou por acompanhá-lo, sem alternativa possível. Não pela ordem, e sim porque, ao pararem de frente para o orelhão e fitar Alexander, soube que precisaria de apoio caso alguma coisa acontecesse. O que lhe veio à mente foram os momentos em que o amigo suportara sozinho todas as dificuldades, apenas por não ter alguém com quem dividir suas dúvidas. A esse pensamento, somou-se a recordação da conversa terrível à sala de Navarre, quando ficara sabendo do romance e prometera estar sempre ao lado deles. Jamais deixaria Alexander só numa situação como aquela, em que tudo poderia acontecer... Ou não!

O encontro com Violeta fora como sempre: desagradável, uma opinião que parecia ser bastante generalizada, ao menos para os colegas do jovem enxadrista. Bem, o amigo não tinha culpa e resolveu transformar aquele almoço numa reunião alegre. Por que não dizer debochada? Pelo menos serviria para desviar o foco de atenção da mulher.

Alexander viu Humberto destacar-se na direção do carro, pulante e animado como sempre, despejando sua voz estridente sobre Violeta e anunciando que fora convidado para almoçar também, que já avisara à mãe e que teriam uma linda tarde juntos, os quatro. A cara de desagrado não passou despercebida a ninguém, muito menos ao ruivo, que se sentou no banco de trás como se nada tivesse acontecido, acomodando-se ao lado de uma feliz Virgínia, que olhava a cena com ar de riso.

Silencioso, tomou o lugar do carona, dando um beijo rápido no rosto da mãe. De certo que não se esquecera de seu último confronto com ela, quando falara sobre Lorena sem nenhum propósito. Desde então, era educado, mas mantinha-se um tanto distante, não para puni-la, mas porque não se sentia à vontade.

Xeque-Mate

A conversa girou em torno da escola, da formatura iminente, dos planos de cada um (ao que Humberto falou pelos cotovelos, sem se importar nem um pouco com o ar de enfado lançado pela motorista através do espelho retrovisor). Alexander também disse de seus planos para a carreira: o xadrez e uma possível faculdade de Filosofia, matéria que mais gostava na escola. Entretanto, guardou para si o desejo de morar sozinho com Nicholas, de não voltar para casa e da necessidade de confessar o que lhe acometia o coração. A verdade era que precisava de coragem, e isso nada tinha a ver com Humberto, muito ao contrário. Precisava antes sondar o território para saber a abordagem mais adequada.

Não precisou esperar muito, pois, mal pisaram na casa materna, nem bem a água da macarronada começara a ferver, Violeta encurralou-o num xeque violento.

— Como vai Nicholas?

Mirou-a com o olhar escuro e estreito, nem bem percebendo que Humberto, de saída da cozinha com um copo de refrigerante na mão, resolvera parar ao batente para ouvir e ajudar, se necessário fosse.

— Nicholas E NAVARRE vão muito bem, mamãe. Obrigado por perguntar.

Ela ajeitou as varetas de macarrão cru, aparentemente sem pressa, o semblante sereno. Qualquer um teria se enganado diante daquela cena, mas não ele. O leve tremular dos dedos e a maneira como balançava a perna indicavam a tensão que sentia. Preparou-se para o pior, pois, assim, poderia escapar de qualquer jogada que ela viesse a armar.

— Desculpe se fui rude, mas é que, de repente, de uns tempos para cá, mesmo ao telefone, você simplesmente parou de falar nele — e ergueu os olhos argutos para o filho. — Como já estava acostuma a ouvir "Nick" a cada meio segundo, pensei que algo tivesse acontecido — pausa em silêncio pesado. — Aconteceu?

— Depende. A quê exatamente está se referindo? — devolveu, cruzando os braços e apoiando-se na pia, o olhar sustentando o dela sem receio.

— Vocês brigaram?

A gargalhada que ecoou pela cozinha foi involuntária e fez cada pêlo do corpo de Humberto arrepiar-se em mau pressentimento.

— Claro que não. Nunca estivemos tão bem...

Porém, antes que o filho continuasse, Violeta baixou o olhar para o macarrão, interrompendo-o com sua fala mansa.

— Não quer ir ver televisão, Humberto?

O ruivo lançou um olhar significativo ao amigo, que desviou os olhos castanhos da senhora ao fogão para os dele. Alexander assentiu com um gesto casual de ombros, libertando-o da responsabilidade de permanecer se não desejasse. Já decidia por retirar-se quando voltou os olhos verdes para ela, e Violeta jazia de pé, junto à panela, sorrindo ironicamente.

— Não, obrigado. Estou bem aqui — afirmou, puxando um dos bancos da cozinha e sentando-se na flagrada intenção de ouvir tudo, até que ambos resolvessem encerrar a conversa.

Capítulo Treze — Tomada do Cavalo Branco

— Sinta-se em casa — comentou ela, mexendo o molho vermelho que fervia numa panela à parte. — Falávamos... — atirou ao outro rapaz, casual.

— Sobre Nicholas.

— É verdade... Bem, meu filho, queria saber quando será o Campeonato Mundial. Acho que me disse, mas esqueci.

Esquecera-se? Impossível. Não conhecia pessoa com memória melhor que a dela. Talvez, apenas Nicholas. Contudo, o companheiro não era parâmetro para nada ou ninguém, justamente por ser único. Violeta fugira do âmago da questão, sem qualquer cerimônia, exatamente como lhe era peculiar. Quase revelara seu envolvimento afetivo com o empresário, porém, diante daquela atitude, percebeu que ela não agüentaria, que não era o momento. Teria de aguardar mais um pouco, infelizmente.

— No início do ano que vem.

— Que ótimo. Passe-me essa travessa, Humberto. Essa, em cima da mesa... Obrigada — gracejou, subitamente feliz. Com certeza, ardil para o que lhe tomava a alma. Conhecia-a desde que nascera. As artimanhas dela não funcionavam mais. — Bem, o Mundial seria a etapa final do seu aprendizado, não?

Silenciou alguns instantes para refletir sobre ao assunto e expor, da melhor maneira possível, que conhecimento não se media em tempo. Em seu íntimo, julgara que ela de fato desejava dividir, participar, saber mais a respeito do mundo ao qual pertencia. Porém, Violeta não desejava ouvir qualquer coisa. Deu-se conta disso quando, ao entreabrir os lábios para responder, ela o atropelou com sua voz firme e olhar inquisidor.

— Finda as aulas, você volta para casa.

Era uma ordem, não uma pergunta ou mesmo um pedido. Sustentou-lhe o olhar, mais preocupado em desvendar-lhe a razão por detrás da resistência. Nada conseguiu ver, pois ela, mulher madura e vivida, sabia esconder-se como ninguém. Resignou-se ao fatalismo, mal percebendo que Humberto deixava cair a caneca de acrílico na qual bebia seu refrigerante, tamanho o susto que o acometeu.

— Minhas aulas não terminarão quando eu vencer o Mundial. Ao contrário, estarão apenas começando — diante do olhar intenso dela, num misto de mágoa e revolta, o jovem percebeu que fora um tanto áspero com as palavras. Bem, de nada adiantaria ferir sua própria mãe. Isso só lhe traria mais problemas, mais dor e tristeza. Queria ser um motivo de alegria para ela e não de aborrecimento.

Foi com surpresa que a jovem senhora viu o filho afastar-se em direção à mesa e puxar o banco ao lado do amigo que, boquiaberto, assistia o desenrolar da cena. Alexander acomodou-se e, só então, fitou-a. O rosto bem marcado, de traços fortes e harmoniosos, jazia sério, porém, sereno, com uma sombra de maturidade completamente nova, que nunca estivera ali antes ou, ao menos, foi o que lhe pareceu. Seu filho, de fato, não era mais uma criança...

— Desculpe, mamãe. Não quis ser rude com a senhora — declarou, a voz firme e limpa de quem não tem dúvidas. — É que me pegou de surpresa. Pensei em falar nisso outra hora, quando amadurecesse a idéia, mas, já que perguntou, sabe que não minto para a senhora — silêncio em mútuo observar. — Não vou mais voltar para casa. Tenho uma boa reserva de dinheiro, vou começar a faculdade no período que vem, já não quero depender de ninguém, entende?

— Não — tornou, enxugando a mão nervosamente no pano de prato enquanto o mirava com raiva evidente. — Não sei aonde quer chegar! Não quer depender de mim mas vai ficar morando com Navarre, um velho que não é nada seu, que não tem o seu sangue?

— Estou dizendo que posso caminhar sozinho, mãe. Não vou voltar para casa porque quero começar a minha vida, trabalhar, ter o meu lugar. Antes de começar a faculdade, depois do campeonato, vou me mudar para a minha casa. Esse é o plano.

— Isso é ridículo. Nunca teve essa vontade antes! Por que a teria agora? Não parece coisa sua...

— Está insinuando que sou influenciável? — indagou, incrédulo. — Se está, conviveu comigo por dezoito anos e perdeu a oportunidade de me conhecer!

— Pois digo o mesmo — atirou, mirando-o, séria. — Deveria saber que não insinuo nada. Falo o que tem de ser dito.

— Então me responda — desafiou. — Acha que estou sendo influenciado por alguém?

Silêncio.

— Acho.

Alexander riu, exausto. Esfregou o rosto e respirou fundo. Não valia a pena perder a calma por tão pouco. Estava claro que era uma tentativa desesperada de desestruturá-lo, causar uma discussão ou coisa do gênero e, depois, entregar-se ao desespero, como tantas vezes já acontecera. Não cederia ao jogo dela dessa vez. Ergueu-lhe o olhar, ainda parada no mesmo lugar, e sorriu.

— Não sou influenciável e a senhora sabe disso muito bem. O que me acontece é algo que acontece a todo mundo nessa vida, o tempo todo: eu cresci. Há muito deixei de ser a criança que se agarrava à barra da sua saia. Quero continuar por mim mesmo, tenho sonhos e anseios que só a mim pertencem, e tenho condições, tanto psicológicas quanto financeiras, de partir para a minha vida, por minha conta. Talvez isso a assuste. Assusta a mim também, algumas vezes. Quem não tem receio do desconhecido? No entanto, o receio não me impede de continuar em frente, de caminhar, ousar e sonhar.

A seriedade com a qual ele falava, a força de suas palavras e a lembrança de tudo o que passara até então, calaram Violeta. Ela voltou para a panela de macarrão, o olhar úmido e raivoso. Não pôde compreender, mas não ousou interferir em seu momento de dor. Parecia-lhe que as mães eram assim, que todas sofrem quando os filhos decidem partir e caminhar com as próprias pernas. Fitou Humberto que, por gestos, perguntou-lhe se era verdade tudo aquilo. Confirmou com um assentimento afirmando que conversariam mais tarde. A aprovação era evidente no olhar verde. Só

Capítulo Treze — Tomada do Cavalo Branco

então, voltou-se para a figura, meio encolhida junto ao fogão. Nada disseram por longo tempo, até que a voz dela rompeu o ar parado da cozinha.

— Vai morar sozinho?

Um segundo de silêncio e o conflito interno a gritar-lhe que cometeria um grande erro se contasse tudo ali, quando a percebia tão frágil. Entretanto, mentir seria negar Nicholas e tudo o que dividiam. Seria como lhe trair a confiança. Muito pior, mentir seria como trair a si mesmo, e isso jamais faria. Não o fizera em dezoito anos de vida, não começaria agora, de jeito nenhum.

— Não. Eu e Nicholas vamos morar juntos... Mas ele ainda não sabe disso.

O olhar surpreso que ela lhe lançou fez cada músculo do corpo retesar-se.

— Decidiu a vida dele e nem ao menos lhe comunicou?

— Não vai se opor. E, como disse antes, preciso ainda amadurecer a idéia.

Ela assentiu, os dentes trincados. Mais um instante mudos e a mulher retirou o macarrão do fogo, escorreu-o sem pressa, arrumou-o num pirex grande com todo o cuidado, o semblante impassível e indecifrável.

— Estranho o tipo de relação que tem com Nicholas. Ele não me parece o tipo de homem que permite que decidam a vida dele à revelia — comentou, distribuindo o molho fervente e perfumado sobre os fios amarelos do macarrão.

— E não é, de fato... — garantiu, fitando-a com insistência, aguardando que ela o olhasse para que pudessem acabar de vez com aquele jogo truncado e com o sofrimento de Humberto, que parecia cada vez mais pálido, de encontro aos azulejos brancos da parede.

Porém, Violeta não tornou a encará-lo. Ao contrário, ocupou-se de retocar o prato principal, buscar a salada verde e o queijo parmesão na geladeira para, então, separar as lingüiças e as carnes numa travessa menor, à parte do macarrão. O único pensamento que a cometia naquele instante, enquanto fugia do olhar dele, antes tão seu, era que o mal já estava feito, não havia o que resgatar. Alexander fora influenciado e, se não fizesse algo, o mais rápido possível, o perderia para...

Tentou falar, insistir, argumentar, mas a força dele a calou, sem real intenção. Soube disso quase tão claramente quanto suspeitava de que ele, seu filho querido, e Nicholas Fioux eram...

Desviou o olhar para a outra figura, imprensada contra a parede fria, como se uma força invisível o sufocasse.

— Está tão calado, Humberto — disse, sorrindo para o outro rapaz, tão... Normal? Baixou o olhar para a travessa novamente. — O almoço está pronto. Não querem chamar Virgínia?

Ela tentou cruzar o batente para a sala, mas o filho, tão alto agora, ergueu-se e barrou-lhe a passagem.

— Mãe... — sussurrou e recebeu os olhos temerosos dela nos seus. O peito apertou-se em amor. Sim, a amava muito. Seria uma pena se ela, por um acaso, o rejeitasse. Essa simples idéia doeu-lhe o coração. — Pergunte, mamãe, o que deseja perguntar. Por favor.

E ela apenas sorriu, do mesmo jeito autoritário de sempre, como se nada pudesse atingi-la.

— Não há o que perguntar, meu filho.

Sentiu os olhos marejarem. Lançou um olhar para Humberto e o amigo estava parado de pé, ainda próximo à mesa, carregando a travessa que Violeta deixara para trás, os olhos verdes em velada tristeza. Não havia o que dizer. Ela não desejava ouvir.

Então, o jovem enxadrista girou nos calcanhares, os movimentos seguros, e caminhou para dentro da casa na direção do quarto da irmã. Da onde estava, Violeta viu-o bater suavemente à porta e sua voz terna encher o ambiente num sussurro familiar, que tantas recordações lhe trazia. Contudo, estava preste a perder a familiaridade, a perder Alexander para as vis intenções de um sujeito qualquer. A raiva foi tamanha diante da injustiça que foi obrigada a se conter para não arremessar a travessa contra a parede da sala.

— Violeta? — a voz estridente de Humberto a trouxe de volta do devaneio. — Minha mão está começando a queimar...

Sorriu para ele, dando-lhe passagem para acomodar as iguarias na mesa. Logo em seguida, Virgínia e Alexander sentaram-se, as costumeiras brincadeiras de ambos a contagiar o ambiente de alegria. Humberto juntou-se aos outros dois, trazendo ainda mais vida para aquela casa sombria. A última coisa que lhe passou pela cabeça antes de tomar-lhes os pratos para servi-los foi que, independente do que tivesse acontecido ou não, traria seu filho de volta ao lugar ao qual pertencia. O momento chegaria e aguardaria paciente. Ainda havia tempo.

* * *

Pegou um táxi para voltar para casa, pois queria tomar um bom banho, jogar-se na cama e esperar por Nicholas. Precisava conversar com o companheiro, desafogar a alma, dividir o que sentia. O almoço fora uma tragédia, na sua opinião. Apesar dos esforços de Humberto e Virgínia para alegrar o ambiente e do empenho de sua própria mãe em agradá-lo, uma agonia terrível tomava-lhe a alma, pesando, machucando, amargurando-o. Ainda não conseguira descobrir o que exatamente o deixara assim, contudo, teria um certo tempo para pensar. Sim, porque Nicholas perceberia que estava transtornado e esperaria calmamente por uma explicação. Ele sempre percebia, e sempre esperava.

Avançou pela mansão com aquela estranha sensação de irrealidade a desacelerar seus movimentos. Falou com Navarre o estritamente necessário, certo de que percebera sua aflição e igualmente ciente de que manteria a discrição. O mestre conversou por um ou dois minutos, e colocou-se à disposição, mesmo quando comunicara a ele que não tinha condições de treinar. O velho enxadrista nada perguntou, comentou ou insinuou. Apenas sorriu com aquele sorriso paternal e compreensivo que poucas vezes vira em rosto alheio. Sem mais, o jovem pediu licença e subiu as escadas em direção ao seu quarto, uma urgência louca por estar só.

Capítulo Treze — Tomada do Cavalo Branco

Deixou que a água morna lavasse seu corpo e as lágrimas lavassem seu espírito. Não pensara que a simples negativa da mãe em saber o afetaria tanto. Em verdade, nem ao menos falara com Nicholas que decidira contar tudo à família. Bem, agora teria de esperar de qualquer forma. Ou talvez o companheiro tivesse outra visão das coisas...

Saiu do banheiro, vestiu um short, enrolou-se num lençol apenas para sentir algum calor e afundou no colchão, o rosto mergulhado no travesseiro do qual emanava o perfume amadeirado que o embriagava. Exausto pela tensão do dia, sofrido pela dor que o cometia, o rapaz permitiu-se um segundo de aconchego e deixou que o sono o arrastasse para sua doce inconsciência.

* * *

As piadas de Davi ainda ecoavam em seus ouvidos, fazendo-o rir sozinho. O dia fora produtivo, alguns projetos novos e muito bom humor do sócio e amigo. De fato, era um homem feliz e inteiro. Ao desviar os pensamentos para Alexander, seu sorriso aumentou, iluminando-lhe o rosto de maneira especial. Foi assim que cruzou o batente de casa, sendo recebido por Matias.

Imaginava que, àquela hora, já deveriam estar encerrando a aula do dia. Desde que começaram a treinar para o Mundial, estendiam-se até mais tarde que o habitual. Por isso, também resolvera ficar uma hora a mais no escritório, tanto para dar liberdade ao companheiro para se dedicar, como para evitar de ficar sozinho, enclausurado na mansão ou confinado no jardim, o que virara hábito nos últimos três meses. Mas a noite prometia. E, como não faziam amor há quatro dias, devido à exaustão do outro, preparara algo especial. Já não agüentava mais. Precisava dele com desespero!

Sorrindo, mal percebeu que passara, distraído, por Ágata. A governanta permanecia de pé, junto à estante de mogno, toda a sua atenção voltada para a fala mansa e sussurrada de...

— Navarre? — indagou confuso, voltando-se naquela direção e mergulhando nos olhos azuis do pai.

— Boa noite, meu filho! — saudou com alegria, o rosto mais enrugado e pálido do que podia se lembrar. — Como foi o seu dia? Está tudo bem no escritório e com os rapazes?

— Meu dia foi produtivo, Davi e Roberto estão muito bem e, o senhor...

— Ah, sim! Estou ótimo hoje! Conversava com Ágata sabre a paisagem da França no inverno. Estive pensando... — silêncio aflito. — Quero visitar sua tia, um dia desses.

— Isso é muito bom, Navarre — tornou nervoso, lançando olhares interrogativos para o interior da casa. — Mas queria lhe perguntar...

— Noelle ficará feliz, tenho certeza — interrompeu o pai novamente, sem perceber a agonia que acometia o empresário. — Ver a família e a fazenda... Devíamos fazer isso mais vezes...

Sem mais esperar, Nicholas segurou o pai pelo ombro, não bruscamente, mas com firmeza, e obrigou o velho a fitá-lo.

— Navarre... Onde está Alexander?

— Não treinamos hoje. Ele foi almoçar com Violeta — explicou. — Chegou faz um tempo, mas estava amuado, meio estranho. Subiu para o quarto e não desceu até agora.

Lentamente, Nicholas soltou o pai, os pensamentos dando voltas dentro de sua mente. Sem ceder ao pânico, assentiu, girando sobre os calcanhares em seguida e rumando para escadaria.

— Não esperem por nós para o jantar.

— Mas vão ficar sem comer? — indagou, vendo o filho passar a mão na pasta antes de subir. — Nicholas!

Olhos cinzas, escuros de preocupação, o miraram... E não havia antagonismo, apenas aquela muda necessidade de aceitação.

— Descerei exatamente no instante em que ele puder descer comigo.

Foi tudo que disse antes de virar-se novamente e desaparecer no andar superior. Por um momento, Navarre preocupou-se também. No entanto, Nicholas chegara e Alexander, com certeza, poderia resolver seus problemas ou, ao menos, dividi-los com alguém querido, que se importava e podia pensar com clareza. Resignado, voltou-se à governanta e prosseguiu na sua narrativa.

* * *

Entrou silencioso no próprio quarto, flagrando o companheiro encolhido sobre a cama num sono agitado. Largou os pertences e o paletó na cadeira de canto e aproximou-se, sentando-se na beira do colchão. Como que respondendo a um chamado, Alexander rolou até que estivesse de frente para ele, os olhos apertados, a tez suada, murmurando-lhe o nome baixinho, porém com veemência. Tocou-o pela face, muito de leve para não assustá-lo. O rapaz aconchegou-a contra a palma macia que lhe era oferecida. Só então, olhos castanhos, sonolentos e confusos, abriram-se para os dele. Pensou em sorrir... Contudo, o garoto agarrou-o numa urgência desenfreada, afundando o rosto contra seu peito, a voz embargada pelas lágrimas.

— Nick... Nick... Que bom que está aqui! Preciso tanto de você!

Tomou-o para si, a mesma urgência, a mesma entrega. Acariciou-lhe os cabelos castanhos e fartos como se embalasse uma criança, sua voz baixa soando lenta numa melodia desconhecida e reconfortante.

Sem mais conseguir se conter, Alexander deixou que a amargura lhe rompesse o peito em soluços sentidos, enquanto Nicholas procurava dar exatamente o que ele

Capítulo Treze — Tomada do Cavalo Branco

lhe pedia com o olhar. Estaria ao lado dele sempre, não importavam as dificuldades. Fora isso o que prometera no começo... Era isso o que desejava dizer-lhe agora.

— Não importa o que tenha acontecido, meu querido... Estou aqui e podemos resolver o problema juntos, se você desejar.

Um beijo carregado de tristeza foi a resposta. Todavia, logo o rapaz afastou-se de seus lábios, as lágrimas salgando-lhes o instante de doçura. Deitou-se ao lado dele, sem nem ao menos retirar os sapatos, cuidando de trazê-lo para perto e acarinhá-lo, o máximo que pudesse. Aos poucos, o pranto foi cedendo e o jovem recostava-se exausto em seus braços.

— Conte-me, meu lindo... — sussurrou, sentindo-o estremecer de encontro ao seu corpo. — O que aconteceu?

Passou um tempo em silêncio. Nicholas não tornou a perguntar, primeiro porque não era necessário; segundo que, se não respondia, era porque ainda não podia e respeitava o espaço dele. Disposto a aguardar pela eternidade ou mover-se sob o comando do rapaz, o empresário relaxou contra o colchão, aconchegando-se também, um carinho imenso transbordando em cada gesto.

— Lembra aquele dia, quando olhou para mim e disse que ninguém mais entra na cama conosco, que esse é o nosso espaço? Lembra?

— Sim... Como poderia esquecer se você me fez tão feliz naquela ocasião? Feliz como sempre desde então.

Alexander mirou-o e o que viu nos olhos de prata foi amor... Um amor tão pleno que se sentiu sufocar. Sem perceber, deixou que um leve sorriso se desenhasse em seus lábios, marcados pelas lágrimas que ainda não chorara. Nicholas retribuiu a tímida demonstração de afeto com um leve roçar de lábios. Mais tranqüilo, o garoto deitou-se sobre o peito dele, ainda coberto pela camisa social, e ali ficou, contornando-lhe os botões delicados.

— Então... Deve se lembrar também que... Bem, havia algo a ser dito. Algo que eu deveria dizer a você. Lembra disso?

— "Sei que tem muita coisa para me falar, sobre muitas pessoas... principalmente sobre determinadas decisões que tenha tomado diante da atitude de terceiros" — recitou, não sem correr os dedos pelas feições do outro, terno.

— Eu queria lhe falar... Estava pensando numa boa maneira... Eu...

— Apenas fale. O fato de não ter falado ainda não significa que eu já não saiba.

Trêmulo, Alexander afastou-se e sentou na cama, fitando-o com os olhos úmidos.

— Eu decidi que devo contar para a minha mãe e a minha irmã, sobre você, sobre nós dois.

Nicholas sentou-se sem pressa, ainda mirando-o fixamente, o semblante sereno a transmitir a segurança da qual ele precisava.

— Certo. Por que decidiu contar? — o jovem ficou ainda mais pálido. — Não se assuste, querido. Não é um interrogatório e nem desaprovo a sua decisão. Só que, como toda atitude, esta também terá conseqüências e, se souber os motivos que o levaram a agir assim, será mais fácil lidar com elas no futuro, apenas isso.

O garoto baixou a cabeça por um instante, não por vergonha ou hesitação, e sim por exaustão. Quando ergueu novamente o rosto para o companheiro, seu semblante era firme e maduro.

— Sei do que está falando e pensei muito nisso tudo, desde o começo. Acredito que contar a elas será melhor para todo mundo. Primeiro, porque apagará a sensação de que são enganadas, o que, com absoluta certeza, minha mãe está pensando; segundo porque me alivia do peso de ter de mentir o tempo todo, o que me desgasta e entristece; e terceiro, e mais importante, porque acredito, do fundo do meu coração, que você mereça o meu reconhecimento.

— O seu reconhecimento eu já tenho, amor. Creia em mim — tornou com um sorriso. — Esse tipo de coisa não depende dos outros, mas de nós mesmos. Não me importo com o que pensam ou sabem. Me importo com o que você pensa, com o que você sente e sabe. Entende?

Ele assentiu e desviou os olhos castanhos para a porta, aparentemente ausente, distante. Nicholas sentiu o peito oprimido e temeu que o tivesse perdido num momento de pânico mudo e repentino. Porém, ao erguer a mão para tocá-lo, Alexander não o repeliu. Ao contrário, aninhou o rosto e cerrou os longos cílios negros. Tão lindo ele era! Tão lindo...

— Por favor, me diga o que está pensando — implorou, tão baixo que o rapaz levou algum tempo para compreender a súplica.

— Acho que você está certo. Apesar de ter olhado por todos os ângulos possíveis, não havia me apercebido desse. Por isso quis falar contigo, para saber a sua visão das coisas. Mas minha decisão permanece, Nick. Se não por você, por mim.

O sorriso do empresário alargou-se e assentiu, finalmente convencido.

— Agora aceito a sua decisão e o apoio no que for preciso, meu querido... Porém, não era apenas isso que queria me falar, não é? Não é por isso que chorava...

— Não exatamente — silêncio em mútuo observar. Não podia esconder nada de Nicholas, nem desejava. Ali estava ele, aberto a ouvir, seu por inteiro, e presente. Desperdiçar a oportunidade de estar com ele e dividir sua dor seria estupidez. — Fui almoçar com a minha mãe hoje. Quer dizer, ela apareceu na escola e me pegou para almoçar.

Calou-se, certo de que o outro falaria algo. Nada. Nicholas permaneceu mudo, ainda acariciando-lhe o rosto, atento. Fitaram-se por uma eternidade.

— Nick... Não vai me dizer nada?

— Não estou surpreso. Parece, e muito, com a sua mãe — como o rapaz não esboçou intenção de emendar o comentário, resolveu continuar. — Deixe-me adivinhar: surgiu uma oportunidade e contou a ela, mas não foi como imaginava.

Viu os olhos castanhos marejarem, não com aquele choro infantil e soluçante, mas com aquela mágoa terrível que pode arruinar uma alma boa, destruir sonhos, endurecer o coração. Foi nesse instante que temeu por ele; e a tristeza que via em seus

Capítulo Treze — Tomada do Cavalo Branco

olhos contaminou-lhe o espírito de tal forma que sentiu chorar a dor alheia, como se fosse a sua própria.

— Não havia me preparado para contar agora, mas a oportunidade surgiu. Ela a criou, pedi que me perguntasse o que tentava insinuar desde o princípio e ela me rejeitou. A mim e à possibilidade de saber. Ela me rejeitou, Nick...

Num impulso quase violento, Nicholas tomou-o para si num abraço forte, que denunciava sua própria decepção. De encontro ao peito dele, Alexander ouviu-lhe a respiração dificultada pelo que parecia dor, e o tremor de seus braços fortes. Quase se arrependeu de ter contado, ainda mais sabendo do sentimento dele pelo pai e da dificuldade que enfrentavam para resgatar um relacionamento perdido no tempo, enfraquecido pela rejeição. Entretanto, a voz dele soou, antes que pudesse dizer qualquer coisa, e estava firme como nunca.

— Não diga bobagens, meu lindo. Sua mãe jamais o rejeitaria. Ela pode acusar o mundo, tramar contra todos por você, mas jamais se negaria a te aceitar. Com certeza ela deve ter percebido, Alex! É sagaz, observadora... Deve ter se dado conta naquele dia, quando fugi para o escritório, e, quando teve oportunidade de saber a verdade por você, sentiu medo — tomado pela necessidade de se convencer, não percebeu que falava cada vez mais rápido, o sotaque acentuando-se a cada palavra. — Não deve ser fácil para ela, e sei que não é fácil para você. Eu lhe disse que não seria, meu lindo! Eu disse! Tantas vezes tentei lhe mostrar... Eu... — soluçou. — Por favor, não quero que você sofra, Alex...

Alexander aproximou-se e tomou-lhe os lábios num beijo profundo e úmido. Fragilizado com o significado de tudo aquilo, temeroso de que ele, por um acaso, decidisse partir, e carente do amor que apenas o rapaz poderia lhe dar, Nicholas sentiu o corpo reagir com violência desesperada. Mergulhou em seus lábios carnudos como se precisasse daquele beijo para sobreviver, tocou o corpo macio e quente como se dependesse dele para existir.

Perdido nas sensações do amor, o jovem esqueceu-se de tudo por um momento: da mãe, da rejeição, da possibilidade de o outro estar certo. Esqueceu-se inclusive de quem era para o prazer insano que o toque de Nicholas lhe despertava. Queria-o com tamanha fome, tamanho desespero, que já não conseguia raciocinar. Seu membro teso latejava em dor agoniante por debaixo do tecido fino do short. A ereção do amante, pulsando insistente para deformar-lhe a calça, também denunciava o quão entregue estava à possibilidade de amar e ser amado.

Agarraram-se, em busca de algo muito maior do que o desejo e a satisfação. Logo, não havia qualquer barreira a separá-los, nem as roupas do amante ou a velada tristeza em seu olhar. Restavam apenas a esperança de ternura e a certeza de que não estariam sozinhos. E foi com aquela sensação única de partilhar que atingiram o ápice da entrega e descansaram, um nos braços do outro.

Capítulo Quatorze
Erro de Estratégia

Desde que decidira não mais trabalhar aos sábados, que a rotina de sexta-feira estendia-se opressora e estressante, um verdadeiro inferno, na opinião de Davi. Quanto a si, podia lidar bem com as incumbências, pois situações limítrofes eram sua especialidade. Nada conseguia tirá-lo de seu eixo, a não ser um certo enxadrista fascinante e maravilhoso.

Ergueu o rosto para Mônica, pensativo. A secretária permanecia de pé, ao batente, caderno e caneta em punho, olhar atento. Não conseguia definir qual a melhor data para a entrega das capas dos livros.

— Entre em contato com a Editora e fixe uma data de entrega única porque a indecisão deles está me enlouquecendo. Caso não possam determinar uma maldita data... — apoiou o queixo nas mãos entrelaçadas, os óculos escorregando um pouco por sobre o nariz reto. — Diga que não estamos interessados. Não vou movimentar toda a minha equipe para nada.

— Sim, senhor — assentiu, tomando nota de imediato. — Mais alguma orientação?

— Passe os faxes pendentes porque não venho mais aos sábados, você sabe...

— Sim, senhor.

Silêncio breve. Nicholas encarou-a, certo de que algo lhe passava despercebido.

— Quero que ligue para os clientes de segunda-feira, confirme as apresentações e os prazos de entrega. Mande Tassiana e Eduardo me trazerem o material de hoje porque já estão há muito tempo num mesmo projeto. Avise Davi que preciso falar com ele assim que chegar "de campo" — parou um instante, encarando a mulher que anotava rapidamente as instruções. — Quero enviar flores à minha casa... Um arranjo de lírios, dálias e rosas vermelhas.

Mônica mirou-o, sem conseguir conter a surpresa e mergulhou no brilho indiferente dos olhos cinzas, a encará-la sem qualquer pretensão. Corou violentamente.

— Mais alguma coisa, senhor?

— Não. Só me comunique quando enviar as flores. Pode ir.

A mulher saiu e foi obrigado a voltar ao projeto que já o atormentava há uma semana. Para piorar a situação, estavam em outubro e Davi praticamente não ficava no escritório, a fim de visitar os clientes. Resultado lógico: tivera, ele mesmo, que se encontrar, no dia anterior, com o publicitário responsável pela campanha, um mal humorado, arrogante e tagarela que não aceitara nenhuma das doze sugestões que criara até então. O desejo que sentia era o de enfiar os rasonetes goela abaixo daquele infeliz. Contudo, não podia perder o controle. Chegara a pensar sobre ao assunto, o motivo que levara o cliente a ser tão intransigente e concluíra que parte do desentendimento era de sua inteira responsabilidade. A postura indiferente e exageradamente séria que assumia acabava por trazer à tona o pior da personalidade alheia, só poderia ser! Porque Davi não tinha esse tipo de problema.

E, em meio a essa grande confusão, não apenas horas e horas de trabalho se perderam como as negociações caminhavam para um desfecho deplorável, tudo porque já não tinha paciência para lidar com o homem. Conversaria com Davi, ainda aquela tarde de preferência, e pediria por sua intervenção.

Seus pensamentos rumavam nessa direção, quando a linha interna acendeu, chamada de Mônica, com certeza. Não pôde deixar de vangloriar a eficiência da secretária, pois não esperava que ela encontrasse com tanta rapidez uma floricultura que dispusesse de arranjos como o que descrevera. Porém Mônica era Mônica, a melhor, sem dúvida. Tomou o gancho com ar de riso.

— Sim.

— Sr. Fioux, Sra. Violeta Oliveira na linha dois. Posso passar a ligação?

Por um momento, não conseguiu articular palavra, tamanho o calafrio que lhe subiu da base da coluna até a nuca. O coração falhou uma batida e apertou o aparelho entre os dedos.

— Claro — tornou, com uma serenidade que estava longe de sentir. Segundos de espera. — Fioux.

— Boa tarde, Nicholas — a voz dela soou do outro lado e mirou o relógio de parede apenas para ter noção do tempo. Passava da primeira hora da tarde. — Como está? Não o vejo há tanto tempo.

— É verdade... Vou bem e a senhora?

O riso dela encheu-lhe os ouvidos e o coração de mau pressentimento.

— Em primeiro lugar, não me chame de senhora. Me sinto mais velha do que sou — tornou rispidamente, porém, fingindo amabilidade. — Em segundo lugar, estou bem e na porta do edifício de seu escritório. Gostaria de convidá-lo para almoçar, se não for atrapalhar. Está ocupado?

Deus... O que ela pretendia? Chegou a formular uma hipótese a qual não ousou revelar, receoso de que fosse realidade.

— Bem... Estou um pouco atrapalhado, na verdade.

— Mas não vai me recusar um almoço, não é? Até porque, sei que ainda não almoçou.

A desfeita chegaria aos ouvidos do companheiro, com certeza. Não conhecia Violeta a ponto de julgar-lhe o caráter, contudo, as poucas vezes que estiveram juntos foram suficientes para saber que não poderia subestimá-la e que detinha estratégias que até mesmo Alexander desconhecia. Tentou inventar uma boa desculpa para não descer, porém ela foi mais rápida.

— Algum problema, Fioux? — perguntou em tom neutro. — Parece hesitante...

— Estava apenas organizando minha agenda. Estarei no hall dos elevadores em dez minutos.

Capítulo Quatorze — Erro de Estratégia

A linha emudeceu. Em pânico, Nicholas tratou de se recompor. Se ao menos soubesse o motivo da presença dela, as reais intenções por trás do discurso macio ou sagaz... Não havia mais o que pensar.

O empresário ergueu-se e passou a mão pelo paletó, cuidando de ajeitar os punhos da camisa. Vestiu-se, lavou as mãos e o rosto. Só então ganhou o corredor, deixando com Mônica o recado de que saíra para almoçar e não demoraria.

* * *

A simples visão dele despertou-lhe um terrível ódio. Não concebia como um homem tão bonito poderia ser tão promíscuo, leviano e manipulador. Ao menos, era essa a sua própria concepção a respeito da criatura que caminhava em sua direção com passos felinos, opinião baseada nas mudanças de Alexander e no que pudera observar nos breves encontros em que foram obrigados a se suportar mutuamente. Sim, porque Nicholas não a suportava igualmente. Melhor assim, não teria receio de liquidar com aquela partida sórdida. E, das peças manipuladas naquele jogo, seu próprio filho era, com certeza, a mais inocente. Em verdade, não havia parado para pensar no porquê viera até ali ou o quê falaria para aquele homem vil e frio. Tudo o que sentia era a dor no peito e a terrível sensação de que deveria fazer algo, qualquer coisa, para preservar a felicidade de Alexander.

Com essa certeza foi que Violeta encarou-o de frente, sem receio, e sorriu-lhe. Nicholas acenou de volta, a alguma distância, porém, perto o suficiente para sentir-lhe o perfume almiscarado, tipicamente masculino. Tudo o que sentiu foi desprezo.

O empresário avançou, o olhar preso no dela. Queria desvendar-lhe as intenções, mas não foi possível. Violeta escondia-se como poucos e logo percebeu que não arrancaria nada que ela não desejasse. Todavia, estavam ali, os dois, o que, por si só, já era estranho.

Apertaram as mãos mais rápido que o normal, sem se darem conta de que evitavam o contato. Algumas palavras vazias e combinaram de almoçar pelas redondezas. Saíram para o movimento ininterrupto e congestionado da Praça Mauá, evitando trombar com os demais transeuntes, o calor característico da cidade a irritá-los ainda mais. Nada promissor.

Violeta escolheu um restaurante italiano. Apesar de não ter fome, não se opôs, de modo algum. Talvez fosse a melhor opção para aquele horário ingrato e conhecia um lugar muito bom a poucas quadras do escritório. Seria perfeito: almoçaria com a mulher de uma vez e voltaria correndo para a segurança de sua mesa, alegando um projeto importantíssimo para a semana seguinte. Não poderia dar errado, ou poderia?

Escolheram uma mesa mais afastada e menos iluminada. Falaram sobre amenidades, sem qualquer profundidade, como se cumprissem uma obrigação digna de caráter. Mal conseguia olhar para ele, tamanho o desdém. Porém, encontrava-se diante de si, do outro lado da mesa, a aparência de anjo a esconder a perversão em que vivia. Como Alexander se deixara enganar tanto, não sabia. Há muito desconhecia o próprio filho, desconfiava da ligação que os envolvia e Nicholas era o responsável pelo desvio sexual de Alexander, disso tinha certeza. O sangue ferveu e mirou-o mais uma vez.

— Como vai Alex? — indagou, deixando o copo sobre a mesa.

Piscou um par de vezes e engoliu a porção de espaguete, a comida descendo como que seca pela garganta.

— Ele não a tem visitado? — perguntou neutro, o olhar firme no dela. — Deixou de ligar para você?

— Claro que não. Ele veio almoçar em casa e fala comigo ao menos uma vez por dia.

Mergulharam num silêncio pesado. Violeta o fitava num misto de desafio e ódio velado. Procurava manter-se senhor de si, absolutamente calmo.

— Então, creio que não entendi a pergunta. Acredita que eu saiba mais de seu filho que você mesma? — jogou, armando a defesa, mas, ao mesmo tempo, antevendo possibilidades de ataque. Não permitiria que ela saísse vitoriosa daquele embate.

A mulher, por sua vez, apertou os lábios com força, visivelmente nervosa, contudo, procurando manter a postura austera. Os olhos negros chispavam em fúria contida.

— Você não sabe nada de Alexander, é verdade — disse, irônica.

— Tem razão — concordou, voltando a atenção para o prato. — Chegamos a um entendimento. Isso é ótimo.

Não podia acreditar em tamanha audácia. Aquele projeto de ser humano realmente se julgava muita coisa. Enraivecida, cruzou os talheres e afastou o prato de si, procurando conter o impulso de despejá-lo sobre o homem à sua frente. Ele era insuportável.

— Não gostou da comida? — perguntou, como se nada tivesse acontecido e foi o limite.

— Escute aqui, Nicholas Fioux, você sabe perfeitamente por que vim, não sabe?

— De fato, não. Não sei. Mas já percebi que não pretende me falar, do contrário, teria nos poupado tempo — declarou, absolutamente sério.

— É simples. Quero saber se está tendo um caso com meu filho.

Desespero. Não podia dizer a verdade, entretanto, não queria mentir e negar tudo o que Alexander representava. Calou e teve certeza de que ela já sabia a resposta, antes mesmo de perguntar. Não tinham mais nada a perder.

— Deveria ter perguntado isso a ele. Alexander é seu filho e tenho certeza de que não mentiria para você, nunca.

— Não deveria ter perguntado nada! Ele é que tem a obrigação de vir até mim e dizer — breve silêncio no qual se estudaram atentamente. — Sabe... Costumávamos conversar, eu e Alex. No entanto, desde que você apareceu na vida dele, tudo o que meu filho tem feito é fugir de mim, seja em atitudes ou em todo o resto.

Capítulo Quatorze — Erro de Estratégia

conversar, eu e Alex. No entanto, desde que você apareceu na vida dele, tudo o que meu filho tem feito é fugir de mim, seja em atitudes ou em todo o resto.

— Sinto muito, minha senhora, mas esse que descreveu não se parece em nada com o seu filho — declarou, enrolando calmamente o espaguete no prato. — Alexander não foge de nada ou ninguém...

— Está me dizendo que conhece mais meu próprio filho do que eu, que o gerei, pari e criei? A questão não é a fuga em si, mas o fato de que... Como mãe, conheci e criei uma pessoa para o mundo, uma pessoa que já não existe mais, alguém que não consigo reconhecer, por mais que eu queira ou tente.

Sentiu-se culpado por sua tristeza, ainda mais que por qualquer outra coisa. E, enquanto ela o fitava com os olhos úmidos e repletos de súplicas, um vazio terrível tomou-o por dentro.

— O que está dizendo é muito grave. Pense bem... Será que não está exagerando? Será que ele realmente mudou tanto assim?

— Pare! Acha mesmo que eu me rebaixaria e viria até você se não tivesse certeza do que estou falando ou do que está acontecendo bem debaixo do meu nariz? Vocês me julgam idiota, por um acaso? — despejou, as lágrimas ameaçando escorrer-lhe.

— Calma... — sussurrou, estendendo um lenço para ela, sem saber mais o que fazer.

— Calma? — indagou, empurrando a mão dele num gesto brusco. — Está transando com o meu filho e me pede calma? Como tem coragem de falar uma coisa dessas para mim e de me olhar com essa cara de desespero?

— Se falar alto novamente, vou deixá-la aqui sozinha — murmurou, o rosto tenso, mas a voz macia. — Não quero nenhum de nós exposto sem necessidade.

Violeta respirou fundo e puxou uma cigarreira. Logo, a brasa jazia acesa, a fumaça pairava no ar e ela vagava os olhos pelo recinto, completamente perdida. Depois de longos minutos, tendo recuperado parte do controle, voltou a encará-lo, e flagrou-lhe os olhos cinzas repletos de tristeza.

— Admita — exigiu ela, séria. — Admita que estão juntos.

— Não.

— Maldito! Será que ainda não entendeu o que está acontecendo com a minha família? Será que não percebeu? Talvez não tenha se dado conta porque você mesmo não tem uma, está sozinho, despreza seu pai ou sei lá o quê! Mas eu não. Nós tínhamos algo, havia confiança, e você estragou tudo, afastou Alex de mim a ponto de eu ter receio de perguntar qualquer coisa, porque sei que ele vai mentir novamente — silêncio. — Como acha que eu me sinto?

— Com certeza, melhor do que eu — declarou frio, mas, por dentro, destroçado.

— Seu monstro sem coração, é isso o que você é! Por Deus... Você é dez anos mais velho que ele, muito mais vivido e experiente. Alexander era só um garoto quando saiu da minha casa, há poucos meses, e confiei em vocês! Acreditei que cuidariam dele, mas apenas destruíram o caráter que ele possuía.

— Alexander nunca foi um garoto comum, como diz, pelo menos não desde que eu o conheço. Ele poderia ter menos experiência, mas não maturidade. Você o conhece bem, desde que nasceu, e sabe perfeitamente que sempre foi diferente dos garotos da idade dele, sempre buscou mais, sempre esteve à frente — defendeu-se, apaixonado pela lembrança do amante. — Não pode me responsabilizar pelas escolhas que fez.

— Então, houve uma escolha, não? — trêmula, viu o homem correr as mãos pelos cabelos claros. — Confesse. Você fez a cabeça dele.

— Não... Ele fez a minha, me fez creditar e não o contrário. Olhe para mim, Violeta... — pediu, num sussurro firme, inclinando-se de leve sobre a mesa. — Você mesma me jogou na cara o fracasso que é a minha família. Como alguém assim poderia convencer seu filho, a criatura mais brilhante e especial que existe, a fazer qualquer coisa?

— Como se atreve a delegar a responsabilidade de algo que lhe cabe, seu mau caráter? Como se atreve a dizer que a culpa é dele?

— Não há culpado. E nunca delego as minhas responsabilidades. Fiz a minha parte antes de tudo começar. Tentei negar, fugir, tentei afastá-lo de mim... Não consegui. Ele estava determinado, certo do que queria e, quando algo assim acontece, não há ninguém que possa convencê-lo do contrário. E então, restou-me a parte mais difícil: a de revelar a realidade. Sim, tentei demovê-lo da idéia de estar comigo, falando sobre tudo o que teria de abrir mão. Não bastou. O que mais eu podia fazer? Nada...

A mulher trincou os dentes, as lágrimas escorrendo livres.

— Vocês têm um caso — era uma afirmação.

— Não. Nós nos amamos. Alexander me fez acreditar novamente no amor e é por isso que não concordo com você quando diz que ele mudou. Ele não mudou! Eu mudei, porque a vida tem sentido agora. E, se ele alguma vez fugiu de você, saiba que deve ser por receio de que não o aceite, pois Alex a ama e se importa demais. Quando conversarem novamente, deixe-o saber que o ama, independente de suas escolhas. Tudo será diferente, tenho certeza.

A emoção contida naqueles olhos prateados, sempre tão frios, adoeceu Violeta. Queria duvidar. Quis, com todas as forças, acreditar no que sua mente criara, na impossibilidade de seu filho ter optado deliberadamente por uma vida assim. Desejou a certeza de que poderia culpar aquele homem, sentado à sua frente. Todavia, algo dentro de si a impediu. Odiou-o com tamanha intensidade que temeu estapeá-lo diante de todos no restaurante. Não o fez por decoro e pelo mínimo de dignidade. Não daria a ele o sabor da vitória, de jeito nenhum. Faria qualquer coisa para ter Alexander de volta e, assim, poderia ajudar o filho a se curar daquela doença, fazê-lo voltar ao normal, a deixar aquele homem para trás e seguir em frente numa vida mais digna.

Capítulo Quatorze — Erro de Estratégia

A necessidade de machucá-lo tornou-se maior que o bom senso por medir as palavras. Sentia-se ferida, enganada, traída... Ainda não podia acreditar em tudo o que aquele ser confessara; tampouco na tranqüilidade com a qual o fizera. O pavor de perder seu filho para um mundo cruel que não o aceitaria somado à raiva que crescia em seu íntimo ao dar-se conta de tudo o que desconhecia, impulsionaram suas ações.

— Amo meu filho, mais do que qualquer coisa, mas não aceito. Não aceito o que você enfiou na cabeça dele — ela se ergueu, resoluta, e enxugou as lágrimas com as costas da mão. — E todo esse papelão ridículo ao qual se prestou agora a pouco me enoja. Patético, Nicholas Fioux... Ainda mais se pretendia me convencer com essa história tola e pérfida. Você não vale nada.

Nicholas ficou lívido. Nunca fora tão sincero com alguém, mesmo com seu próprio pai. Nunca se expusera tanto quanto naquele instante e o fizera pelo companheiro, pela família que tanto amava, porque tinha certeza de que as coisas continuavam a ser como sempre e que o único problema deveria ser o medo da rejeição. Confiara ao abrir o coração para uma desconhecida, a qual poderia vir a ser alguém especial também ou, ao menos, era o que desejava por ser a mãe de seu único amor. Violeta simplesmente jogou algumas notas de dinheiro sobre a mesa, com asco, como se fossem para ele e não para o garçom, e deu-lhe as costas.

— Desculpe se fui sincera demais. É um hábito que não consigo perder, ao contrário de você que, pelo visto, nunca o teve — ela afastou-se, sem olhar para trás. — Mande lembranças minhas a seu pai.

Sozinho no interior do restaurante, Nicholas tentava ignorar os olhares curiosos das mesas mais próximas e recuperar o autocontrole. Repassou cada palavra da conversa difícil que travaram desde o momento em que se sentaram para almoçar, e não conseguiu compreender onde errara. Sentia-se um perdedor, sem qualquer valor, algo desprezível e medíocre, mas, ao menos, não expusera Alexander àquele tipo de conversa com a mãe.

Satisfeita por ter-lhe confirmado as suspeitas, a mulher, com certeza, sossegaria um pouco. Talvez lhe desse algum trabalho, nada que não pudesse contornar. Além disso, pudera perceber que Violeta preferia comprar briga noutro lugar a ter de envolver o filho, e que o amante de fato tentara, porém, não conseguira espaço para confidenciar o relacionamento dos dois, não ainda. Não o culpava. Deveria ser, de fato, muito difícil, principalmente quando a pessoa a quem se fala parece fechar os ouvidos para ouvir.

Somente quando Nicholas parou, um pânico crescente o invadiu. Por Deus... Alexander adiara a conversa com a mãe, passara tanto tempo pensando numa maneira de abrir o coração, de contar e, no fim... Como pudera ser tão idiota a ponto de confessar? Como se deixara tocar pela suposta dor de alguém que o julgava um crápula? Como pudera arriscar assim toda uma estratégia?

Errara e não tinha dúvidas. A intuição lhe dizia que cometera o maior erro de estratégia de sua vida ao abrir seu coração. Sem perceber, expusera o companheiro, da pior forma que existia, justamente da maneira que ele temia. As lembranças dele, chorando em seus braços na noite em que voltara do almoço com a mãe, causaram-lhe tanta dor que chegou a se curvar um pouco sobre a mesa. Entregara-se ao lance duvidoso daquela mulher e, fatalmente, perderia a partida em decorrência de um único deslize.

Passou a mão pelo cabelo, sem saber o que pensar. Pagou a conta, pegou suas coisas e saiu do restaurante, cego, correndo como um louco até o escritório. Precisava ser mais rápido, não havia tempo a perder. Ao analisar friamente as possibilidades de ataque, chegara a duas conclusões possíveis: ou Violeta colocaria Alexander em xeque, utilizando a conversa de ambos como peça fundamental para pressioná-lo ou, a pior das hipóteses, deixaria o jogo ir mais adiante para posicionar melhor outros trunfos, que eventualmente reunira, e cercá-los com o xeque-mate.

Rompeu pelo corredor do edifício em desespero. De qualquer forma, seria inevitável reavaliar sua posição, reestruturar as próprias atitudes e observar os lances seguintes porque não podia perder aquele jogo. Sua felicidade e sanidade dependiam da vitória! Queria estar ao lado de Alexander e, para isso, precisaria impedir a interferência de Violeta, convencer o amante de que nada mudara, de que continuavam a ser as mesmas pessoas de antes, só que inteiros.

Escancarou a porta sem se importar com os contratados ou com o olhar assustado de Davi, que o mirava mudo do batente da copa. Não queria falar com ninguém, queria alcançar o telefone o mais rápido possível, ouvir a voz dele e sabê-lo ainda seu. Lembrou-se há tempo de se virar para a secretária, que o fitava por detrás da mesa.

— Uma linha externa. Agora — comandou, sem dar tempo de a mulher falar coisa alguma.

Deu-lhes as costas e rumava para o escritório quando a voz dela o alcançou.

— Sr. Alexander ligou, Sr. Fioux... — murmurou. — Pediu para que o avisasse de que foi encontrar-se com a Sra. Violeta, estará em casa na hora do jantar e que o senhor não deve se preocupar caso ele demore um pouco mais.

Nicholas girou sobre os calcanhares, bem devagar, tudo em volta se movimentando de forma mais lenta que o habitual. Sentiu a cor se esvair junto à certeza de que não havia mais nada a fazer. Violeta dera seu lance, e teria de esperar para saber as consequências. Sem perceber, as pernas fraquejaram e apoiou-se na parede, sufocado.

— Nicholas! — gritou Davi, correndo na direção do amigo. — O que há com você, homem?

— Na-nada... — balbuciou, afrouxando a gravata. — Eu... Eu... — ergueu o olhar novamente para eles e sentiu o peito oprimir-se. — Poderia chamar um táxi, Mônica? Vou encerrar o expediente mais cedo hoje.

* * *

Capítulo Quatorze — Erro de Estratégia

O fim de tarde passara angustiante até a chegada dele. De repente, viu-se à mesa do jantar, na companhia de Navarre e do companheiro, a ouvir uma agradável narrativa sobre o encontro com a mãe, algumas horas atrás.

Faltava pouco para a nova competição e não cabia em si de contentamento. Ainda mais feliz estava pela oportunidade de conhecer a família de Navarre, uma vez que viajariam à França, e pela possibilidade de Nicholas tirar as primeiras férias em seis anos e acompanhá-los no passeio. Seria perfeito.

Todavia, não fora apenas sobre competição, campeonato e notas escolares que conversara àquela tarde. Muito ao contrário. Fazia tempo que não tinha um momento tão tranqüilo com a mãe, sem cobranças ou insinuações. Passaram juntos aquela tarde, apenas os dois, exatamente como eram. Sentiu-se aceito outra vez, como se as decisões e escolhas não importassem, e era isso o que ansiava contar a Nicholas. O que o surpreendeu foi o olhar cinza sobre si, dividido entre aflição e reconhecimento.

O empresário ouvia cada palavra do jovem procurando intenções por detrás do discurso. Nada. Ele dizia a verdade, ou seja, Violeta passara a tarde falando amenidades, encorajando-o com a carreira e, o mais alarmante, ressaltando suas próprias qualidades quando o tinha insultado como um porco horas antes de se encontrar com o filho.

Claro que a mulher tratara de contar a versão "amistosa" do interlúdio no restaurante, o que deixara Alexander radiante de felicidade. Porém, a verdade era bem outra e precisava contar o que sucedera durante a uma hora que estivera diante de Violeta ou, sabia, se arrependeria amargamente mais tarde.

Aos poucos, a voz agradável do garoto e a rouca de Navarre foram tirando-o do ambiente para mergulhar em pensamentos confusos e cruéis. Tudo o que conseguia enxergar daquele quadro, pintado às pressas em borrões desconexos, era o fato de que ela tivera a oportunidade perfeita para se utilizar do que sabia e fazer a cabeça do filho contra o relacionamento que viviam, e não o fizera. Ao contrário, parecia ter encontrado um meio de aproximá-los ainda mais, e era justamente isso que o apavorava: não saber qual a estratégia que utilizava e quais as possíveis jogadas futuras. Era como jogar no escuro, sem ver o tabuleiro. Sentiu-se perdido e desamparado. E, para piorar as coisas, havia aquela necessidade incomensurável de poupar Alexander, justamente por saber o quão difícil e dolorido fora a rejeição de Violeta. O receio de destruir a felicidade que iluminava o rosto quase maduro e os olhos castanhos, repletos de esperança, paralisavam-lhe as ações.

Por outro lado, ficara clara a intenção dela em não envolver ou magoar o filho, o que lhe soava perfeitamente normal. As mães costumam fazer isso, não? Sendo assim, caso Violeta optasse por atacá-lo sem envolver Alexander, caso tentasse pressioná-lo de alguma forma, haveria uma chance de virar o jogo a seu favor. Precisaria estar atento a qualquer movimento que ela fizesse a partir de então. Não seria problema algum. Já fizera isso muitas vezes.

O chamado incrédulo dos outros dois o trouxeram de volta à realidade. Ficara bastante vexado, mas conseguira disfarçar... Quer dizer, ao menos tentara. Não adiantava se importar com esse tipo de coisa. A questão era que o jovem enxadrista percebera que algo estava muito errado e passara o restante da noite tentando arrancar-lhe o que poderia ser. Fora complicado demovê-lo da idéia de não haver nada a contar.

E, ainda assim, pensara em falar a verdade, dizer o motivo da preocupação; várias vezes tivera a oportunidade, mas, simplesmente, não pudera. Não queria ser o responsável pela destruição dos sonhos dele, da doce ilusão de que era um rapaz inteiro e feliz, e que Violeta estava a um passo de compreender o que significavam um para o outro. Não pôde reduzir as esperanças dele a pó... Não era forte o suficiente.

Tarde da noite, foram deitar e amaram-se com desespero e sofreguidão, tomados pelo desejo e pela urgência que os contaminava. Ciente do que fazia, Nicholas levou-o a exaustão, muito mais do que fora levado por ele. Rendido, Alexander desabou em seus braços e adormeceu logo em seguida, cansado demais para continuar acordado. E o sono não chegava porque não conseguia tirar a conversa com Violeta da cabeça.

Levantou-se para fazer um café, tendo o cuidado de ajeitar o amante por debaixo das cobertas e se certificar do sono tranqüilo. Rumou para o escritório, o único lugar naquela casa além de seu quarto ao qual pertencia de fato. Apoiou a caneca fumegante na mesa e puxou sua poltrona preferida mais para perto, de frente para a janela. Queria ver a noite.

A lua ocultava-se por detrás das nuvens itinerantes, o ambiente inteiro mergulhou em densa escuridão. Tudo o que fez foi cruzar os pés sobre o aparador da poltrona e ali ficar, perdido na imensidão negra e em seu desejo de felicidade. Aquietou... Precisava centrar sua alma para encontrar uma saída, por mais sofrida que fosse. Não entregaria jamais as rédeas do jogo, a ninguém.

Muito tempo se passou, tanto que nem saberia dizer, até que passos fizeram-se ouvir pelo corredor, em sua direção.

— Nicholas? Ainda acordado, meu filho? Vi a cafeteira na cozinha...

— Eu é que deveria perguntar, Navarre — tornou, virando o corpo para a figura do pai, recortada no batente, a expressão oculta. — Deveria estar dormindo a uma hora dessas.

Ouviu-lhe o riso discreto e o senhor aproximou-se com dificuldade. Quando se encontrava perto o suficiente, puxou a cadeira da escrivaninha e sentou-se ao lado do filho, o olhar também perdido no céu escuro.

— Acordei cedo para ligar para a sua tia, mas veja só que confusão a minha: calculei mal a hora e vou ter que esperar mais um pouco.

Nicholas riu, num misto de divertimento e incredulidade. Navarre fitou-o, emocionado com a demonstração de afeto.

— Levantou de madrugada para falar com tia Noelle? Isso é que é saudade... — contudo, havia um tom melancólico por trás da aparente alegria.

— Muita saudade mesmo. Nem sei quanto tempo faz... — levou a mão à testa num esforço quase físico para lembrar.

Capítulo Quatorze — Erro de Estratégia

— Seis anos, Navarre — respondeu. — A última vez que se viram foi na minha formatura — Nicholas encarou-o. — Você não compareceu à cerimônia, mas tia Noelle esperou mais de uma semana pela sua volta para lhe dar um abraço, lembra?

Um silêncio pesado caiu sobre eles e Nicholas desejou não ter dito nada, principalmente quando a voz do pai ecoou novamente, carregada de tristeza e arrependimento.

— Eu o magoei muito, Nicholas. Eu o feri demais, não é?

— Já passou — disse, voltando a olhar o céu, sentindo-se exausto de pensar. — Juliete acorda muito cedo, sempre acordou. Acho que pode ligar agora se quiser falar com ela também.

A imagem de Juliete, sua única prima, surgiu-lhe viva e quente como o sol de verão em Marselha. Uma mulher lindíssima, maravilhosa, que criara sozinha os dois filhos: Gérrard, com quem tinha diferença um mês de nascimento, e Desirée, apenas um ano mais nova que ambos.

Não via a família com muita freqüência, nenhum deles, depois que Navarre resolvera firmar raízes no Brasil. A tia não aceitara a decisão do irmão mais moço e, por alguns anos, cortaram relações. Pura perda de tempo, pois Noelle o adorava, e logo se falavam outra vez. E, ainda que separados por um oceano inteiro, mesmo não tendo a oportunidade de conviver com a família como desejara no começo, Nicholas lembrava-se de Juliete. A imagem dela estava marcada em sua memória, talvez por sua natureza gentil, pelo cuidado quase maternal que lhe dispensara desde a morte da mãe, quando tiveram de se mudar de país, de continente. Fora difícil, entretanto, Juliete encontrara uma maneira de estar presente, mesmo que distante.

— Queria que fôssemos todos juntos à Paris, para o Campeonato Mundial — disse o velho num fio de voz. — Poderíamos levar Alex para conhecer Marselha, a fazenda, Noelle e as "crianças". Juliete me disse, certa vez, que o haras está maravilhoso, mais lindo do que nunca; os campos de caça continuam lá e as pastagens...

Nicholas deixou o olhar vagar até que se perdeu em reflexão interior. As lembranças voltaram, vivas e doloridas, como feridas não cicatrizadas. Sim... fora uma época feliz, a única em que se sentira amado de verdade.

— E você monta tão bem, Nick! — continuou ele, encorajado pelo silêncio do filho. — Poderia ensinar Alex a montar. Acho que ele gostaria.

Nicholas fitou o pai para ver-lhe o rosto, tomado por saudosismo quase tão concreto quanto as entradas que lhe enrugavam a pele, a cada ano mais acentuadas. E ele lhe pareceu frágil, perto do fim ou do princípio, não soube definir. Sentiu os próprios olhos turvos e soube que choraria ali, diante dele, depois de longos anos sem conseguir verter uma única lágrima.

— Acho que... Não vou poder ir, Navarre — balbuciou.

— Pense bem. Será um passeio e tanto! Além do mais, Noelle está cobrando uma visita sua faz tempo.

Nicholas baixou a cabeça por um instante para, em seguida, erguer o rosto para o pai.

— Quero rever Juliete e os outros, mas não posso deixar o trabalho agora — confessou, e recebeu o olhar entristecido de Navarre. Não se lembrou de um olhar dele o ferir tanto antes.

— É tão importante para mim, meu filho. Você entende? Voltar àquela casa, onde você nasceu e começou a viver. A presença de sua mãe... — Navarre fugiu para as nuvens lá fora, onde a manhã anunciava-se sem pressa. — Rever a família e a fazenda; presenciar o momento em que Alexander se tornará o mais novo campeão mundial; e poder ouvir você me chamar de pai novamente, é o que desejo para o resto da minha vida. Espero que eu consiga viver para sentir tudo isso.

As lágrimas lhe escorreram pelo rosto, queimando-lhe a pele como brasas. Olhar para o homem ao lado, o homem que fora o maior exemplo e o maior referencial por toda a sua vida, e saber do trágico destino que o esperava, destruiu Nicholas. Amava o pai, tanto que se sentia sufocar. Por que não conseguia dizer? Por que não o deixava saber?

Entreabriu os lábios e ergueu a mão para tocá-lo, os movimentos lentos, porém firmes. Não era tão difícil assim, não podia ser! Precisava abraçá-lo, dizer que o amava, porque já não agüentava guardar o ressentimento e os erros do passado. E o teria feito... se Navarre não o houvesse fitado novamente, flagrando-o em seu momento de entrega. Assustado, retraiu-se, num movimento brusco, quase caindo da poltrona.

— E- Eu não posso garantir nada agora, mas... — gaguejou, enxugando as lágrimas com as costas da mão, na tentativa de que o outro não as visse. Inútil. — Vou tentar, eu prometo. De verdade, por tudo o quê deixamos passar...

Navarre sorriu em compreensão. A súbita visão do filho em pranto, a promessa de seu toque e a ternura de suas palavras, bastaram para que soubesse: Nicholas o amava demais e tentava apagar o ressentimento à sua maneira, a fim de recomeçar. E, de repente, sentiu-se leve, como há anos não acontecia. Sentiu-se capaz de ser pai outra vez, de estar ao lado dele, mesmo que por pouco tempo. Nunca era tarde para acreditar...

Levantou-se com dificuldade, causada pela idade avançada, e recusou a ajuda oferecida com sorriso no rosto.

— É melhor ir dormir, meu filho. O dia está raiando e não adianta remoer sozinho o que deve ser dividido. Vá deitar e deixe seu pai feliz.

Nicholas sorriu para ele, enquanto observava seu afastar vacilante.

—Já estou indo. Quando falar com Noelle, diga que mandei lembranças.

— Lembranças? Pois sim. Ela vai encher meu ouvido novamente porque você nunca mais apareceu por lá — o velho parou no batente para se virar uma última vez. — Mas não vou contar nada a ninguém. Vou deixar que seja surpresa a sua visita, fique tranqüilo. Boa noite.

E Navarre saiu, seus passos lentos ecoaram pelo corredor por mais um tempo até que silenciaram. Ainda preso à imagem dele à porta, o olhar fixo no vazio que

Capítulo Quatorze — Erro de Estratégia

agora surgia diante de si, Nicholas sentiu o coração pesar. Uma terrível sensação de ausência o dominou. Rompeu num pranto sentido e silencioso, não muito certo da força que possuía para continuar, contudo, valendo-se do fato de que não haveria testemunhas para o momento de fragilidade.

A visão logo embaçou, porém, continuou vendo-o e assim seria, sempre.

"Boa noite... papai."

Capítulo Quinze
Tomada do Bispo Branco

Não conseguia dormir direito desde o encontro com Violeta, há três dias. Várias vezes acordava durante a noite num sono inquieto e exasperante. Não se levantara, como naquela sexta-feira, para não preocupar o pai e, principalmente, não responder a uma avalanche contínua e ansiosa de perguntas a respeito de sua ausência, como a que o amante lhe impingira no sábado pela manhã.

Voltou a atenção para o rapaz, largado em seus braços. Os acontecimentos dos últimos dias lhe voltaram à mente e adoeceu pela simples possibilidade de perdê-lo. Resolvera, por fim, não contar nada a ele, não enquanto as coisas continuassem na mesma. Violeta não mostrara as garras, tampouco conseguira prever-lhe o próximo lance. Enquanto uma luz não se acendesse, permaneceria imóvel, pois aprendera, da pior forma possível, o quanto era desastroso jogar no escuro absoluto.

A sensação de impotência o irritava junto à angústia de não poder dividir com o companheiro seu maior temor. Precisava de Alexander, necessitava de seu carinho, da presença reconfortante e dos momentos tórridos de amor. Já não imaginava a vida sem ele.

Acariciou-lhe o rosto delicado num gesto leve, correndo os dedos pelo cabelo farto para, em seguida, desenhar-lhe as sobrancelhas grossas. Sentiu que se remexia, agitado, e afastou-se, receoso de acordá-lo. O jovem murmurou algo ininteligível e aconchegou-se mais. Abraçou-o junto a si, erguendo os olhos para o teto mais uma vez, disposto a pensar.

— Por que está longe de mim? — foi a voz rouca que lhe ecoou pelos ouvidos.

Nicholas estremeceu e respirou fundo antes de fitá-lo.

— Não estou longe. Estamos tão perto que até parecemos um — confidenciou num sorriso terno.

— Estar agarrado não significa estar próximo, Nick, e você está distante desde aquele dia. O que aconteceu, meu querido? Por que não me conta o motivo de seus olhos estarem tão tristes?

Sufocou e voltou-se para o corpo menor, tomando-lhe o rosto com mãos gentis.

— Meu lindo... Não estou distante, só estou preocupado com alguns problemas que surgiram, só isso.

— Então, me conta! Quero ajudar, quero que passe logo.

Tomou-o com força, urgente, e Alexander encostou o rosto contra seu peito, agarrando-se àquele abraço em busca de redenção. Dominado, Nicholas enterrou-lhe os dedos nos cabelos crespos e macios, pressionando o corpo contra o dele.

— Amo você, meu Alex, e não pode me ajudar, mas prometo que vai passar logo e que estaremos juntos, sempre.

Dócil, o rapaz roçou a face na dele, os olhos apertados, o semblante triste. Havia algo no ar que não conseguia adivinhar e soube que Nicholas não contaria igualmente. Precisava estar perto, o máximo que conseguisse. Contaminado pelo perfume almiscarado em suas narinas e pela pressão desconcertante daquele corpo nu e farto contra seu, Alexander esfregou-se nele sem qualquer pudor. Deslizou a mão livre para a cintura estreita, descendo mais, entre as nádegas firmes, até alcançar-lhe o orifício úmido e piscante que ofereceu-se sem resistência.

Nicholas gemeu alto e entreabriu as pernas num reflexo. A entrega foi tamanha que corou, envergonhado da própria passividade, contudo, a consciência logo cedeu ao prazer, varrendo-lhe a sanidade e o desejo de mantê-la.

— Ah, Nick... Nick... — sussurrou o outro com voz entrecortada. — Quero você.

Os dedos macios do rapaz fecharam-se sobre seu membro teso, com força. Ofegou alto e, incapaz de se conter, cobriu-lhe a mão com a sua, estimulando-o a continuar a massagem, o corpo pulsando inteiro e incontrolável.

Ansioso, o rapaz aproximou-se mais, a mão escorregando no sexo ereto num toque apertado e rápido. Louco de prazer, Nicholas cravou as unhas no colchão, o rosto tenso, o corpo enrijecido, clamando por piedade. Todavia, o garoto perdera a gentileza para a urgência que o acometia e contornou-lhe a orelha com a língua, malicioso.

— Por quê? — indagou, muito baixo, para sugar-lhe o lóbulo em seguida. — Por que não tem me amado esses dias?

Não pôde responder. O gozo anunciou-se com força dolorida. Curvou o corpo num movimento involuntário, e Alexander largou-o, de repente, numa agonia insuportável. Esticou-se na cama, rendido. O corpo pulsava em espasmos sofridos, o membro latejava de desejo não satisfeito. Antes que pudesse expressar qualquer protesto, a boca do rapaz envolveu-lhe a carne tesa, de uma só vez, a umidade quente enlouquecendo-o.

Gritou num uivo rouco, o corpo ondulando ao ritmo do ávido sugar. Mãos firmes o puxaram pelas nádegas em direção aos lábios, que se fecharam com mais força em torno do órgão endurecido. O auge do prazer, breves instantes de eternidade... Alívio.

O rosto de Alexander surgiu diante de si, marcado por um sorriso repleto de malícia e fascinação. Sorriu-lhe de volta.

— Onde está aprendendo essas coisas, rapaz? — perguntou, segurando-o pelos ombros.

— Com você.

Rolou sobre o companheiro, num só movimento, e sentou-se sobre as coxas torneadas pelas muitas horas de futebol com os amigos da escola. Suas mãos grandes correram livres pelo corpo adolescente para redescobrirem os pontos erógenos mais sensíveis.

— Está ficando assanhado... — sussurrou, aproximando os lábios do pescoço dele. — Me pegou de surpresa e judiou de mim. Muita audácia!

Nicholas ondulou o quadril sobre o dele e tomou-lhe um dos mamilos com a ponta dos dedos, iniciando rápida fricção enquanto sugava-lhe a base do pescoço.

Capítulo Quinze — Tomada do Bispo Branco

Alexander gritou e embrenhou os dedos nos cabelos loiros que caíam sobre seu peito arfante.

— Ah, garoto... Vou lhe mostrar o quanto quero estar longe de você.

Durante aquela uma hora que restava para o amanhecer, entregaram-se um ao outro até a exaustão, à plena satisfação. Por mais que tentasse, não havia jeito de escapar dos encantos dele. Nicholas sempre o dominava, de uma maneira ou de outra. Atento, o companheiro parecia adivinhar-lhe as necessidades, variando do amante mais terno e gentil ao mais insano e apaixonado.

E foi assim, perdidos em suspiros e gemidos, mergulhados um no outro, que a hora pesou.

— Acho que.... Atrasei você novamente — ofegou ao desabar contra o peito forte e mais largo que o seu.

Nicholas sorriu e correu a ponta dos dedos pelas costas dele, bem suave.

— Não se incomode, hoje é sexta-feira... Ninguém chega cedo às sextas-feiras e, além disso, as pessoas já estão se acostumando com os meus atrasos.

— Ah... Nem foram tantos assim, vai! Não me deixe mal.

— É, realmente não foram muitos, mas, desde que estamos juntos, consegui bater o recorde de uma vida inteira.

O jovem fez menção de se afastar, entretanto, abraçou-o apertado, uma gargalhada gostosa ecoando pelo ar.

— É melhor eu começar a me mexer ou nenhum de nós sairá dessa cama hoje — disse, rolando debaixo do rapaz, não sem tomar-lhe os lábios num beijo profundo antes de se afastar.

Ciente de que o instante passaria, entregou seu corpo e sua alma. Sabia que, depois que estivesse de pé, Nicholas entraria numa frenética corrida contra o relógio e só sossegaria novamente quando chegasse ao escritório. Por isso, decidiu aproveitar um pouco mais da lânguida e tranqüila presença enquanto podia.

Separaram-se com relutância. Ficou ali, vendo-o erguer-se do colchão, o corpo a ondular-se felino até a porta do banheiro, sumindo pelo batente. Não tardou e o som da ducha chegou-lhe aos sentidos. Permaneceu ainda um tempo deitado, enrolado no lençol. Sem perceber, rolou para afundar o rosto no travesseiro ao lado do seu. O perfume e a quentura da pele de Nicholas continuavam entranhados no tecido, pairando no ar, em todo o lugar. Seu último pensamento, antes de se levantar e deixar o quarto, foi o de rogar a Deus por ajuda, pois nunca, em toda a sua vida, sentira-se tão ligado a outra pessoa. Não poderia perder Nicholas, ou perderia a si mesmo.

* * *

O empresário desceu correndo as escadas, pasta de couro em punho, gravata balançando na outra mão, uma expressão desgostosa no rosto. Odiava atrasar, e, para piorar, o fato vinha acontecendo com bastante freqüência, desde que o jovem encantador e apaixonante entrara em sua vida. Sorte de Davi, que tinha material de sobra para implicar; azar o seu, pois era obrigado a resignar-se e ouvir calado, uma vez que conseguiria colocar-se em situação pior caso contestasse.

Precipitou-se para o hall na intenção de sair o mais rápido possível e ainda chegar antes das nove. Alexander o esperava junto à porta de entrada, com um copo pequeno de café numa das mãos e um lindo sorriso nos lábios. Caminhou em sua direção, largando a pasta sobre uma cadeira de canto antes de encará-lo mais uma vez.

— Pegou as chaves do carro? — perguntou ao estender-lhe o café forte.

— Não. Hoje, vou tomar um táxi. Deve estar chegando daqui a pouco. A essa hora, não conseguiria parar num lugar decente nem que vendesse minha mãe em plena Praça XV!

Alexander riu com gosto, concordou em assentimento e pegou a gravata que lhe foi estendida. Ágil, passou-a pelo colarinho alheio, dando o laço enquanto Nicholas terminava de emborcar o café em longos goles.

— Não vai para a aula hoje? — perguntou, devolvendo o copo e mergulhando nos olhos castanhos, tão seus.

— Hoje é sexta-feira... — tornou, com uma ponta de zombaria. — Ninguém vai à escola na sexta-feira que antecede a última semana de aula — foi com relutância que o rapaz baixou os olhos à gravata para um último retoque. — Perfeito... — murmurou. — Você é perfeito.

— Obrigado, querido — sussurrou de volta, inclinando-se para pegar a pasta e utilizando o gesto como desculpa para se aproximar mais. — Amo você.

Nicholas virou-se sem esperar pela resposta e caminhou para a porta.

— Até a noite, Navarre! — gritou para dentro da casa.

— Seu pai ainda não levantou.

— Não? — foi o tom apreensivo ao fitá-lo por sobre os ombros.

— Deve estar um tanto cansado com os nossos treinos. Sabe como é, ele já tem idade, não é? Fique tranqüilo que, assim que sair, subo para chamá-lo.

A porta deu passagem ao jardim de entrada. Pararam, frente a frente, no batente. Nicholas ergueu a mão para tocá-lo no rosto e afastar alguns fios rebeldes de cabelo que lhe caíam sobre os olhos.

— Chego para jantar — murmurou.

— Eu sei — afirmou o garoto com um sorriso doce.

— Me ligue se acontecer alguma coisa por aqui e se estiver com saudades.

— Vamos passar o dia todo no telefone.

Precisava ir, sabia disso, mas algo o impedia. Fez menção de sair e não conseguiu. A estranheza de sua relutância trouxe certa inquietação, que dissipou-se no exato momento em que Alexander sorriu. Amava-o mais que qualquer coisa, pois ele fora a única pessoa capaz de despertar em si o desejo de amar e ser amado novamente, a única capaz de trazê-lo de volta ao mundo. Jamais poderia fazê-lo compreender o

Capítulo Quinze — Tomada do Bispo Branco

quanto era importante, o quanto precisava dele para existir. Mas não importava. O companheiro estava bem ali, diante de si, e seu.

O rapaz interrogou-o com o olhar, aparentemente divertido com a hesitação. Curioso, viu o companheiro erguer os olhos para além de si, sobre sua cabeça, e virar o rosto de um lado ao outro como se procurasse por alguma coisa. Imitou-lhe o gesto. Como não visse nada, voltou a fitar Nicholas e foi surpreendido com os lábios dele nos seus, num beijo delicado.

Segurou-o pelos ombros e entreabriu a boca para recebê-lo. Nicholas tomou-o pela nuca, gentil, mas exigente.

— Cuide-se — disse, afastando-se do amante e tomando o corpo adolescente num forte abraço. — Até a noite.

— Cuide-se você também. E vê se almoça direito — recomendou de volta, apoiando o rosto contra o peito dele.

Nicholas sorriu e, afastando-o, deu-lhe as costas. Entrou apenas quando o táxi saía pelos portões da propriedade. Então, fechou a porta e encostou-se nela por breves instantes. Levou os dedos aos lábios, de leve, num reflexo. Ainda podia sentir a pressão em sua boca numa promessa de eternidade. O destino era, de fato, engraçado e implacável. Sem perceber, sem conseguir conter o desenrolar da vida ou as fortes emoções, sendo obrigado a arcar com as mais duras decisões, chegara até ali, intacto. Ao menos, até o momento.

Logo no começo, sentira-se como que atropelado pela vida, completamente dominado pelos acontecimentos. Talvez essa tenha sido a única maneira encontrada pelo destino para se fazer cumprir. Talvez de posse do rumo, certo das emoções, não se permitisse viver o que lhe fora reservado e, talvez, nem estivesse ali naquele instante, pois suas escolhas teriam sido outras... Ou não.

Sorriu diante de seus próprios pensamentos, pois nunca uma suposição lhe parecera tão irreal, incabível. As pessoas eram assim, tomadas por divagação pensavam os maiores absurdos, o que não deixava de diverti-lo. A grande verdade era que jamais agiria contra a sua própria vontade e, independente de qualquer coisa ou qualquer um, decidira estar com Nicholas, para sempre. Não se arrependia de nada, arcava com as conseqüências com alegria e faria tudo outra vez, exatamente como fizera até então, já que nada poderia substituir a agradável e plena sensação de estar inteiro.

Ergueu o olhar para o teto e os desenhos antigos talhados em gesso rebaixado que o adornavam, os lustres de cristal em gotas de lágrimas, o brilho dourado dos metais. Fechou os olhos, cansado. Amava Nicholas com todas as forças e amava Navarre também, como o pai que nunca tivera. Tudo o que desejava era paz para viver da maneira que escolhera e força para superar as dificuldades.

Desfez-se da letargia e atravessou o hall em busca do mestre. Não podia esquecer-se de que havia um mundial a ser vencido e que precisaria de todo o conhecimento de Navarre para uma empreitada audaciosa como aquela. Estava mais disposto do que nunca para treinar e ouvir seus sábios conselhos. No entanto, ao chegar à sala de jantar, deparou-se com a mesa posta para o café da manhã inteiramente vazia. Apenas o mordomo permanecia no recinto, parado a um canto com o corpo ereto e expressão séria.

— Bom dia, Matias.

— Bom dia, Sr. Oliveira — tornou amável, porém discreto.

— Poderia me informar se Navarre já desceu?

— Sr. Fioux permanece em seus aposentos, senhor. Ágata foi anunciar o desjejum.

Sorriu despreocupado. O estômago roncou alto, fazendo-o corar.

— Obrigado. Eu vou...

Um grito soou no andar de cima, alto o suficiente para ser ouvido em toda a casa, na inconfundível voz de Ágata. Panelas e louças caíram na cozinha e, no instante seguinte, toda a criadagem rompera pela sala em aparições fantasmagóricas. Absoluto silêncio.

Milhares de coisas podem passar pela cabeça de uma pessoa num único segundo. Não poderia se lembrar de nenhuma, pois, antes mesmo de Ágata clamar por ajuda aos berros, Alexander já se lançara à escadaria principal como um desesperado.

* * *

"Se eu conseguir resolver o problema do Imposto de Renda antes do planejado, posso tirar umas semanas para estar com Alex e meu pai..."

O som daquele tratamento, ainda que mental, causou-lhe estranheza. Fazia muito tempo — doze anos, talvez — que não olhava para Navarre como pai, apesar de se referir a ele dessa maneira, mesmo que internamente. Recordações da noite em que discutira com Alexander, quando trocaram o primeiro beijo que desencadearia tudo o que viviam, voltaram à sua mente. A revolta, a dor, o sentimento de rejeição e perda. A dura realidade era que, em nenhum instante, deixara de amar Navarre como pai. Muito ao contrário. O amor por ele aumentara a cada dia junto à tentativa de se proteger com a máscara da indiferença. Essa fora a salvação para ambos, pois agora poderia voltar atrás e...

Sorriu sozinho no hall do edifício, indiferente aos olhares curiosos que as pessoas lhe lançavam. Tinha esperança de que tudo se resolveria em breve e, então, poderia chamá-lo de pai outra vez. Essa certeza trouxe paz ao seu coração.

Mal reparou que entrara no elevador, tão distraído estava. Cumprimentou o ascensorista num reflexo gentil e voltou a pensar no campeonato, no companheiro e em Navarre. Queria muito estar com eles, presente, justamente porque sentia o quão importante seria para ambos. Precisava arranjar um jeito de ir, precisava viajar com os dois, desejava rever a família e estar com o pai. Seria como uma segunda chance para esquecer de uma vez o passado, superar a mágoa, poder olhar para ele e fazer algo tão simples quanto ser seu filho... Apenas isso.

Capítulo Quinze — Tomada do Bispo Branco

A melodia repetitiva anunciou-lhe o andar após a voz do ascensorista e ganhou o corredor em passos rápidos. Estava decidido! Avisaria a Davi que iria para Paris dali a quatro meses, em março próximo, para o campeonato. Sabia que o sócio não se oporia, que tinha competência suficiente para levar o escritório em sua ausência e que o sacanearia até o dia do embarque.

Riu-se, feliz como há muito não se sentia. Arranjaria tudo de maneira a não deixar trabalho para ninguém e pretendia comprar sua passagem assim que terminasse a conversa, ainda pela manhã. O dia pareceu-lhe promissor.

Abriu a porta do escritório sem estranhar o movimento do outro lado. Pelo avançado da hora, até Roberto deveria ter chegado antes de dele, principalmente se levasse em conta que o haviam contatado durante toda a semana e que a discussão da véspera, ao telefone, fora a pior dos últimos tempos. Mas não permitiu que esse pensamento estragasse sua alegria. Fechou a porta com cuidado, virando-se em seguida para a secretária.

— Bom dia, Mônica — saudou, fitando a moça e deparando-se com seu olhar desesperado, os olhos vermelhos como se tivesse chorado.

Antes de perguntar o motivo da comoção, Davi surgiu na sala de espera, transtornado o suficiente para assustá-lo.

— Inferno, Nicholas! — berrou, enfurecido. — Por que não usa um maldito celular, como todo mundo?

— O que aconteceu? — perguntou em tom contido, ignorando o comentário do outro e fingindo controle quando o coração batia-lhe na garganta. Ninguém respondeu. — Mônica... — virou-se para a secretária. A pergunta exigia resposta.

A mulher entregou-se a um pranto nervoso.

— Ah... Sr. Fioux... — lamentou-se, engasgando. Foi tudo o quanto conseguiu dizer.

— Seu pai, Nicholas — a voz grossa e firme de Davi chamou-o de volta para mergulhar nos olhos escuros, imensamente tristes. — Navarre sofreu um enfarte. Alex ligou para cá pouco depois que você saiu de casa.

Encarou-o. Davi não falava com seu jeito alegre, tampouco com o semblante sonso que indicava mais uma das peças que costuma pregar. Era verdade. A boca secou de súbito, o sangue esvaiu-se, os olhos cinzas escureceram e, trêmulo, passou a mão pelo cabelo, procurando em seguida o nó da gravata que o asfixiava, afrouxando-o com dificuldade.

Ofegou... Cada vez mais rápido, e abriu o primeiro botão da camisa para melhorar a respiração. Inútil. Fechou os olhos por um momento, tentando organizar as idéias, e apoiou-se na mesa da secretária. Precisava recuperar o controle... e pensar com clareza.

— Calma... — balbuciou para si mesmo, totalmente perdido, vagando o olhar pelo recinto sem saber o que procurar. — E-Eu... Eu preciso ir... Um táxi... Vou chamar um táxi...

— Eu levo você. Alex deixou o endereço — comandou Davi, virando-se para pegar as chaves do carro sem dar tempo de o outro reagir. Quando voltou para o amigo, deparou-se com os olhos cinzas fixos nos seus, confusos, e adoeceu. Sentiu o peito oprimir-se em dor ao presenciar o sofrimento mudo do outro. O olhar dele estava vazio, seu rosto pálido, os olhos fundos.

— N-Não precisa... me levar — gaguejou, caminhando para a porta com passos incertos.

— Vou levar você, Nicholas. Não é uma sugestão, é fato — virou-se para Mônica. — Desmarque tudo o que temos "em campo" para hoje e adie os prazos dos projetos. O resto eu vejo amanhã.

— Sim, Sr. Casiragli — a mulher fitou Nicholas mais uma vez, os olhos turvos. — Sinto muito, Sr. Fioux.

— Obrigado... — tornou, num murmúrio rouco.

Davi segurou-o pelos ombros e o conduziu, de volta ao corredor. Não retornaria ao escritório tão cedo, não enquanto o amigo precisasse de apoio, não lhe importava o tempo que levasse. Seguiram até os elevadores, em silêncio. Nicholas mantinha o olhar baixo, o rosto inexpressivo, mas não havia como negar. Conhecia-o. Soube que chorava por dentro e essa certeza machucou tanto quanto a dor de ser expulso de casa como um cachorro pelo próprio irmão.

Enlaçou-o pelos ombros, pois não podia olhar para ele daquele jeito e não fazer nada para ajudar. Trouxe-o para perto enquanto aguardavam que a porta se abrisse e a avalanche impessoal de trabalhadores passasse por eles. Não o soltou porque queria que soubesse: não estava só. E, quando atravessaram para o interior escuro do elevador, cruzando mais uma vez com o ascensorista, apenas nesse instante os olhos cinzentos dele procuraram os seus, úmidos.

— Dav... Não vou chegar a tempo — murmurou, os lábios trêmulos. — Eu não cheguei a tempo por nós dois.

* * *

Só na recepção do hospital, Alexander tentava controlar o pânico para quando Nicholas irrompesse pela porta principal. Obrigava-se a reunir toda a força necessária para ampará-lo, porque, sabia, ele precisaria de apoio e estaria ao seu lado, sempre.

Há tempo que aguardava a chegada e, apesar de pensar até a exaustão, não fazia a menor idéia do que se desenrolaria ali, diante de seus olhos aflitos. Mas isso não importava. Independente da reação que o companheiro demonstrasse, estaria por perto e teria alguma informação a dar, o mínimo, mas, ainda assim, algo de concreto.

Foi só quando os avistou, cruzando a porta envidraçada que o separava do mundo lá fora, que percebeu: não haveria como esconder a amargura ou evitar as lágrimas, por mais que desejasse. Enxugou os olhos por hábito, logo estariam úmidos novamente.

Capítulo Quinze — Tomada do Bispo Branco

Levantou-se numa urgência fora do comum e foi até eles, sem esperar que se aproximassem muito, mais por incapacidade de permanecer estático do que por consciência do que fazia. Seus passos soaram incertos pelo assoalho liso e indigente. Tentou não se importar e prosseguiu até parar diante dele. O que viu, o destruiu. Nicholas parecia doente, o rosto abatido, os olhos jaziam fundos, vidrados; os lábios estavam secos e brancos; as mãos trêmulas, alguns fios do cabelo caíam em displicência ao redor do rosto. Contudo, o pior foi ter de olhar para ele e saber que não via nada.

Abraçou-o, tão forte quanto se permitiu, agarrando-o e molhando-lhe a camisa social amassada com suas próprias lágrimas.

— Perdão... — balbuciou, sem saber exatamente o que dizia. — Perdão, Nick... Demoramos muito para encontrá-lo... Demoramos demais.

Nicholas não retribuiu o abraço, não por desejo, mas por impossibilidade. Tudo ao redor, desde as palavras sussurradas pela voz familiar de Alexander junto a si, até o ambiente estranho no qual mergulhara, tudo parecia deslocado, fora da realidade. Ou fora ele quem se perdera ao longo do caminho. Nenhuma reação lhe ocorreu, exatamente como nada lhe ocorrera desde que entrara no escritório pela manhã. O que conseguiu fazer foi apoiar o queixo na cabeça do companheiro enquanto sentia-lhe as lágrimas geladas e ali ficar, em silêncio.

Incomodado com a inércia do amigo, Davi resolveu contornar os dois e tocar Alexander no ombro, o que atraiu a atenção do rapaz, que se virou para encará-lo. Abraçaram-se por um breve instante.

— Você está bem? — perguntou, tão logo se soltaram.

— Estou. E ele? — indagou, buscando a figura de Nicholas que se afastara pela sala de espera na direção de uma cadeira vazia, o olhar perdido e nublado.

— Não, ele não está bem — respondeu. — Para ser sincero, estou com medo, Alex! Nunca o vi assim em toda a minha vida.

Alexander assentiu e voltou a fitar o amante, ao longe. Ele jazia largado numa das poltronas, aparentemente cansado demais para permanecer em pé.

— Vou falar com ele — tornou o menino, firme.

Venceu a distância que os separava, com força redobrada, e acomodou-se na poltrona ao lado, o mais próximo que conseguiu, tomando-lhe as mãos frias com as suas. Davi permaneceu diante dos dois, os braços cruzados, muito sério.

Olhou-o por um longo tempo. Não sabia como se aproximar sem quebrar o resquício de autocontrole que ele lutava para manter e, ao mesmo tempo, temia que Nicholas se fosse, de que o fitasse com indiferença, como costumava fazer sempre que se sentia ameaçado por algo ou alguma coisa, sempre que detinha a certeza de que não poderia suportar a intensidade dos sentimentos que tentava esconder.

Quis tocá-lo, embrenhar os dedos nos cabelos claros e tomá-lo para si, aconchegá-lo junto ao seu peito e dizer que tudo aquilo não passava de um pesadelo terrível, que tudo desapareceria com o amanhecer, quando já não haveria sombras. Queria protegê-lo, porém, não havia como. Restou-lhe a muda apreciação a qual se entregara, mesmo quando seu impulso era o de gritar, com toda a força que possuía.

— Nicholas... — chamou-o, num murmúrio rouco, a voz adolescente soando com uma firmeza muito maior do que a idade encerrava. — Olhe para mim, meu querido. Preciso he falar agora.

Olhos cinzas o fitaram num apelo sem palavras e nada precisou ser dito para que compreendesse: era o fim da linha. Agarrou-se a Alexander em desespero contido, afundando o rosto em seu pescoço, aspirando o perfume familiar que o lembrava de seu lugar no mundo. Não queria pensar em nada, absolutamente nada. Mas havia Navarre, seu pai, abandonado em alguma parte daquele hospital, provavelmente...

— Meu pai está morto? — foi o sussurro que chegou aos outros dois.

— Não — respondeu o rapaz, apertando-o ainda mais forte nos braços. — Navarre enfartou e os médicos dizem que ele sofreu uma parada cardíaca. Garantiram que dariam continuidade aos procedimentos médicos normais. Você me entende, Nick? — nenhuma resposta e reuniu toda a força que possuía para não ceder ao pranto. — Ele estava inconsciente quando o encontramos...

A imagem de Navarre caído ao chão, os membros largados, fez o rapaz estremecer.

— E como ele está agora? — perguntou Nicholas, trazendo-o de volta à realidade.

— Ainda não disseram nada de concreto. Tudo o que sei é que seu pai está vivo, que os médicos iniciaram o cateterismo e há muitas chances de que dê certo, de que recuperem o coração dele. Foi o que me disseram. Precisamos acreditar nisso.

Nicholas se afastou para fitá-lo. Havia genuína esperança em seu rosto jovem e desejou, do fundo de sua alma, compartilhar a confiança que ele demonstrava. Os médicos viriam quando houvesse uma posição adequada, quando tivessem certeza das condições do enfermo. Sim, precisava crer ou enlouqueceria.

— Entendo... Sendo assim, só nos resta esperar, não é? — assentiu, os olhos escuros marcados por tristeza. — É o que farei: esperar. Quanto a vocês... Já fizeram mais do que deveriam. Podem ir embora. Eu os manterei informados.

Silêncio. Davi foi o primeiro a romper o absurdo da declaração.

— Você só pode estar brincando com a gente — escarneceu, dividido entre a incredulidade e a indignação.

— Não — insistiu, mirando-o com semblante inabalável e olhar atormentado. — Vá e leve Alexander contigo, por favor.

— Não vou a lugar nenhum sem você, Nicholas! — tornou, nervoso. — Só saio desse hospital arrastado — como não recebeu os olhos cinzas nos seus, segurou-lhe o rosto entre as mãos e obrigou-o a sustentar-lhe o olhar. — Por Deus... Quero estar contigo. Será que não entende?

— É você que não entende, meu lindo — e o rosto bonito dele assumiu aquele ar terno que pertencia apenas a si e a ninguém mais. — Na verdade, você não faz a menor idéia do que está dizendo. Isso vai demorar, muito mais do que pensa, e pode ser que eu... Que eu...

Capítulo Quinze — Tomada do Bispo Branco

— Eu o quê?

Os olhos dele marejaram e quase enlouqueceu diante de sua visão, tão frágil.

— Poder ser que eu sofra muito e que o magoe sem querer. Não quero que esteja aqui para ver...

— Navarre morrer? Como sabe que ele vai morrer, Nicholas? Ou por que acredita que eu não conseguiria passar por isso com você?

Não houve resposta. Tudo o que ele fez foi afastar o rosto das mãos macias do companheiro, recostar-se no estofado da poltrona e cerrar os olhos, exausto. Mas, no final, estivera certo, desde o começo.

*   *   *

O dia se arrastou tenso. Os médicos evitavam dar qualquer informação que os pudesse comprometer e logo perceberam que Navarre piorara, que não respondia mais a qualquer estímulo, que permanecia vivo apenas porque os médicos assim o desejavam com suas máquinas. A vida já não era divina. Até mesmo o direito à morte lhe fora tomado pela prepotência humana, essa era a verdade. Soube da injustiça de seus pensamentos no momento em que surgiram, modificados e contaminados pelo sofrimento ao qual estava exposto, mas não se importou. Ainda que consciente, não teve forças ou ousadia para mudar de opinião.

Encarou Nicholas mais uma vez. Dos três, fora o único que se recusara a deixar a recepção do hospital. Permanecera sentado por quase todo o dia até aquele instante, não comera ou bebera coisa alguma, largado dentro da camisa e da calça amassada. Alexander, ao menos, fora em casa antes do cair da noite, mas retornara em menos de uma hora, abatido. Agora, o rapaz jazia adormecido, na poltrona ao lado, mergulhado num sono agitado. Quanto a si próprio, fora ao apartamento apenas para tomar um banho e mudar de roupa.

No relógio de parede os ponteiros marcavam 3:10 da madrugada. Resolveu andar um pouco e arrastou-se pelo corredor da enfermagem até a lanchonete. Quando voltou, encontrou-os exatamente no mesmo lugar, na mesma posição de antes.

— Tome... Não quero que morra por abstinência.

Nicholas abriu os olhos, entretanto, não fez menção de se mover por breves segundos. Só então, pegou o café que o amigo lhe estendia. Abatia-se mais a cada hora que passava, atormentado pelo que poderia ser ou ter sido. Pensou em dizer alguma coisa, mas nada lhe ocorreu.

— Obrigado — foi o sussurro que ecoou pelo recinto, de repente. Apenas isso.

— Nicholas, por favor... Tem que ir para casa um pouco, descansar, tomar um banho. Está parecendo um cadáver.

Negou em resposta com gesto de cabeça. Davi vagou o olhar pelo recinto para recuperar a paciência. Não havia quase ninguém por ali: mais três pessoas e a recepcionista.

— Preciso entrar para vê-lo — atordoado, o amigo buscou-o novamente. Nicholas o encarava com ar sério e sofrido. — Preciso entrar lá, Dav... Preciso encontrá-lo mais uma vez.

— Tudo vai acabar bem, meu velho. Você vai ver...

— Não, você não está entendendo! — insistiu, pegando-o pelos ombros e acordando Alexander com o tom urgente de sua voz. — TENHO que falar com Navarre uma última vez ou jamais me perdoarei! TENHO que entrar lá... E eles não entendem... — buscou o companheiro num tênue fio de esperança. — Você entende? Por favor...

O rapaz esfregou os olhos e sorriu. Para Davi, nada fazia sentido. De fato, não compreendera o que o amigo quisera lhe dizer, mesmo quando valera-se de palavras outras. Todavia, entre eles, o gesto de Alexander pareceu encerrar um significado maior, que não pôde ou quis alcançar justamente porque seria sempre um simples sorriso, o suficiente para tirar Nicholas da letargia e levar-lhe lágrimas aos olhos.

— Então... Bem, não deve haver muita gente ou muito tempo. Precisa ir de uma vez, querido. Vá... Deixe o resto conosco.

Sem mais nada dizer, Nicholas virou-se e rumou para a porta de acesso ao setor reservado à emergência. "Somente pessoal autorizado", dizia a plaqueta afixada diante de seus olhos. Não pensou mais, apenas empurrou a porta enquanto um alvoroço fazia-se ouvir atrás de si. Não houve como se virar e descobrir o que acontecia na recepção, nem tentou. Era sua chance de deixá-lo partir em paz.

Os enfermeiros corriam na direção oposta e aproveitou-se da distração e do avançado da hora para procurar pela unidade correta. Não demorou muito. Uma enfermeira acabava de pendurar o prontuário de volta à cabeceira. Não esperou que ela saísse para entrar e trancar a porta pelo lado de dentro.

— O senhor não pode ficar aqui! É uma área restrita! — tornou ela, assustada. Vendo que o homem a ignorava solenemente e avançava para a cama, afastou-se um passo, contra a parede. — Vou chamar a segurança.

— Chame, por favor. Mas não vai sair daqui. Se quiser, use o botãozinho vermelho.

Atônita, a mulher pegou a campainha, as mãos trêmulas. Viu-o ajoelhar-se sobre a pequena escada que levava à cama, sem qualquer cerimônia, e tomar o infeliz moribundo nos braços. A semelhança era incrível, mas não poderia ir contra as normas do hospital. Era a parte triste da profissão.

— Senhor, vou chamar a segurança — advertiu novamente, sua voz já não encerrava a mesma firmeza.

Nicholas, por sua vez, não lhe dispensou atenção além do necessário: mantê-la dentro do quarto para afastar qualquer suspeita de ter desligado um aparelho daqueles ou coisa parecida. Queria uma testemunha, sim. Surpreendeu-se ao perceber que, naquele instante, falar com seu pai e fazer-se ouvir era mais importante do que a sensação de expor um momento de fraqueza. Que viesse a segurança. Seu pai estava morrendo.

Capítulo Quinze — Tomada do Bispo Branco

— Pai... — chamou, tomando-o pelos ombros. — Pai, por favor, olhe para mim!

— Ele não pode ouvir nada do que diz — disse ela. — Deixe-o. Olhe, já chamei os enfermeiros. Logo estarão aqui e...

— Pai! Não me deixe assim! — gritou, sacudindo Navarre com força, os olhos úmidos. — Olhe para mim, uma última vez, e diga que sou seu filho. Ouça o que eu digo... Vê, pai? O senhor... É meu pai... Ao menos esse desejo... Por favor, não morra assim. Olhe para mim, pai...

Mas Navarre jazia inerte em seus braços, por mais que o chamasse, alheio às súplicas. Sentiu tanta dor que temeu cair sobre ele. Abraçou-o uma última vez, apreciando o corpo familiar dele, ainda quente, e contando-lhe as batidas do coração, como quando era criança. Uma lágrima escorreu-lhe, solitária, e pingou sobre o rosto enrugado que tantas vezes fitara com indiferença.

A porta rompeu num estrondo. "Não chegara a tempo". E, junto ao som confuso de muitas vozes, perdeu-se no olhar azul, calmo e amoroso, que virou-se para ele num derradeiro esforço. Fitou-o... Sim. A imensidão azul daquele olhar pareceu o porto que tanto ansiara ver, brilhante e repleto de amor. Navarre fitou-o e sorriu..

— Pai...

Mãos firmes e desconhecidas o agarraram por trás, puxando-o para longe. Tentou manter Navarre junto a si, pois, sabia, ele partia, devagar. Não conseguiu. Afastaram-no aos berros, entre acusações veladas e ordens médicas. Tudo o que conseguiu ver, antes de fecharem a porta diante de seus olhos, foi o esvoaçar gélido dos aventais brancos, o resquício imóvel do olhar dele, antes tão seu, e a certeza de que não o veria... nunca mais.

* * *

Parado diante do túmulo, a mão pousada na placa de granito do jazigo da família, sentiu os olhos arderem. Não chorou, não depois de tudo o que acontecera entre ele e Navarre e do que fizeram um ao outro. Com certeza, a morte viera para libertar o pai da vida sofrida e da mágoa. Arrependeu-se ainda mais, por tudo o que poderia ter feito e não fizera, por tudo o que poderia ter sido e não fora, pelas oportunidades desperdiçadas até o último instante, o último suspiro, muito pouco para reparar os erros de uma vida inteira.

A mão quente dele pousou sobre a sua, terna, em reconfortante acariciar. Ergueu o olhar. Só restavam os dois e o cemitério, prestes a fechar. Até mesmo Davi se fora. Lembrava-se vagamente da despedida do amigo e o sol também se punha por detrás das árvores altas, colorindo de púrpura e dourado as poucas nuvens que teimavam em existir. Fora um lindo dia, aquele...

— Nick...

Demorou um tempo para atender ao chamado. Não se sentia Nicholas. Algo faltava dentro de si, uma parte sua fora arrancada, não era assim? Buscou-o com o olhar e mergulhou nos olhos castanhos mais lindos que já vira, apesar de vermelhos pelo pranto. Amara-o à primeira vez e, desde aquele dia, perguntava-se como era possível que uma criatura como Alexander, tão lindo e cheio de vida, pudesse estar ao seu lado. Como era possível que a morte houvesse levado o sorriso de Navarre e a voz rouca dele em seus ouvidos? Como?

— Estou tão triste, Alex, tão triste.

O rapaz apertou-lhe a mão em reconhecimento e baixou o olhar para o único ponto de contato entre ambos, fugindo ao olhar quente e escuro que ele lhe lançava. Escolha difícil, destino cruel, humanidade ingrata que tudo toma. Uma outra lágrima escorreu-lhe, sem que desejasse ou pudesse impedir, molhando a mão do amante sobre a sua.

— Estou aqui, amor. Sempre vou estar — murmurou, recebendo os olhos cinzentos e infelizes nos seus. — Vamos para casa.

Guiou-o por entre as poucas pessoas desconhecidas que restavam. Nada importava ou não queria se importar com nada naquele instante. Queria ir para casa e chorar.

Denis abriu-lhes a porta do automóvel em seu terno escuro, o rosto avermelhado. Soube que ele o fitava pelo cumprimento carregado de sentimento, porém, não ergueu o olhar para encará-lo. Não conseguiu.

E a mansão permanecia lá, no mesmo lugar, imponente e sombria como sempre fora, mais uma testemunha. Entrou, apenas porque não lhe ocorreu outro lugar qualquer para ir. Nada lhe ocorria a não ser a ausência de Navarre, agora irremediável. Quantas e quantas vezes, na escuridão de seu quarto, perdido em solidão, não lhe desejara a morte, da maneira sofrida que apenas uma criança inocente e abandonada poderia desejar? Quantas vezes não se negara a atender-lhe as súplicas sem palavras quando lhe implorara por perdão? Quantas vezes, em sua total intolerância, não o magoara pelo prazer de magoar, apenas porque não suportava a possibilidade de sabê-lo distante? Sufocou.

Vagou os olhos pelas paredes, cada móvel, cada peça a lembrar-lhe o pai e, junto à imagem dele, as oportunidades perdidas por sua própria incapacidade. Fizera-o sofrer até o último instante. Há muito não sentia a falta dele. E, naquele momento, ao entrar na casa vazia e silenciosa, era mais uma vez o garoto órfão de sete anos de idade que procurara esconder o ressentimento por detrás da indiferença; era novamente o adolescente solitário que tantas vezes odiara o pai por estar só; era o homem amargo que tentara matar dentro de si o sentimento. Talvez, pela primeira vez, tivesse consciência da realidade: nunca estivera longe de Navarre, pois ele se fizera presente ao longo de sua vida, de diversas maneiras, até quando, de fato, não restara nada.

Tomou o rumo das escadas alheio ao mundo que o rodeava, sem perceber que os empregados o observavam. A única consciência era a de que Alexander

Capítulo Quinze — Tomada do Bispo Branco

acompanhava-lhe os passos, e de que precisava estar no escuro de seu quarto o mais rápido possível.

Rompeu pelo batente em insana necessidade. O rapaz deixou-o entrar e fechou a porta atrás de si, contudo, não se aproximou. Não sabia ao certo o que fazer, se deveria ficar ou partir. Talvez, Nicholas precisasse estar só, talvez pedisse apoio. Apesar de permanecer firme, disposto a ampará-lo ao mais tênue sinal de fraqueza, não podia negar que a reação do companheiro o preocupava.

Em silêncio, observou-o cair sentado na cama, o olhar baixo e vidrado, os ombros encurvados como se carregasse terrível fardo. Só correu para ele quando notou-lhe o corpo trêmulo, os dedos fincados no tecido grosso da colcha. Sentou-se ao lado e abraçou-o pelos ombros com ternura, trazendo-o para si.

— Estou aqui.

A resposta foi um soluço seco e sofrido. Finalmente, Nicholas largou-se contra o companheiro, entregue a um pranto compulsivo e desesperado. Não disse nada. Não havia palavras de consolo para uma perda como aquela. Sabia que ele não chorava apenas pela partida de Navarre, mas por motivos que iam muito além de sua compreensão e que sequer desconfiava. Entretanto, não precisava saber ou compreender nada para estar ao lado dele. E assim foi.

Apertou-o contra si, aceitando-lhe a entrega e respeitando-lhe o momento de dor. Nicholas chorou por uma eternidade, até ser vencido pela exaustão. E, mesmo quando já não tinha forças para chorar, as lágrimas continuavam a escorrer-lhe. Feriu-o ver o amante e único amor tão profundamente amargurado. Afastou-se, a camisa molhada onde ele pousara o rosto, e afagou-lhe os cabelos como quem afaga uma criança, secando-lhe as lágrimas com carinho.

— Está com fome? — uma negativa de cabeça. — Quer alguma coisa? Qualquer coisa?

— Quero dormir...

Assentiu em compreensão. A noite estava fresca e despiu-o bem devagar. Desarrumou a cama, fazendo com que ele se deitasse contra os travesseiros macios.

Nicholas ajeitou-se, os olhos cerrados, o rosto ainda úmido. Levantou-se para se despir também, não mais que alguns instantes, e o outro procurou-o na penumbra com olhar aflito.

— Alex! — chamou, urgente. — Aonde vai?

— A lugar nenhum, meu amor — apressou-se a responder enquanto livrava-se da calça e dos sapatos. — Estou aqui, bem aqui.

Jogou as roupas ao chão e deitou-se ao seu lado, debaixo das cobertas, procurando aconchegar-se ao corpo dele, como sempre acontecia. E foi com surpresa que o rapaz recebeu-o em seus braços. Apoiou a cabeça contra o ombro do jovem, encolheu o corpo contra o dele e assim ficou, trêmulo. Abraçaram-se, em apoio mútuo, unidos finalmente.

A dor por vê-lo naquele estado levou-lhe lágrimas aos olhos. Mordeu o próprio lábio para não ceder e acariciou-lhe os cabelos dourados, sentindo-o soluçar novamente.

— Ah, Nick... Meu Nick... — balbuciou, num sussurro rouco e carregado de tristeza.

— Desculpe, meu lindo. Não quero preocupar você. Vai passar... Vai passar logo...

— Shiii... — murmurou, beijando-o no alto da testa a trazendo-o mais para perto. — Não importa. Leve o tempo que levar, estarei aqui. Você não está sozinho... Nunca estará sozinho outra vez.

Nicholas apertou os lábios um contra o outro e estreitou mais o abraço, em apelo mudo. Reconheceu-lhe as palavras não ditas e voltou a acariciá-lo, mesmo depois que ele fechara os olhos cinzas para o mundo. O sono só chegou muito depois, quando Nicholas ressonava inconsciente em seus braços.

Capítulo Dezesseis
Sacrifício da Torre Branca

A semana fora difícil para todos naquela casa. Os empregados sentiam a morte do patrão com violência. Várias vezes pegara Ágata a soluçar pelos cantos, Denis sem o seu costumeiro sorriso ou mesmo Matias a assoar o nariz, alegando que devia estar com algum tipo de alergia.

Nicholas entregara-se a um silêncio constrangedor que melhorara com o passar do tempo. Durante o dia, na frente de todos ou mesmo no escritório, o empresário lutava bravamente para se manter firme e, mesmo com a licença, não conseguira mantê-lo em casa por muito tempo. Em desespero, alegara que enlouqueceria se passasse um segundo a mais trancado. Estar na casa fazia mal a ele, embora tentasse não demonstrar. Todavia, à noite, largado na cama ao seu lado, ainda procurava-lhe o ombro, encolhido. Mergulhado no sono, ainda chorava, sofrido.

Quanto a si mesmo, procurava chorar sua dor sozinho na sala de jogos, extravasar a tristeza sem platéia, uma vez que, depois de um dia inteiro de trabalho e falsa recuperação, Nicholas clamava por ajuda. Ainda assim, apesar de todo o esforço que fazia para esconder a própria saudade, o empresário sabia que sofria também e, várias vezes, o consolara sem que nada dissesse, apenas porque compreendia o quão importante Navarre fora, como mestre e amigo.

E assim caminharam até a missa. O desespero cedera à ausência e nada mais. Era bom ver o amante senhor de si novamente, muito embora a dor permanecesse em seu olhar, para quem soubesse ler. Avisara à Violeta e Virgínia, certo de que o companheiro relutaria em voltar para casa depois da cerimônia porque, além dos empregados, ninguém soubera da morte de Navarre, nem mesmo os parentes na França. Ele fizera questão de não comunicar, alegando a idade avançada da tia e a distância dos familiares quando, na verdade, tinha medo de encará-los depois do que sucedera.

Não há missa de sétimo dia que seja alegre. Apesar disso, o saldo fora bastante positivo em sua própria opinião. As poucas pessoas que apareceram estavam calmas, Humberto também fora e incumbira-se dos poucos momentos de descontração antes da cerimônia, enquanto Davi mais parecia um cão de guarda ao lado do amigo, disposto a avançar em quem se aproximasse.

Foi um discurso bonito, a capela estava linda e o fim de tudo aquilo realmente sugeria paz, toda a paz que Navarre almejara em vida. A alguns passos atrás do companheiro, Alexander sentiu os olhos turvos ao cruzar a porta da igreja e tentou disfarçar como pôde. Por sorte, Virgínia aproximara-se para abraçá-lo, o rosto triste, o olhar preocupado.

Ergueu os olhos e avistou a mãe, caminhado em sua direção, o semblante como sempre. Porém, havia algo no ar, algo que seu coração não queria negar e, ao mesmo tempo, não desejava admitir. Esvaziou a mente para não pensar em nada e caminhou para Nicholas, que se despedia de Davi mais à frente.

Logo estavam apenas os quatro: mãe, filhos, e ele, ali, parado no meio do nada, como um desconhecido. Sorriu-lhes, contudo sem forças para sustentar o olhar da mulher. Trêmulo, enfiou as mãos nos bolsos do terno na desculpa de pegar as chaves do carro.

Tudo o que se seguiu aconteceu como se estivessem em câmera lenta. Ao menos foi a sensação que o rapaz teve quando viu Nicholas oferecer carona para mãe e irmã. Entraram no carro e postou-se ao lado do companheiro. Jamais cederia seu lugar a outra pessoa qualquer. As duas acomodaram-se atrás. Violeta encarando-os como que de propósito e Virgínia alheia ao mundo a mirar a paisagem da janela.

Parar diante do portão familiar da casa fez o coração de Alexander saltar dentro do peito. Apesar da consciência do olhar da mãe sobre si, não a fitou. Ao contrário, buscou Nicholas com os olhos escuros e, por um único instante, pensou que ele o mandaria sair e deixaria ali exatamente como fizera tantas outras vezes, antes de se apaixonarem. Contudo, ele não fez absolutamente nada.

Despedidas fingidas e o olhar inquisidor dela a gritar-lhe que deveria voltar ao lugar ao qual sempre pertencera. Virgínia, quebrou a tensão tomando-o nos braços e murmurando palavras de força.

— Por que não vêm almoçar com a gente? Afinal, hoje é sábado, não é?

O convite lançou silêncio no ar. Fitou o companheiro, ainda ao volante, e soube o quanto era terrível para ele voltar para casa todos os dias, o quanto deveria estar sendo difícil retornar àquela mansão, depois de tudo o que ouvira. Por outro lado, notou que a mãe o encarava, porém tratara Nicholas com toda a delicadeza e ternura de que era capaz, atitude que não passara despercebida por sua total inviabilidade. Violeta não era dada a demonstrações como aquela, nunca fora, mesmo com os filhos. Essa certeza, por si só, bastou para que aguçasse os sentidos, alerta. E foi com surpresa que viu o empresário erguer o olhar para a mulher, talvez a primeira vez desde que saíra da igreja, e aceitar com um leve sorriso nos lábios. Por algum motivo inexplicável, sentiu terrível calafrio gelar-lhe a espinha.

Nicholas depreendera o modo com o qual Violeta encarara o filho desde o fim da missa: como um enxadrista que defende seu Rei a qualquer custo. Não que estivesse atento a esse tipo de coisa, mas porque, ao contrário do que demonstrara, ela também o encarara, por toda a manhã, como o jogador que identifica a ameaça do exército inimigo. Podia sentir a hostilidade por detrás das palavras gentis e temeu por sua própria sorte.

Havia ainda a possibilidade de entrar novamente no carro e desaparecer da frente dela. No entanto, essa opção lhe parecia vetada, pois tinha a nítida impressão de que Alexander desejava ficar. Ou seria coisa de sua cabeça? Já não tinha certeza. Em verdade, toda a situação se construíra sobre inúmeras falhas de estratégia, de sua parte, admitia. Não era tão bom jogador como imaginara, entretanto, não poderia perder aquele jogo. Tentara evitar a possibilidade de estenderem o encontro, seja para um almoço ou para qualquer outra coisa, mas o rapaz não percebera que seu silêncio implorava para que fossem embora e pudessem estar a sós. Talvez porque estivesse

Capítulo Dezesseis — Sacrifício da Torre Branca

preocupado demais em protegê-lo das pessoas que o cercavam; talvez porque Violeta tivesse lhe desviado a atenção com seu olhar frio e inquisidor.

E, ao final das contas, estavam ali, entrando na casa, exatamente como a mulher planejara, tinha certeza. Consciente do quanto era difícil também para o rapaz estar longe da família, de que ele também sofria ao voltar para a mansão e não encontrar seu mestre e amigo, Nicholas deixou-se guiar. Não podia negar-lhe uma tarde ausente da dor que a perda de Navarre encerrava, não depois de tudo o que vinha fazendo nos últimos dias, o apoio que recebia dele desde que se conheceram. E esse foi o seu erro. Soube no exato instante em que ela lhe sorriu do batente, fechando-os juntos na sala de estar.

Almoçaram mergulhados na conversa morna e polida entre mãe e filho e no silêncio triste que reinava entre Nicholas e Virgínia. Assim que terminara de comer, a moça fora para o próprio quarto e lá ficara, como que enclausurada, acentuando-lhe a sensação de que invadira um espaço que não lhe pertencia.

A tarde também se foi, agradável demais para ser real. Procurara participar à medida do possível, mas, em seu interior, deslizava lentamente para o desespero do que não conhecia. Quando já pensavam em ir embora, Violeta surgiu com um álbum de família e foi obrigado a folheá-lo, os pensamentos distantes enquanto ela narrava cada foto com monotonia completamente nova. "É a primeira vez que você vem na nossa casa.", disse, como que de propósito para feri-lo, aproveitando-se de que Alexander fora até o quarto de Virgínia para perguntar se a menina queria lanchar.

Uma hora a mais, pelo menos, dedicada a ver fotografias e recordar do passado. Apesar da aparente harmonia, Alexander valera-se dos instantes de solidão em que falara com a irmã para pensar sobre o que via e, ao voltar para a sala, decidira acompanhar a conversa polida dos outros dois com o olhar perscrutor que lhe era peculiar. Também ele tentava imaginar o que viria a seguir mas, incrível, não conseguiu saber o que era. Virgínia surgira, pronta para sair, e despedira-se com rapidez inacreditável, com certeza aproveitando a distração da mãe para marcar um horário mais adequado de retorno. Foi quando se deu conta de que estavam a sós... Os três.

Fitar Nicholas, seu rosto abatido e tenso, fez com que decidisse que partiriam, tão logo encerrasse a sessão nostalgia. O empresário fechou o álbum, seus dedos longos e brancos em contraste com a cor rubra da camurça, e buscou-o com o olhar prateado.

— Nós já vamos, mãe — declarou, sem dar margem à contestação, erguendo-se da poltrona. — Está tarde e estamos exaustos.

Nicholas fez menção de se levantar e foi impedido por um gesto de mão da jovem senhora, firme, porém, gentil.

— É mesmo, está tarde... Mas posso pedir só mais uma coisinha, meu filho? — começou, com voz suave. — Lembra daqueles documentos do INSS que pedi para você guardar para mim lá no quartinho dos fundos?

— Lembro, claro — afirmou, enfiando as mãos nos bolsos da calça jeans, nervoso.

Violeta sorriu-lhe, os olhos úmidos.

— Não consegui encontrar! Você não colocou na terceira gaveta da cômoda?

— Coloquei sim.

Diante da afirmação, quase irritadiça, Violeta apressou-se em dizer que necessitava dos papéis para receber uma restituição, que há muito o governo lhe devia, e que estava precisando da quantia para pagar dívidas antigas. Uma história bastante comum... Comum até demais, na opinião do empresário, que a tudo observava de longe, sem interferir.

Desenrolou-se rápida discussão, na qual mãe pedia ao filho que procurasse melhor. "Você deve ter guardado noutro lugar e esqueceu", sugeriu ela, com uma inocência suspeita demais. O rapaz teimou em sua posição, certo de que não tinha qualquer responsabilidade sobre o sumiço, entretanto, em poucos minutos, valendo-se daquela chantagem emocional quase desculpável, alegando velhice e cansaço, a mulher conseguiu quebrar-lhe a firmeza.

O rapaz suspirou, aflito. Buscou Nicholas com o olhar, porém nada viu além de desamparo. Não queria deixá-lo sozinho, não com aquele terrível pressentimento a corroer-lhe.

— Eu... Está certo. Mas não vou revirar o quartinho inteiro, não — e virou-se para o companheiro. — Serão apenas cinco minutos e volto para irmos para casa, Nick.

O apelido foi dito com tamanha ternura que Nicholas sentiu os lábios tremerem. Assentiu, sem desviar o olhar do dele e observou-o sumir casa adentro. Quando aconteceu, continuou olhando naquela direção, para o vazio que ele deixara, receoso de voltar a fitar a mulher ao lado. Ela contornou a mesinha de centro e veio sentar-se ao lado dele, no lugar que o filho ocupara até então.

— Onde pôs os documentos? — indagou, sem qualquer hostilidade, mas com tristeza, fitando-a por fim.

Violeta mergulhou no rosto abatido e nos olhos cinzas, repletos de dor... Não conseguiu sentir nada por ele, nem mesmo o desprezo que antes a assolava.

— Não se preocupe com isso — tornou, o tom afável. — Quero conversar contigo e sabe sobre o quê.

E o homem, sentado diante de si, não esboçou qualquer reação, nem mesmo seu semblante se alterou. Sustentou-lhe o olhar pelo tempo necessário para que soubesse que também sofria e desejava ter o filho de volta.

— Por que mandou que ele saísse? É a vida dele, Violeta. Não pode excluí-lo assim. Na verdade, essa conversa nem deveria ser comigo, porque o meu pai sabia de tudo. Navarre sabia... Sempre soube e sempre me amou como sou — calou-se na esperança de que ela se manifestasse, porém, baixou o olhar, os punhos cerrados contra o colo. — Não compreendo porque ainda não o chamou para conversar. Ele está esperando, há tanto tempo e...

— Não há como conversar com Alex, não mais! — tornou alterada, os olhos rasos de lágrimas, um desespero crescente a estremecer o corpo miúdo. — Até isso

Capítulo Dezesseis — Sacrifício da Torre Branca

você me tomou, Nicholas. Nem mais uma palavra... E ele conversava sobre tudo, tudo o que acontecia. Ele me procurava e agora...

— Agora o quê? — perguntou, desencostando do estofado para aproximar-se dela. — Ainda há tempo, só precisa falar com ele.

— Não. Não há o que ser dito. Agora é diferente porque seu pai está morto.

A declaração, baixa e sibilada doeu como uma bofetada e afastou-se, o maxilar trincado. O coração saltou dentro do peito, batendo descompassado de encontro a garganta, e correu a mão pelo cabelo, apenas porque precisava de tempo para não gritar, para não pôr tudo a perder. Deus, será que nunca teria paz na vida? Será que já não era difícil o suficiente? De repente, estar diante daquela mulher, falando sobre um assunto completamente desproposital, pareceu-lhe absurdo demais para ser verdade.

— Tem razão. Navarre está morto — sussurrou, o olhar estreito como o de um predador. — Navarre está morto e seu filho está comigo. Ponto final.

Ela negou com um gesto de cabeça, as lágrimas escorrendo sem que percebesse.

— Vou lhe dar a minha opinião — balbuciou. — Navarre está morto e não existe mais motivo algum para o meu filho estar na sua casa. Ponto final — silêncio. — Ou esqueceu-se de que Alex foi para lá para ser discípulo do seu pai? Se esqueceu, lamento. Eu não esqueci, em nenhum momento da minha vida desde então.

Não falaram nada por algum tempo, o suficiente para recobrarem suas consciências. Violeta o encarava, séria. Não conhecia Nicholas e nem desejava conhecê-lo, porém, algo naquele rosto infeliz a fez crer que não era culpa dele, não era culpa dele ter se tornado tão anormal, tão...

O empresário, por sua vez, vagou o olhar pela sala, ciente de que ela estava certa. Quando saíra de casa, Alexander tinha por objetivo tornar-se um grande enxadrista e nada mais. Embora já estivesse apaixonado, ainda que o coração batesse acelerado cada vez que se olhavam, mesmo assim, era obrigado a admitir que a tomada de consciência chegara bem mais tarde, e fora o responsável por tudo, desde o começo. Essa certeza, desarmou-o.

— Acredito que... — começou, rompendo o silêncio com voz trêmula. — Temos um problema — olhos cinzas procuraram os dela. — Amo o seu filho, mais que qualquer coisa na minha existência. E ele também me ama, eu sei, eu sinto — nada, ela apenas o encarou. — Não sei o que fazer, não sei por que estamos aqui, falando sobre isso novamente.

Violeta tomou a mão dele na sua, longa, fina. Imaginou aquelas mãos tocando Alexander, seu menino, e quase não pôde conter o desespero. Ainda assim, tomou-lhe as mãos e ergueu o olhos escuros para os dele, repletos de lágrimas.

— Quero meu filho de volta, quero que volte a ser um rapaz normal — murmurou num misto de tristeza e desgosto. — Quero Alex em casa, Nicholas, de volta à vida que ele abandonou, bem longe de você e de toda essa perversão. Apenas isso...

Sentiu as lágrimas escorrerem ainda que mantivesse o rosto impassível. Deus... Não podia deixá-lo partir! Não podia permitir que ele se fosse. Entretanto, o olhar de Violeta lembrou-lhe de tudo o que desejara ter, por toda a sua vida; tudo o que lhe fora negado pela ausência do pai. Não cometeria o mesmo erro, não com a pessoa que mais amava.

— Não vou me opor se ele decidir ficar — murmurou, num soluço. — Mas terá de falar com ele.

— É justo — tornou ela, soltando-lhe as mãos e afastando-se para fitá-lo, o olhar mais respeitoso. — Talvez eu tenha me enganado sobre você e seja um homem decente, Nicholas.

— Obrigado... — balbuciou, sem ouvir uma única palavra do que ela dizia, desesperado pelo que estava preste a fazer. E não havia o que pensar. Alexander era um homem, em todos os sentidos, e tinha o direito de decidir a própria vida. Teria de aguardar um pouco mais, pela conversa de ambos, para ter certeza de que estariam juntos.

— Peço que deixe Alex ficar aqui por essa noite — foi o comentário que lhe entrou pelos ouvidos, irreal.

— Como? — indagou, encarando-a novamente, toda a indiferença perdida para o pânico. — Não vou deixar Alexander um lugar nenhum! Ele é meu companheiro e vai voltar para casa comigo, a não ser que decida ficar de vez! Concordei em dar uma chance para conversarem, mas não significa que vou deixar seu filho!

— Está sugerindo que eu fale com ele agora? Bem aqui, diante de você? Está louco — disse ela, ofendida.

— Saio da sala, mas não vou a lugar algum sem ouvir da boca dele que não me quer mais — determinou, o olhar frio novamente.

— Mas... Alex não vai querer me ouvir, nem ao menos me dará chance de falar, será que não entende? — rosnou ela, fora de si finalmente. — Meu Deus... Ele.. Ele rasteja atrás de você como um cachorro. Desde que foi para aquela mansão que Alex respira, bebe e vive você, Nicholas.

— Minha resposta é não. Não saio daqui sem consultar Alexander — sibilou, pondo-se de pé para ir atrás do outro.

Ela encarou-o com ódio mortal, o semblante transfigurado. Era o lance final e ambos sabiam disso.

— Pense bem. É isso o que realmente quer? É esse o futuro que deseja para Alex depois de ter dito, na minha cara, que o ama? — mirou-a, confuso. Violeta devolveu o olhar sem qualquer receio. — Olhe para você, Nicholas, olhe para si mesmo e pense bem. Seu pai está morto, e o que lhe restou nessa vida além da herança? Não lhe restou nada...

Emudeceu. A lembrança do pai pesou sobre seus ombros e sentou-se mais uma vez. A culpa retornou, implacável, levando-lhe lágrimas aos olhos. Todo o mal que

Capítulo Dezesseis — Sacrifício da Torre Branca

causara, todo o mal... Precisava de tempo para se refazer, para organizar o raciocínio e continuar argumentando, lutando pelo que acreditava.

— A única coisa que me resta é Alex...

— Não. Alex não lhe pertence e nem nunca há de pertencer. O que viveram até agora foi uma ilusão. Você iludiu meu filho com uma fantasia cruel, Nicholas! As pessoas não conseguem viver assim, ser assim, amar como vocês pensam amar e ainda serem felizes. O mundo as rejeita e não quero ver meu filho alijado pela sociedade. Você tem a obrigação de dar a ele a oportunidade de decidir e de retornar para a vida real, longe do seu fascínio.

O homem negou num leve gesto de cabeça, incrédulo e perplexo demais para falar por um instante. Procurou algum resquício de crueldade, de antagonismo ou de simples prazer em causar a dor alheia. Nada... Violeta o fitava, séria, seu olhar escuro sofrido. Ela simplesmente acreditava em cada palavra do que dizia.

— Isso é loucura. É óbvio que temos o direito de decidir o que fazer das nossas vidas e sermos felizes juntos. As pessoas não precisam aceitar, têm apenas de respeitar.

— Foi por isso que não chamou sua família? Sei que tem parentes na França, mas nenhum deles veio ao funeral. O que aconteceu para esconder deles a morte de seu pai? Por um acaso eles renegaram você? Se afastaram quando souberam que é gay ou será que ainda não sabem? — silêncio.

Passos fizeram-se ouvir no quintal, vindos naquela direção. O tempo estava se esgotando. Violeta levantou-se e enxugou o rosto com ambas as mãos, a atenção ainda voltada para o homem encolhido sobre o sofá.

— Meu filho não é gay, Nicholas... Nunca foi. O que aconteceu a Alex foi erro meu, erro por tê-lo deixado ir para a sua casa. O que está acontecendo é uma fase que vai passar assim que ele se der conta de como é a realidade, assim que voltar para a casa dele e perceber que foi uma grande bobagem.

— Não pode fazer isso... Não pode decidir por ele. Alex não quer me deixar, será que não vê? Isso não é uma fase, é a vida dele, é do sentimento dele que estamos falando. Não acredito que pretenda tratar a felicidade de seu próprio filho como um erro do destino!

— Teremos a prova esta noite, não é? Quando você sair por aquela porta e deixá-lo aqui comigo, de onde não deveria ter saído. Se, apesar de afastado de você, ele insistir nesse romance, não me oporei a nada.

— Não posso fazer isso. Seria uma traição...

— Às vezes, precisamos fazer grandes sacrifícios pelo que acreditamos. Não acredita que Alexander o ame? — Nicholas baixou a cabeça. — Entendo a sua dor — continuou ela com olhar piedoso e voz triste. — Perdeu seu pai... Não há mais ninguém no mundo para você, não é? Ou é assim que deve se sentir: só. Não se apóie em Alex e dê a ele a chance de escolher, longe da sua influência. Verá como se enganou até agora.

— Não... — respondeu, erguendo o olhar úmido para ela.

— Faça a coisa correta, ao menos uma vez. Não estenda o seu erro a uma criatura inocente.

Nicholas sentiu a revolta dominar-lhe a razão. Se deixasse Alexander, perderia o rumo da própria vida, não haveria mais razão para continuar. De todas as marcas que o feriram no passado, a maior delas, a mais sofrida, era sem dúvida a ausência de Navarre. E, de todos os erros que cometera, o que mais o amargurava era o de não ter dado uma chance a ambos. Não conseguira evitar, falta de visão e de coragem para encarar as próprias limitações, tanto tempo perdido. Nada lhe ficara do esforço em isolar-se do mundo, apenas aquela sensação de algo que não fora e que poderia ter sido, apesar de imperfeito.

Não podia mudar o passado, contudo, poderia evitar que novos erros acontecessem no presente. Além disso, bem no fundo do coração, sabia que o companheiro voltaria, que estariam juntos muito em breve, e, ainda assim, não se sentia capaz de decidir por ele. Violeta poderia tentar, da maneira que quisesse: Alexander seria seu para sempre, porque se entregara a ele também, como jamais entregara-se a ninguém antes.

— Tem noção do que está fazendo? Seu filho vai sofrer, eu vou sofrer e, no fim, nada irá mudar.

— Preciso tentar.

— Deixe-o decidir agora.

— Ele não tem condições de decidir nada com você diante dele. Precisa ir. Por que não vai embora e volta para o buraco da onde saiu, meu Deus? Por que tinha que surgir na nossa vida? Não negue a ele o direito de ser feliz longe de você.

— Isso não faz sentido.

— Se ele sair por aquela porta estará sozinho.

— Vai rejeitar seu próprio filho? — indagou, assustado.

Passos rápidos soaram pelo corredor. Apavorado, Nicholas ergueu-se e enxugou o rosto com as costas da mão. A mulher o fitava, desconsolada, o rosto infeliz e vazio.

— Fale alguma coisa! — sibilou. — Não posso agir como se ele não tivesse vontade própria! Isso não é justo! — silêncio. — Por Deus, Violeta, o que quer que eu faça? Que ignore a vontade dele e vá embora como se o amor que nos une não fosse nada?

— Não sei, Nicholas... Sua consciência será seu juiz. A minha está tranqüila porque estou fazendo o meu papel de mãe, uma mãe que sabe que algo se perdeu em algum ponto do caminho.

E Alexander entrou na sala antes que pudesse retrucar ou perguntar qualquer outra coisa. O rapaz despejou uma torrente de impropérios, alegando que não encontrara pasta e nem documento nenhum em canto algum daquele quarto. Fitou-os e sentiu o coração falhar. Violeta tinha o rosto úmido ainda, vermelho e inchado como se tivesse chorado muito. Buscou o companheiro, contudo, Nicholas não erguera o rosto para ele, nem quando rompera pelo batente, o que seria um reflexo comum.

— O que está acontecendo aqui? — indagou sério

— Não se preocupe com os documentos, meu filho. Depois eu procuro...

Silêncio.

— Quero saber o que está acontecendo aqui! Nicholas...

O amante estremeceu e ergueu-lhe o olhar cinzento, inteiramente vazio. A dor que sentiu ao vê-lo naquele estado quase o enlouqueceu, e teria ido até ele se a voz da mãe não lhe desviasse a atenção.

— Estávamos conversando e Nicholas me contou tudo sobre vocês, tudo o que vem acontecendo. Sinto muito, meu querido.

Fitou-os por um instante, incrédulo e raivoso demais para falar.

— Sente muito? Pelo quê? Por eu estar casado com outro homem? E por que não veio falar comigo ao invés de arranjar uma desculpa para ficar a sós com ele? — inquiriu, a voz adquirindo um tom alto, firme e rude que Nicholas nunca vira.

— Desculpe — murmurou ela, chorando. — Não vou mais importunar, vou deixar vocês dois conversarem a sós.

— Sim, temos que conversar, mas com certeza não será aqui. Quero ir para casa — comunicou, encarando o outro.

Nicholas não se mexeu, ao contrário, permaneceu no mesmo lugar, observando Violeta olhar com desespero para o filho que não mais reconhecia e sumir pelo batente como uma sombra rasteira. Ela era mãe dele e Alexander era a coisa mais doce que já conhecera. Como pudera permitir que tudo chegasse àquele ponto? Como suportaria a certeza de que, por sua causa, ele teria de abrir mão da própria família?

— Alex... — o som do nome dele pelos seus lábios fez com que a visão se turvasse. — Mesmo que nada tivesse acontecido como aconteceu, mesmo que não tivesse ido morar na minha casa, mesmo que... Mesmo que eu não o houvesse beijado... Ainda assim você me amaria, não é?

— Nick... — sussurrou com um sorriso terno, aproximando-se. — Aconteceu o que tinha que acontecer e estamos juntos agora, isso é o que me importa.

Olhos temerosos o fitaram, cinzas... Tão belos. O peito apertou quando, ao parar diante dele, Nicholas se manteve distante, encarando-o, sério.

— Mesmo que precisasse morar noutro lugar, longe de mim, ainda me amaria? Ou estivemos vivendo uma ilusão esse tempo todo?

Diante de tamanho absurdo, não ousou dizer coisa alguma. Limitou-se a olhar para ele, meio que perdido, tentando compreender o que se passava e qual desfecho os aguardava. Uma vez que o empresário parecia igualmente mudo, deixou que o receio se materializasse em palavras trêmulas.

— Ma-mas... O que está acontecendo com você? Por que está me perguntando essas tolices?

— E por que não me responde?

— Porque não vou a lugar algum, porque não quero estar ou existir longe de você. Será que não entende?

O empresário baixou o olhar e assentiu.

— E se... Se tivesse de escolher entre a presença de duas pessoas que ama muito, Alex? Se tivesse que escolher entre o amor e a aceitação, qual dos dois escolheria?

— Do que está falando? Não entendo, não temos que escolher nada, Nicholas. Por que tenho que fazer outra escolha além da que já fiz? Você...

Nicholas tocou-o no rosto, calando-o.

— É verdade... Seria cruel demais e você não merece.

— O que quer dizer com isso? — indagou, os olhos úmidos.

Fez-se um longo silêncio. O que diria a ele? Que precisava pensar no que acontecera e pesar o relacionamento de ambos, que não tinha certeza de seus sentimentos e que era melhor ele ficar com a mãe por algum tempo? Inventar todas aquelas mentiras era muito fácil... Difícil seria dizê-las, mergulhado naqueles olhos castanhos que o miravam em confiança cega, talvez, em demasia. Não cogitou a hipótese de Violeta estar certa e de ter, de alguma forma, influenciado o rapaz, ou enlouqueceria. Optou pela saída que seria mais fácil para ambos, ou ao menos, foi o que lhe pareceu até as palavras saírem de seus lábios para ecoarem pelo recinto num derradeiro esforço.

— Você não vai para casa comigo hoje.

O olhar castanho, fixo e vazio, junto à certeza de que não poderia voltar atrás, de que selava, naquele instante, com aquelas palavras, o destino que suas vidas tomariam, o destruíram por dentro. Negara a ele o direito de saber, de falar, de ser. A consciência soube disso, o coração, contudo, há muito lhe dizia que precisava ter certeza de que Violeta mentira. Sempre fora tão fácil com os outros, decidir sem se importar, e agora era tão difícil. Mas amava-o demais para condená-lo, para negar-se a aceitar que era possível e ter de conviver com aquela sombra entre ambos, atormentando-o com uma dúvida que jamais sanaria ou, pior, que os conduziria ao fracasso.

Fitar o rosto jovem que tantas vezes cobrira de beijos sem poder sequer tocá-lo, olhar para ele e ver o desespero crescer nas íris castanhas, esvaiu-lhe as forças. Apertou os olhos, afastando-se para não chorar na frente dele.

— Ni-Nicholas... Por favor... O que... O que é isso? Eu...

— Eu deveria ter falado tanta coisa, feito tanta coisa — interrompeu. — Mas não posso mais, Alex, perdão. Não posso levar você comigo sem ter certeza de que... — correu a mão pelos cabelos, confuso. — Precisamos estar sozinhos para ter certeza do que sentimos um pelo outro, eu acho... E aqui... Sua mãe... Você não vai para casa comigo, meu querido... Não hoje... mas num outro dia, talvez...

O coração doeu, insuportável. Não era verdade. Tudo aquilo era mentira, não podia ser real. Já não sentia o próprio corpo, a língua estava pesada, a respiração acelerada em pânico.

Capítulo Dezesseis — Sacrifício da Torre Branca

— Nick... — começou com um sorriso nervoso, ao mesmo tempo em que lágrimas lhe escorriam. — Não entendo. Não faz sentido... Isso...

— Perdão — repetiu, a voz entrecortada. — Você merece ser feliz e não posso viver... Sabendo que...

Não pôde continuar olhando para ele ou mudaria de idéia. Deu-lhe as costas, trêmulo, sabendo que deixava o único pedaço de seu coração que ainda batia, consciente de que abandonava a metade de si que ainda amava. Caminhou para a porta, disposto a terminar com tudo de uma vez.

— Por favor, Nicholas! Vamos conversar. Precisa me dizer o que aconteceu, o que foi que eu fiz de errado.

— Você não fez nada. O problema sou eu — disse, buscando a maçaneta. "Eu destruo tudo aquilo que me cerca".

Impediu-o de continuar, segurando-o pelo braço com força.

— Não vou deixar que saia dessa forma. Você não é um problema, você é a minha vida. Não faça isso comigo, eu imploro! Não me deixe aqui!

Alexander rompeu num pranto desesperado, o rosto afundado nas costas do companheiro. Dilacerado por dentro, Nicholas trincou o maxilar e bateu a testa contra a porta numa tentativa de controlar o ímpeto de se virar para tomá-lo nos braços. A dor física amenizou a mutilação interior. Sentiu suas próprias lágrimas lhe salgarem os lábios enquanto o calor de Alexander, junto às suas costas, como que o acusava, deixando-o ainda mais só. Precisava resistir, pela felicidade dele. Precisava partir de uma vez...

— Eu vou... Mas você sabe onde me encontrar — balbuciou, sem se voltar para ele.

— Eu te amo Nick, por favor... — implorou, entre soluços.

Ignorou o apelo e a ternura para abrir a porta num puxão violento, desvencilhando-se dele mais uma vez. Amava-o, e já não agüentava mais ouvi-lo implorar, já não podia sentir-lhe o pranto úmido...

— Se o amanhã chegar e ainda me amar, se o tempo passar e ainda assim me quiser, sabe onde me encontrar, meu amor. Basta ir até mim. Eu decido agora, e estou indo embora sem você. Me perdoe.

Nicholas se afastou e saiu. Parado à porta, ficou a observá-lo entrar no carro, dar a partida e arrancar pela rua deserta, sem nem ao menos olhar para trás. Sem forças para se sustentar, sentiu as pernas fraquejarem e caiu de joelhos. Não conseguia compreender por que ele fizera aquilo, nem por que o deixara partir. E, igualmente, não conseguia compreender por que não ia atrás dele naquele exato instante. Amava-o demais e não havia um único bom motivo para...

Chorava desolado quando uma mão pousou em seu ombro por trás. Virou-se para ela com olhar inquisidor.

— O que disse a ele? — Violeta fitou-o com ar interrogativo. — E não adianta negar porque não sou idiota! Sei que algo aconteceu aqui, enquanto eu estava lá fora, e que não foi só uma conversinha sobre minhas preferências sexuais.

— Só disse a ele que me preocupo. Mas isso é normal... Toda mãe se preocupa com os filhos.

O rapaz negou, num gesto de cabeça.

— Não pode ser. Está mentindo para mim. Não acredito que ele tenha me abandonado sem um motivo bom o bastante, é loucura! Conheço Nicholas como a ninguém mais.

Violeta ajoelhou-se ao lado dele, infeliz.

— Meu filho querido... Às vezes a vida é assim, e temos que nos conformar com as perdas. E, se vocês se amam de verdade...

— A senhora não entende — disse, encarando-a e impedindo que continuasse. — Amo aquele homem mais do que a mim mesmo. Por que ele foi embora? Por que me deixou assim?

— Não sei. Talvez, tenha sido muito duro os últimos dias e esteja confuso. Talvez tenha decidido que era o melhor a fazer ao perceber que não pode oferecer a você nada que...

— Decidiu por nós dois? Ele nunca faria isso, tem horror desse tipo de coisa. Eu... Vou atrás dele — declarou, colocando-se de pé. — Vou para casa, quer ele queira ou não e, se realmente não me quiser mais, vai ter que me pôr para fora.

— Está louco, Alexander? Vai correr atrás dele como um cachorro?

— Não... Vou correr atrás da minha felicidade.

E saiu para a noite fria e chuvosa, apenas com a roupa do corpo. Em seu íntimo acendeu-se uma derradeira chama de esperança.

*   *   *

A chuva torrencial que desabava lá fora somada ao barulho do chuveiro abafaram a campainha. Ou, pelo menos, era essa a conclusão a qual chegara depois que saíra do banheiro e o ruído estridente ecoava por toda a casa com insistência.

Meteu-se no primeiro roupão que encontrou maldizendo o inoportuno. "Inoportuna", na verdade. Os únicos dois seres do sexo masculino que tinham livre acesso ao apartamento sem parar na portaria, eram o irmão mais velho e Nicholas. O primeiro não apareceria, com certeza. O segundo deveria estar em casa, depois da exaustiva cerimônia daquela manhã, remoendo a tristeza e abatido pela perda recente. Seguindo esse raciocínio, concluiu que deveria ser uma das muitas namoradas que colecionava. Ainda bem que estava sozinho e não tinha programa para a noite.

Um sorriso de satisfação surgiu-lhe espontâneo. Companhia feminina era sempre bem vinda, inteligente ou não. Sempre arranjava algo de "bom" para fazer com as moças. Ajeitou o cabelo num último retoque e verificou quem era.

Aturdido, lançou-se à maçaneta com ansiedade louca, procurando girar logo a chave, os dedos trêmulos a dificultar a tarefa.

— Nick? — chamou, assim que a porta cedeu.

Capítulo Dezesseis — Sacrifício da Torre Branca

Ele estava todo molhado, encharcado, na verdade, porém não era de frio que tremia. Viu-o erguer o olhar cinzento, e espantou-se com o desespero em seu semblante.

— Meu Deus...

— Eu... Subi sem me anunciar. Desculpe...

— O que aconteceu, Nicholas? — indagou, tomando-o pelos ombros e puxando-o para dentro. — Onde está Alex?

Nicholas soluçou em seco. Os olhos ardiam, mas não conseguia mais chorar, tamanha a dor.

— Dav... — murmurou num apelo. — Não confio em mim mesmo. Por favor, não me deixe sozinho hoje.

Davi abraçou-o forte e, surpreso, sentiu-o retribuir, como se nada mais lhe restasse. Terno, trouxe o amigo consigo, disposto a ouvir, ainda que levasse a eternidade. Não tinha pressa e a noite acabava de começar.

Capítulo Dezessete
Xeque - Mate

Aquelas foram as duas piores noites de sua curta existência. Chegara à mansão correndo, como um alucinado, a roupa encharcada pela chuva, o coração transbordando de tristeza. Nem bem pensara no que dizer a ele, nem ao menos pudera formular um argumento bom o bastante para convencê-lo a voltar atrás. Preciosos instantes de desespero, poupados para a dura e cruel realidade: Nicholas não voltara para casa, nem naquela noite, nem na seguinte.

Buscara-o em toda parte, até que Matias segurou-o pelo braço, obrigando-o a ouvir o que tentara dizer-lhe desde o começo. Não havia para quem falar o que quer que fosse. Restava esperar. Foi o que fez, por toda a madrugada até o dia seguinte quando, exausto, adormecera aos primeiros raios de sol, largado contra o sofá da sala de estar.

Acordara já na parte da tarde com um toque familiar, porém sem a mesma ternura. Foi com relutância que abrira os olhos para mergulhar nas íris verdes de Humberto, ajoelhado à sua frente, diante da poltrona, o semblante carregado e preocupado. Indagara o que o amigo estava fazendo ali. A resposta o surpreendeu, levando-lhe lágrimas aos olhos. Fora Virgínia, atada pelas ordens maternas, que ligara para Humberto e contara o acontecido, tão logo Violeta ocupara-se da cozinha para o almoço de domingo. No entanto, o ruivo viera de fato apenas quando recebera o recado de que Nicholas não voltara para casa desde o ocorrido no dia anterior.

— Sua irmã não pode vir até aqui... Você sabe, meu caro. Mas mandou que eu o abraçasse por ela e que cuidasse de você até que tudo isso tenha se resolvido, para o bem de ambos.

Aceitou os braços dele ao redor de seu corpo, trêmulo e infeliz. Soluçou de encontro ao peito do amigo, só como nunca estivera em sua vida até então. A presença de Humberto o ajudou a continuar resistindo, vivendo, até o momento de encontrar com o amante outra vez. Sim, porque Nicholas voltaria para casa, mais cedo ou mais tarde. Decidira não pensar, não formular hipótese alguma que justificasse sua ausência, ou enlouqueceria diante da possibilidade de ele...

Afastou os pensamentos ao fitar a paisagem sombria do jardim, agora mergulhado na penumbra típica do entardecer. As árvores balançavam doces à brisa suave, trazendo-lhe lembranças queridas de quando afastara a lucidez pela possibilidade de amar a outra parte de si; quando abrira mão do mundo para ter o universo particular do único amor que importava.

E a noite caiu, exatamente como a anterior, o mesmo vazio e a quase certeza de que o perdera, mesmo sem saber como ou por quê. O movimento da casa lembrava-o de Nicholas, quase podia ouvir-lhe a voz sussurrada ecoando pela sala, e a abordagem dos empregados, recordavam-no do que fora e poderia não ser mais.

Chorou por muito tempo, amparado por Humberto. Não se importava com nada ou ninguém. A vida, de repente, pareceu-lhe triste, vazia e sem sentido, porque ele não voltaria, não o abraçaria com ternura ou beijaria com luxúria. O sonho acabara... Dele restara apenas aquela terrível dor. Porém, a certeza de que Nicholas se fora só instalara-se em sua alma quando, na manhã da segunda-feira, antes da aula começar, certificara-se de que a cama de ambos permanecia só e intocada. E, dessa maneira, saíram para a última semana de aula, a primeira que lhe parecia sem sentido, pois não pudera olhar nos olhos prateados e dizer que o amava.

Seguiu-se a rotina de sempre: o atravessar de portões, a correria pelos corredores, o falatório do intervalo, a mesma carteira de todos os dias, e seu espírito jazia indiferente. De onde estava, podia ver quase toda a classe. Uma visão de canto aquela. Além do lápis e da caneta sobre a mesa, a sala de aula rangia com seus ventiladores barulhentos e a representante de turma tentando comunicar sobre a formatura, que seria no próximo final de semana, antes dos vestibulares e sua costumeira loucura. Nada, absolutamente nada o atraía, nada poderia preencher o vazio. E as vozes dos colegas amontoavam-se no ar formando um emaranhado quase indistinto de euforia da qual não fazia parte.

Enterrou o rosto nas mãos, sem alternativa. Então, buscou refúgio no caderno outra vez, mas esquecera-se de que estava em branco. Pensou em procurar o professor e pedir-lhe uma explicação qualquer de qualquer coisa, mas, antes de tomar uma atitude, alguém se jogou na cadeira ao lado e trombou o corpo desastrosamente contra o seu. Ergueu o rosto para ele em acusação.

— Desculpa, meu caro! Calculei mal a "aterrissagem" — declarou com um sorriso zombeteiro.

— Não imagina como eu queria beber agora, qualquer coisa que me fizesse esquecer de que estou vivo — disse, enterrando o rosto nas mãos novamente.

— Alex... Você não pode beber, meu caro, é alérgico. Lembra da última vez? Não seria legal você vomitar em cima da carteira, sujar todo o seu material e ter de conviver com a zombaria dos outros por mais uma semana inteira, bem às vésperas da sua festa de formatura. Fica frio.

O jovem enxadrista soluçou em seco. Há quanto tempo se sentia assim, sem alma, oco, inteiramente infeliz? Há quanto tempo não sentia coisa alguma por ninguém e muito menos por si mesmo? Dois dias, não mais que isso, e fazia uma eternidade.

No intervalo da primeira aula, ligara para a mansão, apenas para saber notícias de Nicholas. Não se surpreendera ao receber o comunicado de que o companheiro chegara, pouco depois que saíra para a escola, trancara-se no quarto por meia hora, se tanto, e saíra em seguida, sem trocar uma única palavra com ninguém além do costumeiro "bom dia".

Saber que ele estava bem, aquietou-lhe um pouco o temor, todavia, causara-lhe uma dor diferente pela certeza de que ele passara aqueles dois dias sozinho, deliberadamente, não tentara contatá-lo uma única vez, e retornara à rotina como se nada tivesse acontecido. Seu mundo ruíra, e o dele parecia inabalável.

Afastou essas conclusões radicais da cabeça, afinal, era um enxadrista. Raciocínio lógico era sua especialidade! Deixar-se levar pelo desespero seria o pior a fazer no momento. Não poderia, jamais, concluir coisa alguma sem ouvi-lo. Não seria

Capítulo Dezessete — Xeque-Mate

justo com nenhum dos dois. Por conta disso, resolvera ligar para o escritório, mesmo quando o sinal tocara anunciando o início da próxima aula. Não conseguira. O receio da rejeição fora tamanho que desligara, antes mesmo de alguém atender. Preferia enfrentar o adversário frente a frente, quando poderia ver-lhe as reações, saber-lhe as intenções. Ninguém via Nicholas tão bem quanto ele próprio.

Retornara à aula, o peito apertado, o coração pesado. Adiara o lance, contudo, seu tempo estava contado, como ditava as regras. Não agüentaria outra noite insone sem estar diante dele e ouvir, daqueles lábios desejados, que tudo acabara, que não havia mais esperança. Amava-o... E aquele amor entranhava-lhe o corpo e a alma, mais e mais a cada dia que passava em solitária ausência. Já não havia pensamento que o fizesse esquecer, não existia pessoa capaz de ajudar, não encontrava objetivo algum a alcançar porque, simplesmente, não era ninguém sem Nicholas. Pareceu-lhe uma criatura desprovida de sentimento, exatamente como tudo o que é inumano. Lentamente, encurvou o corpo sobre a mesa até que a testa estivesse apoiada contra a superfície fria da fórmica e ali ficou, imóvel.

— Alex... — a voz preocupada de Humberto soou em seus ouvidos. — Por Deus, não faça isso a você mesmo.

Ergueu o rosto para ele com fúria contida.

— É fácil para você falar. Como se chama a sua namorada? Você a ama? — silêncio e o olhar claro dele, triste, no seu próprio. — O que você sabe sobre sofrimento, sobre perda, sobre... Sobre... Morte? Estou morto, Berto! Eu...

Humberto tomou-o nos braços e apertou-o contra si, muito forte. Nada disse, apenas o segurou firme. Ver Alexander sofrer o feria igualmente. Apertou os olhos para não chorar e manteve o amigo próximo. Aos poucos, o outro foi relaxando, bem devagar, até que se largou contra o ombro que lhe era oferecido, rendido.

— Não quero mais viver, Berto — despejou, lutando para não chorar. — Não quero mais ter de viver desse jeito, com esse vazio. Eu... Eu... Não sei mais o que fazer para tirar isso de dentro de mim.

— Precisa resolver as coisas.

— Que coisas? — indagou, afastando-se para encarar o outro. — Resolver o quê? Estou me formando, vou me matricular numa excelente universidade, viajo no final de janeiro para o Mundial, a última competição que me resta tomar parte. O meu sonho acaba aí, não é mesmo? O meu e de Navarre. O que me falta resolver, Humberto? O quê?

Humberto encarou-o em silêncio, o semblante carregado. Soubera do ocorrido pelo próprio amigo, pois Violeta não parecia disposta a comentar sobre o assunto e Nicholas desaparecera completamente, como um fantasma ou coisa parecida. Devido a dor e ao desespero, Alexander não falara além do trivial, o mínimo para explicar a depressão na qual mergulhara. No fundo, sabia que desejava se abrir, dividir aquilo com alguém, entretanto, parecia ser algo maior do que ele próprio. Não o questionara por amizade, a fim de poupá-lo. E, mesmo assim, mesmo tendo acesso a ínfima parte dos acontecimentos, algo lhe saltara aos olhos e fora justamente o comportamento de

Nicholas, completamente despropositado, somado ao fato de que ficara sozinho com Violeta por tempo demais.

  Obviamente, o fato também não passara despercebido por Alexander, contudo, o amigo parecia mais disposto a crer no abandono, por que, não sabia. E nem perguntaria. Restava-lhe ouvir, fazer-se presente, ajudá-lo no que fosse possível.

  — Você tem que se resolver, meu caro. Tem que procurar Nicholas e falar com ele.

  — Como se já não o tivesse procurado — murmurou. — Não fui eu quem não voltou para casa, e você sabe disso, estava lá quando aconteceu! Não fui eu quem o abandonou e depois fugiu! Eu... — soluçou, sentido. — A verdade é que... Depois de tudo o que passei desde que ele me deixou, daquela maneira estúpida, depois de tê-lo procurado quando fui abandonado... Não sei o que pensar. Será que me enganei e vi apenas o que eu mesmo sentia? Será que ele não me quer e estou lutando em vão por algo que só existe dentro de mim?

  — Isso é opinião sua mesmo ou são palavras da sua mãe? — deixou escapar, sem querer.

  Seguiu-se um instante de silêncio no qual o jovem enxadrista encarou o amigo com olhar fixo e duro. Humberto praguejou em pensamento, profundamente frustrado com sua total incapacidade de manter-se calado.

  — O que quer dizer com isso? Concorda com ela quando julga que me deixei influenciar por Nicholas? — indagou em tom firme.

  O outro rapaz enxugou o suor fino com as costas da mão, trêmulo. "Certo...", pensou, "Não é tão ruim quanto parece. É agora que tenho alguma idéia brilhante e mudo o rumo da conversa sem que ele perceba. Vamos lá, neurônios, não me deixem!"

  — Puxa, meu caro, você viu que filmaço ontem, depois daquele programa de...

  — Não mude de assunto — cortou-o sem cerimônia. — Quero saber o que quis insinuar — Humberto calou e encarou-o. — Anda, pode ir falando.

  — Ah, Alex... — murmurou, o olhar baixo. — Não sei bem como dizer, mas... É que... Me pareceu meio estranha a forma como as coisas aconteceram, entende?

  — Não — tornou, enfático.

  — Imagino o quanto está sofrendo — disse, erguendo o olhar para fitá-lo. — Sei que tem evitado pensar sobre aquele dia, mas...

  Fitaram-se, tensos. Ansioso, Alexander apertou o antebraço do outro, em profunda agonia. Humberto parecia hesitar o que lhe aumentou a certeza de que precisava ouvir, precisava entender, o que quer que fosse.

  — Berto... Por favor...

  — É simples, meu caro: não conheço Nicholas tão bem quanto você, é obvio, e, mesmo assim, conheço-o o suficiente para ter a certeza de que jamais o abandonaria dessa forma tão absurda. Nicholas tem verdadeira loucura por você.

Capítulo Dezessete — Xeque-Mate

Pressionou os lábios um contra o outro para suportar o peso e a dor que a declaração lhe causava. Também acreditara naquilo e, agora... Humberto aproximou-se mais, solidário.

— O que tem feito da sua vida esse tempo todo? Que tipo de amor é esse que não lhe exige uma resposta, que lhe mina a coragem para ir atrás dele e perguntar: por quê? Não lhe importa, ao menos, saber o motivo de ter acabado?

— Eu fui. Fui atrás dele... E não o encontrei.

— Pois, para mim, não seria o suficiente.

Alexander baixou o rosto, temeroso de assustá-lo com seu próprio desalento. Tomou as mãos do amigo e apertou-as como que para transmitir força.

— Te-tenho medo... Tenho medo de olhar para ele e ver... Ver que não me ama mais. O que vou fazer, Berto? O que vou fazer se descobrir que não restou nada de tudo o que vivemos juntos?

— Calma... Calma... — sussurrou, consolando-o. — Sabe, às vezes não consigo te entender... Não entendendo como pode olhar com tanta clareza para um tabuleiro e ser tão cego quanto à sua própria vida. Não vê que algo não se encaixa nessa situação? E é a atitude de Nicholas que está fora do lugar — Humberto tomou o amigo pelos ombros num gesto urgente, aproveitando-se de que toda a atenção da classe estava voltada para a aprovação do discurso de abertura dos oradores. — Não é uma questão de ter medo. O preço da sua covardia será a ruína de tudo o que construíram e sonharam juntos. Será que não vê? Será que vai conseguir carregar esse peso?

— Mas... Eu...

— Cala a boca e me escuta um instante — interrompeu. — Esquece tudo o que aconteceu, todas as possíveis teorias que criou na sua cabeça porque só uma pessoa será capaz de responder às suas perguntas. Você nunca foi covarde, meu caro... Nunca permitiu que a vida passasse impune. Não cometa esse erro agora ou acabará como sua mãe: esperando eternamente por um amor perdido.

Silêncio. Fitaram-se mudos enquanto a voz da representante anunciava os detalhes da cerimônia sob o entusiasmo dos colegas. E, ao mergulhar no tom esverdeado dos olhos do amigo, o eco do nome de sua própria mãe soando-lhe nos ouvidos, não pôde deixar de pensar que, de alguma forma, Violeta desencadeara tudo aquilo, por ignorância ou rejeição, não sabia. Preferiu acreditar na primeira hipótese, mas a suspeita já estava lá, viva e forte. Mesmo que desejasse não poderia ignorar o que o raciocínio lhe clamava.

— Berto... — chamou-o a meia voz, abafada pelo barulho ao redor. — Você... Acha que minha mãe...

— Acho. Inacreditável como negou por tanto tempo. Me desculpa se estiver errado, mas tenho quase certeza de que há dedo da sua mãe nesse mal entendido, sim! Essa história está muito mal contada.

Humberto afastou-se sem deixar de fitar o amigo, que mantinha um olhar vidrado, a respiração descompassada, o rosto lívido. Foi com receio que o encarou e soube que não haveria mais tempo, pois o professor retornara à aula.

O jovem enxadrista virou-se de frente para o quadro-negro, porém, não via absolutamente nada. Sua mente procurava por respostas, o raciocínio trabalhando rápido, buscando evidências, vestígios.

— Não posso acreditar que ela... Ela não seria capaz de agir pelas minhas costas, ainda mais depois de ver o quanto eu o amo! Seria muito... Muito...

— Cruel? — Ela é minha mãe! Não faria isso comigo, por mais que condene a minha escolha. Ou faria?

— Sinto muito, meu caro, mas vou te dizer uma coisa muito séria: todo mundo erra e, em alguns momentos, não podemos fugir das escolhas. Só espero que tenha pensado muito bem, porque, amanhã, independente dos motivos que o levaram a decidir, será o único responsável pelo rumo da sua vida. Desejo, sinceramente, que não se arrependa.

Nada mais disseram até fim daquela aula. Quando o sinal tocou, Alexander arrumou seus pertences e foi para casa, não sem antes pedir autorização à própria mãe e garantir a Humberto que estaria bem. Deixou o amigo para trás, na portaria do colégio, fitando-o entre preocupado e esperançoso. Fora muito bom conversar com ele pois, conseguira encontrar uma nova estratégia para um jogo que considerava perdido.

Chegou em casa exausto pela ansiedade. Seus problemas estavam apenas começando, uma vez que não fugiria mais, fosse de Nicholas, fosse de sua mãe. Humberto estava certo: não poderia fugir para sempre, pois isso significaria abrir mão da própria vida.

Não tomou banho, como costumava fazer sempre que chegava da escola. Igualmente, desistiu de mudar de roupa. Apenas rumou para o seu antigo quarto, arrumou seus pertences, tudo o que conseguiria carregar, e sentou-se no sofá da sala, como um estranho ou uma mobília fora do lugar. Desistiu de comer porque não tinha fome. Recostou-se contra o estofado meio gasto para esperá-la. Com certeza, chegaria mais cedo, preocupada, como sempre acontecia. Tanto melhor. A conversa seria longa, longa demais, e ainda procuraria por Nicholas, mesmo que significasse não ter para onde voltar.

*   *   *

"Seis horas... O que ele deve estar fazendo? Será que já decidiu como será a formatura? Será que já recebeu a nota de Matemática e Filosofia? Ele estudou tanto, era tão importante.", encarou o relógio outra vez, "Como tenho orgulho dele."

Suaves batidas à porta não foram suficientes para atrair-lhe o olhar. Sentia-se sem força para se mover e estava a mais de três horas ali, naquela posição, sem despregar os olhos do relógio à frente.

— Com licença, chefe. Está na hora de encerrar o expediente, não?

— Mônica fecha o escritório, não se preocupe — murmurou, os olhos presos ao avançar dos ponteiros.

Capítulo Dezessete — Xeque-Mate

— Pois a Mônica acabou de sair, Nicholas. Hora extra de graça, só você — comentou, alegre, enquanto se aproximava.

— Então... — balbuciou. — Bem, eu mesmo fecho... mais tarde.

— Tééé, resposta errada. EU vou fechar o escritório então, a menos que queira dormir aí, sentado nessa cadeira, terá de sair comigo, meu amigo — declarou, tomando assento diante do outro.

Nicholas fitou-o, sem qualquer expressão no rosto.

— E não adianta me olhar dessa maneira, não. Você volta para casa comigo nem que eu tenha que arrastá-lo — completou, incisivo.

— Não quero voltar para aquela mansão vazia e sombria. Não quero tomar conhecimento de nada, muito menos da ausência dele.

— Eu sei, mas não tem escolha. A não ser que queira ir lá para casa novamente ou sair um pouco para espairecer — ofereceu, apoiando a mão sobre o tampo da mesa. — Na minha opinião, deveria ir para a sua casa, para o caso de ele voltar, mas, se quiser sumir do mapa, posso arranjar algum outro lugar.

— Não Dav, obrigado — respondeu, sem fitá-lo, mas apertando-lhe a mão em reconhecimento.

Fez-se um silêncio triste que Davi odiou. Para evitá-lo, perguntou se o amigo conseguira encontrar o que procurara no final de semana e confirmara suas suspeitas. Nicholas descobrira algumas boas oportunidades na Lagoa Rodrigo de Freitas, no jornal de domingo, e agendara visitas com corretores para a semana. Estava determinado a encontrar um apartamento naquela região e, assim que possível, venderia a casa, se desfaria do único bem que o pai lhe deixara com tudo dentro, cada móvel e cada objeto. Ainda julgava impossível que alguém comprasse uma casa tão grande à "porteira fechada", porém, Nicholas afirmara que muitas mansões daquela região já haviam se tornado casas de festa nos últimos anos. Para tanto, deixaria o imóvel nas mãos de um advogado especializado, que negociava com empresas de hotelaria ou *buffets*. Foi apenas quando o amigo lhe dera essa informação, com tamanha segurança, que intuíra: Nicholas já pensara antes em desfazer-se da mansão. Nada comentou porque o amigo ainda se doía por ter de vender algo que fora tão importante para Navarre. Uma vez vendida, a casa não mais lhe pertenceria e ele repetia isso a si mesmo, sempre que se lembrava do assunto.

Davi, por sua vez, entendia a posição dele. Ao mesmo tempo em que se tornara inviável manter algo tão grande, relutava em se desfazer do imóvel por tudo o que já vivera lá dentro. No final, o bom senso superara o sentimentalismo e ele se decidira pela venda. A única coisa que o empresário não conseguia decidir era o destino dos empregados. Manteria Ágata como faxineira e cozinheira, pois ninguém o conhecia e suportava como ela ou cuidaria de tudo a contento como a governanta se habituara a fazer. Mas os demais, ainda representavam um problema porque não tinha como mantê-los todos e nem necessidade para tal. Precisaria pensar sobre isso mais tarde.

— Nicholas — chamou em tom curioso, depois de alguns instantes de silêncio. — Por que olha tanto para esse relógio? Concordo que deveríamos estar na rua há pelo menos uma hora, mas até aí... — insinuou.

Nicholas não chegou a perceber a brincadeira. Com o olhar fixo, o semblante carregado de tristeza, permaneceu exatamente na mesma posição.

— O que houve, velho? — nada. Quis perguntar de novo, contudo sabia quais os limites.

Ficaram um tempo ali, ambos encarando o relógio, incessante, acima de suas cabeças.

— Queria muito estar com ele, Dav. Hoje, amanhã, todos os dias da minha vida. — disse por fim, os lábios apertados.

— Você tem que ir atrás dele antes que seja tarde demais. E não me diga que não pode porque... Deus, olhe para você mesmo, homem. Está definhando...

Nicholas afundou o rosto nas mãos, contendo a angústia. Precisava ser forte porque não suportaria preocupar o amigo ainda mais, não depois de tudo o que Davi fizera para ajudar.

— Disse a Alex que me procurasse, que saberia onde me encontrar — voltou a encarar o outro. — Meu papel nisso tudo é esperar e torcer para que ele volte, ao menos para saber o porquê.

— Talvez não tenha tido coragem ainda — sugeriu.

— Impossível. Alex nunca foi o tipo de pessoa que foge das situações, muito ao contrário, sempre me surpreendeu por seu desejo em saber e a capacidade de compreender, por mais difícil que fosse.

Davi balançou a cabeça numa negativa desolada e deu a ele o tempo necessário para que se recompusesse. Só então, sua voz alta e grave soou pelo recinto outra vez.

— Não foi até ele porque se sente humilhado? — não havia como fugir à pergunta. — Se for verdade, não me diga, não quero saber. Tenho certeza de que não quer perder o grande amor da sua vida por algo tão banal, não depois de tudo o que sofreu para estar com ele.

E então, de repente, Davi vira-se obrigado a sustentar os olhos cinzentos e infelizes nos seus e ouvir a sentença ecoar pelo recinto, irreal e descabida. Nicholas apenas o mirou e disse que não poderia tomar qualquer decisão ou iniciativa porque isso seria invadir o espaço de Alexander, seria ignorar a vontade do garoto, coisa que não faria jamais. Por conta dessa postura, não o procurara ainda, e nem o faria. Apesar de compreender e respeitá-lo, não conseguiu crer no que ele lhe dizia! Fazia sentido, sim, porém, dentro de uma lógica duvidosa e dúbia, que poderia muito bem levá-lo à derrota de um jogo que não poderia perder. Essa certeza foi que motivou o italiano a romper o silêncio que se abatera sobre ambos.

— Meu amigo... Se quer a minha opinião, tenho um estranho pressentimento de que esse é o pior dos momentos para exercitar o livre arbítrio de Alexander. Acredita mesmo que vale a pena sentar e esperar?

Capítulo Dezessete — Xeque-Mate

— Não sei, Dav... Mas acredito nele e no amor que tem por mim, sempre acreditei. Não vai ser agora que...

Davi inclinou-se sobre a mesa para tocá-lo nos ombros. Nicholas ergueu-lhe os olhos úmidos. Não soube bem o que dizer, contudo, precisava falar algo, poderia significar muito. Lembrou-o então, de que logo seria janeiro, um mês de pouco movimento no que dizia respeito a novos projetos por causa do começo do ano. Antes que ele se negasse a pensar no assunto, insistiu para que tirasse as férias que tanto planejara para rever a família na França e...

— Fiquei sabendo também que o Campeonato Mundial será lá no ano que vem, não é? — perguntou, fingindo indiferença, porém, os olhos escuros brilhavam mais que o normal. — Acho que deveria aproveitar para conferir o nível dos participantes.

— É... — murmurou, fitando-o com um sorriso terno. — Talvez eu vá. Isso se minha tia não me matar no aeroporto por ter omitido o funeral de Navarre.

— Sempre há essa possibilidade, é verdade, mas não acho que a sua hora chegou, meu velho. Quanto ao campeonato... Você disse que talvez vá? Foi o que ouvi?

Nicholas encarou-o, o semblante novamente triste.

— Não. Preciso ir, mesmo que ele não saiba, mesmo que não me veja. Preciso estar lá e vê-lo... Presenciar o momento em que os sonhos dele se tornarão realidade. Eu... Acho que não me entende, não é?

— Entendo, mais do que imagina — tornou, sério. — Mas, pense bem, Nicholas, para não se arrepender depois. Vá e fale com ele. Fale com Alexander, o mais rápido possível. Não seja turrão! — o amigo sorriu-lhe, apenas isso, e soube que ele não daria o primeiro passo, não por vaidade, mas por amor. — Ah, não entendo você. Vem, vamos embora de uma vez.

Levantaram-se e arrumaram rapidamente o indispensável para não deixar o lugar em desordem até o dia seguinte. Saíram para o estacionamento acompanhados pela fala mansa e forte de Davi. Uma noite quente, repleta de estrelas os envolveu. Seria bom deixar o calor dos trópicos para a neve européia, foi o que o italiano falou. Concordou e disse-lhe que o convidaria, todavia, julgava mais racional que tirasse férias para ficar mais um tempo em companhia da mãe adoentada.

Aproveitou para saber como a mulher estava. Assuntos familiares eram igualmente sofridos para Davi e, talvez por isso, se sentisse tão à vontade com ele. Talvez não. A verdade é que os amigos que fazemos são como jóias raras, são a família que podemos escolher, e Davi era o melhor dos amigos.

Ouviu-o com atenção enquanto narrava os últimos diagnósticos: os médicos ainda não haviam descoberto a causa da doença e, por isso, continuavam a dizer besteiras sem sentido. A mais nova desculpa era a de que contraíra um vírus na coluna; outros juravam que não passava de desnível de bacia, o que acarretava problemas de locomoção ao longo do tempo. Os exames? Ah, sim... Nenhum deles acusava coisa alguma. Davi já estava beirando a insanidade e, o pior, era que, além da incompetência médica, para estar com a mãe precisava se sujeitar aos piores insultos do irmão mais velho.

Caminharam pelo estacionamento para as vagas numeradas e a voz carregada dele a lhe contar sobre as dores daquela que o trouxera ao mundo, dores terríveis que pioravam mais a cada dia. Já sugerira outros médicos, porém a família, judia, fechara-se a qualquer outra alternativa que não a dos conhecidos, pertencentes à colônia. Desistira desde então e, apesar de não concordar com a postura dos irmãos, nada podia fazer, uma vez que essa era também a vontade de sua mãe. Compreendia o quão amargurado ele ficava cada vez que se dava conta de que não podia ajudar, não havia como contribuir.

— Qual é o problema agora? — indagou enquanto procurava as chaves do carro no bolso da calça, depois que ele lhe dissera que o irmão, fatalmente, o colocaria para fora.

— Ah, o de sempre. Ainda me culpam por ter "abandonado" a família e a religião para vir tentar a sorte na "cidade grande". Sei que é ridículo, mas já desisti de tentar explicar. Contanto que Samuel não me aporrinhe e que me deixe ver a minha mãe, tudo bem.

Davi abriu a porta de seu carro e fitou Nicholas. O outro tateava o próprio corpo numa sucessão desajeitada de movimentos. Riu sem querer.

— Tomara que tudo isso passe logo. A pior coisa do mundo é guardar mágoa de alguém da família — comentou, ignorando o ar de riso que o outro lhe lançava. — Desculpe, Dav, vou ter que subir de novo. Esqueci as chaves.

Foi difícil convencê-lo de que não precisava de companhia para procurar um simples molho esquecido. Em verdade, Davi não queria ajudar, em absoluto, mas se certificar de que realmente iria para casa e não cederia à necessidade de trabalhar mais. Bronqueou com ele, pois odiava que o tratassem como criança. E, no final, despediram-se em paz porque não conseguia ficar chateado com ele por muito tempo. Por detrás da brincadeira descontraída havia genuína preocupação e, sem o apoio de Davi, com certeza, estaria sendo muito mais difícil superar a dor e seguir em frente.

— Vou embora, mas quero que me ligue quando chegar em casa e o meu telefone tem "bina", não se esqueça desse detalhe — brincou. — A gente se vê, meu velho!

Nicholas cumprimentou-o com um gesto de mão e subiu ao escritório. Não queria trabalhar mais, porém, ante à possibilidade de se deparar com o vazio que a ausência dele lhe causava, admitiu que qualquer coisa era melhor do que voltar para casa.

* * *

Esperou até o anoitecer, quando o ruído da chave na fechadura fez cada pêlo do corpo se arrepiar. Todavia, foi Virgínia quem entrou pela porta da sala, ainda com o uniforme da escola. Pensou em perguntar onde ela estivera até tão tarde, uma vez que estudava de manhã, mas não teve ânimo. Observou-a avançar pela sala com graça. Como crescera... Já era quase mulher feita.

Ela iniciou um diálogo alegre enquanto passava à cozinha e preparava leite batido. O estômago roncou alto, porém, não tinha vontade alguma de comer. Cerrou os olhos, imaginando como seria vê-la formada, casada, feliz... Tentou prever onde ele próprio estaria dali há algumas horas, depois da difícil conversa que teria com a mãe. Não conseguiu. Os olhos se encheram de lágrimas e não percebeu que ela voltara ao recinto, fitando-o com ar triste.

Virgínia preparara um copo de leite para o irmão também, na intenção de sentar com ele para conversarem. Nunca o vira assim tão triste. Discordava da mãe quando dizia que ele mudara de personalidade ao ir ter com Navarre e Nicholas. Ao contrário, sentia-se feliz cada vez que se encontravam, porque Alexander parecia-lhe mais vivo do que jamais vira.

E, naquele instante, ao cruzar o batente de volta à sala, reparar a mala que aguardava no corredor e parar de frente para ele, não pôde mais. Não conseguia vê-lo assim, largado ao sofá, as lágrimas escorrendo por seu rosto, antes cheio de luz.

— Fiz para você — murmurou.

Ele abriu os olhos marejados sem se importar que ela o flagrasse naquele momento de fragilidade. Alexander nunca se prendera a esse tipo de coisa, nunca...

— Você é muito linda... E não imagina quanto eu te amo.

A moça se sentou ao lado, bem devagar, os copos tremendo em suas mãos. Procurou não se aproximar mais que o permitido, mas não havia muito espaço, de qualquer maneira. Encostou-se nele, meio de lado, meio de frente. O rapaz não se mexeu um centímetro sequer, como se não tivesse forças ou como se já esperasse pelo contato.

— Você vai embora? — ele assentiu, mirando-a com semblante triste, mas conformado. Sentiu seus próprios olhos turvos. — Vamos nos ver outra vez?

— Espero que sim, Girina, mas não sei o que vai acontecer hoje, depois do que eu disser a mamãe.

— Vai voltar para o Nick?

Quis responder que sim, com toda a força que possuía, mas não pôde. Ficaram quietos por algum tempo, e, em seguida, Virgínia lhe entregava o copo mais uma vez enquanto pedia, com os olhos lacrimosos, que tomasse a vitamina porque tinha certeza de que não comera nada, desde o café da manhã. Sem saída aparente, o rapaz aceitou e emborcou-o. O líquido espesso, apesar de saboroso, causou-lhe ânsia, mas ela estava certa. Precisava comer alguma coisa ou definharia, como já vinha acontecendo desde que Nicholas se fora.

Hábil, Virgínia falou da escola, dos namorados, das festas. Sentia-se imensamente velho diante dela, como se tudo aquilo fizesse parte de um passado remoto e distante, ao qual não pertencia mais e nem poderia voltar. Não se entristeceu, ao contrário, foi a certeza que lhe faltava para compreender que ali não era o seu lugar, nunca fora em verdade, apesar da gratidão que carregava consigo por tudo o que recebera das duas. Amava-as, porém, não podia mais viver negando o que era, não podia mais existir fingindo ser como todo mundo quando, na verdade, nunca fora. Seus objetivos, sua garra, seu destino, tudo era diferente, muito antes de Nicholas surgir, muito antes de se apaixonar. Aquela era apenas mais uma faceta de sua personalidade que conhecera há pouco tempo. E ali, ao fitar a irmã que tanto adorava, nunca a diferença lhe pareceu tão gritante, e ela parecia ver o mesmo.

— Você e Nicholas são namorados, não são? — indagou de repente, sem qualquer motivo aparente.

— Você sabe, Girina. Por que pergunta?

Ela sorriu, meiga, porém triste.

— Porque nunca me disse, Zé. Você nunca me disse... Nunca conversamos sobre isso e eu quis tanto. Ainda quero ouvir você, entender por que está sofrendo assim.

O jovem respirou fundo para reunir coragem. Só então voltou a fitá-la. Chorava, mas só chegou a perceber quando ela o tocou no rosto para secar-lhe as lágrimas.

— É difícil... Ainda mais quando sentimos que as pessoas nos julgam.

— Eu jamais o julgaria por coisa alguma, Zé. Eu te amo.

Silêncio. Ela era tão linda... Vira Virgínia crescer, cuidara dela, levara-a à escola, brigaram tantas vezes.

— Mamãe vai me colocar para fora porque, no fundo, sei que ela não aceita e que eu a faço sofrer... Ainda mais ela, que sempre teve tantos planos para nós, não é? — baixou os olhos, o coração palpitando loucamente dentro do peito. — Nicholas não é apenas meu namorado. Ele é o homem da minha vida, e eu o estou perdendo, e nem ao menos sei por que ou para que, Girina! Mas tenho que tomar uma decisão, qualquer que seja ela.

— Que decisão? — foi a voz que os alcançou, vinda do batente.

Viraram-se, ambos, para ela.

— Vou sair de casa, de vez — disse, sem temor algum, mirando Violeta dentro dos olhos.

— Vai atrás dele, você quer dizer — emendou nervosa, avançando para os filhos com ar ameaçador, que em nada constrangeu Alexander. Tudo o que o rapaz fez foi pôr-se de pé e sustentar-lhe o olhar experiente, como igual.

— Vou falar com Nicholas, sim, mas não vou atrás dele por um único motivo: não sei se ainda me quer. Mas, se por um acaso houver a menor possibilidade de eu ficar com ele, tenha certeza de que...

— Como pode fazer isso? — gritou ela, os olhos turvos. — Será que não percebe o que está fazendo com a sua própria vida? Será que não vê?

— O quê? — indagou sentido, certo do que ouviria a seguir.

Sentiu Virgínia por trás de si. A irmã abraçou-o, apoiando o rosto contra as costas dele, como se implorasse para que não a deixasse ali sozinha. A mão fina dela

Capítulo Dezessete — Xeque-Mate

espalmou-se em seu peito e tomou-lhe os dedos, apertando-os de leve em reconhecimento mudo.

— Essa fase precisa passar, Alex! Precisa voltar a ser normal ou todos pensarão que é gay!

Por um instante, não pôde assimilar o que ouvira, tamanha a incoerência. Ao presenciar o silêncio e a decepção do irmão, Virgínia sentiu o sangue ferver nas veias.

— Alex é normal, mamãe. O fato de amar um homem não significa que tem uma doença contagiosa ou coisa do tipo.

— Cala a boca, menina, que eu te meto a mão na cara — tornou, raivosa.

— Não vou deixar que rotule meu irmão desse jeito — insistiu ela, ainda agarrada a ele. — Alex não é mercadoria, e é muito fácil para nós, que não sofremos como ele está sofrendo, que não podemos sentir o que ele sente cada vez que se lembra de que Nick não está aqui. É muito fácil porque você nunca amou, não é? Não vou deixar que o magoe, não vou deixar que o afaste de mim.

A moça entregou-se a um pranto sofrido e Alexander tomou-a nos braços, acalentando-a. Deus... Nunca julgara que faria tanto mal à sua família. Por um instante, pensou se valia a pena expor Virgínia àquilo, deixá-la só, obrigar as duas a carregarem um fardo que deveria ser apenas seu.

— Não chore, Girina. Está tudo bem. Mamãe não quis dizer isso. Ela só está nervosa, não é? Tudo vai ficar bem — indagou, fitando a mãe com olhar firme. — A questão é que não é uma fase e não vai passar porque amor não passa, nunca. Sempre vou amá-lo e isso não significa que, caso tenhamos que nos separar, eu vá procurar outro homem. O que ainda não entendeu é que amo Nicholas, mãe, e apenas ele. Foi por ele que me apaixonei. Não espero que compreenda, do fundo do meu coração, só espero que respeite a minha decisão de viver esse amor.

— Não entendo. Não entendo e não aceito, Alexander. Não foi para isso que te criei! Nunca pensei que pudesse fazer isso comigo.

— Nem eu... Nunca pensei que pudesse fazer uma coisa dessas comigo. Mas está feito. Não há mais lugar para mim aqui porque, mesmo que não fique com Nicholas, mesmo que jamais o veja outra vez, nada mudará o fato de que o amo e você me rejeitou por isso.

E, com essas palavras, o rapaz deu-lhe as costas, o rosto ainda um tanto úmido por antigas lágrimas. Pegou a pequena mala no corredor e pendurou-a por sobre o ombro. Então, virou-se para a irmã e abraçou-a, muito forte, o peito apertado, a tristeza grande demais.

— Cuide-se, Girina. Não aja por impulso, mas nunca deixe de acreditar no que sente. Estude bastante e, se precisar, deixe-me saber. Eu encontro você.

— Zé... Eu aceito — declarou, as lágrimas escorrendo. — E o admiro muito também. Tudo o que quero é que seja feliz.

Assentiu e afagou-lhe a cabeça antes de ir em direção à porta. Caminhou para a saída, não sem antes fitar Violeta uma última vez. Ela permanecia parada, no mesmo lugar, o olhar inflexível, o semblante marcado por desespero.

— Amo você, mãe, e, por mais que pense o contrário, entendo a sua postura. Só que não posso viver a minha vida de acordo com o que você julga certo. Preciso trilhar meus próprios passos, mesmo que signifique que não nos veremos mais.

— Alexander...

— Eu estarei bem, pode ter certeza.

— Caso mude de idéia...

— Não vou mudar, mas agradeço assim mesmo.

E ele saiu para o corredor, os soluços de Virgínia o acompanharam até o elevador, junto ao olhar sofrido de Violeta. O coração pesou, contudo, não podia olhar para trás. Em verdade, não desejava retroceder, em nenhuma de suas escolhas. Poderia estar só, mas jamais trairia a si mesmo.

Foi esse pensamento que o animou e lhe deu forças para continuar em frente. A mala já não pesava tanto, nem mesmo a tristeza que deixara às suas costas. Ergueu o olhar para o céu, estrelado... Não tinha para onde ir. Passou pelo bar da esquina e cumprimentou os conhecidos por hábito, um leve sorriso no rosto. Seguiu a rua até o fim... Fim da linha, e deu de cara com um orelhão. Incrível como nunca percebera que aquele telefone estava ali. Nunca precisara dele até então, mas, naquele instante, foi a salvação.

A bagagem caiu ao chão, entre seus pés, e discou. Poderia ir para a casa de Humberto e procurar Nicholas no dia seguinte. E, de repente, pareceu-lhe tempo demais. Além disso, a casa de Humberto seria o primeiro lugar para onde a mãe ligaria caso decidisse argumentar novamente, se decidisse.

Enquanto a ligação completava, verificou o relógio de pulso. Sete e meia. Se bem o conhecia, ainda deveria estar trancado no escritório, mergulhado em trabalho, afogado na rotina opressora ao qual se habituara... Ou não. Ele poderia estar noutro lugar, com outra pessoa qualquer.

O som familiar de chamada invadiu-lhe os ouvidos e foi acometido por torturante ansiedade. Deus... O que diria a ele quando atendesse? O que diria a Mônica, caso ainda estivesse por lá? Não importava, só queria falar com ele, olhar nos olhos prateados e resolver tudo, para melhor ou pior. Todavia, os sucessivos toques ecoaram em vão por uma eternidade, até que extinguiram-se junto à sua esperança num sinal de ocupado.

*   *   *

Saiu para o corredor vazio e escuro. Cruzou com um segurança e cumprimentou-o com discreto gesto de cabeça, apenas para não parecer antipático. E, quando parou à porta, ouviu o telefone tocar estridente do outro lado, mas, antes que conseguisse entrar, o ruído cessou, deixando aquela incômoda sensação de ignorância.

Não se importou. Fosse quem fosse, deveria ser muito inconveniente em ligar tão fora do horário de expediente. Que se danasse o "esperto", o maldito telefone e quem mais quisesse entrar na lista.

Capítulo Dezessete — Xeque-Mate

Irritado, abriu a porta num empurrão, e o barulho infernal recomeçou, alto, ecoando pelas paredes como uma anunciação e, por mais que tentasse ignorar, não conseguiu evitar o impulso de correr naquela direção e descobrir quem era, do outro lado da linha. Algo em seu íntimo o impelia a atender. Por azar do destino, quando tocou no gancho, o aparelho emudeceu novamente, de repente.

Indignado, catou as chaves do carro na primeira gaveta, disposto a sair o mais rápido possível, de preferência, antes que alguém mais testasse sua paciência, que já não era muita.

Não conseguiu. Ao passar pela mesa de Mônica rumo ao corredor, viu-se obrigado a se sentar de frente para ele e esperar que tocasse. Cinco minutos não alteraria nada em relação ao trânsito, por exemplo, mas poderia significar a diferença entre a ignorância e a revelação.

Puxou a cadeira mais próxima e preparou-se para a vigília.

*   *   *

Alexander desistiu de insistir na segunda tentativa. Já não havia ninguém por lá, com certeza. Por um lado era bom porque sabia que Nicholas não perdera os bons hábitos adquiridos com a convivência de ambos, mesmo que agora estivessem separados. Por outro, era terrível imaginar que não conseguiria falar com ele e que não poderia vê-lo...

Ajeitou a mala no ombro e seguiu seu caminho. Caminho? Não tinha para onde ir. Desnorteado, vagou um tempo, sem rumo certo ou definido, até perceber que teria de contar com a ajuda de Humberto para não passar a noite na rua. No dia seguinte, procuraria um hotel qualquer, no centro da cidade, que não cobrasse muito caro. Tinha dinheiro guardado, claro, das competições.

Cerca de meia hora se passara em ininterrupta caminhada, na direção do apartamento do amigo. Pensou que seria educado e de bom tom ligar antes para dizer que estava na rua e perguntar se poderia ficar por uma noite. Largou a bolsa de viagem no chão, procurou o cartão telefônico na carteira, discou o número gravado na memória, mas, quando a irmã dele atendeu, desligou.

Em pânico, encostou a cabeça contra o telefone, o desespero turvando-lhe o raciocínio em profundo desamparo. Não tinha coragem, não podia ligar para Humberto e pedir algo daquele tipo. Seria humilhar-se demais diante da família dele, envolvê-lo em algo que não merecia.

Pensou em Nicholas e a saudade quase o sufocou. Havia um caminho a seguir antes de qualquer outro: precisavam resolver o terrível mal entendido que se abatera sobre ambos; tinha de falar com ele e ouvir o que diria, independente do que fosse. Humberto estava certo, que tipo de amor era aquele que não o impelia a tentar? Tentar? O amor que sentia por Nicholas o impulsionava e o fazia acreditar.

Tomado por esperança e receio misturados, o jovem caminhou para a guia da calçada e fez sinal para o primeiro táxi que passou por ele.

— Para onde, rapaz?
— Alto da Boa Vista, por favor...

*   *   *

De cinco em cinco minutos, Nicholas esperou meia hora... Meia hora ali, parado, como um imbecil, olhando para aquele aparelho completamente estúpido. Enfurecido por ter estado à mercê da invenção idiota e inoportuna, resolveu ligar para Davi e avisar que se atrasara, do contrário, o amigo ficaria preocupado.

Antes que levasse uma bronca daquelas, tratou de explicar o ocorrido: ficara plantado como uma árvore, mas estava saindo naquele instante e iria direto para casa. Recebeu nova enxurrada de recomendações e desligou. Ainda contrariado, apagou as luzes e foi embora.

Nunca antes o tempo custara-lhe tão caro. O centro da cidade estava um verdadeiro inferno, com o costumeiro trânsito de fim de expediente e uma passeata de protesto bem em frente às barcas da Praça XV. De repente, sentiu-se impelido a encostar a testa contra o volante e chorar. Todavia, sabia que não era devido ao trânsito que o peito oprimia. Sentia-se mutilado, porque Alexander não o receberia com seu carinho e seu calor, com os beijos ternos e as mãos ansiosas. Não havia ninguém para quem voltar.

A primeira coisa que vislumbrou ao entrar pela sala de jantar foi a mesa posta para uma pessoa e o ambiente em mórbido silêncio. Uma dor terrível e profunda calou sua alma. Não partiu porque não havia outro lugar para ir. E, de alguma maneira, o perfume dele pairava no ar, trazendo lembranças, sonhos, ternura e desespero. Tentou subir para seu quarto. Precisava se largar na cama e chorar, apenas isso. No entanto, não teve forças para continuar.

Deixou a pasta e o paletó ali mesmo, numa das cadeiras do corredor infinito, e caminhou lentamente pelo assoalho de madeira polida, a consciência tão longe quanto a metade de si que arrancara sem motivo bom o bastante para tal. Sim, condenara-se, inúmeras vezes, pela decisão tomada às pressas, diante da imposição de terceiros. Culpava-se pela amargura na qual mergulhara porque, sem dúvida, fora o grande responsável pela mágoa, ausência e perda daquilo que importava. E nem ao menos poderia voltar atrás, não sem arriscar tudo em que acreditara, não sem violar aquilo que dividira com ele, e só com ele.

Uma lágrima escorreu-lhe trazendo a realidade e, com ela, a certeza de que parara diante da sala de jogos, povoada com as imagens de Navarre e Alexander, juntos.

"Deus do céu... O que estou fazendo?", pensou, enquanto girava a maçaneta para entrar no santuário intacto desde que o pai se fora.

Vagou o olhar ansioso pelas paredes, repletas dos quadros da família que Navarre tanto amara. As estantes de mogno, que circundavam o recinto, jaziam abarrotadas de livros, livros e mais livros de xadrez... Edições inteiras em Alemão ou

Capítulo Dezessete — Xeque-Mate

Francês, encadernadas com belíssimas capas de couro, as letras ornamentadas desenhadas em ouro.

Os troféus enfileirados, a coleção de peças e tabuleiros, uma vida inteira dedicada à mesma causa e a um mesmo ideal, o ambiente impregnado por objetos estranhos, tudo isso diante de seus olhos aflitos. Navarre e Alexander, seu Alex, tão amado e tão presente, mesmo que distante. Uma tristeza destrutiva o dominou. Sentia-se no fim, sem forças, destroçado. O sofrimento era tamanho que pegou um copo e a garrafa de uísque, organizados num dos armários envidraçados ao canto, e buscou a poltrona, próxima à janela, na qual Navarre e Alexander costumavam sentar para ouvir ou falar, cada um a sua maneira. Não podia contar quantas vezes se sentara diante do amante e único amor... Apenas para fitá-lo e senti-lo seu, bem ali, naquela sala que deveria ser de jogos, mas era repleta de vida.

— Ainda bem que chegou... — foi o murmúrio que o alcançou, ainda em densa escuridão. — Você está bem?

A voz familiar dele fez cada pêlo do corpo se arrepiar num misto de receio e prazer. Lentamente, ergueu o rosto para mergulhar nos olhos castanhos, fixos nos seus. O uniforme escolar escondia as formas maduras de seu corpo, já não mais adolescente, o cabelo castanho caía em desalinho sobre os olhos, porém, seu semblante era adulto, sério e absolutamente repleto de carinho. Sufocou, os olhos turvos pela simples presença dele.

O jovem parou exatamente onde estava, temeroso de se aproximar mais e de que Nicholas sumisse, exatamente como fizera naquele final de semana ingrato, no qual desejara não mais existir. Apesar do ressentimento, não pôde deixar de se preocupar com a visão abatida e, ao mesmo tempo, tão sua. O cabelo liso caía-lhe em desalinho ao redor do rosto delicado, a gravata frouxa contra a camisa branca, o perfume almiscarado que o fazia sonhar na penumbra do quarto, noite após noite. Aquilo era tão familiar, tão absurdamente seu, que o impulso foi esquecer-se de todo o resto, jogar-se contra ele e abraçá-lo forte para não o deixar partir nunca mais. Todo e qualquer controle esvaiu-se e, se não o tomou para si, como sempre acontecia, foi porque realmente não podia. Havia algo inacabado, algo que os mantinha afastados e que era invisível aos olhos, mas inegável ao coração.

Tomado por deprimente tristeza, ciente do que o rapaz lhe dizia em silêncio, restou-lhe assentir numa resposta vacilante à pergunta dele, tão firme. Permaneceram de pé, frente a frente, como se aguardassem por um milagre ou uma oportunidade. Contudo, as oportunidades somos nós quem as fazemos. E foi nisso que Nicholas se agarrou para seguir adiante.

— Você... — começou, sem qualquer firmeza, apenas para romper o silêncio constrangedor. — Você está bem? Quer dizer...

O rapaz o encarou, sério, os olhos turvos e infelizes.

— Estou péssimo — declarou, de repente. — Sinto muito, Nick, mas... Eu quero...

"Quero o meu sonho de volta; quero dizer que o amo e que não há nada que eu possa fazer para mudar o que passou. Por favor, me dê uma única chance de estar ao seu lado outra vez, diga que me quer, que não podemos nos separar. Por favor, meu Nick, permita que eu mostre que posso fazer você feliz."

Mas tudo o que fez foi olhar para ele enquanto as súplicas lhe calavam o peito em dor, os lábios entreabertos como se temesse falar, o rosto tomado por desespero.

Nicholas aproximou-se, apreensivo. Chegou a erguer a mão para tocá-lo, mas, ao invés disso, correu os dedos por seu próprio cabelo, temeroso de invadir um espaço que não era o seu, não mais. Essa certeza dilacerou-o por dentro e refletiu-se em dor nos olhos prateados, agora igualmente tristes. Nada foi dito por longo tempo.

— O que quer de mim? Se eu puder ajudar...

O rapaz engoliu em seco.

— Quero jogar — Nicholas emudeceu, a cor esvaindo-se rápido do rosto. — Uma única partida, isso é tudo o que peço a você.

Riu confuso, e desviou os olhos cinzas para a penumbra que os cercava, desarmado. Aquele era, de fato, um lindo lugar. Lindo e triste. Só depois de longos momentos, voltou-se para ele.

— Veio até aqui para uma partida de xadrez? É o que está me dizendo? — indagou com decepção.

— Não. Vim... Vim porque... — balbuciou, todavia, não pôde continuar. A dor nos olhos dele o impediu. — Desafio você, Nicholas Fioux. Aposto como não consegue me vencer nem que a partida dure a noite toda.

Encarou-o, exausto, procurando por um traço de irrealidade. Contudo, ele estava ali, e era mais real do que jamais fora, da mesma forma que o eram suas palavras. Não soube se ria da situação ou se o agarrava pelos ombros para gritar-lhe todo o desespero que o consumia. E, mesmo assim, seriam apenas doces súplicas, pois já não agüentava mais existir longe dele. Entre expor-se e ofendê-lo, terminou por ficar parado, exatamente no mesmo lugar, fitando-o.

— Não está falando sério.

— Nunca falei tão sério na minha vida.

Sim... Sentia suas próprias palavras do passado voltarem-se contra si, acusando-o e condenando-o a terrível tortura. O motivo que os unira servia agora para marcar o fim de todos os seus sonhos, de tudo em que acreditara ou quisera acreditar. Acreditara em Alexander, no amor que os unia, com toda a força de que era capaz.

— Isso é um absurdo. Nós dois... — hesitou, trêmulo. — Depois do que aconteceu, precisamos conversar e não jogar xadrez. Não vou ficar as próximas três horas olhando para um bando de peças estúpidas numa partida completamente sem sentido.

— Nick... Por favor. É importante para mim. Preciso de um jogo com você. Não me negue isso também.

"Pois já me negou o direito de saber e decidir", foram as palavras que ele não disse e que ecoaram pelas paredes, machucando-lhe ainda mais a alma. Aproveitou-se do instante de indecisão para apreciar-lhe o rosto, ainda tão jovem; os cabelos fartos; os traços marcantes de suas feições. Então era verdade. A vida o transformara num

Capítulo Dezessete — Xeque-Mate

fraco! Quando que, em tempos passados, faria algo que abominava, apenas para agradar alguém? Quando, em sua miserável existência, colocara qualquer coisa acima de si mesmo e da própria felicidade? Nunca, mas assim era. Não queria jogar, não queria ter de se lembrar da primeira partida, de tudo o que sucedera desde então, do que vivera ao lado dele, para saber que acabara. Contudo, a firmeza de seu olhar castanho, escurecido pela mágoa, extinguira a pouca força que possuía. Errara com ele... Falhara ao deixá-lo só com outro alguém, pois não precisava perguntar-lhe coisa alguma para ter certeza de que, ao menos num ponto, Violeta acertara: algo se perdera no caminho, porém, não fora Alexander. Algo dentro de si se partira ao abandoná-lo. Jamais se perdoaria. Uma partida era mais do que justo, o mínimo que poderia fazer por ele, que tão pouco lhe pedira desde o princípio.

Atormentado com sua fraqueza, Nicholas assentiu e observou-o avançar pela sala escura como um cego em seu próprio território: presente e consciente. Alexander buscou tabuleiro e peças, devidamente guardadas em seus lugares, uma expressão séria e indecifrável. Sentaram-se, frente a frente, a mesa a separá-los como um abismo intransponível. O garoto abriu o estojo de madeira que lhe dera, o primeiro presente para o último momento. E a vida lhe seria assim tão cruel? Já não sofrera o suficiente por uma única existência? Esses pensamentos o transportaram para outra realidade, e só voltou ao recinto quando ouviu, ao longe, o som das peças sobre o tampo de madeira: Alexander arrumava os exércitos para o embate.

Quis ajudá-lo. Todavia, a tentativa lhe foi negada com um gesto singelo de cabeça e afastou-se para encostar contra o espaldar da cadeira giratória e aproveitar a oportunidade de olhar para ele, tão lindo, sem testemunha alguma. O corpo desejado remexia-se na cadeira sob os movimentos rápidos daqueles que fazem do xadrez sua vida. De onde estava, podia ver-lhe o meio perfil, ligeiramente inclinado na direção do tabuleiro. A dor que o dominou pela certeza de que o perdera foi tamanha que a visão turvou e foi obrigado a comprimir os lábios para suportá-la em silêncio.

Alexander, por sua vez, incumbira-se de montar o jogo por simples nervosismo. Era melhor admitir: sempre que se sentava diante de Nicholas, o raciocínio se esvaía e, com ele, a remota possibilidade de vencer. No entanto, daquela vez não poderia dar-se ao luxo de perder. Havia muito mais em jogo do que orgulho ferido ou ressentimento. Apostaria sua vida naquela partida e não admitiria uma derrota, não para ele, não daquela maneira estúpida.

A lembrança da noite em que ele se fora, deixando-o para trás, as imagens de tudo o que passara até ali, as noites insones, a tristeza, o desespero, a solidão, cada um desses sentimentos o invadiu, ainda mais fortes do que antes. O amor dividiu seu coração com a fúria e, ao mirá-lo novamente, os olhos castanhos brilhavam em mágoa contida.

Receber aquele olhar, duro e infeliz, fez com que o tênue resquício de esperança se esvaísse.

— Você me odeia — murmurou, sem margem à dúvida ou contestação.

"Não... Eu o amo e, tudo o que queria era ouvir que sentiu a minha falta como senti a sua. Tudo o que esperava era que me dissesse que quer ficar comigo e que não mais precisaremos nos separar...", pensou, enquanto sua raiva se quebrava para a ternura dos olhos prateados.

— Se eu o odiasse, Nicholas, não estaria aqui, diante de você — garantiu, respirando fundo. — Não é questão de odiar, é só uma terrível frustração, entende? Mas, não importa.

Encararam-se mudos, o tabuleiro montado entre ambos. Lembrou-se, mesmo que sem querer, da primeira e única vez que jogara com Nicholas, movido por algo maior que a sensatez. Aceitara a absurda aposta que acabara por uni-los. E, agora, ao mergulhar nos olhos dele, mais maduros e repletos de promessas incompreensíveis, nunca uma decisão tomada por impulso lhe parecera tão certa. Nunca, algo, qualquer coisa, lhe soara tão correto.

— Vamos tirar na sorte — disse o menino, pegando uma moeda no bolso. — Cara ou coroa?

— Tem certeza de que quer levar isso adiante?

Alexander, limitou-se a fitá-lo enquanto esfregava a moeda entre os dedos. O impasse só terminou quando a voz melodiosa do empresário ecoou pelas paredes nuas anunciando sua escolha: coroa.

Lançada a moeda ao ar, lançada a sorte ou o azar. Alexander pegou-a num movimento ágil, colocando-a contra as costas de sua própria mão. Antes mesmo que o jovem anunciasse o resultado, soube que seu destino era começar. Sempre era. Girou o tabuleiro entre ambos ao mesmo tempo em que ele lhe dizia para ficar com as brancas.

— Será como da primeira vez, na nossa primeira partida, quando ganhou de mim — disse o rapaz.

— Nós dois ganhamos.

Nicholas baixou o olhar para seu exército branco, não apenas decidindo-se pela estratégia de ataque, como tentando antever a defesa do adversário. Alexander imitou-o, porém, em vez de encarar a batalha, permitiu-se observar as mãos finas do parceiro, apoiadas contra a mesa, trêmulas como da primeira vez.

— Nós dois ganhamos... — repetiu, sua voz doce trazendo Nicholas para a realidade. — E agora?

— Não haverá vencedor dessa vez, Alex. Seremos, os dois, perdedores... Isso, se deixarmos as coisas como estão.

A dor que o invadiu foi tão grande que buscou refúgio nas peças. Comprimiu os lábios ao saber-lhe o sofrimento mudo e tratou de avaliar as possibilidades do jogo. Enfim, decidiu-se.

— Ainda não entendi porque estamos jogando — declarou calmo, movimentando uma das peças e abrindo a partida. — Conhecendo-o como conheço, pensei que, quando diante de mim, exigiria que resolvêssemos tudo de uma vez, como se fosse o fim do mundo deixar o assunto para outro dia.

Nicholas largou a peça e encerrou o primeiro lance. Em seguida, ergueu os olhos para ele. O rapaz já examinava o tabuleiro, a atenção toda voltada para o jogo,

Capítulo Dezessete — Xeque-Mate

dominado pela firmeza desconcertante que o escravizara, pela determinação típica daqueles que sabem exatamente o que são, sem barreiras ou fingimento. Era o enxadrista brilhante que jazia diante de si e que o fascinava com sua total capacidade de ser.

— Você está certo, mas... — decidiu-se por uma das peças negras para o segundo lance do jogo, movimentando-a pelas casas sem hesitação. — Há tanta coisa a lhe dizer sobre mim, Nick, tanto a perguntar que... Deus, nem sei por onde começar. Acho que me perderia em você se não olhasse para algo mais e terminaria por não dizer coisa alguma — declarou sem encará-lo. Fim do segundo lance.

O empresário voltou ao campo de batalha, flagrando uma brecha, com certeza proposital. Não... Alexander não deixaria algo assim, no ar, sem que desejasse falar, da mesma forma que não abriria a guarda daquela maneira tão óbvia se não desejasse um ataque. Quis resistir, mas... Inferno, queria ver até onde iria. Faltou-lhe firmeza para se negar à armadilha, não do jogo, e sim do coração.

— Estou aqui, agora, nesse instante — murmurou, deslizando a Torre bem devagar, em direção ao Rei adversário — Me diga o que aconteceu. Xeque.

A Torre Branca encurralara o Rei Negro junto ao fundo do tabuleiro. Incrível como ele continuava rápido de raciocínio e atitudes. Analisou com cuidado a posição de cada peça, o significado de cada palavra, antes de se defender. Não queria perder o jogo e menos ainda assustá-lo. Muito tempo se passou em silêncio até que resolveu falar.

— Não tenho para onde ir — declarou, sem se dar conta do tom triste de suas palavras, movimentando a Rainha Preta em direção à Torre que o pressionava. — Precisava dar um rumo à minha vida. Resolvi conversar com minha mãe e assumir quem sou, independente de você, Nick. Como eu imaginava, ela não aceitou, e tive de sair de casa. A verdade sempre acaba vindo à tona, não é? — ergueu o olhar castanho para ele, marejado, um lindo sorriso nos lábios. — Perdeu sua Torre, sinto muito.

— Não sinta. Significa que será mais divertido do que eu imaginei — comentou, sorrindo também e refreando o desejo de tomá-lo nos braços e acalentá-lo junto a si. — Eu é que sinto muito. Não queria que tivesse de ser assim.

— Mas é, e não há nada que possamos fazer, pelo menos, não quanto a isso.

Nicholas assentiu e voltou ao jogo, apenas porque temia ceder e não conseguir chegar ao fim. Temeu por ele, pela escolha que fizera, mesmo sem se dar conta. Temeu que viesse a ficar tão só quanto si mesmo. Arriscar poderia ser muito sofrido, contudo, apesar de jovem, ele não tivera receio, nem por um instante. Alexander era único...

Observou o jogo e percebeu que o rapaz, não apenas tomara-lhe uma peça chave, como armara um contra-ataque fulminante com a Rainha. Era impressionante como aperfeiçoara a técnica desde que jogaram pela primeira vez. Sorriu, orgulhoso demais para notar que perdia a partida. Navarre deveria estar muito feliz, onde quer que estivesse, pois soube, naquele momento, que Alexander venceria o Mundial.

Poderia apostar tudo em sua vitória, isso se não tivesse deixado de apostar desde que um adorável rapaz lhe roubara o coração, antes mesmo de vencê-lo num jogo.

— O que pretende fazer agora? Você sabe que... — interrompeu o raciocínio bem a tempo de não se trair e o encarou.

— Não se preocupe. Tenho um dinheiro guardado, passagens compradas, tudo arranjado para continuar, mesmo que me falte um pedaço. Vou sobreviver e você ainda vai ouvir muito falar de mim por aí.

Transtornado com o tom da declaração, Nicholas mirou o tabuleiro, em aflição. Aproveitando a saída de quase todas as peças "da corte", inverteu a posição do Rei com sua outra Torre, num Roque.

Alexander estranhou a jogada, todavia, nada comentou. O Roque era uma estratégia defensiva e traiçoeira, e Nicholas não costumava jogar na retranca, a não ser que se sentisse ameaçado por algo ou alguém. Encarou-o, porém, não pôde desvendar-lhe o olhar, ainda baixo, como se fugisse. Resolveu avançar ele próprio pois o jogo precisava continuar.

— O que aconteceu no sábado, quando conversou com minha mãe na sala? — perguntou, avançando a Rainha Preta para armar seu ataque. — E, por favor, não minta para mim porque também o conheço e sei que algo foi dito ou cobrado. Algo tão terrível que o obrigou a partir e me deixar.

Nicholas fixou o olhar no avanço da Rainha Preta para não ter de olhar para ele e se entregar. No entanto, talvez devesse abandonar as próprias limitações, como os enxadristas se desfazem de uma antiga estratégia. Com certeza, Alexander mudara o rumo do jogo irremediavelmente, contudo, o pior que poderia acontecer seria uma derrota, dentre tantas outras.

— Acreditei que estaria fazendo o melhor para você se o deixasse, se permitisse que escolhesse sozinho. Sei que parece tolice, mas é a verdade — murmurou e deslizou o Cavalo Branco contra o exército inimigo. — Posso ter errado, Alex, mas acreditei, do fundo da minha alma.

— Não entendo — confessou o rapaz, observando cada movimento do outro. — Não precisaria ter acreditado, sofrido e fugido, se não tivesse decidido por mim e partido sem me dizer nada. Mas o que pretende com esse Cavalo?

Nicholas fitou-o, sereno. Já não estava tão distante, já podia ver-se refletido naqueles olhos prateados que tanto amava... E ele sorriu.

— Tomar a sua Rainha — respondeu, oficializando e encerrando seu lance. — Quanto àquela noite, sei que não foi justo, mas me pareceu a única alternativa possível, Alex, a única que o isentaria de escolha. Fui embora para não obrigá-lo a escolher entre mim e sua mãe.

Sentiu o sangue ferver diante da verdade e pegou a primeira peça na qual deitou os olhos, enfurecido demais para raciocinar.

— Ah, sim — tornou sarcástico. — E me abandonar lá foi, de fato, a melhor alternativa.

— Tem certeza de que vai colocar esse Cavalo Preto aí?

Capítulo Dezessete — Xeque-Mate

— Claro que tenho! Da mesma forma que teria certeza da escolha certa a tomar caso me fosse exigido escolher — declarou, largando a peça e encerrando mais um lance. — Não sou criança, e agora, terei de levar minha vida sozinho, de uma forma ou de outra.

Nicholas avaliou cada possibilidade. Com o Cavalo Branco deslocado, poderia armar um ataque violento num reles avançar de Bispo e ainda tomar a Torre Preta dele. Por outro lado, era uma jogada arriscada porque deixaria o Rei com a Torre Branca praticamente isolados na retaguarda. Precisava se decidir de uma vez entre o abismo e a segurança.

— Perdão, meu lindo... Senti a sua falta — admitiu em tom doce, avançando o Bispo Branco e arriscando tudo o que tinha. — Perdeu sua Torre, querido.

O tratamento carinhoso, levou-lhe lágrimas aos olhos, mas, mesmo tomado por um amor infinito, não pôde deixar de perceber o ataque fulminante que Nicholas armava contra si. Ainda havia tempo, mas precisava ser rápido.

— Vim atrás de você naquela mesma noite, corri para cá na chuva e, quando cheguei, você não estava aqui. Você não estava, Nicholas, e esperei por quase dois dias. Você não voltou... Por que fez isso? — indagou, avançando o Bispo Preto para encurralar o Rei Branco. — Xeque.

Abalado com o desabafo dele, carregado de dor; perdido naquela partida que não tivera propósito desde o início; Nicholas não viu alternativa possível além de avançar a Torre Branca que lhe restava. Desprotegia seu Rei, mas, ao mesmo tempo, abria a guarda e o coração.

— Não sabia que você voltaria naquela noite. Deus... Eu quase não consegui partir da casa de sua mãe. Se soubesse que viria atrás de mim, tudo teria sido em vão! Não conseguiria resistir, meu lindo. Teria fraquejado, cedo demais, sem dar-lhe a oportunidade de pensar sobre a possibilidade de eu... De eu ter prejudicado a sua vida. Compreenda, por favor! Não conseguiria estar ao seu lado com essa dúvida.

— Qual dúvida, Nicholas? Não deveria ter partido. Minha vida não fez e não faz sentido desde que nos separamos. Não entendo porque teve de ser assim.

Silêncio. Nenhum dos dois falou nada por um tempo, Alexander ainda a observar o tabuleiro, Nicholas com o olhar baixo e triste.

— Precisava ter certeza de que está comigo por vontade própria e não por influência minha. Preciso ter certeza de que não interferi na sua vida porque, de repente, me pareceu perfeitamente possível que...

— Que fosse uma ilusão, como ela disse? Que vivemos um sonho? Não pensei sobre isso, mas, uma coisa posso afirmar, com certeza: se era um sonho, não queria ter acordado.

Alexander tomou-lhe o Cavalo Branco. Ambos precisavam de tempo para pensar, sabia disso, e foi o motivo que o calou. Desmanchara o ataque de Nicholas mais uma vez, contudo, o absurdo da situação ainda ecoava em seus ouvidos, ainda machucava demais. Então, tudo o que fizera, cada gesto e cada palavra, fora em vão. Ergueu o olhar para o homem diante de si e viu seus próprios erros nos olhos dele.

— Você foi embora, Nick... Me fez acreditar e desapareceu. Por que fez isso comigo?

Atônito, Nicholas encarou o tabuleiro. Confuso, fitou Alexander por um instante para baixar o olhar em seguida. Nada mais fazia sentido, muito menos o jogo diante de si. Decidiu-se pelo Bispo Branco e deslizou-o para uma nova estratégia, pelas laterais.

— Perdão. Talvez eu soubesse que viria e fugi justamente por que não resistiria. Fui um covarde, sou um covarde diante de você, meu lindo, que não teme amar e não ser amado. Estava na casa de Davi, por todo o final de semana, mas não foi proposital. Tive medo de ficar sozinho, apenas isso.

O garoto voltou a atenção para o jogo, todavia, o coração estava preso ao dele. Sentia as lágrimas de Nicholas queimarem sua própria pele, como brasa. Odiava vê-lo chorar porque sabia o quão difícil poderia ser a entrega. Suspirou, certo de que não chegariam a lugar algum. A jogada com o Bispo Branco fora completamente inútil.

— Não está prestando atenção no jogo — tornou, deslocando a Torre Preta que lhe restava naquela direção. — Estamos num impasse. Não sei mais o que dizer, Nick. Não sei o que espera de mim e acho que não deseja ouvir o que espero de você.

Foi apenas quando Alexander tomou-lhe o Bispo Branco que percebeu o grande erro de estratégia que cometera ao avançar aquela peça, um erro fatal que lhe custara a partida, sem dúvida, e poderia custar a felicidade de uma vida inteira. Não havia mais como vencê-lo, era fato. Nem desejava. Seria questão de lances. Sorriu, sem se dar conta, o olhar ainda preso às peças espalhadas.

— Do que está rindo? — perguntou o rapaz, infeliz.

— Do destino, eu acho — murmurou, o rosto suavizado e belo erguendo-se para o companheiro. — Às vezes, perder pode ser a única chance de vitória, não concorda?

Fitou-o, confuso. Num toque leve e lento, viu Nicholas deslocar sua última Torre Branca, a que protegia o Rei, alinhando-a ao Bispo Negro que rondava à espreita. Sem saída possível, abrira passagem para o inimigo num sacrifício voluntário.

— Nicholas... — murmurou.

Ele sorriu, luminosamente, os olhos adquirindo o ar doce e raro que aprendera a amar além do amor.

— Por que adiar o que não tem remédio? Não quero mais sofrer e nem ser a causa do seu sofrimento, meu lindo. Basta, já errei o suficiente. Termine o jogo e me conte, o que quiser contar; fale-me tudo o que desejar, estou aqui. Quero ouvir o que espera de mim. Quem sabe, assim, eu possa fazer você feliz novamente?

Naquele momento, soube que o amor que os unia seria sempre muito maior que qualquer dúvida ou obstáculo. Ao olhar para ele e mergulhar no mar acinzentado, revolto em certeza e promessas, soube que estariam juntos. Esse era o destino e, acima de tudo, o maior sonho que possuíam. Sufocou, num misto de felicidade e incredulidade.

— Xeque-Mate.

Capítulo Dezessete — Xeque-Mate

Nicholas deitou o Rei Branco contra as casas de madeira polida. Alexander o encarava e fitou-o, sustentando-lhe o olhar receoso sem qualquer dúvida.

— Se tivesse me proposto uma aposta, como fiz da primeira vez, eu teria perdido uma nota — sussurrou o empresário, tomando as mãos dele por sobre o tabuleiro.

— É... E eu teria... Teria conquistado você, como me conquistou.

Nicholas ergueu-lhe o rosto pelo queixo, bem de leve, para se perder nos olhos escuros e ansiosos.

— Se essa era a sua intenção quando pediu uma partida, perdemos um tempo precioso, meu lindo. Você me conquistou e me fez seu desde o primeiro olhar.

O rapaz sorriu em meio às lágrimas que teimavam em escapar-lhe. Trêmulo, aceitou as mãos de Nicholas, sentindo a maciez dele depois de tanto tempo.

— Quer dizer que...

— Quer dizer que o amo, apenas isso, e que não há nada que eu deseje mais do que estar contigo outra vez, se assim permitir. Por favor... Diga que... — mas Alexander silenciou-o, tocando-o nos lábios para desenhar-lhe o rosto em seguida, sem pressa.

— Amor... — balbuciou, erguendo-se e contornando a mesa na direção do companheiro.

Sem esperar que Nicholas permitisse, o rapaz aproximou-se e sentou em seu colo, aconchegando-se contra o peito dele, aninhando-se e abraçando-o com força desmedida.

— Sabe o que vim lhe dizer? — perguntou, a voz embargada pelo pranto.

— Não, meu lindo, mas quero ouvir, seja o que for — declarou, tomando-o nos braços com ternura, o coração oprimido no peito.

Alexander soluçou alto, como se tentasse conter o choro, o rosto escondido contra o peito que o acolhia sem reservas.

— Vim dizer que te amo, Nicholas... Vim pedir para ficar contigo porque sonhei com isso desde o começo, e agora nada mais me resta além desse sonho. Queria lhe contar da minha tristeza e sentir os seus braços em volta do meu corpo, e sua voz a me consolar, como tantas vezes aconteceu. Preciso de você. Não me deixe outra vez.

E entregou-se a um pranto sofrido, compulsivo, que mortificou Nicholas. Agarrou-se ao garoto, murmurando palavras incompreensíveis, muito baixo, até que ele estivesse mais calmo.

— Andei procurando um apartamento, sabe? Essa casa é muito grande para nós dois, e sei que gostaria de se mudar para um lugar nosso. O que acha da Lagoa Rodrigo de Freitas? Não seria um bom lugar? — perguntou, os olhos também úmidos.

— Sempre quis morar lá com você.

— Eu sei. Foi por isso que procurei naquela região. Uma das corretoras falou que tem um excelente, de frente para a Lagoa, um preço muito bom... Mas ainda não agendei visita. Não quero recomeçar sozinho. Minha vida não faz sentido sem você.

— Meu Nick... — tornou, enlaçando-o pelo pescoço e afundando o rosto no ombro dele. — Não imagina o quanto eu te amo. Você não imagina...

— Só existe uma coisa que desejo ouvir além disso, meu querido. Quero ouvir você dizer que vai ficar comigo, que está voltando para casa.

— Minha casa é onde você está.

Beijaram-se então, desesperados, não apenas de desejo e sim, principalmente, de ausência. A vida começava para ambos, ali, no meio da sala de jogos, onde tantas vezes perderam e ganharam esperança. Ali ficaram, agarrados e unidos, apenas um depois de não serem nada.

* * *

Uma semana... Uma semana se passara desde que haviam chegado à Paris. Durante aquele tempo, mal pudera estar com Nicholas, pois toda a sua atenção, cada minuto do seu dia, fora dedicado à vitória. Entrara no auditório lotado para vencer, não havia dúvida. Daquela vez, faria toda a diferença, algo que devia, não apenas a si, mas a Navarre. Deus... Como fora difícil caminhar sem o braço do mestre a apoiar-lhe o corpo, sem a certeza dele a guiar-lhe o espírito. Sua presença estava como que entranhada na memória, suas palavras ainda soavam-lhe aos ouvidos, nítidas, claras...

Nicholas estivera ao seu lado todo o tempo, mesmo nos lugares onde a assistência não poderia entrar. Tomara o lugar do pai na competição, oferecera-se para figurar de mestre, talvez porque soubesse o quanto esse simples gesto significaria para o outro, talvez porque, de certa forma, sentisse necessidade de remediar os acontecimentos. Sem dúvida, Navarre estaria feliz em vê-los, onde quer que estivesse.

Toda a dor e o sofrimento pela ausência daquele que o moldara e aperfeiçoara diluíram-se, qualquer temor se esvaíra com o início de cada partida. A alma de enxadrista falara mais alto e lançara-se à competição, atento e sagaz. O resultado figurava agora no banco de trás: o pesado troféu, o símbolo de uma vitória pessoal, de sua vitória como pessoa e como indivíduo no mundo.

Cerrou os olhos, o vento frio do inverno tocando-lhe a face em chamas, o perfume doce de terra a espalhar-se pelo ar. Acabara. Conquistara o sonho compartilhado por todos aqueles meses, infindáveis, quando se perdera e se encontrara, tantas e tantas vezes, até ser o que era com orgulho, até chegar aonde chegara, a caminho do haras da família Fioux. E agora, finda a grande meta de sua vida, o que lhe restava?

Sorriu como há muito não sorria, e, não por acidente, seu olhar buscou a figura sentada ao seu lado ao volante. Como se pudesse ler-lhe os pensamentos, Nicholas fez soar a voz baixa e melodiosa, os olhos cinzentos presos na estrada tortuosa e ladeada de árvores nuas.

Capítulo Dezessete — Xeque-Mate

— O que houve, meu lindo? Está triste?

— Não, por quê?

— Por nada... Está muito calado, só isso. Não gosto quando isso acontece porque sei que está incomodado.

Alexander permitiu-se admirar o perfil sério. Amava-o tanto, mas tanto, que seria capaz de fazer qualquer coisa por ele. Num toque carinhoso, estendeu a mão e pousou-a na coxa do companheiro.

— Não se preocupe comigo. Estou feliz. Eu... Eu consegui realizar o grande sonho do seu pai, não é? Acho que Navarre gostaria de ter visto seu discípulo vencer.

Nicholas não respondeu de imediato. Por um instante, pensou na declaração dele, lembrou-se de que vê-lo conquistar o Campeonato Mundial era um dos sonhos de Navarre, porém, não o único.

— Tenho certeza que ele está muito feliz, Alex... — sua voz soou mais trêmula do que desejava.

— E você? Está triste?

— Não. Estou muito feliz de estar aqui contigo e de participar da sua vida — e foi apenas isso.

Soube que a lembrança de Navarre o fragilizara, contudo, Nicholas era forte como poucos. Logo, falava animado da família e da fazenda, em Marselha. Sim... Noelle soubera do campeonato e da estada de ambos em Paris. Como não podia deixar de ser, os convidara para passar uns dias na propriedade.

Nicholas relutara no começo, dizendo que, se aparecessem juntos, ninguém teria dúvidas de que eram mais do que amigos. Ficaram receosos, precisava admitir, ainda mais depois de ter certeza de que sua intimidade seria notória, ao menos, naquela região da França. Por outro lado, Nicholas tinha quase a obrigação de visitar a tia, ainda mais depois de ter omitido a morte de Navarre. E ali estavam, a caminho da fazenda, nas primeiras férias de verdade que teriam, desde que moravam juntos.

Sem querer, o rapaz pensou no apartamento da Lagoa, agora todo arrumado, devidamente mobiliado. Amava aquele lugar porque era sua casa, sua e de Nicholas. Nunca pensara que poderia ser tão bom, tão maravilhoso dividir a vida com alguém. Em verdade, pensara que não haveria nada de diferente do que já dividiam, na época em que moraram no Alto da Boa Vista. Mas era diferente. Estar só, por sua própria conta, virando-se da melhor forma que podia e saindo por cima da situação ao lado da pessoa que escolhera para companheira. Nem em seus sonhos imaginara algo tão... seu.

Deixou o pensamento vagar em seguida, até que a imagem de Virgínia o invadisse. Telefonara para a irmã há cerca de dois dias; para o celular, porque Violeta, simplesmente, proibira-o de utilizar a linha fixa. Amargurou-se pela rejeição materna e pela teimosia em compreender que não há nada de mau em ser diferente daquilo que foi convencionado pela maioria, com todo o orgulho que lhe cabia. E a tristeza logo foi substituída pela recordação da voz doce e animada da irmã a cobrar-lhe um passeio e pedir que se encontrassem, tão logo voltasse de viagem. Ao que parecia, tinha novidades a contar. Sorriu sem querer. Adolescentes...

Já divagava outra vez, quando um grito, semelhante ao toque de gado, fez-se ouvir, sobrepondo-se ao motor no carro. Acabavam de cruzar a porteira da fazenda e uma mulher cavalgava na direção deles, chapéu na cabeça, perneiras de couro, roupas bem cortadas, mas gastas pelo uso, as tranças loiras balançando ao vento. Ela acenou e tocou o cavalo que, galopando, precipitou-se contra o veículo.

Foi a primeira vez que viu Nicholas elevar o tom de voz na Língua nativa, aparentemente brigando com a moça. É claro que passara algum tempo treinando o Francês, mas, ainda assim, mesmo com todo o esforço e toda a vontade de aprender, era pouco tempo para compreender o que diziam, ainda mais àquela velocidade.

A mocinha desmontou, ao mesmo tempo em que Nicholas encostava o carro e destrancava a porta para descerem. Ela caminhou para eles, com um ar matreiro e "moleque" que lhe lembrou Humberto. Quanta saudade do amigo! Do discurso que se seguiu, as únicas palavras que conseguiu distinguir com clareza foram: Nicolá e Desirée.

Nicholas acalmou um pouco, depois de ter bronqueado com ela, e voltou-se para o jovem com olhar terno e confiante.

— Alex, essa é Desirée, minha prima em segundo grau, filha de Juliete.

A menina, mais nova que Nicholas e mais baixa que ele próprio, parou a sua frente e encarou-o com ar sério. Algumas sardas marcavam-lhe as bochechas tornando-a ainda mais linda. O corpo esguio sugeria agilidade e o brilho incontido dos olhos claros, indicavam espírito indomado. Parou, tentando lembrar-se da apresentação que fizera Nicholas repetir até que a decorasse. Branco. A moça parecia pensar também, em algo que não podia adivinhar. Assim ficaram, olhando um para o outro.

— Ah! — exclamou ela, estendendo-lhe a mão, o sotaque carregado nos "erres". — Muito prazer, Alexander. Eu Desirée. Nicolá disse você gentil, não disse você lindo!

Alexander sorriu, largamente, e buscou Nicholas com o olhar interrogativo. O companheiro deu de ombros.

— Ela foi mais rápida que você — brincou.

— Vocês vir. Vovó conhecer Alex — e ela sorriu-lhe, enquanto passava o braço pelo do rapaz e o guiava de volta ao carro.

Em seguida, ela desatou a falar em Francês novamente e Nicholas seguiu-os, tentando traduzir para que o menino entendesse. Desirée estava feliz porque o primo encontrara alguém a quem amar. Não tentou compreendê-la. Aceitou, tanto a alegria inesperada quanto a gentil acolhida que ela lhe oferecia.

Sorriu. A tarde caía tingindo o céu azul de preciosos tons de púrpura e dourado. As árvores, todas, balançavam docemente à brisa de inverno. O frio contrastava bruscamente com a paisagem que os rodeava. Voltaram ao carro enquanto a moça se distanciava na direção do cavalo novamente. E foi assim que rumaram à Casa Grande, algo único e especial crescendo em seu íntimo.

Capítulo Dezessete — Xeque-Mate

Fitou-lhe o perfil mais uma vez, e assim, apaixonado por tudo o que ele representava, deixou que seu coração lhe acelerasse no peito junto a um amor infinito quando o ouviu sussurrar que nada poderia separá-los... Absolutamente nada.

Adendo

No decorrer da história, o leitor fatalmente encontrará alguns símbolos utilizados por enxadristas ou que são referentes ao jogo em questão. Tive o cuidado de fazer uma pequena pesquisa e empregar os termos específicos (dentro do possível), uma vez que *Xeque-Mate* está inteiramente estruturado de acordo com esses simbolismos.

Antes de qualquer coisa, *Xeque-Mate* reconstrói, com os títulos dos capítulos, o que seria uma partida de xadrez, a qual será retomada no desfecho do romance pelos protagonistas. Cada capítulo corresponde a um lance do jogo e cada personagem assume o perfil e as características de determinadas peças, de forma que todos eles constituem uma partida importantíssima, a qual chamamos vida.

Para que o leitor possa aproveitar esse duelo simbólico, procurarei esclarecer com este pequeno adendo alguns pontos importantes sobre esse fascinante jogo. Perdoem a minha ignorância os grandes mestres, sou apenas uma pessoa curiosa; e as informações, apesar de corretas, são amadoras, com absoluta certeza. Agora, convido cada um de vocês a conhecer um pouco mais sobre o mundo em que se passa o romance...

O Tabuleiro, As Peças E Alguns Termos Mais Conhecidos

Para o jogo de xadrez, contamos ao todo trinta e duas peças, divididas em dezesseis brancas e dezesseis pretas. As peças da corte são oito de cada lado mais os oito peões que representam a infantaria. Cada cor representa um exército distinto, de forma que o Xadrez em si simboliza uma grande guerra.

O jogador com as peças brancas é quem dá início ao jogo, *sempre*. Por isso, antes da partida começar, disputa-se na moeda ("Cara ou Coroa?") qual dos jogadores ficará com as peças brancas e a quem restará as pretas. É equivocado pensar que se decide na moeda aquele que começará a partida, muito embora na prática seja a mesma coisa. A decisão, contudo, é referente à cor das peças, sem sombra de dúvida uma questão de raciocínio. Pode parecer inútil ou ridículo, mas faz parte da formalidade, e esse jogo é repleto de formalidades, como poderão ver até o final da explanação.

Chamamos *lance* o ato de movimentar as peças sobre o tabuleiro, obedecendo às regras, que cada enxadrista tem direito alternadamente. Cada lance tem um limite máximo de tempo, o qual pode variar de competição para competição. Para controlar o tempo das jogadas, os participantes contam com um relógio especial.

O *relógio* é composto de dois cronômetros com uma espécie de "pino" em cima. Quando um dos pinos é abaixado, o outro cronômetro começa a contar imediatamente. Esse relógio funciona da seguinte maneira: um dos jogadores está no meio de sua jogada, pensando qual peça moverá e para onde. Ele tem cinco minutos (por exemplo) para se decidir. Feita a decisão, o enxadrista movimenta a peça e abaixa o pino referente ao seu próprio cronômetro. A partir deste momento, o cronômetro do adversário passa a contar e o lance dele se inicia.

Se, por um acaso, o jogador não conseguir se decidir no limite de tempo determinado, o relógio dispara um sinal sonoro e o jogo se encerra imediatamente, com a vitória do adversário.

Além dessas informações, é interessante ressaltar que uma peça de xadrez nunca é "comida", e sim "tomada", o que significa que ela passa a pertencer ao adversário. Isso, em termos simbólicos no jogo, indica que o peão, ou o membro da corte correspondente à peça em questão, é agora refém do exercito inimigo. Bastante nobre, não? E é incrível como nossa visão do jogo se modifica quando conhecemos esses detalhes.

"Peça tocada é peça jogada", diz a regra. Dessa forma, se um jogador tocar qualquer uma das peças, deve ter em mente que, independente de qualquer mudança de estratégia ou raciocínio, terá de movê-la. Por isso, os enxadristas reservam longo tempo para, de longe, observar o tabuleiro, pois todos nós somos acometidos pela necessidade de mudança, uma vez ou outra.

Para arrumar as peças no tabuleiro, antes da partida começar, deve-se seguir duas regras fundamentais: a primeira é que a casa branca deve ficar à direita do enxadrista; e a segunda é que a Rainha Branca deve estar na casa branca.

Encerrando essa primeira parte referente à organização e arrumação do jogo, transcrevo uma frase que li num dos livros de pesquisa, e que foi repetida várias vezes durante a história: "O Xadrez ensina, da forma mais dura e clara, que não podemos nunca voltar atrás num lance."

Os termos mais conhecidos no Xadrez são o *Xeque* e o *Xeque-mate*.

Xeque é o lance no qual colocamos o Rei adversário sobre ameaça. Caso não queira perder a batalha (ou a partida), o enxadrista deve avaliar a posição de seu exército e encontrar uma forma de proteger seu Rei, do contrário, o jogo se encerra na rodada seguinte, quando o Xeque transforma-se em Xeque-mate.

Xeque-mate é o lance que determina o desfecho da partida, pois encurrala o Rei adversário, sem que haja qualquer saída ou possibilidade de protegê-lo.

Convém dizer também que o Rei é a principal peça do jogo e *não* pode ser tomado. Quando o Rei está encurralado, o jogo fica paralisado, mas só termina quando o enxadrista admite a derrota e o derruba no tabuleiro. Esse gesto tem como simbolismo a queda de um império, e por isso a derrubada do Rei é fundamental para o término da partida. É algo cultural e formal, como tantos outros detalhes anteriormente comentados, mas pode significar que, se um jogador estiver com o Rei encurralado, mas for um mau perdedor e não quiser derrubá-lo, o jogo não termina. Pelo menos não até o relógio disparar lembrando que o tempo esgotou.

Existem várias formas de encerrar uma partida de xadrez. A primeira e mais comum foi a descrita acima, com o Xeque-Mate e a admissão da derrota, contudo, existem outras, não menos nobres. O jogador que quiser desistir da partida sem ter de sofrer um Xeque-Mate pode esperar o próximo lance e derrubar o Rei. Procedendo dessa maneira, estará desistindo do jogo e entregando a batalha ao exército inimigo.

Quando um juiz declara o fim da partida, os enxadristas têm, por educação e formalidade, a obrigação de se levantar e apertarem as mãos. Retira-se primeiro o jogador que perdeu a partida e, só depois, o vencedor deixa a mesa.

Os Títulos de Cada Capítulo e Sua Simbologia no Universo do Xadrez

Os leitores poderão observar também que os títulos dos capítulos fazem menção a termos do Xadrez, isso porque simbolizam um jogo. Como já foi mencionado antes, o desenrolar da história e sua trama se passam como numa partida, na qual os protagonistas são os enxadristas que se enfrentam e os demais personagens as peças que estes movimentam.

É preciso, antes de qualquer coisa, dizer ao leitor que, sempre que houver um jogo ou for mencionada uma partida entre os protagonistas, ficou convencionado que Nicholas fica com as peças brancas e Alexander com as pretas. Por quê? Bom, se fosse levar em conta a personalidade de cada um, o homem sombrio e frio contra o jovem vivo e iluminado, admito que teria de ser o contrário. Em todo caso, talvez pela aparência física ou por algo que nem mesmo eu saiba definir com certeza, acabei associando as brancas a Nicholas e as pretas a Alexander. Algum motivo deve haver, e nunca vou contra os meus personagens. Há um momento em toda criação, que o objeto criado sai de nossas mãos para adquirir personalidade, força e vida próprias. Cada um deles já me escapou há muito tempo.

CAPÍTULO PRIMEIRO: CARA OU COROA?

Esse é o momento inicial de todo o jogo, a maneira como se iniciam todas as partidas e, por isso, é um capítulo neutro, no qual os personagens principais são apresentados e uma ponta da trama é lançada ao leitor, muito sutilmente, para ser desenvolvida ao longo da narrativa.

CAPÍTULO SEGUNDO: 1º LANCE

O lance inaugural da partida é dado por Nicholas, uma vez que ele detém as peças brancas. Nesse capítulo, o leitor conhece um pouco sobre o empresário, filho de Navarre, e saberá que esconde alguma coisa. Nesse momento da narrativa, Nicholas ainda não recebeu contornos de protagonista ao lado de Alexander, contudo, é evidente a sua força. Aproveito para dar informações sobre o personagem, as quais serão importantes mais à frente para a elucidação dos demais títulos.

Como simbologia de jogo, Nicholas representa a Torre Branca, uma vez que é o pilar de sustentação econômico e financeiro da pequena família que construiu com o pai. É claro que o leitor rirá de mim ao ler que Nicholas é o pilar de sustentação emocional, já que ele é o mais instável dos personagens, aquele que mais dificuldades possui para assumir os sentimentos. É verdade... Porém, por outro lado, ele tenta não sentir para não sofrer, para isso, ergueu uma máscara de indiferença que ninguém podia abalar, até a chegada de Alexander. Nicholas era sim um exemplo de estabilidade, muito embora estivesse enganando a todos com exceção dele mesmo. Foi a paixão por Alexander que quebrou suas barreiras.

CAPÍTULO TERCEIRO: 2º LANCE

Corresponde à saída de Alexander para o jogo com as peças pretas. O leitor está em contato com esse personagem desde o primeiro capítulo e, a partir daqui, obterá informações mais sólidas sobre ele e, principalmente, sobre como se constrói seu raciocínio. A história ainda não atingiu seu ponto mais alto, obviamente, e a trama não se mostrou inteiramente; todavia, temos a estranha sensação de que as peças se acomodam, tal qual num jogo real, aguardando o momento exato para atacar ou defender.

Como simbologia de jogo, Alexander representa a Rainha Preta. Antes de qualquer coisa, a escolha não se deu por nenhum motivo relacionado à opção sexual, ao contrário. Cada personagem buscou sua própria simbologia, e Alexander deveria ter assumido, em verdade, a posição do Rei. Em termos de jogo, isso se mostrou impossível, pois o Rei não pode ser tomado, como já foi dito, o que extinguiria a narrativa antes da metade. Por outro lado, a Rainha, muitas vezes, é a principal governante e, embora muitos dos grandes mestres discordem que é uma peça de grande mobilidade, ela é a única que se movimenta em todas as direções, pelo número de casas que o enxadrista desejar ou precisar.

Esse foi o motivo de Alexander ter-se enquadrado como a Rainha Preta. Por sua juventude e vontade de viver, ele é o elo entre todos os demais personagens, extinguindo distâncias, antes, impossíveis de serem superadas. É forte, sem ter receio de revelar seus sentimentos; é delicado, sem deixar de ser homem suficiente para arcar com as conseqüências de seus atos; é gentil, sem perder a firmeza. Por todas essas qualidades e características, ainda mais pela nobreza de seus pensamentos, Alexander é a perfeita Rainha: aquela que sabe calar quando é preciso, que observa e aguarda, que sente e entrega; mas, sobretudo, aquela que governa sem que ninguém se dê conta.

CAPÍTULO QUARTO: XEQUE

Nesse capítulo Nicholas acua Alexander com a aposta, mesmo que depois negue suas intenções e seus sentimentos. Daí se caraterizou um Xeque, no qual Nicholas utilizou-se da Torre Branca (ele mesmo) contra o Rei adversário.

CAPÍTULO QUINTO: TOMADA DA TORRE BRANCA

Lance de Alexander. Nicholas perde muito mais que uma peça. Perde a si mesmo. Admitindo que o personagem enclausura-se dentro de si, tendo o leitor acompanhado todos os seus esforços para manter o jovem enxadrista distante, percebemos, rapidamente, o que significa a perda dessa Torre: Nicholas admite que foi conquistado, mesmo que ninguém mais saiba disso. Para ele, é um passo bastante grande, mas que ainda não terminou, pois, agora, Nicholas deseja viver esse sentimento junto à outra parte envolvida. As últimas barreiras são destruídas e Alexander é senhor de seu coração (detém a Torre Branca como refém); porém, ainda resta muito jogo pela frente... E Nicholas sabe disso.

CAPÍTULO SEXTO: ROQUE

Lance de Nicholas. O Roque é a única jogada realizada em dois movimentos em todo o Xadrez e, por isso, é o capítulo mais longo, subdividido em *O deslocamento do Rei* e *A inversão com a Torre*.

Trata-se de um lance defensivo, o qual demonstra que Nicholas está inseguro quanto ao que sente. É algo muito novo para ele e, como todo bom estrategista, resolve resguardar o Rei para observar melhor o desenrolar da partida e, assim, poder armar um ataque fulminante. Alexander, por sua vez, acaba se fortalecendo ainda mais com essa jogada, pois adquire confiança, tornando-se mais obstinado em querer Nicholas para si.

CAPÍTULO SÉTIMO: AVANÇO DA RAINHA PRETA

Jogada de Alexander, e o rapaz aproveita seu lance para avançar a Rainha, ou seja, para avançar, ele mesmo, sobre a "presa". Nesse capítulo, o garoto tem uma séria conversa com Navarre e decide ir em busca de Nicholas no mesmo instante. Ambos conversam sobre suas decisões e admitem seus sentimentos, mas não podemos nunca esquecer que a iniciativa partiu de Alexander. Foi o jovem enxadrista quem buscou o que acreditava e avançou por si só.

CAPÍTULO OITAVO: TOMADA DA RAINHA PRETA

Jogada de Nicholas. Como muitas vezes acontece numa partida, peça avançada pode ser tomada. Nesse caso, o significado dessa tomada vai muito além do significado dentro de um jogo de xadrez. Não podemos dizer que Alexander (A Rainha Preta) se tornou refém de Nicholas, muito ao contrário. Também não podemos limitar o significado do título ao fato de que é nesse capítulo que os protagonistas têm sua primeira noite de amor.

Em verdade, Alexander foi tomado por Nicholas, não apenas no sentido sexual e físico, mas, principalmente, no emocional. O momento que dividem, a intimidade tão desejada na qual mergulham, o cuidado que Nicholas tem em preparar o ambiente, os aromas, as velas, tudo isso significa muito para Alexander. É a realização de um sonho que ele julgava perdido e despropositado, o resgate de algo precioso que ele julgava, há muito, sem valor. Por isso, podemos dizer que Nicholas tomou-o seu, mas, ao mesmo tempo, foi vítima do sorriso de Alexander, da ternura e da doçura dele. Ambos se encontraram.

CAPÍTULO NONO: AVANÇO DO CAVALO PRETO

Jogada de Alexander. Não foi, de fato, uma iniciativa de Alexander que desencadeou os acontecimentos do capítulo, mas, uma vez que a peça chave pertence ao exército dele, nada mais justo que fazê-lo sacrificar um lance, não concordam?

O Cavalo Preto representa Violeta, não apenas por sua força, sua mobilidade e sua falta de visão, mas pela capacidade sagaz e violenta de estruturar os ataques. O Cavalo é uma das peças mais ofensivas do Xadrez, muito embora seja limitada em questão de movimentação (movimenta-se em "L"). Violeta é, sem dúvida, um Cavalo por essa característica que se mostra desde o primeiro capítulo. Nesse, em especial, ela decide ir até a casa de Navarre para averiguar o que anda "acontecendo de errado" com Alexander. Além de aparecer para uma suposta visita informal, diante do comportamento um tanto suspeito do filho em sua visão, a mulher decide jogar com os trunfos que tem e arma seu ataque. Por isso caracterizou-se o avanço do Cavalo Preto.

CAPÍTULO DÉCIMO: TOMADA DA TORRE PRETA

Jogada de Nicholas. Humberto, melhor amigo e conselheiro de Alexander, representa a Torre Preta, pois simboliza o esteio, o suporte emocional e o apoio necessário para que Alexander clareie os pensamentos. Durante várias passagens da história, ele aparece como elemento mediador, aquele que resolve as diferenças e fortalece a base do relacionamento dos protagonistas. Assim, a analogia dele com a Torre foi imediata e inegável, até porque todos precisam de uma Torre em suas vidas. O que seria de Alexander, se não fosse Humberto para ajudar?

A tomada da Torre Preta se refere ao momento em que Alexander conta ao amigo sobre seu romance. Humberto supera a confusão inicial, aceita o relacionamento dos dois (rejeitar o relacionamento seria rejeitar Alexander, e isso ele jamais faria) e, em seguida, tem seu primeiro encontro com Nicholas, o qual não é nada amistoso. Mesmo assim, passados alguns instantes de estranheza (causado por ciúme e preocupação), Nicholas conquista Humberto, por isso, é pertinente considerar que a Torre foi tomada pelo exército adversário.

CAPÍTULO ONZE: XEQUE

Jogada de Alexander. Esse é o segundo capítulo mais longo, uma vez que leva tempo para que o Xeque se arme.

É Alexander quem ameaça o Rei Branco quando coloca Nicholas em Xeque a respeito do passado do empresário. É a primeira crise conjugal do casal, e ambos ficam um tanto fora de si, cada um a sua maneira. É claro que o desespero nunca é o melhor conselheiro, e os dois se magoam antes de resolver a questão. A interferência da Torre Preta determina o rumo do próximo capítulo.

CAPÍTULO DOZE: AVANÇO DA TORRE BRANCA

Jogada de Nicholas. Nada mais justo que ele se movimente para resolver a situação triste em que se colocou com o amante ou para sair do Xeque que recebeu de Alexander. E é exatamente isso o que o empresário faz.

Após pensar muito numa maneira de se aproximar, mesmo sem ter certeza de que Alexander o ouviria, decide dar o primeiro passo. O jogo ainda não terminou e Nicholas consegue sair do Xeque da melhor maneira possível: dizendo a verdade e expondo o próprio coração.

CAPÍTULO TREZE: TOMADA DO CAVALO BRANCO

Jogada de Alexander. O Cavalo Branco é representado por Davi Casiragli, sócio e melhor amigo de Nicholas. Davi é o esteio, a consciência e o apoio emocional com os quais Nicholas pode contar desde o início da vida adulta. Fora graças a Davi que o empresário não perdeu o rumo de si mesmo. Nesse ponto, ele se assemelha a Humberto; porém, com algumas diferenças importantes em relação ao jovem: Davi possui a experiência e a força que apenas o passar dos anos podem dar a uma pessoa.

CAPÍTULO QUATORZE: ERRO DE ESTRATÉGIA

Jogada de Nicholas. É o momento em que o empresário se "confronta" diretamente com Violeta. Os resultados desse encontro ele ainda não sabe e nem pode prever, contudo, não o impede de ter consciência do erro que cometeu.

CAPÍTULO QUINZE: TOMADA DO BISPO BRANCO

Jogada de Alexander. Na verdade, quem toma o Bispo não é o jovem enxadrista, mas a própria vida que se esvai. O Bispo Branco é simbolizado por Navarre, pai e mentor, aquele que detém o conhecimento teórico e a vivência necessária para aplicar a teoria à prática. Por isso a associação perfeita entre a peça e a figura de Navarre Fioux. No Xadrez, o Bispo é uma das peças mais significativas, embora possua pouca mobilidade.

Nesse capítulo, o leitor e os personagens se deparam definitivamente com a partida de Navarre. Inicia-se o caos emocional que se instaura daqui para frente, todos os erros e as fraquezas estão, de certa forma, relacionados à ausência daquele que guiou cada um dos protagonistas desde o princípio, ainda que de formas diversas.

CAPÍTULO DEZESSEIS: SACRIFÍCIO DA TORRE BRANCA

Jogada de Nicholas. Aqui, nos deparamos com a perda voluntária da segunda Torre Branca, aquela que se inverteu com o Rei durante o Roque (capítulo sexto). Em termos simbólicos, Nicholas se sacrifica em prol do que acredita e se expõe para que Alexander seja poupado. Certo ou errado; é sempre muito difícil dizer ou determinar esse tipo de coisa no jogo da vida. A única certeza é que cada um termina por arcar com as conseqüências de seus atos e, para ambos, a conseqüência mais concreta parece ser a separação.

Nicholas deixa Alexander ao perceber que a jogada armada por Violeta pode destruir o amante e único amor. Decidido a não fazer parte da jogo dela, certo de que Alex jamais o perdoaria se o obrigasse a escolher, convencido de que era o melhor a fazer, o empresário vai embora. A partir daí, cada um deles recebe apoio do esteio que possuem: a Torre Preta e o Cavalo Branco.

CAPÍTULO DEZESSETE: XEQUE-MATE

Jogada de Alexander. É ele quem dá o primeiro passo para deixar a casa da mãe e ir em busca daquilo que se perdeu.

Nesse capítulo, no qual o Rei é irremediavelmente encurralado, o leitor se depara com a tentativa de Alexander de ir até Nicholas e pedir por uma nova chance para ambos. Não que ele estivesse errado, mas, naquele momento, erros e acertos não importavam mais. Alexander foi corajoso, o mais corajoso dos dois. No entanto, na hora de falar, diante do outro, decide por jogar uma partida de xadrez.

O jogo que encerra o romance não é apenas uma retomada da primeira partida, quando Nicholas ganhou Alexander como aposta, mas também retoma cada um dos capítulos da história, seus simbolismos, suas características e seu significado. É por meio de cada um dos lances que as verdades vão surgindo e, em decorrência disso, os protagonistas reafirmam o relacionamento.

Sendo assim, o Xeque-Mate representa muito mais do que o fim do romance, mas o fim de uma partida que se iniciou repleta de inseguranças e falhas, para terminar numa entrega sem limites.